ATRIUM

Dan Marshall

# Meine Scheiss-krankE Familie

Eine verdammt
wahre Geschichte

Aus dem Amerikanischen
von Eva Kemper

Atrium Verlag · Zürich

Deutsche Erstausgabe
1. Auflage

Die Originalausgabe erschien 2015 unter dem Titel *Home is Burning*
bei Flatiron Books, New York


Aus dem Amerikanischen von Eva Kemper
Lektorat: Jürgen Abel, Hamburg
Umschlaggestaltung: Hauptmann & Kompanie Werbeagentur, Zürich
Satz: Dörlemann Satz, Lemförde
Druck und Bindung: CPI books GmbH, Leck, Germany
Printed in Germany 2015
ISBN 978-3-85535-516-7

www.atrium-verlag.com

# Vorwort

Hallo. Ich habe mal gehört, wenn man sich mit jemandem anfreunden möchte, soll man ihm Komplimente machen, und weil ich möchte, dass du mein Freund wirst, fangen wir doch gleich mit ein paar Komplimenten an.

Erstens sind deine Augen, mit denen du diese Worte liest, wunderschön. Solltest du allerdings blind sein und sie in Brailleschrift lesen, dann hast du seidenglatte Finger aus tausend Engelsflügeln.

Zweitens bist du das Beste, was mir je passiert ist. Du bist mir schon richtig ans Herz gewachsen. Ohne dich, lieber Leser, würden diese Worte nur auf meinem Computer versauern, gleich neben einem Ordner mit dem Namen »Studienplan«, in dem ich ein paar Pornofilmchen versteckt habe, und mit *ein paar* meine ich *eine Menge.*

Also gut, da wir jetzt die besten Freunde sind und du mich liebst und mir vertraust wie einem Bruder, will ich schnell noch ein paar Sachen ansprechen, bevor wir uns in die verrückte, raue, traurige, ergreifende und auch ein wenig inspirierende Geschichte auf den folgenden Seiten stürzen.

Du weißt ja, dass dieses Buch eine übernatürliche Autobiografie aus dem Jahr 3928 ist – kurz nachdem der erste Robotergeist zum Präsidenten gewählt wurde, aber bevor Vulkanmonster die Erde übernommen und ihr einen zweiten Mond verpasst haben.

Kleiner Scherz.

Nur ein Witzchen zum Einstieg. Tut mir leid, dass ich Zeit

schinde. Allerdings geht es in diesem Buch um ziemlich heftige Themen, aber scheiß drauf. Dann mal los. In dieser Geschichte erzähle ich, was in meiner Familie in den zwei Jahren los war, in denen meine Mom Debi gegen ein Non-Hodgkin-Lymphom im Endstadium ankämpfte und mein Dad Bob die Diagnose Amyotrophe Lateralsklerose (ALS) erhielt, das ist eine tödliche neurologische Erkrankung, die auch Lou-Gehrig-Syndrom genannt wird.

So, jetzt ist es raus. Beide Eltern gleichzeitig vom Unglück getroffen und todkrank. Eine ziemlich extreme Situation, ich weiß. Deshalb habe ich mit diesem Blödsinn vom Robotergeist angefangen.

Meine vier Geschwister und ich wussten nicht, was wir machen sollten. Das weiß niemand, wenn eine Tragödie sein ganzes Leben umkrempelt, aber wir haben getan, was wir konnten, auch wenn es nicht viel war.

Bevor du dich entscheidest, ob du den Sprung wagen und in unsere Familientragödie eintauchen willst, möchtest du vielleicht ein bisschen mehr über mich wissen. Ich heiße Daniel Joseph Marshall. Man hat mich auch schon Danny genannt, Dano, Danny Boy, Riesendödel-Dan (selbst ausgesucht und unwahr), Drecksack Dan, Mellow Yellow, Marshmellow, Marsh Marsh, D-Marsh und Schildkrötenficker, aus Gründen, auf die ich jetzt lieber nicht weiter eingehen möchte. Ach, und DJ. Mein Vater hat mich DJ genannt, als Kurzform für Daniel Joseph. Den Spitznamen fand ich in Ordnung, bis sich *Full House* eine weibliche Figur namens DJ Tanner einfallen ließ. Danach musste ich ihn bitten, mich in der Öffentlichkeit nicht mehr DJ zu nennen, damit die gemeinen Kinder sich nicht lustig über mich machen. Obwohl ich die meiste Zeit meines Lebens Danny genannt wurde, habe ich vor Kurzem zu Dan gewechselt, weil ich es ein bisschen cooler finde und es nicht so kindlich klingt wie Danny.

Was mein Äußeres angeht: Ich bin eins fünfundsiebzig groß,

auch wenn man mir bei einem Arztbesuch neulich verklickern wollte, es wären nur eins siebzig. Man schluckt doch ganz schön, wenn man sein ganzes Leben lang glaubt, man sei soundso groß, und dann hört, das stimmt gar nicht. Ich finde immer noch, dass ich eins fünfundsiebzig groß bin. Dieser Arzt mit seinem blöden wissenschaftlichen Messgedöns spinnt doch wohl. Ich wurde am 17. September 1982 in Pekin, Illinois, geboren und wog 3060 Gramm, allerdings habe ich seitdem ordentlich zugelegt. Im Moment bringe ich knappe achtzig Kilo auf die Waage. Als abgebrochener Riese bin ich mit diesem Gewicht ein bisschen pummlig. Ein Freund hat mich mal als traurige kleine Kanonenkugel beschrieben. Ich glaube, das trifft es ganz gut.

Am liebsten esse ich Salzbrezeln, Beef Jerky, Gummibärchen, Sonnenblumenkerne und Hot Tamales, was erklären könnte, warum ich seit meiner Geburt so viel zugenommen habe.

Geboren wurde ich zwar in Pekin, Illinois, – wo die Sportmannschaften an der Highschool von 1930 bis 1980 Chinks, also Schlitzaugen, hießen, bevor sie sich deutlich weniger rassistisch Dragons nannten – aber aufgewachsen bin ich in Salt Lake City in Utah. Meine Familie und ich sind keine Mormonen. Wie die meisten Nicht-Mormonen in Utah habe ich zugesehen, dass ich so schnell wie möglich da wegkomme. Versteh mich nicht falsch, ich liebe Utah. Es ist ein verborgenes Kleinod in dieser größtenteils hässlichen Welt. Die meisten Leute geben dem Staat gar keine Chance, weil sie das Mormonentum für ziemlich schräg halten. Ist es auch, aber sind nicht alle Religionen ein bisschen seltsam? Und wen interessiert es überhaupt, was andere Leute glauben, solange es nicht um Vergewaltigungen oder Kinderpornos geht? Wie bei den Katholiken. Aber niemand sollte für immer in Utah bleiben. Da ist die Wirklichkeit einfach zu verzerrt.

Also habe ich mir ein College außerhalb von Utah gesucht, als es so weit war. Ich wollte an einen Ort am entgegengesetzten

Ende des kulturellen Spektrums und habe mich für die University of California, Berkeley, entschieden. In Berkeley trifft man eine seltsame Mischung aus Akademikern und Obdachlosen, und es ist richtig erfrischend, dort zu leben – es ist eine dieser Städte, in denen man total ausgeflippt sein kann und kein bisschen auffällt.

Nach Berkeley habe ich eine Stelle bei einer Kommunikations- und PR-Agentur im malerisch schönen Los Angeles gefunden. Ich liebe dichten Verkehr und dreckige Luft und Arschlöcher, die in ihren BMWs durch die Gegend brettern, deshalb war Los Angeles genau das Richtige für mich. Gerade hatte ich es mir angenehm und kuschlig in Los Angeles gemacht. Ich hatte eine Wohnung in der Nähe des Sunset Boulevard, einen Job und eine Freundin, die ich liebte, und ich besaß Sofas mit eingebautem Fernsehsessel zum Nachhintenkippen – das war so ziemlich der amerikanische Traum. Ich hatte den Weg eingeschlagen, den wir alle vorgezeichnet bekommen: Geh zum College, besorg dir Arbeit, fang sofort an, für die Rente zu planen, such dir einen besonderen Menschen, mit dem du gern zusammen bist und der dir das Gefühl gibt, die Welt sei hell und nicht finster; sei lustig und glücklich und erfolgreich genug, damit dieser besondere Mensch sich in dich verliebt und in dir eine Art verlässlichen Ernährer sieht, heirate, kauf ein Haus, gründe eine Familie, halt dich von Drogen und Alkohol fern, damit du dieser Familie ein funktionierendes Zuhause bieten kannst und damit die Möglichkeit, einen ähnlich sicheren und glücklichen Weg einzuschlagen und deine Gene weiterzugeben; sei stolz auf deine Kinder, wenn sie die gebotenen Chancen nutzen, setz dich zur Ruhe, sieh deinem eigenen Verfall zu und erinnere gleichzeitig das Jungvolk daran, sich auszutoben und so viel Sex wie möglich zu haben, solange es geht, usw.

Dieser ganze Mist von wegen todkranker Eltern hat diesen Weg unterbrochen. Ich wurde aus einer Welt, die ich für echt hielt, in eine Situation gezerrt, neben der die echte Welt künstlich wirkte.

Karten auf den Tisch: In diesem Buch wird viel geflucht. Besser, ich erkläre das gleich vorneweg, damit du nicht völlig entsetzt bist, wenn du Wörter wie *Scheiße*, *Kacke*, *Furz*, *verdammt*, *Hurensack*, *Arschloch* oder *Scheißkerl* neben Wörtern wie *sterben*, *Tod*, *Krebs* und *ALS* liest. Es ist für mich wirklich nicht einfach, einen Satz ohne ein einziges Schimpfwort zu schreiben. Dieser letzte Satz zum Beispiel ist mir scheißschwergefallen.

Meine Familie hat einen äußerst derben Sinn für Humor. Unsere Schimpfwortkasse war immer randvoll. In stressigen Phasen haben wir Auszeiten genommen, in denen wir uns gegenseitig anbrüllen durften, wie wir wollten – einfach, um Dampf abzulassen. Ich schätze, der eine oder andere Nachbar war etwas besorgt, wenn er an unserem Haus vorbeikam und vulgäres Geschrei durch unsere Tür schallte. Das war unsere Art, die Welt zu ertragen und uns ein bisschen Trauer und Depression von der Seele zu schreien.

Und wenn ich ganz ehrlich bin, ärgern wir einfach gerne Mormonen. Das klingt dumm und kleinlich, ich weiß, aber Utah wird von Mormonen beherrscht, und während meiner Kindheit haben sie uns oft das Gefühl gegeben, wir seien Außenseiter, »die anderen« – ein ungewohntes Gefühl für eine wohlhabende weiße Familie in Amerika. Ist man selbst der andere, bekommt man mit der Zeit einen richtigen Hass auf die Mehrheit und sucht sich eine Möglichkeit, ihr auf den Sack zu gehen. Genau das war für uns das Fluchen.

Besonders meine Mom und ich haben ein dreckiges Mundwerk. Ich fand es immer irrsinnig witzig, wenn sie fluchte, deshalb habe ich sie nachgeahmt. Als ich etwa zehn Jahre alt war, lag ich – von meinen Eltern unbemerkt – lesend auf dem Sofa und bekam mit, wie die beiden sich über einen von Dads Kollegen unterhielten. Mein Dad beklagte sich, weil sein Kollege ein ziemlicher Arsch war, und meine Mom meinte: »Bob, ich sage dir jetzt, was du machst. Du siehst ihm in die Augen und sagst ihm, er soll seine dumme Fresse halten.« Das fand ich saukomisch. Danach beschloss ich, auch ständig zu fluchen, genau wie meine Mom.

Als mein Vater krank wurde, haben wir alle richtig aufgedreht. Mehr Schmerz rein, mehr Gefluche raus. Klingt logisch. Und durch den Stress redeten wir immer gröber miteinander.

Ich schreibe dieses Buch, weil ich ein trauriger Kerl mit einem großen Herzen bin, der seinen Dad sehr lieb hat. In vielerlei Hinsicht ist dieses Buch ein Liebesbrief an ihn. Mein Gott, klingt das kitschig. Aber egal, es ist kein Verbrechen, seinen Vater zu lieben. Ich habe ihm viel zu verdanken.

Es wäre ein Traum für mich, wenn unsere Geschichte Menschen, die selbst gerade einen geliebten Angehörigen pflegen – egal, in welcher Situation, wie alt er ist oder woran er leidet –, ein bisschen damit trösten könnte, dass es eine andere Familie von Schwachköpfen gibt, die etwas Ähnliches mehr schlecht als recht durchgestanden hat. Du bist nicht der Einzige. Mit deinem Elend bist du nicht allein, wie bestimmt schon mal jemand anders irgendwo gesagt hat.

Außerdem hoffe ich, dass dieses Buch mich als eine Art tragischer Held erscheinen lässt und es mehr Menschen dazu bringt, mich zu mögen oder sogar zu lieben. Darum geht es doch im Leben, oder? Darum, geliebt zu werden, andere zu lieben und mit sich zufrieden zu sein. Ich habe auch gehört, es ginge darum, einen Haufen Besitztümer anzusammeln, um die Leere zu füllen. Vielleicht versuche ich das irgendwann.

Na gut, genug Schwachsinn geredet. Dann legen wir mal los. Wenn du weiterliest, denk bitte immer daran, dass wir die besten Freunde sind, und vergiss bei diesem ganzen heftigen Quatsch nicht, dass ich nur ein pummliger Kerl bin, der Salzbrezeln und seinen Dad liebt.

# Die Bombe

»Scheiße, ist das schön hier«, sagte ich wie ein verwöhntes weißes Arschloch, während ich in den wolkenlosen Himmel blickte. Vor makellosem Blau zeichneten sich nur ein paar Palmen ab.

»Stimmt. Ich könnte es hier ewig aushalten«, sagte meine Freundin Abby.

Abby und ich feierten ihren vierundzwanzigsten Geburtstag am Pool des JW Marriott in Palm Desert. Am Abend davor war sie von Berkeley nach Los Angeles geflogen, und danach waren wir in meinem schrottigen Subaru in die Wüste gefahren. Wir tranken Frozen Smoothies mit tropischen Früchten und einer Menge Alkohol, und die Sonne knallte pausenlos auf uns runter, während wir unterhaltsame, belanglose Bücher lasen. Die Poolband spielte »Don't Worry, Be Happy« und eine Handvoll Songs von den Beach Boys in einer Endlosschleife. Wir führten unglaublich wichtige Gespräche über unglaublich wichtige Themen, etwa, wo wir abends essen gehen und wie viel Sex wir danach haben sollten. Ja Scheiße, vielleicht würden wir nachts noch in den Whirlpool springen, wenn wir nach dem ganzen Essen und Vögeln nicht zu schlapp waren. Die Welt lag uns zu Füßen.

Meinen Eltern gehörte ein Timesharing-Anteil in diesem Palm Desert Marriott, und in meiner Kindheit hatten wir hier immer den Urlaub verbracht. Es war eine Art zweites Zuhause. Weil wir in Salt Lake City in Utah wohnten, war Palm Desert in Kalifornien für uns eines der nächstgelegenen Ferienziele im Süden. Wir fuhren gern hierher, um mal von unseren Problemen und den ganzen Mormonen um uns herum wegzukommen. Meine Mom hasste Mormonen aus tiefstem Herzen. In der ersten Zeit nach unserem Umzug von Pekin, Illinois, nach Salt Lake war unser geliebter Familienhund Basquo frei in der Nachbarschaft herumgelaufen. Ein bösartiges Mormonenkind hatte Steine nach ihm geworfen und an seinem Schwanz gezogen, also hatte Basquo es gebissen. Daraufhin rotteten sich unsere Mormonennachbarn gegen meine Mom und meinen Dad zusammen und verlangten, unseren Hund einschläfern zu lassen. Seitdem konnte meine Mom Mormonen nicht ausstehen, weil sie ihnen die Schuld an Basquos Tod gab. Uns brachte sie auch bei, ihnen nicht zu trauen, und sie machte uns bei jeder Gelegenheit klar, dass es außerhalb von Utah eine normale Welt gab. Als wir noch Kinder waren, zeigte sie uns nach der Landung in Palm Springs immer die Leuchtschrift COCKTAILS an der Flughafenbar.

»Seht ihr das, so sind normale Städte, die nicht von einer Nazireligion beherrscht werden«, erklärte sie uns dann. »Da gibt es überall Bars.«

»Ja, okay«, antworteten wir, obwohl wir nicht genau wussten, was das bedeuten sollte.

Ein paarmal verbrachten wir auch Thanksgiving und Ostern in Palm Desert. Wir fühlten uns so sauwohl da, dass mein schwuler Bruder Greg sich sogar bei einem Familienurlaub outete.

Ich war mit Abby nach Palm Desert gefahren, weil ich sie in die Familientradition der Marshalls einweihen wollte, dort in der Sonne zu entspannen und unseren Sorgen zu entkommen.

Dabei hatte ich damals nicht viele Sorgen, denen ich entkommen musste. Alles lief großartig. Ich lebte in Los Angeles, hatte meine erste richtige Stelle bei Abernathy MacGregor, einer strategischen Kommunikations- und PR-Beratung, und verdiente zum ersten Mal im Leben selbst Geld. Der Job war zwar manchmal schwierig und ließ kaum Zeit für anderes, aber im Grunde steckte ich noch sehr in dieser Rumblödelphase nach dem College. Mein Apartment lag direkt am Sunset Strip, und mein Mitbewohner Gabe und ich saßen gern auf dem Balkon, rissen Witze und sahen den schönen unbekannten Schauspielerinnen auf der Straße hinterher, die ihrem Traum von Hollywood nachjagten.

Abby arbeitete zu der Zeit in Berkeley an ihrer Promotion in Materialwissenschaft. Wir hatten uns im zweiten Collegejahr dort kennengelernt und waren seitdem zusammen – vier Jahre mittlerweile. Sie war viel schlauer als die meisten hübschen Blondinen und fand meinen schrägen Sinn für Humor amüsant statt abstoßend. Wir waren wahnsinnig verliebt. Trotz unserer Fernbeziehung war klar, dass wir heiraten würden.

Auch in meiner Familie lief alles ziemlich gut. Klar, meine Mom litt immer noch am Non-Hodgkin-Lymphom. Es war 1992 diagnostiziert worden, als sie gerade mal siebenunddreißig war. Ich kann mich noch an den Tag erinnern. Sie ging morgens zum Arzt, weil sie dachte, sie habe sich eine Magen-Darm-Sache eingefangen, und kam als Krebspatientin nach Hause. Das älteste von uns fünf Kindern war erst zehn Jahre alt. Wir wussten nicht, was Krebs bedeutet. Meine kleine Schwester Chelsea konnte nicht mal das Wort richtig aussprechen. »Was ist Kepps?«, fragte sie, als sie davon erfuhr.

»Nichts Gutes«, antwortete ich und wusste selbst nicht genau, was es war.

Die Diagnose meiner Mutter wurde von schrecklichen Wörtern begleitet – Wörtern wie *letal*, *inoperabel*, *unheilbar* und *fortgeschritten*. Die Ärzte gingen von Krebs im Endstadium aus und gaben ihr nur noch ein paar Monate zu leben. Aber als Mom in die feuchten Augen ihrer Kleinen sah, schwor sie, der Krebs würde ihren Kindern nicht die Mutter nehmen. Sie beschloss, mit ganzem Willen und ganzer Kraft zu kämpfen, egal, wie viele Chemotherapien und Operationen nötig wären. Der Krebs würde sie nicht besiegen.

Und das hat er auch nicht. Nach fast siebzig Chemotherapien und mehreren OPs war sie mit einundfünfzig immer noch bei uns. Der Krebs war nicht weg, aber unter Kontrolle. Zusammen mit ihrer getreuen Onkologin Dr. Saundra Buys beobachtete sie die Krankheit wie ein Luchs. Ständig inspizierten sie ihr Immunsystem und ihren Leukozytenwert. Und fingen notfalls wieder sofort mit der Chemo an. Es war ein großer Teil ihres Lebens und ein ständiger Kampf. Aber im Moment ging es ihr gut, und sie brauchte keine Behandlung. Sie hatte sogar volles Haar, das ihr bis zu den Schultern reichte.

Meinem Dad ging es so gut wie nie zuvor. Er war dreiundfünfzig und steuerte locker der Rente entgegen. Gut, seine Haare wurden grau und lichteten sich allmählich, aber er hatte ein schönes Leben. Er besaß und leitete mehrere Wochenzeitungen in einer Reihe von Kleinstädten im Norden Utahs, in Idaho und im Pazifischen Nordwesten. Die Geschäfte liefen ordentlich, und er war finanziell abgesichert. Außerdem war er sein eigener Chef und konnte sich die Arbeit so einteilen, dass er Zeit mit seiner beknackten Familie verbringen konnte. Er fing jeden Tag mit einer Tasse Kaffee und einem Schiss an und ließ ihn mit einem Glas Wein ausklingen. Er hatte das perfekte Leben.

Alles plätscherte so nett vor sich hin, dass er sogar mit einem neuen Hobby angefangen hatte: dem Marathonlaufen. Sein bester Freund Sam Larkin hatte ihn vor ein paar Jahren darauf gebracht. Ich glaube ja, man muss irgendwie geistesgestört sein, um seinen Körper mit einem Marathon zu quälen, aber mein Dad fand es offenbar großartig. Er war immer aktiv gewesen – im Winter fuhr er jedes Wochenende Ski –, also war es gar nicht mal abwegig, dass er nach einer anderen Sportart süchtig wurde. An den meisten Tagen lief er mindestens zwanzig Kilometer. Er musste einfach laufen, egal, wo wir gerade waren. Es war seine Droge, sein Leben. So kannten wir ihn alle – unseren Dad, den Marathon laufenden Gesundheitsfreak.

Gerade erst, am 22. Oktober 2006, hatte er am Chicago Marathon teilgenommen. Es war sein zweiter Marathon in diesem Monat gewesen. Der erste hatte in St. George im Süden Utahs stattgefunden. Mein Dad versuchte, sich für den Boston Marathon zu qualifizieren, der für diese Laufspinner so was wie der Superbowl ihrer Sportart ist. Den Marathon in St. George musste er unter drei Stunden, fünfunddreißig Minuten laufen, um sich in seiner Altersgruppe für Boston zu qualifizieren. Sein fanatisches Training machte sich bezahlt. Mit nur ein paar Sekunden Puffer qualifizierte er sich.

Meine ältere Schwester Tiffany arbeitete für Fidelity Investments in der Innenstadt von Salt Lake. Sie hatte gerade an der University of Utah ihren Abschluss mit dem Hauptfach International Studies gemacht. Als Nächstes wollte sie Jura studieren, im Moment besuchte sie einen Kurs, um sich auf die Zulassungsprüfung vorzubereiten. Vor Kurzem hatte sie ein Haus in einer angesagten Gegend in Salt Lake gekauft. Sie war ganz versessen aufs Snowboarden, und obwohl ihr neben dem Lernen und Arbeiten kaum Freizeit blieb, fuhr sie in der Wintersaison mehrmals die Woche in die Berge. Sie war seit sieben Jahren mit ihrem Freund Derek zusammen. Er stammte ganz aus der Nähe, aus Park City, arbeitete in der Rocky Mountain Chocolate Factory und liebte sein Mountainbike. Auf seinen rechten Arm war ein nacktes Mädchen tätowiert, das ich mir ansehen durfte, wenn mir bei Familienessen langweilig wurde. Er hatte ein riesiges Herz und passte perfekt in unsere Familie. Meine Schwester war sich noch nicht ganz klar darüber, wohin es beruflich gehen sollte, aber sie war glücklich, und sie baute sich ein sehr nettes Leben in Salt Lake auf, in der Nähe ihrer geliebten Berge.

Mein schwuler Bruder Greg besuchte im letzten Jahr die Northwestern in Evanston, Illinois. Er hatte im Hauptfach Journalismus belegt und feilte an seinem unglaublichen Schreibtalent. Und er hatte alle Hände voll damit zu tun, seine Freiheit als stolzer und offen schwuler Student zu genießen, vor allem, seit er in einer liberaleren Stadt als Salt Lake wohnte. Greg ist groß, blond und unverschämt schlau, also hatte er bei Schwänzen freie Auswahl. Er ist mit einer Zerebralparese auf die Welt gekommen, aber nach mehreren Bein-OPs ist nur ein leichtes Humpeln zurückgeblieben. Ach, und er ist nicht beschnitten. Er hat mal gesagt, er hätte einen »Schwanz mit Goldrand, den jeder Kerl auf dem Campus ausprobieren will«. Sollte es im Leben darum gehen, so viel wie möglich zu vögeln, traf Greg offenbar genau ins Schwarze. Nach dem College wollte er als Journalist bei einer Zeitung oder einem Radiosender in Chicago arbeiten und zusammen mit Freunden in der Stadt leben.

Meine jüngeren Schwestern Jessica und Chelsea – die wir immer »die kleinen Mädels« nannten – gingen zur Highschool. Jessica, meine indianische Adoptivschwester, war eine beliebte Zehntklässlerin, die sich für die Schule und alles andere einen Scheiß interessierte. Ihre Zeit verbrachte sie vor allem damit, mit Jungs zu flirten und mit ihren Freundinnen abzuhängen. Als sie etwa vierzehn war, verbrachte sie viel Zeit mit ihrem Lacrosse-Trainer, einem deutlich älteren Mormonen. Wir fanden die Beziehung wegen des Altersunterschieds ein bisschen pervers, also hieß ihr Trainer bei uns irgendwann nur noch der perverse Rob. Aber das schien endlich vorbei zu sein. Ein paar Jahre Schule hatte sie noch vor sich, dann würde sie hoffentlich ans College wechseln.

Chelsea war knappe sechzehn. Sie war nicht beliebt, also konzentrierte sie sich auf die Schule. Mit anderen Leuten kam sie nicht so gut zurecht, sie war etwas zu anstrengend, um enge Freundinnen zu finden und zu behalten. Wir dachten immer, sie sei nur unreif, bis klar wurde, dass sie tatsächlich das Asperger-Syndrom hatte, eine leichte Form von Autismus. Meine Eltern hatten angefangen, sich nach Hilfe für sie umzuhören. Aber Chelsea schrieb nur Bestnoten und war brillant bei allem, was sie interessierte. Menschen mit Asperger beschäftigen sich oft obsessiv mit einer bestimmten Sache, und bei Chelsea war es das Tanzen. Sie schaffte es spielend, jede Unterhaltung sofort wieder auf das Thema Ballett zu bringen. Oh, und sie war eine Meisterin der Arsch- und Furzwitze – eine Eigenschaft, die ich sehr bewunderte und wegen der wir uns blendend verstanden. Im Grunde braucht man nicht mehr als Sinn für Humor, um durchs Leben zu kommen.

Alles in allem ging es meinen Geschwistern und mir gut, der sprichwörtliche silberne Löffel steckte uns tief im Hintern. Wir hatten liebevolle Eltern, die finanziell abgesichert waren, und damit die besten Voraussetzungen, um es in dieser ziemlich unfairen Welt zu etwas zu bringen. Wir hatten immer ein nettes großes Dach über dem Kopf, konnten uns jedes beliebige College aussuchen und wussten, dass unsere Eltern auch nach Fehlschlägen für uns da waren, um uns wieder auf einen erfolgreichen, glücklichen Weg zu dirigieren. Ich kriege die Krätze, wenn sich jemand als gläubiges Arschloch aufspielt und das Wort *gesegnet* benutzt, aber wir waren wirklich gesegnet – in der genetischen Lotterie hatten wir das große Los gezogen. Es war in letzter Zeit gut gelaufen, es lief im Moment gut, und es sah aus, als würde es auch weiter gut laufen. Der Marshall-Clan sah einer strahlenden Zukunft entgegen.

»Möchten Sie noch etwas trinken?«, fragte eine Poolkellnerin Abby und mich.

»Ja Scheiße, na und ob. Ich nehme noch einen Erdbeer-Daiquiri mit einem Extraschuss Rum, und sie nimmt bestimmt auch noch was«, antwortete ich.

»Piña Colada«, sagte Abby.

»Kommt sofort«, versprach die Kellnerin.

»Ich liebe dich, Babe.« Abby sah mich mit ihrem wunderschönen, strahlenden Lächeln an.

»Ich liebe dich auch«, antwortete ich.

Dann küssten wir uns auf diese widerliche Art, die verliebte Arschlöcher manchmal in der Öffentlichkeit raushängen lassen. Hätte ich dieses Geknutsche gesehen, statt dabei mitzumachen, hätte ich den Kopf geschüttelt und leise »Vollhonks« vor mich hin geschnaubt.

»*Aruba, Jamaica, ooh I wanna take you to Bermuda, Bahama, come on pretty mama*«, sang die Band neben dem Pool.

Als wir wieder in unserem Zimmer mit Blick auf den tadellos gepflegten Golfplatz waren, ließen wir noch eine Flasche Wein aufploppen, weil warum zum Teufel nicht? Mein Handy hatte ich an der Steckdose hängen lassen, damit mich niemand beim Trinken und Rumhängen am Pool störte.

»Ach du Scheiße«, sagte ich, als ich es in die Hand nahm.

Ich hatte sechs Anrufe von meiner Mom verpasst, drei von Greg und zwei Nachrichten von Jessica, die am liebsten per SMS kommunizierte, es sei denn, sie war stockbesoffen – im Suff rief sie mich schon mal an. Die Nachrichten lauteten »Danny?« und »Wo bist Du?«.

Ich wusste sofort, dass etwas nicht stimmte.

Mein erster Gedanke war: Oh Kacke, einem unserer Hunde ist was passiert. Wir hatten zwei Golden Retriever, Berkeley und Mazie, und meine Eltern liebten sie und riefen ständig an und erzählten von ihnen. Tausend mögliche Szenarien schossen mir durch den Kopf. Vielleicht war Berkeley angefahren worden. Oder er hatte einen der beiden Tennisbälle verschluckt, die er ständig im Maul herumschleppte, und war erstickt. Scheiße, vielleicht hatte einer der grausamen Mormonenjungen aus der Nachbarschaft ihn totgeschlagen und FICK DIE MARSHALLS in sein Herz geritzt. Genau das hatten die Mormonen einmal in Kreide auf unseren

Briefkasten geschrieben. Hatten sie jetzt noch eins draufgesetzt? War es wieder wie bei Basquo?

Ich rief meine Mom zurück. Sie meldete sich. »Wo warst du, verdammt noch mal?«

»Am Pool. Was ist denn verdammt noch mal los?«, antwortete ich, um Schimpfwort für Schimpfwort gleichzuziehen – eines unserer heimlichen Spielchen.

»Es geht um deinen verdammten Dad«, antwortete sie mit zitternder Stimme.

»Oh verdammt, was ist denn mit ihm?« Schlagartig machte ich mir Sorgen. Mein Vater war fast schon unanständig gesund, in seinem ganzen Leben hatte er nur eine Handvoll Tage nicht arbeiten können, weil er krank war. An der Pocatello High School hatte er einen Preis für Anwesenheit gewonnen, weil er nie im Unterricht gefehlt hatte. Neulich wäre er fast an einem Stück Knochen in einer Hühnersuppe erstickt, die unsere polnische Putzperle Stana gekocht hatte. Hatte es etwas damit zu tun? Vielleicht war es doch was anderes. Er war vor Kurzem beim Arzt gewesen, weil er im Sommer ein seltsames Muskelzucken im oberen Brustbereich bemerkt hatte. Wir vermuteten, es käme von seinem vielen Laufen, dass er nur nicht genug trinken würde, und dachten uns sonst nichts dabei. Aber sein Arzt war sich nicht sicher, deswegen hatte er meinen Dad zu Dr. Mark Bromberg geschickt, einem Neurologen an der University of Utah. Mein Dad fand es zwar unsinnig, spielte aber mit und ging zu dem Termin. Das war doch garantiert nichts Ernstes. Ich hatte längst vergessen, dass er überhaupt bei der Untersuchung war.

»Dad hat ...« Meine Mom weinte so heftig, dass sie nicht weitersprechen konnte.

»Dad hat ...« Sie versuchte es noch mal. »Hier, sprich mit deinem Dad.« Sie drückte ihm das Telefon in die Hand, im Hintergrund konnte ich sie noch weinen hören.

»Hey, DJ. Wie war's am Pool?«, fragte er, als hätte er den Hörer nicht gerade von einem panischen, weinenden Menschen übernommen.

»Schön. Dad, was ist los? Geht es um die Hunde? Haben die Nachbarn ›Fick die Marshalls‹ in Berkeleys Herz geritzt?«

»Was? Nein. Den Hunden geht es gut«, sagte er.

»Na, Gott sei Dank«, meinte ich. »Aber was ist denn los? Der beschissene Hühnerknochen? Verdammte Stana.«

»Tja, ich habe ... Also, sie glauben, dass ich ... Also, sie glauben, ich habe ALS«, brachte er heraus.

»Echt? Ist ja kacke.« Ich zögerte kurz, weil ich nicht wusste, welche der vielen Krankheiten ALS war. »Warte mal. Was ist denn ALS noch mal?«, fragte ich, nippte an meinem Wein und überlegte, welche Stellungen Abby und ich bei unserem Fickfestival nach dem Abendessen ausprobieren könnten.

»Das ist eine Störung des Nervensystems, bei dem das Rückenmark nicht mehr mit den Muskeln kommunizieren kann. Dabei sterben die Motoneuronen ab, und es kann zu Lähmungen führen.« Er klang, als würde er nur wiederholen, was sein Arzt gesagt hatte, ohne die Konsequenzen wirklich zu verstehen. »Dieses Zucken in der Brust, das war wohl das erste Anzeichen.«

»Scheiße, aber du wirst doch wieder gesund, oder?«, fragte ich, ganz eindeutig ohne die Tragweite dieser Neuigkeiten wirklich begriffen zu haben. »Es ist doch nichts richtig Ernstes?«

»Es ist halb so schlimm.« Im Hintergrund weinte meine Mom und schluchzte, das würde nicht stimmen, er würde sterben. »Ich kann damit noch sehr lange leben. Stephen Hawking hat diese Krankheit schon seit vierzig Jahren oder so, also mach dir mal keine Sorgen um mich«, sagte er mit einem optimistischen Ton.

»Aber ist Stephen Hawking nicht, na ja, behindert und in einem Rollstuhl und kann nicht reden und ist ständig kurz davor abzukratzen?«, fragte ich.

Nach einer langen Pause sagte mein Dad: »Also, das Wichtigste ist doch, dass ich noch sehr lange leben kann.«

»Tja, schöne Scheiße, Dad. Das fällt mal eindeutig in die Kategorie ›beschissene Neuigkeiten‹. Holst du eine zweite Meinung ein?«, fragte ich und kippte den Rest Wein herunter.

»Ja, wir sehen uns das weiter an. Es können noch ein paar andere Sachen sein als ALS, zum Beispiel Lyme-Borreliose«, antwortete er.

»Mist. Ehrlich? Borreliose?« Davon hatte ich schon gehört.

»Hoffe, ich habe dir nicht den Urlaub verdorben. Habt ihr schönes Wetter?«

»Ja, hier ist es immer sonnig und heiß.«

»Na, dann geh jetzt mal wieder an den Pool oder zu einem netten Abendessen«, schlug er vor.

»Ja, ich glaube, das brauche ich jetzt. Kann ich mit Mom reden? Ich hab dich lieb«, sagte ich.

Meine Mom weinte immer noch, als sie ans Telefon kam – ein krasser Kontrast zum gelassenen Tonfall meines Vaters. Sie schien fest zu glauben, mein Dad würde jeden Moment sterben. Ich sagte, sie solle sich beruhigen und erst mal die zweite Meinung abwarten, bevor wir uns die Hosen vollmachen und den Notstand ausrufen. Aber das war schon ein echter Hammer. Dad war in unserer Familie der Fels in der Brandung. Der verlässliche Elternteil. Der Gesunde. Derjenige, der bei uns bleiben würde. Wir dachten, wenn wir einen Elternteil verlieren würden, dann unsere Mom. So stand das mal absolut gar nicht im Drehbuch.

Meine Mom hatte in all den Jahren nur so erfolgreich gegen den Krebs ankämpfen können, weil mein Dad dafür gesorgt hatte, dass in unserer Familie alles reibungslos weiterlief. Meine Mom war eine großartige Mutter, aber einen Großteil meiner Kindheit über musste mein Dad alle Elternpflichten übernehmen, während meine Mom Chemos bekam. Er hatte keinen Moment gezögert. Seine

Frau hatte Krebs. Er musste Verantwortung übernehmen, also tat er es auch. Er war Mr Mom. Er hat dafür gesorgt, dass wir ein wunderbares Zuhause und ein gutes Leben hatten. Es war beinahe perfekt gewesen, eben bis auf die Sache mit Moms Krebs.

Als meine Mutter krank wurde und mit ihrem Kampf gegen den Krebs beschäftigt war, standen wir bei unserem Dad auf der Matte, damit er uns bei den Hausaufgaben half, uns herumkutschierte, uns Ratschläge oder das Taschengeld gab und so weiter. Er machte bei all unseren bescheuerten Hobbys mit: Ski fahren mit Tiffany, Basketball gucken und spielen mit mir, Tennis spielen und über Politik reden mit Greg, teuer chinesisch essen gehen mit Jessica und endlos über Ballett reden mit Chelsea – alles geduldig und ehrlich interessiert. Er wurde nie laut. Er war eine gütige, friedliche Seele, die man einfach mögen musste. Der perfekte Vater für einen Pulk unperfekter Kinder.

Ich hatte nie daran gedacht, dass er uns verlassen könnte. Ich hatte geglaubt, unser Fels in der Brandung würde uns für alle Zeiten bleiben. Aber diese Neuigkeiten – tja, das konnte alles verändern.

Nach dem Gespräch mit meinen Eltern riefen wir Abbys Mutter an – die irgendwie immer einen Computer in der Nähe hatte –, um mehr über ALS zu erfahren. Damals hatte ich mein wunderbares iPhone noch nicht, deshalb nutzten wir Abbys Mom immer als Notrufzentrale, wenn wir uns verfahren hatten, eine Restaurantempfehlung brauchten oder mehr über eine tödliche Krankheit wissen wollten, die meinen Vater umbrachte. Sie rief den Wikipedia-Artikel über ALS auf.

So langsam nahm ich die ganze Geschichte ernster, als sie Dinge vorlas wie »lebt durchschnittlich zwei bis drei Jahre« und »gilt als unheilbar« und »benötigt möglicherweise einen Rollstuhl, wenn Lähmungen auftreten« und »viele Patienten werden künstlich beatmet« – ich hörte immer nur: »Danny, dein Vater und Freund und deine Orientierung im Leben wird ganz sicher bald sterben und dich als einsamen Mistkerl mit einem Alkohol- und Motivationsproblem zurücklassen.«

Nur, damit alle wissen, wovon wir reden: ALS – auch Lou-Gehrig-Syndrom genannt nach dem großartigen Spieler der New York Yankees – ist eine neurodegenerative Erkrankung, die schleichend die Motoneuronen abtötet. Ohne diese Motoneuronen kann das Gehirn nicht mit der quergestreiften Muskulatur kommunizieren. Sagen wir, jemand mit fortgeschrittener ALS will zum Beispiel einen Arm oder ein Bein bewegen: Sein Gehirn sagt den Muskeln, sie sollen sich bewegen, aber er kann seine Gliedmaßen nicht bewegen, weil der Befehl dazu überhaupt nicht durchkommt. Das betrifft auch das Zwerchfell, das hilft, Luft in die Lungen zu saugen. Die Krankheit schreitet rasch fort und führt zu Muskelschwund, Faszikulationen, spastischen Lähmungen, Dysarthrie, Dysphagie und einer Reihe anderer Sachen, die ich nicht aussprechen kann. Der volle medizinische Name für ALS lautet Amyotrophe Lateralsklerose.

Menschen mit ALS spüren noch alles, und ihr Gehirn funktioniert normal. Man könnte sagen, sie sind in ihrem eigenen Körper gefangen. Manche werden künstlich beatmet, um ihr Leben zu verlängern, aber im Schnitt gibt einem das Beatmungsgerät nur ein paar Jahre dazu. Die Ärzte wissen immer noch nicht genau, wodurch die Krankheit ausgelöst wird, und sie sind kaum weiter als am Anfang darin, ihr Fortschreiten nach der Diagnose auch nur zu verlangsamen.

Anders gesagt ist ALS ein wirklich mieses Drecksding und so gut wie ein Todesurteil.

Nachdem ich aufgelegt hatte, gab ich Abby einen langen, traurigen Kuss und fuhr mit der Hand durch ihr perfektes blondes Haar, um die tragischen Neuigkeiten über meinen Dad, meinen Freund, meinen Kumpel ein wenig zu verdrängen.

Abby ging vor dem Abendessen noch duschen, und ich wollte die Zeit nutzen und mich bei meinen Geschwistern melden. Ich hatte als Letzter von der Sache erfahren, weil ich so damit beschäftigt gewesen war, am Pool zu sitzen und mir das Hirn weich brutzeln zu lassen. Greg stand mir am nächsten, deshalb beschloss ich, ihn zuerst anzurufen. Ich ging mit einem Glas Wein auf unseren Balkon und wählte.

»Was geht, Gregor?«, fragte ich. Ich dachte, er würde locker klingen. Er war ein ruhiger, besonnener Mensch und hatte mehr von meinem Dad als von meiner Mom. Er regte sich so gut wie nie über irgendwas auf. Nur Insekten hasste er wie die Pest.

Aber statt seine übliche Gelassenheit auszustrahlen, heulte er los. Wenn Greg weint, ist die Kacke am Dampfen. »Die Scheiße glaubt man doch nicht, oder? Kann es in dieser verdammten Familie nicht einmal gut laufen? Ist es noch nicht schlimm genug, dass Mom Krebs hat?«

»Ja, ich weiß. Das ist echt zum Kotzen. Aber Dad glaubt, er kommt damit klar«, sagte ich.

»Danny, den Schwachsinn glaubst du doch selber nicht. Ich habe auf Wikipedia was darüber gelesen. Diese Krankheit ist ein Todesurteil. Wir werden ihn pflegen müssen. Mom kann das nicht.«

»Ich weiß, ich habe den Wikipedia-Artikel auch gelesen. Aber man weiß ja nie. Dieser abgedrehte Stephen Hawking hat den Scheiß doch schon seit tausend Jahren«, sagte ich.

»Diese Familie, ich schwöre dir, wir sind verflucht. Ich meine, Dad. Dad. Das passiert DAD. Nicht Mom. Dad.«

»Ich weiß. Aber warten wir erst mal eine zweite Meinung ab«, sagte ich.

»Was soll das bringen? Er hat es. Und jetzt haben unsere Eltern BEIDE eine tödliche Krankheit. Hundert Prozent unserer Eltern sind todkrank«, sagte er.

Darüber wollte ich gar nicht nachdenken. Ich wollte wieder

auf Urlaub umschalten. »Rate mal, wo ich bin«, wechselte ich das Thema, während ich beobachtete, wie ein bekloppter Golfspieler ein Loch in den Rasen drosch.

»Wo denn?«

»An jenem denkwürdigen Ort, an dem du dich geoutet hast«, antwortete ich.

»Oh, in Palm Desert ist es so schön«, sagte er. Einen Moment lang schwiegen wir. »Ach du Scheiße, Dad wird sterben.«

Nachdem ich mich von Greg verabschiedet hatte, rief ich Tiffany an. Wir konnten uns von Anfang an nicht ausstehen: Geschwisterrivalität zwischen der Erst- und dem Zweitgeborenen in schönster Blüte. Sie ist ein sehr ernsthafter Mensch, der nicht gerne herumalbert. Und sie findet, wir müssten alle so etepetete sein wie sie. Ich bin nicht der ernsthafte Typ. Gespräche zwischen uns liefen normalerweise so ab: Sie sagt etwas. Ich reiße einen miesen Witz. Sie gibt eine zickige Antwort. Im Gegenzug sage ich etwas Gemeines. Und das war's. Vielleicht würde es jetzt anders sein.

»Hey, Tiff«, sagte ich.

»Hey, Dan, hast du das von Dad gehört?« Sie weinte auch. Heulte wie ein Schlosshund. Scheiße, müsste ich auch weinen?

»Was? Nein. Was ist denn mit Dad?«, fragte ich, als wüsste ich von nichts.

»Er hat ALS. Bald ist er gelähmt und hängt an einem Beatmungsgerät und wir müssen ihn pflegen. Er wird noch schneller sterben als Mom«, sagte sie.

»War nur ein Scherz. Ich habe vorhin mit Dad gesprochen. Ich weiß schon, was abgeht«, sagte ich lässig.

»Mein Gott, kannst du mal zwei Sekunden lang kein unwitziges Arschloch sein?«, fragte sie.

»Sobald du dir für zwei Sekunden den Stock aus dem Arsch ziehst.«

»Ich komme zu spät zu meinem Jurakurs. Ich muss jetzt los.«

»Alles klar, schön, dass wir gesprochen haben«, sagte ich. Gott, war ich ein blöder Idiot.

Ich schrieb Jessica eine SMS und fragte sie, ob es ihr gut ginge. Sie antwortete, ihr schon, nur Mom würde weinen und durchdrehen. Ich schrieb ihr, es würde schon alles in Ordnung kommen, die Lage würde sich beruhigen. Chelsea hatte damals kein Handy. Zu der Zeit rannte noch nicht jeder Schwachkopf, der älter als fünf war, mit so einem Ding herum. Ich ging davon aus, dass sie sich auf ihr Lieblingsthema Tanzen konzentrieren und vielleicht ein paar Furzwitze erzählen würde.

Abby kam aus der Dusche, vor dem Sonnenuntergang in Palm Desert sah sie aus wie ein nasser Engel. Sie umarmte mich. Nach diesen schrecklichen Neuigkeiten wirkte sie noch schöner und vollkommener.

»Geht's dir gut?«, fragte sie mit ihrer warmen Stimme.

»Ja, ich glaube schon. Ich meine, das kann doch nicht stimmen, oder? Mein Dad kann doch keine ALS haben«, sagte ich.

»Vielleicht hat er es ja gar nicht. Er ist doch kerngesund. Ständig geht er laufen«, sagte Abby und rang sich ein Lächeln ab. Ich steckte den Kopf in den Sand, und sie spielte mit.

»Genau, er wird bestimmt wieder gesund«, brachte ich heraus.

Wir gingen in ein nettes Restaurant, aßen Steaks und füllten uns mit Wein ab. Ich gab mir Mühe, fröhlich zu wirken, aber vor allem versuchte ich zu begreifen, was diese Neuigkeiten bedeuteten. Es erschien mir so unwirklich, dass das Fundament unserer Familie so zugrunde gehen sollte. Mit dem Tod meiner Mutter hatten wir schon gerechnet, wir hatten sogar Vorbereitungen getroffen. Meine Mom machte immer Witze darüber, sie würde nach der nächsten Frau meines Vaters Ausschau halten. Aber dass mein Dad sterben sollte? Das war unmöglich. Ich hatte immer geglaubt, dieser gesunde Mistkerl würde mich überleben und noch am Tag meiner Beerdigung einen Marathon laufen.

Er war immer für uns da gewesen, und weil wir alle total verwöhnt waren, verließen wir uns immer noch darauf, dass er uns finanziell unter die Arme griff, unsere kleinen Problemchen für uns löste und uns ganz allgemein bodenständige und vernünftige Ratschläge gab, wie wir in dieser komplexen Welt zurechtkommen konnten. Er meisterte das Leben gut, und mit seiner Unterstützung schafften wir das auch. Jetzt würden wir vielleicht den Mann verlieren, durch den wir so ein Hammerleben hatten. Vielleicht war es dann auch mit unserem Timesharing-Anteil in Palm Desert vorbei. Der Gedanke machte mir Angst.

Und was bedeutete das alles für meine Mom? Konnte sie auch ohne meinen gesunden Dad an ihrer Seite gegen den Krebs ankämpfen? Oder würde die Krankheit Schwung aufnehmen und schließlich zum spielentscheidenden Schlag ausholen? Und wenn mein Dad vor meiner Mom starb, wie würde sie zurechtkommen? Sie war noch mehr als wir anderen auf ihn angewiesen, damit in ihrem Leben alles lief. Ach du Scheiße, würden meine beiden Eltern bald sterben? Würde ich eine Waise werden? Armer Danny, vater- und mutterseelenallein.

Und was würde aus meinen Geschwistern werden? Tiffany, Greg und ich waren über zwanzig und kamen einigermaßen allein zurecht. Aber was war mit Jessica und Chelsea? Sie brauchten noch Eltern, die sie auf dem Weg ins College und das Erwachsenenleben begleiteten. Ob Jessica durchhalten und die Highschool schaffen würde? Mein Dad hatte Chelsea immer bei den Mathehausaufgaben geholfen. Würde sie jetzt in Mathe auf die Schnauze fallen?

Und was war mit mir? Ich hatte vor, weiter bei Abernathy MacGregor zu arbeiten und mir später etwas in der Bay Area zu suchen, um in Abbys Nähe zu sein. Ich wollte bei ihr einziehen und ihr dann einen Antrag machen. Wir würden unser restliches Leben zusammen verbringen, verliebt bis über beide Ohren und völlig sorgenfrei, und dann würden wir wahrscheinlich zwei benachbarte Grabstellen kaufen, damit wir für immer beieinander sein konnten. Ich wusste, dass man heutzutage erst mit Ende zwanzig, Anfang dreißig heiratet, aber ich glaubte nicht, dass ich noch mal jemanden finden würde, den ich so sehr liebte wie Abby, also warum zum Teufel sollten wir nicht früher heiraten? War der Plan jetzt im Arsch? Würde ich nach Hause ziehen und meine Eltern pflegen müssen?

Und mein armer, sanfter, liebevoller Dad? Dass ein so herzlicher, gutmütiger Mensch eine solch schreckliche Krankheit bekommen musste. Wie würde er damit umgehen? Eigentlich sollte er doch nur langsam älter werden und immer noch laufen und Ski fahren und reisen und abends sein Glas Wein trinken, während er nach Kräften versuchte, seine Frau am Leben zu halten. Verdammt, er hatte sich vorgenommen, in den nächsten zehn Jahren jedes Jahr an mehreren Marathonläufen teilzunehmen. Wie würde er es verkraften, sein Lieblingshobby aufgeben zu müssen? Wie würde er damit zurechtkommen, Muskel für Muskel die Kontrolle über seinen altbewährten Körper zu verlieren? Er hatte geglaubt, ihm würden noch fünfundzwanzig bis dreißig Jahre bleiben, in die er sein restliches Leben packen konnte. Und da sagt Wikipedia, er hätte nur noch zwei bis drei? Verdammter Mist. Wie konnte es diese verwichste Krankheit wagen, einfach aufzutauchen und ihn kaputt zu machen? Ich hasste sie. Verdammte ALS.

Doch über diese ganze Sache wollte ich gar nicht nachdenken. Ich wollte nur etwas trinken und ein Steak essen und wieder das verwöhnte weiße Arschloch sein, das Urlaub in Palm Desert machte.

»Woran denkst du?«, fragte Abby. Ihre Augen waren leicht verquollen. Sie hatte immer wieder geweint; offenbar war ich der Einzige, der noch keine Träne vergossen hatte.

»Ach, an nichts. Nur an meine todkranken Eltern und mein Leben, das jetzt wahrscheinlich total im Arsch ist … Komm, wir betrinken uns«, sagte ich.

Ich bestellte noch eine Flasche Wein und füllte unsere Gläser bis an den Rand.

# Bald fliegt uns die Scheisse um die Ohren

Die zweite und die dritte Meinung von den Unis Stanford und Johns Hopkins bestätigten die Diagnose. Mein Dad hatte offiziell ALS.

Scheiße. Kacke. Gottverdammt. Dreck. Furz. Mist.

Am Horizont braute sich der ALS-Sturm zusammen und machte Anstalten, meinem Dad alles zu nehmen und unser perfektes kleines Leben zu versauen. Jetzt mussten wir uns darüber klar werden, wie wir darauf reagieren wollten.

Meine Lösung lautete, zurück nach Los Angeles zu gehen und die ganze Sache einfach zu ignorieren. Ich verdrängte, was das Zeug hielt. Also lief ich weiter mit meiner Sonnenbrille und einem feisten Grinsen durch mein albernes kalifornisches Leben. Was soll ich denn machen, ein Heilmittel für ALS finden?, dachte ich. Ich schaffe mit Mühe und Not meine Wäsche. Ich ging davon aus, dass sich alles schon irgendwie regeln würde und ich jahrelang nicht mehr daran denken müsste. Das passierte nicht in echt. Mein Vater würde das schon schaffen. Er war unbesiegbar. Ihm konnte doch nicht *wirklich* etwas Schlimmes passieren.

»Das mit deinem Dad ist echt kacke«, sagte mein Mitbewohner Gabe, als wir uns in der Lava Lounge an der La Brea, unserem üblichen Wasserloch, die Hucke vollsoffen. »Alter, das Leben ist echt beschissen.« Gabe hatte seinen Vater an diesen seelenlosen Wichser Leukämie verloren, als er gerade mal fünfzehn war, deshalb wusste er, was es hieß, einen kranken Vater zu haben.

»Ja, na ja, das Leben geht weiter. Ich kann jetzt eh nichts machen«, sagte ich, kippte einen Gin Tonic runter und bestellte den nächsten.

»Wofür steht ALS überhaupt?«, wollte er wissen.

»Arsch-amorphe Latten-so-und-so. Ich habe keine Ahnung. Ich sage einfach nur ALS«, sagte ich. Ich hatte mir nicht mal die Zeit genommen, um den Namen der Krankheit zu lernen, die meinen Vater umbrachte.

Wahrscheinlich reagierte ich so entspannt auf die Diagnose, weil mein Vater so ruhig blieb. Das war eines seiner Talente, aber gleichzeitig ein Fehler – bei ihm wirkten tragische Ereignisse immer so, als seien sie völlig in Ordnung. Nachdem Michael Jordan 1998 im NBA-Finale seinen berüchtigten Sprungwurf über Byron Russell hinweg versenkt und sich damit die sechste Meisterschaft geholt hatte, was wir live im Delta Center in Salt Lake miterlebt hatten, meinte mein Dad: »Na ja, dieses Jahr haben die Jazz verloren, aber nächstes Jahr spielen sie wieder besser.« »Spar dir den Scheiß, Dad«, lautete mein Kommentar zu seiner launigen Bemerkung, als wir geschlagen das Stadion verließen.

Nachdem seine Diagnose bestätigt war, rief ich alle paar Tage an und fragte, wie es ihm ging. Wir sprachen kurz über seine Krankheit, aber dann fing er immer von irgendwas an, das mit mir zu tun hatte. Er redete nicht gerne über sich selbst. Und wenn es doch um seine Krankheit ging, war er immer bester Laune. Als hätte sich gar nichts geändert. Und sein Optimismus war ja nicht unbegründet. Bis jetzt zeigten sich kaum ernsthafte Symptome. Die Faszikulationen in der Brust wurden allmählich etwas schlimmer, aber sein restlicher Körper war noch kräftig. Er ging jeden Tag mit Sam laufen. Er konnte problemlos atmen. Alles wirkte ganz normal.

»Ich kann mit dieser Krankheit sehr lange leben«, erklärte er immer wieder.

»Okay, das ist toll«, antwortete ich dann, legte die Füße hoch und entspannte mich unter der Sonne Kaliforniens. Ich dachte, wenn jemand mit diesem Ding leben kann, dann mein robuster, gesunder Dad.

»Wie läuft's denn auf der Arbeit?«, fragte er dann, um von seiner tödlichen Krankheit abzulenken. »Und wann triffst du dich wieder mit Abby?«

Bei meiner Mom sah es schon anders aus. Sie schob totale Panik. Zum ersten Mal überhaupt musste sie sich ihr Leben ohne ihren liebevollen, fürsorglichen Ehemann an ihrer Seite vorstellen. Sie rief mich in dieser Phase oft an, manchmal mitten in der Nacht.

»Danny, was zum Teufel sollen wir machen?«, fragte sie dann.

»Es ist vier Uhr morgens, Mom. Kann ich dich morgen anrufen?«, fragte ich zurück.

»Klar. Aber im Ernst, was zum Teufel sollen wir jetzt machen?«

»Ich werde weiterschlafen. Solltest du auch tun.« Sobald ich aufgelegt hatte, kam eine SMS von ihr. »Was machen wir nur, wenn Dad stirbt?«, stand da. Dann drehte ich mich um und versuchte, noch mal einzuschlafen, bevor ich wegen der Arbeit aufstehen musste.

Meine Geschwister blieben nicht so distanziert wie ich. Vor allem Tiffany hatte schreckliche Angst. Als ältestes von fünf Kindern stand sie immer ziemlich unter Druck, bei Notfällen in der Familie auszuhelfen. Wenn es nicht mein Dad war, der Mom zur Chemo fuhr oder mit den kleinen Mädels half, war es Tiffany. Sie hatte sich entschieden, in Salt Lake zu bleiben, während Greg und ich ans College gingen, um zu trinken und herumzuvögeln. Weil sie nur einen Anruf entfernt war, wurde meistens sie mit dem Familienkram belastet.

Mit Mitte zwanzig war sie von den ganzen Familienproblemen ziemlich ausgelaugt und wollte sich auf ihr eigenes Leben konzentrieren. Sie fand es unfair, dass Greg und ich nie einspringen mussten. Sie war sauer auf uns, weil sie uns für miese Egoisten hielt. Und jetzt war Dad krank und sie musste sich um noch eine beschissene Baustelle kümmern. Es wurde immer schwerer, ihr eigenes Leben von der Familie zu lösen.

Als wir die Neuigkeiten über Dad hörten, war Tiffanys Freund Derek in Vernal, einem öden Kaff in Utah, um seine Familie zu besuchen und Mountainbike zu fahren. Tiffany hatte ihn gebeten, nach Hause zu kommen, weil sie völlig mit den Nerven runter war und nicht wusste, was sie machen sollte. Er hatte versprochen, er würde sofort kommen, war aber am Ende noch eine ganze Woche geblieben und hatte Tiffany mit Lügen und Ausreden hingehalten. Für Tiffany war das ein Zeichen gewesen, dass sie von ihm keine Unterstützung erwarten konnte, wenn es wirklich übel wurde, und sie hatte sofort Schluss gemacht.

»Durch Dads Krankheit ist mir klar geworden, dass das Leben kurz ist. Ich brauche jemanden, der etwas ernsthafter ist«, erklärte sie mir, als ich Thanksgiving nach Hause kam. Ich wollte ihr schon einen Spruch reindrücken und irgendwas gnadenlos Gemeines sagen, wie es bei uns Tradition war, aber Trennungen sind nicht einfach, also ließ ich sie dieses eine Mal in Ruhe.

Derek hatte zur Familie gehört – er war bei beinahe jedem wichtigen Ereignis dabei gewesen, bis hin zu Beerdigungen, entsprechend nahm uns sein Abgang ziemlich mit. Er gab uns das Gefühl, wir würden schon jetzt durch diese beschissene Krankheit etwas verlieren.

Tiffany fing etwas mit Brian an, einem Typen aus ihrem Jura-Vorbereitungskurs. Brian hatte sich hohe Karriereziele gesteckt und träumte von Reisen um die Welt und einem schicken Haus voller Golden-Retriever-Welpen. Er schien gut zu meiner Schwester zu passen. Außerdem war Tiffany meiner Mom gegenüber herausgerutscht, dass Brian einen großen Penis hatte. Meine Mom konnte Geheimnisse noch nie für sich behalten und erzählte uns anderen davon. Ich fand das irre komisch und fing an, ihn RSB zu nennen, für »Riesen-Schwanz-Brian«.

Mein Dad hatte sich immer wunderbar um Tiffany gekümmert. Von meiner Mom war sie nur gestresst, während er sie beruhigte. Sie waren beim Skifahren ein Team und verstanden sich großartig. Jetzt würde sie das möglicherweise verlieren, deshalb war es verständlich, dass sie mit jemandem zusammen sein wollte, der sich um sie kümmerte und für sie sorgte. Der große Schwanz war nur eine Zugabe.

Greg beschloss, nach seinem letzten Jahr an der Northwestern wieder nach Hause zu ziehen, damit er helfen konnte, unsere Eltern zu versorgen. Ein Medienkonzern namens Gannett hatte ihm schon einen Job angeboten. Es klang ja nett, mit Freunden in Chicago in der Nähe von Schwulenbars und guten Restaurants zu wohnen, aber dieser Scheiß musste warten. Vielleicht würden sich auch in Utah Typen für seinen unbeschnittenen Schwanz mit Goldrand interessieren.

Jessica war nach der Diagnose unseres Dads völlig durch den Wind. Sie hatte keine Ahnung, was ALS war oder was es für unseren Dad bedeuten würde. Im Gegensatz zu uns anderen hatte sie den Wikipedia-Artikel nicht gelesen. Meine Mom ging zur Chemo, seit Jessica da war, deshalb dachte sie, unser Dad würde eine ähnliche Behandlung bekommen und wieder gesund werden. Jessica war immer introvertiert und schüchtern gewesen. Sie hatte meinem Vater viel näher gestanden als meiner Mutter. Wenn sie zum Lacrosse-Training oder zu Freundinnen wollte, hatte er sie hingefahren. Sie konnte ihn auch gut dazu überreden, ihr Sachen zu kaufen: Klamotten, DVDs, Handys, neuen Elektronikkram, so was. Auch wenn sie nicht laut sagte, dass Dads Diagnose sie getroffen hatte, war das mit Sicherheit der Fall.

Kurz nach der Bombe ging es damit los, dass meine Eltern sie betrunken in unserem Keller fanden. Sie hatte zudem für mehrere Tausend Dollar Kleidung und anderen Kram für sich und ihre Freundinnen eingekauft. Mit der Kreditkarte meiner Mom und natürlich ohne ihre Erlaubnis. Ich schätze, jeder versucht auf seine Art, mit Problemen fertigzuwerden.

Beim Thanksgivingessen – zu dem wir die Larkins besuchten, die Familie von Dads Laufpartner Sam – baten meine Eltern mich, mit Jessica über ihr Trinken zu reden. Sie hatten schon mit ihr darüber gesprochen und die Beratungslehrer informiert, aber sie fanden, Jessica sollte von mir etwas zu dem Thema hören. Ich war der coole Bruder, zu dem sie aufsah.

»Also, Jess, warum zum Teufel trinkst du so viel?«, fragte ich, selbst schon leicht angesäuselt. In der Hand hielt ich ein großes, randvolles Weinglas. Sams Tochter Becca trank genauso gerne wie ich, also schenkte sie immer wieder nach. Das war mein drittes oder viertes Glas an diesem Abend. Ich verlor schon den Überblick.

»Tue ich nicht«, antwortete sie, wie immer schön kurz und bündig.

»Mom und Dad haben gesagt, dass sie dich ein paar Mal betrunken erwischt haben.«

»Du trinkst doch auch«, meinte sie mit einem Blick auf das Glas Wein in meiner Hand.

»Ich bin aber erwachsen. Ich darf trinken. Das ist normal. Du bist ein Kind. Dein Gehirn entwickelt sich noch. Es ist doch bescheuert, wenn du trinkst«, sagte ich und kippte den Wein herunter.

»Ja, ja. Schon gut.« Dann ging sie weg und setzte sich irgendwo allein in eine Ecke.

Chelsea hatte auch keine Ahnung, was los war. Jedes Mal, wenn ich von ALS anfing, machte sie einen blöden Witz und wechselte das Thema.

»Was sagst du denn zu der Sache mit der ALS?«, fragte ich zum Beispiel.

»Das wird schon. Dad schafft das schon«, sagte sie. »Hey, ich habe mir überlegt, man müsste das eigentlich A-B-S nennen statt A-L-S.« Sie kicherte wild.

»Gefällt mir«, antwortete ich.

»Ach, unser Dad? Er hat A-B-S. Genau wie sein Auto«, sagte sie.

»Aber mal im Ernst, kommst du damit klar? Das ist schon ein ziemlicher Hammer«, versuchte ich, so gut es ging, ein guter Bruder zu sein.

Sie sah mich an und lächelte. »Krass, dass Tiffany jetzt mit Riesen-Schwanz-Brian zusammen ist, oder?« Chelsea übernahm oft Sachen, die sie bei mir gehört hatte, und versuchte immer, meine Art von Humor nachzuahmen, deshalb benutzte sie schon Brians neuen Spitznamen.

Auch Chelseas Leben würde sich durch Dads Krankheit enorm ändern, das war unvermeidbar. Meine Eltern machten alles für sie. Sie fuhren sie zur Schule und holten sie ab und brachten sie dann zum Ballettunterricht. Mein Dad half ihr jeden Abend bei den Hausaufgaben. Sie würde lernen müssen, unabhängiger zu sein. Meine Eltern hatten erst vor Kurzem angefangen, sich nach Hilfe wegen ihrer sozialen Probleme umzusehen, aber eine Therapie für Chelsea war erst mal auf Eis gelegt, weil jetzt ernstere Probleme anstanden.

»Dieser große Schwanz muss ja wirklich super sein, wenn sie dafür Derek verlässt«, meinte sie kichernd, ohne überhaupt zu wissen, was sie da redete.

Bis Weihnachten hatte meine Mutter sich ein kleines bisschen beruhigt. Ihr war klar geworden, dass Panik nichts brachte. Wir mussten diese verfickte Krankheit offen angehen und uns bemühen, optimistisch zu bleiben. Als sie vor gefühlten tausend Jahren die Diagnose Krebs im Endstadium bekommen und trotzdem überlebt hatte, hatte sie es ihrer hoffnungsvollen Einstellung zugeschrieben. Sie wollte sich nicht einfach auf den Rücken legen und sich vom Krebs zu Tode ficken lassen. Sie wollte kämpfen, und zwar richtig, und riet uns, das sollten wir alle tun, egal, wogegen wir uns wehren mussten.

Im Laufe der Jahre wurde die Hoffnung zu einem Teil ihrer Persönlichkeit. Sie definierte sich als Überlebende, die angetrieben wurde von Hoffnung und dem festen Willen, niemals aufzugeben. Ihre Seite des Schlafzimmers war mit motivierenden weisen Worten und Zitaten über Hoffnung vollgepflastert. Sie besaß T-Shirts, Postkarten und Armbänder mit optimistischen Sprüchen. Einen Stein, in den das Wort *Hoffnung* graviert war, nahm sie immer zur Chemotherapie mit und rieb ihn, während sie mit Chemikalien gegen den Krebs vollgepumpt wurde. Eine Zeit lang schrieb sie sogar eine Kolumne mit dem Titel »Lichtblicke«, die in ein paar von Dads Zeitungen erschien. In der Kolumne erzählte sie Geschichten von Hoffnung und Erfolg, vor allem aus ihrem eigenen Leben. Sie änderte sogar ihre verdammte Mailadresse zu gbnmlsaufdeb@aol.com, wobei gbnmlsauf für »Gib niemals auf« stand. Es war, als hätte sie sich zur Fürsprecherin der Hoffnung aufgeschwungen, weil die Hoffnung bei ihr gewirkt hatte.

ALS war nicht Krebs, aber sie wollte meinen Dad so lange wie möglich bei sich behalten. Er sollte genauso entschlossen kämpfen, wie sie es getan hatte, und »niemals aufgeben«. Also hörte sie auf, sich wie eine Verrückte zu benehmen, und arbeitete mit meinem Dad an einem Plan, wie wir mit dieser Sache umgehen konnten, wenn es übel wurde.

Zu Weihnachten flog ich mit Abby ins verschneite Salt Lake City. Es gehörte immer zu den Höhepunkten des Jahres, die Feiertage zu Hause zu verbringen. Weihnachten war eine gemütliche Zeit, in der ich meiner Lieblingsbeschäftigung frönen konnte: mich wie ein verwöhntes weißes Arschloch zu benehmen. Freunde waren in der Stadt. Schnee bedeckte den Boden. Es wurde immer heftig getrunken. Wir hatten eine hohe Wohnzimmerdecke und besorgten jedes Jahr einen vier, fünf, sechs Meter hohen Baum, unter den meine Mom schier unzählige Geschenke packte. Leicht beschickert saßen wir zusammen, sahen uns Weihnachtsfilme an und spürten dieses wohlig warme Gefühl, das an den Feiertagen aufkommt, dieses Gefühl, dass niemals etwas Schlimmes passieren wird.

An Heiligabend versammelten wir uns immer in albernen Pyjamas um den Baum. Mein Dad setzte dann eine Weihnachtsmannmütze auf und las *In der Nacht vor dem Christfest* vor, obwohl wir langsam alle viel zu alt für den Scheiß waren. Aber Tradition war Tradition. Danach suchten wir aus, wer das erste Geschenk öffnen durfte. Meistens war es eines der kleinen Mädels, weil sie jünger waren und Weihnachten ihnen mehr bedeutete, manchmal fiel die Wahl auch auf denjenigen, der ein schwieriges Jahr hinter sich hatte und ein Geschenk am meisten brauchte. Das war noch nie mein Dad gewesen.

Aber dieses Mal lag eine gewisse Anspannung in der Luft. Bei diesem Besuch ging es nicht nur darum, sich *Buddy – Der Weihnachtself* anzusehen, viel zu viele Geschenke abzustauben und sich den Verstand allmählich vom Alkohol vernebeln zu lassen. Wir hatten ein paar ernste Dinge zu besprechen.

Heiligabend trommelte Mom uns alle vor dem Weihnachtsbaum zu unserem ersten Familientreffen nach der Diagnose zusammen. Wir trugen unsere albernen Pyjamas, Dad hatte seine Weihnachtsmannmütze auf dem Kopf, und zu unseren Füßen lächelten unsere fröhlichen Golden Retriever. Der Weihnachtsschmuck tanzte und funkelte am Baum, als wäre alles in Ordnung. Der leichte Schneefall draußen rundete das Bild ab. Ich kuschelte mich auf einem der Wohnzimmersofas an Abby. In unseren Tassen war Eggnog mit einem Extraschuss Whiskey, und warum zum Teufel auch nicht?

»Es ist zwar Weihnachten, aber ich weiß nicht, wann wir das nächste Mal alle zusammen sind«, sagte meine Mutter, und wir richteten unsere Aufmerksamkeit auf sie statt auf die Geschenke. Auf ihrem bekloppten Schlafanzug tummelten sich Rentiere. »Uns fliegt bald die Scheiße um die Ohren, und wir müssen uns überlegen, was wir machen.«

»Vielleicht sollte Dad in ein Pflegeheim gehen«, schlug Greg vor, der in seinem Batman-Pyjama an einem heißen Kakao nuckelte.

»Warst du schon mal in einem Pflegeheim? Da wohnen lauter alte Säcke, die sich in die Hosen scheißen und den ganzen Tag *Der Preis ist heiß* gucken«, meinte ich und wischte einen Eggnogflecken von meiner Grinch-Hose.

»Na ja, irgendwann ist Dad auch so weit«, sagte er.

»Das wird noch sehr lange dauern.« Dad starrte auf seinen Superman-Pyjama, als er das sagte.

»Vielleicht sollten wir das Haus verkaufen und einfach reisen, bis du stirbst«, schlug Tiffany vor. Ihr Pyjama war rot und von Herzchen übersät.

»Vielleicht sollte Dad einfach tanzen lernen, und alles wird gut«, kicherte Chelsea in ihrem Hello-Kitty-Aufzug.

»Boah, bist du blöd, Chelsea«, sagte Jessica. Sie hatte ihre üblichen Baggy Jeans und einen Pulli an, für unsere Tradition war sie offenbar zu cool.

»Wann können wir das erste Weihnachtsgeschenk aufmachen?«, wollte Chelsea wissen.

Die arme Abby saß sprachlos da und fragte sich, warum sie nicht einfach nach Hause gefahren war, um die Feiertage mit ihrer Familie zu verbringen, statt nach Utah zu uns Bekloppten zu kommen.

»JETZT HALTET VERDAMMT NOCH MAL DIE KLAPPE!«, brüllte meine Mom und knallte ihr kleines rotes Notizbuch auf den Tisch. Sie machte ständig Listen, und anscheinend hatte sie eine

Liste mit allem gemacht, was wir besprechen und für das wir planen sollten. Also hielten wir verdammt noch mal alle die Klappe, jetzt war Mom an der Reihe. Sie schlug das Notizbuch auf, als wollte sie eine andere Version von *In der Nacht vor dem Christfest* vorlesen, mit dem Titel »In der Nacht, bevor uns die Scheiße um die Ohren flog«.

»Es wird verdammt übel werden, und wir müssen uns alle zusammenreißen und lernen, damit umzugehen«, erklärte sie. »Ich habe den Krebs nicht überlebt, indem ich auf meinem fetten Arsch gesessen habe. Und wir werden jetzt auch nicht auf dem Arsch sitzen und zusehen, wie euer Dad stirbt. Er wird noch lange leben, aber wir müssen vorbereitet sein.«

»Genau. Ich werde noch sehr lange leben«, bestätigte mein Dad.

Alle nickten. ALS ist eine sehr launische Krankheit, man weiß nie genau, wie schnell und wie heftig sie zuschlägt. Aber Mom hatte recht. Es war besser, sich auf alles gefasst zu machen, damit es uns nicht kalt erwischte, wenn es schlimm wurde. Schließlich wollten wir nachher nicht als Idioten dastehen, die nicht die nötigen Vorkehrungen getroffen hatten.

»Euer Dad und ich haben schon darüber geredet, und der Plan sieht so aus …«

Als erster Punkt stand unser Haus auf der Tagesordnung. Wir waren 1991 eingezogen, ein paar Monate nachdem wir Jessica adoptiert hatten und ein Jahr bevor meine Mom Krebs bekam. Das Haus war das Schmuckstück von Corn Patch, einem Viertel, in dem vor allem Mormonen wohnten und das wir manchmal Porn Patch nannten, um unsere Nachbarn zu ärgern. Bis auf Ralph, unseren Nachbarn direkt gegenüber, waren wir als Einzige in der ganzen Gegend keine Mormonen. Das Haus war ein dreistöckiger Backsteinbau mit sieben Schlafzimmern, fünf Badezimmern und rundherum Kiefern, Espen und Pappeln. Dazu konnte es einen

Tennisplatz vorweisen, einen Swimmingpool, ein Trampolin, einen Trinkbrunnen, drei Flipper, einen Whirlpool und einen Pavillon. Und es zeigte den ganzen Mormonen um uns herum einen riesigen Stinkefinger. »Haha. Wir glauben nicht mal an Gott und haben trotzdem ein größeres Haus als ihr«, dachten wir. Wahrscheinlich hätten sie uns gern den Krebs und die ALS als Beweis dafür unter die Nase gerieben, dass es doch einen Gott gibt und er Ungläubige bestraft.

Meine Mom sagte, wir könnten das Haus entweder behalten und umbauen oder ein neues Haus suchen, das schon rollstuhlgerecht war. Sollten sie umbauen, würden sie einen Aufzug von der Garage zu ihrem Schlafzimmer installieren lassen, mehrere Bäder entsprechend zugänglich machen, ein paar Rampen einbauen, den Teppich durch dünneres Material ersetzen, auf dem der Rollstuhl leichter fahren konnte, und einige Türen verbreitern.

Am Ende beschlossen meine Eltern, es sei am einfachsten, im Haus zu bleiben – ein Umzug würde zu viel unnötige Arbeit mit sich bringen.

»Wir behalten das Haus, und es wird so gemütlich und schön bleiben, wie es immer war«, erklärte meine Mom. »Wir ziehen nicht in irgendeinen hässlichen Kasten. Alles bekommt diese beschissene Krankheit nicht.«

Meine Eltern wollten sich mit Architekten und Bauunternehmern treffen, um die Arbeiten auf den Weg zu bringen. Ich freute mich, dass wir unser Haus nicht verkaufen würden. Wir hatten eine Menge darin durchgemacht, es war wie ein achtes Familienmitglied. Bestimmt hofften einige unserer Mormonennachbarn, wir würden mitsamt unseren Pornowitzchen ausziehen, aber die Marshalls mit ihrem dreckigen Mundwerk würden bleiben.

»Dass Dad stirbt und alles ist natürlich echt scheiße, aber ich finde es ziemlich geil, einen Aufzug ins Haus zu bekommen«, sagte ich und nippte an meinem Eggnog. Greg nickte zustimmend, während Tiffany mir einen bösen Blick zuwarf. Ab sofort stand auch noch ein Aufzug auf der Liste der hammermäßigen Ausstattung unseres Hauses.

Der nächste Punkt auf Moms Tagesordnung war die Frage, wie wir mit der Krankheit umgehen würden, wenn es schlimmer wurde.

»Euer Dad hat sich die ganzen Jahre um mich gekümmert, und jetzt bin ich an der Reihe, mich um ihn zu kümmern. Wir werden tun, was wir können, solange wir es können«, erklärte Mom mit einem Anflug ihrer typischen Zuversicht.

ALS kann zwar nicht geheilt werden, aber es gibt Möglichkeiten, mit der Krankheit umzugehen. Bei meinem Dad hatte sie zuerst den Oberkörper befallen. Das war nicht gut, weil sie das Zwerchfell und damit die Atmung beeinträchtigen konnte. Genau daran sterben die meisten ALS-Patienten: Die Lunge wird so schwach, dass sie den allmächtigen Sauerstoff nicht mehr in den Körper leiten kann. Aber meine Mom ließ keinen Zweifel daran, dass wir jedem auftretenden Problem mit einer Lösung begegnen würden. Sollte mein Dad nicht kauen können, würde er eine Magensonde bekommen. Sollte er nicht im Stehen duschen können, würden wir ihm einen Stuhl in die Dusche stellen. Sollte er nicht mehr laufen können, würde er einen Rollstuhl bekommen. Sollte er nicht mehr atmen können, würde man ihn an ein Beatmungsgerät anschließen. Sollte er nicht mehr sprechen können, würde er mit einem Hilfsmittel kommunizieren. Sollte er es zum Kacken und Pinkeln nicht ins Bad schaffen, würde er Windeln und eine Urinflasche benutzen. Wie viel das alles kosten würde, war egal. Meine Eltern waren bereit, ihren letzten Cent auszugeben. Viele ALS-Patienten entscheiden sich, nichts zu unternehmen, und lassen sich einfach von der Krankheit holen. Manche tun sich die Magensonde und den Rollstuhl an. Nur ein kleiner Prozentsatz lässt sich an ein Beatmungsgerät anschließen. Aber wie es sich anhörte, wollte mein Dad das ganze Programm durchziehen. Es war das komplette Gib-niemals-auf-Rundumpaket der Marshalls.

»Mir macht es nichts aus, ihn zu versorgen, solange ich lebe«, sagte mein Mom, nahm seine ALS-Hand in ihre Krebshand und lächelte aufmunternd.

Aber die Vorstellung, wie mein Dad gelähmt im Rollstuhl saß und in Windeln schiss, während ein Roboter seine sanfte Stimme ersetzte und eine klobige Maschine für ihn atmete, kam mir wie ein Albtraum vor. Ich nippte an meinem Eggnog und betrachtete Abbys hübsches Gesicht, um dieses Bild aus meinem Kopf zu bekommen.

Beim nächsten Punkt auf der Liste ging es darum, was mit Dads Zeitungen passieren sollte. Meine Geschwister und ich waren so damit beschäftigt, unseren eigenen Interessen hinterherzuhecheln, dass uns das Familienunternehmen scheißegal war. Mein Dad hatte einen Partner, Chris, aber der wollte sich bald zur Ruhe setzen. Also hatte sich mein Dad überlegt, die Zeitungen gleich zu verkaufen, das würde die Dinge einfacher machen, wenn er krank wurde. Im Rollstuhl und angeschlossen an ein Beatmungsgerät konnte er jedenfalls keine Zeitung leiten.

Dann ging es um den Boston Marathon. Mein Dad hatte sich den dürren Hintern aufgerissen, um sich dafür zu qualifizieren, und er wollte immer noch teilnehmen. Wir dachten, mit dieser unheilbaren Krankheit sollte er vielleicht lieber nicht laufen. Aber Dr. Bromberg fand offenbar, es könne nicht schaden, solange er genug trank und weiter ordentlich aß.

»Er wird trotzdem starten«, verkündete meine Mutter.

»Echt?«, fragte ich. »Ich meine, das ist ja wirklich inspirierend und so, aber ist es auch in Ordnung?«

»Das geht schon. Ich werde weiter laufen«, erklärte mein Dad.

Einerseits hielt ich das für völlig falsch. Mittlerweile hatte ich eine ganze Menge über ALS gelesen. Unter anderem, dass man zwar nicht weiß, was die Krankheit auslöst, aber dass sie anscheinend häufiger bei Menschen auftritt, die ihren Körper bis an die Grenze belasten. Lou Gehrig, der Namensgeber der Krankheit, war berühmt, weil er den Rekord als Baseballspieler mit den meisten Spielen in Folge aufgestellt hatte, 2130 Spiele am Stück – ein Rekord, der sechsundfünfzig Jahre hielt, bevor er schließlich von Cal Ripken Jr. gebrochen wurde. Ich dachte, das viele Laufen könnte zu Dads Krankheit beigetragen haben. Mit Sicherheit war es nicht gut für die Muskeln, und wahrscheinlich saugte es meinem Vater die ganzen Nährstoffe aus, die ihn bis jetzt so gesund und stark erhalten hatten.

Andererseits liebte mein Dad das Laufen. Es war seine Zuflucht, seine Therapie und wirkte befreiend auf ihn. Er hatte nun einmal ALS, ob er lief oder nicht, also konnte er ruhig etwas machen, das er liebte.

Meine Mom hegte noch Zweifel wegen des Marathons, aber sie wusste, wie sehr er Dad am Herzen lag, und wollte ihn deshalb mit ganzer Kraft unterstützen. Sam und seine beiden Laufpartnerinnen Donna und Paula versprachen, sie würden ihn begleiten und aufpassen, dass er es schaffte.

Der nächste Punkt war, dass wir uns um unsere eigene psychische Verfassung kümmern mussten, wenn es übel wurde. Auf Rat von Dr. Bromberg nahmen meine Eltern ein Antidepressivum, denn langsam die Kontrolle über seinen Körper zu verlieren und nicht mehr tun zu können, was man so gerne gemacht hat, kann einen offenbar ganz schön runterziehen.

»Ich finde diese Pillen richtig klasse. Den Scheiß hätte ich schon seit Jahren nehmen sollen«, meinte meine Mom und strahlte uns an, wie ich es noch nie gesehen hatte. »Ehrlich, ihr solltet das Zeug auch mal ausprobieren.«

Sie besuchten jetzt auch eine Psychologin, Robin. Sie hatte ihnen geraten, die kostbare Zeit, die ihnen noch zusammen blieb, so gut es ging bewusst zu erleben und nicht zu sehr an die Zukunft zu denken. Sie sollten sich auf die Dinge konzentrieren, die mein Dad noch konnte, nicht auf das, was er nicht mehr konnte. Und sie hatte vorgeschlagen, mein Dad solle sich ein paar Sachen überlegen, die er mit jedem von uns noch unternehmen wollte, bevor er zu einem verkrüppelten Häufchen Elend wurde – so eine Art Löffelliste.

»Wir gehen zusammen zu einem Jazz-Spiel«, sagte ich.

»Ich nehme ihn im Januar zum Heliskiing mit«, sagte Tiffany.

»Wenn ich wieder hier wohne, spielen wir jede Menge Tennis«, versprach Greg.

»Mich kannst du zum Tanzen fahren«, meinte Chelsea.

»Und mir kannst du eine neue Digitalkamera kaufen«, schlug Jessica vor.

»Wir würden auch gerne für den Sommer einen großen Familienurlaub planen«, sagte meine Mom.

»Das klingt doch alles ganz prima«, meinte mein optimistischer Dad.

Zuletzt ging es darum, ob und wie wir alle helfen konnten. Bei diesem Thema waren sich meine Eltern nicht ganz einig. Meine Mom fand, wir sollten alle sofort wieder nach Hause ziehen, um mit anzupacken und Zeit mit unserem Vater zu verbringen, aber Dad wollte uns nicht zur Last fallen. Er wusste, dass für uns gerade das Leben als Erwachsene anfing, und wollte nicht, dass uns die Krankheit dazwischenpfuschte. Er sorgte gerne für andere, wollte aber nicht, dass andere für ihn sorgten. Wenn es schlimm wurde, wollte er einfach einen Pfleger einstellen, während meine Mom der Meinung war, wir sollten ihn selbst pflegen.

»Wir sind verdammt noch mal seine Familie, also müsst ihr kleinen Scheißer jetzt den Arsch hochkriegen, vor allem ihr älteren Kinder«, sagte meine Mom.

»Ich ziehe im Sommer ja wieder her«, protzte Greg.

»Ich studiere dann vielleicht Jura, und ich muss arbeiten, und

Brian und ich wollen nächstes Jahr vielleicht in Costa Rica Urlaub machen, aber ich werde tun, was ich kann«, versprach Tiffany panisch.

»Ich wohne sowieso hier, schon vergessen?«, meinte Chelsea kichernd.

»Hört mal, ich will nicht, dass alle hier rumsitzen, mich bedauern und auf meinen Tod warten. Ihr habt euer eigenes Leben«, warf mein Dad ein.

»Ach, jetzt sieh es bitte endlich ein, Bobby Boy«, sagte meine Mom. »Wir haben diese ganzen kleinen Kacker doch nicht umsonst bekommen.«

Wenn ich zurückdenke, hätte ich auf der Stelle bei der Arbeit anrufen und kündigen sollen. Mich irgendwie aus meinem Mietvertrag winden. Ich hätte meinen ganzen Krempel in ein paar Kartons werfen und so schnell wie möglich aus Los Angeles verschwinden und wieder nach Hause ziehen sollen. Ich hätte die Gelegenheit beim Schopf packen und so viel Zeit wie möglich mit meinem Dad verbringen sollen, solange er noch relativ gesund war. Aber ich hatte keine Ahnung. Ich wusste nicht, wie ernst diese schreckliche Krankheit wirklich war. Ich dachte, ich würde immer mal zu Besuch kommen, irgendwann vielleicht sogar zurückziehen, aber im Moment musste ich mich um meinen neuen Job kümmern, meine Freundin, meine Wohnung, mein Leben – auch wenn es ein egoistisches, dummes Leben war.

»Das war's erst mal, Leute.« Meine Mom klappte ihr Notizbuch zu.

Still wie der rieselnde Schnee saßen wir da und sahen uns die eingepackten Geschenke an, die wir eigentlich gar nicht mehr öffnen wollten. Ich warf meinem Dad mit seiner schiefen Weihnachtsmannmütze einen Blick zu. Ich konnte das alles nicht glauben. Er sah so gesund aus, so lebendig. Der alte Dad eben. Würde er wirklich nach und nach gelähmt werden, während seine Familie herumrannte und versuchte zu löschen, wo es brennt? Es kam mir unwirklich vor. Ich liebte diesen Mann über alles. Er hatte die ganzen Jahre so wunderbar für uns alle gesorgt, und es war bizarr, dass sich die Rollen vertauschen, dass wir jetzt für ihn sorgen sollten, und das so früh. Jeder geht davon aus, irgendwann seine Eltern versorgen zu müssen, normalerweise, wenn sie über achtzig und dement sind und ihren Namen mit Scheiße an die Wand schreiben. Aber mein Vater war Anfang fünfzig. Würden meine Geschwister und ich unser Leben umkrempeln müssen, um ihm nach dieser unseligen Wendung zu helfen?

Ich trank einen kräftigen Schluck von meinem Eggnog und kuschelte mich noch enger an Abbys warmen Körper. Mein Dad hatte ein langes Jahr vor sich, deshalb fand ich, er hätte jetzt doch mal das erste Weihnachtsgeschenk verdient.

»Dad, dieses Jahr darfst du das erste aufmachen.« Ich schnappte mir eines seiner Päckchen und warf es ihm zu. Er fing es mit seinen noch starken Händen auf.

»Danke, DJ«, sagte er. Er zögerte und musterte seine Familie, dann riss er die Verpackung auf.

# Das Jahr vor dem schlimmsten Jahr unseres Lebens

Mein Dad und ich haben uns immer super verstanden. Er war mein Kumpel. Mein Spezi. Mein Freund. Es war nie nach dem Motto: »Ach du Scheiße! Ich *muss* was mit meinem Dad machen.« Eher so: »Ja, geil! Ich *darf* was mit meinem Dad machen.«

Wir waren Jungs, die Jungssachen mochten. Wir zeigten nie groß unsere Gefühle. Ich habe nur einmal gesehen, wie er geweint hat – nachdem sein eigener Vater gestorben war. Und sogar da hat er nur ein paar Tränen vergossen und dann gesagt: »Das gehört zum Leben dazu, und er hat gelitten. Wir müssen für seine Beerdigung packen.« Mein Dad lebte klaglos vor sich hin und ließ sich fast nie Trauer oder Traurigkeit anmerken. Er fand, das Leben sei kurz, deshalb sollten wir es ohne unnötigen Stress genießen.

Auf diesen entspannten, lockeren Grundsätzen baute unsere Beziehung auf. Wir steckten zusammen in diesem Schlamassel – ein paar alberne Kerle, die dreckige Witze und Basketball mochten und versuchten, den Sinn unseres komplexen Daseins zu begreifen.

Über Jahre hinweg musste er sich fast pausenlos um seine Kinder und seine kranke Frau kümmern, aber manchmal stahlen wir uns in die Berge zum Skifahren – und ließen unsere ganzen Probleme unten im Tal in Salt Lake. Auf den Sesselliften die Berge hinauf führten wir einige unserer besten Gespräche. Er fing den Tag immer mit irgendeinem unglaublich beseelten Spruch an, so was wie »Ich wäre nirgendwo lieber als hier« und »Junge, ist das schön hier« und »Mein Gott, hier oben vergesse ich glatt alle Sorgen«. Dann unterhielten wir uns über dies und das: die Utah Jazz, den Aktienmarkt, die *Sopranos*, die Bikini-Ausgabe der *Sports Illustrated* oder wie meine Mom manchmal durchdrehen konnte.

Aber im Laufe des Tages wurden wir beide offener, als wir es zu Hause in dieser schmutzigen, verseuchten Zivilisation je waren. Er ermunterte mich, über alles zu sprechen, was mich belastete: die Schule, Zukunftspläne, wie ich mit Moms Krebs klarkam. Wenn ich mich besonders heldenhaft fühlte, fragte ich ihn sogar über Mädchen aus.

»Wie bringt man ein Mädchen dazu, einen zu mögen?«, fragte ich etwa, während ich mir mit einem Skistock den Schnee von den Stiefeln klopfte.

»Sei einfach du selbst. Und wenn sie dich nicht mag, scheiß auf sie. Ihr Pech«, antwortete er lächelnd und gab mir Handwärmer, die ich in meine Handschuhe stecken sollte.

Ich liebte es, wie wir miteinander umgingen. Ich liebte unsere tiefgründigen, offenen Gespräche. Ich liebte es, zu wissen, dass ich mich auf ihn verlassen konnte. Ich wollte, dass es ewig so weiterging. Das Erschreckendste an seiner Krankheit war für mich, dass sie unsere Beziehung verändern würde. Mein verlässlicher Dad sollte sich doch immer um mich kümmern, egal, was passierte.

»Ja Scheiße, ihr wart echt beim Heliskiing?«, fragte ich am Handy, während ich in L. A. von der Arbeit nach Hause fuhr.

»Ja, sie haben Tiff und mich in die Nähe von Snowbird geflogen, wir sind ausgestiegen und durch frisch gefallenen Pulverschnee gefahren«, erzählte mein Dad. »Wir haben sieben Abfahrten gemacht.«

»Aber du hast doch ALS, schon vergessen?«, fragte ich und überlegte dabei, ob ich so einen Vollhorst anhupen sollte, der mich geschnitten hatte.

»Na ja, im tieferen Pulverschnee hatte ich manchmal etwas Probleme, aber es war absolut fantastisch«, sagte mein Dad.

Ich freute mich wahnsinnig, dass er noch Ski fahren konnte. Und nicht nur auf einer normalen Piste, sondern auf einer der beeindruckendsten und schönsten Skirouten der Welt. Das bedeutete, dass er noch gesund war. Dass sein Körper noch funktionierte. Es bedeutete, dass er noch all das machen konnte, was er so gerne machte. Und dazu konnte er Zeit in den Bergen verbringen, seinem Zufluchtsort vor der hektischen Welt.

Das Jahr 2007 ließ sich schon mal gut an.

Das Skifahren war der erste Punkt auf seiner Löffelliste für dieses Jahr. Aber die nächsten Sachen warteten schon. Er hatte sein Unternehmen zum Verkauf angeboten und damit viel zu tun, trotzdem blieb ihm genug freie Zeit, um das Leben zu genießen, solange er noch gesund war. Kurz nach dem Heliskiing fuhr er mit seinen besten Freunden zum Skifahren nach Sun Valley, einem seiner Lieblingsorte. Sie gingen auf die Piste, tranken und hingen in Whirlpools ab – ein Traumurlaub ohne ihre Frauen. Mein Dad blieb extrem aktiv. Er und meine Mom gingen jeden Abend mit Berkeley und Mazie in unserer Nachbarschaft spazieren. Ich wette, ein paar der Mormonen in der Gegend sahen meine energiegeladenen Eltern vorbeirauschen und dachten: Herrje, die beiden wollen einfach nicht sterben. Und dann nahte natürlich noch der Boston Marathon. Das war das Highlight.

Meine Mom fing an, Dads Teilname als ultimatives Beispiel für menschlichen Durchhaltewillen hinzustellen. Er war nicht einfach ein Mann, der einen Marathon lief, sondern ein todkranker Held, der allen Widrigkeiten trotzte und nicht zuließ, dass seine Krankheit seine Träume zerstörte. Meine Mom fand die Geschichte derart inspirierend, dass sie bei allen Fernsehsendern und Zeitungen der Gegend versuchte, sie an den Mann zu bringen.

»Mein Mann hat ALS, und trotzdem läuft er beim Boston Marathon mit«, erzählte sie den Leuten. »Er gibt niemals auf.«

Dann erweiterte sie die Geschichte um ihren eigenen Kampf gegen den Krebs. »Wir haben immer gedacht, ich würde zuerst sterben«, erzählte meine Mom. »Aber jetzt könnte es ihn treffen.«

Ein paar lokale Fernsehsender brachten die Geschichte, und dann meldete sich *CBS Evening News with Katie Couric* bei ihnen und wollte für eine landesweite Ausstrahlung eine Reportage drehen.

Boston wurde eine große Sache. Familienmitglieder und Freunde scharten sich um meinen Dad, um ihn zu unterstützen. Einige bekamen sogar feuchte Augen. »Dein Dad, nein, deine ganze Familie ist so mutig und stark«, schluchzten sie.

»Echt? Ich halte uns ja eher für einen Haufen Idioten«, antwortete ich dann.

Meine Mom machte sogar T-Shirts mit der Aufschrift DER HIMMEL SOLL WARTEN, DENN BOB LÄUFT IN BOSTON, was ich ziemlich albern fand, weil wir nicht religiös waren und nicht an Himmel und Hölle glaubten. Meine Mom war von der ganzen Aufmerksamkeit begeistert. Immerhin war sie eine nette Ablenkung, so konnten sie und mein Dad die Sorgen über das ganze deprimierende Zeug, das auf uns zukam, etwas hinausschieben. Mein Dad schrieb mir in einer Mail:

> Ich weiß nicht, ob mein Laufen etwas damit zu tun hat, dass ich ALS bekommen habe (auch wenn ich davon überzeugt bin, dass es das nicht hat), aber es ist ein enorm wichtiger Teil meines Lebens geworden, seit ich diese gottverdammte Krankheit habe. Das Training für den Boston Marathon hat meinem Leben in einer Zeit einen Sinn und ein Ziel gegeben, in der es allzu leicht gewesen wäre, in Sorgen und Depressionen zu versinken.

Zu dieser Zeit war ich wieder in Los Angeles damit beschäftigt, zu arbeiten und ein Arsch zu sein. Abby und ich waren uns näher als je zuvor. Wenn ich nicht unbedingt in L. A. sein musste, fuhr ich nach Berkeley, um mir großartiges Essen schmecken zu lassen, zu kuscheln und zu vögeln. Meinem Dad ging es noch nicht so schlecht, dass ich nach Hause fahren musste. Ich hätte nichts tun können, außer meinen Eltern bei den Vorbereitungen für die Reise nach Boston zuzusehen. Ich hoffte und betete, es würde alles so bleiben, wie es war, und die Krankheit nicht zu schnell fortschreiten. Allerdings verpasste ich meinen Eltern einen neuen Spitznamen: Team Todgeweiht.

»Wie geht's dem Team Todgeweiht heute?«, fragte ich zum Beispiel am Telefon.

»Gut, gut. Ich bin eine lange Runde gelaufen. Dann sind wir mit den Hunden spazieren gegangen. Gleich schmeiße ich ein paar Steaks auf den Grill, und wir essen abends im Pavillon«, erzählte mein Dad, als wäre alles in Ordnung.

»Klasse. Tja, dann werde ich jetzt mal weiter mit Abby kuscheln und mir keine großen Gedanken machen«, sagte ich.

Im Februar flog ich für ein Basketballspiel nach Hause, weil ein Bier mit mir bei einem Spiel der Utah Jazz auf Dads Löffelliste stand. Ich hatte ihn seit Weihnachten nicht mehr gesehen. Ich merkte zum ersten Mal seit seiner Diagnose, dass etwas nicht stimmte. Er war dünner als sonst, und nicht nur vom Laufen. Seine Arme waren nicht mehr so beweglich, und er sprach leiser. Es fiel ihm schwer, das Bier an den Mund zu heben. Er schaffte es, aber nicht mit der natürlich fließenden Bewegung, die er im Laufe der Jahre perfektioniert hatte. Normalerweise teilten wir uns einen großen Eimer Popcorn. Als ich klein war, nahm er immer einen ganzen Schwung in die Hand, und ich durfte mich aus seiner Pranke bedienen. Aber jetzt fiel mir auf, dass ich als Einziger etwas aß.

»Alles in Ordnung, Dad?«, fragte ich. »Magst du Popcorn nicht mehr?«

»Doch, aber ich kann es nicht gut greifen.« In letzter Zeit bereitete es ihm Mühe, kleine Gegenstände zu fassen. Ich überlegte, ihn mit Popcorn zu füttern, aber die tobenden, jubelnden Jazz-Fans um uns herum hätten wohl ziemlich blöd geguckt. Also trank ich nur einen großen Schluck von meinem Stadionbier.

In der Halbzeit trafen wir uns mit einem Freund aus der Highschool, der mir danach schrieb: »Geht es Deinem Dad gut? Sah komisch aus.«

Am liebsten hätte ich geantwortet: »Er krepiert langsam an einer beschissenen Krankheit, gegen die man einen Scheiß machen kann, du schwanzloser Sack.« Stattdessen schrieb ich bloß zurück: »Ja, er läuft nur viel.« Ich glaube, es war ein Nebeneffekt davon, dass ich die Krankheit nicht wahrhaben wollte, vielleicht verstand ich sie auch nicht gut genug, um über sie zu reden, jedenfalls sprach ich mit meinen Freunden kaum über sie. Die meisten wussten nicht einmal, dass Dad krank war.

Am nächsten Tag schaute unsere Putzperle Stana vorbei und brachte Hühnersuppe mit Nudeln und Kartoffelsalat. Ich hatte sie mal angelogen und ihre Kochkünste gelobt, und jetzt brachte sie jedes Mal, wenn ich in der Stadt war, einen fetten Topf Suppe und eine riesige Schüssel Kartoffelsalat vorbei. Sie sprach schroffes, gebrochenes Englisch mit einem starken polnischen Akzent.

»Danny, ist zu glauben, dass Daddy ist auch krank?«, fragte sie, während ich Knochen aus der Hühnersuppe fischte und nach Kräften so tat, als würde sie schmecken.

»Ja, Wahnsinn, aber wer weiß, er dürfte schon noch eine ganze Weile durchhalten«, meinte ich gezwungen optimistisch.

Stana schüttelte nur den Kopf. »Daddy ist krank. Er wird viel, viel schlimmer. Bald er ist …« Sie zeigte auf den Boden und meinte damit zwei Meter unter der Erde.

»Warten wir mal ab. Noch ist er gut bei Kräften«, sagte ich.

»Danny, Daddy stirbt vor Mommy«, sagte sie.

So langsam wirkte es real. Es ließ sich nicht mehr leugnen, meinem Kumpel ging es schlechter.

Mitte April fand dann endlich der Marathon statt. Ich flog nach Boston und traf mich da mit der restlichen Familie. Dass das Hyatt, in dem wir wohnten, ein Dampfbad und einen Whirlpool hatte, freute mich mehr als der Marathon. Ich glaubte mittlerweile, dass mein Dad sich mit dem Rennen zu sehr unter Druck gesetzt hatte. Seine Gesundheit hatte sichtlich gelitten, aber nach den vielen Berichten und Artikeln konnte er unmöglich einen Rückzieher machen. Ich wollte nicht, dass er läuft. Ich wollte, dass er sagt »Scheiß drauf« und aussteigt.

Trotzdem war ich da, um ihn zu unterstützen. Das ganze Wochenende regnete es, wie ich es noch nie erlebt hatte – der Wind klappte unsere Regenschirme um, und in der Sturzflut waren wir nach Sekunden klatschnass. Man kann über L. A. ja sagen, was man will, aber mit so einem Mistwetter müssen wir uns da nicht rumschlagen. Ich hoffte, sie würden das Rennen wegen des Wetters absagen. Aber Montag klarte es auf, und mein Dad konnte es kaum erwarten, zu starten.

Am Tag des Rennens wurden Greg, meine Mom und ich in den Übertragungswagen der CBS News verfrachtet, um meinem Dad zu folgen. Sie wollten genügend Material für ihre Reportage zusammenbekommen. Und die Ehre wurde Greg und mir zuteil, weil Tiffany, Jessica und Chelsea für den Einspieler in den Nachrichten interviewt wurden und meine Mom fair verteilen wollte. Wir sollten an den Markierungen für zehn und fünfzehn Meilen und dann wieder am Ziel aussteigen, um ihn zu sehen.

Der Fahrer und der Kameramann hatten offenbar kein großes Interesse an Dads Geschichte. Jedes Mal, wenn meine Mom ihnen erzählen wollte, was für eine schreckliche Krankheit ALS war, wechselten sie sofort das Thema.

»Die meisten Menschen mit ALS sollen nur noch zwei bis drei Jahre haben, aber wir hoffen, dass Bob es länger schafft«, erzählte meine Mom.

Der Kameramann nickte, dann drehte er das Radio lauter, in dem ein Spiel der Red Sox lief. Sie führten sechs zu eins im ersten Inning gegen die Angels.

»Wow, unglaublich. Sechs zu eins im ersten Inning«, sagte der Kameramann zum Fahrer. Es war klar, dass sie nicht über irgendwelche tragischen Sachen reden wollten. In gewisser Weise bewunderte ich, wie gut sie Traurigkeit ausblenden konnten, gleichzeitig wurde mir fast schlecht davon. Sah es bei mir genauso aus, wenn ich Dads Krankheit nicht wahrhaben wollte?

Wir stiegen aus, stellten uns an die Strecke und nippten an unseren Kaffees von Dunkin' Donuts, während gesunde Leute an uns vorbeiflitzten. Ich würde mir wahrscheinlich eher das Hirn wegpusten, als einen Marathon zu laufen, aber ich sah ziemlich gerne zu. Bei einem Marathon herrscht eine ganz eigene, überschäumende Energie, die ich spannend finde. Der Boston Marathon ist besonders mitreißend mit seinen ganzen jubelnden Betrunkenen und den Teilnehmern, die offenbar alle für einen guten Zweck laufen. Da gibt die Menschheit wirklich mal ein beeindruckendes Bild ab.

Endlich tauchten mein Dad und seine Laufpartner in der Ferne auf. Ich muss zugeben, dass es ein erhebendes Gefühl war, meinen alten, gutherzigen Dad lächeln und winken zu sehen, während wir ihn vom Rand aus anfeuerten, auch wenn er gekrümmt lief und sich an seinen drei Freunden festhalten musste. Gesundheitlich gesehen war es vielleicht ein Fehler, aber es machte ihn so glücklich, wie ich ihn noch nie gesehen hatte, und damit war es die Sache wert. Er kam herüber und umarmte meine Mom. Die beiden lagen sich weinend in den Armen. »Ich liebe dich, Bob. Du darfst niemals aufgeben«, sagte sie.

»Ich liebe dich über alles«, antwortete er, dann schloss er sich wieder den Läufern an.

»Zeig es ihnen«, rief meine Mom ihm nach.

»Glaubst du, die Sox haben eine echte Chance auf die Meisterschaft?«, fragte der Kameramann ungerührt.

Mein todkranker Dad lief nach sechs Stunden, zwölf Minuten und siebenundfünfzig Sekunden durchs Ziel – das waren etwa zwei Stunden und achtunddreißig Minuten mehr, als er beim St. George Marathon gebraucht hatte, nur sieben Monate vorher. Wenn das nicht bewies, wie seine Krankheit fortschritt, dann weiß ich auch nicht. Als er, untergehakt bei seinen treuen Freunden, die Ziellinie überquerte, weinten wir alle.

Nach dem Rennen fuhren wir zurück ins Hyatt und tranken Champagner, wobei mein Dad sich in eine dieser glänzenden Rettungsdecken hüllte, die Läufer am Ziel bekamen.

Sarah, die jüngere Schwester meines Vaters, seine Schwägerin Martha und ein paar unserer Cousins waren überraschend hergekommen und hatten sich auch das Rennen angesehen. Meine Mutter und Dads Familie konnten sich nicht ausstehen. Mom hielt sie für eine Bande reicher, aufgeblasener Alkoholikersäcke, die sie nicht genug unterstützt hatten, als sie Krebs bekam. Ihrer Meinung nach waren sie nur in den guten Zeiten da, nicht in den schlechten. Mom war echt sauer, weil sie aufgetaucht waren.

»Die können doch nicht einfach vorbeischneien, wann immer sie wollen«, meinte Mom. »Das ist ein besonderer Moment für UNSERE FAMILIE. Scheiß auf diese Dummschwätzer.«

Aber mein Dad wollte sie sehen. Er hatte sie lieb, auch wenn sie für meine Mom die Pest waren, und an diesem Tag ging es um ihn. Ich konnte Dads Familie immer gut leiden – vielleicht weil ich auch gerne getrunken und mich wie ein reicher Sack benommen habe.

Deshalb bat Dad mich, sie anzurufen und auf ein Glas Champagner einzuladen.

Jetzt standen sie auf einer Seite des Hotelzimmers, tranken und unterhielten sich mit ihm, während meine Mom sich auf der anderen Seite aufregte. Ich fand es schrecklich, dass sie sich nicht mit meiner Mom verstanden. Familie sollte doch etwas Gutes sein und nichts Schlechtes.

»Wir sind so stolz auf dich, Bobby«, sagte meine Tante Sarah und tätschelte ihrem großen Bruder die knochige Schulter.

»Danke. Ich freue mich schon auf den Bericht von CBS«, sagte mein Dad.

»Wir uns auch. Ich habe Jerry gesagt, er soll ihn zu Hause aufnehmen«, erzählte sie. Jerry war ihr Mann.

Irgendwann scheuchte meine Mom alle raus. Die Party war vorbei. Wir waren wieder allein.

»Ich fasse es nicht, dass diese Arschlöcher so unverschämt sind und hier einfach auftauchen«, schimpfte meine Mom über Dads Familie, als sie gegangen war.

Mein Dad war von dem Rennen körperlich so erschöpft, dass er die Arme nicht heben konnte. Sie hingen schlaff herab wie abgeknickte Äste. Er war völlig verschwitzt vom Laufen und musste duschen. Allein würde er das auf keinen Fall schaffen.

»Ich wasche meinem Dad nicht die Eier, Mom«, sagte ich, als sie vorschlug, ich solle ihm unter der Dusche helfen.

Die meisten Menschen sind so erzogen, dass sie bestimmte Teile ihres Körpers verstecken, und wenn sie nicht gerade betrunken oder leidenschaftlich zugange sind, macht es sie verlegen, wenn jemand anders diese Teile anfassen oder auch nur ansehen soll. Mein Dad war ein Mensch. Entsprechend ungern wollte er, dass jemand anders an seinem Gemächt herumfummelte. Und er wollte schon gar nicht, dass ausgerechnet ich ihm duschen helfe. So was gehörte nicht zu unserer Beziehung.

Aber meine Mom bestand darauf. »Jetzt benimm dich nicht wie ein Arschloch, Danny. Ihr seid beide Kerle. Ihr habt beide einen Schwanz. Also stell dich nicht so an.«

»Nein, DJ muss das nicht machen«, widersprach mein Dad.

»Bob, du kannst nicht mal deine verdammten Arme bewegen«, erinnerte meine Mom ihn.

»Kann ich wohl«, meinte er und versuchte, seine müden Arme zu heben, aber es gelang ihm nicht.

»Siehst du, kannst du nicht«, sagte meine Mom. »Du musst die Hilfe, die du brauchst, auch annehmen.«

Und sie hatte recht. Mein Dad wollte anderen keine Probleme oder Umstände machen. Er bat nicht gerne um Hilfe. Aber wenn wir mit dieser Situation fertigwerden wollten, musste er sich damit anfreunden, von uns Hilfe anzunehmen, und ich musste mich damit anfreunden, ihm zu helfen.

Obwohl ich mir ja gerne anhörte, wie mein passiver Dad und meine aggressive Mom sich kabbelten, sagte ich: »Mir macht das nichts. Dann waschen wir dir mal die Eier.«

»Das muss echt nicht sein. Ich dusche mich nur ab«, versuchte mein Dad es ein letztes Mal.

»Nein. Dan hilft dir.« Meine Mom klatschte mir die Seife in die Hand, knallte die Badezimmertür des Hotels hinter sich zu und schloss uns damit quasi ein. »Und vergiss nicht seine Vorhaut«, kam als Nachsatz durch die geschlossene Tür. Mein Dad war genau wie Greg nicht beschnitten.

»Tut mir leid, DJ«, sagte mein Vater verlegen, als ich anfing, ihn auszuziehen. Ich streifte ihm die Laufhose ab und wandte dabei den Blick von seinem Gehänge ab, aber mir fiel auf, wie dürr er am ganzen Körper war. Ich hatte (ob du es glaubst oder nicht) meinen Dad nicht besonders oft nackt gesehen, deshalb konnte ich keine großen Vergleiche anstellen, trotzdem entging mir nicht, wie die Krankheit ihn kaputtmachte. Früher war er etwas pummlig gewesen – wie ein König, dem Steak und Wein zu gut geschmeckt hatten. Durch das Laufen war er dünner geworden. Aber jetzt sah er aus, als hätte man ihn gerade aus der Kriegsgefangenschaft befreit. Jede einzelne Rippe zeichnete sich unter seiner schlaffen Haut ab. Seine Schulterblätter standen so scharf wie Vulkangestein hervor. Mit seinem hageren Gesicht sah er schon jetzt aus wie eine Leiche. »Mein Gott, bist du dünn. Wir müssen dir etwa eine Million Hamburger besorgen«, sagte ich.

»Oder ich trinke einfach mehr Bier«, witzelte er.

»Da bin ich dabei.« Ich hatte Brand auf tausend Biere und stellte mir vor, dass diese ganze Sache betrunken viel leichter gewesen wäre.

Seine Brustmuskeln zuckten, sie arbeiteten wie wild.

»Das sind die Faszikulationen«, erklärte er, als er meinen Blick bemerkte. »Das kommt von der ALS.«

Ich legte ihm eine Hand auf die Brust und spürte, wie die Muskeln über seinem großen, schlagenden Herzen pulsierten. Ich hätte sie am liebsten gepackt und ihnen gesagt, sie sollen sich mal beruhigen, sie sollen aufhören, meinen Dad zu zerstören, und sich locker machen. Aber sie zitterten und zuckten einfach weiter. Die Krankheit hatte die Kontrolle übernommen. Und sie griff meinen Dad an.

Jetzt war er nackt. Wir vermieden jeden Blickkontakt. Ich stellte die Dusche an und prüfte, ob das Wasser warm war. War es. Hotelwasser machte sich irgendwie nie die Mühe, heiß zu werden. Ich half ihm, in die Badewanne zu klettern, und schnappte mir die Seife.

»Zuerst erledigen wir mal die Eier«, witzelte ich, während ich mich langsam nach unten vorarbeitete. Ich hatte mir einen Tag freigenommen, um für den Marathon nach Boston zu fliegen. Komischer Gedanke, dass ich meinen Urlaubstag damit verbrachte, meinem Dad den Schwanz zu waschen. Ich stellte mir vor, wie mich ein Kollege fragte: »Wie war die Reise?« Und ich würde beiläufig antworten: »War klasse. Ich habe meinem Dad den dreckigen Dödel gewaschen.«

Sobald die Seife seine Kronjuwelen berührte, fing er mit einem Thema an, über das wir uns vor diesem ganzen Mist oft unterhalten hatten. »Glaubst du, die Jazz schaffen es dieses Jahr in die Playoffs?«

»Sieht gut für sie aus«, sagte ich und rieb dabei Seife über die Stelle, von der mein Leben vor etwa vierundzwanzig Jahren mit einem triumphalen Orgasmus seinen Ausgang genommen hatte. »Die Kombination aus Williams, Boozer, Okur und Kirilenko scheint sich endlich auszuzahlen.«

»Wäre doch schön, wenn du zu einem Play-off-Spiel nach Hause kommen würdest«, meinte er. Mit seinen Kronjuwelen war ich fertig, aber ich wandte immer noch den Blick ab, während ich seine Beine einseifte.

»Ja, würde ich gerne. Ich werde mal sehen, dass ich mir noch einen Tag freinehmen kann.« Jetzt war er von Kopf bis Fuß, vom Pullermann bis zum Poloch, ordentlich eingeseift. Ich richtete den Duschkopf auf ihn und spülte den Schaum von seinem gebrechlichen Körper. Der Schaum rann in den Abfluss, als wollte er auch nichts wie weg aus dieser scheußlichen Situation.

Als ich ein Handtuch um meinen Dad wickelte, sagte er: »Die erste Eierwäsche. Nicht schlecht.«

»Stimmt. Ich musste gar nicht kotzen oder so. Ich könnte glatt auf einer Hühnerfarm anheuern und da Eier sauber machen, wenn aus dieser PR-Geschichte nichts wird.«

»Ja, überleg dir das«, sagte er. »Und mal im Ernst, danke.«

»Es war echt überhaupt nicht schlimm.« War es tatsächlich nicht. Es war nur anders. Ich zog ihn an. Er sah aus wie neu. Na gut, er sah aus wie durch den Fleischwolf gedreht, weil er gerade einen Marathon gelaufen war und ALS hatte. Aber er wirkte sauber und frisch und damit so gut, wie er es eben konnte. Das war der erste Vorgeschmack darauf, wie heftig die Scheiße noch werden würde, das erste Anzeichen dafür, dass unsere Beziehung mehr sein würde als nur Gerede über Basketball.

Wir verließen das Bad. Mein Dad machte ein Nickerchen. Ich ging in die Hotelbar, um mir was Hochprozentiges zu genehmigen.

Als es Mai wurde, war Dad immer noch guter Dinge. Er und Mom gingen jeden Tag mit den Hunden im Mill Creek Canyon spazieren – einem Nationalforst ein paar Minuten von unserem Haus entfernt. Meine Mom dachte, wenn er sich weiter bewegte und dafür sorgte, dass seine Beine kräftig blieben, würde diese Dreckskrankheit ALS es bei ihm schwerer haben als bei anderen. Sie tat alles, um ihn aufzumuntern. Jeden Abend heftete sie ein motivierendes Zitat an sein Kopfkissen, damit er nachts davon träumen konnte, ALS schön motiviert in die Eier zu treten. Er würde mit dieser Krankheit noch sehr lange leben. Verdammt, vielleicht würde er sogar als Erster ALS besiegen. So wie Magic Johnson und HIV. Vielleicht würde er sogar als erster Mensch ewig leben.

In dieser Phase ging es meiner Mutter ziemlich gut, deshalb kümmerte sie sich größtenteils selbst um ihn. Sie verbrachten jede Sekunde miteinander und sahen verliebter aus als je zuvor. Sie planten den Umbau des Hauses so fröhlich, als würden sie ihre zweite Hochzeit vorbereiten. Ständig hielten sie Händchen und küssten sich. Es war fast schon ekelhaft – zwei todkranke Kacker, die rummachten und so.

Mitte Mai war mein Dad in der Bay Area, um am Golden-Gate-Staffellauf teilzunehmen, der von Calistoga nach Santa Cruz führte – auf einer Länge von 320 Kilometern. Er übernahm zwei Teilstrecken des Rennens, eine durch Napa und eine über die Golden Gate Bridge. Seine Teamkameraden überließen ihm den beliebten Abschnitt über die Golden Gate, weil er an ALS starb und sie sonst Arschlöcher gewesen wären.

Ich beschloss, zu Abby zu fliegen und ihn bei seinen Abschnitten zu begleiten. Abby und ihre Mutter liefen auch mit. Obwohl mein Dad es vor gerade mal einem Monat geschafft hatte, den Boston Marathon zu finishen, war er jetzt in deutlich schlechterer Verfassung. Er konnte sich nicht selbst die Schuhe zubinden. Seine Hände gehorchten ihm kaum noch. Das Atmen fiel ihm schwerer. Er konnte seine Hose nicht öffnen, deshalb musste ich ihm auf der Toilette helfen. Nur gut, dass ich schon ein bisschen Erfahrung im Umgang mit seinem Schwanz hatte. Wir variierten das Tempo, liefen etwa hundert Meter, dann gingen wir, dann liefen wir wieder. Irgendwann gingen wir nur noch.

Der Abschnitt über die Golden Gate Bridge war um zwei Uhr morgens dran. Normalerweise war die Brücke ab neun Uhr abends für Fußgänger gesperrt (wahrscheinlich, damit niemand runtersprang), deshalb war es etwas Besonderes, sie zu betreten. Ich lief neben meinem Dad, meine große Liebe und ihre Mom liefen auf der anderen Seite, und die Brise über der Bucht kühlte unsere Gesichter, während im Hintergrund die Stadt funkelte. Ich sah meinen keuchenden Dad an, der kaum noch stehen konnte und trotzdem versuchte, zu rennen.

»Bist du sicher, dass du das hier machen solltest?«, fragte ich, als wir wieder langsamer wurden und gingen.

»Ja. Mein Gott, ist die Stadt schön«, sagte er, weil er nicht darüber reden wollte, wie anstrengend es für ihn war. Während wir weitergingen, fing ich an zu weinen. Es war schrecklich zu sehen, wie er abbaute, aber ich war dankbar dafür, dass ich diese Zeit mit ihm verbringen konnte. Ich wusste, dass ich gerade zum letzten Mal mit ihm zusammen lief. Uns würden nicht mehr viele schöne Momente miteinander bleiben, bevor es wirklich übel wurde. Ich wollte, dass mein armer Dad gesund wird, nicht noch kränker, aber mir dämmerte endlich, dass es bei ALS so nicht lief.

Nach dem Rennen fuhren Abby und ich in ihre Wohnung in

Berkeley, ganz aufgekratzt von dem Erlebten. »Dein armer Vater«, sagte sie. »Ich bin so stolz auf ihn.«

»Ich auch«, antwortete ich.

Wir vögelten, und am nächsten Morgen schliefen wir aus.

Im Juni flog ich nach Chicago, um bei Gregs Abschluss an der Northwestern dabei zu sein. Er musste sich von seinem angenehmen Leben verabschieden, bevor er zurück nach Utah zog. Ich hatte immer noch keine konkreten Pläne für einen Umzug. Gerade erst hatte ich eine Beförderung bekommen, und alles lief großartig. Das wollte ich nicht aufgeben, solange es nicht unbedingt sein musste. Greg und Tiffany sorgten dafür, dass ich mir wie ein echter Arsch vorkam, weil ich mich wegen des Umzugs noch nicht festlegte.

»Ist schon gut, Danny. Amüsier du dich mal in Los Angeles, dann kann ich alle Zeit der Welt mit Dad verbringen und sein Lieblingssohn werden«, machte Greg passiv-aggressive Witzchen.

»Genau, und wir überreden ihn, dich aus dem Testament zu streichen«, versuchte Tiffany ausnahmsweise mal, lustig zu sein.

»Letzte Woche mussten wir zwei Stunden zusätzlich tanzen, um uns auf die Aufführung vorzubereiten«, erzählte Chelsea. »Zwei Stunden. Unglaublich, oder?«

Jessica sagte gar nichts.

»Tut mir leid, dass ich als Einziger von uns Geschwistern erfolgreich bin und einen anständigen Job habe«, gab ich genervt zurück.

Um Gregs Abschluss zu feiern, besuchte die ganze Familie ein schickes Restaurant in der Rush Street. Während wir auf unseren großen Tisch warteten (wir mussten immer warten, weil wir zu siebt waren), spielte ich mit Dads Händen. Er konnte sie kaum noch bewegen. Ich bog seine Finger gerade und beugte sie wieder. Ich wusste nicht, was ich sagen sollte. Meine Großmutter Barbie, Dads

Mutter, war vierundachtzig und hatte Probleme mit den Nieren. Sie erzählte uns schon seit einer Weile, sie sei bereit zu gehen.

»Was glaubst du, wer von euch zuerst stirbt, du oder Oma?«, fragte ich aus irgendeinem Grund.

Dads Augen wurden ein bisschen feucht, und er sagte: »Keine Ahnung. Ich hoffe, dass wir beide noch lange leben, aber wahrscheinlich Oma.«

Greg bekam unser Gespräch mit. Er fing an zu weinen.

»Scheiße, tut mir leid. War nur ein Witz, ich wollte nur Small Talk machen«, meinte ich.

»Ich weiß, aber trotzdem, das ist – das ist alles so traurig«, schniefte Greg.

»Krieg dich ein, Gregor. Dad wird noch sehr lange leben, weißt du nicht mehr?«, sagte ich. »So feucht war dein Gesicht nicht mehr seit deinem letzten Blowjob.« Ich lächelte ihn an und versuchte, ihn zum Lachen zu bringen. Er weinte immer noch. Humor war meine Methode, um gegen die ALS anzukämpfen, aber hier konnte keiner etwas mit Witzen über vollgespritzte Gesichter anfangen. Die Lage wurde echt ernst.

Und Greg hatte recht. Es war wirklich alles so traurig. Noch vor ein paar Monaten hätte der Gedanke, wir könnten einen Elternteil vor einem Großelternteil verlieren, lächerlich gewirkt, aber jetzt schien es möglich zu sein. Keine Ahnung, warum ich meinem Dad eine so morbide Frage gestellt habe – wahrscheinlich, weil ich ein Arschloch bin –, aber in diesem Moment erkannte ich zum ersten Mal laut an, dass mein Kumpel tatsächlich an ALS sterben würde. Ich hatte offiziell den Kopf aus dem Sand gezogen und angefangen, den Tatsachen ins Auge zu sehen.

Im Juli brachen wir zu der Reise auf, die bei uns unter dem deprimierenden Namen »unser letzter Familienurlaub« lief – eine zwölftägige Mittelmeerkreuzfahrt von Barcelona nach Cannes,

Pisa und Florenz, Rom, Neapel, Pompeji, Malta, Venedig, Dubrovnik, Korfu und wieder zurück nach Barcelona. Es war eine dieser Luxuskreuzfahrten voll reicher, verwöhnter Arschlöcher. Genau das Richtige für uns. Die Kreuzfahrt hatten wir ausgesucht, weil sie die bequemste Möglichkeit bot, uns Europa anzusehen. Wir konnten einfach an Bord gehen, aussteigen, um Sehenswürdigkeiten zu besichtigen, und dann zurück aufs Schiff kommen.

Meinem Dad ging es von Tag zu Tag schlechter. In seinen Beinen steckte noch Kraft, aber seine Arme und Hände waren sehr schwach. Wenn er versuchte, mich zu umarmen, sah er aus wie ein Vierjähriger, der ein Zentnergewicht hochheben will. Die Krankheit hatte auch zu einem heftigen Angriff auf sein Zwerchfell und seine Lungen angesetzt. Mittlerweile musste er, wenn er schlief, an ein BiPAP-Gerät angeschlossen werden, ein Beatmungsgerät, das vereinfacht gesagt über eine Maske Luft in seine Lungen drückte. Er hatte immer mehr Probleme mit dem Essen, deshalb sollte gleich nach der Reise eine PEG-Sonde gelegt werden, ein Schlauch direkt in den Magen. Danach würde er nur noch flüssige Nahrung zu sich nehmen. Auf dieser Reise hatte er zum letzten Mal die Gelegenheit, zu essen und zu trinken, was er wollte.

Um dem Ganzen die Krone aufzusetzen, war Moms Krebs wieder aufgeflackert wie ein schlimmer Fall von Herpes. Sie hatte sich wunderbar um meinen Dad gekümmert und ihm ihre ganze Energie eingeflößt. Sie war ausgebrannt, und so konnte der Krebs sich wieder anschleichen. Dieses Mal hielten die Ärzte ihn für noch aggressiver als zuvor. Nach der Kreuzfahrt sollte sie sofort eine Chemotherapie beginnen, bei der sie schwere Geschütze auffahren wollten. Ich war nicht sicher, was sie mit »schweren Geschützen« meinten, aber es klang nicht gut.

So langsam wurde mir dieser ganze Mist richtig bewusst. Bei der Arbeit hatte ich erzählt, was mit meinem Dad los war, damit ich für die Kreuzfahrt freinehmen konnte, obwohl ich keine Urlaubstage mehr hatte. »Das ist unser letzter Familienurlaub«, hatte ich erklärt. »Etwas makaber, ich weiß.« Sie hatten Verständnis und gaben mir sogar bezahlten Urlaub. Ich wusste immer noch nicht genau, wann ich nach Hause ziehen musste, um zu helfen, aber mir war klar, dass der Zeitpunkt näher rückte.

Zum Glück kam man auf dem Schiff leicht an Alkohol. Wir hatten diese kleinen Plastikkarten, die durch ein Lesegerät gezogen wurden, wenn wir etwas wollten. Das kam einem gar nicht vor wie echtes Geld. Und zum Abendessen wurden immer ein paar Flaschen Wein serviert. Reiche Leute sind offenbar gerne ständig betrunken. Mein Dad und ich brachten es am Ende auf eine Spritrechnung von über dreitausend Dollar.

Während wir uns die ganzen europäischen Sehenswürdigkeiten auf der Reise ansahen, versuchte ich, die Stimmung mit etwas schwarzem Humor aufzuheitern. Ich dachte, wenn ich über diese ernste Krankheit Scherze machen konnte, würde sie vielleicht wenigstens nicht ganz so ernst wirken.

»Geh nicht zu nahe ran, sonst fällt dir das Ding bei deinem beschissenen Pech noch auf den Kopf«, frotzelte ich, als wir vor dem Schiefen Turm von Pisa standen.

»Hätte schlimmer sein können. Sie hätten ALS haben können«, lautete mein Kommentar in Pompeji, wo wir einige aus Gips gegossene Leichen von ehemaligen Einwohnern inspizierten.

»Wir sollten eine Skulptur in Auftrag geben – du nackt im Rollstuhl«, sagte ich in Florenz beim Anblick des David. »Dein Schwanz ist größer als seiner, sogar mit ALS«, erinnerte ich meinen Dad daran, dass ich vor Kurzem seine Kronjuwelen gesehen hatte.

Wir waren alle kribbelig. Nach zwei Tagen unterwegs benahm Tiffany sich wie der allwissende Reiseguru. Sie und RSB waren viel gereist, seit sie zusammen waren, und inzwischen hielt sie sich für eine Art Expertin. Ständig kommandierte sie uns herum, und irgendwann ging ich an die Decke.

»He, ich habe eine witzige Idee, Tiff: Wie wäre es, wenn du dich mal ein paar Minuten lang nicht wie ein machtgeiles Miststück aufführen und einfach die Fresse halten würdest?«, meinte ich.

»Leck mich. Ich will nur helfen, damit wir so viel wie möglich sehen«, sagte sie. »Das ist Dads letzte Reise.« Den restlichen Urlaub über sprachen wir kein Wort mehr miteinander.

Nach der Hälfte der Zeit fing Greg sich irgendwie Filzläuse ein. Wir teilten uns eine winzige Kabine mit zwei Einzelbetten an den Wänden. Er behauptete, er habe auf dem Schiff mit niemandem geschlafen, die Läuse müsse er von den Laken bekommen haben.

»Warum hast du keine?«, fragte er.

»Weiß ich nicht. Vielleicht ist den Sackratten dein unbeschnittener Schwanz mit Goldrand lieber.«

»Ich wasche mir noch mal den Schritt«, sagte er und marschierte kratzend in das kleine Bad, das zu unserer Kabine gehörte.

Moms Feldzug der Hoffnung geriet langsam ins Stocken, als es mit meinem Dad schlimmer wurde. Sie heftete ihm immer noch jeden Abend ein motivierendes Zitat ans Kopfkissen, und sie predigte nach wie vor, alles würde gut werden. Sie und mein Dad drehten Runden auf der Joggingstrecke des riesigen Schiffs, damit seine Beine kräftig blieben. Aber es ließ sich nicht leugnen, dass die Krankheit meinem Dad schneller zusetzte, als Mom gedacht hatte, schneller, als wir alle es gedacht hatten. Alles spielte sich wie in Zeitraffer ab. Mom hatte sich zum Ziel gesetzt, die Chemo hinter sich zu bringen und hoffentlich wieder halbwegs auf dem Damm zu sein, bevor mein Dad durchgehend ein Beatmungsgerät brauchte, damit sie ihn wieder versorgen konnte.

Beim letzten Abendessen saßen wir an einem runden Tisch, und meine Mom bat uns alle, uns die Hände zu reichen. Ich stellte mein Weinglas widerstrebend ab und nahm Tiffs Hand, während meine Mom mit ihrer kurzen Rede loslegte.

»Es wird weiter bergab gehen. Aber wir müssen alle für euren

Dad da sein. Wir sind eine Familie, und wir schaffen das. Was auch passiert, wir haben immer noch uns«, sagte sie.

Aus irgendeinem Grund meckerte Chelsea auf dieser Reise ständig an Mom herum und griff sie an, wenn sie besonders verwundbar war. Sie glaubte, es sei alles in Ordnung, unsere Eltern würden uns nur etwas vorspielen, um Aufmerksamkeit zu bekommen. Statt also wie wir anderen Händchen zu halten, saß Chelsea kichernd am Tisch, fischte mit ihren dürren Fingern Eiswürfel aus ihrem Glas und warf sie nach Mom.

Aber wir anderen nickten. Wir hatten immer noch uns. Wir waren immer noch eine Familie.

»Klingt gut, Mom«, sagte Greg, während er seine Serviette zusammenfaltete. »Wenn ihr mich jetzt entschuldigen wollt, ich muss in meine Kabine und mich am Sack kratzen.« Tiffany und ich ließen uns los und warfen uns finstere Blicke zu. Jess sagte kein Wort. Chelsea war mit ihrem Wasserglas beschäftigt. Was für eine Familie.

Nach der Kreuzfahrt wurde meinem Dad eine PEG-Sonde implantiert, und meine Mom begann ihre Chemo mit schwerem Geschütz. Ich flog zurück nach Los Angeles. Ich wusste, dass ich mit meinem Chef über eine Beurlaubung sprechen musste, damit ich zu Hause helfen konnte, aber ich versuchte immer noch, es so lange wie möglich hinauszuzögern.

Gleich zu Beginn der Chemo vergaß meine Mom ihr Gib-niemals-auf-Gerede und schaltete wieder in vollen Panikmodus. Sie ging mir damit auf die Nüsse, ich solle nach Hause ziehen und helfen. Jeden Tag schickte sie mir drei, vier SMS, die mir ein schlechtes Gewissen machen sollten, während ich bei der Arbeit oder abends was trinken war. Demjenigen, der ihr das Texten beigebracht hatte, hätte ich am liebsten den Hals umgedreht. Wahrscheinlich war es Jessica. Rund um die Uhr trudelten Kurznachrichten ein.

Wir brauchen echt Deine Hilfe. Dad wird bald sterben.
Ich schaffe das nicht.
Komm nach Hause.
Bei uns sieht es nicht gut aus. Was macht die Arbeit?
Heute hat Dad sich in die Hose geschissen. Du musst uns helfen.
Ich komme gerade von der Chemo nach Hause. Deinem Dad geht es viel schlechter. Ich wünschte, Du wärst hier und könntest helfen.
Ich habe den ganzen Tag gebrochen, und Dein Dad kann seine Arme nicht bewegen. Deine Geschwister werden langsam sauer auf Dich. Hoffe, es geht Dir gut.

Wir haben alle diese Momente, in denen man denkt: »Was zum Teufel mache ich hier eigentlich?« Bei mir war es in einer Bar namens Derby in Los Feliz so weit. Mit etwa fünf Drinks intus war ich schon auf dem besten Wege zu einer weiteren hackevollen Nacht, als ich diese SMS von meiner Mom bekam:

> Dan, heute haben wir uns mit dem Architekten, dem Aufzugtypen und dem Handwerker getroffen. Gut möglich, dass mir das den Rest gibt, aber ich werde es durchziehen. Sonst war ich den ganzen Tag über im Bett und habe versucht, nicht zu spucken. Ich habe gerade zwölf Stunden Chemo und Bluttransfusionen hinter mir. Mit den ganzen Umbauarbeiten käme es Dir hier wahrscheinlich vor wie ein Irrenhaus, wenn Du jetzt herziehen würdest, wir könnten Deine Hilfe trotzdem echt gebrauchen.

Ich klappte mein Handy zu, bestellte noch einen Drink und versuchte, die SMS zu ignorieren, aber langsam packte mich das schlechte Gewissen. Zufällig sah ich mein fettes, grinsendes Gesicht in einem Wandspiegel – ich schwitzte Alkohol aus wie ein verwöhntes weißes Arschloch –, und da war für mich dieser Moment gekommen.

»Was zum Teufel mache ich hier eigentlich?« Ich hockte besoffen zwischen den ganzen anderen Arschlöchern auf dem Egotrip in L. A., während meine Mom neben meinem todkranken Dad im Bett lag und versuchte, zu Kräften zu kommen, nachdem sie einen grauenhaften Tag lang scheußliche Infusionen bekommen hatte, um weiterzuleben und sich um unseren kranken Vater zu kümmern.

Am Wochenende darauf flog ich nach Salt Lake, um mir die Lage anzusehen.

Dieses Mal sah es zu Hause schon ganz anders aus, und nicht nur wegen der Bauarbeiten, um unser Haus rollstuhlgerecht herzurichten. In den wenigen Wochen seit der Kreuzfahrt hatte mein Dad stark abgebaut. Er konnte seine Arme kaum noch bewegen, hatte beim Laufen ziemliche Probleme, die Magensonde war mittlerweile gelegt, und mit dem Atmen war es so schlimm geworden, dass er mehrmals am Tag an sein BiPAP-Gerät angeschlossen werden musste.

Meine Mom war angespannt und mitgenommen von der Chemo. Tiffany erinnerte mich sofort daran, dass sie viel mehr für die Familie machte als ich. Greg war die Filzläuse von der Kreuzfahrt immer noch nicht losgeworden und deshalb noch launischer als sonst. Jessica kam und ging, wie sie wollte, und versuchte, sich vor allen zu verstecken. Chelsea steckte ständig die Nase in ein Schulbuch und benutzte Mathe und Naturwissenschaften, um die Situation zu ignorieren. Wenn sie nicht lernte, tanzte sie oder redete übers Tanzen.

Mein früher so ruhiger, beruhigender Dad ließ sich mehr als sonst anmerken, dass er wütend war. Er war merklich verbittert über seine unglückliche Lage. Bevor wir einmal abends zusammen essen gingen, knöpfte Chelsea ihm langsam das Hemd zu, weil er die Arme nicht mehr heben konnte, um es selbst zu machen. Dabei fiel ihr auf, dass Tiffany alle Fotos von sich und Derek von der Kommode neben ihrem alten Bett geräumt hatte.

»Wie konnte sie die Fotos von sich und Derek wegtun? Und jetzt ist sie mit Riesen-Schwanz-Brian zusammen? So eine Schlampe«, schimpfte Chelsea.

»Nicht in diesem Ton«, sagte mein Dad, dem sichtlich die Geduld ausging.

»Was denn? Es ist nicht in Ordnung, dass sie diese Fotos wegräumt und Erinnerungsstücke wegwirft, nur weil Brian einen größeren Schwanz hat. Das ist echt nuttig«, meinte Chelsea und lächelte zögerlich.

»Chelsea. Was habe ich gerade gesagt? Rede nicht so. Ich würde dir am liebsten eine knallen.«

»Du kriegst doch die Arme gar nicht hoch«, sagte Chelsea.

Gefrustet bis zum Anschlag sah mein Dad auf sein Hemd und fragte: »Wie lange dauert es denn, ein beschissenes Hemd zuzuknöpfen?«

Er war auch ungewöhnlich schnell von unseren hyperaktiven Golden Retrievern genervt, die so fröhlich und schwanzwedelnd in ihrem freundlichen Naturell nicht zu diesem ganzen Kranksein und Sterben passten. Jedes Mal, wenn sie aus der Haustür stürmen wollten, um durch unser Mormonenviertel zu rennen und hinzukacken, wo es ihr Herz und ihre Hintern begehrten, verpasste mein Dad ihnen einen zackigen Tritt gegen die Rippen und nutzte so das bisschen Kraft, das er noch in den Beinen hatte.

»Diese blöden Köter«, sagte er. Ich hatte meinen Dad noch nie wütend erlebt. Dafür war er einfach nicht der Typ. Zu Hause lief es wirklich nicht normal.

Bevor ich Salt Lake verließ, fuhr ich mit meinem Dad ins Snowbird Resort – dort hatten wir viele Tage auf den steilen Skipisten verbracht und im Sessellift über Gott und die Welt geredet. Obwohl es erst August war, hatten sich die ersten Blätter verfärbt und den Berg mit einem bunten Leuchten überzogen.

»Junge, ist das schön hier, oder?«, sagte mein Dad, und einen Moment lang war es wie sonst immer, wenn wir hier oben gewesen waren, einfach ein paar gesunde Kumpel, die Ski fahren wollten. Ich glaube, wenigstens ganz kurz konnten wir beide unsere wachsenden Probleme vergessen.

»Ja, es ist schon ziemlich klasse. Besser als L. A. Sonnenschein ohne Ende ist ja nett, aber immer das Gleiche kann auch langweilig sein«, sagte ich.

»Schön zu sehen, wie sich das Laub verfärbt. Damit fängt immer meine liebste Jahreszeit an. Und es dauert nicht mehr lange bis zur Skisaison.« Einen Moment lang vergaß er, dass er nie wieder auf den Brettern stehen würde.

Mit der Seilbahn fuhren wir auf den Gipfel von Snowbirds Hidden Peak, gute 3350 Meter über dem Meeresspiegel. Wir blickten von oben auf die Welt – auf die vielen Berge und Täler, die dunklen Wolken zwischen den Flecken blauen Himmels.

»DJ, tut mir leid, wenn ich hier ernst werde, aber die Berge haben immer diese Wirkung auf mich. Mein Leben geht vor die Hunde. Diese verdammte Krankheit. Ich hätte nicht gedacht, dass sie mich so umwirft.« Er atmete tief ein, während ihm die leichte Brise auf dem Berg durch die angegrauten Haare fuhr.

»Ich weiß, dass du dir in Los Angeles ein Leben aufgebaut hast, und wir sind deswegen wirklich stolz auf dich. Aber wir brauchen dich zu Hause. Ich brauche dich zu Hause.«

Scheiße, jetzt war es heraus. Meine Mom hatte mich seit einem Monat angebettelt, ich solle nach Hause kommen, aber jetzt kam die Bitte von meinem Dad. Unsere Beziehung stand kopf, er bat mich um Hilfe. Er hatte sich immer um mich gekümmert, und jetzt war es so weit, dass ich mich um ihn kümmern musste. Ich hoffte, er würde sich wieder einkriegen und sagen: »War nur ein Scherz.

Du musst nicht erwachsen werden, mach ruhig weiter in Los Angeles Blödsinn. Du bist zu jung, um deine Eltern zu pflegen.« Tat er aber nicht. Er brauchte meine Hilfe, und ich musste sie ihm geben.

Ich legte ihm eine Hand auf die knochige Schulter. »Ich werde tun, was ich kann, Dad. Ich bin ja vielleicht ein egoistisches Arschloch, aber wenn du willst, dass ich herkomme, komme ich her.«

Ich musste endlich akzeptieren, dass nicht alles ewig gut bleiben konnte, dass meine Beziehung zu meinem Dad sich verändern musste. Ich musste akzeptieren, dass sich das Leben nicht nur um Gin Tonics und Sonnenuntergänge dreht, sondern darum, so viel Zeit wie möglich mit den Menschen zu verbringen, die man liebt, im Guten wie im Schlechten.

Ich beschloss, gleich am nächsten Montag in L. A. mit meinem Chef zu reden und um eine Beurlaubung zu bitten, damit ich nach Utah zurückkommen und mich um das Team Todgeweiht kümmern konnte. Es war an der Zeit, mein egoistisches Leben auf Eis zu legen. Es war an der Zeit, nach Hause zu kommen. Mein Dad brauchte mich.

# LEAVING LOS ANGELES

Als ich wieder in Los Angeles war, formulierte ich eine Mail an meinen Chef, in der ich um eine Beurlaubung bat. Auf keinen Fall wollte ich einfach kündigen. Ich mochte meinen Job. Meine Karriere fing gerade erst an. Ich wollte nicht mal daran denken, sie komplett aufzugeben. Als meine verrückte Mom von der Chemo total neben der Spur war, hatte sie meinen Chef Ian einmal abends um elf zu Hause angerufen und ihm gesagt, sie brauche mich zu Hause in Utah, deshalb kannte er die Lage. Ich weiß immer noch nicht genau, woher meine Mom seine Nummer hatte. Ich schätze einfach, sie ist ziemlich einfallsreich, Chemo hin oder her.

Die ganze Geschichte war mir unangenehm. Ich fühlte mich in dieser Situation richtig machtlos, was gerade am Anfang meiner Karriere irgendwie bestimmt nicht toll war. Aber scheiß drauf! Meine Eltern würden bald sterben. Sie waren jetzt das Wichtigste, was es je irgendwo gegeben hatte. Und auf den Rest geschissen.

Diese verzweifelte Mail schickte ich Ian:

22. August 2007

Ian,

Du weißt ja, dass ich am letzten Wochenende bei meiner Familie war. Leider ist mein Vater in einem viel schlechteren Zustand, als ich erwartet hatte. Er wiegt nur noch gute 60 Kilo, und seine Atmung ist auf 33 Prozent runter (was heißt, dass er beim Einatmen und Ausatmen nur 33 Prozent seiner Lungenkapazität nutzen kann). Eine Magensonde wurde schon implantiert, bald wird er ständig an ein Beatmungsgerät angeschlossen sein, dann kann er nicht mehr sprechen. Zu allem Unglück muss sich meine Mutter einer schweren Chemotherapie unterziehen und ist psychisch labil (wie Du durch ihren Anruf spätabends selbst gemerkt hast).

Bei meiner Familie und mir herrscht im Moment Panik, und ich weiß nicht recht, wie ich mit der Situation umgehen soll. Ich habe den ganzen Tag nach Lösungen gesucht und würde gerne mit Dir darüber sprechen, ob ich möglicherweise unbezahlten Urlaub nehmen könnte, um zu Hause zu helfen und bei meiner Familie zu sein. Ich weiß nicht, wie lange es dauern würde oder ob so etwas bei Abernathy überhaupt möglich ist, aber ich weiß, dass ich wirklich gerne hier arbeite und wahnsinnig gerne zurückkommen würde, wenn sich die Lage zu Hause gebessert hat, falls sie das tut.

Mir ist klar, dass meine Bitte zu einem sehr schlechten Zeitpunkt kommt und es noch mehr Stress für alle bedeutet, wenn ich vorübergehend ausfalle, aber ich werde gerne bei der Suche nach einer Vertretung helfen und bis Mitte oder Ende September bleiben, damit alles glatt weiterläuft.

Es tut mir leid, dass ich darum bitten muss. Ich wünschte, ich müsste es nicht. Ich danke Dir für Dein Verständnis und würde mich freuen, wenn Du es in Erwägung ziehen würdest. Sag bitte Bescheid, ob Du morgen Zeit für ein Gespräch hast.

Danke,
Daniel Marshall

Daniel nenne ich mich als erwachsener, arbeitender Mensch.

Ian und ich trafen uns ein paar Tage später, um über die Mail zu reden.

»Es tut mir sehr leid, Daniel. Das ist ja schrecklich«, sagte Ian. Er blickte auf die verhangene Skyline von Los Angeles, vor der Hubschrauber der Verkehrsüberwachung vorbeischwirrten. Wir standen im neununddreißigsten Stock des Aon Tower mitten in der City und hatten einen fast endlosen Blick über die schmutzige Stadt. L. A. ist ein Aschenbecher. Ian setzte sich hinter seinen Schreibtisch und musterte mich. »Dabei ist es doch so gut für dich gelaufen.«

»Ich weiß. Das ist echt mies. Und entschuldige noch mal, dass meine Mom dich angerufen hat«, sagte ich.

»Geht es ihr gut?«

»Na ja, im Moment ist sie irre. Durch die Chemo dreht sie etwas durch.«

»Verständlich. Würde mir nicht anders gehen«, sagte Ian.

Er schüttelte den Kopf. Er wusste nicht, was er zu der ganzen Sache sagen sollte. Mir fiel auf, dass das niemand so recht wusste. Er war etwa so alt wie meine Eltern. Bestimmt war er froh, dass eine solche Tragödie nicht ihn und seine Familie erwischt hatte.

»Wenn ich noch irgendwie helfen kann, sag es bitte«, meinte er. Mir lag schon auf der Zunge: »Hey, dann finde doch ein Heilmittel für ALS und Krebs.« Stattdessen nickte ich und versprach, das würde ich tun.

Meine Beurlaubung sollte drei Monate lang dauern und unbezahlt sein, aber ich würde meine Krankenversicherung behalten. Mein letzter Tag sollte der 15. September 2007 sein.

Am Anfang rechnete ich mir noch gute Chancen aus, zurückzukommen. Ich dachte, ich würde mich aufmachen ins Mormonenland, den Arschabputzer spielen, meinem Dad helfen, bis sein Zustand stabil war, weiter den Arschabputzer spielen, vielleicht zu ein paar Chemobehandlungen mitgehen, mich allein im Keller betrinken, der Welt zeigen, was für ein toller, selbstloser Kerl ich doch war, und noch ein bisschen den Arschabputzer geben.

Aber erst einmal verließ ich Los Angeles, die Stadt, die ich oft als riesige Kloschüssel voll sterbender Träume beschreibe, um nach Salt Lake zurückzukehren, das ich meist als bieder-braves Norman-Rockwell-Gemälde beschreibe, aber das zu dieser Zeit voller todkranker Eltern war.

Obwohl ich fest vorhatte, nach L. A. zurückzugehen, wollte ich meinen Krempel nach Utah schaffen, nur für den Fall, dass es länger als drei Monate dauern würde. Irgendwie ahnte ich schon, ich würde eine ganze Weile in Salt Lake bleiben. Also musste ich aus der Wohnung ausziehen, die ich mir mit Gabe teilte.

»Ich mache das nicht gerne, aber ich muss«, erklärte ich dem enttäuschten Gabe bei einem Bier.

»Verstehe ich, Alter«, sagte er. »Ist aber auch ein Mist. Drecksleben.«

Ich merkte verblüfft, wie schnell sich die Dinge ändern konnten. Vor gerade einmal vierzehn Monaten hatte mein Dad mir geholfen, von San Francisco runter nach Los Angeles zu ziehen. Damals hatte er noch keine ALS. Er war immer noch der Mann, der er sein sollte, immer noch der fürsorgliche Vater wie früher, der Kompass, der mich durch mein bescheuertes Leben leitete. Durch seine Hilfe war der Umzug ein Kinderspiel gewesen. Er hatte gewusst, wie man was machen muss – wie man am besten schweres Zeug trägt, wie man unförmige Sachen transportiert –, damit wir früh genug fertig wurden und uns mit einem Gläschen Wein den Sonnenuntergang über dem Sunset Boulevard ansehen konnten.

Als meine Zeit in L. A. ablief, ging ich offener mit dem um, was zu Hause los war. Vorher hatte ich kaum darüber gesprochen – vor allem, weil ich es nicht wahrhaben wollte –, aber jetzt fand ich es unsinnig, noch alles für mich zu behalten. Scheiß drauf. Ich konnte es doch ruhig der ganzen Welt erzählen. Wenn mich jemand fragte, warum ich aus Los Angeles wegging, knallte ich ihm die Antwort vor den Kopf.

»Ich ziehe wieder nach Hause, um mich um meine todkranken Eltern zu kümmern«, sagte ich dann. »ALS und Krebs. Die beiden bauen total schnell ab.«

»Tut mir leid, Mann. Das ist ja schrecklich«, antworteten die Leute leicht verlegen. »Echt anständig von dir, dass du zurückgehst.«

»Ich weiß. Ich bin schon ein Held«, witzelte ich. Irgendwie fand ich es klasse, wie verlegen alle wurden. Ich war ziemlich abgehärtet, was Tragödien anging, weil meine Mom fast mein ganzes Leben lang krank gewesen war, aber andere Leute in meinem Alter waren das nicht.

»Alter, meine Eltern haben nicht mehr lange zu leben«, sagte ich.

»Das tut mir echt so leid«, sagten sie, und ich konnte sehen, dass ihnen noch unbehaglicher zumute wurde.

Meine letzten Tage im Büro verliefen problemlos. Ich brachte noch ein paar Projekte in trockene Tücher und erledigte letzte Dinge, wie es in der Geschäftswelt so schön heißt. Weil ich keine neuen Projekte übernehmen konnte, hatte ich nicht viel zu tun. Einer meiner Chefs veralberte mich als lahme Ente der Werbebranche. Solange ich dort war, hatte ich wirklich hart gearbeitet, deshalb war es ganz nett, jetzt mal alles dahinplätschern zu lassen. In den letzten Tagen saß ich die meiste Zeit im Pausenraum, drehte die Snapple-Flaschen auf, die wir umsonst bekamen, und las jedem, der sie hören wollte, die Wissensschnipsel aus den Deckeln vor: »Bienen haben fünf Augenlider.«

Ich bekam nicht viel Schlaf. Nachts lag ich im Bett, eine sanfte kalifornische Brise wehte durch meine Balkontür und trug undeutlich den Lärm herein, mit dem ein paar durchgeknallte Betrunkene noch etwas Aufregung suchten. Dabei starrte ich an die Decke, die aussah wie Hüttenkäse, und dachte darüber nach, was auf mich zukam.

Ich war nervös. Ich war nie besonders gut darin gewesen, mich um andere zu kümmern. Früher hatte mein Dad mich jeden Sommer an den Bear Lake an der Grenze zwischen Utah und Idaho zum Bootfahren mitgenommen. Beim letzten Mal hatte er mich gebeten, ihm den Rücken mit Sonnencreme einzureiben. Ich hatte es gemacht, aber schlampig, und er hatte sich den schlimmsten Sonnenbrand seines Lebens geholt. Jede einzelne Stelle, die meine fetten, faulen Fingerchen ausgelassen hatten, war deutlich zu sehen gewesen. Würde es wie auf dem Bear Lake werden? Würde ich bei seiner Pflege total versagen?

Seit Dads Zustand sich verschlechtert hatte und er mehr Hilfe brauchte, hatte ich nicht viel Zeit mit ihm verbracht – höchstens hier und da mal einen Moment, wie in Boston, als ich ihm den Schwanz gewaschen hatte. Meistens hatte ich nur zugesehen, wie meine Mom oder Greg ihn versorgten, hatte mich nicht beteiligt und nur alberne Witze gerissen. Bisher hatte ich diese Welt nicht richtig betreten, aber jetzt stand ich schließlich doch am Abgrund, kurz vor dem Sprung.

Ich überlegte, wie ich es angehen wollte, wenn ich wieder zu Hause war. Sollte ich einfach den trübsinnigen Trottel geben? Das sture Arschloch, das nicht helfen wollte? Oder sollte ich total optimistisch und hilfsbereit sein? Arbeiten würde ich ja nicht, weil ich von Abernathy MacGregor beurlaubt war. Nichts würde mich ablenken. Vielleicht konnte ich mich für eine Weile einfach auf zu Hause konzentrieren. Konnte mich so richtig in diesen ganzen Scheiß mit den todkranken Eltern reinknien. Alles fühlen. Alles machen. Mich im Dreck wälzen. Den wahren Schrecken des Todes aus erster Hand erleben. Das würde mich zu einem weiseren und besseren Menschen machen, oder? Es würde mir doch helfen, erwachsen zu werden. Ich könnte dadurch Lebenserfahrung gewinnen, die alles andere ins rechte Licht rücken würde, oder?

Aber was würde aus unserer Beziehung werden, wenn ich meinem Vater jeden Tag den Hintern abwischte? Konnten wir dann immer noch dreckige Witze erzählen und über die Jazz reden? Oder würde es nur noch um ALS gehen? Und wie viel Zeit würde ich überhaupt noch mit meinem Kumpel verbringen können? Ging ich nur nach Hause, um ihn in ein paar Monaten sterben zu sehen? Es war unvorstellbar, dass er so schnell gehen sollte, aber er hatte eine aggressive Variante einer ohnehin aggressiven Krankheit. Gut möglich, dass er bald sterben würde. Oder war es möglich, ihn so zu stabilisieren, dass er noch sehr lange leben konnte? Das war das Ziel.

Sollten wir diese Krankheit überhaupt bekämpfen? War es gemein, das Haus rollstuhlgerecht umzubauen und meinen Dad an ein Beatmungsgerät zu hängen, ihn und uns unnötig leiden zu lassen? Sollten wir lieber nichts tun und ihn ohne großes Aufheben und Hinauszögern gehen lassen? Auf keine dieser Fragen hatte ich eine Antwort, und ich war nicht besonders scharf darauf, sie zu finden.

Abby kam aus Berkeley her, um an meinem letzten Wochenende in Los Angeles bei mir zu sein. Außerdem hatte ich an diesem Wochenende Geburtstag. Den großen fünfundzwanzigsten. Ich hatte eine kurze Löffelliste für L. A. aufgestellt mit Dingen, die ich vor meinem Umzug noch machen wollte, wir fuhren an einen Strand in Malibu, besuchten ein Konzert in der Hollywood Bowl und drehten eine Runde um die La Brea Tar Pits. Ziemlich langweilige Löffelliste, ich weiß. Aber meine Eltern waren todkrank. Es ging nicht mehr nur darum, irgendwelchen Scheiß zu machen.

Bis jetzt hatte Abby mich unglaublich gut unterstützt, aber direkt vor meinem Umzug nach Salt Lake ging sie etwas auf Distanz. Als wir am Zuma Beach in Malibu saßen und zusahen, wie die endlosen kalifornischen Wellen an den Strand schwappten, fiel mir auf, dass sie sich komisch benahm – sie war still, lächelte nicht, war nicht so fröhlich wie sonst.

»Was ist los?«, fragte ich.

»Nichts«, sagte sie und blätterte schneller in ihrer *US Weekly*, was ein sicheres Zeichen dafür war, dass etwas nicht stimmte. Wenn man so viel Zeit mit jemandem verbringt, springt einen sogar die kleinste Veränderung in dessen Verhalten an.

»Na, komm schon. Was ist los? Soll ich mein Hemd wieder anziehen? Tut meine blasse Haut deinen Augen weh oder was?«, witzelte ich.

»Ach, es ist nur … du nimmst dir frei, und ich hatte gehofft, du würdest ein paar Wochen zu mir nach Berkeley kommen, bevor du wegziehst«, erklärte sie. Das begriff ich nicht ganz. Zu Hause sah es übel aus. Ich wollte da keinen Urlaub machen. Da wartete das beschissene wahre Leben auf mich. Ich hatte den Umzug nach Hause so lange hinausgezögert, wie ich nur konnte.

»Ich würde total gerne nach Berkeley kommen, aber ich muss jetzt nach Hause. Bei uns ist der Notstand ausgebrochen«, erklärte ich.

»Ich weiß, aber … ich liebe dich, und mir gefällt nicht, dass du das machen musst.« Sie fing an zu weinen. Ich zog sie an meinen bleichen Körper und gab ihr einen dicken Kuss. Sie war meine erste Liebe. Ich fand alles an ihr wunderbar. Ich liebte ihre ruhige, entspannte Art, für mich der Inbegriff des kalifornischen Lifestyles. Ich liebte es, dass sie so klug war und voller Begeisterung versuchte, mir Vollpfosten Quantenphysik zu erklären. Ich liebte ihr Knacken mit dem Kiefer, das sie im Schlaf machte. Ich liebte es, dass sie immer fröhlich war, wie ein Golden Retriever, der die Dunkelheit verscheuchte. Dass sie sich bei jeder Gelegenheit so eng wie möglich an mich kuschelte. Dass sie bei meinen blöden Witzen immer einen Lachanfall bekam. Bei ihr konnte ich einfach ich selbst sein und fühlte mich dabei sicher und wohl. Ich wollte sie nicht verlieren. Ich durfte sie nicht verlieren.

Ich versprach ihr, wir würden es schon schaffen, sie könnte mich besuchen, sooft sie wollte, und ich würde sie besuchen, sooft ich konnte. Wir hatten jetzt schon eine Fernbeziehung, also würde sie einfach nach Salt Lake kommen statt nach Los Angeles.

Aber sie hatte Angst. Sie hatte noch nie jemanden verloren, nicht einmal ihre Großeltern. Mit etwas so Ernstem fertigzuwerden war sie nicht gewohnt. Sie wünschte sich wie wir alle, mein Vater hätte diese beschissene Krankheit nie bekommen. Unser gemeinsames Leben war ein endloser Urlaub gewesen, jetzt ging dieser Urlaub zu Ende. Ich hoffte, diese ganze Sache würde uns enger zusammenschweißen, wir würden erkennen, dass wir alles überstehen konnten, wenn wir das überstanden. Mit Sicherheit würde es unsere Beziehung auf ganz neue Art auf die Probe stellen. Es ist leicht, mit jemandem zusammen zu sein, wenn alles gut läuft, aber wenn es schlecht läuft? Dann sieht es schon ganz anders aus.

Ich küsste die Tränen von ihren weichen Lippen und rang mir ein Lächeln ab. Ich versprach, sobald ich konnte, würde ich zu dem netten Leben in Kalifornien zurückkommen und die ganze Zeit bei ihr sein.

Nach einem traurigschönen Wochenende brachte ich Abby zum Burbank Airport und gab ihr zum Abschied einen Kuss.

»Ich liebe dich, Süße«, sagte ich.

»Ich liebe dich auch. Trink nicht zu viel.«

»Nur die übliche Menge.«

»Das ist zu viel«, sagte sie.

Ich sah ihr nach, als sie in der Menschenmenge am Flughafen verschwand.

Meine Freunde Aria und Henry flogen von Salt Lake her, um mir beim Umzug zu helfen. Die meisten Leute von früher waren in Utah geblieben, als ich ans College ging. Für Freundschaften ist Utah eine komische Gegend, weil sich alle Nicht-Mormonen zusammenrotten – egal, aus was für Familien sie kommen. Ist man kein Mormone, gehört man zu diesem kleinen Geheimclub von »missratenen Jugendlichen«, die trinken, fluchen und Sex vor der Ehe haben – eine deutliche Reaktion auf die erdrückende religiöse Atmosphäre. Vor allem durch das Trinken kann man herrlich zeigen, dass man kein Mormone ist, deshalb saufen die meisten meiner Freunde zu Hause ganz ordentlich. Jedes Mal, wenn ich nach Hause kam, artete es in ein Saufgelage aus. Mein Freund Dominic – der bei uns nur der Bürgermeister von Salt Lake hieß, weil er sich der Stadt sehr verbunden fühlte – sorgte immer dafür, dass ich bei meinen Besuchen anständig betrunken war.

Aber für den Umzug hatte ich Aria und Henry um Hilfe gebeten. Die beiden waren meine engsten, verlässlichsten Freunde und hatten genau wie ich eine Vorliebe für schwarzen Humor. Henry kannte ich seit der fünften Klasse, Aria seit der siebten. Die beiden hatten mich als Erste angerufen, als sich herumsprach, dass mein Dad ALS hatte, deshalb wusste ich, dass ich auf sie zählen konnte.

Nachdem ich Aria und Henry am Flughafen abgeholt hatte, mieteten wir bei U-Haul einen sechs Meter langen Umzugswagen mit einem riesigen Triceratops auf der Seite.

»Wow, das ist mal ein dickes Ding«, sagte ich, als ich mir das Monster ansah.

»Kannst du laut sagen. Nennen wir sie Big Sexy«, schlug Henry vor.

»Perfekt. Groß ist sie und sexy auch«, meinte Aria, während er verführerisch über ein Horn des Triceratops rubbelte.

»Oh Gott, ich wünschte, meine Eltern würden nicht sterben«, probierte ich meinen makabren Humor an meinen Freunden aus, seufzte tief und trat gegen einen der großen sexy Reifen von Big Sexy.

»Du musst mit diesen Scheißsprüchen aufhören«, sagte Henry. »Damit machst du nur alle total verlegen.«

»Ich weiß. Werde ich auch … Aber es stimmt. Meine Eltern sterben bald«, legte ich noch einmal nach.

»Das wissen wir. Das hast du in der letzten Stunde etwa fünfzig Mal gesagt«, meinte Henry. »Wir haben es begriffen.«

»Glaube ich nicht, Henry, deine Eltern sterben nämlich nicht bald«, sagte ich mit einem rotzigen Grinsen.

»Du bist ein Arschloch«, sagte Henry.

Wir machten uns daran, Big Sexy mit meinem Leben vollzupacken: Klamotten, DVDs, ein paar billige Ikea-Möbel, die ich dürftig zusammengeschraubt hatte. Der Umzugswagen war viel zu groß für mein ganzes Zeug, alles würde hin und her rutschen, aber scheiß drauf. War doch egal. Ich überlegte kurz, den ganzen Mist zur Müllkippe zu bringen und zu Hause neu anzufangen.

Beim Packen wurde mir schlagartig etwas klar. Wenn man aus einer Stadt wegzieht, ist es erst mal aufregend, so als würde man ein neues Buch aufschlagen, aber dieses Buch würde schwere Kost sein – so wie *Unendlicher Spaß*, nur tausend Mal schwerer. Ich zog von Palmen zu Pinien. Vom Meer in die Berge. Von Arschlöchern zu Mormonen. Von der Welt der Lebenden in die Welt der Sterbenden. Von der selbstsüchtigen in die selbstlose Welt. In L. A. war ich auf dem besten Weg zu dem, was die Gesellschaft als Glück ansieht – Unabhängigkeit, eine Karriere. Ich hatte sogar eine Freundin, die ich früher oder später heiraten wollte. Mein Leben war großartig. Was würde jetzt aus ihm werden?

Aber unter meine Traurigkeit mischte sich etwas anderes, etwas Größeres. In meinen letzten Tagen in Kalifornien hatte ich mehr Stolz als Bedauern empfunden, weil ich wusste, dass ich das Richtige tat. Immerhin ging es um meine Eltern. Sie hatten mir dieses glückliche Leben in L. A. überhaupt erst ermöglicht. Das konnte ich nicht mehr ignorieren. Sie hatten wunderbar für mich gesorgt. Jetzt war ich an der Reihe, das wiedergutzumachen.

Henry, Aria und ich luden die letzten Kartons in Big Sexy und ließen die schwere Rolltür am Heck herunterknallen. Ich umarmte meinen Mitbewohner Gabe, der sich mit traurigem Blick verabschiedete.

»Verdammte Väter«, sagte er kopfschüttelnd; wahrscheinlich dachte er daran, wie sein eigener Vater gegen den Krebs gekämpft hatte.

»Verdammte Väter«, wiederholte ich. Wir umarmten uns ein letztes Mal.

Ich strich über die Motorhaube von Big Sexy. Dieses Monster würde ich fahren, während Aria und Henry mir in meinem Passt-überhaupt-nicht-nach-Los-Angeles-weil-alle-anderen-total-geile-Autos-fahren-Subaru folgen würden.

»Seht zu, dass Big Sexy euch nicht abhängt, ihr Säcke«, sagte ich und schmiss mich hinters Lenkrad.

Ich warf einen letzten Blick auf mein Haus und auf die Palmen, die sich vor dem blauen kalifornischen Himmel wiegten. Dann legte ich den Gang ein und startete in mein neues Leben, so bereit für den langen, beschissenen Weg, der vor mir lag, wie ich es nur sein konnte.

# Mein neuer Job

Es war immer eine Freude gewesen, nach Hause zu kommen. Unser Haus war eine erholsame Zuflucht vor der großen bösen Welt da draußen. Es war vollgestopft mit Möglichkeiten, sich die Zeit zu vertreiben, vom Tennisplatz bis zu unseren Flipperautomaten. Es war ein echter Sammelpunkt, alle wollten sich hier treffen. Meine Freunde von der Highschool hatten es den »Marshall-Vergnügungspark« getauft. Wenn ich hereinkam, wurde ich normalerweise mit einem begeisterten »Danny ist zu Hause!« begrüßt, wurde angestrahlt und umarmt. Manchmal hing sogar ein Schild über der Garage, auf dem WILLKOMMEN ZU HAUSE DAN THE MAN stand. Ich warf meinem lächelnden Dad meine Taschen zu, und während er sie mit seinen tadellos funktionierenden Armen gerne in mein Zimmer trug, tobte ich mit den Hunden herum und sah nach, ob genug Salzbrezeln und Bier für meinen Besuch im Haus waren. Dann öffnete Dad meist eine Flasche Wein, die er für eine besondere Gelegenheit aufgehoben hatte, und wir setzten uns in den Pavillon, betrachteten die Wasatch Mountains und erzählten uns, was es Neues gab. Meine Mom brachte uns noch mehr Wein, und wir warfen ein paar Steaks auf den Grill. Abends aßen wir alle zusammen, ließen uns vom Essen, vom Wein und von der Gesellschaft wonnig berauschen und dachten dabei, reich und betrunken zu sein sei echt nett.

Ein Teil von mir hoffte, dieses Mal würde es wie immer sein, wenn ich nach Hause kam.

Aber als ich mit Big Sexy in unsere rissige Auffahrt einbog, war ich entsetzt darüber, wie es bei uns aussah. Die Umbauarbeiten hatten unser Haus komplett im Griff. Der Aufzugschacht wurde gerade gebaut, einige Bäder renoviert und ein Teil der Flure verbreitert. Meine Mom hatte sich überlegt, wenn sie schon dabei waren, auch gleich die Küche und ein paar der anderen Bäder zu modernisieren. So mitten im Umbau sah das Haus scheußlich aus: überall Planen, Werkzeug, Holzbretter. Handwerker kamen und gingen, als würden sie hier wohnen. Nirgendwo hing ein WILLKOMMEN ZU HAUSE-Schild. Es gab keinen Wein. Nicht einmal die Hunde kamen angerannt, um mich zu begrüßen. Stattdessen warteten an der Tür eine Katze, die ich noch nie gesehen hatte, und meine Mutter – kahl von der Chemo und in einem trutschigen Nachthemd, in dem sie aussah wie der Geist der vergangenen Karzinome. Ich umarmte meine zerbrechliche, kranke Mutter, während die fremde Katze mir verwöhntem Sack um die Beine strich und mich mit Bazillen und Haaren einsaute.

»Wem gehört die Scheißkatze?«, fragte ich und verscheuchte sie mit einem Tritt.

»Er heißt Pierre … oder ist das Pongo … Ich kann mir das nicht merken. Ist jedenfalls ein Kater. Er gehört Tiffany. Ihr Freund mit dem großen Schwanz ist allergisch. Ihre Katzen wohnen jetzt hier.«

»Wo ist Dad?«, fragte ich. »Ich habe gedacht, wir könnten ein Glas Wein trinken.«

»Er hängt an seinem BiPAP und trinkt nicht mehr. Nahrung und Wasser bekommt er durch die Magensonde. Weißt du noch?«

»Ja, schöne Scheiße. Das Haus sieht ja saumäßig aus«, sagte ich.

»Tja, hier geht alles zum Teufel. Willkommen zu Hause.« Sie schwebte davon, um sich hinzulegen.

Henry und Aria kamen in meinem Subaru an. Irgendwie hatte

ich sie trotz des großen Big Sexy abgehängt. Henry stieg aus, sah sich kurz um und fragte: »Holla, was ist denn mit dem Marshall-Vergnügungspark passiert?«

Da war ich also. Zurück in Utah. Zurück in dem Haus, in dem ich eine glückliche Kindheit verbracht hatte und durch das jetzt meine todkranken Eltern, Handwerker und fremde Katzen geisterten. Bis auf Tiffany wohnten alle meine Geschwister im Haus, aber es war nicht mehr das sichere, erholsame Nest von früher. Es war ein hektischer Ort, an dem man keinen Moment für sich hatte. Jeden Morgen um halb sieben standen Jessica und Chelsea auf, um zur Schule zu gehen. Jessica fuhr selbst, Chelsea wurde morgens von einer Fahrgemeinschaft mitgenommen, die unsere Mormonennachbarn organisiert hatten. Danach standen meine Eltern auf. Meine Mom fuhr zur Chemo, mein Dad musste geduscht, angezogen und gefüttert werden und brauchte den ganzen Tag über Hilfe. Er konnte noch laufen und verließ jeden Tag das Haus, um in sein Büro zu fahren oder Erledigungen zu machen. Aber wenn er zu Hause war, hing er die meiste Zeit an seinem BiPAP-Gerät.

Es kam mir vor, als würden ständig Leute kommen und gehen. Neben den Handwerkern schneiten zu allen möglichen Zeiten Besucher herein, um nach meinen Eltern zu sehen. Jeden Abend brachte einer der Mormonennachbarn Essen herüber – meistens eine Lasagne. Es war seltsam, sich plötzlich im Glanz nachbarschaftlicher Liebe zu sonnen. Vor dieser Sache wollten unsere Nachbarn nichts mit uns zu tun haben. Als wir gerade hergezogen waren, durften die Kinder in unserem Alter nicht mal mit uns spielen; die Nachbarn hielten uns für missraten, nur weil wir ihre religiösen Ansichten nicht teilten. Aber jetzt versorgten sie uns mit Essen und fuhren Chelsea zur Schule? Warum? Taten wir ihnen tatsächlich leid? Oder benutzten sie uns, um bei Jesus Punkte zu machen?

Ich hatte das Gefühl, mein Leben sei irgendwie vom Kurs abgekommen und würde auf einen dunklen, deprimierenden, alkoholverseuchten Graben zusteuern. Ich zog das tatsächlich durch, ich war wirklich zu Hause. Meine Eltern waren wirklich krank. Der Laufstall, in dem ich bisher gelebt hatte, war geschlossen.

Stana – die sich irgendwie ständig bei uns herumdrückte, auch an Tagen, an denen sie nicht arbeiten musste – formulierte es am besten: »Danny, das ist neues Zuhause. Nicht wie altes Zuhause.«

Aber ich versuchte, eine positive Einstellung zu bewahren, und nahm mir vor, mich richtig ins Zeug zu legen. Dieses Mal war ich nicht nach Hause gekommen, um abzuhängen und Tennis zu spielen. Ich war zu Hause, um meinen Eltern zu helfen. Immerhin war das mein neuer Job. Und ich fing gerade an.

Wie jeder, der einen neuen Job anfängt, stellte ich mich in den ersten Tagen miserabel an. Ich hatte von nichts eine Ahnung, und sogar die einfachsten Aufgaben kamen mir unglaublich schwer vor. Ich brauchte einen Coach. Zuerst dachte ich, das könnte meine Mom übernehmen. Aber es war bald klar, dass sie sich wirklich nicht mehr um meinen Dad kümmern konnte. Die Chemo bekämpfte nicht nur den Krebs, sie machte auch meine Mutter kaputt. In den ganzen Jahren, in denen sie schon behandelt worden war, hatte ich sie noch nie so mitgenommen erlebt. Sie hatte Unmengen abgenommen. Sie konnte kaum noch Essen bei sich behalten. Viel mehr als Schlafen war bei ihr nicht drin. Sie war nur noch eine vage Gestalt im Bett, wo sie sich unter ihrer Decke versteckte. Sie brauchte selbst jemanden, der sie versorgte.

Tiffany hatte am Westminster College in Salt Lake mit einem MBA-Studium angefangen. Statt Anwältin zu werden, wollte sie jetzt in die Wirtschaft gehen. Ihr Freund RSB hatte sich entschieden, mit dem Jurakram weiterzumachen, er hatte seine Koffer gepackt und besuchte die University of Maine in Portland. Sie würden es als Fernbeziehung weiterlaufen lassen. Mit ihrem MBA, der Arbeit und den Besuchen bei RSB in Maine hatte Tiff ein volles Programm und ließ sich kaum blicken. Außerdem gingen wir uns immer noch ständig an die Gurgel. Seit der Kreuzfahrt zofften wir uns bei jedem Treffen.

»Hast du es endlich hergeschafft?«, fragte sie, als sie einmal nachmittags zwischen Arbeit und Uni vorbeischaute.

Ich ging sofort in den Angriffsmodus über. »Ich habe gehört, dein neuer Freund liebt dich so sehr, dass er sich nach Maine verzogen hat.«

»Und wann gehst du zurück nach Kalifornien?«

»Was glaubst du, wen RSB heimlich in Maine vögelt?«, feuerte ich zurück.

Seit ich wieder zu Hause wohnte, kam Tiffany seltener vorbei. Unsere herzliche Abneigung hielt sie fern. Sie hatte so viel um die Ohren, dass sie es nicht gebrauchen konnte, sich meinetwegen jedes Mal, wenn sie nach Hause kam, beschissen zu fühlen.

Jessica und Chelsea verbrachten den Großteil des Tages in der Schule. Auch wenn sie zu Hause waren, halfen sie nicht bei meinen Eltern. Sie waren sowieso zu jung und zu durcheinander, um wirklich etwas hinzukriegen.

»Du rührst hier keinen Finger, oder?«, fragte ich Chelsea eines Abends.

»Nö. Ist nicht meine Baustelle«, erklärte sie.

»Was ist denn deine Baustelle?«, fragte ich.

»Schule, tanzen und furzen«, witzelte sie und tänzelte davon, um ihre Hausaufgaben zu machen.

Weil meine Mom, Tiffany und die kleinen Mädels meistens nicht auf der Bildfläche erschienen, hielt ich mich an Greg. Seit meine Mom von der Chemo benebelt war, kümmerte Greg sich um die Pflege und den Haushalt. Er war seit ein paar Monaten zu Hause und machte seine Sache großartig, war aber inzwischen auch ein bisschen ausgelaugt. Verständlicherweise. Er war erst zweiundzwanzig. Er hätte wieder in Chicago sein und Kerle in Schwulenbars aufreißen sollen. Stattdessen war er zu Hause und wischte unserem Dad den Hintern ab.

Greg und ich hatten uns immer nahegestanden – wir waren Brüder und gleichzeitig die besten Freunde. Wir waren nur zwei Jahre auseinander, und er hatte früher sein Zimmer direkt gegenüber von meinem. Als ich klein war, besaß ich einen Leguan namens Oozy, der aus seinem Terrarium türmte, mir in den Finger biss und die Herrschaft über mein Zimmer übernahm. Ich hatte eine Heidenangst vor ihm. Bis wir uns überlegt hatten, was wir mit Oozy machen sollten, schlief ich eine ganze Weile in Gregs Zimmer, das mit Motiven aus dem *Zauberer von Oz* dekoriert war. Wir blieben lange wach, redeten über das Leben, über Tennis, die Jazz, Filme, unsere bescheuerte Familie und vieles mehr. Mit den brüderlichen Schlafbesuchen machten wir sogar weiter, als wir Oozy eingefangen und zu einer Tierhandlung gebracht hatten. Wir unternahmen alles zusammen. Wir trugen die gleichen Klamotten. Scheiße, wir hatten sogar die gleichen engen Badehosen von Speedo, die wir einmal blöderweise im Seven Peaks anzogen, einem beliebten Wasserpark in Utah. »He, guckt mal, die Speedo-Brüder«, brüllte uns ein Fiesling hinterher. Die Badehosen wanderten kurz danach in den Müll. Egal, was in unserer Familie – in der ganzen Welt – los war, Greg und ich hatten immer noch uns.

Nur war Greg sauer auf mich, weil ich so lange gebraucht hatte, um nach Hause zu ziehen, während er sich allein durch diesen ganzen Mist kämpfen musste. Er hatte mehr Teamarbeit erwartet. Normalerweise quasselten wir ohne Ende, jetzt ignorierte er mich ziemlich und reagierte etwas zickig und distanziert. Nach ein paar angespannten Tagen sprachen wir uns endlich aus. Ich war gerade dabei, ein paar Bücher und Klamotten auszupacken. Zum Schlafen hatte ich mir das Esszimmer neben dem Eingang ausgesucht, weil es als einziges freies Zimmer nicht komplett durch den Umbau zerlegt war.

»Ziehst du hier ein?«, fragte Greg und streckte den Kopf zur Tür herein.

»Ja, das Zimmer im Keller ist vollgestopft mit allem möglichen Handwerkerscheiß, und mein altes Zimmer hat jetzt Jess, also werde ich hier meine Zelte aufschlagen.«

»Ach Mist, wir hatten früher so viel Spaß hier. Jetzt ist es das reinste Irrenhaus«, sagte er.

»Erinnerst du dich noch an die großartigen Schlachten mit den Nerf-Blastern?«, fragte ich.

»Ja, die waren der Hammer«, meinte er. »Und die *American Gladiators.*« Im Sommer 93 waren Greg und ich ganz versessen auf die Fernsehsendung *American Gladiators.* Als ich in John Stocktons Basketballcamp war, rief Greg mich sogar an, um mir zu erzählen, wer gewonnen hatte. Wir waren von dieser Sendung so hin und weg, dass wir im Keller die Sets für einzelne Disziplinen nachbauten und unsere Freunde einluden, um gegen uns anzutreten.

»*American Gladiators* habe ich echt geliebt. Du warst besser als Nitro«, sagte ich.

»Aber nicht so schwul«, meinte er. »Junge, Junge, diese ganzen Kerle in Elastan, die sich aufeinanderstürzen; kein Wunder, dass ich es so klasse fand.« Wir lächelten uns an. Es tat gut, sich an schöne Dinge zu erinnern, an die beste Zeit in unserem Haus.

»Ach, was machen eigentlich deine Filzläuse?«, fragte ich.

»Komplett verschwunden. Ich habe sie besiegt. Hat auch nur zwei Monate gedauert!«, sagte er.

»Braver Junge, Gregor.« Um zu gratulieren, klatschte ich ihn besonders heftig ab und drückte ihn. Wir lachten. Ich sah meinen alten Kumpel an.

»Tut mir leid, dass ich nicht eher zurückgekommen bin«, sagte ich ernst.

»Na ja, wir wussten ja nicht, dass es mit Dad so schnell gehen würde.«

»Ja, den armen Kerl hat es echt hart getroffen. Verdammte Scheiße. Das hätte doch keiner erwartet«, meinte ich.

»Und es wird immer schlimmer werden. Mein Gott, manchmal hoffe ich, dass er sich nicht fest an ein Beatmungsgerät anschließen lässt«, sagte er.

»Du weißt doch, dass Mom ihm das Scheißding eigenhändig in die Kehle stopft, wenn es sein muss.«

»Ja, das stimmt. Verdammt, es ist übel.« Greg schüttelte den Kopf. »Na ja, jedenfalls bin ich froh, dass du hier bist und hilfst.«

»Ich auch«, sagte ich.

Und einfach so waren wir wieder die besten Freunde – zwei American Gladiators, die diese Sache gemeinsam packen würden.

Meine Mom kam größtenteils allein zurecht. Sie hatte schon lange genug Krebs, um zu wissen, wie sie mit ihm fertigwurde. Sie hatte sich den Kopf rasiert, zum Teil des Effekts wegen und um der Welt zu verkünden: »Seht her. Ich habe Krebs«, aber vor allem, um nicht erleben zu müssen, wie ihr die Haare nach und nach ausfielen. Mehrere ihrer Freundinnen hatten sich bereit erklärt, sie zur Chemo ins Huntsman Cancer Institute zu fahren und bei ihr zu bleiben. Morgens machte sie sich fertig, eine ihrer Freundinnen holte sie ab und brachte sie nachmittags wieder nach Hause. Dann ging sie in ihr Zimmer und schlief einen langen, tiefen Krebsschlaf. Irgendwann war sie nach Joghurt süchtig geworden. Sie aß nichts anderes mehr, sie konnte auch nichts anderes bei sich behalten. Wenn ihr Joghurt im Kühlschrank stand, war für sie schon alles erledigt. Mehr brauchten wir gar nicht zu machen.

Meine Mom zu versorgen war einfach, aber sie litt auch an etwas, das wir »Chemohirn« nannten. Das hieß, dass sie nach dem Cocktail aus Krebsmitteln, den man ihr verpasst hatte, noch etwas verpeilt war. Vor allem war sie einfach total wirr und redete verrückten Scheiß. Zum Beispiel drängelte sie regelrecht, ich solle um Abbys Hand anhalten, obwohl es dafür wahrscheinlich keinen schlechteren Zeitpunkt gab. Als ich einmal abends HBO sah, wankte sie die Treppe herunter, um sich einen Joghurt zu holen, und fing eine Unterhaltung an.

»Du stehst doch so auf diese PEZ-Dinger, oder?«, fragte sie. Als Teenager hatte ich angefangen, PEZ-Spender zu sammeln, um mir auch die kleinste Chance auf Sex gründlich zu versauen.

»Ja, na ja, das ist über zehn Jahre her«, sagte ich.

»Du könntest doch einen Verlobungsring in einen PEZ-Spender stecken und Abby auf diese Weise fragen«, schlug sie vor.

»Wow. Das ist eine super Idee, um sie endgültig zu vergraulen«, antwortete ich.

»Nein. Sie wäre begeistert. Du fragst sie einfach, ob sie ein PEZ will, und dann kommt der Ring raus. Sie wäre total überrascht«, sagte sie.

»Und wenn sie kein PEZ will?«, fragte ich.

»Sie würde ein PEZ doch niemals ablehnen.«

»Okay, toller Vorschlag. Ich suche morgen einen Ring und einen PEZ-Spender aus«, meinte ich spöttisch.

»Sehr schön!« Dann schwebte meine Mom mit ihrem Joghurt davon.

Wir achteten immer auf Anzeichen für solche Aussetzer und warnten uns gegenseitig, wenn welche auftauchten. »Pass auf, Mom hat wieder ihr Chemohirn«, hieß es dann. Wir wussten, dass wir einfach ignorieren konnten, was sie in solchen Phasen sagte.

Hauptsächlich ging es um meinen Dad. Er hatte seine Arme verloren. Na ja, natürlich nicht wirklich verloren – sie hingen immer noch an seinem Körper, aber er konnte sie nicht mehr benutzen. Sein Zwerchfell wurde von Tag zu Tag schwächer, wodurch ihm das Atmen sehr schwerfiel. Über den Tag verteilt musste er sich immer wieder hinlegen und mit dem BiPAP-Gerät schlafen. Er konnte sich nicht allein anziehen. Er sprach langsam und mühsam, seine Stimme war kaum zu hören. Dreimal am Tag brauchte er Nahrung. Mit normalem Essen war er durch. Er bekam nur noch Wasser und Sondennahrung aus der Dose, das Zeug hieß Promote und wurde durch die Sonde direkt in seinen Magen gegeben. Sollte seine Atmung noch schwächer werden, würde er dauerhaft an Schläuchen hängen und an einen Rollstuhl oder das Bett gefesselt sein.

Jemanden einzustellen, der bei Dads Intimpflege helfen würde, war so gut wie kein Thema. Meine Mom bestand einfach darauf, dass wir das machten. Ich fing nur einmal davon an.

»Sollten wir nicht irgendeinen Arsch anheuern, der Dad morgens fertig macht und sich um den Scheiß im Badezimmer kümmert?«, fragte ich meine Mom einmal morgens, kurz bevor sie zur Chemo fuhr.

»Nein, so schlimm ist das nicht. Ihr faulen Kerle könnt hier weiß Gott auch mal was tun. Ein bisschen harte Arbeit wird euch nicht gleich umbringen«, sagte sie.

»Ein bisschen harte Arbeit würde aber auch einen bezahlten Pfleger nicht umbringen«, erwiderte ich.

»Ruhe jetzt. Dein Vater will nicht, dass irgendein hässlicher Pfleger seinen Penis anfasst und ihm beim Kacken zusieht. Das könnt ihr Kinder machen. Er ist euer Vater«, sagte sie und knallte die Tür hinter sich zu. Damit war die Diskussion beendet.

Es war offiziell. Wir würden die komplette Pflege übernehmen. Und meine Mom hatte recht. Ein bisschen harte Arbeit würde uns nicht umbringen. Schließlich hatten wir keinen Job. Wir würden das schaffen. Jetzt mussten wir die Ärmel hochkrempeln und verdammt noch mal tun, was zu tun war. Also wurden Greg und ich Dads kleine Helferäffchen, und Greg übernahm die Führung als Chefhelferäffchen.

Meine Ausbildung zum stellvertretenden Helferäffchen begann damit, dass Greg mir beibrachte, was zu tun war, wenn Dad mal musste. Er konnte zwar noch laufen, aber es war ein echter Aufwand, ihn hochzukriegen und wieder hinzulegen, deshalb fingen wir an, eine Urinflasche zu benutzen, ein widerliches Plastikding, das aussah wie eine Trinkflasche von Nalgene, der etwas Schlimmes zugestoßen war.

»Also, du legst seinen Penis in die Urinflasche, damit er pinkeln kann«, sagte er, während er Dads Penis in die Urinflasche legte.

»Und es macht ihm nichts, dass ein schwuler Mann seinen Penis anfasst?«, witzelte ich.

»Deine Schwulenwitze sind nicht mehr lustig, und mittlerweile ist es ihm egal, wer ihn anfasst«, antwortete Greg.

»Solange es keine hässliche Frau ist«, warf mein Dad ein. Nachdem ich ihm schon mal unter der Dusche geholfen hatte, fiel es mir erstaunlich leicht, ihm beim Pinkeln im Bett zu helfen. Meine Jungfräulichkeit hatte ich sowieso schon verloren. Ich meine, es war immer noch irre schräg, weil es der Penis meines Dads war, aber es musste einfach gemacht werden. Es führte kein Weg daran vorbei.

Als Nächstes ging es um Dads Nahrung.

»Du nimmst einfach diese Spritze und steckst sie in die Sonde. Dann schüttest du ein Glas rein, drei Dosen Promote und ein Glas Wasser«, erklärte Greg.

»Und dann sieht man einfach zu, wie es langsam durchsickert?«, fragte ich und beobachtete, wie die gelbe Pampe träge in meinen Dad floss.

»Ja, du darfst Daddy nicht zu schnell abfüllen, sonst platzt er«, sagte Greg. Greg nannte ihn ironisch »Daddy«, wenn er herumblödelte.

Der schwierigste Teil meiner neuen Arbeit war das BiPAP-Gerät.

»Zuerst musst du ihm die Maske aufsetzen. Platzier sie über

Nase und Mund und zieh die Bänder fest. Dann schaltest du das Gerät ein. Wenn es brummt, kannst du ihn ins Bett legen.« Wie ein Profi schwang Greg meinen Dad herum. »Und dann musst du Daddy einen dicken Kuss auf die Stirn drücken und ihm sagen, wie lieb du ihn hast«, erklärte Greg leicht ironisch. »ICH HABE DICH SO LIEB, DADDY.«

»Muss ich das mit dem Kuss machen?«, fragte ich.

»Ja. Das ist das Wichtigste an der ganzen Sache«, antwortete Greg und küsste ihn noch einmal.

»Mein Gott, du bist vielleicht schwul«, sagte ich.

»Nicht lustig«, meinte Greg.

»Dad würde lachen, wenn er nicht an dieser beschissenen Maschine hängen würde«, sagte ich.

Mit der Zeit brachte Greg mir ganz gut bei, meinen Dad zu versorgen, und zusammen kümmerten wir uns rund um die Uhr um ihn. Einige Sachen hatten wir gut im Griff, aber manchmal schlampten wir noch. Für so einen Scheiß gibt es schließlich kein Handbuch. Was hieß, dass wir eine Menge Fehler machten.

Einmal ließen wir ihn aus Versehen drei Stunden lang am BiPAP-Gerät, obwohl er kacken musste. Er konnte uns nicht mitteilen, dass er Hilfe brauchte, und er konnte nicht allein aufstehen, also machte er sich in die Hose.

»Wir müssen uns was überlegen, damit das auf keinen Fall noch mal passiert«, erklärte ich Greg, während ich die Scheiße aus Dads Hose kratzte. L. A. fehlte mir schon – die Palmen, das Leben dort, sogar der verdammte Verkehr wirkte gar nicht mehr so schlimm. »Wir müssen das in den Griff bekommen.«

Unsere blödeste Idee war, eine Kuhglocke neben sein Bett zu stellen, als wüssten wir nicht zu gut, dass er nicht die Hand ausstrecken und bimmeln konnte wie ein Kind an Heiligabend. Das funktionierte also schon mal nicht. Nach der Glocke beschlossen wir, wenn er uns rufen wollte, um aufzustehen, sollte er am besten gegen das Bett treten, weil er die Beine ja noch bewegen konnte. Aber die Tritte waren nicht laut genug und kosteten ihn viel Kraft. Wir waren so bescheuert.

Zum Glück schaltete sich unser kahler Nachbar Ralph von gegenüber ein. Als wir Kinder waren, hatte Ralph zu unseren Todfeinden gehört, obwohl er als Einziger im Viertel auch kein Mormone war. Ich hatte eine Höllenangst vor ihm. Meine Freunde Mike und Bob, die in der Nähe wohnten, fuhren oft auf der Straße direkt vor Ralphs Haus Skateboard. Ralph konnte es nicht ausstehen, sie da draußen zu hören, und er warf die Kacke von seinem Hund auf die Straße, um die beiden zu ärgern. Als Rache warf Mike Slurpee-Becher über den Zaun hinter Ralphs Haus. Ralph sammelte im Gegenzug monatelang alle Becher, gute fünfzig Stück, und stellte sie schließlich zu einem herzlichen »Leck mich« vor Mikes Haustür auf.

Richtig übel wurde es, als einer von Mikes Freunden seinen nackten Hintern zeigte, als Ralph in seinem selbst gebauten Auto vorbeifuhr. (Ralph war Ingenieur und baute sich selbst, was immer er haben wollte, auch Autos.) Ralph machte einen Schlenker in Mikes Einfahrt, stieg aus und stürmte auf den Nacktarsch zu. »Ich reiß dir die Scheißrübe ab und steck sie dir in den Hintern.« Dann stellte er der Bande eine einfache Frage, während er sich die Ärmel hochkrempelte. »Seid ihr Mädels schon mal richtig verdroschen worden?« Wir waren damals etwa fünfzehn, und Ralph war weitsichtig genug, um einen Rückzieher zu machen. Vielleicht hatte er sich schon die Schlagzeile vorgestellt: 15-Jähriger zieht blank – Kahler Ingenieur (60) steckt ihm Kopf in den Hintern.

Trotzdem machte uns diese Geschichte Angst. Wir hatten so einen Bammel, dass wir uns in unserem Garten versteckten und Wasserbomben auf sein Haus feuerten. Irgendwann packten wir sogar die Kacke, die er auf der Straße verteilt hatte, in die Schleuder und versuchten, sie zurückzuschießen.

Aber als bei meinem Dad ALS diagnostiziert wurde, war Ralph wie verwandelt. Ich schätze, jeder Mensch hat eine gute und eine schlechte Seite, und beide können durch eine Tragödie verstärkt werden. Manche schrecken vor den Herausforderungen in tragischen Situationen zurück (wie ich anfangs), andere brüllen los wie William Wallace, schnappen sich irgendeine Waffe und greifen an. Ralph gehörte zur zweiten Gruppe. Er sagte: »Ich mag ja nicht viele Menschen, aber euren Dad schon.« Als ich bemerkte, es sei praktisch unmöglich, meinen Dad nicht zu mögen, meinte er: »Ich weiß. Genau das habe ich ja versucht und nicht hingekriegt. Er ist ein guter Mensch. Diese absolut grauenvolle Krankheit hat sich den besten Kerl ausgesucht, den man sich denken kann.«

Zum Glück war Ralph Heimwerker, und er hatte zwar keine Haare mehr auf dem Kopf, aber dafür eine Menge Werkzeug. Das Hinterzimmer in seinem Haus war voll davon. Nachdem ich höchstens mal einen Hammer benutzt hatte, und das nur, um auf dem Gehweg Ameisen platt zu hauen, war ich ziemlich beeindruckt von dem ganzen Kram und was er damit anstellen konnte.

Ralph half, wo er nur konnte – immer mit einem wütenden, abschätzigen Gesichtsausdruck. Ich jammerte ihm vor, dass mein Dad uns nicht rufen konnte, wenn er etwas brauchte, und erzählte ihm von dem vollgekackten Bett.

Ralph schüttelte enttäuscht den Kopf und meinte: »Ihr wisst echt nicht, was ihr da drüben treibt, oder?«

»Nicht so richtig. Für so einen Scheiß gibt es kein Handbuch, deswegen vermasseln wir viel«, antwortete ich.

»Ja, ja, ja. Den Quatsch mit dem Handbuch habe ich schon von jedem von euch gehört. Ich glaube, ihr müsstet nur mal den Kopf einschalten und logisch denken. So schwer ist das nicht«, sagte er. »Ihr Jungs könnt ihn doch nicht ständig ins Bett machen lassen.«

Also bastelte Ralph eine Türklingel, auf die Dad drücken konnte, wenn er etwas brauchte, eine Art Bitte-helft-mir-Knopf. Genial. Es war nichts Besonderes, nur ein Klingelknopf auf einem Stück Holz, der ein einzelnes, angenehmes *Ding* ertönen ließ, aber ich könnte es bis zum Ende meines Lebens versuchen und würde so etwas nicht hinbekommen. Ich kann mir selbst kaum ein beschissenes Sandwich machen.

Wir legten Dad die Klingel neben die Hand, und das funktionierte wunderbar. Er hatte noch genug Kraft, um sie zu drücken. Damit ging es im Haus deutlich geregelter zu. Wenn mein Dad aufstehen musste, klingelte er, und wir gingen zu ihm, um zu helfen. Greg und ich konnten uns einfach zurücklehnen und auf die Klingel lauschen.

Auch nachts mussten Greg und ich unseren Dad versorgen. Durch die Klingel wurde das einfacher. Wir horchten in Schichten. Das nannten wir dann »Daddydienst«, genau wie die Riesenhaufen, die er machte. Wenn wir Daddydienst schoben, achteten wir nur auf die Klingel, für andere Dinge blieb kein Platz. Das Schlafzimmer meiner Eltern lag in der obersten Etage, deswegen konnten wir nicht im Keller abhängen, Flipper spielen, alleine was trinken oder fernsehen. Ich hatte angefangen zu rauchen, weil ich dachte, das macht man in solchen Lebenssituationen so, und weil ich völlig bescheuert bin, jetzt konnte ich noch nicht einmal mehr eine rauchen gehen, weil man die Klingel draußen nicht hörte.

Sobald es klingelte, rannten Greg oder ich zu Dads Bett. Wir setzten ihn auf – was immer einfacher wurde, weil er so viel Gewicht verloren hatte –, dann nahmen wir ihm die Atemmaske ab. Er sammelte sich einen Moment lang, schluckte ein paarmal und atmete mehrmals tief durch, bevor er seine Bitte äußerte. Er fasste sich ziemlich kurz und sagte nur einzelne Wörter.

»Pinkeln« etwa. Dann schnappten wir uns die Urinflasche, holten seinen Penis heraus, und er konnte sofort lospullern. Neben dem Bett waren auch Kleenex, um ihn abzuwischen. Den Urin kippten wir auf meine schlafende Mutter. Kleiner Scherz. Er kam mit den benutzten Kleenex in die Toilette. Wir zogen ab und wuschen uns die Hände.

»Bad« hieß, dass er kacken musste. Dafür halfen wir ihm auf und brachten ihn die wenigen Schritte ins Badezimmer. Meistens blieben wir neben dem Klo stehen, beobachteten ihn und machten Small Talk über die Utah Jazz oder die Katzen, die jetzt durch unser Haus tigerten. Er fand diese mangelnde Privatsphäre schrecklich, aber hey, wir fanden es schrecklich, unserem Dad beim Kacken zuzusehen, also glich sich das aus.

Wenn er fertig war, sagte er zum Beispiel »fertig«, und wir wischten ihn ab, zogen ihm die Boxershorts hoch, gaben ihm einen Klaps auf den Hintern und brachten ihn wieder ins Bett.

»Nase« bedeutete, dass wir ihm die Nase putzen sollten. Aus irgendeinem Grund lief ihm von dem BiPAP-Gerät ständig die Nase. Weil er an so vielen Marathons teilgenommen hatte, riss ich Witze wie: »Deine kleine Nase läuft ja einen richtigen Marathon.« Aber er lachte nicht. Wir nahmen ein Kleenex, und er schnäuzte sich.

»Hoch« hieß, dass er aufstehen wollte. Diese Bitte kam meistens morgens oder nach einem Nickerchen tagsüber. Wir halfen ihm, aufzustehen und einen anderen Teil des Hauses zu erreichen, wo er sich hinsetzen und nach Atem ringen konnte.

»Töte mich« bedeutete, dass er sterben wollte, weil es zu sehr wehtat, sich kaum noch bewegen, kaum noch atmen oder sprechen zu können. Wir nahmen die Pistole, die neben dem Bett lag, und schossen ihm in den Kopf. Nicht einmal der laute Knall konnte meine Mutter aus ihrem Krebsschlaf wecken. Wir wischten das Blut mit den Kleenex weg und rieben die Fingerabdrücke von der Pistole.

Ich lernte, meinen Dad so gut zu versorgen, dass ich ohne Gregs Hilfe auskam. Also teilten wir uns den Daddydienst, damit immer einer an den Abenden so was wie ein freies Leben haben konnte. Wir waren beide zu müde, um unseren Freundeskreis zu aktivieren, deshalb blieben wir meistens zu Hause, hingen ab und aßen übrig gebliebene Lasagne. Wer gerade keinen Dienst schob, rieb es dem anderen unter die Nase.

»Und, was machst du?«, fragte Greg etwa.

»Was? Ich kann dich nicht hören, ich bin zu beschäftigt damit, nicht auf Dads blöde Klingel zu achten«, kam als Antwort, während ich auf dem Sofa lag, im Sportteil Neuigkeiten über die Utah Jazz suchte und dabei Musik hörte, auf dem Teller neben mir eine halb aufgegessene Lasagne.

»Ich habe dich gefragt, was du machst«, sagte Greg.

»Ich ruhe mich nur aus. Lese ein bisschen. Höre Musik. Und wische nicht Dad den Hintern ab. Und du?«

»Ich habe Dad gerade den Hintern abgewischt«, antwortete Greg.

»So ein Pech. Schon ätzend, heute Abend Daddydienst zu haben«, meinte ich, während ich die Zeitung zusammenfaltete. »Wenn du mich brauchst, ich bin im Keller, werde allein was trinken und flippern. Scheiße, vielleicht schleiche ich mich sogar nach draußen für einen Sargnagel.«

Die Nächte, in denen ich Daddydienst hatte, waren ziemlich einsam. Ich schlief nicht, weil ich Angst hatte, ich könnte es versauen und mein Dad würde mir wegsterben oder, noch schlimmer, wieder ins Bett machen. Ich überlegte mir etwas, um die Zeit herumzubringen. Und nein, damit meine ich nicht, dass ich vor Pornos masturbierte. Hätte ich durchaus gemacht, aber mein Desktoprechner stand im Esszimmer, das nach vorne hinausging, und ich befürchtete, ein Nachbar könnte vorbeikommen, um mal nachzuschauen, ob Bob ordentlich versorgt wurde, und bei einem

Blick durchs Fenster mitbekommen, wie ich mir einen abrubbelte.

Stattdessen telefonierte ich meistens mit Abby. Sie nahm mir immer noch übel, dass ich vor meinem Umzug nach Hause nicht eine Weile bei ihr in Berkeley verbracht hatte. Unsere Gespräche liefen nicht mehr so geschmeidig wie früher. Ich konnte ihre Probleme immer weniger nachvollziehen, weil mir meine so viel bedeutsamer vorkamen. Und sie erschien mir nicht so mitfühlend, wie ich es in dieser Situation von ihr erwartet hätte. Ich hatte sogar das Gefühl, dass sie gar nicht darüber reden wollte. Ich wusste nicht genau, warum. Es war richtig schwierig.

»Heute war im Fitnessstudio kein einziges Laufband frei. Ich musste aufs Fahrrad«, erzählte Abby.

»Tja, mein Dad kann seine Arme nicht bewegen, und ich musste ihm Scheiße von den Eiern waschen«, sagte ich.

»Meine Nachbarn schmeißen eine Party. Vielleicht schaue ich mal vorbei«, sagte Abby.

»Ich muss im Haus bleiben, weil ich heute Daddydienst habe«, sagte ich.

»Ich hasse Insekten«, meinte Abby.

»Ich hasse tödliche Krankheiten«, konterte ich.

Solcher Mist halt. Es war für uns beide echt unschön. Aber bevor wir auflegten, sagten wir immer »Ich liebe dich«, und das war das einzig Wichtige. Ich dachte, irgendwann würde sie akzeptieren, wie es nun mal war.

Wenn Abby aufgelegt hatte und im Bett war, las ich meistens. Manchmal schrieb ich auch. Im College hatte ich für eine Satirezeitung geschrieben, deshalb versuchte ich es jetzt mit neuen Texten für sie, oder ich schrieb über die verrückten Sachen zu Hause. Manchmal sah ich mir auf dem Rechner eine DVD an, mit nur einem Knopf im Ohr, damit ich diese verdammte Klingel noch hören konnte. Oder ich hörte die White Stripes – »I'm thinking about my doorbell. When you gonna ring it? When you gonna ring it?« –, auch nur mit einem Stöpsel im Ohr.

In einer Nacht beschloss ich, ein Glas Wein zu trinken und so zu tun, als wäre alles normal. Mit dem randvollen Glas setzte ich mich in den abgewetzten Sessel im Zimmer meiner Eltern und sah den beiden beim Schlafen zu, während die Krankheiten ihre Körper zerfraßen und Dads Beatmungsgerät mit den Katzen um die Wette schnurrte. Ich schüttelte den Kopf. Wie konnte die Lage so beschissen werden? Warum musste ich mit ansehen, wie meine Eltern gegen tödliche Krankheiten ankämpften? Das war doch nicht fair. Passierte das, weil mein Leben bis dahin so gut gelaufen war? War es irgendwie abartig, dass ich in ihrem Zimmer saß, sie beim Schlafen beobachtete und dabei Wein schlürfte?

Ich trank einen großen, köstlichen Schluck und schloss die Augen. Ich stellte mir vor, alles wäre wieder in Ordnung. Keine Bauarbeiten im Haus. Meine Eltern völlig gesund. Keine Katzen, die überall ins Haus pinkelten und schissen. Dafür ein riesiges Schild, auf dem stand: WILLKOMMEN ZU HAUSE DAN THE MAN. Wir als große, glückliche, gesunde Familie. Ich wieder im Urlaub. Ich stellte mir vor, mein Dad würde ohne Hilfe aus dem Bett aufstehen, die Atemmaske abnehmen und mich ansehen. Er würde die ganze ALS abschütteln und wieder der alte, pummlige, mobile Dad werden.

»Warum bist du auf, DJ?«, würde er mich fragen.

»Ach, ich trinke nur ein Glas Wein. Willst du auch welchen?«

»Sehr gern. Ich liebe Wein, und dann können wir uns erzählen, was es Neues gibt«, würde er sagen, während ich ihm randvoll einschenkte, und dann würde er das Glas mit seinen fabelhaft funktionierenden Händen hochheben und in großen Schlucken trinken, ohne einen Tropfen zu verschütten.

Wir würden nach draußen in den Gartenpavillon gehen. Er würde erzählen, wie viel er lief und was für eine entspannende und erfüllende Zuflucht ihm das Laufen sei. Ich würde ihm alles von meiner Arbeit in L. A. erzählen und ihn fragen, wie ich am besten für ein eigenes Haus sparen konnte. Nachdem er mir ein paar Vorschläge gemacht hätte, würde er von den ganzen Reisen erzählen, die er als Rentner unternehmen wollte. Ich würde beschreiben, wie sehr ich Abby liebte und wie gut es mit unserer Beziehung lief. Dass wir sehr wahrscheinlich heiraten würden. Dann würden wir uns Wein nachschenken.

»Wir haben schon ein verflixt gutes Leben, was?«, würde er sagen.

»Ja, es ist toll.«

Wir würden auf das gleichmäßige Zirpen der Grillen lauschen, die Wasatch Mountains betrachten, die im Mondlicht schimmerten, und den Wein wirken lassen. Wärme und Glück würden uns durchströmen. Die Zukunft würde uns sicher sein. Wir wären unbesiegbar. Nichts würde uns von einem langen, gesunden Leben abhalten.

DING. DING. DING.

Dads Klingel zerrte mich zurück in die Wirklichkeit. Er brauchte Hilfe. Nachdem ich mein Glas abgestellt hatte, ging ich zum Bett. Ich setzte ihn auf und nahm ihm die Atemmaske ab.

»Jetzt sag um Gottes willen nicht ›Bad‹«, meinte ich.

»Pinkeln«, keuchte er mühsam.

»Einmal Pinkeln, kommt sofort«, antwortete ich mit gezwungener Fröhlichkeit. Ich nahm die Urinflasche, die neben seinem Bett lag, holte seinen Schwanz heraus und legte ihn in die Plastikröhre, die anfing, sich zu füllen.

»Das tut mir alles so leid«, sagte er und sah dabei auf seinen pullernden Penis.

»Ach, mach dir keinen Kopf. Der eigene Vater stirbt nur einmal, das kann ich mir doch nicht entgehen lassen.«

Mit einem müden Lächeln sah er zu mir auf. »Jedenfalls danke, dass du zu Hause bist, DJ. Ohne dich würden wir das nicht durchstehen. Ich liebe dich.«

»Ich dich auch, Dad. Es tut mir leid, dass du das durchmachen musst, und es tut mir leid, dass wir unseren neuen Job nicht gerade toll erledigen, aber wir werden besser. Wir versuchen, dir das Leben so angenehm wie möglich zu machen.« Wir brachten beide ein Lächeln zustande. Es war nicht dasselbe, wie unter dem Himmel von Utah Wein zu schlürfen, trotzdem war es schön, bei meinem alten Herrn zu sein.

Ich setzte ihm die Atemmaske wieder auf, legte ihn hin, damit er sich ausruhen konnte, und vergaß natürlich nicht, ihm einen Kuss auf die Stirn zu drücken. Dann trank ich einen großen Schluck Wein. »Willkommen zu Hause, Dan the Man«, flüsterte ich leise.

# Die kleinen Mädels

Die Leidtragenden dieser ganzen miesen Geschichte waren von uns fünf Kindern vor allem meine kleinen Schwestern Jessica und Chelsea.

Greg, Tiffany und ich hatten das Glück, dass wir von liebevollen, normalen, fürsorglichen Eltern großgezogen wurden, die relativ gesund waren. Wir hatten das College abgeschlossen. Mittlerweile sollten wir erwachsen sein. Eine fast perfekte Kindheit hatte uns durch die Phase unseres Lebens getragen, in der wir besonders verletzlich und beeinflussbar waren. Ich meine, wir hatten Saisonkarten für die Spiele der Utah Jazz, machten im Winter Urlaub in warmen Gegenden, liefen Ski und fuhren mit Booten. Scheiße, wir hatten sogar so ein Massage-Vibrator-Ding von Brookstone für den Rücken, von dem Greg und ich irgendwann herausfanden, dass man damit prima masturbieren konnte. Klar, unsere Mom musste sich hin und wieder mit Krebs herumschlagen, was schon belastend war, aber alles in allem lebten wir verwöhnten Spacken im goldenen Zeitalter unserer Familie – ein Randprodukt des amerikanischen Traums, der sich für unsere Eltern erfüllte.

Natürlich hatten Tiff, Greg und ich als Teenager auch unsere Höhen und Tiefen. Wie das eine Mal, als Tiff in der Junior High School aus Versehen Acid nahm. Ein paar »Freundinnen« hatten ihr erzählt, es sei nur ein Kaugummi, aber das war es nicht. Auf dem Kaugummi war nämlich LSD. Eine Stunde später fanden unschuldige mormonische Schülerinnen Tiff auf dem Klo, wo sie zusammengekauert Blödsinn faselte und übel halluzinierte. Es waren mehrere Lehrer nötig, um sie unter Kontrolle zu bringen. Meine Eltern wurden angerufen und holten Tiff erst mal nach Hause, dann reagierte meine Mom über und brachte sie ins Krankenhaus.

Der Arzt meinte, sie müsse ihren Trip einfach aussitzen, Wasser trinken und in einem sicheren Umfeld bleiben. Und weil ihr Zustand nicht gefährlich war, konnte sie nach Hause. Meine Eltern verfrachteten sie in ihr Zimmer, aber sie türmte, fand mich auf der Auffahrt, wo ich Basketball spielte, und beschuldigte mich, ich sei der Teufel und würde mit meinem Kopf Blitze verschießen.

In den nächsten Tagen ging sie nicht zur Schule.

Und da an der Junior High School eine Atmosphäre wie beim *Herrn der Fliegen* herrscht, hatte sich, als Tiff zurückkam, schon herumgesprochen, dass sie ein böses Mädchen war, eine kaputte Type, eine Loserin, und sie hatten ihr den scharlachroten Buchstaben »J« für »Junkie« verpasst.

Außerdem hatte sie die Mädchen verpfiffen, die ihr das Acid gegeben hatten. Die waren nicht gerade begeistert und drohten, sie ordentlich zu verprügeln. Seit ihr soziales Umfeld sie ausgrenzte, hatte sie keine Freundinnen mehr. Sie hatte nicht nur ein paar Gehirnzellen verloren, sondern ihr ganzes öffentliches Selbst. Sie fing an, sich der Rolle entsprechend anzuziehen, und lief in schwarzen Oberteilen und weiten, schwarzen Jeans voller Löcher herum. Keine Ahnung, wie man diesen Stil nennen sollte. Es sah aus wie eine skurrile Mischung aus Junkie-Aussteiger-Grunge-Goth-Chic. Tiff besuchte daraufhin vier verschiedene Highschools, und ihr Ruf erholte sich nie mehr ganz von der Sache.

Ich benahm mich ihr gegenüber ehrlich gesagt total arschig – ein echter Tyrann mit einer Klappe wie eine Schrotflinte. Und nach der Nummer mit dem LSD konnte ich so richtig aus dem Vollen schöpfen. Ich ging ihr permanent auf die Nerven, erinnerte sie an ihre Fehler und Schwächen und machte ihr das Leben zur Hölle. Dafür trat sie mir in Vegas einmal in die Eier, deshalb fand ich, wir seien quitt. Als Teenager hatte Tiff in der Schule und zu Hause also echt ein hartes Leben, das ihr nicht viel Selbstvertrauen mitgab.

Meine Teenagerzeit verlief dagegen ziemlich harmlos. Meistens war ich brav. Ich hatte nach Tiffs kleinem Teufelserlebnis echt Schiss vor Drogen und Alkohol, deshalb konzentrierte ich mich auf die Schule, auf Basketball, witzige Videos, die ich in unserem Keller drehte, und das Masturbieren. Allerdings freundete ich mich mit einem Trupp gelangweilter Spaßvögel an, die sich von *Jackass* auf MTV beeinflussen ließen, und brockte mir manchmal doch Ärger ein. Weil wir uns alle schrecklich und peinlich benahmen, sobald Mädchen in der Nähe waren, eiferten wir an den meisten Abenden unseren hemmungslosen Helden von *Jackass* nach. Unser absolutes Highlight war das »Kacktelefon«, bei dem wir den Hörer eines öffentlichen Telefons mit Scheiße einrieben und den Apparat von einem vorsintflutlichen Handy aus anriefen. Dann beobachteten wir, wie irgendein armer Sack ans Telefon ging und feststellen musste, dass er sich gerade Scheiße ins Ohr gedrückt hatte. »Sie sind am Kacktelefon«, brüllten wir ihm ins verschmierte Ohr.

Sonst war ich meistens bloß ein netter Kerl in einer einfacheren Zeit, bevor solche Sachen wie Amokläufe in Schulen und Facebook unsere Welt verdarben.

Gregs Teenagerzeit war ziemlich durchwachsen. Durch seine Zerebralparese litt er unter Problemen mit dem rechten Bein, einer Hemiparese. Er humpelte leicht und hatte bei den meisten Sportarten Schwierigkeiten, aber auf dem Tennisplatz kam er ganz gut zurecht. Eine Handvoll Operationen sollte helfen. Ein paar Jahre lang schien er ständig einen Gips zu tragen. Aber statt zu maulen, arbeitete er an seinem Verstand. Er war eine Leseratte, übte ständig mit irgendeinem Wortschatztrainer und mischte bei solchen Sachen wie dem Debattierclub und der Theatergruppe mit. Er schrieb unheimlich gerne und wusste schon als Kind, dass er Schriftsteller werden wollte. Er war ein unschuldiges Kerlchen mit einem Kopf voller Träume und großer Wörter.

Außerdem setzte er sich als Teenager mit seiner Sexualität auseinander, ohne ein Wort darüber zu verlieren. Dass er schwul war, ist ihm schon ziemlich früh klar geworden, aber er wartete noch auf den richtigen Zeitpunkt, um sich zu outen. Das wollte er nicht machen, solange er noch in Utah war. Damals war dieser Staat einfach nicht besonders schwulenfreundlich. Greg fürchtete, irgendein Hinterwäldler würde ihn hinter seinen Truck binden und mitschleifen, oder die Leute würden ihn verspotten. Deshalb wartete er auf den richtigen Moment. Und als wir nach seinem ersten Semester an der Northwestern University in Palm Desert Urlaub machten, beschloss er, der Moment sei gekommen. Die meisten Collegestudenten verbringen die Semesterferien im Frühling damit, sich die Hirne mit Alkohol zu vernebeln und ihre Genitalien aneinanderzureiben, aber Greg war auf eine andere Art von Befreiungsschlag aus. Greg und ich hatten uns gerade *Vergiss mein nicht* angesehen. Bis der Rest unserer Familie aus irgendeinem anderen blöden Film kam, waren wir in eine der Buchhandlungen von Borders gegangen. Während wir zwischen den Büchern herumschlenderten, rückte er mit der Sprache heraus.

»Also, Danny. Ich muss dir etwas sagen. Ich bin schwul«, verkündete er nervös. Er brachte es so schnell wie möglich hinter sich, so, wie man ein Pflaster abreißt. Ich war der Letzte, dem er es erzählte, weil er wusste, wie fies ich sein konnte. Er dachte, ich würde ihn deswegen genauso schikanieren wie Tiffany, weil sie aus Versehen LSD eingeworfen hatte. Dabei ahnte er nicht, dass er für mich der wichtigste Mensch der Welt war und ich ihn immer lieben würde, egal, was geschah. Ich zog seinen zitternden Körper in eine dicke, brüderliche Umarmung.

»Greg. Das ist klasse. Sehr cool. Seit wann weißt du, dass du offiziell schwul bist?«, fragte ich ihn.

»Seit ich mir in der fünften Klasse zu Chris O'Donnell in *Mad Love* einen runtergeholt habe.«

»Ach du Scheiße, den Film haben wir doch zusammen gesehen«, meinte ich leicht entsetzt.

»Ja, na ja, ich habe ihn auch noch mal allein gesehen. Und mir dabei einen runtergeholt«, erzählte er.

»Also, ich hab dich lieb und bin für dich da, egal, auf wen du stehst, sogar wenn es Chris O'Donnell ist«, sagte ich und bewies damit, was für ein wunderbarer und toleranter Mensch ich doch war. Ihm fiel ein Stein vom Herzen. Ich glaube, er rechnete damit, dass ich ihn als Schwuchtel beschimpfen und ihn weniger lieb haben würde.

Dabei kam seine große Neuigkeit nicht besonders überraschend. Ich hatte schon immer vermutet, dass er schwul ist. Ich meine, in seinem Zimmer stand ein Pappaufsteller von der Vogelscheuche aus dem *Zauberer von Oz*, ein astreiner Wink mit dem schwulen Zaunpfahl. Ein einziges Mal hatte er mit mir über Mädchen gesprochen. Als er etwa im dritten Highschooljahr war, fragte er mich um Rat, wie er eine seiner Freundinnen befummeln sollte, um sie zum Orgasmus zu bringen. So sperrig und gezwungen, wie »fummeln« bei ihm klang, war sofort klar, dass er nur einen letzten verzweifelten Versuch unternahm, um hetero zu wirken. Und ich war genau der Falsche für diese Frage. Bevor ich irgendwie bei Abby gelandet war, hatte ich nicht viel Glück mit Mädchen gehabt.

»Ich habe keinen Schimmer«, sagte ich zu Greg. »Ich glaube, sie wird feucht, und du rubbelst einfach ein bisschen rum oder so. Guck dir Pornos an«, riet ich ihm. »Von Pornos kann man alles lernen.«

Der Blinde führt den Schwulen.

Gregs Freunde zu Hause hatten ihn auch schon für schwul

gehalten und reagierten nur lieb, als er sich outete. Es ging alles ziemlich reibungslos vonstatten. Bestimmt litt er auch mal unter inneren Qualen und Zweifeln, aber alles in allem lief es in seiner Teenagerzeit ziemlich gut für ihn.

Jessica und Chelsea bekamen vom goldenen Zeitalter der Marshalls noch ein paar Jahre mit, aber als unsere alberne, reiche, perfekte Blase platzte, steckten sie gerade mitten in ihrer Teenagerphase. Unheilbar kranke Eltern zu haben ist schlimmer, als hinkend vor seinem Coming-out wegzulaufen oder einen üblen Acid-Trip durchzumachen. Na ja, vielleicht ist es auch nicht schlimmer als ein übler Acid-Trip. Ich habe noch nie Acid genommen, deshalb habe ich keine Ahnung.

Chelsea wurde ein paar Monate nach Dads Diagnose sechzehn, aber sie benahm sich, als wäre sie neun. Sie war deutlich zu früh zur Welt gekommen – genau gesagt dreieinhalb Monate zu früh – und hatte bei der Geburt 1330 Gramm gewogen. Eine ihrer Nieren war nicht vollständig entwickelt, sie war auf einem Ohr taub und musste mehrmals operiert werden, um auch nur zu überleben. Um ein Haar hätte sie es nicht geschafft. Aber sie kam durch und entwickelte sich zu einem der lustigsten, schrägsten Menschen, die ich kenne. Chelsea und ich haben uns immer gut verstanden. Weil sie so hart um ihr Leben kämpfen musste, tat sie mir leid. Ich nahm sie unter meine Fittiche, passte auf sie auf, stellte mit ihr Blödsinn an und brachte ihr bei, dass Furzen eine sehr menschliche Eigenart ist. Ich gab ihr sogar einen Spitznamen: Moe Ham. »Moe ham« waren meine ersten Worte – mein kümmerlicher Versuch, »more ham« zu sagen, »mehr Schinken«. Ich weiß nicht genau, warum ich anfing, sie so zu nennen. Es schien einfach zu ihr zu passen. Sie sah irgendwie wie eine Moe Ham aus. Später nannte ich sie Furzprinzessin, weil sie so furzte. Ich habe kein großes Talent für Spitznamen.

Von Chelseas Verrücktheiten war ich immer begeistert. Ich

fand es irrsinnig komisch, wie unberechenbar sie war. Einmal, da war sie etwa drei Jahre alt, jagte sie meinen Freund Mike mit ihrer eigenen Scheiße durchs Haus. Am Anfang amüsierte Mike sich noch; aber als sie die Scheiße nach ihm warf und ihn fast im Gesicht erwischte, kamen ihm dann beinahe die Tränen.

Als sie etwa vier war, trennte ich mich einmal in einem Toys'R'Us von meinem Dad und Chelsea. Ich suchte nach Nerf-Blastern und solchen Sachen und bemerkte plötzlich, dass über eine der aufgebauten Rutschen Dünnpfiff floss. Nach einer Weile fand ich meinen Dad, der panisch meinte: »Danny, wir müssen hier raus. Chelsea hat gerade auf eine der Rutschen gekackt.«

Anders gesagt, sie ist ganz eindeutig mit mir verwandt.

Meine Eltern machten sich wegen der vollgekackten Rutsche keine großen Sorgen, weil Chelsea noch so jung war. »Alle kleinen Kinder machen solchen Unsinn. Lass sie gefälligst in Ruhe«, befahl meine Mutter, als ich meinte, das sei doch sehr seltsam. »Wahrscheinlich hat sie es von dir gelernt.«

Sie dachten, Chelsea würde ein bisschen in der Entwicklung zurückhängen, weil sie zu früh geboren war. Meine Mom hielt nichts davon, auf die Probleme ihrer Kinder Etiketten zu pappen oder sie mit Medikamenten zu behandeln. Wenn ich vorschlug, dass Chelsea etwas gegen ihre Hyperaktivität bekommen oder wegen ihres auffälligen Verhaltens eine Psychologin besuchen sollte, erinnerte meine Mom mich daran, dass die Ärzte mir als Kind Ritalin geben wollten.

»Du bist ständig ausgetickt, Danny Boy. Würde ich auf Ärzte hören, hättest du deine Kindheit in einer beschissenen Zwangsjacke verbracht. Also halt die Klappe wegen Chelsea«, sagte sie.

Außerdem war Chelsea unser Nesthäkchen, und wir behandelten sie entsprechend. Wir machten aus Moe Ham sogar »Baby Moe«, und so nennen wir sie heute noch. Ihr Verhalten nahmen wir als Reaktion darauf, dass unsere Mom Krebs hatte. Sie hing ständig an Moms Rockzipfel, folgte ihr auf Schritt und Tritt durchs Haus und kaute ihr mit dem Thema Ballett ein Ohr ab. Wir dachten, sich auf absurde Dinge einzuschießen und sich so seltsam zu benehmen sei ihre Art, die Sache zu bewältigen.

»Seid nicht so streng mit ihr. Ihre Mutter hat Krebs«, sagte meine Mom immer, wenn wir Chelsea zusammenschissen, weil sie was Schräges gemacht hatte.

»Aber du bist auch unsere Mom, und wir sind nicht so seltsam«, antworteten wir dann.

»Doch, seid ihr. Ihr seid alle seltsam«, erklärte sie. »Chelsea ist noch die Normalste von dem ganzen Haufen.«

Aber je älter Chelsea wurde, desto offensichtlicher unterschied sie sich von den anderen Kindern. Als sie ins Teenageralter kam, war uns endgültig klar, dass etwas nicht stimmte. In der Schule räumte sie ab und schrieb nur Einsen, trotzdem musste meine Mom ihr jeden Morgen helfen, sich fertig zu machen. Sie weigerte sich, eine Gabel zu benutzen. Sie aß ihre Haare. Im Restaurant konnte sie nicht selbst bestellen. Bei Salzbrezeln leckte sie das Salz ab und steckte sie wieder in die Tüte. Und sie wollte einfach nicht in ihrem Bett schlafen und legte sich entweder bei meinen Eltern ans Fußende oder gleich zwischen die beiden.

Chelsea vergraulte jede Freundin, weil sie nur übers Tanzen redete. Und gerne richtig einen fahren ließ, wenn sie mit anderen abhing, und sich danach vor Lachen weglegte. Die meisten Jungs in ihrem Alter hätten das witzig gefunden, aber für Mädchen war es eklig. Außerdem reagierte sie bei Fremden unglaublich nervös und linkisch. Wenn jemand sie etwas fragte, antwortete sie nicht, sondern sah uns an, damit wir es für sie übernahmen. Wir dachten, sie sei nur schüchtern, aber die meisten unserer Freunde hielten sie für geistig zurückgeblieben.

Ich weiß noch, wie ein Freund einmal fragte: »Sag mal, Chelsea ist irgendwie behindert, oder?«

»Nee, sie ist nur ein bisschen verdreht«, erklärte ich. »Dafür mag sie Furzwitze, das ist doch ziemlich cool.«

Als Chelsea in die Junior High School kam, konnten wir ihr exzentrisches Verhalten und ihre Probleme mit anderen nicht mehr auf ihre frühe Geburt oder Moms Krebs schieben. Meine Eltern fingen an, sich schlauzumachen, und schickten Chelsea zu einem Psychiater, der vermutete, sie habe Asperger. Als sie mehr darüber lasen, wurde ihnen klar, dass Chelsea beinahe ein Fall wie aus dem Lehrbuch war. Meine Eltern bemühten sich um Hilfe für sie, aber als sie sich gerade nach Therapeuten umsahen, schlug die ALS-Diagnose ein. Sie hatten jetzt größere Sorgen, als Chelsea beizubringen, wie man eine Gabel benutzt. Sie musste allein zurechtkommen.

Jessica war auf andere Art neben der Spur. Meine Eltern hatten sie adoptiert, als sie drei Tage alt war. Weil Greg und ich uns so nahestanden, wünschten sich meine Eltern für Tiffany eine Schwester, mit der sie spielen konnte. Außerdem war meine Mom auch adoptiert worden und wollte dafür selbst Gutes weitergeben. Wir alle liebten Jessica bedingungslos, aber als einziges adoptiertes Kind fühlte sie sich in unserer Familie immer als Außenseiterin. Sie kam sich vor wie eine Versagerin, die nie etwas richtig machen konnte. Das weiß ich, weil ich sie in einem Urlaub mal genervt habe, sie solle besser in der Schule werden. Irgendwann wurde sie sauer, kniff mir fest in die dicken Backen und sagte: »Ich bin nicht so perfekt wie ihr anderen.«

Sie stempelte sich selbst als fehlerhaft ab und hatte Mühe in der Schule. Wahrscheinlich hätte sie irgendwann mal sitzen bleiben müssen, aber sie wurde immer durchgeschleift. Als ich nach Hause zog, um zu helfen, war sie gerade im dritten Highschooljahr. Bisher hatten meine Mom und mein Dad sie weitergebracht – hatten mit ihren Lehrern gesprochen und ihr jeden Abend bei den Hausaufgaben geholfen –, jetzt konnten sie Jessica nicht mehr den letzten Schubs Richtung Abschluss geben.

In ihrer Freizeit hing sie mit Leuten ab, die tranken. Typische Highschoolschüler können mit Alkohol nicht gut umgehen. Trinken heißt bei ihnen meistens, dass sie an Hochprozentigem runterkippen, was sie aus der Hausbar ihrer Eltern klauen können. Weil wir alle keine Mormonen waren und alkoholischen Getränken nicht abgeneigt, gehörte Jessica in ihrem Freundeskreis zu den Hauptversorgern. Einmal wollte ich mir abends einen fetten Drink machen und bemerkte, dass der Wodka größtenteils aus Wasser bestand. Mit diesem uralten Trick wollte Jess ihre Trinkerei verbergen, aber sie hatte nicht mit ihrem Bruder gerechnet, der auch gerne was trank.

Sie hatte schon zwei Mal ihr Auto zerlegt: Einmal war sie von Park City nach Salt Lake durch den Parley's Canyon gefahren und hatte dabei einen Elch gerammt, dann nahmen sich ein paar Jungs ihr Auto für eine Spritztour und ließen es am Ende in eine Schlucht rollen. Außerdem hatte sie sich im Sommer in einem mistigen Freizeitpark in Utah, dem Lagoon, beim Trinken erwischen lassen und eine Anzeige wegen Alkoholbesitzes als Minderjährige und öffentlicher Trunkenheit kassiert. Ihr Gerichtstermin stand bald an.

Zu den schlechten Schulleistungen und dem Trinken kam, dass sie seit einer Weile heimlich mit diesem Lacrosse-Trainer zusammen war, mit dem sie immer abhing – einem fünfunddreißig Jahre alten Mormonen mit beginnender Glatze, den wir nur den perversen Rob nannten. Der perverse Rob schwirrte schon um Jessica herum, seit sie mit zwölf in einer seiner Mannschaften gespielt hatte. Damals war er dreißig. Anfangs ging es nur um Lacrosse, dann freundeten sie sich auch unabhängig davon an. Wir bekamen heraus, dass er sie in seinem blauen Minivan (ja, genau, er fuhr einen Minivan) von der Schule abholte und sie mit ihren Freundinnen herumfuhr, ins Einkaufszentrum, zum Kino, um Slurpees zu kaufen und so was. Er kam zu Geburtstagsfeiern. Spätabends rief er Jessica noch an. Sie chatteten online, und nicht über Lacrosse. Es gab keine Beweise, dass nicht alles völlig unschuldig war, trotzdem wirkte es damals total unangemessen.

Als ich im Sommer zu Besuch aus Berkeley zu Hause war, ließ Jessica eines Abends den MSN Messenger auf dem Familiencomputer geöffnet. Sie war auf dem Sofa vor dem Bildschirm eingeschlafen. Weil ich ein neugieriger Arsch bin, las ich das Gespräch. Darin schrieben sie sich »Ich liebe dich«, sie erwähnte, sie müsse ihren Pulli aus seinem Wagen holen, und fragte ihn, ob er ihr den Rücken massieren würde. Zu dem Zeitpunkt war sie fünfzehn. Ich wollte nicht petzen, aber ich wollte auch nicht, dass meine kleine Schwester in eine zwielichtige Situation geriet, also druckte ich den Chat aus und gab ihn meinen Eltern. Ich fand, es wäre ihre Aufgabe, die Sache zu klären.

Und das machte mein Dad in gewisser Weise dann auch. Meiner Meinung nach hätte er die Polizei rufen sollen – sogar ohne handfeste Beweise für eine Straftat –, hätte Jessica aus der Lacrosse-Mannschaft nehmen und dem Typen eine gegen die Eier zimmern sollen, doch für Eierschläge war mein Dad zu friedfertig. Stattdessen setzte er sich mit dem perversen Rob zusammen und machte ihm klar, dass er Jessica weder kontaktieren noch treffen durfte, solange es nicht um Lacrosse ging. Und Jessica musste ihm versprechen, sich nicht mit dem perversen Rob zu treffen. Ich liebte meinen Dad und hatte einen höllischen Respekt vor ihm, trotzdem fand ich, er hätte in dieser Situation mehr machen sollen. Es war ein seltener und ein riesiger Fehler, den er sich als Vater leistete. Allerdings sahen sich die beiden tatsächlich nur noch beim Lacrosse-Training, soweit wir wussten, also schien es gewirkt zu haben. Trotzdem hielt ich weiter Ausschau nach ihm.

Das alles soll heißen, Jessica und Chelsea waren schon vor der ganzen Nummer mit den sterbenden Eltern ziemlich durch den Wind. Jetzt pilgerte meine Mom total groggy von der Chemo durchs Haus, aß Joghurt und redete Blödsinn, während mein Dad an ALS kaputtging. Also mussten Greg und ich uns neben dem Daddydienst auch um die kleinen Mädels kümmern und sozusagen als ihre gestörten Ersatzeltern fungieren. Das hieß, sie morgens auf den Weg zu bringen, Chelsea von der Schule abzuholen (die Mormonen brachten sie nur hin), ihnen bei den Hausaufgaben zu helfen, Chelsea zum Tanzen zu fahren, die beiden mit Essen zu versorgen und Jessicas Beziehung zum perversen Rob im Griff zu behalten. Tiffany weigerte sich, mit den Mädels zu helfen, und meinte, sie hätte diesen Mist jahrelang gemacht, jetzt seien mal wir dran. Konnte ich verstehen.

Besonders Chelsea hielt uns auf Trab. Sie war es gewohnt, dass unsere Eltern ihr ganzes Leben regelten. Ohne Moms Hilfe konnte sie sich kaum morgens für die Schule fertig machen, und obwohl sie sechzehn war, wollte sie einfach nicht Auto fahren. Sie hatte schreckliche Angst vor der Straße und fühlte sich dem Stress, ein Fahrzeug zu steuern, nicht gewachsen. Greg und ich sahen das anders. Wir dachten, wenn sie sich einfach überwinden würde, könnte es uns das Leben deutlich leichter machen, weil wir sie dann nicht mehr ständig durch die Stadt karren müssten.

»Jetzt stell dich nicht an wie ein Kleinkind und lern endlich, wie man ein beschissenes Auto fährt«, ranzte ich sie an und klang dabei wie der letzte Versagerdad und nicht wie der nette, liebevolle und fürsorgliche Vater, den sie wirklich hatte.

»Ich will nicht Auto fahren«, antwortete sie.

»Diese Babynummer ist nicht mehr süß, Baby Moe. Du musst erwachsen werden.«

»Du musst erwachsen werden«, meinte sie lächelnd.

»Es wäre nur alles viel leichter, wenn du allein zurechtkommen würdest«, sagte ich.

»Alles wäre viel leichter, wenn du allein zurechtkommen würdest«, ahmte sie mich nach.

»Oh, jetzt wiederholst du alles, was ich sage. Sehr erwachsen, Furzprinzessin.«

»Selber Furzprinzessin.«

»Am liebsten würde ich dir ins Gesicht furzen«, sagte ich.

»Am liebsten würde ich dir ins Gesicht furzen«, sagte sie. Dann lachten wir. Ein Furzwitz war stärker als jede Verärgerung, die ich als falscher Elternteil aufbringen konnte. Ich fuhr sie zum Tanzen.

Und manchmal gab ich Chelsea dann doch einen Schubs in Richtung Unabhängigkeit. Einmal fühlte ich mich nachmittags besonders ausgelaugt. Ich hatte den ganzen Tag meinen Dad versorgt, hatte ihm im Büro geholfen, ihn gefüttert, ich war ganz einfach der beste Sohn der Welt gewesen – ein echter amerikanischer Held mit einem Herzen so groß wie ganz Texas. Ich legte Dad zu einem Nickerchen mit seinem BiPAP-Gerät hin und holte Chelsea von der Schule ab. Als ich mich dann endlich ein bisschen ausruhen konnte, wollte sie unbedingt gleich wieder zum Tanzen gefahren werden.

»Verdammt noch mal, du musst endlich lernen, selbst zu fahren. Du bist sechzehn Jahre alt, und das Unglück legt alles um uns herum in Schutt und Asche«, sagte ich.

»Tut mir leid … Ich verspreche auch, im Auto nicht zu furzen«, meinte Chelsea, weil sie wusste, dass ich für einen anständigen Furzwitz immer zu haben bin.

»Ich kann dir einfach nicht böse sein«, sagte ich lächelnd und schnappte mir die Schlüssel.

Auf dem Weg zum Auto beschloss ich dann, Chelsea könnte eigentlich jetzt gut mal üben. Sie hatte einen Lernführerschein, durfte also ganz offiziell fahren, solange sie von einem Erwachsenen begleitet wurde. Sie hielt nichts von meiner Idee. Ich sagte:

»Na schön, nur weiß ich nicht, wie du jetzt zum Tanzen kommen willst, ich fahre nämlich nicht.« Das Tanzen war ihr wichtig genug, um zu fahren, also nahm sie widerwillig die Schlüssel und sog Luft in ihre winzigen, vorzeitig geborenen Lungen.

Im Auto fuhr ich das Fenster herunter und legte die Füße hoch. »Hey, auf dem Beifahrersitz ist es ja so was von scheißgemütlich.«

»Leck mich, Danny.« Sie versuchte nervös, den Schlüssel ins Zündschloss zu stecken. Nach mehreren Anläufen traf sie schließlich.

Es war das erste Mal, dass ich bei einer ihrer Holpertouren dabei war. Meine Mom hatte mich gewarnt, dass sie nicht gut fahren konnte, aber keine Warnung der Welt hätte mich darauf vorbereiten können. Das Auto fauchte wie eine Katze, als Chelsea den Schlüssel noch einmal herumdrehte, obwohl der Motor schon lief. Dann wollte sie rückwärts auf die Straße fahren und machte stattdessen einen Satz nach vorn.

»Falsche Richtung, Schwachkopf«, sagte ich. »Sieh in den Spiegel und leg den Rückwärtsgang ein.« Sie stellte das Getriebe ungeschickt auf Neutral, bevor sie schließlich den Rückwärtsgang fand. Als sie aus der Auffahrt schoss, nahm sie beinahe den Briefkasten und den Zaun mit.

»Mein Gott, Furzprinzessin. Kein Wunder, dass du Angst vor dem Autofahren hast. Du bist ja Mr Magoo«, meinte ich, als sie ein Stoppschild überfuhr.

»Wer ist Mr Magoo?«, fragte sie, während sie den Blinker nach links setzte und nach rechts abbog.

Als zwei Spuren zusammenführten und Chelsea beim Einfädeln fast in ein anderes Auto krachte, begriff ich, dass sie wirklich nicht auf die Straße gehörte.

»Verdammt, du bringst uns noch um, und ich finde, Mom und Dad sollten nicht die Beerdigung ihrer Kinder durchstehen müssen, schon gar nicht in ihrem Zustand«, sagte ich und half ihr, an den Straßenrand zu fahren.

Sie stieg aus und wirkte dabei, als würde sie vor Anspannung gleich platzen. Während ich mich auf den Fahrersitz schob, rasten andere Autos wütend vorbei. In Utah hupt niemand, weil es nicht L. A. ist, aber das wäre der perfekte Moment zum Hupen gewesen.

»Tja, ich schätze, wir müssen dich doch weiter rumkutschieren. Das gehört beim Todkranke-Eltern-Paket wohl dazu. Übrigens bist du die schlechteste Autofahrerin aller Zeiten.«

Chelsea wieherte so los, dass sie furzen musste, worüber wir beide lachten wie wild. Dann fuhr ich die kleine Stinkerin zum Tanzen.

Chelsea war zwar anstrengend, aber mit ihr konnte man wenigstens Spaß haben. Jessica war dagegen eine echte Nervensäge. Nicht, dass sie viel Aufmerksamkeit beansprucht hätte. Am besten sollten wir sie gar nicht beachten, sie schlich durchs Haus und versuchte, niemandem aufzufallen. Doch es war fast unmöglich, sie morgens aus dem Bett und aus dem Haus zu kriegen. Jeden Tag war es ein richtiger Kampf. Ich weckte sie immer um halb sieben, damit sie genug Zeit hatte, um sich fertig zu machen, aber sie schlief einfach wieder ein. Die Schule war ihr scheißegal. Für sie war der Laden die Hölle auf Erden – ein Ort, an dem sie sich unter den ganzen reichen weißen Mormonen wie ein blöder Freak vorkam.

Manchmal konnten wir sie zur Schule treiben, meistens zuckten wir mit den Schultern und sagten: »Am Arsch. Ist doch ihr Leben.«

»Genau, was sollen wir denn machen? Sie mit vorgehaltener Waffe zwingen, hinzugehen?«, sagte Greg.

»Gar keine schlechte Idee, aber ich habe Angst vor Waffen. Scheiß drauf. Lassen wir sie doch einfach schlafen. Dann ist wenigstens eine in diesem Haus richtig ausgeruht.«

Nicht nur einmal fanden wir sie betrunken auf dem Küchenboden oder im Keller.

»Verdammter Mist, sie trinkt uns den ganzen Schnaps weg«, sagte ich dann.

»Na los, bringen wir sie ins Bett«, meinte Greg.

»Hier ist noch ein Schluck Wodka«, antwortete ich und kippte ihn herunter. Dann hoben Greg und ich sie hoch und ließen sie in ihr Bett plumpsen, damit sie sich von einem anstrengenden Tag voller Schuleschwänzen erholen konnte. Und ich hatte gedacht, zu viel zu trinken würde mein Job sein. Jessica ließ mich da ziemlich alt aussehen. Ich wusste, dass Jess sich deshalb so aufführte, weil sie Angst davor hatte, was mit Dad passierte. Sie liebte ihn über alles und litt unter der Situation. Das Trinken war ihre Form der Flucht. Es tat mir wirklich wahnsinnig leid für sie, aber helfen konnte ich ihr nicht.

Ich hatte schon mit ihr über ihr Trinken gesprochen, und die Beratungslehrer trafen sich jede Woche mit Jess, nur fruchtete das offenbar nicht. Solange sie betrunken war, brauchte man das Thema gar nicht erst anzusprechen, deshalb versuchte ich es einmal morgens, als sie noch einen Kater hatte. Sie hatte schon beschlossen, an diesem Tag nicht in die Schule zu gehen, und war nach unten gekommen, um etwas Essbares aus dem Kühlschrank zu kramen.

»Du hast jetzt Kopfschmerzen und das Gefühl, du würdest gleich abkratzen, oder? Tja, das kommt vom Alkohol«, sagte ich, als sie die Kühlschranktür öffnete.

»Ich habe nichts getrunken«, log sie; offenbar hatte sie die letzte Nacht schon vergessen.

»Greg und ich haben dich bewusstlos neben einer vollgekotzten Toilette gefunden«, erinnerte ich sie.

»Na und?«, kam sie mir immer noch patzig.

»Weißt du, was du tun kannst, damit du dich nicht jeden Morgen beschissen fühlst? Du könntest aufhören zu trinken und dich anstrengen, um die elfte Klasse doch noch zu schaffen«, meinte ich.

»Okay«, sagte sie und knallte die Kühlschranktür zu.

Es tat mir sofort leid, dass ich an ihr herumerziehen wollte, und ich versuchte, eine Umarmung von ihr zu bekommen, weil ich dachte, ihr fehle vielleicht nur ein bisschen Liebe.

»Komm mal her und lass dich von deinem blöden Bruder drücken, ich liebe dich doch«, bat ich. Stattdessen warf sie mir einen finsteren Blick zu und stürmte mit einem Teller übrig gebliebener Lasagne die Treppe hinauf.

Ich fühlte mich total seltsam, wenn ich mich wie ihr Dad benahm. Es gefiel mir nicht. Ich wollte wieder ihr cooler Bruder sein. Sie anzuranzen war nicht mein Ding. Aber ich wusste nicht, was ich sonst machen sollte. Ich befürchtete, Jessica würde sich ihr ganzes Leben versauen. Am liebsten hätte ich sie geschüttelt und verlangt, dass sie endlich aufhört, Mist zu bauen, gleichzeitig wollte ich sie trösten und ihr sagen, alles würde wieder besser werden. Das Problem war nur, dass sie auf beide Ansätze nicht reagierte.

Wenigstens schien der perverse Rob auf Abstand zu bleiben, seit ich wieder zu Hause war. Er wusste, dass ich was dagegen hatte, wenn Jessica sich mit ihm traf. Wahrscheinlich, weil ich ihn jedes Mal niederstarrte, wenn wir uns über den Weg liefen, und den Mittelfinger hob. »Halt dich von meiner Familie fern, du Perverser«, grummelte ich dabei. Ich war wie Robert De Niro in *Meine Braut, ihr Vater und ich*, und er war wie Ben Stiller, nur dass ich nicht Jessicas echter Dad war und er ein perverser Lacrosse-Trainer. Außerdem hatte ich Jessica gewarnt, ich würde den Typen zusammen mit meinen Schlägerfreunden fertigzumachen, sollte er bei ihr herumlungern. Realistisch betrachtet hätte ich gar nichts gemacht, weil ich ein Schisser bin. Aber das wussten die beiden nicht.

Alles in allem gaben Greg und ich also unser Bestes, trotzdem hatte ich das Gefühl, der Damm würde jeden Moment brechen, die ganze Stadt plattmachen, und wir wären nicht mehr als ein Klumpen Kaugummi, der die Katastrophe nur für einen Wimpernschlag lang aufhielt. Die Mädels brauchten ihre richtigen Eltern. Sie waren verwirrte, verlorene Teenager, die gerade erst lernten, sich in dieser großen, beängstigenden Welt zurechtzufinden, und ihre Orientierungspunkte verblassten immer mehr. So war das nicht gedacht. Bei der Feier zu ihrem Highschoolabschluss sollten ihre Eltern gesund und lächelnd im Publikum sitzen. Ihr Dad sollte mit ihnen Unis abklappern und ihnen den Weg in ihren nächsten Lebensabschnitt ebnen. Stattdessen hatten Greg und ich das Ruder übernommen und steuerten das Schiff direkt auf den Eisberg zu.

Mein armer Dad musste mit ansehen, wie Greg und ich uns stümperhaft abmühten, während die ALS unaufhaltsam sein Leben übernahm. Es muss ihn unglaublich gequält haben, durch die Krankheit nicht mehr so für seine Kinder da sein zu können, wie er es wollte. Er konnte sie nicht mehr zur Schule fahren und ihnen nicht mehr geduldig bei den Hausaufgaben helfen. Nie wieder würde er stolz bei einem Lacrosse-Spiel an der Seitenlinie stehen oder bei einer Tanzvorführung im Publikum sitzen. Er würde nicht mehr wach am Fenster sitzen und sich Sorgen machen, wenn sie auf ihrem Abschlussball tanzten. Er würde ihre Freunde nicht verschrecken können. Jetzt musste er seine eigene Schlacht schlagen. Er konnte sich nicht mehr für die Menschen, die er liebte, in die Schlacht stürzen.

Aber er war immer noch unser Dad. Noch lebte er. Noch hatte er großartige Momente, in denen sein altes Ich aufblitzte.

Es war ein schöner Oktobertag. Der Herbst ist in Utah prachtvoll – die Ruhe vor dem wüsten, fiesen, endlosen Sturm, der im Winter folgt. Es war schon kühler geworden, aber nicht so kalt, dass es unangenehm gewesen wäre. Das Herbstlaub überzog die Berge mit bunten Farben. Und Jessica musste wegen ihrer Trinkerei im Lagoon vor Gericht erscheinen. Meine Mom bekam wieder eine Chemobehandlung, deshalb konnte sie nicht mitgehen. Greg hatte in der Nacht davor Daddydienst geschoben und war hundemüde. Also dachte ich, ich begleite sie und springe als falscher Vater ein.

Als wir gerade gehen wollten, sagte mein Dad: »Wartet, ich komme mit.«

»Echt? Willst du dich nicht lieber ausruhen, damit du nachher versuchen kannst, nicht zu sterben?«

»Ich möchte das. Jessica braucht mich«, sagte er.

»Bist du sicher? Du bist nicht gut in Form, Papa Bär«, sagte ich.

»Jetzt hol schon meine Jacke. Ich komme mit«, beharrte er.

Also legte ich ihm die Jacke um die knochigen Schultern und packte ihn ins Auto. Er konnte zwar noch laufen, aber weil er aussah, als könnte er jeden Moment umkippen, holte ich den Schieberollstuhl, den uns jemand gespendet hatte, und hievte ihn in den Kofferraum. Vor dem Gerichtsgebäude lud ich ihn wieder aus. Jessica war sichtlich panisch – sie sah aus wie ein verängstigtes kleines Mädchen, eher kindlich als erwachsen. Mein Dad sah sie an.

»Hör mal, wir wissen, dass du Mist gebaut hast, trotzdem bin ich für dich da, und ich habe dich lieb«, sagte mein Dad mühsam. »Wir machen alle mal Fehler. Das wird schon wieder.«

»Danke«, brachte Jessica als Antwort heraus.

Ich half unserem Dad aus dem Auto und in den Rollstuhl. »Vielleicht ganz gut, dass wir das Ding mitgebracht haben. Damit kriegst du einen Mitleidsbonus«, erklärte ich Jessica.

»Kann sein«, sagte sie nervös.

Im Gerichtssaal suchten wir uns einen Platz direkt vor dem Richter, damit er unseren todkranken Vater nicht übersehen konnte. Er würde doch ein Mädchen, dessen Vater am Rande des Todes stand, nicht bestrafen, oder? Bestimmt würde er gnädig sein und verstehen, warum sie eine Fluchtmöglichkeit brauchte und sich mit Alkohol betäubte. Vielleicht würden Jessica und ich nachher als so was wie Helden dastehen, die für das Gute kämpften, und den Gerichtssaal am Ende mit einer Goldenen Tapferkeitsmedaille oder so verlassen.

Ich stellte mir vor, wie der Richter sagte: »Sie beide sind so starke Menschen. Bleiben Sie stark und helfen Sie Ihrem Vater, stark zu sein.«

»Danke, Euer Ehren. Unser Leben ist im Moment echt beschissen, aber wir kämpfen uns durch, so gut es geht. Jessica wird mit dem Trinken aufhören. Dafür sorge ich«, würde ich antworten. »Dafür genehmige ich mir vielleicht ein, zwei Gläschen«, würde ich witzeln und damit vom Richter und vielleicht vom ganzen Saal wildes Gelächter ernten.

»Sie sind ein guter Mensch und ein echt witziger Hurensohn«, würde der Richter sagen.

»He, reden Sie nicht so über meine Mutter.« Das würde die Leute noch mehr zum Lachen bringen.

»Jetzt verschwinden Sie schon, Sie Schlaumeier. Und vergessen Sie nicht Ihre Goldene Tapferkeitsmedaille.« Dann würde er uns erschöpften Kriegern Auszeichnungen aus reinem Gold um den Hals hängen.

Es kam dann doch etwas anders.

Der müde, sachliche Richter ging die ganze Reihe von kleinen Dieben und Gelegenheitsjunkies durch, die seinen Gerichtssaal zierten. Schließlich kam er zu Jessica.

»Jessica Marshall, Sie haben es im Lagoon wohl etwas zu bunt getrieben«, sagte er. Jessica nickte. »Wie ich sehe, sind Sie noch minderjährig. Haben Sie jemanden mitgebracht?«, fragte er. »Jemanden, der Sie unterstützt?«

Einen Moment lang war es still im Gerichtssaal. Der Richter starrte Jessica an, Jessica starrte zu Boden. Ich wollte schon sagen: »Ja, ich. Ich bin Jessicas fetter versoffener großer Bruder.« Dann nahm mein Dad die ganze Kraft in seinem schwachen Körper zusammen und stand aus seinem quietschenden Rollstuhl auf.

»Ich bin Jessicas Vater«, erklärte er angestrengt. Erschüttert über seine Auferstehung wandten alle die Köpfe zu ihm um. Als stolzer Vater stand er aufrecht da, obwohl ihn seine schwachen Beine kaum tragen wollten, und sorgte immer noch für sein kleines Mädchen, er zeigte ihr, dass er immer noch für sie da war.

»Ich bin hier, um sie zu unterstützen.«

Der Richter musterte meinen Dad. »In Ordnung, und geht es Ihnen gut?«, fragte er.

»Ich habe ALS, aber wir bemühen uns, damit zurechtzukommen«, sagte mein Dad. Der Richter nickte ernst und notierte sich etwas.

Jessica kam um eine ernste Strafe herum. Der Richter brummte ihr vierzig Stunden Sozialdienst auf und erlaubte ihr, sie bei uns zu Hause abzuleisten. Eine Goldene Tapferkeitsmedaille bekamen wir nicht, dafür wusste Jess, dass ihr Dad immer noch für sie sorgte. Er stand ihr zur Seite, auch wenn er kaum noch stehen konnte.

»Der Trick mit dem Rollstuhl hat funktioniert«, meinte mein Dad lächelnd. »Wir haben sie echt reingelegt.« Ich lächelte meinen sterbenden Dad an. Er war wieder zu dem Mann geworden, der er vor der Krankheit gewesen war, wenn auch nur für einen kurzen Augenblick.

»Na kommt, hauen wir aus diesem Scheißladen ab«, sagte ich, während Jessica und ich unseren Dad aus dem Gerichtsgebäude und an die frische Herbstluft schoben.

# STANAS KATZENOFFENSIVE

Vor seiner Krankheit hatte mein Dad unser Haus erstklassig in Schuss gehalten – er sorgte dafür, dass es frisch und modern blieb und den Eindruck machte, dass hier eine Familie lebte, der es besser nicht gehen konnte. Die Fernseher funktionierten, in den Fernbedienungen steckten volle Batterien. Im Kühlschrank stand immer reichlich Bier. Der Garten sah aus wie das Titelbild einer Zeitschrift über schöne Gärten, die garantiert nie von Hundekacke übersät waren. Durchgebrannte Glühbirnen wurden auf der Stelle ausgetauscht. In den Duschen standen mehrere Shampoos und Spülungen zur Auswahl. Auf den Toilettenpapierrollen war mindestens daumendick Papier. Am Grill hing immer eine volle Propangasflasche, und auf dem Rost brutzelten Hähnchenspieße. Die Garage war gefegt und stank nicht nach einer Mischung aus Hunde- und Katzenpisse mit einem Spritzer Betrunkener-Dan-Pisse. Am Billardtisch lag Kreide. Im Pool trieb kein Laub. Über den Tennisplatz spannte sich ein Netz. Die Autos waren gewaschen und getankt. In unserem Keller wohnten keine Spinnen.

Dann flog uns die ALS-Scheiße um die Ohren.

Mit einem Schlag verwandelte sich unser Haus in ein Kriegsgebiet. Auf dem verdreckten Tennisplatz wucherte Unkraut. Hundekacke und Löwenzahn ruinierten unseren Rasen. HBO lief nicht mehr auf allen Fernsehgeräten. Der Whirlpool roch nach Teenagerpisse. An den Fensterbänken sah man Spinnweben, und in unserem Keller machten die Spinnen es sich gemütlich, als wäre er eine illegale Kneipe während der Prohibition. Einige Zimmer waren ungleichmäßig ausgeleuchtet oder ganz dunkel, weil die Birnen kaputt waren. An der Computertastatur fehlten Tasten. Der Grill gab kein köstliches Fleisch mehr her, sondern fungierte als Wertstofftonne für morgens um drei geleerte Bierdosen. Zwei unserer drei Flipper funktionierten nicht mehr. Der Minikühlschrank im Keller verzeichnete mehrere Sorten Schimmel statt Bier und war nicht einmal mehr eingestöpselt. Türgriffe waren locker. Schlösser ließen sich nicht mehr schließen. In unseren Autos lagen Verpackungen von Del Taco, Red-Bull-Dosen, Sonnenblumenkerne, hartes Fladenbrot, Bananenschalen und Flaschen mit eingetrocknetem Orangensaft von letzter Woche. Es wurden keine neuen Bilder aufgehängt. Auf dem Teppich sah man gelbe Flecken von Katzenpisse. Im Garten wurden Zigaretten und Gras geraucht. Waschbären turnten durch unsere Bäume und kackten auf unser Trampolin.

Wir hatten unseren Hausherrn verloren, und seit er ausfiel, merkten wir erst richtig, wie viel er früher für uns getan hatte. Jetzt lag es an Greg und mir, den ganzen Betrieb so gut wie möglich aufrechtzuerhalten. Nur waren wir so daran gewöhnt, alles von Dad abgenommen zu kriegen, dass wir gar nichts hinbekamen. Zum Beispiel versuchte ich mal eine Dreiviertelstunde lang, eine Glühbirne zu wechseln. Ich dachte, die alte Birne sei in der Fassung abgebrochen. Irgendwo hatte ich mal gelesen, man könnte eine Kartoffel auf den Sockel drücken und ihn so herausdrehen. Also probierte ich das zuerst. Mit der Kartoffel funktionierte es nicht. Ehe ich mich's versah, stand ich da oben mit einem Apfel, einer Banane, einer Zuckermelone und schließlich mit einem Kaubonbon, bevor ich es noch mal mit der Kartoffel versuchte. Wie sich später herausstellte, hätte ich einfach nur eine neue Birne reinschrauben müssen. Am Ende war die ganze Fassung hinüber und roch wie die Obstabteilung im Supermarkt.

Und der Zustand des Hauses wurde noch schlimmer, weil viel mehr Tiere bei uns herumliefen, als wir unter Kontrolle halten konnten. Es ging zu wie im Zoo. Neben den beiden Golden Retrievern lebten jetzt vier Katzen bei uns: Brighton, Bailey, Pierre und Pongo. Brighton war schon seit Jahren im Haus, mittlerweile musste sie um die fünfzehn sein. Katzen spiegeln ihre Umgebung wider, und weil es eine chaotische und heftige Erfahrung war, in unserem Haus aufzuwachsen, war Brighton ziemlich überspannt. Außerdem verstand sie sich nicht mit den anderen Katzen. Sobald eine der anderen in ihre Nähe kam, fauchte sie furchterregend und versuchte sogar, ihnen eine zu langen. Bailey war unsere zweitälteste Katze, ein Kater. Meine Mom hatte ihn auf der State Street vor den Autos gerettet. Bailey war ebenfalls ein Einzelgänger und gab sich weder mit uns noch mit den anderen Tieren groß ab. Pierre und Pongo hatte Tiffany bei uns abgeladen, als RSB gemerkt hatte, dass er gegen Katzen allergisch war. Die beiden waren Brüder und hatten jetzt das Sagen; sie verbündeten sich gegen Brighton und Bailey und sicherten sich die besten Plätze für ihre Nickerchen. Alle vier Katzen verteidigten ihr Revier mit wahrlich unglaublichen Pisseschlachten, sie hatten sich so gründlich über das Haus hergemacht, dass es fast überall nach Katzenpisse stank.

Die Kombination aus fehlendem Hausherrn, unserer Unfähigkeit, ihn zu ersetzen, und Katzen, die überall hinpissten, führte dazu, dass unser Haus total verlotterte. Und mit den Umbaumaßnahmen, die auf Hochtouren liefen, versank das halbe Haus auch noch in Baumaterial, Planen und war eingestaubt. Das reinste Chaos.

Der heruntergekommene Zustand unseres Hauses fiel niemandem mehr auf als Stana. Sie hatte für unsere Familie gearbeitet, seit ich denken konnte. Inzwischen war sie über siebzig, gab sich aber alle Mühe, jünger als sechzig auszusehen. Sie war gute eins fünfzig groß, hatte Falten, eine Brille und blond gefärbte Haare. Ihre persönliche Geschichte war wirklich tragisch. Sie war in Polen als Jüdin zur Welt gekommen, als sich die Sache mit Hitler gerade zuspitzte. Als die Nazis das Haus ihrer Familie stürmten und ihre Eltern nach draußen zerrten, übersahen sie Stana irgendwie und ließen sie allein in dem geplünderten Haus zurück. Damals war sie zwei Jahre alt. Sie wurde von Nachbarn gefunden und aufgezogen.

Nachdem meine Mom den Krebs überlebt hatte, schloss sie Stana natürlich ins Herz. »Sie ist eine Überlebenskünstlerin, genau wie wir, und es ist immer gut, solche Menschen um sich zu haben«, erklärte meine Mom einmal. Außerdem war Stana klein und resolut, so wie meine Mom, und sie hasste Mormonen mehr als alles andere. Na gut, ausgenommen vielleicht die Nazis.

Weil Stana also einen Platz in ihrem Herzen erobert hatte (Schwestern im Geiste auf ewig!), fand meine Mom es offenbar nicht so schlimm, dass sie nicht besonders gut sauber machte. Statt tatsächlich zu putzen, interessierte sie sich mehr für den Klatsch im Haus. Ich glaube, sie suchte eine Ersatzfamilie. Also nahmen wir sie in unsere auf, und sie wurde für uns zu so etwas wie einer Großmutter. Sie war sogar bei Geburtstagsfeiern und einigen Urlauben dabei. In erster Linie war sie eine Freundin und erst in zweiter unsere Putzperle.

Ich hatte sie immer gut leiden können, weil sie witzig war. Für mich war Humor schon die halbe Miete. Sie konnte fluchen wie ein Bierkutscher (ihr Lieblingsschimpfwort war »Arschloch«) und sagte es den Leuten auf den Kopf zu, wenn sie Scheiße bauten. Ich bewunderte, wie ehrlich und direkt sie war, selbst wenn es auf meine Kosten ging. Als ich nach meinem ersten Semester in Berkeley nach Hause kam, sah Stana mich nur kurz an und sagte: »Oh Danny, hast du dickes Gesicht jetzt.« Das traf mich, aber es stimmte. Ich hatte wirklich fette Backen, nachdem ich ein Semester lang Mist gegessen, Bier getrunken und kein einziges Mal Sport getrieben hatte, wie das viele Studenten tun.

Aber Stana hatte auch ihre Fehler. Genau wie unsere richtige Großmutter war sie eine Rassistin, und das sogar ganz offen. Mir kam es immer seltsam vor, Diskriminierendes gegen irgendwen anderes als Nazis von einer Frau zu hören, die den Holocaust überlebt hatte. Aber so war sie. Zum Beispiel im Oktober 2007, als die Vorbereitungen für die demokratischen Vorwahlen zur Präsidentschaftswahl 2008 schon richtig in die Gänge kamen. Hillary Clinton und Barack Obama lagen Kopf an Kopf. Als ich sie fragte, wer ihr als Präsident lieber wäre, sagte sie: »Danny, ich mag nicht Obama. Nicht Präsident werden.«

»Warum denn nicht? Obama ist total cool, und er mag Basketball.«

»Danny, weil er ist schwarz. Kein schwarzer Präsident. Das ist, wie heißt, lächerlich«, erklärte sie in ihrem reizenden gebrochenen Englisch.

Ich wusste nicht, was ich davon halten sollte, und sagte: »Also, ich mag ihn. Er ist echt intelligent und eine willkommene Abwechslung nach diesem Vollpfosten George W. Bush.«

»Dieser Mann ist nie Präsident. Schwarze bekommen nicht gute Arbeit«, antwortete sie, während sie unser Parkett wischte. Dass sie selbst vielleicht auch nicht den besten Job hatte, schien ihr gar nicht aufzufallen.

Obwohl Stana sich für ein sehr helles Köpfchen hielt, konnte sie Englisch weder lesen noch schreiben. Einmal schenkte sie meiner Mom eine Geburtstagskarte, auf der vorne stand: »Mein herzliches Beileid in Ihrer Stunde der Trauer.« Stana war also eine ungebildete, ungeniert rassistische Holocaustüberlebende, aber wir liebten sie, als würde sie zur Familie gehören.

Auch wenn sie kein besonders gutes Händchen dafür hatte, gab sie sich Mühe, unser Haus möglichst ordentlich und gemütlich herzurichten. In dem ganzen Chaos mit unseren todkranken Eltern überlegte Stana, wie sie den Untergang des Hauses Marshall aufhalten konnte. Sie bemerkte die unglaublichen Mengen Katzenpisse überall und schob alles auf die Tiere.

Als die Bauarbeiten im Keller beendet waren, zog ich vom Esszimmer nach unten. An einem Montagmorgen kam Stana in mein Zimmer geschossen – das bei den Katzen besonders beliebt war.

»Danny, du wach?«, rief sie an der Tür. Ich lag im Bett, trug noch meine Boxershorts, rieb mir den Schlaf aus den Augen und überlegte, was ich mit meiner Morgenlatte anstellen sollte.

»Ja, jetzt schon.«

»Du komm mit. Ich zeige dir, was Arschlochkatzen machen«, sagte sie und zerrte mich aus dem Bett.

»Haben sie wieder gepisst?«, fragte ich.

»Ich zeige dir«, meinte Stana.

»Ich wette, sie haben wieder gepisst.« Mittlerweile war ich wach. Stana schleppte mich zu einer frischen Pfütze Katzenpisse in einer Ecke des Wohnzimmers. »Guck, Danny. Arschlochkatzen pinkeln überall hin«, sagte sie.

Ich schüttelte ungläubig den Kopf und fragte, ob ich mal nach meinem todkranken Vater sehen konnte. Stana schüttelte auch den Kopf, starrte weiter auf die Pfütze und grummelte leise »Arschlochkatzen«.

Mit der Zeit hasste sie die Katzen so inbrünstig, dass sie irgendwann damit begann, sich brutale Mordmethoden für sie auszudenken.

»Danny, ich gehe mit Katze in Garten und haue mit Hammer auf Kopf.«

»Danny, ich setze Katze mitten auf Straße.«

»Danny, ich überfahre Katze mit meinem Auto.«

»Danny, ich kaufe Gewehr und erschieße Katze.«

»Danny, ich werfe Katze Handtuch über Kopf und drücke, bis keine Katze mehr.«

Irgendeine dieser Ideen hätte sie auch umgesetzt, hätte meine Mom Tiere nicht so geliebt und hätte sie nicht auf jeden Fall noch mehr Tod und Tragödie vermeiden wollen. Besonders liebte meine Mom Brighton. Brighton verbrachte die meiste Zeit auf Moms Bett und kuschelte sich nach den brutalen Chemobehandlungen an sie. »Sie ist mein Chemokätzchen, und sie bleibt hier«, sagte meine Mom. Wenn ihre Energie dafür reichte, bat sie Stana, sich nicht mehr zu beklagen.

»Stana, bitte. Wir müssen im Moment so viel ertragen. Da können wir uns keine Gedanken darum machen, wie wir die Katzen loswerden«, sagte meine Mom.

»Aber Debi, Katze versaut Haus. Das ist kein Haus für Katze. Daddy ist nicht gesund, und Katze macht im ganzen Schlafzimmer Pipi«, widersprach Stana.

»Weiß ich, Stana, aber ich ertrage es jetzt nicht, noch etwas zu verlieren. Noch nicht mal die Katzen«, sagte meine Mom.

»Stana kümmert sich. Ich nehme Katze mit in Garten und haue mit Hammer auf Kopf«, schlug Stana vor und deutete knappe Schläge an.

»Nicht heute, Stana, bitte. Ich muss mich jetzt wirklich hinlegen. Ich habe drei Stunden Chemo hinter mir«, sagte Mom müde und schlurfte Richtung Bett, um sich nach der Behandlung auszuruhen.

Stana zeigte uns auf subtile Art, dass sie immer noch entschlossen war, die verpissten Katzen aus dem Haus zu schaffen, indem sie eines Morgens mit einem großen Käfig auftauchte. Sie stellte ihn in die Garage und weckte mich.

»Danny, ich bringe Käfig für Katze. Du fängst und steckst sie in Käfig, und Stana bringt Katze ganz weit weg«, erklärte sie aufgeregt.

»Es ist sechs Uhr morgens, Stana. Kann ich wieder ins Bett gehen?« Ich konnte mich für ihre Idee nicht so begeistern wie sie.

»Gut, aber wenn du bist wach, ich zeige dir Katzenpisse in Mommys Zimmer, und wir fangen Arschlochkatze ein«, sagte sie.

Anfangs hatte ich nichts gegen die Katzen, aber allmählich überzeugte Stana mich, und ich hasste die Viecher genauso wie sie. Ich zeigte ihnen jedes Mal den Finger, wenn ich eine von ihnen sah. Manchmal erwischte ich eine und machte sie minutenlang richtig fertig. »Sieh dich lieber vor, du verkackte Katze. Wir wissen, dass du überall hinpisst. Wenn ich dich das nächste Mal dabei erwische, bringe ich dich in den Garten und haue dir mit dem Hammer auf den Kopf, und das war's dann mit dir.« Meistens verwechselte die Katze meine Aggression mit Zuneigung und rieb ihren Kopf mit einem satten Schnurren an meinem Gesicht.

Wenn jemand Abendessen vorbeibrachte, schleppte ich ihn ganz automatisch durchs Haus und zeigte ihm alle Stellen, an denen diese Arschlochkatzen Pfützen hinterlassen hatten. »Sehen Sie sich mal die Ecke hier an. Haben die Katzen komplett vollgepisst. Diese verdammten Arschlochkatzen«, schimpfte ich.

»Und ihr baut jetzt einen Fahrstuhl ein?«, fragten die Leute dann, um das Thema zu wechseln.

»Ja. Damit mein Dad noch durchs Haus kommt. Aber ich weiß gar nicht, warum er das will, das meiste ist eh vollgepisst«, erzählte ich und schleppte den Besucher dabei in eine andere Ecke des Hauses. »Hinter dem Sofa, genau das Gleiche. Was für Arschlochkatzen.«

»Ähm, ja, ja. Wo soll ich denn die Lasagne abstellen?«, kam dann.

Allmählich bedeuteten die Katzen für mich nicht nur gelbe Flecken auf dem Teppich. Sie verkörperten reinen Egoismus. Da bewegten meine Geschwister und ich die Arme meines Dads, wischten ihm den Hintern ab, redeten für ihn, lasen ihm vor, duschten ihn, und diese faulen Katzen liefen in unserem Haus Amok – pissten überall hin, schliefen, töteten Vögel, spielten mit den Gardinenschnüren: Sie machten alles, was wir selbst gern lieber gemacht hätten, als den genannten Daddydienst zu schieben. Ich habe diese Katzen gehasst. Aus tiefstem Herzen.

Meine Geschwister waren mit Stana und mir einer Meinung. Die Katzen waren ein großes, widerliches Problem. Chelsea hatte sich daran festgebissen, dass die Katzen wegen Brians Allergie bei uns waren.

»Ist doch Schwachsinn, dass Riesen-Schwanz-Brian die Katzen nicht verträgt und wir uns deswegen mit ihnen herumschlagen müssen«, sagte Chelsea, während sie Salz von einer Brezel leckte.

Greg ärgerte sich über die Haare überall. »So viele Tiere im Haus zu haben ist einfach eklig. Wir müssen sie loswerden«, meinte er.

Weil Brian nach Maine gezogen war, baten wir Tiffany, die Katzen zurückzunehmen, aber sie weigerte sich. »Leute, Brian hält es mit den Katzen nicht aus, wenn er in der Stadt ist. Er hat eine beschissene Allergie. Ihr müsst verdammt noch mal damit fertigwerden.«

Greg und ich überlegten uns, dass wir Dad auf unsere Seite ziehen mussten, wenn wir diese Katzen irgendwann loswerden wollten, vor allem, weil meine Mom keine Hilfe war. Wir bequatschten ihn, die Katzen seien noch viel schlimmer als ALS. Irgendwann hatten wir ihn so weit, dass wir fragen konnten: »Was sollen wir mit den Katzen machen?«, und er antwortete: »Bringt sie um.«

Stana hatte Greg und mich eines Morgens so aufgestachelt, dass wir uns schworen, an diesem Tag würde unser Haus zum letzten Mal unter Katzenpisse leiden. Wir wollten warten, bis meine überaus tierliebe, Joghurt essende Hippiebraut von einer Mom zur Chemo gefahren war, und dann ohne Rücksicht auf Verluste Katzen einfangen. Stana sollte das Kommando übernehmen.

Es war, als würden wir in den Krieg ziehen. Greg und ich hatten nur das Problem, dass wir befürchteten, die Katzen würden unseren Plan durchschauen, sich zusammenrotten und uns die Augen auskratzen. Um unsere Angst zu zügeln, stöberte ich zwei alte Racquetballbrillen für uns auf. Dazu zogen wir Arbeitshandschuhe an, die ich bei dem ganzen Werkzeug und dem Baumaterial gefunden hatte, und drei Pullover übereinander. So fühlten wir uns vor den vollgepinkelten Krallen der Katzen ausreichend geschützt.

Stana trug nichts Besonderes. Nur ihre normale Putzuniform. Sie fand, dass sie nur ein großes Tuch brauche, das sie über die Katzen werfen konnte, und dann: »Wir nehmen Arschlochkatze und stecken in Käfig.«

Meine Mom fuhr also zur Chemo, und wir machten uns auf die Jagd. Wir konnten Brighton ins Schlafzimmer meiner Eltern treiben. Als wir sie dort festgesetzt hatten, wollten Greg und ich uns auf diese Arschlochkatze konzentrieren, während Stana die Flure nach den anderen durchsuchte. Greg und ich hatten eine Heidenangst und konnten durch die beschlagenen Racquetballbrillen kaum etwas sehen, aber wir waren wild entschlossen, diese Katzen zu kriegen. Brighton hatte sich schlauerweise unter das Doppelbett meiner Eltern verkrochen und wartete nur darauf, uns wie der Teufel die Augen auszukratzen. Auf der einen Seite des Bettes stand Greg, auf der anderen ich. Stana kam herein.

»Ich finde nicht andere Katze. Wir nehmen uns Arschloch hier vor«, sagte sie, als hätte sie im Zweiten Weltkrieg auf der Seite des Bösen gestanden und nicht auf jener der Verfolgten.

Stana schlug vor, Greg und ich sollten das Bett anheben, während sie davor mit ihrem Laken wartete. Wir hoben das Bett komplett hoch. Was dann passierte, konnten wir nicht sehen, wir hörten Stana nur brüllen: »Scheißvieh, Arschlochkatze!«, gefolgt vom Flattern des Lakens und vom Strampeln der Katze. Wir ließen das Bett runterkrachen und blickten zu Stana hinüber. Sie hatte Brighton in das Laken gewickelt. Die arme Brighton wand sich und stieß ein Miauen aus, das wie »Hilfe« klang.

An diesem Punkt versauten wir es. Stana brachte mir die Katze und sagte: »Du steckst Miststück in Käfig.« Als ich sie übernehmen wollte, schlängelte Brighton sich aus dem Laken und flitzte davon. Eine Woche lang blieb sie verschwunden, bevor wir sie endlich im Gartenschuppen fanden. Sie zitterte immer noch und hatte offensichtlich nichts gefressen. Wenn Katzen schreiben könnten, hätte sie bestimmt einen poetischen Tagebucheintrag darüber verfasst, wie sie sich vor ihren Schindern versteckt hatte.

Bevor wir an diesem Tag einen zweiten Angriff planen konnten, kam meine Mom nach Hause. Das Spiel war aus. »Warum ich diese Arbeitshandschuhe und die Racquetballbrille trage? Tja, Mom, natürlich wegen des ganzen Baustaubs. Würde ich dir auch empfehlen, vor allem, wo du doch Krebs hast.«

Stana, Greg und ich waren niedergeschlagen. Am besten drückte es Stana aus. »Arschlochkatze. Danny, wir so nahe dran.«

In der folgenden Woche wirkte Stana, als habe sie ihren Antrieb verloren. Sie zeigte mir keine Katzenpisse mehr. Sie wischte einfach nur die Böden, spülte, machte die Wäsche. Ich war versucht, sie am Arm zu den Katzenpisseflecken auf den Teppichen zu schleppen, wie sie es mit mir gemacht hatte, aber scheinbar interessierte es sie nicht.

Es wurde Mittwoch, und mir fiel auf, dass ich zwei der Katzen – Pongo und Pierre – seit ein paar Tagen nicht mehr gesehen hatte. Ich fragte in der Familie herum, ob sie irgendwo aufgetaucht waren. »Geht mir ja eigentlich am Arsch vorbei, aber hast du Pongo oder Pierre gesehen?«, fragte ich beiläufig.

Erst jetzt fiel auch den anderen auf, dass sie die Katzen ebenfalls nicht gesehen hatten. Ich dachte mir, die beiden hätten vielleicht mit Brighton Kriegsrat gehalten und beschlossen, in ein Haus zu flüchten, in dem ihnen nicht ein paar Furcht einflößende Diktatoren auf Teufel komm raus an den Kragen wollten.

Es wurde Donnerstag. Kein Pongo. Kein Pierre. Ich inspizierte alle Pisseflecken im Haus: keine frischen dabei.

Ich fand das erstaunlich deprimierend. Die Katzen hatten wenigstens ein bisschen von der Sache mit den todkranken Eltern abgelenkt. Seit keine neuen Pfützen mehr auftauchten, hatte ich das Gefühl, ich müsse mich wieder auf meinen Dad konzentrieren. Kein Herumalbern mehr. Kein Katzenkillen mit Stana mehr.

Später an diesem Abend kam Tiffany mit den beiden Katern auf dem Arm ins Haus gestürmt. »Eine Frau hat mir Pongo und Pierre gebracht. Sie hat sie mitten im Salt Lake Valley gefunden, an der State Street«, erzählte sie.

Anscheinend musste Haustieren mittlerweile ein elektronischer Chip direkt unter das Fell implantiert werden, damit sie von Tierärzten oder sonst wem, der sich darum kümmerte, identifiziert und ihren rechtmäßigen Besitzern zurückgegeben werden konnten, wenn sie wegliefen. Pongo und Pierre waren unter der Adresse meiner Schwester registriert.

»Wieso zum Teufel waren die beiden mitten in Salt Lake?«, wollte meine Schwester wissen, während sie Näpfe mit Wasser und Futter füllte.

Ich wusste es. Mir war sofort klar, das musste Stana gewesen sein. Ich wusste, dass unsere holocaustüberlebende Analphabetin das Gesetz in die eigene Hand genommen hatte. Ich wusste, dass sie die Katzen heimlich eingefangen, in den mitgebrachten Käfig gesperrt und sie mitten in Mormontown ihrem Schicksal überlassen hatte.

Aber ich spielte den Unbeteiligten. »Keine Ahnung. Das ist ja komisch. Sie sind bestimmt weggelaufen und haben sich verirrt.«

Tiff wirkte verdutzt.

»Na, jedenfalls ist es schön, dass sie wieder da sind«, schloss ich und tätschelte einer ziemlich grob den Kopf.

Wir waren alle überrascht, die Katzen wiederzusehen, aber Stana am meisten. Montagmorgen, als meine Mom außer Hörweite war, sprach sie mich darauf an. »Danny, wie ist die Katze hier?«, flüsterte sie.

»Was meinst du?«

»Danny, ich fange Katze und bringe sooo weit weg«, erklärte Stana.

»Die haben einen Chip im Hals. Jemand hat sie zurückgebracht«, antwortete ich.

Stana schüttelte den Kopf und sagte: »Arschlochkatze. Ich glaube nicht so ist«, als hätten die Katzen sich die Sache mit dem Chip selbst ausgedacht.

Später bekam meine Mom Wind davon, dass Stana die Katzen weggeschafft hatte. Sie mochte Stana sehr, aber das gefiel ihr nicht. Weil meine Mom wusste, dass ich Stanas Antikatzenfeldzug unterstützt hatte, schiss sie mich zusammen, bis ich beschloss, Katzen wieder zu mögen, und dann schrieb sie Stana einen langatmigen Brief darüber, dass das hier »mein Haus« sei, und Stana habe »kein Recht, die Katzen wegzubringen, selbst wenn sie uns auf die Teppiche pinkeln«.

Nachdem meine Mom den Brief persönlich in Stanas Briefkasten geworfen hatte, erzählte ich ihr von dem Haken bei der Sache. »Mom, Stana kann nicht lesen.«

# Darf ich vorstellen: Mike, das neue Stimme

Die ALS drehte meinen Dad weiter durch den Fleischwolf, und ihr nächstes Kurbeln kostete ihn die Stimme. Er konnte zwar noch sprechen, aber seine Atmung war so schwach, dass wir ihn kaum noch verstanden. Außerdem sollte er bald an ein Beatmungsgerät angeschlossen werden, was bedeutete, dass er vielleicht nie wieder sprechen würde. Deshalb beschlossen wir, ihm eine schicke Kommunikationshilfe zu besorgen, den ECO-14. Falls es so weit kam, sollte der ECO ihm die Stimme ersetzen.

Mein Dad war nicht besonders begeistert von der Vorstellung, sich mithilfe eines Computers zu verständigen. Solange es irgendwie ging, klammerte er sich an alles, was er noch tun konnte. Er war noch nicht bereit, seine Stimme aufzugeben, deshalb betrachtete er den ECO als Werkzeug, das er irgendwann später mal benutzen würde, und auch dann nur, wenn es absolut nötig war.

Ich war dagegen schon ganz gespannt darauf. Nicht, weil ich gewollt hätte, dass mein Dad seine Stimme verliert, für mich war der ECO einfach ein neues Spielzeug. Als ich hörte, dass mein Dad einen Computer bekommen sollte, der für ihn das Sprechen übernahm, hellte sich meine Miene schlagartig auf. Meine Handflächen wurden feucht. Zum ersten Mal seit Wochen lächelte ich. Ich konnte es kaum erwarten, in dem Gerät Sätze zu speichern und sie mir von einer Stimme wie von Stephen Hawking vorsprechen zu lassen. Ich wollte von Hawking schon immer mal den Satz hören:

»Fick mich mit deinem dicken Schwanz in den Anus, du Hure«, und mit dem ECO konnte ich es endlich.

Der ECO war ein großes, klobiges Gerät mit einem Touchscreen – der sich allerdings als beinahe nutzlos erwies, weil mein Dad seine Arme kaum bewegen konnte. Irgendwann würde er den ECO mit einem Infrarotsensor und einem silbernen Punkt auf der Stirn bedienen müssen. Auf der Website priesen sie diese Funktion mit der folgenden munteren Beschreibung an:

> Der ECO-14 von PRC läutet eine neue Epoche für die unterstützte Kommunikation (UK) ein, indem er neueste Kommunikationstechnik und höchste Rechenleistung in einem Gerät vereint! Mit seinem großen Bildschirm ist der elegante, vielseitige ECO-14 zugleich leistungsstarke Kommunikationshilfe und Windows®-XP-Computer mit allen Möglichkeiten modernen, mobilen Computings.

Am besten gefiel mir das »mobile Computing«. Als würde mein Dad fröhlich pfeifend in der U-Bahn sitzen, in der Hand einen doppelten Espresso, und vor dem Racquetballspiel mit seiner Geliebten noch schnell eine Mail in die Firma schicken.

Meine Eltern hatten den ECO besorgt, aber vergessen, sich zeigen zu lassen, wie man ihn bediente. Das Ganze war nämlich eine Wissenschaft für sich. Also fuhr ich mit meinem Dad und Greg zu diesem Computerfreak Bart, aus dessen Laden das Gerät kam. Bart wusste absolut alles über den ECO, so wie ich absolut alles darüber wusste, meinem Dad den Hintern abzuwischen. Er war ein klassischer Nerd: Speckatem, Brille, Autodidakt, immer bis über beide Ohren verknallt in seinen Computer, stets einen Witz über McAfee auf den Lippen und viel glücklicher, als ich es je sein werde. Dafür kannte sich dieser Nerd richtig gut mit Kommunikationshilfen aus, deshalb mussten wir uns mit ihm treffen, wenn wir Stephen Hawking dazu bekommen wollten, meine Mutter mit rassistischen Schimpfnamen zu belegen.

Zu dieser Zeit sah mein Dad aus wie ein wandelndes Skelett. Ständig starrten ihn Fremde an, als würden sie denken, der Typ kippt gleich aus den Latschen. Bei körperlichem Verfall gibt Utah eine besonders tragische Kulisse ab, weil hier massenhaft grinsende Mormonen so tun, als wäre das Leben perfekt. Irgendwie wirkte Dads trostloser Zustand durch ihre heitere Art nur noch krasser. Wenn wir mit Dad das Haus verließen, gab es immer das Problem, dass wir nicht lange wegbleiben konnten. Er musste zurück an sein BiPAP, weil wir alle das Gefühl hatten, dort sei die Gefahr, dass er uns wegstarb, nicht ganz so groß. Außerdem vergaßen Greg und ich Volltrottel ständig, solche Sachen wie Kleenex oder eine Hose zum Wechseln mitzunehmen, falls Gott uns einen Engel in Form von Durchfall sandte. Weil mein Dad durch das Promote Verstopfung bekam, nahm er jetzt morgens mit der Dosennahrung ein Abführmittel ein, das ihn zu einem echten Kackmonster machte.

Wir klingelten und fragten nach Bart. Er trainierte gerade im Hinterzimmer für das Doritos-Wettessen, bei dem ich ihn in Gedanken angemeldet hatte. Wir wurden in einen großen Raum voller Computer auf der Rückseite des Gebäudes gebracht. Bart rührte sich nicht aus seinem Stuhl. Offenbar kann Faulheit genauso lähmend wirken wie ALS.

»Hallo, Bob.« Bart streckte den Arm aus, um meinem Dad die Hand zu schütteln, und klopfte ihm stattdessen auf die Schulter, als er sich daran erinnerte, dass Dad seine Arme nicht bewegen konnte. »Sie haben den ECO-14, oder?« Mein Dad nickte, so gut er konnte. Gespräche mit ihm waren mittlerweile ziemlich sperrig und einseitig geworden. »Tolles Gerät. Sehen wir es uns mal an.«

Bart drückte ein bisschen auf dem Display herum und machte ein paar Witze über Antivirenprogramme, bevor er merkte, dass wir an dem Gerät den falschen Modus eingestellt hatten. Wie dämlich. Er tätschelte das Display, bis es sich benahm, und stellte das Gerät so ein, dass es ein Alphabet zeigte.

»Das war einfach«, meinte Bart wie der große Experte, wobei ihm ein Popel aus dem linken Nasenloch hing.

Wir spielten ein wenig damit herum. Ich fing an, »Greg ist schwul« zu tippen, hörte aber nach dem »schw« auf und schrieb stattdessen »schwer in Ordnung«. Greg wollte als Antwort »Dan ist fett« eingeben, schwenkte nach dem »f« aber um und schrieb »fantastisch in Basketball«. Um Dad auch etwas Spaß zu gönnen, tippte ich den Anfang von »Mein Dad ist todkrank« und machte aus dem »to« ein »toll«. Er rang sich ein mattes Lächeln ab.

Anders gesagt bekamen wir schnell heraus, wie wir mit dem Ding Blödsinn anstellen konnten.

Aber ich wollte lustigere Möglichkeiten ausprobieren – etwa das Gerät mit einer Frauenstimme sprechen lassen oder mit einer ganz tiefen Männerstimme. Ich stellte mir vor, wie mein Dad mit dem knödeligen Südstaatenakzent von Karl Malone redete, und lachte.

»Gestern wollte ich den Verein noch wechseln, aber heute nicht mehr. Ich habe eine komplette 360-Grad-Wende gemacht«, könnte mein Dad durch den Computer als Karl Malone sagen.

Aber wir konnten nicht zu viel Unsinn damit anstellen. Wir waren hier, um zu lernen, und wie ich ja schon erwähnt habe, wussten wir nie, wann sich Dads Durchfall melden würde.

»Wie können wir die Stimme verstellen?«, fragte ich.

Weil dieses Gerät Dads Stimme ersetzen sollte, suchten wir nach einer, die ihm ähnlich klang, was gar nicht so einfach war. Sie hörten sich allesamt sehr nach Computer an – ein ganzer Chor aus miesen ersten Dates, bei denen sich alle mit Namen und Geschlecht vorstellten. Da hatten wir zum Beispiel »Will«, der klang, als sei er übel erkältet. Dann kam »Rod«, der ein bisschen zu munter wirkte. Dad sollte sich nicht anhören, als sei er über seine ALS allzu begeistert. Dann hatten wir »Micah«, der an einen müden Esel erinnerte. »Saul« machte den Eindruck, man habe ihn gerade aus einer Drogenhöhle geschleift. Am Ende entschieden wir uns für die Stimme von »Mike«, weil sie etwas weicher klang als die anderen und von allen am normalsten wirkte.

»Fick mich mit deinem dicken Schwanz in den Anus, du Hure«, hörte ich Mike in Gedanken sagen.

Außerdem wollten wir wissen, wie man einzelne Felder mit bestimmten Wörtern oder Sätzen belegte, damit mein Dad nicht alles mühsam buchstabieren musste.

»Oh, Sie meinen die Schnelltasten?«, fragte Bart. »Dafür gehen Sie hier auf das Menü und drücken Seite ändern, dann wählen Sie das Feld aus, das Sie verändern möchten. Und dann tippen Sie einfach ein, was gesagt werden soll. Über diese Bildoption hier können Sie auch das Icon ändern und den Text eingeben, den Sie haben wollen. Versuchen wir es mal. Wie wäre es mit einem Feld, das sagt: ›Hallo, ich heiße Bob Marshall‹?«

»Blöd«, hätte ich gerne gesagt.

»Klar, Bart, versuchen wir es damit«, sagte ich tatsächlich.

»Hallo, ich heiße Bob Marshall«, behauptete Mike stolz.

Als wir gerade die zweite Schnelltaste programmieren wollten, beugte mein Dad sich vor und machte uns klar, dass wir gehen mussten, dass er sich gleich in die Hose kacken würde und dass wir vielleicht später zurückkommen würden. Also rasten wir nach Hause. Greg kümmerte sich ums Kacken und legte meinen Dad für ein Nickerchen hin. Ich setzte mich sofort an das Gerät und belegte noch ein paar großartige Schnelltasten.

»Fick mich mit deinem dicken Schwanz in den Anus, du Hure«, sagte Mike, und damit hatte ich das auch endlich erledigt. Eine Woge der Erleichterung überspülte mich, als wäre ich ein Heroinsüchtiger, der endlich seinen Schuss bekommen hatte. Nachdem das abgehakt war, überlegte ich mir praktische Sätze, die mein Dad tatsächlich würde sagen müssen. Ich fing an, sie einzugeben.

»Ich muss zur Toilette.«

»Kannst du bitte meinen Arm bewegen?«

»Ich muss etwas schlafen. Hilfst du mir dabei?«

»Ich muss jetzt ins Bett.«

»Lass mich in Ruhe.«

»Kannst du mir den Rücken kratzen?«

»Ich habe Hunger. Kannst du mir etwas zu essen geben?«

»Ich hätte gerne etwas Wasser.«

Als ich so weit war, langweilte mich diese dämliche Maslowsche Bedürfnispyramide zu Tode. Also arbeitete ich mich zu witzigeren, gewagteren Bonmots vor.

»Die Hunde bellen. Kannst du sie zum Schweigen bringen?«

»Bitte rauchen Sie nicht in meiner Nähe. Ich habe nur noch ein Atemvolumen von achtzehn Prozent, Sie rücksichtsloses Arschloch.«

»Starren Sie mich nicht an. Ich bin doch kein Monster.«

»Wie es mir geht? Ich habe ALS. Was glauben Sie wohl, wie es mir geht? Unfassbar.«

»Wenn du mich lieb hättest, würdest du mir drei Gläschen Gin in die Magensonde kippen.«

»Bitte geben Sie mir fünf Dollar. Ich habe ALS, und Sie können noch alles machen, was Sie wollen.«

»Unten liegt ein Messer. Bitte bring mich um.«

Außerdem würde mein Dad sich doch bei mir bedanken wollen, dachte ich, deshalb speicherte ich ein paar Sätze, mit denen er seine Dankbarkeit zum Ausdruck bringen konnte.

»Danke für deine Hilfe, Danny. Du bist wirklich das Beste, was dieser Familie je widerfahren ist.«

Danach gab ich eine leicht abgeänderte Version der berühmten Rede ein, die Lou Gehrig 1939 im Yankee Stadium gehalten hatte.

»In den letzten beiden Wochen konnten Sie viel darüber lesen, welches Unglück mich getroffen hat. Trotzdem betrachte ich mich heute als glücklichsten Menschen der Welt, vor allem, weil Danny mein Sohn ist.«

Allerdings ist »Danke« im Vergleich zu Sprüchen über Sex nicht witzig. Weil Sex ja schon witzig ist, oder? Also machte ich weiter im Programm.

»Wow, das nenne ich mal tollen Sex. Gib mir fünf Minuten, dann legen wir mit Runde zwei los.«

»Ich könnte jetzt echt einen Blowjob gebrauchen.«

Ein Bild von einem schlaffen Penis speicherte ich als Icon für »Blowjob«, das Bild einer Vagina kam auf das Feld für »Sex«.

Nachdem ich mir ein paar Stunden lang wie ein kleiner Möchtegern-Bart die Finger wund programmiert hatte, wachte mein Dad von seinem Nickerchen auf. Ich holte ihn herunter, damit er sich in die Küche setzen konnte – das Herz unseres Hauses. Wie immer saß er am Kopfende des Tisches. Er war immer noch der Mann im Haus, immer noch der Rudelführer. Ich wollte ihm die ganzen Schnelltasten zeigen, die ich gespeichert hatte.

»Und die hier nimmst du, wenn du mal ins Bad musst«, erklärte ich und drückte auf das Feld fürs Badezimmer, um Mike zum Einsatz zu bringen.

Es dauerte nicht lange, bis mein Dad den schlaffen Penis entdeckte, der auf halber Höhe des Displays baumelte. Er zeigte mit der Nase auf das Penis-Icon und räusperte sich, bis er sprechen konnte. »Was ist das? Der Penis?«

»Ach, der kleine Kerl?« Ich lächelte, weil sich mein mühsames Programmieren jetzt bezahlt machen würde.

KLICK. »Ich könnte jetzt echt einen Blowjob gebrauchen.«

Mit ALS kann man nicht lachen – das gehört zu den Regeln –, aber man kann seine Frau rufen und ihr sagen, sie soll sich etwas anhören oder ansehen, und so zeigen, dass man es lustig findet. Also rief mein Dad meine Mom herüber, die lautlos wie ein Geist im Nachthemd mit einem Joghurt in der Hand und ihrem Dauerstirnrunzeln an den Tisch kam. Ich tippte noch einmal auf das Feld.

KLICK. »Ich könnte jetzt echt einen Blowjob gebrauchen.«

Ihre dauernd gerunzelte Stirn glättete sich, was ihre Version eines Lächelns war. Wenn man seit fünfzehn Jahren Krebs hat, kann man nicht lachen – das gehört zu den Regeln. Aber man kann seine Tochter rufen. Chelsea kam herüber.

KLICK. »Ich könnte jetzt echt einen Blowjob gebrauchen.«

Chelsea prustete los und fragte, was ein Blowjob sei. Sie war so versessen auf das Tanzen und die Schule, dass sie von Sex absolut keine Ahnung hatte. Jessica kam aus dem Fernsehzimmer und fragte, was denn so lustig sei.

KLICK. »Ich könnte jetzt echt einen Blowjob gebrauchen.«

Sie lächelte. Jessica war nicht gerade unbeliebt – natürlich wusste sie, was ein Blowjob war. Als Nächster kam Greg die Treppe herunter, er hatte gerade seinen täglichen Mittagsschlaf beendet, trug einen Bademantel und steuerte direkt auf den Kühlschrank zu. Ich sagte ihm, er solle mal zuhören.

KLICK. »Ich könnte jetzt echt einen Blowjob gebrauchen.«

Greg kannte sich bestens damit aus, Blowjobs zu geben und zu bekommen, deshalb traf der Spruch bei ihm genau den richtigen Nerv. Kichernd nahm er sich eine riesige Portion Lasagne.

Tiffany kam zu einem ihrer seltenen Besuche hereingeschneit und legte ihre Schlüssel, ihre Jacke und ihr Handy auf die Küchentheke.

»Hey, Leute. Was macht ihr da?«, fragte Tiff.

»Nur ein bisschen Blödsinn mit Dads neuer Kommunikationshilfe. Hör mal«, sagte ich.

KLICK. »Ich könnte jetzt echt einen Blowjob gebrauchen.«

Sogar Tiff rang sich ein Lächeln ab.

Mir fiel auf, dass die ganze Familie hier war. Die letzten Jahre hatten uns in unterschiedliche Richtungen gezerrt, und es war nicht einfach, alle zusammenzubekommen, nicht einmal, seit unsere Eltern todkrank waren. Und waren wir doch zusammen, gingen wir uns gegenseitig an die Kehle. Dies war einer der seltenen Momente, in denen wir das nicht taten. Alles war irgendwie wieder richtig. Klar, die Umstände hatten sich geändert. Wir saßen nicht zusammen im Familienurlaub in Palm Desert am Pool, schmierten uns mit Sonnencreme ein und lasen Romane von Dan Brown. Aber Dad saß wieder am Kopfende des Tisches – im Herzen des Hauses, neben sich seine kleine kahle Frau und seine Kinder, die ihm die Hände auf die Schultern legten. Wir alle ließen den Moment auf uns wirken. Ich wusste, mein Dad wäre am liebsten aufgestanden und hätte eine Rede wie Lou Gehrig gehalten.

»Wir haben im Laufe der Jahre viel durchgemacht. Und in letzter Zeit ist alles Unglück auf einmal über uns hereingebrochen. Es ist ganz schön viel Scheiße zusammengekommen. Aber noch sind wir hier, und ich möchte, dass ihr immer füreinander da seid, dass ihr am Leben der anderen teilhabt, denn letzten Endes ist Familie das Einzige, was bleibt, und das Einzige, was im Leben wirklich wichtig ist. Ich habe euch alle sehr lieb, und ich bin so stolz, dass ihr meine Familie seid«, hörte ich ihn in meiner Vorstellung sagen.

Aber solche segensreichen Worte konnte er seinem schwachen Körper nicht mehr abringen. Jetzt sprach Mike für ihn. Ich gab ihm das Gerät.

»Na los, Dad. Sag, was immer du willst«, meinte ich.

Mit der ganzen Kraft, die er noch besaß, hob er einen langen, spitzen Finger und tippte auf ein Feld.

»Ich könnte jetzt echt einen Blowjob gebrauchen.«

# Krebskomikerin

Mein Dad war ein Morgenmensch. Vor seiner Krankheit war er um sechs Uhr früh aufgestanden und eine lange Strecke gelaufen. Dann war er nach Hause gekommen, hatte sich mit einer Tasse Kaffee in unseren Gartenpavillon gesetzt, die Wasatch Mountains betrachtet und der Welt beim Aufwachen zugehört. Er hatte die *Salt Lake Tribune* durchgeblättert und dabei nicht nur den Sport- und Unterhaltungsteil gelesen, wie wir anderen strunzblöden Banausen. Er hatte darüber nachgedacht, was er am Tag zuvor gemacht und was er für diesen Tag geplant hatte. Diese Zeit, bevor seine Frau und seine Kinder sein Leben mit Hektik und unsinnigen kleinen Dramen überfluteten, hatte nur ihm gehört.

Aber jetzt war immer jemand bei ihm. Bobby Boy hatte keinen Moment mehr für sich allein. Sein ganzes Augenmerk lag auf seinem Überleben. Wenn er aufwachte, war eine Atemmaske mit Klettbändern über sein hageres Gesicht gespannt. Er musste auf seine Türklingel drücken, damit der Versagersohn, der gerade Daddydienst schob, ihn aufsetzte und ihm die Maske abnahm. Wenn er dann zu Atem gekommen war, halfen wir ihm beim Pinkeln, Kacken, Duschen und Anziehen. Das war Lichtjahre davon entfernt, durch die Straßen unseres Viertels zu laufen und allein mit seinen Gedanken und dem Ausblick auf die Berge Kaffee zu schlürfen.

An diesem Morgen war ich der Versagersohn vom Dienst. Greg schlief noch, wahrscheinlich träumte er davon, den nackten Chris

O'Donnell mit Lasagne zu füttern. Mir war es dagegen tatsächlich gelungen, Jessica aus dem Bett und auf den Weg zur Schule zu kriegen, sie und Chelsea waren also schon aus dem Haus. Mein Dad war angezogen und geduscht, sein schütteres Haar glatt zur Seite gekämmt, damit er aussah, als wäre alles in Ordnung. Wir wollten in sein Büro fahren und ein paar Sachen erledigen, vorher brauchte er nur noch sein Frühstück. Er saß am Ende unseres großen Küchentischs vor einer Tasse Kaffee. Den Kaffee konnte er nicht mehr trinken, aber er roch ihn immer noch gerne, also schenkte ich ihm immer eine Tasse ein. Das gehörte morgens für ihn dazu.

»Bereit für eine neue Ladung Schleim für dein Gerippe?«, fragte ich, nachdem ich drei Dosen Promote und etwas Miralax angeschleppt hatte, um sie durch den trüben Schlauch seiner Magensonde zu injizieren. Das war sein neuer Kaffee. Er rang sich ein vages Lächeln ab.

Nachlässig ließ ich das Promote in ihn hineinlaufen. Ich versuchte immer, ihn so schnell wie möglich abzufüttern, weil ich ein ungeduldiger Mensch bin. Ein bisschen Promote kleckerte auf den Boden. Unsere unbedarften Golden Retriever leckten es mit ihren großen, arschputzenden Hundezungen auf. Wenn ich ihm seine Nahrung gab, unterhielten wir uns immer, meistens über die Jazz oder den Aktienmarkt. Aber weil er und meine Mom gestern ihre Psychologin Robin besucht hatten, wollte ich ihn danach fragen. Ich hatte Psychologie im Hauptfach studiert und fand Therapien echt faszinierend.

»Wie ist es denn gestern bei der alten Robin gelaufen? Worüber habt ihr gesprochen?«, fragte ich.

Mein Dad räusperte sich, damit er antworten konnte. »Ich habe nur erzählt, wie frustrierend es ist, dass ich die ganzen Sachen, die mir Spaß gemacht haben, nicht mehr machen kann. Mir fehlen das Laufen und die Spaziergänge mit den Hunden im Mill Creek.

Der Kaffee fehlt mir. Die Arbeit im Garten. Ich kann nur noch hier rumsitzen.«

»Ich weiß. Das ist schwer. Irgendwie verlierst du Stück für Stück dein Leben.«

»Sie hat auch ein paar gute Vorschläge gemacht. Ich soll mehr Zeit mit Jessica und Chelsea verbringen, um den beiden ein bisschen die Angst zu nehmen«, erzählte er angestrengt.

»Ist wahrscheinlich keine schlechte Idee«, meinte ich.

»War also eine gute Sitzung.« Er gab sich Mühe, optimistisch zu bleiben. Armer Kerl. Bei seinem ganzen Frust blieb er immer noch so ruhig und gefasst.

In diesem Moment schwebte meine Mom die Treppe herunter. Sie trug schon ihre Jacke. Auf ihrem kahlen Krebskopf saß eine Mütze mit einem comichaften Elchgeweih. Ich hatte die Mütze ein paar Jahre zuvor in einem Kostümladen in Berkeley gekauft und mich seitdem jedes Jahr zu Halloween als Elch verkleidet. Offenbar hatte meine Mom sie entdeckt und zum Scherz aufgesetzt.

»Na, was treibt ihr zwei Arschlöcher da?«, fragte sie.

»Ich füttere dieses Arschloch gerade«, antwortete ich.

»Klingt doch super«, sagte sie.

So energiegeladen erlebten wir sie selten. Sie war kein Morgenmensch, und in letzter Zeit hatten wir sie fast gar nicht mehr zu Gesicht bekommen – sie hatte den ganzen Tag geschlafen und war nur aufgestanden, um einen Chemoschiss abzusetzen oder zum Kühlschrank zu schlurfen und mehr Joghurt zu holen. Aber so munter wie heute hatte ich sie noch nicht gesehen, seit ich wieder zu Hause wohnte. Sie wirkte richtig gut gelaunt, beinahe glücklich und voller Leben. Sie schien auch kein Chemohirn zu haben.

Mit ein paar Bechern Joghurt aus dem Kühlschrank setzte sie sich uns gegenüber hin.

»Warum zum Teufel bist du so früh auf?«, fragte ich, ohne die

Elchmütze zu erwähnen. Ich mache mir gerne einen Spaß daraus, anderen die Aufmerksamkeit zu verweigern, wenn sie so offensichtlich auf welche aus sind.

»Ich muss heute wieder zu dieser beschissenen Chemo«, sagte sie.

»Toll. Tja, Dad und ich fahren gleich ins Büro«, erzählte ich.

»Du musst mich hinbringen.« Sie steckte sich einen übervollen Löffel mit Joghurt in den Mund.

»Fährt dich nicht eine deiner Freundinnen?«

»Hat abgesagt.«

»Und was ist mit Dad?«

»Das interessiert mich heute mal einen Scheiß. Ich habe Krebs. Es dreht sich nicht immer alles nur um ihn«, erinnerte sie mich.

Wenn ich irgendwie erwähnte, dass ich mich um Dad kümmerte, wurde sie immer eifersüchtig. Sie wollte, dass wir uns auch um sie und ihren Krebs kümmern.

»Aber … Dad, was meinst du? Soll ich nicht heute bei dir bleiben?«, flehte ich.

Er sammelte sich, holte tief Luft und sagte: »Du fährst deine Mom zur Chemo. Ich komme schon klar.« In unseren Diskussionen gab er immer den Ausschlag, er war die freundliche Stimme der Logik und Vernunft in diesem chaotischen Haushalt voller Schwachköpfe.

»Dann mal hoch mit dem Arsch. Ich muss um halb zehn da sein«, warf meine Mom mit einem gerissenen Siegerlächeln ein.

Im Laufe der Jahre hatte ich meine Mom schon ein paar Mal zur Chemo gebracht und war von der ganzen Nummer nicht gerade begeistert. Gut, im Infusionsraum des Huntsman Cancer Institute gab es einen Imbisskarren mit Minibrezeln von Rold Gold, Sun Chips und Cheez-It Crackers. Und dazu Tee und Kaffee bis zum Abwinken. Was kostenlose Snacks und Getränke anging, war es ein traumhaftes Plätzchen. Der große Haken war, dass man da inmitten von Krebspatienten hockte – einer Schar Glückloser und Unseliger, die mit Chemomedikamenten vollgepumpt wurden, die bis zum Ende kämpften und das Beste hofften, während ihre besorgten Angehörigen ihre dick geäderten Hände hielten.

Ich hatte mich zwar einigermaßen daran gewöhnt, trotzdem sah ich nicht gerne dabei zu, wenn meiner Mom Chemikalien in den gebrechlichen Körper gepumpt wurden. Es war irgendwie nicht richtig. Meine Mom sollte doch da sein, um mich bedingungslos zu lieben, mich zu unterstützen, zu verwöhnen, um mir genug Sicherheit und Zuversicht zu vermitteln, damit ich meine Träume verwirklichen und das Beste aus meinem Leben machen konnte. Sie sollte kein irres Zeug reden und alle paar Minuten ins Bad rennen. Man sollte seine Eltern nicht sehen, wenn sie verletzlich sind, und bei der Chemo wirkte sie immer sehr verletzlich.

Greg kam in die Küche geschlurft und stopfte sich etwas Truthahn in ein Stück Fladenbrot. Frühstück für Helden. Meine Mom kam wieder herunter. Sie trug immer noch die Elchmütze.

»Na los, Danny Boy, verziehen wir uns, in diesem Haus bekommt man ja noch Depressionen.« Sie nahm noch ein paar Becher Joghurt aus dem Kühlschrank und packte sie in ihre riesige Handtasche.

»Stirb nicht, solange wir weg sind, Dad«, witzelte ich, während ich seine volle Tasse Kaffee in den Ausguss kippte, bevor ich meiner Elchmutter nach draußen folgte.

»Ich gebe meine Bestes«, schaffte er es, den Witz zu erwidern.

Wir stiegen in Moms Lexus RX 350. Den Wagen hatte sie kurz nach Dads Diagnose gekauft. Als wäre ihr klar geworden, dass das Leben eine lange schmerzvolle Reise Richtung Tod war und man dann ruhig in einem Auto mit weichen Ledersitzen und Schiebedach herumfahren konnte. »Ich habe mir ein schickes Auto gekauft, bevor Dad stirbt«, hatte sie erzählt und geprahlt: »Es hat eine Sitzheizung.« Das war der edelste Wagen, den wir je hatten.

Und das Beste war, dass meine Mom wegen Dads ALS einen Behindertenparkausweis bekommen hatte. Wer sagt denn, tödliche Krankheiten hätten nicht auch ihre Vorteile?

»Willst du einen warmen Sitz haben? Mein Auto kann das«, erinnerte Mom mich stolz.

»Ja geil, auf jeden Fall«, antwortete ich, weil ich jeden Luxus in meinem Leben liebte.

Sie drückte auf einen Knopf und drehte an einem Regler, dann machte sie das Gleiche für ihren Sitz. Sofort spürte ich die Wärme an meinem verwöhnten Arsch.

»Und, ist dir heute irgendwas Neues an mir aufgefallen?«, fragte meine Mom und schob ihr Elchgeweih zurecht.

Ich musterte sie von oben bis unten. »Lass mal sehen. Was könnte es sein? Den Krebs bist du nicht losgeworden, du siehst nämlich aus, als würdest du gleich sterben, und ich fahre dich gerade zur Chemo. Oh, probierst du vielleicht eine neue Joghurtsorte?«

»Nein, ist noch die gleiche. Fällt dir sonst noch etwas auf?«, fragte sie und zeigte mit ihrem geliebten Joghurtlöffel nach oben.

»Hast du irgendwas mit deinen Haaren gemacht?«

»Ich habe keine Haare. Ich meine die Elchmütze, du Klugscheißer. Ich trage deine Elchmütze.«

»Ich dachte, das Ding wäre ein Nebeneffekt der Chemo«, sagte ich.

»Ich habe sie in einem deiner Kartons gefunden.« Ich hatte noch nicht alles ausgepackt. Irgendwie dachte ich, wenn ich mich nicht ganz bei meinen Eltern einnistete, könnte ich schneller zu meinem schönen Leben in L. A. zurückkehren. Offensichtlich hatte ich mich noch nicht ganz mit der Lage abgefunden.

»Bist du sicher, dass du dich bei der Chemo mit dieser Mütze blamieren willst?«

Sie reagierte leicht eingeschnappt. »Damit du's weißt, die Krankenschwestern finden mich zum Brüllen«, sagte sie. »Kann ja sein, dass du es anders siehst, aber deine alte Mom ist echt ziemlich witzig.«

Als wir vor dem Huntsman hielten, einer neuen Krebsklinik mit modernster Technik, einer umwerfenden Aussicht und Parkservice, stieg meine Mom hastig aus, um zur Toilette zu laufen.

»Ich muss vor der Chemo noch kacken«, sagte sie. »Wir treffen uns drinnen.«

Ich gab dem Typen vom Parkservice die Autoschlüssel. Er war etwa so alt wie ich. Ich überlegte, was Leute in meinem Alter wohl von mir hielten. Ich meine, ich fuhr hier an einem Werktag in einem Angeberschlitten vor, also dachten sie wahrscheinlich, ich wäre ein mieser Versager, der immer noch seinen Eltern auf der Tasche lag. Andererseits begleitete ich meine todkranke Mom zur Chemotherapie, also betrachteten sie mich vielleicht auch als eine Art Held. Oder sie waren bei der ganzen Sache vielleicht genauso ratlos wie ich. »Mein Dad hat auch noch ALS. Ich habe eine richtige Arbeitsstelle gekündigt, um hier zu sein, du kannst dir überhaupt kein Urteil über mich erlauben«, hätte ich den Typen am liebsten angebrüllt.

Mit dem Notizbuch, in das ich ein paar ergreifende Anmerkungen über das Leben und Witze über Schwänze kritzeln wollte, während meine Mom mit den Chemomedikamenten zugedröhnt wurde, betrat ich die Lobby des Huntsman. Jemand erklärte mir den Weg zum Infusionsraum im ersten Stock. Ich nahm den Fahrstuhl. Treppen sind für'n Arsch. Im Fahrstuhl waren lauter Schwestern, Ärzte und sogar mehrere Krebspatienten. »Also dieser Krebs, das ist doch eine beschissene Krankheit, oder, Leute?«, hätte ich gerne zur Begrüßung gesagt, stattdessen stand ich nur da und schaute traurig aus der Wäsche.

Die Türen öffneten sich mit einem Ping. Ich ging durch das Wartezimmer – eine Handvoll müder Angehöriger lenkte sich mit Puzzeln ab – zum Infusionsraum. Ich dachte, meine alte Mom würde schon zusammengerollt auf einem Stuhl schlafen und davon träumen, wieder jung zu sein und einen Mann zu haben, der nicht am Rande des Todes stand. Stattdessen war sie von einer Traube von Schwestern und Ärzten umringt, die sich kaputtlachten.

»So fett, wie ich bin, sehe ich wahrscheinlich wie ein echter Elch aus«, witzelte sie. Alle brüllten vor Lachen. Sie hatte viel abgenommen, zum Teil wegen der Chemo, zum Teil, weil sie nur noch Joghurt aß, aber aus irgendeinem Grund bezeichnete sie sich immer noch als fett. Dabei war sie das gar nicht. »Ich habe Bob gesagt, wenn er weiterlebt, setze ich mir die Elchmütze auf und blase ihm einen, um ihn aufzumuntern«, erzählte sie und brachte die Menge damit noch mehr zum Brüllen. Mir wurde leicht übel, als ich mir vorstellte, wie meine Mom meinem Dad den sterbenden Schwanz lutschte und das Geweih dabei über seinen Leisten wippte wie bei einem Elch, der durch einen Wald trottet.

»Oh Debi, Sie sind ja so witzig«, kicherte eine der Schwestern. »Was für ein Sinn für Humor.«

Belämmert ging ich näher. Fremden gegenüber bin ich immer etwas schüchtern. Vor allem fühlte ich mich mit Fremden unwohl, wenn meine Mom in der Nähe war, weil sie mich gerne in Verlegenheit brachte. Ich werde schnell rot, und sie freute sich immer diebisch, das zu sehen. Als sie mich entdeckte, lächelte sie.

»Das ist mein Sohn Danny. Er hat in Berkeley studiert, aber jetzt ist er nach Hause gekommen, weil Bob und ich sterben, ist das nicht lieb?«, erklärte sie stolz. Ich winkte und sagte schüchtern Hallo. Zum Glück hatte sie mich mit den guten Punkten auf meinem Lebenslauf vorgestellt und nicht mit den schlechten. Sie hatte mich nicht in Verlegenheit gebracht. Mein Gesicht behielt seine normale Farbe.

»Das ist der Sohn, der seine eigene Kacke aus seiner Windel gegessen hat, als er zwei war.«

Mein Gesicht wurde rot wie eine Ampel, als alle laut loslachten.

»Mein Gott, Mom, hör auf«, bat ich.

Aber sie fing gerade erst an. »Wir haben Verstecken gespielt, und ich konnte ihn nicht finden, aber dann saß er mit offener Windel unter seinem Bettchen, hat seine Kacke gegessen, und das mit einem fetten Grinsen im Gesicht. Ich hatte noch nie jemanden gesehen, der sich so gefreut hat.« Alle schmissen sich fast weg vor Lachen, und ich wäre am liebsten im Erdboden versunken. Die Meute wurde größer und scharte sich um meine Mom. Ich kam mir plötzlich vor wie in einem Comedy-Club. Es hätte mich kaum gewundert, wenn plötzlich ein Mikro aus dem Boden geschossen wäre und Kellnerinnen überteuerte Getränke serviert hätten.

»Ich habe noch eine witzige Kackegeschichte. Danny wollte einfach nicht trocken werden, also hat mein Dad ihm versprochen, dass er jedes Mal einen Dollar bekommt, wenn er in sein kleines Töpfchen macht. Mein Dad hat sogar eine Schachtel für ihn gebastelt, in die er sein Geld legen konnte. Das war dann seine ›Kaka-Schachtel‹, meine Eltern sind nämlich Basken, und Scheiße heißt auf Baskisch ›kaka‹. Und Danny, süß wie er war, hat gewartet, bis er ein großes Publikum hatte, dann hat er sein Töpfchen geholt und vor versammelter Mannschaft reingekackt.« Die Schwestern kriegten sich kaum noch ein, als meine Mom weitererzählte. »Dann ist er mit seiner Kaka-Schachtel herumgegangen und hat von jedem einen Dollar eingesammelt. Er hat pro Schiss zwölf Dollar verdient.«

Mein Kopf war so rot, als wollte er gleich explodieren. »Na gut, dann fangen wir mal mit der Chemo an«, erinnerte ich sie daran, warum wir da waren.

»Vielleicht kann eine der Schwestern ein Töpfchen für dich suchen und du machst ein bisschen Kohle, Danny Boy. Hättest du mal deine Kaka-Schachtel mitgebracht«, sagte sie. Alle Schwestern lachten.

»Meine Güte, sind Sie witzig. Und Ihre Mütze ist echt großartig«, sagte eine der Schwestern.

Endlich bekamen wir sie auf einen der Chemostühle. Durch die Fenster des Infusionsraums konnte man einen Hügel sehen, vielleicht sollte das die Patienten daran erinnern, dass noch ein anstrengender Weg vor ihnen lag. An Teilen des Gebäudes liefen noch Bauarbeiten. Die Fenster waren getönt, und manchmal kam ein Bauarbeiter herüber und pinkelte gegen die Wand, ohne zu ahnen, dass auf der anderen Seite todkranke Krebspatienten saßen.

»Bin gespannt, ob wir heute einen pinkelnden Bauarbeiter sehen«, witzelte meine Mom. »Ich stelle mir gerne vor, das würde Glück bringen. Als würde man ein Heinzelmännchen sehen oder so.«

Kichernd machten die Schwestern es ihr gemütlicher. Sie schlossen Infusionen an Moms Port an. Meine Mom hatte einen dauerhaften Zugang in der Brust implantiert, weil ihre Venen von der ganzen Chemo völlig zerstochen waren. Immerhin wurde sie schon seit fünfzehn Jahren behandelt. Die Schwestern gaben ihr ein paar Pillen gegen die Schmerzen, und meine Mom kuschelte sich unter der Decke zusammen, auf dem Kopf immer noch ihr Elchgeweih.

Als sie endlich aussah, als hätte sie es bequem, sagte ich: »Du bist so ein Arsch.«

»Wieso das denn?«, fragte sie und kramte mit halb geschlossenen Augen einen Joghurt aus ihrer Handtasche. Die Chemo und die Pillen hatten sie schon halbwegs umgehauen.

»Wegen der ganzen Kackegeschichten. Das ist einfach peinlich«, antwortete ich.

»Ach, bitte. Das ist nicht halb so schlimm wie dieser schreckliche Mist, den du über mich erzählst«, sagte sie. Da hatte sie auch wieder recht. Ich machte es meiner Mom verdammt nicht leicht. Aber so ist das mit Eltern: Man kann sich wie das letzte Arschloch auf Erden benehmen, und sie müssen einen immer noch lieb haben. Das ist ihre Strafe dafür, dass sie einen in die Welt gesetzt haben. Bei meiner Mom nutzte ich diese Regel immer aus. Wir standen uns extrem nahe und liebten uns sehr, deshalb wussten wir, dass wir uns ohne Gefahr gegenseitig runtermachen konnten.

»Trotzdem, Mom, ich bin nicht von Kalifornien nach Hause gezogen, damit du Fremden erzählen kannst, wie ich meine Windel leer gegessen habe«, sagte ich.

»Na ja, Danny Boy, du hast es aber gemacht. Das musst du auch mal anerkennen«, sagte sie. »Es war auch wirklich ganz schön beeindruckend. Ein kleiner Junge und so viel Scheiße.«

Ich schüttelte den Kopf. »Ich werde mal den Imbisswagen suchen«, sagte ich. »Will meine kleine Krebspatientin auch was?«

»Wenn sie Joghurt haben, bring so viele mit, wie du tragen kannst«, sagte sie und schob sich einen Löffel mit ihrem eigenen Joghurt in den Mund.

»Isst du eigentlich noch was anderes als Joghurt?«

»Na ja, ich habe gehofft, wir könnten auf dem Heimweg bei Shivers anhalten. Da hole ich mir normalerweise eine Cola light. Als kleine Belohnung für die Chemo.« Shivers ist ein kleiner billiger Fast-Food-Laden in Salt Lake, den meine Mom aus einem unerfindlichen Grund liebte.

»Mal sehen. Ich weiß nicht, ob wir dafür Zeit haben. Ich glaube, ich sollte zurück zu Dad, immerhin habe ich ihn lieber als dich«, sagte ich.

»Du und Dad, ihr könnt mich mal. Wir halten da an.«

»Ich glaube, eher nicht«, sagte ich und stand auf.

Den Imbisswagen fand ich problemlos. Wenn ich auch sonst nichts kann, Knabberzeug finde ich immer. Ich schnappte mir drei Tütchen Salzbrezeln und ein Tütchen Sun Chips. Warum zum Teufel auch nicht? Außerdem machte ich mir einen Tee. Dabei fiel mir auf, dass mich einige Schwestern kichernd beobachteten. Ich rechnete fast damit, dass sie gleich sagen würden: »Tut uns leid, dass wir keine vollen Windeln anbieten können.«

Joghurt gab es nicht.

Ich ging nach draußen, um Abby anzurufen, und hoffte, ihre liebe, engelsgleiche Stimme würde mich beruhigen. In etwa einer Woche wollte sie herkommen, deshalb dachte ich, wir könnten uns schon mal etwas für ihren Besuch überlegen. Ich wollte gerne irgendwohin fahren, weil ich beinahe nur noch zu Hause hockte. Mein Dad hatte kurz vor seiner Diagnose eine Wohnung in Park City, einem Ferienort, gekauft. Wir konnten doch hinfahren, Wein trinken, vor dem Kamin sitzen und wie ein paar verliebte Arschlöcher faulenzen. Das wäre eine nette Abwechslung. Nachdem es ein paarmal geklingelt hatte, meldete Abby sich.

»Hey Süße, was gibt's Neues?«, fragte ich.

»Nicht viel. Bin gerade auf dem Weg ins Labor.« Für ihre Doktorarbeit musste sie unter anderem im Lawrence Berkeley Lab mit einem Laser arbeiten oder einem Teilchenbeschleuniger oder irgendeinem abgedrehten Scheiß, den ich eh nicht verstehe.

»Klasse, ich bin gerade mit meiner Mom bei der Chemo. Sie benimmt sich echt arschig, deshalb dachte ich, ich rufe dich an und rede mit dir über deinen Besuch, um mich aufzuheitern«, erklärte ich.

Sie schwieg am anderen Ende, bis sie schließlich sagte: »Hör mal, ich habe mich entschieden, am nächsten Wochenende nicht zu kommen. Ich muss zu Jodys Geburtstagsfeier.« Jody war eine ihrer neuen Kommilitoninnen.

»Was? Scheiß auf Jody«, sagte ich.

»Na ja, es ist wichtig, dass ich für sie da bin.«

»Es ist wichtig, dass du hier für mich da bist. Ich werde hier langsam verrückt. Mein Leben wird immer beschissener. Ich brauche dich. Du fehlst mir«, flehte ich sie an.

»Du, ich bin gleich beim Labor. Ich rufe dich später noch mal an.« Dann legte sie plötzlich auf. Ich war wie vor den Kopf geschlagen. Das hatte ich nicht erwartet. Abby reagierte immer distanzierter. Klar, ihr eigenes Leben ging weiter, trotzdem wollte ich sie einfach sehen. Mit ihr Witze machen. Sie küssen. Ihr unvergleichliches Kieferknacken hören, wenn sie schlief. Morgens neben ihr aufwachen statt neben einer pissenden Katze.

Nachdem ich im Wartezimmer versucht hatte, ein paar Puzzleteile anzufügen, und dabei ein Tütchen Salzbrezeln verdrückt hatte, ging ich endlich wieder zu meiner Mom und setzte mich zu ihr. Ich holte mein Notizbuch aus der Tasche, um ein paar Gedanken festzuhalten. Dieser ganze Mist war zum Teil einfach zu schräg, um ihn nicht aufzuschreiben. Ich schrieb: »Junge, Junge, kann meine Mom ein gemeines Klatschmaul sein«, und unterstrich es zwei Mal. Ich war immer noch ziemlich sauer über die Kackegeschichte, sie war mir sehr peinlich. Die Elchmütze aufzusetzen war ja das eine, aber mich als Requisit zu missbrauchen?

Ich musterte das gemeine Klatschmaul. Sie schlief und schnarchte leise, während ihr ausgemergelter Körper zusammen mit den Chemomedikamenten gegen den Krebs ankämpfte. Sie sah so zerbrechlich aus, so verletzlich, als könnte es jeden Moment zu Ende gehen – und dann würde ich keine Mom mehr haben, die mich damit aufziehen konnte, dass ich Kacke gegessen hatte.

Manchmal vergaß ich, dass sie alles – die vielen Behandlungen, die Operationen, die wahnsinnigen Durchfälle – nur durchstand, damit ihre Kinder noch eine Mom hatten. Das war immer ihr Ziel gewesen. »Der Krebs wird nicht gewinnen. Ihr Kinder braucht eine Mutter«, hatte sie immer gesagt. »Außerdem will ich nicht, dass euer Dad irgendeine andere Frau vögelt, die ihr nachher lieber habt als mich«, kam dann noch.

Ich glaube, für uns da zu sein war für sie so wichtig, weil ihre biologische Mutter sie bei einem Waisenhaus in Black Foot in Indiana abgesetzt und zur Adoption freigegeben hatte. Soweit ich weiß, hatte Moms Mutter schon vier Kinder und konnte mit einem weiteren einfach nicht umgehen. Wahrscheinlich kann einem das Leben überall zu viel werden, sogar in Black Foot. Die Nonnen im Waisenhaus nannten meine Mom »Frankie« und kümmerten sich in den ersten Monaten ihres verwirrenden, elternlosen Lebens um sie.

Irgendwann tauchten zwei Engel in Gestalt meiner Großeltern auf, Rosie und Joe Mendiola (spricht sich Men-die-ol-a), eines großherzigen baskischen Paars aus Twin Falls. Großvater Joe betrieb eine Texaco-Tankstelle am Stadtrand, und Großmutter Rosie arbeitete hier und da, damit mehr Geld reinkam. Sie waren einfache Leute aus der Arbeiterschicht und tranken gerne Bier und rauchten Zigaretten mit ihren zahlreichen baskischen Verwandten, die allesamt in Twin Falls oder den Nachbarstädten wohnten. Weil Großmutter Rosie kaputte Eierstöcke hatte, konnte sie keine Kinder bekommen. Ein paar Jahre lang vergossen sie deswegen Tränen, bevor sie beschlossen, ein Kind zu adoptieren. Nach einer langwierigen Suche stießen sie schließlich auf das Waisenhaus in Black Foot. Sie und meine Mom passten perfekt zueinander: Die beiden wollten ein Kind, und meine Mom brauchte Eltern. Sie tauften sie auf Debi um, die kleine Debi, weil sie meiner Mom einen Neuanfang ermöglichen wollten und Frankie ein ziemlich ungewöhnlicher Name ist.

Meine Großeltern versuchten später, ein zweites Kind zu adoptieren, aber es klappte nicht. Also blieben sie allein mit ihrer kleinen Debi Mendiola.

Meine Mom war nicht gerne ein Einzelkind, aber sie bekämpfte die Einsamkeit, indem sie ihre beste Freundin Julie und ihre Nachbarin Brook zu Ersatzgeschwistern machte. Wenn sie sich nicht mit den beiden traf, las sie Bücher oder schrieb. Wenigstens entwickelt man als Einzelkind Vorstellungskraft.

In ihrer Highschoolzeit war sie ein hübsches Mädchen und hatte nie Probleme, Verehrer zu finden. Als sie sich gerade daran gewöhnte, beliebt zu sein, gab sie einem Typen in seinem Auto einen Blowjob, nachdem sie seinen Eltern Alkohol geklaut und sich betrunken hatten. Am nächsten Tag kam meine Mom in die Schule und musste feststellen, dass der Typ allen von seinem aufregenden Abend erzählt hatte. Ihre Mitschüler fingen an zu sticheln, und meine Mom verabschiedete sich aus der Clique der Beliebten. Sie beschloss, sich aufs Lesen und Schreiben zu konzentrieren, sich mit Julie und Brook zu treffen und zuzusehen, dass sie aus diesem beschissenen Twin Falls rauskam.

Von ihrer biologischen Mutter verlassen zu werden, als Einzelkind aufzuwachsen und gepiesackt zu werden, weil sie irgendeiner Hackfresse einen geblasen hatte, gab meiner Mom das Gefühl, sie müsse gegen die ganze Welt antreten. »Die kleine Debi gegen den Rest der Welt«, sagte ich immer, wenn sie sich mit jemandem stritt. Sie dachte, alle und jeder seien hinter ihr her, und entwickelte sich zu einer echt streitlustigen und rechthaberischen Frau, die niemandem so richtig traute. Aber als 1992 Krebs bei ihr festgestellt wurde, nutzte sie ihre Kleine-Debi-gegen-den-Rest-der-Welt-Haltung, um gegen ihn anzukämpfen, und sie schwor, der Krebs würde sie niemals besiegen oder davon abhalten, uns eine liebevolle und fürsorgliche Mutter zu sein.

In der ersten Zeit nach der Diagnose zerfloss ich vor Mitgefühl. Jedes Mal, wenn sie von der Chemo nach Hause kam, lief ich in den Garten und pflückte eine Rose von einem Busch voller Dornen, weil ich nicht wusste, wie ich ihr sonst zeigen sollte, dass ich sie liebte und unterstützte und in diesem neuen Kampf an ihrer Seite stand.

Ich bin extrem abergläubisch. Bei allen Jazz-Spielen rubbelte ich an einer alten Hasenpfote und trug violette Armbänder der Mannschaft. Außer mir durfte sie niemand auch nur anfassen. In einem

Jahr, in dem meine Mom mit einer neuen Runde Chemo beginnen musste, schenkte ich ihr die Hasenpfote und die Armbänder als Glücksbringer.

»Du brauchst sie mehr als ich«, sagte ich.

Sie fing an zu weinen, weil sie wusste, dass ich ihr zwei meiner größten Schätze geschenkt hatte.

»Den Jazz haben sie viel Glück gebracht«, erklärte ich.

Sie umarmte mich und drückte ihr tränennasses Gesicht an meines. »Damit hast du mir so eine Freude gemacht. Ich werde es zu jeder Chemo mitnehmen, Danny Boy.«

»Bitte kämpf einfach nur weiter, Mama Bär«, bat ich. Ich weinte jetzt auch.

»Das werde ich. Versprochen.« Sie schluchzte so sehr, dass ihr ganzer Körper bebte.

Ich setzte mich damals immer an ihr Bett und sagte ihr, sie solle weiterkämpfen, sie solle durchhalten, damit ich meine Mom noch hätte.

Und das machte sie.

Mutter zu sein ist harte Arbeit. Mutter zu sein, wenn man Krebs hat, noch mehr – absolute Schwerstarbeit. Mit aller Energie, die ihr blieb, kümmerte sie sich um uns Kinder, und sie war wunderbar. Mein Dad übernahm vieles, aber sie kochte immer noch jeden Abend für uns und sorgte dafür, dass wir wenigstens einmal die Woche ein schönes, großes Steak bekamen. An Geburtstagen und Weihnachten verwöhnte sie uns, aus eigentlich kleinen Anlässen machte sie große Ereignisse. »Vielleicht ist das mein letztes Weihnachten, deshalb müssen wir groß feiern«, erklärte sie etwa, wenn sie Geschenke unter den Baum packte. »Wir haben dich lieb, Mom. Stirb nicht«, antworteten wir dann. Wenn es einen besonderen Moment in unserem Leben gab, war sie immer da, stand uns immer zur Seite und machte uns Mut, egal, was passierte. Scheiße, ich weiß noch, dass sie all die Jahre jedes meiner Basketballspiele besucht hat, sogar in ihren Behandlungsphasen. Dann saß sie mit einem Turban auf dem Kopf und einem Mundschutz ganz oben auf der Tribüne, abseits von den anderen Eltern, weil ihr Leukozytenwert so niedrig war. »Gut gemacht, Danny Boy«, brüllte sie durch ihre Maske, so laut sie mit ihren kleinen Krebslungen konnte.

Die Jahre rasten vorbei, und sie ließ sich immer noch nicht kleinkriegen. Aber meine Geschwister und ich stumpften ab und sahen nicht mehr, wie bewundernswert es war, dass sie immer noch kämpfte. Sie hatte uns schon jahrelang erzählt, es könnte ihr letztes Weihnachten, ihr letzter Geburtstag, ihr letzter Muttertag sein. Langsam kam es uns wie reine Schwarzmalerei vor. Wir hatten das Gefühl, sie würde nie sterben. Unsere Mom hatte Krebs. Ja, verdammte Scheiße, und?

»Ich habe Krebs, weißt du?«, erinnerte sie mich manchmal.

»Ja, ja, ja. Das Krebsspielchen wird allmählich langweilig, kleine Debi«, antwortete ich.

Dabei hatte sich nichts geändert. Sie hatte wirklich immer noch Krebs. Sie war immer noch unsere Mom. Sie hatte es geschafft, am Leben zu bleiben. Und jetzt verlor die Arme ihren Mann an ALS und sah einer Zukunft entgegen, in der sie allein gegen die Krankheit, gegen den Rest der Welt kämpfen musste, als wäre sie wieder eine Waise. Sie hatte Panik, und nicht nur wegen dem, was jetzt los war, sondern weil sie sich vorstellte, wie ihr Leben in einem Jahr oder so aussehen würde. Wenn sie den Krebs überlebte, würde sie möglicherweise vor ganz neuen Herausforderungen stehen. Dann würde die kleine Debi wirklich gegen den Rest der Welt stehen. Sie würde lernen müssen, in einer Welt ohne meinen Dad an ihrer Seite zu funktionieren. Meine Geschwister und ich konnten nicht ewig hierbleiben. Sie würde lernen müssen, das Haus in Ordnung zu halten. Die Rechnungen zu bezahlen. Ihre Steuererklärung zu machen. Sich um die Hunde zu kümmern. Sie war durch die Hölle gegangen, ging gerade durch die Hölle und hatte noch mehr Hölle vor sich.

Und da saß ich hier und beschimpfte sie als Arsch, statt ihr die Unterstützung und Liebe zu geben, die sie brauchte und die sie verdient hatte. Ich sollte echt dankbarer sein.

Ich sah mir die Arme an, wie sie eingekuschelt in ihren Decken dalag. Das Leben hatte sie sichtlich ausgelaugt, ihr Gesicht sah aus wie die Fingerspitze eines Kindes, das zu lange im Swimmingpool war, ihre Augenbrauen wirkten wie von einem breiten Radiergummi weggerubbelt, ihr Kopf hatte Macken wie ein lädierter Kürbis, weil man ihr an mehreren Stellen Hautkrebs entfernt hatte.

Ich senkte den Blick auf meinen Kommentar über das »gemeine Klatschmaul«.

Mein Gott, Dan, ein bisschen Mitgefühl würde nicht schaden.

Ich strich die Bemerkung durch, dann riss ich das Blatt heraus, zerfetzte es und warf die Stückchen in den Müll auf Latexhandschuhe, Verbände und Spritzen. Meine Mom war kein gemeines Klatschmaul. Sie war eine Chemokämpferin, eine Heldin. Sollte ich jemals Krebs bekommen, wäre ich wahrscheinlich so: Schluck, jetzt werde ich wohl draufgehen, und dann würde ich auf die peinlichste, schmachvollste Art, die in der Geschichte der Krebserkrankungen verzeichnet wurde, tatsächlich sterben.

Aber sie nicht. Ihr war es viel zu wichtig, für uns Kinder da zu sein, als dass sie aufgegeben hätte. Sollte sie sich doch vor den Schwestern über mich lustig machen. Sollte sie doch erzählen, dass ich vor Publikum gekackt hatte, um Geld zu bekommen. Ihr waren nicht viele Freuden im Leben geblieben. Da konnte ich ihr diese nicht wegnehmen. Sie hatte sie sich verdient. Sie brachte gerne andere zum Lachen. War doch egal, wenn es auf meine Kosten ging.

Meine Mom bewegte sich im Schlaf, ihr Elchgeweih fiel auf den Boden. Ich hob es auf, klopfte es ab und setzte es ihr wieder auf den kahlen Kopf.

Dabei wurde sie wach und öffnete leicht die Augen. »He, Danny Boy, bist du immer noch hier, mein Schatz?«, fragte sie angestrengt. Ihre Stimme klang so müde, als hätte sie zehn Jahre geschlafen, als wäre ihr Körper so schwach, dass er sich nur noch auf den Kampf gegen den Krebs konzentrieren konnte.

»Tut mir leid, dass ich dich geweckt habe. Ich habe dir nur das Geweih wieder aufgesetzt«, sagte ich.

Sie brachte ein Lächeln zustande. »Rate mal, was ich noch habe.«

Sie hielt die alte Hasenpfote hoch, die ich ihr vor Jahren geschenkt hatte. »Ich nehme sie zu jeder Chemo mit. Es war so lieb von dir, dass du sie mir geschenkt hast. Und sie wirkt, diese alte Schachtel hier liegt immer noch nicht unter der Erde.«

Mit feuchten Augen erwiderte ich ihr Lächeln. »Ich weiß, dass die Chemo richtig scheiße ist, aber du wirst dich wieder durchkämpfen.«

»Klar, ich kann euch Kinder doch nicht ohne Mutter zurücklassen«, sagte sie.

Eine Schwester, deren Schicht gerade begann, kam herüber, um nach den ganzen Schläuchen und Maschinen zu sehen und einen neuen Infusionsbeutel anzuhängen. »Ihre Elchmütze ist ja großartig«, sagte sie.

Meine Mom lächelte, so gut sie konnte. »Danke. Ach, das ist mein Sohn, Danny.«

»Freut mich«, sagte ich ein bisschen freundlicher als vorhin.

»Er hat in Berkeley studiert ... aber er ist nicht so schlau, wie er aussieht. Einmal habe ich ihn dabei erwischt, wie er die Kacke aus seiner Windel gegessen hat«, erzählte die Krebskomikerin.

Die Schwester und ich lachten, und ich nickte mit hochrotem Kopf, um die Geschichte zu bestätigen. »Mein Gott, Debi, Sie sind ja vielleicht witzig. Was würden wir hier nur ohne Sie machen?«

»Und er hat für Geld gekackt«, sagte meine Mom lächelnd und

schloss die Augen, um wieder in ihr Chemokoma abzugleiten. »Einmal hat er sich zwölf Dollar verdient.«

Die Schwester sah mich an, als wäre ich geisteskrank. Ich zuckte nur mit den Schultern.

»Sie ist eine echte Kämpfernatur. Sie sollten stolz auf sie sein«, sagte die Schwester.

»Das bin ich auch.«

Auf dem Heimweg hielten wir bei Shivers an und kauften ihr die größte Cola light, die sie hatten.

# Ein Besuch bei der Queen

Mein Dad und ich verbrachten viel Zeit in seinem Büro, um ein paar Sachen unter Dach und Fach zu bringen, bevor der ALS-Tsunami endgültig durchrauschte. Er war immer noch dabei, seine Zeitungen zu verkaufen, hatte aber einen Käufer, sie gingen nur noch die letzten Einzelheiten durch. Die ganzen Jahre lang hatten die Zeitungen ihm nicht nur ein hübsches Einkommen beschert, sie hatten ihn auch auf Trab gehalten und ihm eine Ausrede geliefert, um mal aus dem Haus und von seiner Frau und seinen kleinen Arschlochkindern wegzukommen. Und seine Arbeit war ein Traum für ihn gewesen. Schon sein Vater hatte Zeitungen verlegt. Er selbst machte Zeitungen. Und er war gut in seinem Job. Es war traurig, jetzt das Ende mit anzusehen. Wäre er nur genauso gut darin gewesen, keine ALS zu bekommen, wie er es in seinem Job war, dann hätten wir nicht in dieser ganzen Scheiße gesteckt.

Wir hatten jetzt zwar eine Kommunikationshilfe, aber mein Dad benutzte sie nicht gerne. Das wollte er sich für später aufheben, damit er wie Stephen Hawking reden konnte, wenn er auch langsam so aussah. Wir als Familie konnten ihn verstehen, aber Fremde nicht. Wenn er etwas sagte, folgte oft ein »Was?« oder Schweigen. Deshalb spielte ich im Büro den Dolmetscher, wenn er am Telefon mit Anwälten und Geschäftsleuten über den Verkauf der Zeitungen sprach.

»Wir haben die Formulare zum Wettbewerbsverzicht bekommen und werden sie unterschreiben«, sagte mein Dad.

»Was?«, fragten die Anwälte und Geschäftsleute am anderen Ende der Leitung.

»Wir haben die Formulare zum Wettbewerbsverzicht bekommen und werden sie unterschreiben«, wiederholte ich.

»Wer ist da?«, fragten die Anwälte und Geschäftsleute.

»Das ist mein Sohn Dan. Er hilft mir im Büro, weil ich nicht gut sprechen oder mich bewegen kann«, erklärte mein Dad dann mühsam.

»Was?«

»Ich bin Bobs Sohn, Dan. Ich helfe ihm im Büro wegen seiner ALS und so. Ich bin so was wie ein Held«, sagte ich.

»Oh, hallo, Dan«, antworteten sie. »Und haben Sie den Wettbewerbsverzicht bekommen?«

»Ja, wir haben Ihre albernen Formulare bekommen, obwohl ich nicht weiß, ob Sie sich da große Sorgen machen müssen, wo mein Dad doch diese BESCHISSENE ALS hat. Sollte er es irgendwie schaffen, lange genug zu leben, um gegen Sie anzutreten, und dann noch gewinnen, sollten Sie echt kein Unternehmen führen«, hätte ich am liebsten gesagt.

»Ja, haben wir bekommen! Wir unterschreiben sie und schicken sie zurück!«, war das, was ich tatsächlich sagte.

Nach einem langen Tag, an dem wir dank meiner fabelhaften, heroischen Hilfe eine ganze Reihe richtig fetter Geschäftsabschlüsse in trockene Tücher gebracht hatten, rief meine Tante Sarah an. Sie wollte uns sagen, dass es meiner Großmutter Barbie nicht besonders gut ginge und die Ärzte ihr nur noch ein paar Wochen gaben.

»Tja, noch ein Stück Scheiße für den Fäkalienburger, auf dem wir rumkauen, habe ich recht?«, sagte ich zu Dad, nachdem wir aufgelegt hatten.

Weil die Muskeln in seinem Nacken schon so schwach waren, hing sein Kopf immer runter, aber ich bin ziemlich sicher, dass er den Kopf jetzt auch ohne ALS hätte hängen lassen. Der Tod drosch von allen Seiten auf ihn ein: Der arme Kerl verlor seine Mutter, während er sich selbst verlor.

»Jetzt verlieren wir wohl beide einen Elternteil. Endlich haben wir neben unserer Liebe für die Jazz noch etwas gemeinsam.« Er sah aus, als wäre er den Tränen nahe. Das hätte ich nicht sagen sollen. Ich bin doch ein bescheuerter Idiot. Vielleicht sollte ich lernen, meine dumme Klappe zu halten. Er atmete tief ein und wünschte sich wahrscheinlich, er hätte die Hand heben und mir eine knallen können, sagte aber nur: »Fahren wir nach Hause. Ich muss kacken.«

Wir hatten gewusst, dass meine Großmutter nicht mehr lange leben würde. Sie war vierundachtzig. Fast ihr ganzes Leben lang hatte sie gelegentlich geraucht und getrunken. Mit ihrer Gesundheit war es seit Jahren bergab gegangen, sie konnte nicht mehr allein laufen. Und sie wollte sterben. Genau wie mein Großvater Wendell, der sich 1994 mit einer abgesägten Schrotflinte in den Kopf geschossen hatte, als er krank wurde, war sie der Ansicht, dass man eine gewisse Lebensqualität brauchte, um weiterzumachen. Wenn diese Lebensqualität eine bestimmte Schwelle unterschritt, war der Tod die bessere Wahl.

So schienen es die meisten Mitglieder von Dads Familie zu sehen: Sie wünschten sich, das Leben sollte zu Ende gehen, bevor es zu schrecklich wurde. Es war das genaue Gegenteil von dem, was meine Mom dachte, und von dem, was meinen Geschwistern und mir eingetrichtert wurde. Ich weiß noch, wie mein Dad und ich uns mal vor seiner Krankheit über den Gesundheitszustand seiner Mutter unterhielten. Wir besuchten gerade eine Hochzeit auf Lummi Island, einer Ferieninsel im Norden Washingtons, also irgendwo am Arsch der Welt. Während wir dem klaren, ruhigen Wasser dabei zusahen, wie es träge gegen das felsige Ufer schwappte, erzählte er von Großmutter Barbie und der Sache mit der Lebensqualität und dass es ihr gutes Recht war, selbst zu bestimmen, wann sie genug hatte. In seinen Augen sollte der Tod keine lange und schmerzhafte Veranstaltung sein. Man sollte ihm mit Anstand und Haltung begegnen. »Würdevolles Sterben«, nannte er das.

»Ja, aber hoffentlich schießt sie sich nicht den Kopf weg wie Großvater Wendell, wenn man mal ans Putzen denkt«, lag mir schon auf der Zunge.

»Mein Gott, es ist wirklich schön hier oben, oder?«, sagte ich stattdessen, um vom Thema Tod wegzukommen. Damals sprach ich nicht gerne über morbide Sachen.

Mein Dad sah sich um und atmete die frische Luft ein. »Ja, wunderschön.« Zwei Monate später wurde bei ihm ALS diagnostiziert, und er fuhr nie wieder nach Lummi Island. Er hatte die Insel zum letzten Mal gesehen. Wie schade, dass er dort oben über das Lebensende seiner Mutter nachgedacht hatte, statt den Ort einfach auf sich wirken zu lassen.

Seit Lummi befand sich meine Großmutter im Wartezustand, sie saß in ihrem schicken Haus am Golfplatz des Juniper Hills Country Club in Pocatello, Idaho, und hoffte, in ihrem maroden Körper würde irgendwas Wichtiges aus den Fugen geraten, damit sie die Behandlung verweigern konnte. Aber es passierte nichts Lebensbedrohliches. Klar, ihre Knie waren hinüber, und ich glaube, sie hatte was an der Hüfte und auch was an der Blase oder an irgendeinem anderen Körperteil, über den ich nicht nachdenken wollte, weil sie meine Großmutter war und überhaupt. Sie schien mittlerweile seit Jahren zu warten.

Endlich, endlich, endlich – lobet den Herrn – wurden ihre Gebete erhört. Ihre Nieren stellten den Dienst ein.

»Ach, Scheiße, Dad. Was für ein mieses Timing, oder?«, sagte ich, als er zu Hause gerade einen zehn Pfund schweren Grizzlybärschiss rausdrückte. Er nickte, so gut er konnte.

»Was willst du machen? Willst du hinfahren und sie besuchen? Wir finden bestimmt irgendwo einen Stromadapter für dein

BiPAP, und ich fahre echt schnell. Schließlich habe ich immer noch ein bisschen L. A. in mir«, sagte ich. Wieder nickte er schwach.

»EIN AUSFLUG!«, rief ich, und ohne an seine Krankheit zu denken, streckte ich die Hand aus, damit er abklatschte.

Wir planten, am nächsten Tag zu Großmutter Barbie zu fahren. Einen Stromadapter für das BiPAP konnte ich bei Radio Shack besorgen. Ich hatte gar nicht gewusst, dass es die Läden noch gab, aber es gab sie, und hey, kann man sich da prima für einen Ausflug mit Todkranken eindecken. Vielleicht sollten sie das als neue Marktlücke für sich nutzen. Außerdem packte ich das Auto voll mit Windeln, Feuchttüchern, einer Ersatzhose, dem Urinal, reichlich Promote, damit mein Dad nicht verhungerte, und mit Salzbrezeln, Sonnenblumenkernen und Beef Jerky, damit ich nicht verhungerte. Ich nahm auch Dads Kommunikationshilfe mit, nicht, weil er sie benutzen sollte, sondern weil ich seiner Familie die ganzen witzigen Sprüche vorspielen wollte, die ich eingegeben hatte.

Greg beschloss, uns zu begleiten. Es war schön, ihn bei der Reise an Bord zu haben. Meine Mom hatte sich noch nie mit Dads Familie verstanden, und seit Mom sie nach dem Boston Marathon geschnitten hatte, war es noch schlimmer geworden. Am meisten hasste Mom meine Großmutter, sie nannte sie sogar Queen B, wobei das B für Biest stand. Sie würde also auf keinen Fall mitkommen. Und die kleinen Mädels mussten zur Schule. Tiffany erklärte sich bereit, die Damen des Marshall-Clans im Auge zu behalten, solange die Männer in Pocatello waren.

Greg und ich halfen meinem Dad, seinen fast komplett schlaffen Körper ins Auto zu bugsieren, schlossen ihn an sein BiPAP an, starteten den Motor und machten uns auf die zweieinhalbstündige Fahrt von Salt Lake nach Pocatello. Greg summte Disneylieder vor sich hin. Ich stopfte mir Sonnenblumenkerne und Beef Jerky in die dicken Backen. Wir waren einfach ein paar Kerle auf einer Spritztour, und wir bretterten auf der Interstate 15 durch die wunderschönen Wasatch Mountains, als wären wir unbesiegbar.

Auch wenn meine Mom nicht mit Dads Familie auskam, verbrachte ich gerne Zeit mit meinen Tanten, Onkeln und Cousins. Sie konnten es sich alle leisten, da oben und im Dauerurlaub zu sein, weil sie so stinkreich waren – sie spielten Golf, tranken und hingen mit Queen B ab, während sie langsam starb. Ich wünschte mir immer, meine Mom und Dads Familie würden es irgendwie hinkriegen, sich zu verstehen. Leider hassten sie sich so sehr, dass wir uns nicht besonders nahestanden. Die Umstände unseres Besuchs – der Tod meines letzten Großelternteils und so – waren natürlich beschissen, aber Geburt und Tod sind die besten Anlässe, um Vergangenes zu vergeben und zu vergessen. Sie erinnern uns daran, dass unsere Probleme zum größten Teil selbst gemacht sind und dass es bei den einzigen echten Problemen darum geht, möglichst lange zu leben. Insgeheim hoffte ich darauf, dass wir das jetzt, wo meine Großmutter und mein Dad starben, hinkriegen und eine große, glückliche, liebevolle Familie sein würden.

Wir erreichten Pocatello ohne Probleme. Die Fahrt verlief reibungslos. Ich glaube, mein Dad musste nur einmal pinkeln, und das war kein Thema, weil wir das Urinal mitgenommen hatten. Die Hauptsache war, dass er nicht kacken musste. Ein echter Segen!

Ich freute mich zwar darauf, meine Großmutter und meine Tanten und Onkel zu sehen, aber ich merkte, dass mein Dad traurig war. Ich wusste nicht, ob es vor allem daran lag, dass er seine Mom zum letzten Mal sehen würde, oder ob er seiner Familie eigentlich nicht zeigen wollte, was die Krankheit seinem Körper schon angetan hatte. Obwohl er nichts gegen sie tun konnte, hatte er ein schlechtes Gewissen wegen der Gefühle, die seine Krankheit bei anderen auslöste, vor allem bei seiner Familie. Die ALS störte sie in ihrer Vorstellung, das Leben sei ein einziger Urlaub. Mit so etwas wollten sie nichts zu tun haben. Gut, ein paar von ihnen waren zum

Boston Marathon gekommen, aber im Großen und Ganzen hatten sie sich nach Dads Diagnose nicht blicken lassen. Zum Teil, weil sie meine Mom so sehr hassten, aber auch, weil es so beschissen traurig war. Und alles Traurige konnten sie nicht ausstehen.

Als wir bei Großmutter Barbie ankamen, blieben wir einen Moment im Auto sitzen und betrachteten das Haus. Es war ebenerdig gebaut, damit alles leicht zugänglich war. Treppen sind für alte Leute offenbar die Pest. Wenn wir auf die Welt kommen, ist das Leben ganz einfach. Es geht nur darum, den Stress auf einem Minimum zu halten. Als Erwachsene machen wir uns das Leben mit allem möglichen Krempel immer komplizierter: Kinder, Hypotheken, Ehen, Autos, Versicherungen, Jobs, Drogen, Treppen. Wenn es Richtung Tod geht, machen wir es uns dann wieder einfacher. Keine Treppen mehr. Große, sichere, einfach zu fahrende Autos. Wir suchen uns nur noch eine Handvoll einfacher, anspruchsloser Beschäftigungen, damit der Verstand sich ausruhen kann. Keine Jobs. Kein Sex. Keine Probleme.

»Bist du bereit?«, fragte ich meinen Dad.

Er atmete so tief ein, wie er noch konnte, und sagte: »Ja. Los jetzt.«

Greg und ich stiegen zuerst aus. Greg hatte die Aufgabe, Sachen wie das BiPAP-Gerät und das Urinal zu tragen. Meine Aufgabe war es, die Kommunikationshilfe und das sterbende Gerippe, das unser Vater war, ins Haus zu schaffen.

»Warum hast du das blöde Ding denn mitgenommen?«, fragte Greg mit Blick auf die Kommunikationshilfe.

»Keine Ahnung. Zum Spaß. Außerdem dachte ich, es würde sie freuen zu wissen, dass Dad immer noch mit ihnen kommunizieren kann, auch wenn es richtig scheiße kommt«, antwortete ich.

Ich holte meinen Dad aus dem Auto, und wir machten uns auf den langen Weg zum Haus. Mit ALS ist jeder Weg lang, aber dieser kam mir besonders lang vor. Ich klingelte.

»Mach einfach die Tür auf«, sagte mein Dad.

»Ach ja, ich habe vergessen, dass man das bei seiner Familie darf.« Wir öffneten die Tür und gingen hinein.

Alle meine Tanten und Onkel hatten eine Trinkerfigur und permanent gerötete Gesichter. Wir betraten zwar gerade das Wohnzimmer meiner Großmutter, aber wir hätten genauso gut in die Party einer Studentenverbindung platzen können, bei der alle dreißig Jahre älter waren, als sie es sein sollten. Und im Mittelpunkt des Ganzen saß Queen B., unsere Großmutter Barbie.

Sie sah richtig gut aus. Weil sie mehrere Pflegerinnen hatte, die sie versorgten, war sie angezogen und anständig hergerichtet. Sie war sogar geschminkt, was mich fast zum Weinen brachte. Da wartete sie darauf zu sterben und konnte sich immer noch nicht von dem Druck befreien, immer so gut wie möglich auszusehen. Und das tat sie. Sie sah wunderschön aus. Meine Großmutter trug viel Gutes und viel Liebe in sich – auch wenn meine Mom das nicht sehen konnte. Zum Beispiel hatte sie jedem Enkel die Ausbildung bezahlt, was nicht billig war.

»Hallo allesamt«, sagten wir mit einem bemühten Lächeln.

Zur Begrüßung hoben alle die Gläser. Ich setzte meinen Dad direkt neben meine Großmutter, damit sie miteinander reden und ihre Hände halten konnten. Mein Dad war immer ihr Liebling gewesen, und die beiden verband eine Wärme und Nähe, die es nur zwischen Lieblingssohn und Mutter gab.

»Du siehst richtig gut aus, Mom«, sagte mein Dad.

»Du auch«, log meine Großmutter. Mein Dad sah schlimmer aus als sie. Er wurde von uns nicht so gut versorgt wie meine Großmutter von ihren Pflegerinnen. Sie strich mit ihrer alten über Dads knochige Hand. Seine Finger wurden schon krumm. Langsam streckte sie die Finger ihres Jungen und streichelte sie mit ihren mütterlichen Händen, wie sie es vielleicht schon getan hatte, als mein Dad noch ein Kind war.

»Du bist so mutig und stark«, sagte mein Dad.

»Nein, du bist der Mutige, Bobby«, antwortete sie. Sie nannte ihn immer Bobby. Das war sein Name aus Kindertagen.

»Das ist alles ganz schön mies, was?«, meinte mein Dad.

»Ja, das kann man wohl sagen, aber trinken wir doch erst mal was.« Meine Großmutter kämpfte mit den Tränen. Ihr Freund Walter mixte ihr einen starken Gin Tonic. Ihren Lieblingsdrink. Sie nahm das Glas mit beiden altersfleckigen Händen und trank einen großen Schluck, der sie glatt hätte umbringen können. Wahrscheinlich hätte sie mit ihren Nieren gar nicht trinken sollen, aber was soll's. Scheiß drauf. Mein Dad trank nichts. Er konnte nicht.

Alle anderen besorgten sich neue Drinks. Ich ließ Dad und meine Großmutter für ihre letzten gemeinsamen Momente allein, damit sie reden konnten, und unterhielt mich mit einigen meiner Tanten und Onkel. Sie sagten, sie wüssten es zu schätzen, dass Greg und ich uns eine Auszeit genommen hatten, um unserem Dad zu helfen. Was ja in mancher Hinsicht bedeutete, dass sie es nicht tun mussten. Vor allem meine Tanten Sarah und Ellen waren zuckersüß, sie bedankten sich mehrmals und erzählten uns, was für gute Söhne wir doch seien. Das hört man immer gerne.

Ich hatte gedacht, mein Onkel Jack würde mich mit ähnlichen Komplimenten überschütten – wir würden über meinen Dad reden, über alles, was ich für ihn tat, und darüber, dass ich so was wie ein Held war. Ich setzte mich neben ihn, während er an seinem Gin Tonic nuckelte, und wir kamen ins Reden.

»Kann ich dir was sagen?«, fragte er.

»Klar, was immer du willst.« Ich dachte, jetzt würde er mit den unbeholfenen Danksagungen loslegen.

»Ich habe Probleme mit meinem Penis. Er funktioniert nicht mehr so wie früher«, sagte er tieftraurig, starrte in die Ferne und trank einen ordentlichen Schluck Gin Tonic.

»Vielleicht würde dein Schwanz noch anständig funktionieren, wenn du nicht ständig besoffen wärst«, hätte ich zu gerne gesagt.

»Oh, das tut mir leid«, sagte ich tatsächlich.

»Ich habe alles versucht, aber nichts hilft«, erzählte er.

»Wie gesagt, tut mir leid. Meiner funktioniert prima. Na, jedenfalls … ich werde mal lieber nach meinem Dad sehen.«

Ich war etwas geschockt von diesem Gespräch. Da saß mein Dad im Zimmer, konnte sich kaum noch bewegen, und mein Onkel Jack beklagte sich über seinen Schwanz. Und dazu lag seine Mom im Sterben. Im Vergleich zu allen Problemen um ihn herum wirkten seine Penisproblemchen einfach winzig.

»Viel Glück mit deinem Schwanz«, hätte ich ihm gerne noch mitgegeben, bevor ich zurück zu meinem Dad ging.

Weil mein Dad für eine Weile sein BiPAP-Gerät brauchte, legte ich ihn für ein Nickerchen hin. Danach setzten Greg und ich uns zu unserer Großmutter.

»Ach, Grandma, es tut mir alles so leid,«, sagte ich.

»Mir tut's auch leid«, sagte sie mit einem leisen Unterton, als wäre das Schwachsinn. Immerhin wollte sie sterben. Jeder weitere Abschied bescherte ihr nur weiteren Kummer.

»Danke, dass du mir das College bezahlt hast. Dadurch habe ich direkt nach der Uni einen ziemlich guten Job bekommen. Auch wenn ich ihn wegen Bobby Boy und seines ALS-Unfugs sausen lassen musste«, sagte ich.

»Ich freue mich, dass du eine gute Ausbildung bekommen hast.« Sie nippte an ihrem Gin Tonic und musterte mich. »Wir haben uns nie richtig kennengelernt, oder?«

»Nein, weil du leider mein ganzes Leben lang mit meiner Mom einen Zickenkrieg führen musstest«, lag mir auf der Zunge.

»Nein, das stimmt«, sagte ich. »Ich finde das sehr schade. Ich glaube, wir hätten uns gut verstanden.«

»Na ja, vielleicht haben wir noch ein bisschen Zeit«, sagte sie. Dabei wussten wir es beide besser. Wir konnten keine Beziehung mehr aufbauen. »Trinken wir noch was«, meinte sie und leerte ihr

Glas bis auf die Eiswürfel. Sie winkte Walter, damit er ihr noch einen Drink machte. Alle anderen legten auch nach. Zu würdevollem Sterben gehört offenbar eine Menge Alkohol.

Nachdem die Unterhaltungen versiegt waren, wusste ich nicht recht, was ich machen sollte. Ich konnte mich nicht betrinken, weil ich noch nach Hause fahren musste. Betrunken im Dunkeln Auto zu fahren würde unsere Chance auf einen frühen Tod ziemlich sicher erhöhen. Und ich wollte ja, dass wir lebten, damit ich mir ansehen konnte, wie das alles ausging. Ich war neugierig. Statt zu trinken, tigerte ich durch Großmutters Haus. Mein Onkel Jack hatte Greg in die Enge getrieben, wie ich sah – wahrscheinlich redete er wieder über seinen Schwanz –, also ging ich auf Entdeckungstour. Früher hatte die Familie in einem anderen Haus gewohnt, deshalb hatte dieses keine so lange Geschichte, wie ich es mir gewünscht hätte. Ich konnte mich nicht in Dads Kinderzimmer setzen und an seinen alten Sachen riechen oder was ähnlich Schräges. Dafür hatte meine Großmutter viele Fotos aufgehängt. Ein paar davon sah ich mir an. Weil wir in dieser Familie die Ausgestoßenen waren, gab es von uns immer nur ein Foto, von mir in meinem alten Basketballtrikot, von Greg, der sich als Vogelscheuche aus dem *Zauberer von Oz* verkleidet hatte, von Chelsea in ihrem Tanztrikot, Jessica mit einem Lacrosse-Schläger und Tiffany mit ihrem Snowboard in der Hand.

Dann schlenderte ich in Großmutters Zimmer. An der Wand neben ihrem Bett – wahrscheinlich der Stelle, die sie am häufigsten ansah – hingen die Fotos, die ihr am wichtigsten waren. Auf einem waren ihre Mom und ihre Schwestern. Ein anderes zeigte sie mit Großvater Wendell in Sun City, wo sie ein zweites Haus besaßen. Auf den anderen Bildern waren mein Dad und seine Geschwister zu sehen. Dads Fotos zogen mich an. Auf einem aus der Highschoolzeit hatte er riesige Ohren, einen abgebrochenen Schneidezahn und machte gerade eine zottelige Phase durch. Er sah aus wie ein Typ, mit dem man gerne befreundet wäre: kein tumber Sportler, aber auch kein völliger Nerd. Einfach ein netter Kerl. Seltsame Vorstellung, dass dieser nette Kerl später an ALS erkranken sollte. Irgendwie hätte ich gerne einen Stempel aus der Tasche gezogen und UNHEILBAR KRANK auf Dads jungenhaftes Gesicht gedrückt. Ob es wohl solche Stempel zu kaufen gab?

Ein anderes Foto zeigte meine Großmutter und meinen Dad in Großmutters Haus auf Camano Island im Norden Washingtons. In diesem Haus war meine Großmutter aufgewachsen, später wurde es nur noch als Ferienhaus genutzt. Dad war damals ein Teenager, und meine Großmutter muss in den Vierzigern gewesen sein. Jeden Sommer fuhr sie mit ihren Kindern hin. Sie lasen, sie gingen schwimmen, sie brutzelten in der Sonne und pflückten Brombeeren. Mein Dad und Jack blieben lange wach und unterhielten sich auf der Veranda, wo sie auch schliefen. Damals funktionierte Jacks Penis wahrscheinlich noch. Am felsigen Ufer von Camano küsste mein Dad zum ersten Mal ein Mädchen, eine Nachbarin, in die er sich verknallt hatte. Der Ort war etwas Besonderes für ihn.

Ich fand ein Hochzeitsfoto von meinen Eltern. Aus der Zeit, in der sie noch nicht todkrank waren. Sie sahen aus wie ein Paar, das es mit der ganzen Welt aufnehmen konnte. Es gibt nichts Schöneres als die Jugend – das Gefühl, alles wäre möglich, das Leben wäre ein aufregendes Geheimnis voller Hoffnung. Da standen die beiden, frisch vereint, mit vor lauter Lebenslust strahlenden Augen.

Ich fand noch ein Bild von meiner Großmutter und meinem Dad, beide deutlich älter und zusammen mit Chelsea auf der Veranda hinter dem Haus auf Camano. Mein Dad war jetzt ein Mann – ein stolzer Vater –, der seine Liebe für diesen schönen Ort aus seiner Kindheit an seine Tochter weitergeben wollte. Er war immer unser Kompass gewesen, der uns den Weg durchs Leben gewiesen hatte.

Auf einem anderen Foto überquerte mein Dad gerade die Ziellinie des Salt Lake Marathon, die Arme triumphierend hochgerissen – ein gesunder und leistungsfähiger Sportler, aber auch ein Mann, der es in seinem Hobby verdammt weit gebracht hatte.

Die ganzen Bilder glichen einer Art Schnelldurchlauf von Dads Leben, vom Kind zum Erwachsenen zum Vater und schließlich zu einem Mann in mittleren Jahren. Ein Foto von ihm als altem Mann würde es nicht geben. Dafür würde sein Leben zu früh enden. Es würde nie ein Foto von ihm geben, auf dem er ein Enkelkind auf dem Arm hielt oder auf dem er ein Haus in einer Seniorensiedlung kaufte. Aber es half mir zu wissen, dass er ein wirklich erfülltes Leben geführt hatte, dass er all diese Meilensteine mit einem Lächeln auf dem Gesicht erreicht hatte. Es ließ seine ALS-Erkrankung ein bisschen weniger tragisch erscheinen.

Und es deprimierte mich auch, diese ganzen Fotos von Dads schönen Momenten zu sehen und zu wissen, dass keine neuen dazukommen würden. In der Vergangenheit zu leben macht traurig, der Zukunft entgegenzusehen macht glücklich. Ich hatte immer den Eindruck, deprimierte Menschen waren deshalb deprimiert, weil sie sich nicht von der Vergangenheit lösen konnten. Glückliche Menschen waren glücklich, weil sie sich auf etwas freuten, das die Zukunft bereithielt. Ich musste mit dieser Reise in die Vergangenheit aufhören, musste im Jetzt leben und verdammt noch mal etwas Spaß haben. Also marschierte ich aus Großmutters Zimmer direkt zu Dads Kommunikationshilfe. Ich wollte der Bande den ECO-14 vorführen, um die Stimmung aufzuheitern. Nachdem alle ihre Gläser neu gefüllt hatten, versammelte ich sie um mich herum und drückte auf ein paar Felder.

»Wenn du mich lieb hättest, würdest du mir drei Gläschen Gin in die Magensonde kippen«, sagte der ECO. Alle lachten und hoben die Gläser. Schwere Alkoholiker lieben Witze über Alkohol. Dadurch bekommen sie das Gefühl, es wäre in Ordnung, so viel zu trinken.

»Bitte geben Sie mir fünf Dollar. Ich habe ALS, und Sie können noch alles machen, was Sie wollen«, witzelte der ECO. Wieder lachten alle. Es war, als würde das Gerät Stand-up machen – und voll einschlagen. Vielleicht sollte ich mal mit ihm auf die Bühne. Sogar meine Großmutter kicherte. Vielleicht würde der ECO mit seinen Witzen uns helfen, ganz schnell die besten Freunde der Welt zu werden und die vielen gemeinsamen Momente wettzumachen, die wir im Laufe der Jahre verpasst hatten.

Und dann bemerkte mein Onkel Jack das Penis-Icon. »Was passiert da?«, fragte er.

»Ach, das ist uninteressant«, sagte ich und wollte mir das Gerät schnappen. Aber es war zu spät. Mein Onkel drückte auf das Feld.

»Ich könnte jetzt echt einen Blowjob gebrauchen«, sagte der ECO.

Fassungsloses Schweigen. Alle hoben die Gläser und nippten an ihren Drinks. »Meine Güte«, sagte meine enttäuschte, sterbende Großmutter. Witze über Blowjobs sind wohl nicht das, was reiche Großmütter auf dem Sterbebett hören wollen. Ich schätzte, ich würde unserer Beziehung doch keine Kehrtwende geben. Na ja. Man kann nicht jedem nahestehen, der einem so über den Weg läuft. Man sollte einfach die Menschen wertschätzen und lieben, die einem nahe sind. Jetzt fehlten meine Mom und meine Schwestern. Sie hätten das hier wenigstens witzig gefunden. Ich drückte noch einmal auf das Feld für den Blowjob. »Ich könnte jetzt echt einen Blowjob gebrauchen.« Nichts.

Mein Dad wurde wach, und ich setzte ihn wieder neben seine Mom. Sie redeten nicht viel. Allmählich wurde es spät, und wir mussten nach Hause, weil ich meiner Mom versprochen hatte, unseren Dad pünktlich zur Schlafenszeit lebend zurückzubringen. Ich gab meinem Dad mit einem Blick zu verstehen, dass wir uns auf den Weg machen mussten. Ihm traten Tränen in die Augen.

»Also, Mom, ich muss jetzt gehen, kämpf weiter«, sagte er. »Vielleicht kann ich dich noch einmal besuchen kommen.«

»Du musst weiter kämpfen, Bobby. Ich habe dich unendlich lieb«, sagte sie.

»Ich bin froh, dass du meine Mom warst.«

»Ich bin froh, dass du mein Sohn warst.«

Beide weinten und hielten sich noch ein paar Minuten an den Händen, sie prägten sich ihre letzten gemeinsamen Augenblicke ein und wünschten sich, sie wären wieder jung und gesund, sie würden auf der Veranda ihres Hauses auf Camano Island sitzen, als ihnen das Leben noch endlos erschien. Auch alle anderen weinten, sogar die Betrunkenen. Keine Mutter will ihren Sohn sterben sehen. Scheiße, vielleicht wollte sie deshalb unbedingt sterben. Vielleicht ertrug sie den Gedanken nicht, mit anzusehen, wie ihr kleiner Bobby vor ihr ging.

Als alle Tränen getrocknet waren, lächelten sie sich ein letztes Mal an. Ich half meinem Dad auf. Wir gingen zum Auto, ich mit dem ECO-14 unter dem Arm.

»Vielleicht sehe ich sie ja noch einmal.« Weinend blickte er zum Haus zurück.

»Ja, na ja, vielleicht. Vielleicht nicht. Es passieren immer wieder Wunder, auch wenn uns noch keines passiert ist«, sagte ich.

Greg und ich setzten meinen Dad ins Auto. Ich steckte mir ein paar Sonnenblumenkerne in den Mund und warf einen letzten Blick auf das Haus meiner Großmutter. »Weißt du, was echt ein Wunder wäre? Wenn du dir auf dem Rückweg nicht in die Hose kacken würdest.«

»Verlangen wir mal nicht zu viel«, sagte er und konnte endlich lächeln.

Eine Woche später starb meine Großmutter.

# Der Krankenwagen, Alter

Der Tag begann wie jeder andere Freitag in unserem Haus. Ich trank in letzter Zeit mehr und hatte keinen Sex, also wachte ich verkatert und mit einer Latte auf. Überall stank es nach Katzenpisse. Mein Dad hatte immer noch ALS. Meine Mom hatte immer noch Krebs und schlief ständig – sie wurde nur wach, um Joghurt runterzuschlingen und dämliche Fragen zu stellen, etwa: »Soll ich euch Abendessen machen?«, morgens um elf. Meine Schwestern verzogen sich, wann immer es ging. Greg nahm sich vor, zwischen seinen Daddydiensten entweder auf dem Laufband zu laufen oder auf dem Heimtrainer zu fahren. Der ganz normale Wahnsinn.

Bei meinem Dad hätte vor ein paar Tagen eine Tracheotomie gemacht werden sollen, um ihn fest an ein Beatmungsgerät anzuschließen, aber wir hatten die OP wegen Großmutters Beerdigung am Wochenende vor dem geplanten Termin abgesagt. Mein Dad fühlte sich der Operation einfach nicht gewachsen, sie sollte dann eine Woche später stattfinden. Zu Hause hatte es deswegen ordentlich gekracht. Meine Mom bestand darauf, dass Dad den Eingriff so schnell wie möglich machen ließ, sie schien fest zu glauben, dass er sonst sterben würde. Aber mein Dad wollte es noch nicht machen lassen. Es war eine wichtige Entscheidung. Die OP würde bedeuten, dass er für den Rest seines Lebens an einem Beatmungsgerät hängen und wahrscheinlich seine Stimme verlieren würde. Außerdem wäre er mehr oder minder ans Bett gefesselt und brauchte rund um die Uhr Pflege. Er dachte, das alles könne er noch ein bisschen hinauszögern.

Wir kamen gerade von der Beerdigung, bei der meine Geschwister und ich geheult hatten wie die Schlosshunde – nicht unbedingt, weil wir unsere Großmutter verloren hatten, sondern wegen der ganzen beschissenen Situation. Zu dieser Zeit nutzten wir jede Gelegenheit zum Weinen. Greg konnte eine Stunde lang nicht mehr aufhören, er hatte einen dieser scheußlichen Heulanfälle, bei denen einem Schnodder und Tränen über das Gesicht laufen. Es war so schlimm, dass ein Onkel ihn anpfiff, er solle sich gefälligst zusammenreißen. Ich sagte: »Wow, Greg, ich wusste gar nicht, dass du Großmutter Barbie so lieb hattest.«

»Hatte ich auch nicht«, sagte er. »Ich weine wegen Dad. Sieh dir den armen Kerl doch mal an.« Ich sah mir den armen Kerl an, wie er auf ein Foto von sich und seiner Mom starrte, als er noch ein Teenager war, die Zeiten glücklicher und das Leben vielversprechend. Unser Dad war zu dünn für seinen Anzug. Er sah aus wie ein Kind, das sich verkleidet hatte. Er wurde wirklich immer weniger. Gegen diese beschissene Krankheit hatte er keine Chance. Armer Kerl.

Meiner Mom dagegen klebte während der gesamten Beerdigung ein leichtes Grinsen auf den Lippen, vor lauter Stolz darauf, das Biest überlebt zu haben. Nachdem der Krebs sie schon vor Jahren hätte umbringen sollen, war es für sie jedes Mal ein echter Triumph, wenn sie länger durchhielt als jemand, den sie nicht leiden konnte.

Weil wir die OP abgesagt hatten, ließ sich der Tag deutlich lockerer und entspannter an, als er es mit der Tracheotomie wahrscheinlich geworden wäre. Das Wochenende stand vor der Tür – die Zeit, in der junge Erwachsene ihre Jugend feiern, indem sie Alkohol konsumieren und sich ausmalen, wie sie an fremden Genitalien andocken. Ich wollte mich vorwiegend auf den Teil mit dem »Alkohol konsumieren« konzentrieren, weil ich noch eine Freundin hatte, die ich liebte, auch wenn sie mich nicht in Salt Lake besuchen kam. Ich verstand schon, warum sie nicht herkommen wollte. Dieser Scheiß war deprimierend. Ich war auch nicht gerne hier. Warum sollte ich auch sie noch in die Sache mit reinziehen?

Seit ich bei meinen Eltern wohnte, lag mein gesellschaftliches Leben ziemlich brach. Ich verbrachte meine gesamte Zeit damit, mich um den Mist meiner Familie zu kümmern. Deshalb war ich ja nach Hause gezogen, fand ich – ich war nicht wieder nach Utah gekommen, um wie sonst immer mit meinen Kumpeln abzuhängen und zu feiern. Aber mir wurde langsam klar, dass ich ab und zu eine Auszeit brauchte, wenn ich nicht den Verstand verlieren wollte.

Ich hatte mir angewöhnt, manchmal mit meinen Freunden Henry, Aria und Bob American Football zu gucken und Bier zu trinken. Und ich traf mich mit meinem Freund Dominic, der richtig feiern konnte. Doms Vater war gestorben, und jetzt gaben wir uns gerne die Kante und lamentierten darüber, wie unfair das Leben sein konnte. Mir war aufgefallen, dass es auf Anhieb eine Verbindung gab, wenn ich jemanden traf, der einen Elternteil verloren hatte. Wir gehörten dann plötzlich zu einem seltsamen, abgefuckten Club. Dom und ich nannten ihn den Club der toten Väter, auch wenn ich offiziell noch kein Mitglied war, weil mein Dad noch durchhielt. Alten Freunden erzählte ich sogar gerne, warum ich zu Hause war. In der Highschool war ich als Arschloch verschrien gewesen – ich hatte mir sogar den Spitznamen Drecksack Dan eingehandelt. So richtig fies war ich zwar nicht, aber ich neigte dazu, den Leuten unverblümte und beleidigende Sprüche vor den Kopf zu knallen. Seit ich wieder hergezogen war und meine todkranken Eltern versorgte, behandelten die Leute mich mehr und mehr, als wäre ich eine tragische Gestalt mit einem Herzen aus Gold. Ich fand es großartig, mir zur Abwechslung mal nicht wie ein Drecksack vorzukommen, sondern mich wie ein guter Mensch zu fühlen. Ich verlor zwar meinen Dad, aber dafür gewann ich ein Herz.

Im Moment lief alles so reibungslos, dass es aussah, als könnte ich mich für ein Weilchen verdrücken. Ich rief Dom an. Pläne wurden geschmiedet. Wir wollten auf die Piste gehen. Es würde Alkohol geben. Wir würden Spaß haben.

Nachmittags legte ich meinen Dad zu einem Nickerchen neben meine Mom, die mit einem Joghurt in der einen und einem Löffel in der anderen Hand eingeschlafen war. Ich duschte und suchte mir ein nettes Hemd heraus – eines, das meinen Armen genug Freiraum ließ, um leicht ein Glas an den Mund zu heben. Ich sprühte mich mit Parfüm ein, um den Geruch nach sterbenden Eltern und Katzenpisse zu übertünchen. Jetzt konnte der großartige Abend kommen. Ich würde mit einem bisschen Wein anfangen und mit einer Flut Gin Tonic aufhören und dann vielleicht noch ein paar nächtliche Bier im Pavillon nachkippen. Perfekt.

Als ich mir gerade Wein einschenken wollte, klingelte mein Dad. Ich rannte nach oben, zog ihn hoch und nahm ihm die Maske ab.

»Kann nicht atmen«, keuchte mein Dad.

»Ach so, ja dann, ich trinke jetzt ein Glas Wein. Klingel, wenn du noch was brauchst«, witzelte ich. Dass er nach Luft ringen musste, war nichts Besonderes, deshalb dachte ich, alles sei normal.

»DJ, bitte«, sagte er mühsam. Ich sah ihn mir genauer an. Die Sache war ernst. Er sah gar nicht gut aus. Bleich wie ein Mormone. Er musste richtig kämpfen. Bei einem Arztbesuch hatten wir vor Kurzem erfahren, dass seine Lungenkapazität auf achtzehn Prozent gesunken war, was hieß, dass er für die Menge eines normalen Atemzugs fünf Mal Luft holen musste. Jetzt schien aus fünf zu eins eher sieben zu eins geworden zu sein. Er sah aus, als würde er gleich sterben. Ich hörte mit dem Blödsinn auf und wurde ernst.

»Scheiße, musst du ins Krankenhaus?«, fragte ich.

Er antwortete nicht. Er war zu sehr mit Atmen beschäftigt. Ich lief zu meiner Mom und versuchte, ihr den Joghurt aus der Hand zu winden – in 98 Prozent aller Fälle wurde sie davon wach. So energiegeladen, wie ich sie seit Jahren nicht gesehen hatte, sprang sie aus dem Bett.

»Nimm die verdammten Pfoten von meinem Joghurt«, sagte sie mit dem Löffel im Anschlag. Sie sah eher aus wie John Wayne als wie eine Krebspatientin.

»Dad hat Atemprobleme. Was sollen wir machen?«, fragte ich die Krebspatientin. Sie ging rüber zu Dad.

»Bob, alles okay bei dir?«, fragte sie. Keine Antwort. Er konnte sich nur noch aufs Atmen konzentrieren, in seinen Augen lag nackte Angst.

»Sag was, verdammte Scheiße. Nur weil du ALS hast, brauchst du dich nicht wie ein Arschloch zu benehmen«, sagte sie.

»Nein, nicht okay«, stieß er hervor, sein Atem ging noch schneller.

»Mom, ruf Dr. Bromberg an und frag, was wir machen sollen«, bat ich. Ich setzte meinem Dad wieder seine BiPAP-Maske auf, weil ich sicher war, dass er sterben würde, wenn wir nicht sofort etwas unternahmen.

Meine Mom schimpfte. »Scheiße, ich habe euch Arschlöchern doch gesagt, wir hätten die OP am Dienstag machen sollen, aber die Krebstante nimmt ja keiner ernst.« Sie schloss die Augen. »Ich habe es euch verdammt noch mal gesagt.«

»Mom, ruf Bromberg an. Dad kann nicht atmen. Herrgott noch mal!«, rief ich.

Sie öffnete die Augen, nahm das Telefon und wählte langsam. Ich hörte, wie sie ein paarmal wieder auflegte, wahrscheinlich, weil sie sich verwählt hatte oder so. Endlich hielt sie sich den Hörer ans Ohr.

»Hallo, wir versuchen, Dr. Bromberg zu erreichen. Hier ist Bob«, sagte meine Mom. Dann kam eine Pause, während die Sprechstundenhilfe etwas sagte. Meine Mom schloss wieder die Augen. Sie sah aus, als würde sie gleich einschlafen. Nicht, als hätten wir gerade einen Notfall.

»Nein, hier ist Debi, seine Frau. Habe ich Bob gesagt?« Meine Mom lachte. Wieder eine Pause, als die Sprechstundenhilfe antwortete. »Ach, er ist in Afrika? Wo denn da?«

So kamen wir nicht weiter, also nahm ich meiner Mom das Telefon aus der Hand. »Gib mal her, Mom. Wo in Afrika? Willst du mich verarschen? Das ist doch wohl egal.

Hallo, hier ist Roberts Sohn Daniel. Mein Vater hat große Probleme beim Atmen und braucht vielleicht eine Notfalltracheotomie. Was sollen wir machen?«, fragte ich.

»Na ja, rufen Sie einfach einen Krankenwagen, der bringt ihn ins Krankenhaus«, sagte sie.

»Okay. Klingt logisch … Ist Dr. Bromberg wirklich in Afrika, oder war das jetzt nur meine Mom mit ihrer Chemo?«, fragte ich.

»Er ist wirklich in Afrika.«

»Ach, wo denn da?«, fragte ich.

Natürlich! Warum hatten wir nicht einfach einen Krankenwagen gerufen? Stattdessen saßen wir hier wie zwei Vollidioten und schaukelten uns mit einem Joghurtlöffel die Eier. Ich wählte den Notruf. Und war verblüfft, wie ruhig die Frau am Telefon klang. So gelassen. So nonchalant. Ganz Herrin der Lage. Und wahrscheinlich ziemlich sexy. Wer weiß. Ich versuchte, genauso ruhig zu sein wie sie, aber es gelang mir nicht. Ich war völlig panisch, während sie es hinbekam, unsere Adresse aus mir herauszukriegen, und versprach, sofort Rettungssanitäter zu schicken.

Gleich nachdem ich aufgelegt hatte, hörte ich die Sirene. Das waren wirklich Profis. Die machten ihre Sache richtig gut. Ich wette, sie rissen keine Witze darüber, dass sie ihren Wein noch in aller Ruhe zu Ende kippen konnten. Sie begriffen die Tragweite der Situation.

Außer uns waren nur Greg und Chelsea zu Hause. Tiffany arbeitete noch, und Jessica war mit Freundinnen unterwegs. Greg und Chelsea kamen herauf. Sie machten sich nicht so verrückt wie ich. Chelsea hatte ihr Mathebuch mitgebracht, ein Finger steckte noch als Lesezeichen zwischen den Seiten. Als braver Nerd hatte sie über ihren Hausaufgaben gesessen, obwohl es Freitag war.

»Alles in Ordnung?«, fragte Greg beiläufig.

»Dad kann nicht mehr atmen«, erklärte ich. »Vielleicht stirbt er.«

»Oh nein.« Greg ging zu ihm und legte ihm eine Hand auf die Schulter.

»Kann mir gleich mal einer bei meinen Mathehausaufgaben helfen?«, fragte Chelsea.

»Dein Vater liegt im Sterben, du blöde kleine Idiotin, du bist doch wohl bescheuert!«, brüllte ich sie an; der Drecksack Dan in mir kam wieder durch. Sie kicherte und zog ab, um es allein mit ihren Hausaufgaben zu versuchen.

»Ich habe euch doch gesagt, dass wir nicht warten sollen. Ihr haltet mich alle für verrückt, dabei bin ich die Klügste hier«, sagte meine Mutter mit dem Mund voller Joghurt.

»Das ist nicht der richtige Augenblick, um verrücktzuspielen, Mom«, sagte Greg.

Ein Feuerwehrwagen, ein Krankenwagen und ein seltsames großes Fahrzeug mit der Aufschrift UTAH UNIFIED FIRE DEPARTMENT tauchten auf. Vor unserem Haus versammelten sich unsere ganzen gelangweilten Mormonennachbarn, um zu sehen, was los war. Ein kleiner Junge, er war vielleicht acht oder neun, fuhr immer wieder lässig auf seinem Razor-Roller vorbei, als würde er nur die Sonne genießen, statt darauf zu warten, dass eine Leiche aus dem Haus getragen wurde. Beschissene Mormonen. Denen war immer derart langweilig.

Vier Rettungssanitäter kamen in das Schlafzimmer meiner Eltern. Sie begannen, mir eine Reihe von Fragen zu stellen, von einfach bis schwierig war alles dabei. Greg und meine Mom standen etwas abseits.

»Wie heißt er?«, fragte einer.

»Bob Marshall. Zweiter Vorname Wendell, nach seinem Vater, der sich mit einer abgesägten Schrotflinte in den Kopf geschossen hat, als ich in der fünften Klasse war. Das war auch an einem Freitag und hat auch meine Pläne fürs Wochenende über den Haufen geworfen«, hätte ich gerne geantwortet.

»Bob Marshall«, sagte ich tatsächlich. »Mein Gott, hoffentlich stirbt er nicht.«

»Wie alt ist er?«, fragte einer.

»Erst vierundfünfzig. Unfassbar, oder? Eigentlich sollte er ausgehen und das Leben genießen, in Frankreich Wein trinken und sich überlegen, welche Bücher er im Ruhestand lesen will. Stattdessen ist er in seinem eigenen Körper gefangen und kann nicht mehr tun, was er so gerne macht. Ski fahren. Laufen. Freunde besuchen. Sich unterhalten, ohne dass die Leute alle zwei Sekunden ›Was?‹ fragen. ALS ist so was von beschissen«, hätte ich gerne gesagt.

»Vierundfünfzig, glaube ich«, sagte ich wirklich.

»Hat er Herzprobleme?«, fragte einer.

»Nein, in dem Bereich hat er echt Glück. Er ist sogar kerngesund – abgesehen von der ALS, die ihn gelähmt und ihm die Unfähigkeit beschert hat, dieses entscheidende Element, das wir so beiläufig ›Sauerstoff‹ nennen, in seinen Körper zu saugen«, hätte ich gerne geantwortet.

»Nein«, sagte ich tatsächlich.

Sie waren gut, echt professionell. Einer von ihnen überprüfte Dads Vitaldaten (Sauerstoffsättigung, Blutdruck, Puls, anderen Scheiß, von dem ich keine Ahnung habe). Ein Typ stellte mir die Fragen. Einer sprach in sein Funkgerät. Aber einer wanderte durchs Zimmer, sah sich Fotos an und machte im Grunde nichts, er sagte nur Sachen wie: »Nettes Haus.« Der Typ war echt keine Hilfe. Ich wette, die anderen konnten es nicht ausstehen, mit ihm zu arbeiten. Er fragte sie ständig irgendwas, machte aber selbst nichts. Und er sagte ständig »Alter«, als würde er mit einer Bong rumsitzen und auf eine Pizza vom Bringdienst mit einer doppelten Portion Fleisch warten. Er sagte Sachen wie: »Hast du seinen Puls gemessen, Alter?«, oder: »Hast du seinen Sauerstoff eingestellt, Alter?«, oder: »Sollen wir ihn zur University of Utah bringen oder lieber ins St. Mark's, Alter?« Und als er sich ein Foto von uns auf Hawaii ansah: »Wo habt ihr das Foto aufgenommen, Alter? Sieht aus wie Hawaii.«

Meine Mom saß mit ihrem Joghurt da und schüttelte den Kopf. »Ich habe euch Scheißern doch gesagt, dass er sie am Dienstag braucht. Und jetzt stirbt er.«

»Halt verdammt noch mal die Klappe, Mom«, sagte ich so freundlich, wie ich konnte.

»Bei einem Notfall bist du echt die totale Katastrophe«, meinte Greg.

Wegen Dads schlechter Vitaldaten wollten sie ihn ins Krankenhaus bringen; sie glaubten, nur so könnten sie ihn am Leben erhalten, Alter. Da würde er bleiben, bis sie die Tracheotomie durchführen konnten, die sein Leben verändern würde, Alter. Vorausgesetzt natürlich, dass er bis dahin durchhielt, Alter.

Die Umbauarbeiten gingen langsam dem Ende zu, aber unser Fahrstuhl war noch nicht fertig, deshalb mussten sie die Treppe nehmen. »Hol mal den Tragestuhl, Alter. Wir müssen ihn raustragen«, sagte der bescheuerte Sanitäter.

Sie holten den Tragestuhl und bauten sich neben meinem Dad auf.

»Eins. Zwei. Drei. Alter.« Er wurde hochgehoben.

Ich war völlig panisch, aber gleichzeitig war es auch irgendwie erleichternd, dass sich zur Abwechslung jemand anders um meinen Dad kümmerte. Die letzten Monate waren hart gewesen.

Die Sanitäter trugen meinen Dad mühelos aus dem Haus und fragten immer wieder, ob er intubiert werden müsste. Beim Intubieren wird dem Patienten ein Tubus in die Luftröhre gestopft und bis zur Lunge geschoben, was unglaublich schmerzhaft ist, wenn man nicht gerade ein Meister im Deepthroating ist, wovon ich bei meinem Dad nicht ausging.

»Wollen Sie intubiert werden, Alter?«, fragte der lässige Sanitäter.

»Lecken Sie mich und bringen Sie mich ins Krankenhaus, Alter«, hörte ich meinen Dad in Gedanken sagen. Aber er konnte nicht sprechen. Er konzentrierte sich darauf, zu atmen, sich nicht vollzukacken und die letzten Augenblicke in seinem Traumhaus mitzubekommen, in denen noch keine Maschine die Atmung für ihn übernahm.

In dem ganzen Chaos landete ich irgendwie mit Dad im Krankenwagen. Einige Nachbarn kamen näher. »Geht es ihm gut?«, fragte einer.

»Durch diese beschissene Scheiß-ALS kriegt er keine Kraft mehr, deshalb bringen wir ihn ins beschissene Krankenhaus, Sie beschissener Pisser«, hätte ich am liebsten aus voller Kehle gebrüllt.

»Er wird schon wieder. Er wird bestimmt ewig leben«, sagte ich stattdessen.

Wir machten es uns im Krankenwagen gemütlich. Es war sogar recht kuschelig. Ich meine, ich würde da drin keine Pyjamaparty schmeißen, aber ein Nickerchen könnte ich auf jeden Fall machen. Ich saß da und hielt Dads hutzelige, kalte Hand. Immer wieder erzählte ich ihm, alles würde gut werden. Ich wusste nicht, was ich sonst machen sollte. Er starrte mich nur völlig verängstigt an.

»Alles wird gut. Alles wird gut. Alles wird gut«, wiederholte ich in einer Endlosschleife, mehr für mich als für ihn.

Während wir so dasaßen, sah ich zu dem Sanitäter hinüber, der ständig »Alter« gesagt hatte. Er kritzelte auf seinem Latexhandschuh herum, wie ein gelangweilter Viertklässler in Naturwissenschaften. Dieses ganze »Mein Vater liegt im Sterben« konnte offenbar nicht sein Interesse wecken.

»Alter, die Brücke an der 45. South ist gesperrt. Du musst die 39. nehmen«, sagte er.

Wenn man sich in einem Krankenwagen wiederfindet, sind die Umstände natürlich immer mies, aber man kommt damit ziemlich klasse durch die Stadt. Kein Wunder, dass es so teuer ist. Alle fahren zur Seite und lassen einen vorbeibrettern. Als wäre man ein Prinz oder so. Ein Fahrer allerdings hängte sich an uns dran – offenbar sah er den Krankenwagen als gute Möglichkeit, durch den dichten Verkehr in Salt Lake zu kommen. Dem »Alter«-Typen fiel das auf. Er gab einem der anderen Sanitäter einen Klaps gegen den Arm. »Alter, jetzt guck dir mal dieses Arschloch an«, sagte er kopfschüttelnd. »Ist doch voll das Arschloch, dieses Arschloch.«

Für die Fahrt brauchten wir nur zehn Minuten. Ich war froh, dass der »Alter«-Typ nicht bei Wendy's anhalten und die Ein-Dollar-Karte rauf und runter bestellen wollte.

Als wir das Krankenhaus erreichten, hoben zwei Sanitäter meinen Dad hoch und trugen ihn in die Notaufnahme.

»Alles wird gut. Alles wird gut. Alles wird gut«, wiederholte ich zur Sicherheit noch ein paar Mal. Mein Dad sah mich mit dem Hauch eines Lächelns an, als wollte er sagen, alles würde gut, er würde durchkommen und weiter diesen beschissenen Kampf ausfechten. Ich lächelte zurück und sagte ein letztes Mal: »Alles wird gut«, bevor sie ihn weiterschoben und er im hektischen Krankenhausbetrieb verschwand.

Sein Leben lag jetzt in der Hand von Profis. Sie würden ihn an ein Beatmungsgerät anschließen. Eine Maschine würde das Atmen für ihn übernehmen. Er würde nie wieder der alte Dad sein. Langsam, aber sicher nahm ihm diese grauenhafte Krankheit alles.

Ich dachte, ich sollte jetzt rausgehen und meine Familie anrufen und meinen Freunden absagen. Kein Alkohol für Alkoholiker Dan heute Abend. Jetzt noch auszugehen wäre zu abgefuckt gewesen und hätte mir auf jeden Fall einen Platz in der Hölle beschert. Heute Abend würde der erste von vielen Abenden sein, an denen ich in einem Krankenhaus zu einem Gott, den es nicht gab, betete, mein Vater möge noch einen Tag länger leben, Alter.

Tiffany hatte Großmutter Barbies Beerdigung versäumt, weil sie bei ihrem Freund in Portland, Maine, war. Ich fand es unglaublich beschissen, wegen eines Urlaubs nicht zu einer Beerdigung zu kommen, und war in der letzten Woche besonders gemein zu ihr gewesen. Deshalb dachte ich, es sei doch eine nette Geste, wenn ich sie zuerst anrief. Vielleicht würden wir uns dann wieder vertragen und die allerbesten Freunde werden.

»Dad ist im Krankenhaus«, sagte ich.

»Ach was, Klugscheißer«, antwortete sie.

»He, du musst nicht gleich so arschig sein.«

»Bin ich nicht, aber ich weiß es, wenn mein Vater ins Krankenhaus kommt. Greg hat angerufen«, sagte sie.

»Tut mir leid.«

»Na, jedenfalls komme ich gleich. Willst du was von Starbucks?«

»Von Kaffee bekomme ich Durchfall«, sagte ich.

»Willst du was oder nicht?«, fragte sie.

»Ich nehme einen fettfreien Vanilla Latte.«

Ich drückte das Gespräch weg und rief Abby an. Keine Antwort.

Als ich mein Handy eingesteckt hatte, sah ich, dass der »Alter«-Typ neben mir stand. Ich fand es irgendwie unangenehm, nur dazustehen und nichts zu sagen, also raffte ich mich auf.

»Was geht, Alter?«, fragte ich.

»Nicht viel, hänge hier nur rum, Alter.«

»Ach ja, danke, dass du geholfen hast, meinem Dad das Leben zu retten«, sagte ich, auch wenn es so ausgesehen hatte, als hätte er einen Scheiß gemacht, wenn man mal davon ausgeht, dass Rumkritzeln auf Latexhandschuhen medizinisch gesehen nichts bringt.

»Habe ich gerne gemacht, Alter«, sagte er, klopfte mir auf die Schulter und zündete sich eine Zigarette an. »Ich habe schon viele beschissene Sachen erlebt, und dein Dad sieht zäh aus, der kommt schon klar. Kopf hoch, Alter.«

»Danke, Alter.« Ich hoffte nur, dass er recht hatte.

Es war verdammt knapp gewesen. Hätten wir nicht den Krankenwagen gerufen, hätten wir noch mehr Zeit vertrödelt, hätte mein Dad sich gegen ein Beatmungsgerät entschieden, dann wäre es heute vielleicht so weit gewesen – die ALS hätte meinen Dad an der Kehle gepackt und ihn erstickt. Ich war froh, dass es nicht so war. Mit anzusehen, wie er gegen diese schreckliche Krankheit ankämpfte, war das Schlimmste, was ich je erlebt hatte, und trotzdem wollte ich nicht, dass es vorbei war. Ich wollte immer noch einen Dad haben. Ich musste immer noch dieses besondere Lächeln sehen. Wollte seine knochige Hand halten. Ich brauchte immer noch meinen Kompass. Ich war noch nicht bereit, offiziell Mitglied im Club der toten Väter zu werden.

Ich holte tief Luft und betrat das Krankenhaus, bereit für die nächste quälende Stufe der ALS und dankbar dafür, dass mein Dad noch bei uns war.

## REHA

Dads Operation war für den 13. November angesetzt. Die Ärzte konnten sie nicht vorziehen, und so musste Dad vier Tage lang auf der Intensivstation auf seine Tracheotomie warten. Während der ganzen Zeit war er intubiert, was hieß, dass er nicht sprechen konnte, und er sollte sich auch nicht bewegen – besonders mobil war er ja sowieso nicht. Also konnte er nur still daliegen und an die fleckige Zimmerdecke starren, man sah ihm an, wie beschissen er sein Leben fand. Er wirkte total verängstigt, als wäre er nicht sicher, dass es sich lohnte, die ganzen Schmerzen auszuhalten. Immerhin würde die Operation seine ALS nicht heilen. Sie würde sein Leben nur um ein Jahr verlängern, vielleicht auch um zwei Jahre oder drei. Die Zeiten, in denen er einen Marathon durch die Straßen von Boston oder am Ufer des Green River in Moab gelaufen war, verblassten immer mehr in der Ferne. Er führte jetzt ein vollkommen anderes Leben. Mein todkranker Kumpel tat mir leid.

Ich besuchte ihn jeden Tag im Krankenhaus. Die Jazz hatten ihr erstes Spiel der Saison, und ich dachte, wir könnten es uns auf dem Krankenhausfernseher ansehen, einfach zusammen abhängen. Scheiße, vielleicht würde ich ein paar kalte Bier und Popcorn mitbringen. Dann könnte ich versuchen, seine Magensonde mit dem Zeug zu füttern. Wenn wir uns vor seiner Krankheit ein Spiel angesehen und die Jazz Punkte gemacht hatten, klatschten wir uns immer ab. Jetzt ging das nicht mehr.

»Ich würde jetzt zu gerne abklatschen«, sagte ich, als Deron Williams ein Dreier gelang. Mein Dad sagte nichts. Er hob nur einen Fuß an, so weit er konnte. Etwas verwirrt sah ich mir das an. Nach einem Slam Dunk von Carlos Boozer hob mein Dad wieder den Fuß. Endlich zählte ich zwei und zwei zusammen. »Ach, du willst mit den Füßen abklatschen?« Er deutete ein Nicken an. Ich zog meinen Stuhl neben sein Bett, und wir stupsten uns jedes Mal, wenn die Jazz Punkte holten, mit den Füßen an. Es war schon etwas anderes, als uns das Spiel zusammen im Delta Center anzusehen, aber es war besser als nichts.

Endlich wurde es Zeit für die OP. Es sollte eine routinemäßige Tracheotomie werden. Nichts Besonderes. Für den Arzt war es offenbar was Alltägliches. Er redete über den Eingriff, als wollte er meinem Dad die Ohren piercen oder so. Bei der OP würde er meinem Dad einen Kehlkopfschnitt verpassen, einen Kunststoffschlauch, die sogenannte Trachealkanüle, durch das Loch schieben und das Beatmungsgerät anschließen. Der Arzt hatte solche Operationen schon ein paar Hundert Mal durchgeführt, für ihn war es ein ganz normaler Dienstag. Für uns veränderte es das ganze Leben.

Die Operation war erfolgreich! Alles lief bestens! Mein Dad war ein absoluter Glückspilz!

Eine Woche lang lag mein Dad auf der postoperativen Pflegestation des Krankenhauses, dann wurde er in das neurologische Reha-Zentrum der University of Utah verlegt. Sein Aufenthalt in der Reha sollte dazu dienen, dass seine beknackte Familie von den Profis lernte, ihn zu versorgen. Die Versicherung wollte keine ambulante Krankenpflegerin bezahlen, und weil meine Mom darauf bestand, dass wir uns weiter um ihn kümmerten, hatten wir keine andere Wahl. Wir waren seine Kinder, und es war unsere Pflicht. Von nun an würden wir ihn ganz anders pflegen müssen. Wir mussten lernen, mit dem Beatmungsgerät umzugehen und es einzustellen. Dazu gehörte, mit diesem ekligen Plastikschlauch Schleim aus seiner Lunge zu saugen, die Schläuche zu wechseln und bestimmte Druckstufen einzuhalten. Wir mussten lernen, wofür die ganzen Teile und Knöpfe da waren und was die verschiedenen Signaltöne bedeuteten. Es musste immer jemand bei ihm sein und ihn überwachen, falls sich die Kanüle lockerte oder das Gerät eine Fehlfunktion hatte.

Er würde auch nicht mehr so mobil sein wie vorher. Zwei Schläuche würden ihn mit dem Gerät verbinden: ein blauer zum Einatmen und ein weißer zum Ausatmen. Deshalb mussten wir lernen, ihn zu bewegen, ohne an den Schläuchen Murks zu machen. Was sich als schwieriger erwies, als es klang, denn wenn man einmal falsch an einem der Schläuche zog, zerrte man damit auch an der Trachealkanüle und konnte sie ihm aus der Kehle reißen. »Das wäre sehr schmerzhaft«, erklärte der Arzt. »Ach was, Klugscheißer«, lag mir schon auf der Zunge.

Weil mein Dad fast nur noch im Bett liegen würde, mussten wir lernen, mit ihm physiotherapeutische Übungen zu machen und ihn umzulagern, damit er sich nicht wund lag. Wenn er nicht im Bett lag, würde er in einem Elektrorollstuhl sitzen. Vor der Tracheotomie war schon für einen Maß genommen worden, aber an dem Teil wurde noch in der magischen Rollstuhlfabrik geschraubt. Ein großzügiger Kerl von der MDA, der Muscular Dystrophy Association, trieb einen Rollstuhl für uns auf, den wir vorübergehend benutzen konnten. Wir mussten lernen, was man mit den Schaltern und Knöpfen machte. Und dazu mussten wir lernen, wie wir unseren Dad aus dem Bett in den Rollstuhl und wieder zurück bekamen, ohne ihn dabei umzubringen.

Ab jetzt würde er Windeln tragen. Er war alles andere als begeistert. Dadurch fühlte er sich hilflos wie ein Kleinkind. Ich schätze, nur dazuliegen und sich vollzukacken ist so ziemlich der Inbegriff von Hilflosigkeit. Obwohl er Windeln tragen musste (die wir »Slips« nennen sollten, wie uns eine Schwester beibrachte, um seine Würde ein Stück weit zu wahren), bestand mein Dad darauf, dass wir lernten, ihn aus dem Bett auf einen Toilettenstuhl zu setzen, damit er dort kacken konnte.

Wir hofften, wir würden mit der ganzen Sache zurechtkommen, uns auf Dads körperlichen Verfall einstellen und ihn auf das Niveau von Stephen Hawking bringen können, damit er noch sehr lange leben konnte. Wir dachten, unseren Dad in diesem Zustand bei uns zu haben sei besser, als ihn gar nicht mehr zu haben.

Das Gute war, dass er noch sprechen konnte. Wir hatten befürchtet, die OP würde seine Stimmbänder zerstören, aber das hatte sie nicht. In seiner Luftröhre steckte ein kleiner Ballon, ein sogenannter Cuff, der verhinderte, dass die Luft des Beatmungsgeräts durch seinen Mund entwich. Dieser Cuff sorgte dafür, dass mein Dad so viel Sauerstoff wie möglich bekam. Wenn mein Dad sprechen wollte, musste die Trachealkanüle entblockt werden, damit Luft über seine Stimmbänder streichen konnte. Seine Stimme war kratzig und von einem ständigen Summen unterlegt, aber wir lernten, ihn zu verstehen. Kleine Siege.

Unsere Mom wurde immer noch drei Mal die Woche mit Chemobehandlungen traktiert. Aber irgendwie kam uns das nicht mehr wie eine große Sache vor. Ohne ihren kahlen Kopf wäre uns wahrscheinlich gar nicht aufgefallen, dass sie Krebs hatte. Dad war der Star der Show. Er stand dem Tod am nächsten. Und er bekam die ganze Aufmerksamkeit. Dadurch wurde unsere Mom immer vergrätzter, sie war es gewohnt, in der großen *Tragödie der Familie Marshall* die Hauptrolle zu spielen, nachdem sie fünfzehn Jahre lang gegen den Krebs gekämpft hatte. Mit der Zeit reagierte sie ein bisschen eifersüchtig auf die ganze Aufmerksamkeit, die mein Dad erntete, vor allem, seit er im Krankenhaus lag. Ich wusste, dass sie sauer war, also betonte ich nur noch mehr, wie intensiv ich mich um meinen Dad kümmerte.

»Wie geht es Dad heute?«, fragte ich etwa, wenn ich in sein Krankenzimmer kam, und ignorierte Mom völlig, die neben seinem Bett saß und Joghurt aß.

»Ich bin übrigens auch krank«, sagte sie.

»Ja, schon, aber du kannst die Arme bewegen, dich selbst an der Nase kratzen, dir den Hintern abputzen, gehen, atmen, sprechen. Verglichen mit Dad bist du der gesündeste Mensch der Welt«, antwortete ich.

»Ja, schon, aber ich habe Krebs, mir tun die Knochen weh, ich bin müde, und ich hätte nichts dagegen, wenn mir auch mal jemand den Hintern abwischen würde«, sagte sie.

»Ja, ja, ja. Wie auch immer. Wie geht es Dad?«, fragte ich noch mal.

Diese nächste Stufe im Kampf gegen die ALS machte uns alle ziemlich nervös. Dads Pflege wurde anstrengender und schwieriger, wir mussten jetzt die Ärmel hochkrempeln, in die Hände spucken und den Stier bei den Hörnern packen. Der Großteil lastete wie gehabt auf Greg und mir. Tiffany hatte immer noch alle Hände voll mit der Uni und ihrer Arbeit zu tun und fuhr an gefühlt jedem zweiten Wochenende nach Maine zu RSB. Sie war so gestresst und überfordert, dass sie aussah, als könnte sie jeden Moment einen Nervenzusammenbruch bekommen. Meine Mom stand immer noch so neben sich, dass sie sich an der Pflege kaum beteiligen konnte. Hätte sie sich um meinen Dad kümmern müssen, wäre er mit Sicherheit gestorben. Wir hofften alle, wir würden sie durch den letzten Schwung an Behandlungen (sie war mit der Chemo fast durch) wieder so weit gesund bekommen, dass sie uns ein bisschen mehr helfen konnte. Dann würde es vielleicht besser aussehen. Wir könnten uns ein Stückchen von unserem Privatleben zurückholen. Uns richtige Jobs suchen. Ich könnte tatsächlich mal das Haus verlassen. Und vielleicht könnte ich irgendwann wieder nach Kalifornien ziehen, um bei Abby zu sein. Ich wäre wieder glücklich und könnte damit weitermachen, ewig zu leben!

Greg und ich hatten beide genug Zeit, um ins Krankenhaus zu fahren. Greg hatte eine Stelle bei Franklin Covey angenommen und verkaufte Terminkalender, aber nur an ein paar Tagen pro Woche. Den Job hatte er sich gesucht, um einfach mal aus dem Haus zu kommen. Außerdem arbeiteten seine ganzen Freunde vom College, deshalb hatte er sich langsam wie ein Versager gefühlt. Nichts zieht einen so runter, wie arbeitslos zu sein. Er hatte zwar die Ausrede mit den todkranken Eltern, aber das war für ihn kein ausreichender Grund, nicht zu arbeiten.

Bei mir ging es gerade in die entgegengesetzte Richtung. Ich hatte meinem Chef in Los Angeles gesagt, dass die Lage zu Hause zu schwierig war, um zurückzukommen. Das Gespräch war mir nicht leichtgefallen. Anfangs war ich so voller Hoffnung gewesen, ich könnte irgendwann wieder dort anfangen. Langsam wurde mir klar, wie unrealistisch diese Vorstellung war. Ich hatte das Gefühl, dass sich mein altes Leben komplett in Luft auflöste. Die ganze Arbeit, die ich in eine Karriere gesteckt hatte, wurde von dieser Krankheit aufgefressen. Jetzt hing ich in einem ganz anderen Leben fest, das ich nie erwartet hätte. Ich hoffte nur, dass ich wieder in die Spur kam, wenn alles vorbei war.

In der ersten Zeit nahmen Greg und ich die Schulung noch ernst. Wir setzten Mom für ihre Chemo am Huntsman ab und gingen danach zum Reha-Zentrum. Zum Glück lagen die beiden Gebäude nebeneinander. Wir lernten, Dads Windeln zu wechseln. Früher hatte er unsere Windeln gewechselt, man könnte also sagen, man erntet, was man sät. Wir lernten alles über seinen Rollstuhl. Wir lernten, wofür welcher Schlauch an seinem Beatmungsgerät da war.

Aber so langsam fingen wir an, Blödsinn zu machen. Eigentlich sollten wir Mom zur Chemo bringen, um neun bei der Reha sein und bis vier Uhr nachmittags bleiben – ein Sieben-Stunden-Tag. Stattdessen ließen wir uns um zehn aus dem Bett fallen und überlegten erst mal, ob wir an diesem Tag überhaupt hinfahren sollten, wir gingen mit dieser ganzen Tortur so um, als wären wir im Urlaub. In den letzten Monaten hatten wir unseren Dad intensiv und ohne Hilfe betreut. Sein Aufenthalt in der Reha-Einrichtung verschaffte uns eine angenehme Verschnaufpause. Er hing an Maschinen und wurde vom Pflegepersonal betüddelt. Er würde nicht sterben. Es ging ihm gut. Es war beinahe so, als hätte er gar keine ALS.

Zu Hause war es ohne meinen Dad viel entspannter. Kein Daddydienst mehr. Keine Klingel. Kein Aufstehen mitten in der Nacht, um meinem Dad beim Kacken zu helfen. Wir konnten einfach abhängen und in unserem großartigen Haus verlottern. »Vielleicht setze ich mich mal in den Whirlpool und sehe mir *Lass es, Larry!* an«, sagte ich an einem Morgen, nachdem ich zwölf Stunden geschlafen hatte und noch im Bademantel eine Lasagne zum Frühstück aß, und warum zum Teufel auch nicht?

»Tja, ich werde wahrscheinlich Tennis spielen und bei Thrift Town nach Westen gucken«, sagte Greg.

»Wo ist Mom?«, fragte ich.

»Bei der Chemo.«

»Wer hat sie denn gefahren?«

»Eigentlich hätte ich das machen sollen, aber ich habe im Internet was über *There Will Be Blood* gelesen, also ist sie selbst gefahren. Ich freue mich schon so auf den Film. Daniel Day-Lewis sieht echt geil aus. Den würde ich sofort vögeln«, meinte er.

»Ja Scheiße, den würde sogar ich vögeln«, witzelte ich.

»Das wäre eine echte Verbesserung nach Abby«, antwortete Greg grinsend.

»Alter, ich glaube, wir hätten Mom zur Chemo fahren sollen«, sagte ich. »Ach, scheiß drauf. Sollen wir uns Burritos holen?«

Das Reha-Zentrum war ein trauriger Ort voller Patienten, die versuchten, sich an ihr neues grauenhaftes Leben zu gewöhnen. Die meisten hatten Autounfälle hinter sich, einige einen Schlaganfall. Mein Dad war der Einzige mit ALS. Im Flur standen überall Rollstühle, und die medizinischen Geräte, mit denen sie die Patienten am Leben erhielten, piepsten pausenlos. Man gab sich Mühe, optimistisch zu sein und zu einer positiven Einstellung zu finden, aber es war schwer, nicht einfach mit allen Mitleid zu haben.

Und ich hatte auch noch ein schlechtes Gewissen. Warum konnte ich herumlaufen, essen, vögeln, leben, während diese armen Seelen in ihren eigenen Körpern gefangen waren? Das war doch nicht fair. Ich spürte die Last eines großen Ungleichgewichts im Universum. Warum konnte es nicht einfach allen gut gehen? Am schlimmsten hatte es den Zimmernachbarn meines Dads erwischt. Er war ein junger Typ aus Elko, Nevada, so um die neunzehn Jahre alt. Bei einem Autounfall hatte er einen schweren Hirnschaden erlitten und war von der Brust abwärts gelähmt. Verglichen mit ihm sah mein Dad aus wie LeBron James – der Inbegriff von Gesundheit und körperlicher Fitness. Er machte den ganzen Tag nichts anderes, als auf den Knopf für mehr Morphium zu drücken. Die Schwestern mussten kommen und ihm sagen, er solle das lassen, er habe seine Tagesdosis des Schmerzmittels schon bekommen. Und das war morgens um elf. Einmal besuchten ihn Freunde aus Elko. Sie brachten ihm einen Slurpee mit. Er wollte ihn nicht mal probieren. Er war so deprimiert, dass er nicht mal einen Slurpee trinken wollte. Zu deprimiert für einen Slurpee? Das ist mal richtig deprimiert.

Mein Dad wurde von Dr. Rosenbluth betreut, der genau wie Gene Wilder aussah, von Jenny, einer Physiotherapeutin, der Ergotherapeutin Catherine, der Logopädin Kristin, einem Atemtherapeuten – meist ein fetter Kerl namens Geoff, der mich an Philip Seymour Hoffman erinnerte – und einem Schwesternteam. Wenn wir meinen Dad besuchten, kam bald Dr. Rosenbluth herein, erzählte zehn Minuten lang irgendwas in Ärztelatein und fragte anschließend, ob wir noch Fragen hätten. Hatten wir nie, aber ich hätte ihn jedes Mal gerne gefragt, ob er der untergetauchte Gene Wilder war.

Das Ziel war es, Dad so schnell wie möglich nach Hause zu holen. Er sollte eine Woche lang in der Reha bleiben, weil pflegende Angehörige normalerweise so lange brauchten, um alles Nötige zu lernen. Allerdings übertrug sich die luschige Haltung, die Greg und ich zu Hause hatten, allmählich auf die Schulung. Wir trödelten viel herum. Ich glaube, im Unterbewusstsein wollten wir nicht unbedingt, dass er nach Hause kam, weil es bedeutete, dass unsere Ferien vorbei waren und wir ihn wieder allein pflegen mussten. Und dafür waren wir einfach noch nicht bereit.

Die Ärzte und Pfleger merkten, was für Idioten wir waren, und trauten uns nicht zu, unseren Dad rund um die Uhr zu versorgen. Sie wollten ihn erst entlassen, wenn wir gezeigt hatten, dass er in fähige Hände kommen würde. Deshalb verschoben sie seine Entlassung immer wieder. Ziemlich oft hörten wir den Kommentar: »Na ja, *er* ist so weit, aber wahrscheinlich sollten wir *euch* noch ein bisschen mehr schulen.«

Die meiste Zeit machten wir Blödsinn. Wir fuhren Dads neuen Elektrorollstuhl mit der Kopfsteuerung die Gänge rauf und runter. Wir nahmen Dads schlaffe Hände, bogen sie zu Fäusten und ließen sie am Handgelenk über seinem Penis auf und ab fahren, damit es aussah, als würde er sich einen runterholen. Wir schnipsten Papierkügelchen nach unserer Mom und erzählten den Schwestern dabei, wie verrückt sie sich benahm, wenn sich ihr Chemohirn meldete. Wir machten Witze darüber, wir würden uns mit unseren Eltern einen kranken Scherz erlauben und sie als Skelette verkleiden. Und wir redeten meinem Dad ein, er solle die Reha nicht so ernst nehmen und sich lieber endlich die Bourne-Trilogie ansehen.

Dad machte bei dem Blödsinn sogar mit. Manchmal nahmen wir ihn für ein paar Sekunden vom Beatmungsgerät. Er tat so, als würde er sterben, und wir taten so, als würden wir ihm das Leben retten. Wenn eine der Schwestern ihn fragte, wie es ihm ging, lächelte er oft und sagte: »Gut, ich komme gerade von einem langen Lauf zurück.« Wir fuhren auf dem Flur sogar Rollstuhlrennen mit ihm und gewannen immer, weil er seine Fahrkünste noch nicht perfektioniert hatte, jedes Mal knallte er versehentlich gegen eine Wand. Anders gesagt bauten wir die ganze Zeit nur Scheiße. Wenn es so weiterging, würde mein Dad noch lange nicht nach Hause kommen.

Auf dem Gelände gab es ein Starbucks, und Greg und ich holten abwechselnd Getränke. Weil es auf Weihnachten zuging, verkauften sie Lattes mit Eggnog und Zimt. Wir verbrachten mehr Zeit damit, zu Starbucks zu latschen und von Kaffee zu schwärmen, als zu lernen, unseren Vater zu versorgen.

Die Mitarbeiter waren zunehmend genervt von uns, weil sie sich wirklich Mühe gaben, uns alles beizubringen. Jenny, der Physiotherapeutin, merkte man deutlich an, dass sie unsere Spinnereien satthatte. Sie sagte Sachen wie: »Okay, Leute, das ist wichtig, also passt auf«, oder: »Wow, wie viele Kaffee mit Eggnog hattet ihr heute denn schon?«, oder: »Hört auf, eure Mom zu bewerfen, und sperrt mal eine Minute die Ohren auf.«

Irgendwann riss ihr der Geduldsfaden. Sie dehnte gerade Dads rechtes Bein, indem sie es auf ihre rechte Schulter nahm. »Also, das streckt seinen Musculus semimembranosus und dazu den gastrocnemius«, erklärte sie.

Ich trank den letzten Schluck von meinem fettfreien Latte mit Eggnog, merkte, dass er leer war, und sagte: »Scheiße, Greg. Mein Latte ist alle. Du bist dran, hol mal neuen.«

»Bin in zehn Minuten wieder da. Fettfreier Latte mit Eggnog, richtig?«

»Volltreffer«, sagte ich.

Jenny schüttelte den Kopf und legte Dads Bein ab. »Ich mache hier nicht weiter, solange ihr das nicht ernst nehmt«, sagte sie.

Greg und ich sahen uns an. Wir hätten uns entschuldigen und wieder auf die Reha konzentrieren sollen, wir hätten uns ins Zeug legen sollen, um meinen Dad so schnell wie möglich da rauszuholen. Stattdessen grinste ich Greg an und sagte: »Ach, weißt du, was, Greg, bringst du mir doch lieber einen fetten Latte mit? Fett finde ich klasse.« Jenny stürmte aus dem Zimmer. Das war nicht gerade eine meiner Glanzleistungen. Drecksack Dan schlägt wieder zu. Wir sahen meinen Dad an und zuckten nur mit den Schultern.

Obwohl sie eine Chemotherapie durchstehen musste, versuchte meine Mom, sich auch schulen zu lassen, dabei sah sie aus, als sollte sie eher im Bett neben Dad liegen. Wenn sie nicht im Stehen einschlief, pilgerte sie zwischen Dads Zimmer und der Cafeteria hin und her. Sie gehörte nicht zum Team Starbucks, aber nur, weil es bei Starbucks keinen Erdbeerjoghurt gab und in der Cafeteria schon. Außerdem hatte sie schon von der Chemo Dünnpfiff, und der Kaffee hätte ihr Durchfall hoch drei beschert. Gelegentlich meldete sich noch ihr Chemohirn. Sie drängelte aus irgendeinem Grund ständig, wir sollten Cheetos besorgen.

»Wollt ihr Cheetos haben?«, fragte sie.

»Nein, die mag ich nicht besonders. Von den Dingern sind meine Finger den ganzen Tag orange. Außerdem gibt es die bei Starbucks nicht«, sagte ich.

»Ja, schon, aber willst du nicht irgendwas zum Knabbern haben, Cheetos oder so?«, fragte sie noch mal, was für mich danach klang, als hätte sie selbst gerne Cheetos gehabt.

»Nein. Willst du welche haben?«, fragte ich zurück. Ich verstand nicht, warum sie so versessen darauf war, dass wir uns Cheetos holten.

»Nein, ich habe meinen Joghurt«, antwortete sie. »Bist du sicher, dass du keine Cheetos willst?«

Im Laufe der Reha bemühte Tiffany sich, öfter bei uns zu sein. Sie kam ins Krankenhaus und lernte, mit dem Beatmungsgerät umzugehen oder mit Dad Dehnübungen zu machen, oder trank einfach mit Greg und mir einen Latte. Ich versuchte nach Kräften, netter zu ihr zu sein, weil ich dachte, sie sei auch meinetwegen so ungern bei meinem Dad. Wir brauchten ihre Hilfe – wir brauchten jede Hilfe. Aber sie konnte nicht so oft herkommen, wie es nötig gewesen wäre. Alle vier lernten wir so gut wie nichts.

Dafür machte mein Dad Fortschritte. Durch Jennys und Geoffs Hilfe konnte er sogar noch laufen. Wir mussten ihm nur einen Haltegürtel anlegen, damit wir ihn stabilisieren und einen Sturz verhindern konnten. Vor der Tracheotomie hatte er kaum noch atmen können. Die Anstrengung hatte ihm alle Kraft aus dem Körper und die Farbe aus dem Gesicht gesaugt. Durch das Beatmungsgerät hatte er mehr Energie und einen warmen, rosigen Teint. Er sah besser aus, und er freute sich, dass es endlich mal aufwärtsging.

Er erzählte uns immer aufgeregt, wie viele Schritte er am jeweiligen Tag gelaufen war. »Ich habe es bis zum Ende des Flurs und zurück geschafft«, sagte er, während ich an meinem Latte mit Eggnog nippte.

»Das ist toll, Dad. Ich bin sehr stolz auf dich, aber bei welchem Bourne-Film bist du denn jetzt? Ich hoffe, wenigstens bei der *Bourne Verschwörung*, sonst werde ich sauer«, witzelte ich.

Irgendwann war es so weit, dass mein Dad nicht länger bleiben konnte. Die Versicherung würde die Kosten für die Reha nicht mehr lange tragen, und die Mitarbeiter waren es leid, dass Greg und ich in den Elektrorollstühlen durch die Flure kurvten, uns jedes Mal abklatschten, wenn wir uns begegneten, und dabei nur aufpassten, dass unser geheiligter Kaffee nicht überschwappte. Wir mussten einen Zahn zulegen.

Mitte Dezember – einen Monat und eine Woche nach seiner Einlieferung – willigten die Ärzte und Therapeuten zögerlich ein, Dad zu entlassen. Dabei grinsten sie uns an, als wollten sie sagen, ihr kommt sowieso zurück, weil ihr unfähige Vollidioten seid. Ihr Grinsen verriet, dass sie uns nicht trauten, und das konnte ich ihnen nicht mal übel nehmen. Ich traute uns auch nicht.

Dass wir ewig gebraucht hatten, um uns Dads Pflege beibringen zu lassen, war im Nachhinein betrachtet ganz klar ein Schutzmechanismus. Wir waren ja nicht zu blöd, um das zu schaffen. Wir hatten einfach Angst, Dad mit seinem Beatmungsgerät nach Hause zu holen. Es ist eine große Verantwortung, ein zerbrechliches Leben in der Hand zu haben, vor allem, wenn einem dieses Leben so wichtig ist. Es würde uns unsere ganze Kraft kosten. Es würde alles bestimmen. Und unser längst verändertes Leben noch mehr verändern.

Im Reha-Zentrum gab es ein Übungszimmer, in dem man simulieren konnte, wie es zu Hause laufen würde. Außer in absoluten Notfällen würde sich keine Schwester um ihn kümmern. Bevor unser Vater entlassen werden konnte, mussten wir eine Nacht in diesem Zimmer verbringen und beweisen, dass wir ihn am Leben erhalten konnten. Das war unser letzter Test.

Greg und ich kamen um neun Uhr abends an, und die Schwestern fuhren Dad in seinem Bett ins Übungszimmer. Wir waren ein bisschen nervös, weil wir jetzt doch mal etwas ernst nehmen mussten. Die Schwestern machten meinen Dad nachtfertig. Wechselten seine Windeln. Saugten ihn ab. Putzten ihm die Zähne. Gaben ihm seine Medikamente. Schnallten ihm Schienen um die Arme. Legten den Rufknopf neben seinen Kopf, damit er Hilfe holen konnte. Die Oberschwester musterte uns.

»Und, glauben Sie, Sie schaffen das?«, fragte sie.

»Na klar. Kein Problem«, sagte ich. »Und wenn wir Hilfe brauchen, rufen wir Sie.«

»Der Zweck der Übung ist, dass Sie uns nicht rufen und alles allein machen.«

»Stimmt, aber wenn wir Sie doch brauchen, rufen wir Sie, wir werden nämlich nicht nur dasitzen und kichern, während er stirbt.«

»Bei Ihnen beiden würde mich das nicht überraschen«, sagte sie.

»Touché«, meinte ich. Für einen Moment wurde ich ernst. Ich glaube, sie wusste gar nicht, wie sehr wir unseren Paps liebten. »Also gut, ich verspreche, dass wir die Sache sehr ernst nehmen. Wir haben unseren Dad nämlich sehr lieb, und wir sind klüger, als wir aussehen. Greg war auf der Northwestern. Ich war in Berkeley. Wir sind ja nicht völlig bescheuert.«

»Tja, na gut, wir werden sehen. Noch irgendwelche Fragen?«, sagte sie.

»Ja, ist Dr. Rosenbluth in Wahrheit der untergetauchte Gene Wilder?«, fragte ich. Sie schüttelte den Kopf und verschwand den Flur hinunter.

Die Medikamente ließen meinen Dad sofort einschlafen, und Greg und ich lagen im Bett, starrten mit weit aufgerissenen Augen an die fleckige Zimmerdecke und lauschten auf das rhythmische Zischen des Beatmungsgeräts, das Luft in den Körper unseres Dads pumpte und sie wieder heraussog. Es war wie damals, als ich in Gregs Zimmer übernachtet hatte, nur dass ich jetzt fünfundzwanzig war und Greg dreiundzwanzig. Und dass wir die Nacht bei unserem todkranken Vater im Krankenhaus verbrachten. So langsam empfanden wir die Situation als erdrückend. Könnten wir diesen ganzen Kram mit dem Beatmungsgerät tatsächlich hinbekommen, ohne an einer Depression kaputtzugehen? War es das alles wert? Sollten wir meinen Dad vielleicht einfach von dem Gerät abstöpseln und meine Mom mit einem Schrotgewehr erschießen? Viel schlimmer konnte es im Gefängnis nicht sein. Bis jetzt hatten wir uns mit unserem Humor durchgekämpft. Konnten wir so weitermachen?

Schließlich brach ich unser Schweigen, um etwas loszuwerden, das die ganze Lage für mich am besten zusammenfasste. »Du, Greg?«

»Ja?«

»Ich würde dir gerne etwas sagen.« Ich holte tief Luft.

»Klar, was immer du willst. Wir sind doch Brüder«, sagte er.

Ich hob ein Bein an und ließ einen lauten Furz aus der Top Ten meiner lautesten Fürze los.

*Pppfffumpffffff.*

Wir lachten so laut, dass unser Dad wach wurde. Den Test in dieser Nacht bestanden wir. Wir waren bereit, ihn nach Hause zu holen.

# Willkommen zu Hause

Nach fast vierzig Tagen wurde mein Dad aus der Reha-Einrichtung der University of Utah in unsere schlüpfrigen, unprofessionellen Hände entlassen.

Das Haus war so gut wie fertig für ihn. Die Umbauarbeiten näherten sich endlich dem Ende. Darüber war ich schon aus den bekannten Gründen froh, aber es würde auch schön sein, wenn die ganzen Handwerker nicht mehr ständig ein und aus gingen, während ich versuchte, wie ein braver reicher Junge abzuhängen und HBO zu gucken. Wenn so richtig männliche Männer in der Nähe waren, kam ich mir immer wie eine totale Lusche vor.

Der letzte Punkt auf der Handwerkerliste war der Fahrstuhl, und er war wohl auch der wichtigste, weil Dads Zimmer in der obersten Etage lag. Er hätte am Tag, bevor Dad nach Hause kam, fertig sein sollen.

Ich wartete auf den Techniker und seine Mitarbeiter, aber sie kamen nicht. Ich rief bei der Fahrstuhlfirma an, die den schlauen Namen Elevator Company trug. Nachdem ich mit ein paar Typen aus dem mittleren Management gesprochen hatte, bekam ich endlich unseren Projektleiter ans Telefon.

»Wo bleiben Sie denn? Sie hätten das Ding heute komplett fertig haben sollen«, sagte ich.

»Ja, tut mir leid, Mr Marshall. Wir hatten ein paar Terminprobleme, vor Januar können wir nicht kommen«, erklärte der Fahrstuhltyp. Also frühestens in ein paar Wochen.

»Januar?«, brüllte ich. Ich hätte das Telefon durchs Fenster schmeißen und einfach nur heulen können.

»Ja. Januar. Terminprobleme«, sagte er ungerührt.

»Das geht nicht. Mein Dad kommt morgen aus dem Krankenhaus. Er hat ALS. Das ist eine echt schlimme Krankheit. Er kann nicht weit laufen. Er braucht ein Beatmungsgerät. Er war über einen Monat im Krankenhaus. Hier stapeln sich die Rechnungen. Das muss heute erledigt werden. Es ist ein Notfall. Wir wollen den Fahrstuhl nicht für ein Ferienhaus haben. Wir brauchen das bekackte Ding aus medizinischen Gründen. Leben und Tod. Um solche Scheiße geht es hier«, zeterte ich voller Panik.

»Tja. Na ja, tut mir leid. Wir haben Terminprobleme. Und mir gefällt Ihre Ausdrucksweise nicht«, blaffte er zurück.

»Tja, und mir gefällt es nicht, dass Sie unser entsetzliches Leben noch entsetzlicher machen und alles auf einen beschissenen Kalender schieben«, brüllte ich und drückte das Gespräch so energisch weg, wie man ein Gespräch auf dem Handy nur wegdrücken kann. Zack. Einer der übrig gebliebenen männlichen Männer vom Bau hatte gelauscht. Nach meinem kleinen Ausbruch nickte er mir anerkennend zu. Vielleicht wurde ich doch noch zu einem Mann.

Also mussten wir es irgendwie ohne den Fahrstuhl schaffen. Na ja. Wenigstens war bald Weihnachten. Vielleicht kam ich dazu, *Buddy – Der Weihnachtself* zu sehen.

Wir hatten Tiffanys altes Zimmer als Dads Krankenzimmer hergerichtet. Es war groß, lag genau in der Mitte des obersten Stockwerks und gehörte zu den wenigen Räumen, die unsere verpissten Katzen noch nicht ruiniert hatten. Wenigstens die Leute vom Sanitätshaus hatten ihre Arbeit pünktlich erledigt. Dads neues, verstellbares Bett war also schon aufgebaut. Wir hatten sogar ein kleines Gestell, an das wir sein Beatmungsgerät hängen konnten – seine neue Lunge. Das ganze Zubehör für das Gerät wurde in Kartons geliefert: jede Menge Schläuche, Befeuchter, Trachealkanülen zum Wechseln, Zeug zum Sterilisieren, Verbandsmull, Binden und, und, und. Wir räumten die Sachen in Tiffanys altes Trophäenregal, neben die Bänder und Medaillen, die sie als hervorragende Schwimmerin gewonnen hatte. Ihre Kindheit ging jetzt sozusagen in dem medizinischen Bedarf unter, der unseren Dad am Leben erhalten würde.

Mit Stanas Hilfe hatten wir das Zimmer hübsch hergerichtet. Na ja, hübsch nicht. Es sah so aus, wie ein Krankenhauszimmer zu Hause eben aussieht. Wir hatten ein zweites Bett hineingestellt, damit derjenige, der Daddydienst schob, ein bisschen schlafen konnte. Ich klaute Dad seine Kreditkarte aus dem Portemonnaie – was ziemlich einfach war, weil er im Krankenhaus lag und sich nicht bewegen konnte – und kaufte einen Flachbildfernseher mit eingebautem DVD-Player, damit er sich Filme oder Sportübertragungen ansehen konnte, während er auf den Tod wartete. Er konnte es beim Sterben wenigstens angenehm haben und HDTV sehen.

Eine Freundin der Familie hatte eine wunderbare Zeichnung von Dad beim St. George Marathon angefertigt. Auf seinem Gesicht lag ein Lächeln. Er war glücklich. Kein Beatmungsgerät. Keine ALS. Der alte Bob. Ich fand das Bild etwas deprimierend, weil es mich daran erinnerte, was wir verloren hatten, wie gesund mein Dad früher war. Aber Greg hatte es rahmen lassen, und wir hängten es hinter sein Krankenbett, zusammen mit den vielen Teilnahmemedaillen von seinen Marathonläufen. Als wollten wir seinem alten Leben Tribut zollen, während sein neues gerade begann.

Das Haus sah ganz gut aus, und wir waren bereit für meinen Dad. Dachten wir. Bis unser Nachbar Ralph auftauchte. Er hatte zunehmend kritisch beäugt, wie wir mit meinem Dad und der ganzen Situation umgingen.

»Ich habe das Gefühl, ihr seid zu blöd, um euch um euren Dad zu kümmern, erst recht, wenn er jetzt ein Beatmungsgerät braucht«, sagte Ralph.

»Ha, ja, wahrscheinlich«, sagte ich, ohne weiter auf ihn einzugehen. Bei Sachen wie der Türklingel war er zwar eine große Hilfe gewesen, aber wenn es darum ging, dass wir uns zusammenreißen sollten, konnte er ein ganz schöner Tyrann sein.

»Na gut, ignorier mich ruhig«, meinte Ralph.

»Ich weiß ja, dass es von deiner Straßenseite aus chaotisch wirkt, aber wir haben hier echt alles im Griff, Ralph«, sagte ich.

»Sieht nicht so aus. Ihr Schwachköpfe habt doch von Tuten und Blasen keine Ahnung.«

Und er hatte recht. Wir hatten wirklich keine Ahnung. Ralph verkörperte so was wie die logische Stimme der Vernunft eines Außenstehenden – eine Stimme, die wir brauchten, aber nicht ernst nahmen. Wir waren überzeugt davon, wir würden alles richtig machen, vor allem, weil wir nicht wussten, ob es falsch war. Wir mussten in vollem Lauf etwas Unlernbares lernen.

Als wir das Krankenzimmer gerade komplett hergerichtet hatten, fragte Ralph, warum wir nicht einfach das vordere Esszimmer dafür genommen hatten. Dann hätten wir nicht das Problem, Dad nach oben oder nach unten schaffen zu müssen, falls der Fahrstuhl mal ausfiel oder gar nicht gebaut wurde. Die Idee war großartig. Wir hätten einfach über die Treppe vor der Haustür eine Rampe bauen können, das hätte gereicht. Aber wir waren zu stur, um auf Ralph zu hören. Wir ließen uns nicht davon abbringen, dass Tiffanys Zimmer genau richtig war.

»Und wie sieht es mit einem Generator aus? Habt ihr Idioten einen Generator? Wir haben den strengsten Winter seit mehr als fünfundzwanzig Jahren. Vielleicht fällt mal der Strom aus, und das wäre übel, wenn euer Dad ein Beatmungsgerät braucht«, erklärte er mir, als wäre ich ein Kind. Die Winter in Salt Lake fallen immer mal so und mal so aus. In manchen Jahren bleibt es im Tal so mild, dass der Schnee gar nicht richtig liegen bleibt. In anderen hört es gar nicht auf zu schneien. Bis jetzt war der Winter streng, wie Ralph schon sagte. Um unser Haus herum lag der Schnee sechzig Zentimeter hoch. Unsere Auffahrt war völlig vereist. An den Regenrinnen hingen Eiszapfen, die aussahen wie Messer, die uns jeden Moment in den Schädel krachen konnten. In einem solchen Winter muss man etwas besser vorbereitet sein.

»Ach, jetzt bleib mal locker. Wir brauchen bestimmt keinen Generator. Dads tragbarer Akku hält etwa vier Stunden. Alles bestens.«

Wenig später gab Ralph mir eine Liste mit Sachen, die wir seiner Meinung nach bei Home Depot besorgen sollten: Taschenlampen, reichlich Batterien, einen Schwung Verlängerungskabel (kurze und lange), einen Generator, einen Überspannungsschutz, mehrere Ventilatoren, ein Whiteboard und eine neue Klingel für Dads Bett, damit er uns rufen konnte, wenn er etwas brauchte. Ich legte die Liste zur Seite und sagte, ich würde das ganze Zeug irgendwann besorgen.

»Na ja, schön, ist ja euer Dad. Macht, was ihr wollt. Idioten«, sagte Ralph.

Ich fuhr nicht zu Home Depot. Wir hatten andere Sachen im Kopf. Zum Beispiel Weihnachten! Ich machte Ralph die Tür vor der Nase zu und setzte mich vor Dads neuen Fernseher, um mir endlich *Buddy – Der Weihnachtself* anzusehen. Ich legte die Füße hoch und nippte an meinem Eggnog mit einem Extraschuss Whiskey, und warum zum Teufel auch nicht?

Eigentlich hatten wir beschlossen, in diesem Jahr nicht groß Weihnachten zu feiern. Wir wollten weder einen Baum noch Geschenke besorgen. Wir wollten einfach dankbar für alles sein, mit dem wir sowieso gesegnet waren. Ich stellte mir vor, wie ich vor dem knisternden Kaminfeuer sagte: »Ich bin so dankbar für ALS und Krebs, weil sie mir den Vater und die Mutter nehmen, ich ihretwegen meinen Job aufgeben musste und nicht bei der Frau sein kann, die ich liebe. Prost.«

Doch dann entschied meine Mom, es sei Schwachsinn, Weihnachten nicht zu feiern, und es würde nur zeigen, dass die ALS gewann. Sie war mit ihrer Chemo endlich durch und fühlte sich schon besser. Jetzt musste sie nur noch alle drei Wochen für IVIG-Bluttransfusionen ins Krankenhaus, die ihrem Immunsystem auf die Sprünge halfen und ihr wieder genug Energie gaben, um mehr zu tun, als nur Joghurt zu essen und zu schlafen. Das Beste war aber, dass ihr Chemohirn langsam nachließ. Sie war eindeutig klarer und aktiver. Zusammen mit Jessica kaufte sie Unmengen von Weihnachtsgeschenken. Ich glaube, sie wollte sich damit ablenken, und es gab ihr einen Grund, mal für ein Weilchen aus dem Haus zu gehen.

Außerdem beschloss sie, ihre Freunde zu organisieren, damit sie ihr halfen. Sie kündigte das Fest als »Bobs letztes Weihnachten« an und fragte die Leute, ob sie es auf sich nehmen würden zu helfen, um es zu etwas ganz Besonderem zu machen. Alle willigten ein. Einige Freunde stellten einen riesigen Weihnachtsbaum auf und schmückten ihn mit bunten Lichterketten und glitzernden Anhängern. Nachbarn dekorierten unsere Bäume vor dem Haus und den Zaun mit Lichterketten und brachten uns außer Lasagne auch noch Weihnachtsplätzchen und Lebkuchenhäuser. Stana machte ihren besonderen Weihnachtskartoffelsalat mit einer Extraportion Kartoffeln. Das Haus sah gut aus. Komplett auf Weihnachten getrimmt. Mein Dad konnte nach Hause kommen.

Ein Krankenwagen holte meinen Dad aus dem Reha-Zentrum ab und brachte ihn nach Hause. Ich fuhr mit. Ich hielt nach dem Typen Ausschau, der immer »Alter« gesagt hatte, aber er war nirgends zu sehen. Wahrscheinlich schniefte er Koks und baggerte im Einkaufszentrum Mädchen an, wo wir doch Weihnachten hatten und so.

Als wir zu Hause ankamen, erzählte ich den Sanitätern von unserem Fahrstuhl. »Diese Arschlöcher von der Elevator Company – was für ein blöder Name übrigens – haben ihren beschissenen Termin nicht eingehalten, deshalb müssen wir durch die Haustür gehen. Was für Säcke, oder?«

»Kein Problem«, winkte einer der Sanitäter ab. »Wir haben eine Trage. Außerdem hätten wir sowieso nicht alle in den Fahrstuhl gepasst.«

Scheiße. Wenn wir den Aufzug gar nicht brauchten, wünschte ich, ich hätte diesem Penner von der Elevator Company kein schlechtes Gewissen gemacht, weil sie noch nicht fertig waren. Der arme Kerl versuchte auch nur, sich irgendwie durchzuschlagen, wie wir alle.

Die Sanitäter hoben meinen Dad auf die Trage und brachten ihn zum Haus. Tausend Sachen konnten schieflaufen. Ich stellte mir vor, wie einer der Sanitäter über eine Katze stolperte und Dads schlaffen Körper in den Weihnachtsbaum schleuderte. Ein Zweig würde seine Trachealkanüle rausreißen, und Blut und Spucke würden über die Familienporträts im Wohnzimmer spritzen. Das Beatmungsgerät würde im hohen Bogen durch die Luft fliegen und meine Mom mitten auf dem kahlen Kopf erwischen. Sie würde wie ein Sack krebskranker Kartoffeln zu Boden gehen. Irgendwas würde ein Feuer auslösen – vielleicht die Lichterketten. Alles würde in Flammen aufgehen. Wir würden versuchen, meinen schlaffen Dad und meine bewusstlose Mom aus dem Haus zu ziehen, aber es wäre zu spät. Wir selbst würden es nach draußen schaffen und uns retten, aber alles andere wäre verloren. Unsere ganzen Fotos. Unsere Erinnerungen. All unsere Weihnachtsgeschenke. All unsere Eltern. Wir würden das qualmende Haus betrachten und so was sagen wie: »Das werden wohl keine besonders fröhlichen Weihnachten.« Ralph würde herüberkommen und sich mit uns ansehen, wie das Haus abbrannte. »Ich habe es euch Idioten doch gesagt«, würde er schimpfen. Dann würden wir irgendwas Deprimierendes machen, vielleicht für unser Weihnachtsessen zu Denny's fahren und darüber reden, dass unsere Eltern jetzt tot waren.

Tatsächlich stolperte niemand. Ich beobachtete Dads Gesicht, als er ins Haus getragen wurde. Er bestaunte den Baum und all die Dekorationen so ehrfürchtig wie ein kleiner Junge, der sein erstes Weihnachten erlebte. Es kam mir verrückt vor, dass wir vor gerade mal einem Jahr in unseren albernen Pyjamas vor dem Baum gesessen und geplant hatten, wie wir mit Dads Krankheit umgehen würden. Und jetzt wurde mein Dad gelähmt und mit einem beschissenen Beatmungsgerät am Baum vorbeigetragen. Die Sanitäter schleppten ihn durch unser Haus und nach oben in sein neues Zimmer. Sie trugen ihn an seinem Lieblingsplatz am Küchentisch vorbei, an dem er immer die Zeitung gelesen und seinen Kaffee getrunken hatte. Vorbei an einer Wand mit Fotos von ihm und seiner liebevollen Familie aus glücklicheren Tagen: im Urlaub auf Hawaii, beim Skifahren in Deer Valley, neben einem Pool in Palm Desert. Vorbei am Elternschlafzimmer, in dem er und seine Frau lange Jahre nebeneinander geschlafen hatten. Er lächelte. Er war froh, zu Hause zu sein, einfach froh, nicht mehr in diesem Krankenhaus zu sein.

Wir brachten ihn in sein neues Zimmer. Er sah sich um.

»Hoffen wir mal, dass die Katzen hier nicht auch alles vollpissen«, sagte ich, während ich ihm schon ganz in meiner Rolle als neue häusliche Pflegekraft ein Kissen unter den Kopf schob.

Seine Kanüle war entblockt, damit er sprechen konnte. »Der Fernseher gefällt mir«, sagte er.

»Ja, den habe ich gekauft. Na ja, du hast ihn gekauft. Ich habe deine Kreditkarte geklaut«, erklärte ich.

Mir fiel auf, dass er sich den ganzen medizinischen Bedarf ansah, durch den es aussah wie in einem Krankenhauszimmer.

»Tut mir leid, dass es hier wie im Krankenhaus aussieht. Und dabei bist du gerade erst entlassen worden«, sagte ich.

»Nein. Schon gut. Schön, wieder zu Hause zu sein«, sagte er und lächelte.

»Schön, dich wieder hier zu haben. Es war ohne dich nicht dasselbe.«

Und es war wirklich schön, ihn wieder zu Hause zu haben. Er war das Bindeglied, das unsere Familie zusammenhielt, der Puls, der unsere Herzen schlagen ließ. Egal, welche Streitereien es zwischen uns anderen gab, unsere bedingungslose Liebe für unseren Dad schweißte uns zusammen. Sein Zimmer wurde sofort zum Mittelpunkt für alles Zwischenmenschliche, was sich im Haus tat, zum neuen allgemeinen Treffpunkt. Ständig kamen Freunde und Nachbarn vorbei, um ihn zu besuchen. Seine engsten Kumpel kamen mit ein paar Bier herüber und tranken was mit ihm, auch wenn mein Dad natürlich bei seinem Promote bleiben musste. Sogar die Hunde freuten sich, dass das Haus wieder voller Leben war, sie kamen immer wieder in Dads Zimmer gerannt und wedelten so wild mit dem Schwanz, als wollten sie gleich abheben. Scheiße, und auch die Katzen kamen an, machten auf seinem Krankenbett ein Nickerchen mit ihm und schnurrten im Takt mit dem Beatmungsgerät.

Stana traf den Nagel auf den Kopf: »Daddy macht Haus wieder glücklich.«

Jessica und Chelsea hatten sich der Schule wegen nicht oft im Krankenhaus blicken lassen, aber als mein Dad zu Hause war, konnten sie endlich wieder Zeit mit ihm verbringen. Chelsea nahm ihre Hausaufgaben in sein Zimmer mit und machte am Fußende seines Bettes Mathe. Manchmal fragte sie meinen Dad sogar etwas und hielt ihm das Buch direkt vors Gesicht. Er versuchte zu antworten, aber sie konnte ihn mit seiner neuen Stimme durch die Kanüle nicht gut verstehen. Jessica machte keine Hausaufgaben. Sie blieb mit Mühe und Not in der Schule. Stattdessen schmiss sie sich zu meinem Dad aufs Bett und sah mit ihm fern.

Allerdings war es kein reines Vergnügen, ihn zu Hause zu haben. Die Pflege war echt so richtig anstrengend. Einmal im Monat sahen ein Atemtherapeut, ein Physiotherapeut und ein Logopäde vorbei, alles andere war unsere Aufgabe. Er musste immer wieder umgebettet werden. Drei Mal am Tag musste er gefüttert und etwa zwanzig Mal abgesaugt werden. Er pinkelte ständig. Und er kackte zwei Mal am Tag – einmal morgens und einmal abends vor dem Schlafen. Das Schlimmste war, dass jede Nacht einer von uns bei ihm schlafen musste, falls mit dem Beatmungsgerät etwas nicht stimmte. Meine Mom musste erst noch zu Kräften kommen, deshalb waren Greg und ich dran. Im Whirlpool sitzen und bis Mittag schlafen war nicht mehr drin. Auch kein Rumblödeln, wer Daniel Day-Lewis vögeln würde. Der Daddydienst ging verschärft weiter.

Wir klebten die Türklingel mit Panzerband so an das Fußende seines Bettes, dass er sie mit dem kräftigeren Fuß drücken konnte. Meistens brachten wir ihn gegen elf zum Schlafen und dösten gegen Mitternacht selbst ein. Mir kam es total unwirklich vor, neben meinem todkranken Vater statt neben Abby zu schlafen. Nachts wurde er im Schnitt fünf Mal wach und klingelte. Meistens musste er pinkeln oder umgedreht werden. Aber manchmal fiel auch das Beatmungsgerät aus.

»PIEP. PIEP. PIEP. Wach verdammt noch mal auf, damit dein Dad nicht stirbt«, hieß es dann.

»Leck mich, du blödes Gerät«, sagten wir. Ich konnte das Beatmungsgerät von Anfang an nicht ausstehen, obwohl es meinen Dad am Leben hielt und uns mehr Zeit mit unserem Kumpel gab. Es fiel ständig aus. Es war wie dieser eine nervige Freund, der nie weiß, wann er besser seine bescheuerte Klappe halten sollte. Normalerweise bedeutete das Piepen, dass abgesaugt werden musste. Dann schalteten wir das Absauggerät an, schoben den kleinen Plastikschlauch in Dads Kehle und saugten den ganzen Schleim raus. Eine scheußliche Art, wach zu werden. Ich musste noch nie ein weinendes Baby versorgen, aber ich bin mir sicher, dass es ganz ähnlich ist.

Trotzdem war es schön, unseren Dad wieder zu Hause zu haben.

In der ersten Woche war ich ziemlich zufrieden damit, wie wir uns anstellten: Ich lernte, besser mit dem Beatmungsgerät umzugehen und sein wildes Piepen auf ein Minimum zu reduzieren. Wir lagerten Dad regelmäßig im Bett um, damit er sich nicht wund lag und starb. Wir machten all seine physiotherapeutischen Übungen mit ihm. Als Sahnehäubchen stellten wir sogar den Toilettenstuhl neben sein Bett und lernten, ihn umzusetzen, damit er nicht in seine Windel kacken musste. Mein Dad wirkte zufrieden, er fühlte sich wohl.

Aber dann zog ein riesiger Schneesturm auf, und natürlich fiel der Strom aus. Im ganzen Haus war es stockdunkel.

»PIEP. PIEP. PIEP. Macht verdamm noch mal was, sonst stirbt euer Dad«, kreischte das Beatmungsgerät. Es drehte durch, weil es eine Stromquelle brauchte.

»Ganz ruhig, Gerät, bitte. Wir tun, was wir können. Wir haben unseren Dad sehr lieb und wollen auch nicht, dass er stirbt«, sagten wir.

»Da bin ich mir manchmal nicht so sicher. Ihr baut doch ständig Scheiße. PIEP. PIEP. PIEP«, antwortete es.

Im Lichtschein meines Handys gelang es mir, den Notfallakku anzuschließen. Das Beatmungsgerät beruhigte sich.

»Für den Moment reicht mir das, aber macht nicht noch mehr Mist«, sagte es.

Ich rief bei der Stromgesellschaft an, und man sagte mir, es könne bis zu acht Stunden dauern, bis wir wieder Strom bekämen.

Scheiße! Der Notfallakku hielt nur vier. In vier Stunden würden wir am Arsch sein. So richtig am Arsch. Wir würden Dad per Hand mit einem Beatmungsbeutel Luft in die Lungen pumpen müssen, bis wir wieder Strom hatten, sonst würde er sterben. Ich suchte das Haus nach einer Taschenlampe ab, fand aber nur Ralphs Liste mit Sachen, die ich bei Home Depot besorgen sollte, darunter eine Taschenlampe. Ich wollte schon die Feuerwehr anrufen, damit sie ein paar Sanitäter schickten. Wahrscheinlich würden sie meinen Dad wieder ins Krankenhaus bringen. Man würde ihn wieder aus seinem Haus holen. Aber in diesem Moment klopfte jemand kräftig an die Tür. Ich öffnete. Es war Ralph.

»Habe ich euch nicht gesagt, ihr sollt euch einen Generator besorgen?«, fragte er auf dem Weg nach oben zu Dads Zimmer.

»Ich weiß, ich weiß, ich weiß. Wir haben es versaut«, antwortete ich. »Wir sind totale Versager.«

Ralph sah kopfschüttelnd erst mich und dann meinen Dad an. »Deine Kinder sind Idioten, Bob«, sagte er. Mein Dad lächelte und nickte.

Ralph konnte bei einem Nachbarn einen benzinbetriebenen Generator auftreiben. Wir stellten ihn vor unser Haus, und Ralph warf ihn an. Weil wir kein langes Verlängerungskabel hatten, holte er eines von sich und legte es durch unser ganzes Haus bis nach oben in Dads Krankenzimmer.

»Wenn ihr ihn im Esszimmer untergebracht hättet, wären wir mit einem kürzeren Kabel ausgekommen«, erinnerte er mich.

»Ich weiß. Wir haben es versaut«, gab ich noch mal zu.

Irgendwann hatten wir wieder Strom. Wir stöpselten den Generator ab und verbanden Dads Beatmungsgerät wieder mit der Steckdose in der Wand. Mein Dad wirkte erleichtert.

»Tut mir leid, Dad. Wir werden uns bessern. Das war nur ein kleiner Ausrutscher am Anfang. Du wirst ewig leben, keine Angst«, sagte ich. Er wirkte nicht ganz überzeugt.

Am nächsten Tag schickte mein Dad mich mit Ralph zu Home Depot, um einen Generator und die anderen Sachen auf der Liste zu holen. Auf dem Weg dorthin nahm ich mir fest vor, mich von jetzt an besser anzustellen. Ich würde mich nicht mehr wie ein Kind aufführen und wollte versuchen, der Mann im Haus zu werden. Ich würde auf Ralph hören. Der Blödsinn musste ein Ende haben. Ich musste jetzt erwachsen werden und das Leben ernster nehmen. Kein *Buddy* und kein Eggnog mehr. Das Leben meines Dads lag in meinen weichen, müßiggängerischen Händen. Ich musste mir ein paar Schwielen zulegen, sie abhärten.

Ich kaufte den besten Generator, den ich kriegen konnte … mit Daddys Kreditkarte.

# BOBS MITREISSEND MAGISCHER MONSTERBUS

Mein Dad würde nie wieder seine alte Lebensqualität zurückerlangen. Aber wir alle schworen, ihm seine restliche Zeit so erfüllend und angenehm wie möglich zu gestalten. Wir versprachen ihm, dass er trotz seines Beatmungsgeräts nicht nur im Haus bleiben würde. Wir würden nette Sachen unternehmen. Spaß haben. Wir würden jeden Tag einen Ausflug machen. Vielleicht in den Zoo. Vielleicht zu einem Spiel der Utah Jazz. Vielleicht würde ich mit ihm in eine Stripbar gehen, damit er sich ein paar Titten übers Gesicht reiben lassen konnte. Die ganze Welt stand uns offen!

Wenn wir dieses Versprechen halten wollten, würden wir mit unseren unglaublich teuren Luxusautos nicht weit kommen. Der Lexus mochte ja eine Sitzheizung, DVD-Player, praktische Ablagefächer und besonders große Beinfreiheit haben, aber er bot nicht genug Platz für einen zweihundert Kilo schweren Rollstuhl mit einem Beatmungsgerät an der Rückenlehne und einem halb toten, unbequem sitzenden Mann, der sich wünschte, sein Leben hätte nicht diese beschissene Wendung genommen. Also sahen wir uns nach einem rollstuhlgerechten Auto um.

Meine Mom und ich übernahmen das Projekt. Nur hatten wir keinen Schimmer von rollstuhlgerechten Transportern.

»Wo finden wir denn einen Van für Dad?«, fragte sie.

»Ich weiß nicht. Vielleicht sollten wir jemanden fragen, der so was weiß«, schlug ich vor.

»Wer weiß so was denn?«, fragte sie.

»Ich weiß nicht.«

»Ich weiß, dass du es nicht weißt, aber wer könnte so was wissen?«

»Bin ich mir nicht sicher«, meinte ich.

»Ich auch nicht«, sagte sie.

Ich hörte mich um und rief bei Läden mit deprimierenden Namen an, bei Mobility Utah und Para Quad Mobility, bei Freedom Motors und Freewheel Mobility. Ich hasse es, wenn Leute einer miesen Sache einen fröhlichen Anstrich verpassen wollen. Das macht nur noch deutlicher, wie beschissen es ist. Wie ein Arzt, der sich eine Clownsnase aufsetzt, um einem zu sagen, dass man bei einem Autounfall beide Arme verloren hat. Ganz genau, leck mich, Patch Adams.

Alle Vans, ob neu oder gebraucht, schienen um die fünfunddreißigtausend Dollar zu kosten, aber ich konnte keinen mit Sitzheizung und DVD-Player finden. Außerdem maß mein Dad in seinem Rollstuhl etwa einen Meter vierzig in der Höhe, deshalb war es nicht leicht, einen Wagen mit einer ausreichend großen Tür zu finden, durch die wir ihn schieben konnten; wenn er schon ALS hatte, sollte er sich nicht auch noch die Rübe anhauen.

Ich beschloss, Dave Ricketts von der MDA in Utah anzurufen, der Muscular Dystrophy Association. Dave war eine großartige Anlaufstelle, er kannte jeden im ganzen Staat, der ALS hatte oder je gehabt hatte. Er war ein echter Schatz von einem Menschen. Ich hätte ihm gerne mal gesagt, er sei das einzige *Kümmern* beim Verkümmern der Muskulatur, aber ich schätzte, mit meinem schwarzen Humor hätte er nichts anfangen können. Er war auch derjenige, der für meinen Dad den Leihrollstuhl aufgetrieben hatte.

Ich hatte mich bei Dave gemeldet, als mein Dad für seine Tracheotomie ins Krankenhaus gegangen war, weil ich schon wusste, dass die Suche nach einem Van eine Weile dauern würde, selbst bei Meister Dave. Er versprach, ein bisschen herumzutelefonieren.

Mehrere Wochen lang warteten wir, ohne etwas zu hören. Dann rief schließlich eine Michelle an, die ihren Mann vor zwei Jahren an ALS verloren hatte. Sie war Ende zwanzig. Ihr Mann war mit achtundzwanzig an ALS erkrankt – ein ungewöhnlich junges Alter für eine Krankheit, die normalerweise Männer in den Vierzigern oder Fünfzigern bekommen. Ihm war nur noch ein Jahr geblieben. Sie war damals mit ihrem zweiten Kind schwanger. Anders als mein Dad hatte er sich entschieden, kein Beatmungsgerät zu benutzen, aber einen Rollstuhl hatte er auch, und dafür hatten sie sich einen Van angeschafft. Der Van stand vor ihrem Haus und erinnerte sie ständig daran, was ihrem Mann passiert war – ihrer ersten Liebe und dem Vater ihrer Kinder. Jetzt wollte sie wieder heiraten, ihr Leben weiterleben und vergessen, was die ALS zerstört hatte, den Van wollte sie deshalb spenden.

Ich fragte sie, wie viel sie für den Wagen haben wollte. *Spenden* bedeutet *umsonst*, erinnerte sie mich.

»Ach ja, richtig«, sagte ich und hätte am liebsten ein »Klugscheißer« hinterhergeschoben, aber dann fiel mir ein, dass sie ja auch eine Tragödie hinter sich hatte, was uns zu Brüdern oder Schwestern oder Freunden machte, die eine ähnliche Scheiße durchgemacht hatten und sich umeinander kümmerten.

»Wo wohnen Sie? Wenn es Ihnen passt, hole ich den Van am Wochenende ab«, sagte ich.

»Das wäre toll. Ich will ihn echt loswerden. Ich heirate bald wieder und will damit abschließen«, erzählte sie.

»Das verstehe ich. Es bringt ja nichts, ewig traurig zu sein und sich das Leben schwer zu machen. Sagen Sie mir Ihre Adresse?«, fragte ich.

»2600 South und 2300 East, in Spanish Fork.«

»Ach du Scheiße«, meinte ich.

Sie schwieg so lange, dass ich begriff, dass sie wahrscheinlich Mormonin war und ich sie mit dem Wort *Scheiße* beleidigt hatte. Dan, du bist ein solcher Idiot, du blöder, fetter Schwachkopf, dachte ich. Wenn ich mich fett nannte, war das übrigens nicht unbedingt ein Witz. Ich war so damit beschäftigt, den Körper meines Dads zu versorgen, dass ich meinen eigenen vernachlässigte. Ich aß tonnenweise Lasagne und Fast Food und trank zu viel und trieb dabei keinen Sport, was mich auf ein Höchstgewicht von gut achtundachtzig Kilo gebracht hatte. Als Kind war ich immer dünn gewesen, deshalb fühlte ich mich jetzt scheißfett.

Falls deine Geografiekenntnisse von Utah gerade ein bisschen eingerostet sind: Spanish Fork liegt eine bis eineinviertel Stunden südlich von Salt Lake – anders gesagt nicht gerade um die Ecke – und verlangte damit sozusagen nach meinem Wörtchen *Scheiße*. Wir machten aus, dass ich ihr den Van am kommenden Sonntag abnehmen würde. Ich wollte um zwei Uhr bei ihr sein, damit sie noch in die Kirche gehen und ich mich am Samstagabend so richtig volllaufen lassen konnte.

Und an diesen Plan hielt ich mich. Samstagabend gossen mein Kumpel Dom und ich uns ordentlich einen hinter die Binde. Als ich am nächsten Morgen aufwachte, hatte ich einen größeren Kater als Jesus, nachdem er gemerkt hatte, dass er Wasser in Wein verwandeln konnte. »Ob Jesus auch Zweige in Zigaretten verwandeln konnte?«, fragte ich mich in der Wolke aus schalem Rauch, in der ich im Bett lag. Ich war komplett angezogen und fühlte mich, als hätte ich mir eine ganze Flasche Wodka direkt ins Hirn gekippt.

Ich hatte mir überlegt, Greg und ich könnten den Van zusammen abholen. Wir würden nach Spanish Fork fahren, ein bisschen Musik hören, bei Del Taco halten, darüber reden, wie fett ich geworden war, und uns fragen, wie lange wir dieses traurige Todkranke-Eltern-Leben noch durchhalten mussten. Vielleicht würden wir auch nach Spanish Fork fahren, uns den Bauch mit scharfen Hähnchenburritos vollschlagen und beschließen, einfach weiter nach Süden zu fahren, vielleicht nach Mexiko, und da echtes mexikanisches Essen zu probieren. Wir würden uns glänzend verstehen, wie immer. Und ich würde ihn kein einziges Mal damit aufziehen, dass er schwul war.

»Irgendwie wünschte ich, Dad hätte das Beatmungsgerät nicht genommen«, würde ich sagen.

»Ich auch«, würde er mir zustimmen.

»Also, nicht ernsthaft. Du weißt, was ich meine. Es ist nur schwer. Eine Menge Arbeit«, würde ich sagen.

»Vielleicht sollten wir einfach weiterfahren bis Mexiko, einfach abhauen«, würde er vorschlagen.

»Wir haben uns ja schon bei Del Taco vollgefuttert. Wir könnten uns ans Meer setzen, ein paar Frauen finden, Tequila trinken und jung und gar nicht tragisch sein«, würde ich sagen.

»Ein perfekter Plan, nur dass ich schwul bin und keinen Tequila trinke«, würde er sagen.

So in etwa liefe das ab.

Aber bevor ich richtig wach war – die letzte Nacht war nur schemenhaft in meinem alkoholgetränkten Hirn hängen geblieben –, kam meine Mutter in mein Kellerzimmer. Weil Greg letzte Nacht Daddydienst geschoben hatte, konnte ich in meinem eigenen Bett schlafen. Meine Mom wirkte noch kahler als sonst und trug einen langen roten Mantel, der wie ein Navajo-Teppich aussah. Er bedeckte ihren ständig kalten Körper von den Schultern bis zu den Zehen. Sie hatte die glorreiche Idee, den Van selbst abzuholen, obwohl sie mit ihrem Lexus, der viel einfacher zu fahren war, wegen ihres Chemohirns in den letzten drei Monaten sechs Unfälle gebaut hatte.

Zu Moms größten Fehlern gehört es, dass sie sich zu viel auflädt, nur um zu zeigen, dass ihr etwas wichtig ist. Obwohl sie von der Chemo immer noch sehr mitgenommen war, saß sie jeden Tag von morgens bis abends bei meinem Dad. Es bewies, wie sehr sie ihn liebte, aber sie sah erschöpft aus. Wenn Freunde zu Besuch kamen und meiner Mom rieten, in ihr Zimmer zu gehen und sich auszuruhen, sagte sie nur: »Mir geht's gut. Bob braucht mich«, und aß einen Löffel Joghurt.

»Steh auf. Es ist zehn Uhr. Wir müssen den Van abholen«, sagte sie.

»Wir müssen doch erst um zwei da sein«, sagte ich und drehte mich herum.

»Aber wir wissen nicht, wo Spanish Fork ist.«

»Ich weiß, wo es ist. Es ist eine, vielleicht eineinviertel Stunden südlich von Salt Lake.«

»Ja, gut, trotzdem wissen wir nicht genau, wo sie wohnt«, sagte sie.

»Ich dachte, Greg und ich würden fahren. Und dann vielleicht nach Mexiko abhauen«, sagte ich.

»Was?«, fragte sie.

»Ach, nichts.«

»Greg kann nicht gut Auto fahren«, meinte sie.

»Dann kann er mich ja absetzen, und ich fahre den Van zurück«, sagte ich.

»Nein, ich fahre den Van zurück.«

Ich setzte mich im Bett auf und nahm die ganze Sache ernster. »Das wirst du nicht tun. Du fährst total mies.«

»Klappe, Dan. Ich fahre sehr gut Auto«, sagte sie.

»Vor zwei Wochen bist du mit deinem Auto in den Zaun gekracht.«

»Der ist ganz plötzlich aufgetaucht ... Jetzt steh verdammt noch mal auf. Wir fahren jetzt. Übrigens stinkst du nach Zigarettenrauch«, meinte sie.

»Und du nach Krebs«, hätte ich am liebsten gesagt.

Meine Mom ließ sich nicht umstimmen, also stiegen wir in ihren Lexus und machten uns auf den ein- bis eineinviertelstündigen Weg nach Spanish Fork. Ich versuchte, die Fahrt mit ein paar Sprüchen aufzupeppen, aber sie war nicht in der richtigen Stimmung.

»Besser Spanish Fork als die spanische Inquisition«, witzelte ich.

»Was?«, fragte sie verwirrt.

»Besser Spanish Fork als die spanische Inquisition«, wiederholte ich.

Langes Schweigen. Dann fing meine Mom an zu weinen. »Was sollen wir nur mit deinem Dad machen? Ich glaube, ich schaffe das nicht. Wie sollen wir ihn nur weiter pflegen?« In letzter Zeit hatte sie viel geweint. Seit ihr Chemohirn abklang, traf die trostlose Situation sie mit voller Wucht.

Ich wusste nicht, was ich sagen sollte. Mir war klar, dass die nächsten Monate beschissen bis saumäßig werden würden. Es würde nicht einfach sein. Aber ich wollte mit meiner Mom nicht darüber reden. Dazu war ich zu verkatert. Also sagte ich noch mal: »Lieber Spanish Fork als die spanische Inquisition, oder?«

Wahrscheinlich hätte ich was anderes sagen sollen. Wahrscheinlich hätte ich meine Mom damit beruhigen sollen, alles würde gut werden, die Familie würde es zusammen durchstehen. Ich hätte ihr sagen sollen, dass ich sie lieb hatte und wusste, wie schwer es im Moment für sie war. Wir hätten uns richtig schön gegenseitig das Herz ausschütten können. Das hätten wir beide gebraucht. In letzter Zeit war ich ziemlich gemein zu ihr gewesen. Und da faselte ich Arschloch was von der spanischen Inquisition.

Ich hatte eine Scheißangst, wir würden ankommen und Mom wäre so versessen darauf, den Van zu fahren, dass ich mich vor fremden Leuten auf sie werfen und sie festhalten musste, damit sie nicht ans Steuer kam. Die Mormonen würden über mich richten und brummeln: »Er wird in die äußere Finsternis eingehen«, ihre Version der Hölle, während ich ihr den Autoschlüssel aus den schwachen Krebshänden wand. Dabei würde ich ihr das Leben retten, denn wenn sie in diesen Van gestiegen wäre, hätte sie garantiert den kürzesten Weg zum nächsten Tanklastzug gefunden, wo sie mitsamt ihrem Indianermantel in verkohlten Fetzen kilometerhoch in die Luft gewirbelt wäre, um schließlich auf meinem Habe-ich-dir-doch-gleich-gesagt-Gesicht zu landen.

Obwohl der Van nichts kosten sollte, hatte ich hohe Erwartungen. Mein Freund Brian war seit einem Autounfall vom Hals abwärts gelähmt, deshalb hatte seine Familie einen rollstuhlgerechten Van gekauft, um ihn transportieren zu können. Der Wagen hatte einen DVD-Player, eine schicke Musikanlage und war bestens klimatisiert. Hatte Brian ein Glück!

Einen DVD-Player erwartete ich ja gar nicht, aber etwas mehr als die zu groß geratene Klapperkiste, als die sich der Van dann herausstellte, schon. Bei dem Ding bekam man glatt Augenkrebs. Es war unglaublich hässlich. Als wir ankamen, war mein erster Gedanke: Ach du Scheiße, hoffentlich ist er das nicht; immerhin musste ich das Ding eine bis eineinviertel Stunden zurückfahren.

Ich weiß nicht, warum ich spontan »Ach du Scheiße« dachte. Ich weiß nicht, ob die babyblaue Farbe das Problem war. Oder dass der Van so groß war wie diese Schulbusse für geistig Minderbemittelte. Oder dass er wahrscheinlich nicht mal genug wert war, um ihn gegen einen DVD-Player einzutauschen. Ich weiß nicht, ob es der Rost an den Radkästen war. Oder die Tatsache, dass es vorne keinen Beifahrersitz gab, was einen Blowjob im Auto aus Gründen der Sicherheit und Logistik nahezu unmöglich machte. Oder dass der alte Rollstuhl, den ein früherer ALS-Patient vor seinem Tod benutzt hatte, immer noch wie ein unvergesslicher Albtraum im Van stand, als würde es im Wagen spuken. Jedenfalls war das meine erste Reaktion.

Die Reaktion meiner Mom war etwas schnörkelloser als meine: »Glaubst du, es ist die blaue Schrottkarre da vorne?«

Ich fand, wir sollten umdrehen, zurück nach Salt Lake fahren, die fünfunddreißigtausend Dollar hinblättern und einen Van kaufen, der nicht wie Gottes Stinkefinger aussah. Wir hätten einfach sagen können, wir hätten das Haus nicht gleich gefunden und schnell zurückfahren müssen, weil es in Salt Lake einen Notfall gab, Dads Trachealkanüle explodiert wäre, er jetzt an der Schwelle des Todes stünde und wir vielleicht noch mal wiederkämen, sollte er die Kanülenexplosion überleben.

»Mom, das Ding wollen wir doch nicht ernsthaft haben, oder?«, fragte ich.

»Ach, jetzt hör aber auf. So schlimm ist es doch nicht. Und jetzt sind wir schon mal hier«, widersprach sie.

»So was Hässliches habe ich noch nie gesehen, und ich wette, er fährt nicht mal. Wenn wir die Kiste nehmen, haben wir sie an der Backe, die steht dann in der Auffahrt, und unser Grundstück ist nur noch die Hälfte wert«, sagte ich.

Als meine Mom kurz zögerte, dachte ich schon, ich hätte sie überzeugt, doch sie sagte: »Ach, halt die Klappe«, und sprang aus dem Lexus. Wahrscheinlich war es nicht besonders geschickt, mit einem Luxusauto ein kostenloses abzuholen, aber scheiß drauf. Mein Dad war todkrank.

Wir klopften an die Haustür, und eine junge, mitgenommene Frau kam heraus. Sie trug noch ihr Kirchenoutfit.

»Hallo, ich heiße Debi, und das ist mein Sohn Danny. Wir sind wegen des Wagens hier«, sagte meine Mom.

Eine Sekunde lang hoffte ich, der blaue Van an der Straße würde nicht ihr gehören und hinter dem Haus ein voll ausgestatteter Wagen mit fünf DVD-Playern stehen, auf denen in voller Lautstärke *Der Herr der Ringe* lief.

»Ich heiße Michelle. Es freut mich sehr, Sie kennenzulernen. Der Wagen steht vor dem Haus, es ist der blaue Van.«

Scheiße.

Sie und meine Mom umarmten sich. Ich war nicht sicher, ob ich sie auch umarmen sollte. So hässlich, wie der Van aussah, fand ich nicht, dass ich dafür eine Umarmung opfern sollte, auch wenn auf meinem T-Shirt DRÜCKBAR stand, weswegen ich oft gefragt wurde, ob ich in einem Copyshop arbeitete.

Wir sahen uns an und kamen wortlos überein, uns nicht zu umarmen.

Ich machte mir Sorgen, es könnte eine tränenreiche Veranstaltung für meine Mom werden – sie lernte hier eine Frau kennen, die wegen der gleichen Krankheit verwitwet war, die sie schließlich zur Witwe machen würde. Und ich hoffte, dass sie ihre eigene Krankheit nicht erwähnen würde, dass wir uns bei diesem kleinen Abenteuer auf Dads ALS statt auf ihren Krebs konzentrieren würden und nicht noch mehr geweint würde. Immerhin wollte Michelle sich gerade mit einem letzten Schritt von ihrem alten Leben lösen. Da mussten keine Tränen fließen.

Meine Mom fing an. »Ihr Mann hatte ALS?«

»Ja. Mit achtundzwanzig hat er die Diagnose bekommen.«

»So eine beschissene Krankheit«, sagte meine Mom.

Michelle wirkte etwas verärgert über Moms Ausdrucksweise. Garantiert war sie eine Mormonin. Ich entdeckte sogar ein Jesusbild in ihrem Haus. Aber sie schien zu merken, dass meine Mom in keiner guten Verfassung war, also verzieh sie ihr und sagte: »Ja, sie ist wirklich schlimm.«

»Das ist die beschissenste Krankheit, die ich kenne.« Dann brach meine Mom in Tränen aus und schluchzte richtig los. »Ich will nicht allein sein«, brachte sie heraus.

Obwohl Michelle zwanzig Jahre jünger war als meine Mom, wusste sie schon, wie es war, den Ehemann zu verlieren. Sie nahm meine Mom in den Arm und rieb ihr über den Rücken. »Es ist schlimm, aber das Leben geht weiter. Ich heirate bald wieder. Deshalb will ich den Van loswerden. Sie schaffen das schon.«

»Ich habe Krebs«, erzählte meine Mom.

Wir unterhielten uns noch eine Weile, vor allem über die Krankheit und darüber, wie sie ihrem Mann zugesetzt hatte. Die ganze Zeit über konnte ich Michelle anmerken, dass sie diese Geschichte nicht noch einmal durchleben wollte. Sie gab sich alle Mühe, damit abzuschließen. Aber meine Mom war neugierig und stellte alle möglichen unpassenden Fragen.

»Wie lange hat er noch gelebt?«

»Kam er im Bad noch allein zurecht, oder mussten Sie ihm helfen?«

»Konnte er sprechen?«

»Hat er oft ›Ich liebe dich‹ gesagt?«

»Hat er ein Beatmungsgerät genommen?«

»Sind Sie froh, dass er sich dagegen entschieden hat?«

»Wie alt waren Ihre Kinder, als er gestorben ist?«

Ich hatte gehofft, wir könnten den Van ohne so ein Gespräch abholen. Mir war ja klar, dass diese ganze Scheiße auf uns zukam, warum mussten wir mit einer völlig Fremden darüber reden? Ich wollte einfach die Schlüssel haben, damit ich zu Del Taco fahren, zwei scharfe Hähnchenburritos bestellen und nach Hause fahren konnte, um meinen Kater auszuschlafen und mich auf die neueste Folge *Lass es, Larry!* einzustimmen.

Dann kamen die Eltern des toten ALS-Ehemanns heraus. Nach seiner Diagnose waren Michelle und ihr Mann zu seinen Eltern gezogen, um mehr Hilfe zu haben. Offenbar wohnte sie immer noch bei ihnen.

Die Mutter umarmte erst meine Mom, dann musterte sie mich. »Für Sie muss es auch schwer sein«, meinte sie und drückte mich unbeholfen.

»Ja, schon. Aber sehen wir uns doch mal den Van an«, bat ich.

Der Vater war ein echter Kerl und wusste eine Menge mehr über Autos, als ich je lernen werde. Mit seinem Händedruck quetschte er meine babyweiche Ich-habe-noch-nie-anständig-gearbeitet-

Hand fast zu Brei. Ich konnte hören, wie meine Mom weiter unpassende Fragen stellte, während er mir den Van zeigte. »Und wen heiraten Sie jetzt? Haben Sie das Gefühl, es könnte zu früh sein? Finden Ihre Kinder es in Ordnung, dass Sie wieder heiraten? Sie ziehen bei Ihren Schwiegereltern aus, oder?«

Der echte Kerl war ehrlich und sich völlig im Klaren darüber, dass der Van eine totale Schrottkarre war. Die meisten Sätze beendete er mit: »... aber er fährt noch.« Er zählte eine Handvoll Mängel auf. »Die Servolenkung braucht Hydrauliköl, die Batterie muss ausgetauscht werden, und ein Ölwechsel ist auch fällig. Manchmal springt die Karre einfach nicht an. Der Schwerpunkt liegt ziemlich weit oben, deshalb hat man ab 65 Stundenkilometern das Gefühl, sie würde gleich umkippen. Die Scheinwerfer funktionieren nicht immer. Im linken Hinterreifen steckt ein Nagel. Bei der Fahrzeuginspektion kommt er nicht durch ... aber er fährt noch.«

»Schöne Scheiße«, dachte ich; ich machte mir echt Sorgen um meine Sicherheit. So werde ich draufgehen, schoss es mir durch den Kopf. Das linke Hinterrad mit dem Nagel würde abspringen, durch die Windschutzscheibe einer Familienkutsche krachen und alle umbringen – der Nagel würde ausgerechnet genau die Stirn des jüngsten und unschuldigsten Kindes treffen. Durch den hohen Schwerpunkt des Vans und das fehlende Rad würde das Mistding unkontrolliert schlingern. Ich würde versuchen, abzubremsen und den Wagen wieder in den Griff zu kriegen, aber es wäre zu spät: Sein hohes Gewicht und der Schwung würden den schweren Van wild herumschleudern, er würde sich überschlagen, über den Mittelstreifen und auf die andere Seite der Schnellstraße krachen. Ein Lastwagen voll beladen mit Kanonenkugeln käme mit dröhnender Hupe herangebrettert. Er würde nicht mehr halten können, in den Van knallen und explodieren, und dabei würden Tausende Kanonenkugeln in die Luft und anschließend in die Scheiben der anderen Autos fliegen. Im Umkreis von fünfzehn Kilometern würden sämtliche Insassen sämtlicher Autos sterben. Die Sanitäter würden meine verkohlte Leiche auf dem Fahrersitz dieser blauen Schrottkarre finden und »Warum?« brüllen, während die Kamera zurückwich und aus der Vogelperspektive zeigte, wie viel Tod und Zerstörung dieser potthässliche Wagen angerichtet hatte.

Die Sache mit Del Taco hatte sich erledigt.

Auch Michelle gab zu, wie bekackt der Van war. »Er ist schon eher hässlich, ich weiß. Trotzdem hatten wir Spaß mit ihm. Es war unbezahlbar, dass mein Mann überhaupt mal das Haus verlassen konnte.« Sie lächelte. »Meine Kinder haben immer Bus oder Monster zu ihm gesagt.«

Ich hatte mir noch keinen Spitznamen überlegt, weil ich zu beschäftigt damit war, mir weiter meinen Tod auszumalen, aber ich improvisierte. »Mein Vater heißt Bob, dann nennen wir ihn doch Bobs mitreißend magischen Monsterbus.«

Im ersten Moment wusste sie nicht, wie sie reagieren sollte. »Auch ein guter Name, schätze ich«, sagte sie schließlich; irgendwas musste sie ja sagen. »Bei uns hieß er einfach nur der Bus oder das Monster.«

Der echte Kerl ließ den Van an, klatschte auf die Motorhaube und sagte: »Viel Glück. Er fährt mit Diesel, aber es funktioniert nur einer der Tanks. Außerdem ist er nicht angemeldet, also passen Sie auf, wenn Polizei in der Nähe ist. Ach, und fahren Sie auf keinen Fall schneller als achtzig. Bei uns ist er mal stehen geblieben, als wir schneller gefahren sind.«

Ich sah meine Mom an. Ihr standen immer noch Tränen in den Augen. »Willst du das Ding jetzt auch noch fahren?«

Sie blickte vom Bus zu mir, dann schüttelte sie den kahlen Kopf und ging zu ihrem bequemen und sicheren Lexus.

Und so kamen wir an einen Van! Nicht irgendeinen Van, sondern Bobs mitreißend magischen Monsterbus!

Auf dem gesamten Heimweg fuhr ich nicht schneller als fünfundfünfzig, damit ich nicht bei fünfundsechzig das Gefühl bekam, er würde umkippen, und damit er auf keinen Fall bei achtzig einfach ausging. Ich blieb auf der Kriechspur und hielt ständig beide Hände am Lenkrad. Wahrscheinlich funktionierte das Radio sowieso nicht, aber ich war zu nervös, um es auszuprobieren. Ich wiederholte in einer Dauerschleife: »Ich werde nicht sterben«, nur unterbrochen von einem gelegentlichen: »Jetzt überhol schon, du Arschloch!«, wenn ein Auto an meiner hinteren Stoßstange klebte. Ständig hielt ich nach Polizei Ausschau, und wenn mich ein Streifenwagen überholte, ohne mich anzuhalten, atmete ich erleichtert auf.

Aber alles lief glatt. Ich glaube ja, wenn ich mir wegen allem Sorgen mache und mir das absolute Katastrophenszenario ausmale, wird es nicht wahr. Endlich lenkte ich diese Beleidigung für das Auge in unsere rissige Auffahrt. Ich stieg aus und sah mir den Van an.

»Jetzt wird Dad seine Krankheit noch mehr hassen«, dachte ich, hob das Handy und fotografierte das Scheißteil.

Ich lief nach oben und erzählte meinem Dad, dass wir den Van bekommen hatten.

»Ist er gut?«, fragte er.

»Ganz in Ordnung«, meinte ich, weil ich ihn nicht runterziehen wollte.

»Wie sieht er aus?«

Ich rief das Handyfoto auf und zeigte es ihm. Mit zusammengekniffenen Augen sah er es sich an, schüttelte enttäuscht den Kopf und sagte: »Wir sollten für die Seite einen Aufkleber besorgen: ›ALS ist scheiße.‹«

»Ich sehe mich mal um«, versprach ich. »Aber ich habe schon einen Spitznamen für ihn.«

»Welchen?«

»Bobs mitreißend magischer Monsterbus!«, verkündete ich.

Mein Dad fand das offensichtlich nicht witzig, sondern nur verwirrend. »Schon gut. Ist sowieso ein blöder Name. Nennen wir ihn einfach Monster.«

»Einverstanden«, sagte er bei einem zweiten Blick auf das Foto. »Er ist echt verdammt hässlich.«

# Wir sind nur wegen des Kuchens hier

Meine Mom war ein großer Fan von Selbsthilfegruppen. Sie hatte mit ihrem Krebs selbst eine besucht und dadurch zu der hoffnungsvollen, kämpferischen Einstellung gefunden, die ihr durch so viele Chemotherapien geholfen hatte. Mit den meisten Mitgliedern hatte sie sich auf Anhieb angefreundet. Sie fand dort eine Gemeinschaft, eine Gruppe von Menschen, die verstanden, was sie durchmachte; Menschen, mit denen sie weinen, die sie umarmen konnte und die ihr Mut machten. Nach ihrer ersten Diagnose wurden diese Menschen ein sehr wichtiger Teil ihres Lebens.

Im Laufe der Jahre ging sie allerdings immer seltener hin. Nicht, weil ihr die Gruppe nicht mehr geholfen hätte, sondern weil ihre Krebsfreunde wegstarben. Es wurde zu deprimierend. Das ist wohl der Nachteil, wenn man sich todkranke Freunde zulegt. Von den fünfundzwanzig Menschen, die in Moms Anfangszeit zu den Treffen kamen, war außer ihr nur noch einer übrig. Eine traurige Statistik, aber sie zeigte auch, was für eine Kämpferin meine resolute Mom war. Sie war wirklich eine Überlebenskünstlerin.

Als bei meinem Dad ALS diagnostiziert wurde, schlug Dr. Bromberg vor, er solle eine Selbsthilfegruppe der Muscular Dystrophy Association besuchen. Meine Mom – die zwar viele Freunde verloren, aber nicht vergessen hatte, wie wertvoll ihre Gruppe gewesen war – riet ihm auch dazu. Also ging er hin.

Die Treffen fanden an jedem ersten Dienstag des Monats in der

Klinik für Erkrankungen der Motoneuronen in der University of Utah statt. Sein erstes hatte er zusammen mit Mom im November 2006 besucht, wenige Wochen nach den beschissenen Neuigkeiten, und seitdem hatte er kaum eines verpasst. Die Treffen dauerten etwa zwei Stunden und brachten ganz unterschiedliche Menschen zusammen, die auf die eine oder andere Art von der Krankheit betroffen waren – entweder hatten sie ALS, waren mit jemandem zusammen, der ALS hatte, oder hatten jemanden an die Krankheit verloren. Und es gab Snacks. Pizza. Kuchen. Capri-Sonne.

Die Teilnehmer, die selbst ALS hatten, sahen sich gegenseitig entweder als Warnung davor, wie schlimm es noch werden konnte, oder als Erinnerung daran, wie viel sie schon verloren hatten. Bei seinem ersten Treffen war mein Dad noch der Neue mit den rosigen Wangen, der die Krankheit noch nicht lange hatte und keine Symptome zeigte. Allen anderen ging es schlechter als ihm. Am schlimmsten war Vince senior mit seinem Beatmungsgerät dran. Aber je weiter die Krankheit fortschritt, desto höher kletterte mein Dad in der Rangfolge.

Ich fand die Treffen extrem deprimierend, aber mein Dad besuchte sie gern, weil er sich dann in seinem Kampf gegen die ALS nicht so allein fühlte; das war einer der wenigen Orte, an denen er sagen konnte: »Wenigstens geht es mir nicht so schlecht wie dem Arschloch da drüben.« In der Gruppe öffnete er sich viel mehr als zu Hause und erzählte unverblümt, welche Ängste er wegen der Krankheit ausstand. Die Menschen bei diesen Treffen waren seine Freunde, seine Verbündeten, seine Mitstreiter – und obwohl die meisten von ihnen Schwierigkeiten beim Sprechen hatten, verstand jeder den anderen ganz genau. Mein Dad war nicht der Einzige, der das durchmachte. Ihm taten diese Treffen so gut, dass ich ihm nach meinem Umzug versprochen hatte, ihn zu jedem einzelnen zu bringen, bis er nicht mehr teilnehmen konnte.

Die Begleiter der Kranken sahen bei diesen Gruppentreffen meist müde aus und hätten so viel zu erzählen gehabt, dass die zwei Stunden nicht gereicht hätten. Ringe unter den Augen. Hängende Schultern. Wahrscheinlich seit Monaten, wenn nicht seit Jahren nicht gevögelt worden. Anders gesagt, ich passte bestens dazu. Und sie waren diejenigen, die bei der Capri-Sonne, dem Kuchen und der Pizza, alles bezahlt vom mageren Budget der MDA, ordentlich zugriffen. Sie schlugen alle Bedenken in den Wind. Ich stellte mir vor, wie sie dachten: »Scheiß drauf, ich muss mir auch mal was gönnen, immerhin rackere ich mich ab, um jemanden am Leben zu erhalten«, und dabei versuchten, den Strohhalm in dieses winzige Loch am oberen Ende des Saftbeutels zu drücken, mit dem die Hersteller von Capri-Sonne uns alle in den Wahnsinn treiben wollen.

Die Besucher, die schon jemanden verloren hatten, sahen aus, als hätte jemand sie mit dem Holzhammer erwischt, als wären sie immer noch wütend auf Gott, als wären sie ständig müde. Oft versuchten sie, die ganze Ausstattung loszuwerden, die sich bei der Pflege ihres Angehörigen angesammelt hatte: Toilettenstühle, Urinale, Dosen Promote, Krankenbetten, Rollstühle, Kommunikationshilfen und, und, und. Aber bei diesen Menschen war die Stimmung auch immer etwas besser. Sie lachten mehr, lächelten mehr, sagten öfter: »Das kenne ich, kannst du mir glauben.« Sie hatten den ganzen ALS-Mist schon überstanden. Das Schlimmste hatten sie hinter sich. Sie konnten neu anfangen. Ihr Leben wurde langsam wieder normal.

Die Themen waren bei diesen Treffen genauso deprimierend wie die Leute. In einem Monat kamen die Besitzer eines Beerdigungsinstituts vorbei und erklärten, man könne einen Haufen Geld sparen, wenn man seine Beerdigung im Voraus plante und schon mal einen Sarg aussuchte. Ernsthaft. Ich war versucht, die Arschlöcher mit meiner Capri-Sonne vollzuspritzen, aber ich wollte mich nicht von diesem wunderbar fruchtigen Getränk trennen. Außerdem hatte ich zwanzig Minuten gebraucht, um diesen verkackten Strohhalm reinzustecken. Fassungslos über diesen Schwachsinn sah ich meinen Dad an. »Eine Frau konnte durch unsere Hilfe über dreitausend Dollar sparen«, prahlte einer der Penner.

Zu Beginn der Treffen erzählten alle kurz, wie es lief und welche Teile des Körpers die Krankheit in letzter Zeit angriff. Die Leute mit ALS lieferten die Berichte meistens nicht selbst ab, sondern ließen ein Familienmitglied reden.

»Das ist meine Frau. Sie hat jetzt seit zwei Jahren ALS. Die Krankheit hat ihre Beine befallen, deshalb sitzt sie in diesem Rollstuhl«, erzählte jemand zum Beispiel.

»Mein Mann hatte ALS. Er ist vor drei Jahren nach einem langen Kampf gestorben. Das hier ist meine achtjährige Tochter, die jetzt ohne einen Vater aufwächst«, sagte jemand anderes.

»Er hat die Diagnose erst im letzten September bekommen, deshalb ist das für uns noch ziemliches Neuland. Es ist schon schlimm, aber wir wollen im Sommer nach Italien reisen. Er möchte das Land gerne sehen, bevor er, na ja, ihr wisst schon ...«, erzählte eine Dritte.

Je mehr Treffen wir besuchten, desto weniger gingen mir diese rührseligen Erzählungen an die Nieren, doch hin und wieder hörte ich eine neue Horrorgeschichte, die alle anderen zu übertreffen schien. Ein gut gelaunter Typ Anfang bis Mitte vierzig schloss sich der Gruppe an. Er hieß Shawn, hatte ständig ein groteskes Lächeln auf den Lippen und klang genauso grotesk fröhlich. In einem verrückten, unbeschwerten Tonfall erzählte er seine Geschichte: »Meine Frau hat ALS. Das wurde im April 2007 diagnostiziert. Im Moment ist sie zu Hause. Sie kann nicht mehr zu den Treffen kommen, weil sie Probleme mit der Atmung hat und jetzt fast rund um die Uhr an ihrem BiPAP-Gerät hängt. Zum Essen nimmt sie die Maske kurz ab, aber das Essen fällt ihr sehr schwer. Wir haben drei Kinder, alle noch zu Hause. Sie sind siebzehn, vierzehn und elf. Sie kommen einigermaßen damit klar. Meine Frau hat sich gegen ein Beatmungsgerät und eine Magensonde entschieden, deshalb gehen wir davon aus, dass sie sehr bald einen Platz in einem Hospiz brauchen wird.«

Und das absolut Superabgefuckte an seiner Situation war, dass seine Frau nicht damit zurechtkam, wenn jemand anderes als Shawn auch nur einen Teil der Pflege übernahm. Also musste er sie füttern, baden, ihre Windeln wechseln und so weiter. Und er arbeitete in Vollzeit. Er war so überarbeitet und so allein damit, dass er die Selbsthilfegruppe wahrscheinlich dringender brauchte als alle anderen hier.

»Meine Frau erlaubt nicht, dass jemand anderes ihren ... ihr wisst schon ... ihren Intimbereich berührt. Sie schämt sich zu sehr. Deshalb muss ich sie duschen und ihre Windeln wechseln und das alles«, erklärte Shawn mit einem breiten Grinsen, als würden Schnüre an seinen Ohren hängen und die Mundwinkel hochziehen. »Ich muss alles allein machen.«

Einen Moment lang herrschte Schweigen, während alle Shawns Situation erst mal sacken ließen, bis sich ein Mann namens Karl meldete. »Am Anfang habe ich mir im Bad nur von meiner Frau helfen lassen. Dann auch von meinen Kindern. Dann von meinen Geschwistern. Und den Verwandten. Mittlerweile lasse ich jeden ran, der warme Hände hat.«

Alle lachten, am meisten Shawn – so sehr, dass er bestimmt eine halbe Minute länger lachte als alle anderen. Als er schließlich aufhörte, riss er die Augen auf und antwortete: »Na ja, meine Frau lässt sich von keinem anderen anfassen, also muss ich absolut alles machen.« Shawn sah aus, als würde ihn jemand kitzeln. Er lachte wieder. »Ich muss mich sogar um ihre Tage kümmern. Ihr wisst schon, wenn sie ihre Periode hat.«

Hätte ich irgendwas im Mund gehabt, hätte ich es vor Schreck ausgespuckt. »Du verarschst uns doch, oder?«, lag mir schon auf der Zunge, aber dann warf ich lieber Greg einen Blick zu, um zu sehen, ob er auch alles mitbekam. Bei dem ganzen Kümmern um Dad und seinen Schwanz hatte ich an die Menstruation gar nicht gedacht. Dabei war es logisch. ALS tastet das Gehirn nicht an. Warum dann die Vagina? (Idee für ein T-Shirt.) Wäre mein Dad eine Frau gewesen, die noch menstruierte, hätte ich wahrscheinlich einmal im Monat bis zu den Handgelenken in vaginalen Ausscheidungen gesteckt. Ich war schlagartig sehr froh, dass er keine Frau war. »Danke, Gott. Vielleicht wurdest du doch nicht aus einem fetten Pferdeapfel gemacht.« Ich beugte mich vor und strich Dad über die Schulter. Wahrscheinlich dachte er, ich wollte ihn trösten, aber in Wirklichkeit dankte ich ihm dafür, dass er keine Periode bekam.

Shawn erzählte weiter: »Eigentlich ist es echt witzig.« Er unterbrach sich kurz, um leise zu kichern. »Als ich jünger war, habe ich als Tamponvertreter gearbeitet, ich musste über mein Produkt alles wissen, deshalb kannte ich mich mit Tampons aus – wie man sie einführt, welche besonders saugfähig sind. Alles, im Grunde. Ich habe also echt Glück gehabt. Für mich sind Tampons nichts Besonderes.«

In Gedanken applaudierte ich so heftig, dass meine Handflächen brannten. Tatsächlich hockte ich mit einem leichten Grinsen auf meinem fetten Gesicht da. Dieser Typ war großartig. Wie konnte er bei einer solchen Tragödie eine so positive Einstellung behalten? Von dem Tamponvertreter konnten wir uns alle eine Scheibe abschneiden. Ich wäre so gerne aufgestanden und hätte geklatscht. Ich wollte ihm die Hand schütteln. Ihm Rosen vor die Füße streuen. Ich wollte pfeifen lernen, diesen einen lauten Pfiff, mit dem die Leute zeigten, dass ihnen etwas gefiel. Danke. Danke, dass du deine Lage mit dieser unbeholfenen Fröhlichkeit betrachtest. Danke, dass du vor Jahren den Job als Tamponvertreter angenommen hast, auch wenn du mit Sicherheit etwas gezögert hast und es dir peinlich war. Danke, dass du deine todkranke Frau nicht zu dem Treffen mitgebracht hast und so erzählen konntest, wie du mit ihrer Periode umgehst. Danke, dass du so stark und heldenhaft bist. Bravo. Bravo, mein Junge.

»Na ja, wie auch immer. Meine Frau hat beschlossen, dass sie kein Beatmungsgerät haben will, also bleibt sie noch eine Weile bei ihrem BiPAP-Gerät, dann stirbt sie«, erzählte Shawn kichernd.

Menschen wie Shawn machten diese Treffen lohnenswert. Sie gaben uns anderen das Gefühl, wir wären gar nicht so schlimm dran. Shawn musste alles selbst machen, er war ganz allein auf der ALS-Insel. Wir halfen uns immerhin noch gegenseitig. Wir mussten immerhin nicht bei unserem Dad Tampons wechseln.

Es war der erste Dienstag im Februar, heute fand wieder ein Treffen statt. Wegen des ganzen Mists mit der Trachealkanüle war mein Dad zuletzt im Oktober dabei gewesen. Seit er vor ein paar Wochen aus dem Krankenhaus gekommen war, hatten wir das Haus kaum verlassen. Das Monster erwies sich als echte Mistkarre, genau wie erwartet. Es fuhr zwar noch irgendwie, aber es wurde immer klarer, dass wir einfach das Geld für einen verlässlicheren Wagen hinblättern mussten. Bei der Suche nach einem neuen Van half uns Ralph. Außerdem hatte es weiter heftig geschneit. Das konnten wir gerade gebrauchen. Dads Rollstuhl war zwar großartig, aber nicht so großartig, dass er durch Schnee fahren konnte.

Wenn wir mit Dad das Haus verlassen wollten, mussten wir zudem sein Beatmungsgerät zum Mitnehmen fertig machen. Wir kannten noch nicht alle Feinheiten dieses bescheuerten Kastens und vertrauten unseren Fähigkeiten nicht unbedingt. Moms Stimmung wurde immer sprunghafter. An einem Tag verfiel sie in Panik, am nächsten sah sie aus wie durch die Mangel gedreht. Wir bekamen langsam den Verdacht, dass sie auf eigene Faust zu viel von ihren Schmerzmitteln einwarf. Es war irgendwie schon verständlich, wir wären während dieser ganzen Sache alle gerne schön benebelt gewesen. Aber es wurde dadurch wirklich schwierig, mit ihr umzugehen, und ihr etwas über das Beatmungsgerät beizubringen war eine Katastrophe. Greg konnte noch nie gut mit Technik umgehen. Er fand sich kaum im Netz zurecht, um sich Schwulenpornos anzusehen. Was hieß, dass die Verantwortung mir zufiel.

Mein Dad hatte einen Atemtherapeuten, Jeff, der einmal im Monat für etwa eine Stunde vorbeischaute, den eingestellten Druck des Beatmungsgeräts überprüfte und Dads Kanüle wechselte. Jeff war ein kleiner, überaus fröhlicher Mann, der seine Arbeit liebte. Er war eindeutig Mormone, er war nämlich nicht nur übertrieben nett, man konnte unter seiner Kleidung auch seine Mormonenunterwäsche (die wir immer Jesusleibchen nannten) sehen. Ich mochte Jeff, weil er schier endlos Komplimente verteilte. Ab und zu brauchte ich kleiner dicker Sack ein Kompliment, um gegen meine zunehmende Traurigkeit anzukämpfen.

»Ihr kümmert euch wirklich wunderbar um euren Vater. Ihr könnt stolz auf euch sein«, sagte Jeff zum Beispiel.

»Ja, so langsam kommen wir dahinter«, antwortete ich.

»Du bist ein kluger junger Mann, ein Naturtalent. Meine Güte, du könntest später sogar Atemtherapeut werden, genau wie ich.«

»Danke, Jeff. Du bist auch echt klasse«, erwiderte ich das Kompliment.

Irgendwann brachte Jeff mir bei, wie ich das Beatmungsgerät mobil machen konnte. Ich lernte, alle Schläuche umzustecken, den Ersatzakku anzuschließen und das Ding an der Lehne von Dads Rollstuhl zu befestigen. So konnten wir das Haus verlassen. Wir konnten die Treffen der Selbsthilfegruppe besuchen, wie ich es meinem Dad versprochen hatte. Hurra!

»Du bist so großartig. Unglaublich, wie schlau du bist«, lobte Jeff.

Zu diesem Treffen wollten Greg und Mom uns begleiten. Ich rief Tiff an und fragte, ob sie auch mitkommen wollte.

»Würde ich ja, Dan, ehrlich, aber nach diesen Treffen geht es mir noch zehnmal mieser, und ich fühle mich jetzt schon beschissen«, erklärte sie.

»Ja, ich weiß, was du meinst. Sie sind scheißdeprimierend. Ich wünschte, Dad würde nicht unbedingt hinwollen«, sagte ich. So langsam waren Tiffany und ich netter zueinander, vor allem, weil wir nicht mehr genug Energie hatten, um uns ständig gegenseitig anzumachen.

»Tut mir leid, dass ich nicht mitkomme. Aber, na ja, viel Spaß«, meinte sie ironisch.

Also waren wir nur zu viert.

Ich bereitete das Beatmungsgerät vor. Immer, wenn wir aus dem Haus gingen, hatte ich auch Folgendes im Gepäck:

- Eine Windel zum Wechseln
- Eine Hose zum Wechseln, falls die Windel und die oben erwähnte Ersatzwindel nicht hielten
- Ein Urinal
- Einen Witz darüber, dass das Urinal ein echt kranker Cocktailshaker ist
- Einen Ersatzakku für das Beatmungsgerät
- Feuchttücher
- Einen Beatmungsbeutel, falls Dads Kanüle Probleme machte und wir wollten, dass er weiteratmete
- Ein Absauggerät
- Schreibsachen
- Eine Tasche voller Salzbrezeln

Als wir meinen Dad auf dieses Abenteuer vorbereiteten, nahmen Greg und ich uns fest vor, dieses Treffen würde das beste aller ALS-Selbsthilfegruppentreffen überhaupt werden. Wenn in letzter Zeit irgendwas schiefgelaufen war, hatten wir immer gesagt: »ALS ist scheiße!«, aber wir dachten, dieser Ausflug würde so wunderbar und perfekt werden, dass wir den Spruch gar nicht brauchten. Wir schafften meinen Dad problemlos aus dem Bett in den Fahrstuhl – den die Penner von der Elevator Company endlich fertig gebaut hatten – und sagten nur zwei Mal: »ALS ist scheiße!«: einmal, als wir meinen Dad in den Stuhl umsetzen wollten und ihn dabei fast fallen ließen, und einmal, als wir den Stuhl aus Versehen direkt gegen eine Wand fuhren.

Nach einer kurzen Fahrt mit dem Fahrstuhl zur Garage zogen wir Dads Rollstuhl auf die Auffahrt und neben das Monster. Ich drückte auf einen Knopf, um den Lift auszufahren. Er rührte sich nicht. Der Van war kaputt. Er war nutzlos. Der ganze Aufwand, ihn in Spanish Fork abzuholen, war umsonst gewesen. Ich brüllte so laut: »ALS ist scheiße!«, dass es durch unser ruhiges Mormonenviertel schallte und an seinen Grundfesten rüttelte.

Es war doch umständlicher als gedacht, meinen Dad mit seinem Beatmungsgerät zum Treffen zu bringen. Der ganze Aufwand schien sich nicht zu lohnen, nicht einmal für die Capri-Sonnen und Shawns urkomische Menstruationsgeschichten. Deshalb war mein erster Gedanke: JA GEIL! Wir können nicht zu dem Treffen fahren! Mein zweiter Gedanke war: Oh Scheiße, Dad sagt gerade lautlos: Nehmen wir den Lexus.

»Nehmen wir den Startschuss?«, wiederholte ich absichtlich falsch. Wenn sein Cuff aufgeblasen war, so wie jetzt, mussten wir ihm von den Lippen ablesen. Er ließ sich nicht beirren: »Nehmen wir den Lexus.« Wir konnten nicht Nein sagen. Er wollte zu dem Treffen, und wir hatten ihm versprochen, ihn hinzubringen. Und irgendwann mussten wir sowieso lernen, solche Ausflüge mit ihm zu organisieren. Etwas Übung konnte nur helfen.

Also setzten Greg und ich meinen Dad in einen Schieberollstuhl um, den man falten und hinten im Lexus verstauen konnte. Dann setzten wir ihn in den Lexus um, stellten das Beatmungsgerät in den Fußraum voller Kaffeeflecken und passten auf, dass wir nicht mit der Tür die Schläuche einklemmten. Alle Mann waren an Bord. Mein Dad spielte den Copiloten. Meine Mom saß völlig durchgeknallt auf dem Rücksitz und löffelte Joghurt, während Greg neben ihr eine Disneymelodie summte.

Ich fuhr los. Nachdem wir den schlaffen Körper meines Vaters unter großen Mühen ins Auto verfrachtet hatten, fiel mir der richtige Spruch für unseren Auftritt ein. Ich ließ immer gerne einen Spruch los, wenn wir in den Raum kamen, damit alle lachten und so abgelenkt waren, dass ich mir zwei Capri-Sonnen mopsen konnte. Meinen Spruch für dieses Treffen fand ich großartig: »Wir sind nur wegen des Kuchens hier.« Genial, hoffentlich würde die ganze Gruppe merken, wie sehr wir uns abgerackert hatten, und das offenbar nur, damit wir ein Stück Kuchen umsonst bekämen. Greg und ich übten schon mal. Wir probten »Wir sind nur wegen des Kuchens hier« in unterschiedlicher Lautstärke und Betonung. Und rissen Witze darüber, dass wir uns gegenseitig blutige Lippen und blaue Augen verpassen sollten, damit jeder sofort sehen konnte, was für einen Kampf wir hinter uns hatten.

»Wir sind nur wegen des Kuchens hier. Nur deshalb. Wir wollen nur Kuchen. Reiner Zufall, dass unser Vater ALS hat«, witzelten wir auf der Fahrt zum Treffen.

Als wir ankamen, waren alle Behindertenparkplätze vor dem Gebäude von den anderen Scheißern mit ALS belegt, deshalb mussten wir auf den hinteren Parkplatz ausweichen. Ich hob Dad vom Beifahrersitz in den Rollstuhl. Während ich ihn zur Klinik schob, amüsierten Greg und ich uns immer noch über unseren unglaublich witzigen Spruch. Wir versuchten, ihn mit den Stimmen von Prominenten aufzusagen. Jack Nicholson. Owen Wilson. Bill Murray. Chris Farley. Wir kamen zu einer schmalen Tür.

Und da versauten wir es, gerade, als wir Brad Pitt in *Snatch* nachahmten. Wir verschätzten uns mit der Türbreite. Dadurch knallten die Schläuche von Dads Beatmungsgerät – die Scheißteile, die ihn am Leben erhielten – gegen den Türrahmen. Zwei Schläuche rissen. Wir hatten zwar eine Ersatzwindel mitgenommen, aber keine Ersatzschläuche. Kein Sauerstoff mehr für Daddy. »ALS ist scheiße.«

»PIEP. PIEP. PIEP. Mann, dieses Mal habt ihr es ECHT verbockt«, sagte das nervige Beatmungsgerät, das uns jedes Versagen unter die Nase rieb.

Wir nahmen den Beatmungsbeutel und pumpten meinem Dad von Hand Luft in die Lungen. Als wir schon umkehren und die Katastrophe beenden wollten, kam Vince junior, der Sohn von Vince senior, zu uns herüber. Vince senior war schon altgedient, er hatte seit fünf Jahren ALS und seit drei Jahren ein Beatmungsgerät. Bei ihm hatte die Krankheit zwar ein sehr fortgeschrittenes Stadium erreicht, mehr als bei allen anderen, die wir kannten, aber jetzt stagnierte sie, und er kam ganz gut zurecht. Wir hofften, dass wir unseren Dad auch so weit bekommen konnten, deshalb waren Vince senior und seine Familie sozusagen unsere Helden. Sie waren im Umgang mit der Krankheit Profis, während wir noch bei den Amateuren spielten.

Vince junior, ein großer, kräftiger Kerl, sah sich an, was wir da trieben, und fragte: »Was ist los?«

»Wir haben die Schläuche von meinem Dad kaputt gemacht«, sagte ich.

»Keinen Ersatz dabei?« Bei ihm klang es, als hätte mein Dad einen platten Reifen.

»Nein, aber ich habe ein paar Salzbrezeln in der Tasche«, antwortete ich, holte eine heraus und bot sie Vince junior an. Er nahm sie nicht.

»Also, wir haben Ersatzschläuche dabei. Wir nehmen immer welche mit«, sagte er mit einem leicht selbstgefälligen Unterton.

»Wow, du und dein behinderter Vater seid ja voll die Scheißprofis«, hätte ich zu gern gesagt.

Tatsächlich sagte ich: »Oh, Gott sei Dank. Ihr habt das echt so toll im Griff in deiner Familie.«

Vince junior tauschte die Schläuche aus, die wir demoliert hatten. So gut wie neu. Sauerstoff für Daddy. Und wir hatten wieder etwas gelernt: Bei solchen Ausflügen mussten wir Ersatzschläuche mitnehmen, damit mein Dad nicht aus Versehen starb. Die würden wir noch auf die Liste setzen, gleich unter die Salzbrezeln. Und vor allem hatten Greg und ich dadurch immer noch die Chance, den witzigsten Spruch der Welt anzubringen. Wir schoben meinen Dad zu seiner Gruppe und lächelten.

»Wir sind nur wegen des Kuchens hier«, sagte ich triumphierend.

Keine Reaktion. Kein Lachen. Ich sah zu dem Tisch mit dem Essen und den Getränken. Kein Kuchen. Ich ließ meinen Blick über die Menge schweifen. Kein Shawn. Seine Frau war gestorben. Dieses Treffen war ein totaler Reinfall. Die ganze Arbeit umsonst, und dazu hätten wir fast meinen Dad umgebracht. Wir mussten bei diesen Ausflügen besser werden. Unbedingt. Diesen Kampf durften wir die ALS nicht gewinnen lassen.

ALS ist scheiße, dachte ich, während ich versuchte, den Strohhalm in meine Capri-Sonne zu fummeln.

Nach dem Treffen brachten wir meinen Dad sicher nach Hause, und ich legte ihn wieder ins Bett. Dabei sagte ich: »Tut mir leid, dass wir uns heute so blöd angestellt haben. Wir werden das in Zukunft besser hinkriegen, wenn wir in der Stadt unterwegs sind. Versprochen. Wir machen Ausflüge. Und bei denen wirst du bestimmt nicht draufgehen.«

»Schon gut«, sagte mein Dad. »Schön, dass wir bei dem Treffen waren.«

»Ja, stimmt. Es tut gut zu wissen, dass noch mehr Menschen gegen dieses Ding ankämpfen … Shawns Frau ist gestorben, also schätze ich mal, er kommt nicht mehr«, sagte ich.

»Das ist echt schade. Er war ein komischer Typ, aber nett.«

»Ja, ohne ihn und sein ständiges Lachen war es bei dem Treffen nicht mehr wie sonst.«

Einen Moment lang ließen wir alles schweigend sacken. Wir waren beide ein bisschen trübsinnig, weil jemand, den wir gekannt hatten, gegen die Krankheit verloren hatte, und gleichzeitig froh, dass es nicht meinen Dad erwischt hatte. Er lächelte mich an. »Mir hat dein Spruch mit dem Kuchen übrigens gefallen. Dafür hat es sich schon gelohnt.«

# Tanztheater

In Chelseas Leben gab es – abgesehen von ihren kranken Eltern – genau eine Konstante: ihren festen Glauben, sie könnte ihren Traum verwirklichen und eines Tages eine professionelle Balletttänzerin werden. Die meisten Kinder mit solchen Hobbys geben sich der Illusion hin, sie könnten sie irgendwie zu ihrem Beruf machen.

Bei mir war es Basketball. Auch wenn mir die entsprechende Körpergröße und das sportliche Talent fehlten, würde ich der nächste Star auf dem Parkett werden. Neben mir würde John Stockton wie ein Spieler aus der verdammten D-League aussehen. Für einen zu kurz geratenen weißen Jungen war John Stockton der ideale Held. Durch ihn bekam man den Eindruck, alles sei möglich, wenn man sich nur genug anstrengte. Bis ich vierzehn wurde, war ich felsenfest davon überzeugt, dass ich es in die NBA schaffen würde. Dann hörte ich auf, in die Höhe zu wachsen, ich wuchs nur noch in die Breite. John Stockton hätte ich höchstens im Trinken und mit Furzwitzen übertreffen können.

Die frühreife Tiffany, die mit zwölf schon Möpse hatte, war sich sicher, dass sie als Schwimmerin an den Olympischen Spielen teilnehmen würde. Sie machte Greg und mir Feuer unterm Hintern und erwartete, dass wir eine Familie von Goldmedaillengewinnern wurden, genau wie die Phelps, wenn Michael Geschwister gehabt hätte, die auch Goldmedaillen gewannen. Sie spielte die eiserne, fiese Trainerin, die uns ins Schwimmbecken trieb, indem sie uns mit leichten Schmerzen oder Unannehmlichkeiten drohte. Ich übernahm die Rolle des aufmüpfigen Sportlers, der seine eiserne, fiese Trainerin für einen Witz hielt. Oft weigerte ich mich, mit ihr zum Training zu gehen, nur um zu sehen, wie weit sie mich drangsalieren würde. Einmal hätten wir uns fast geprügelt.

»Wir müssen zum Training«, meinte sie, als sie mit einem Glas Milch in der Hand in mein Zimmer kam.

»Ich komme nicht mit.« Ich hoffte, sie würde einfach verschwinden und zum Schwimmtraining gehen, damit ich das Haus für mich haben und mein neues Hobby perfektionieren konnte: masturbieren.

»Du kommst mit, sonst kippe ich dir die Milch über den Kopf.«

»Ja, schon klar«, sagte ich.

»Ich werde es tun.« Sie kam mit dem Glas näher und kippte es leicht, bis ein bisschen Milch auf meinen blauen Teppich floss.

»Lass das, Tiff. Ich komme nicht mit. Wenn du das machst, verpfeife ich dich bei Mom und Dad«, sagte ich.

Sie machte es. Ich jagte sie aus meinem Zimmer, während mir Milch vom Gesicht tropfte. Zu schade, dass es kein olympischer Sport ist, seinem Bruder Milch über den Kopf zu schütten, weil er nicht zum Schwimmen mitkommen wollte, sonst hätte sie nämlich ein paar Goldmedaillen um den Hals hängen.

Tiffany war ohne Frage eine talentierte Schwimmerin, im Cottonwood Country Club stellte sie mehrere Rekorde auf. Ganz genau, in der Blütezeit des Marshall-Clans waren wir Mitglieder in einem Country Club. Aber als die anderen Mädchen die frühreife Tiff in der körperlichen Entwicklung eingeholt hatten, wirkte sie immer langsamer, während die anderen schneller und schneller wurden. Sie begriff, dass ihr Traum nirgendwohin führen würde, und fing an, Snowboard zu fahren. Als sie es ein paar Jahre später in das U. S. Development Team geschafft hatte, sah sie mit an, wie sich ein Mädchen bei einem Wettkampf in der Halfpipe das

Genick brach, und beschloss, eine Berufsausbildung zu machen sei doch ungefährlicher und weniger halsbrecherisch.

Greg, der ja immerhin schwul war, träumte davon, Schauspieler zu werden. Er spielte in mehreren Theaterstücken mit und schloss sich sogar Up with Kids an, einer umherreisenden Schauspieltruppe. Up with Kids war die Kinderversion von Up with People und tingelte zu einigen der großartigsten Vergnügungsparks und anderen Reisezielen unseres Landes, um mit erbaulichen und absolut furchtbaren Liedern aufzutreten. Im Grunde bestand die Gruppe aus dicken angehenden Theater-AG-Nerds, kleinen Jungs, die noch nicht hormonell vergiftet und total auf Muschis fixiert waren, und Greg. Greg war mit Abstand das klügste, attraktivste und schwulste Mitglied der Truppe und stahl allen anderen die Show. Egal, ob sie in Disneyland, SeaWorld, den Universal Studios oder am Washington Monument auftraten, Greg stand mitten auf der Bühne und überstrahlte alles, während meine Großmutter Rosie lachend hinten im Publikum saß.

»Meine Fresse, ist das witzig. Greg ist so schwul«, amüsierte ich mich mit meiner Großmutter bei einem seiner Auftritte.

»Guck mal, er setzt sich sogar eine Perücke auf«, sagte sie und musste noch mehr lachen.

Gregs Interesse für die Schauspielerei flaute ab, als er sich selbst bewusster wahrnahm. Außerdem glaube ich, dass es ihm langsam peinlich wurde, wie meine Großmutter und ich bei seinen Auftritten die ganze Zeit quasselten. Also ließ er die Schauspielerei sein und fing an zu schreiben.

Jessica versuchte es mit Lacrosse und wirkte auch extrem interessiert, aber es wurde bald klar, dass ihr Interesse weniger dem Sport und mehr ihrem Trainer galt. Etwa zu der Zeit, als sie in die Highschool wechselte, gab sie das Lacrosse auf.

Chelseas unmöglicher Beruf war das Tanzen, und ihr Traum war noch längst nicht ausgeträumt, deshalb mussten wir mitspielen und so tun, als hätte sie eine echte Chance, ewig damit weiterzumachen.

»Und, was willst du mal werden, wenn du groß bist, abgesehen von einer Furz- und Kackmaschine?«, fragte ich manchmal.

»Tänzerin. Vielleicht gehe ich zum New York City Ballet«, antwortete sie dann.

»Na, das klingt doch nach einem sehr schönen Traum. Dann streng dich weiter an, und Finger weg von den Genitalien. Beim Masturbieren verschwendet man eine Menge Zeit und verbraucht eine Menge Energie. Ich meine, guck mich an. Ich kriege nichts gebacken«, sagte ich.

In diesem Albtraumjahr kümmerten Greg und ich uns weiter besonders intensiv um sie. Wir waren ihre sarkastischen Ersatzeltern. Greg sollte auf ihre Gefühle eingehen und die Rolle der besorgten Mutter übernehmen, während ich für den unterhaltsamen Teil zuständig war – etwa, ihr das Autofahren beizubringen und sie dabei mit dem Thema Jungs aufzuziehen. Ich war der verbal übergriffige Ersatzvater, der seine Kinder ganz offen nicht leiden konnte, weil sie ihm wegen seiner Trinkerei ein schlechtes Gewissen machten. Chelsea nahm uns beide nicht für voll, und so wurden wir drei zu einer Art schräger Familie, die sich über alle anderen Familien lustig machte, die den Familienkram ernst nahmen.

»Hast du einen Freund, du kleiner Kackfrosch?«, fragte ich in der Rolle des betrunkenen Dads.

»Die Jungs mögen mich nicht, weil ich furze«, antwortete sie kichernd.

»Na ja, das Furzen ist das eine, außerdem bist du ein totaler Nerd. Und du ziehst dich nicht heiß genug an«, sagte ich.

Dann kam Greg zu uns und gab den besorgten Elternteil. »Chelsea, das stimmt nicht. Hör nicht auf deinen betrunkenen Vater. Du bist kein Nerd, und deine Klamotten sind scharf genug«, witzelte er.

Zu unseren Aufgaben als Ersatzeltern gehörte es auch, sie bei ihrem Traum vom Tanzen zu unterstützen. Ihr durfte nicht klar werden, dass alle Träume sterben, wenn erst mal die Schamhaare sprießen. Wir machten ihr Mut und nannten sie sogar manchmal »Ballettprinzessin«, wenn wir nicht gerade Furzprinzessin oder Baby Moe zu ihr sagten.

»Ach Scheiße, mir kommt das vor, als würde Chelsea noch an den Weihnachtsmann glauben und wir müssten mitspielen«, sagte Greg eines Abends, als wir im Keller über das Leben redeten.

»Ja, das ist ätzend. Aber wenigstens steht sie nicht auf so was Bescheuertes wie Theater.«

»Durch dieses bescheuerte Theater sind wir nach Disneyland gekommen«, sagte Greg.

»Splash Mountain ist besser als Sex«, meinte ich.

»Bestimmt besser als Sex mit dir«, sagte Greg.

Chelsea gehörte zu einer Tanzgruppe namens Children's Dance Theater. Bei einer Altersspanne von vier bis siebzehn war Chelsea eines der ältesten Mitglieder. Etwa viermal im Jahr hatten sie große Auftritte, aber sie trainierten beinahe jeden Abend. Chelsea war immer noch zu ängstlich, um Auto zu fahren – vor allem, weil der Unterricht bei mir meistens damit endete, dass ich sie wegen ihres miesen Fahrstils anbrüllte –, deshalb mussten wir sie immer noch zu den Proben bringen.

Sie herumzufahren war eine Aufgabe, die zu allen anderen noch dazukam, deshalb fingen wir irgendwann an, sie den zahlreichen Mormonennachbarn aufs Auge zu drücken, denen die ganze Sache mit den todkranken Eltern leidtat und die sich und Gott beweisen wollten, dass sie gute Menschen waren.

»Sagen Sie Bescheid, wenn wir irgendwie helfen können« war ein typischer Spruch von den Mormonennachbarn.

»Sie könnten Chelsea zum Tanzen fahren«, sagte ich dann.

»Wirklich? Aber …«

»Vergessen Sie nicht, unsere Eltern sind todkrank. Sieht Gott nicht alles?«, unterbrach ich.

Vor den richtigen Auftritten konnten wir uns allerdings schon wegen all der Schuldgefühle nicht drücken, mit denen Mom uns überschüttete. Meistens ging es dann variantenreich um unseren kranken Vater.

»Jetzt kommt schon, ihr Vater ist todkrank. Sie braucht euch. Sie hat sonst niemanden.«

»Ihr müsst hingehen. Es ist ihr unglaublich wichtig, und Dad ist so krank.«

»IHR STEIGT JETZT IN DIESES SCHEISSAUTO, BEVOR ICH SO WÜTEND WERDE, DASS ICH EUCH MIT MEINEN KLEINEN KREBSHÄNDEN UMBRINGE.«

Aber am besten zog ihr Spruch über Chelseas Traum. »Na los, Jungs. Chelsea glaubt immer noch, dass sie mal Tänzerin wird. Ihr müsst sie unterstützen und mitspielen. Sie darf doch nicht im gleichen Jahr ihren Vater und ihren großen Traum verlieren«, lautete er.

Mit diesen Taktiken lud sie uns Ballast auf die Seele und leimte uns die Hintern auf den Theatersitzen fest, auf denen wir uns die Auftritte der Ballettprinzessin ansahen.

Während wir uns durch den verschneiten Winter kämpften, verschlechterte sich Dads Zustand immer mehr. Es wurde schwierig, das Haus zu verlassen. Ich fand, das reichte als Grund, nicht zu Chelseas nächstem Auftritt zu fahren.

»Ich kann nicht zu Chelseas Aufführung gehen. Ich muss auf diesen gelähmten Scheißer aufpassen«, sagte ich und deutete auf meinen armen Dad. Er war mein Alibi. Ich konnte ihn benutzen, um mich zu drücken. Unter diesen ALS-Bedingungen würde uns doch niemand zwingen, hinzugehen, oder?

Es gibt alle möglichen Arzneien gegen körperliche Beschwerden, aber es ist noch keine gegen Schuldgefühle erfunden worden, die einem Katholikinnen einreden können. Obwohl mein Dad ohne Hilfe weder kacken noch atmen oder laufen konnte, schaffte es meine Mom, ihn so zu belatschern, dass er sich Chelseas Auftritte ansah. Wieder variierte sie in der Ausführung, argumentierte aber meist mit seinem bevorstehenden Tod.

»Na komm, das ist die letzte Gelegenheit, dich hinzuscheuchen.«

»Du musst gehen. Ich habe schon Blumen gekauft, die du ihr nach der Show schenken kannst. Wegen dieser Krankheit willst du doch wohl kein schlechter Vater werden.«

»Für Chelsea ist es sehr wichtig, dass ihr Vater dabei ist, weil du bald stirbst, und dann hat sie keinen Vater mehr, und dann ist sie das einzige Mädchen in der Gruppe ohne Vater, weil du tot bist.«

»DU LÄSST DICH JETZT IN DIESES SCHEISSAUTO SETZEN, BEVOR ICH SO WÜTEND WERDE, DASS ICH DICH MIT MEINEN KLEINEN KREBSHÄNDEN UMBRINGE.«

Am Ende musste mein Vater dabei sein, und Greg und ich waren die Einzigen, die ihn hinbringen konnten. Wir waren deutlich besser darin geworden, ihn für einen Ausflug vorzubereiten, ätzend war es trotzdem. Bettlägrige Menschen mit Beatmungsgeräten und ein aktives, spontanes Leben passen nicht so ganz zusammen.

»Unglaublich, dass wir da noch hinmüssen, oder, Dad?«, fragte ich.

»Stimmt, sollte Chelsea diesen Traum nicht endlich aufgeben?«, meinte Greg.

»Fahren wir einfach, damit Mom uns nicht umbringt. Ich will noch nicht sterben«, sagte Dad.

Mein Dad hatte recht. Trotz seiner Krankheit war er noch genug bei sich, um zu wissen, dass er Moms Ansprüchen und Chelseas Traum besser nicht in die Quere kam. Also fuhren wir.

Mein Dad, Greg, meine Mom, die besten Freunde meiner Eltern,

Sam und Sue Larkin, und ich erreichten das Capital Theater in der Innenstadt von Salt Lake. Um uns herum wimmelte es von der Art Menschen, die sich in mittelmäßigen Städten mittelmäßige Tanzaufführungen ansahen: Eltern, Freunde, Tänzer und Perverse, die auf ein paar Cameltoes hofften.

Ich wusste sofort, dass es ein Fehler war, hier zu sein. Es war eine Sache, mit meinem Dad in einen Park oder zu einem Treffen seiner Selbsthilfegruppe zu fahren, aber eine gut besuchte Veranstaltung war was anderes. Einen Mann in einem zweihundert Kilo schweren Rollstuhl durch einen Schwarm überfreundlicher Mormonen zu steuern ist nicht ohne. Man muss genau darauf achten, wohin man fährt, und ständig Sachen sagen wie: »Entschuldigung« oder »Dürfen wir mal« oder »Würden Sie mal zur Seite gehen, Sie haben nämlich Beine, Ihnen fällt das leicht, und er hier sitzt im Rollstuhl und kann das nicht, Sie egoistischer Sack«.

Mein Dad hatte einen äußerst besorgten Gesichtsausdruck aufgesetzt, der ahnen ließ, dass er uns nur einigermaßen traute, aber nicht so richtig. Auf seinem Schoß lagen Blumensträuße, die Mom ihm aufgeladen hatte und die er Chelsea nach dem Auftritt schenken sollte, um ihr zu zeigen, wie besonders sie war und wie sehr sie geliebt wurde. Er sah aus, als würden wir ihn zu seiner eigenen Beerdigung schieben.

Als wir es ins Theater geschafft hatten, wies uns ein freundlicher alter Mann den Weg zu dem mit Abstand schlechtesten Platz für einen Rollstuhl. Obwohl hinten – in der Nähe des Ausgangs und des Vans, falls irgendwas schieflaufen sollte – Platz gewesen wäre, bestand er darauf, dass wir ganz nach vorne und links außen gingen, wohin wir mit dem Rollstuhl fünf Minuten unterwegs waren.

»Ich weiß ja, dass Sie alt sind und alte Leute nicht mehr so schlau sind, weil das menschliche Gehirn im Laufe unseres unnatürlich langen Lebens ziemlich abnutzt, aber sind Sie völlig verblödet?«, hätte ich ihn gerne gefragt.

»Prima. Danke. Ganz vorne also«, sagte ich tatsächlich.

Wir machten es uns bequem. Ich setzte mich zwischen meinen Dad auf der einen Seite, damit ich die Lorbeeren dafür einheimsen konnte, dass ich ihn pflegte, und als eine Art Held dastand, und Greg auf der anderen Seite, damit wir kichern und uns gehässige Kommentare zuflüstern konnten. Er war mein Ersatz für Großmutter Rosie.

»Ob dieser Tanz ›Strumpfhosen: Ein Hoch auf den Cameltoe‹ heißt?«, spottete ich.

»Ich glaube, er heißt ›Seht euch das an, auch kleine Mormonenmädchen können tanzen‹«, konterte er.

Ich achtete mehr auf meinen Dad als auf die Bühne und verfolgte genau, wie weit wir im Programm waren. Sofort nach dem Hinsetzen fing ich an zu fragen, wann wir wieder gehen konnten. »Wie lange dauert das denn noch?« und »Wann kommt Chelsea dran?« und »Wir müssen uns doch wohl nicht alles ansehen, oder?«.

Meine Mom musterte uns und sagte: »Jetzt kommt, Leute, sie hat doch nur euch, und es ist der letzte Auftritt, den Dad von ihr sehen wird.«

Chelsea tauchte nach etwa zehn Minuten auf. Wir tuschelten alle miteinander und zeigten auf die Bühne. »Siehst du sie da oben? Sie steht hinten.« Irgendwie wurde sie immer hinten platziert. Sie war eine anmutige Tänzerin – sie war wirklich talentiert –, aber sie schwang die Arme und schleuderte die Beine immer etwas früher oder später als der Rest der Gruppe, was wir nicht schlimm fanden, weil wir sie so leichter im Auge behalten konnten. Bei ihr jubelten wir mehr und klatschten lauter. Greg rief: »Jaaa, Chelsea!«, was er sich wahrscheinlich hätte sparen können, weil sie etwas schwerhörig ist.

Ich zeigte sie meinem Dad. »Siehst du sie da oben, Dad?«, fragte ich.

Er lächelte mühsam und nickte. Er hatte es geschafft. Es hatte geklappt. Er sah sein kleines Mädchen ein letztes Mal tanzen. Vielleicht hatte sich dieser scheußliche Ausflug doch gelohnt.

Nach Chelseas Tanzeinlage ging die Vorführung weiter. Sie drehte sich um das Thema Weltraum oder Zukunft oder Technik oder Wissenschaft. Die Musik klang ziemlich futuristisch, so Richtung *2001: Odyssee im Weltraum*, Space Mountain, irgendwie so. Sie ging richtig in die Vollen. Genau bei der dramatischsten Szene mit der dramatischsten Weltraumeroberermusik, die man sich vorstellen konnte, fing Dads Beatmungsgerät an zu PIEPEN und sagte uns, dass wir etwas tun mussten, weil sonst gleich der Tod anklopfen würde. Es war dunkel. Wir konnten nichts sehen. Die Musik dröhnte durch das Theater, das Beatmungsgerät machte weiter PIEP, laut genug, dass es sogar der alte Knacker hörte, der uns den Platz angewiesen hatte.

»PIEP. PIEP. PIEP«, kreischte es. »HÖRT AUF, EUCH FIESE WITZE ÜBER CAMELTOES ZUZUFLÜSTERN, UND RETTET DIESEN MANN.«

Greg und ich sprangen auf. Für uns war das eine großartige Gelegenheit, unserem Dad das Leben zu retten, aber auch eine großartige Gelegenheit, ihn als Ausrede zu benutzen und aus dem Saal zu bringen, damit wir uns vielleicht in der Lobby einen Tee holen und etwas abhängen konnten. Ich sah nach dem Beatmungsgerät, während Greg versuchte, meinen Dad zu beruhigen – er strich ihm über die Schultern und überprüfte die Schläuche. Das Schlimmste, was einem Menschen mit Beatmungsgerät abgesehen vom Tod passieren kann, ist ein Schleimpfropf. Wenn wir mit Dad unterwegs waren und er seinen Befeuchter nicht dabeihatte, trocknete sein Schleim aus und konnte den Atemweg verstopfen und den Sauerstoff blockieren. Genau das hatten wir gerade: einen Schleimpfropf mitten in einem dunklen Theater, in dem Weltraummusik aus den Lautsprechern dröhnte. Um den Pfropf zu lösen, mussten wir Dad mit dem Beatmungsbeutel beatmen und die Luft mit so viel Druck in ihn pumpen, dass der Atemweg wieder frei wurde.

»PIEP. PIEP. PIEP«, sagte das Beatmungsgerät. »BEEILT EUCH MAL, IHR SCHWACHKÖPFE, SONST STIRBT ER NOCH.«

»Ich kann kaum was sehen. Wir müssen aus dem Dunkeln raus«, erklärte ich Greg in einem lauten Flüsterton und pumpte dabei Luft in Dads Lungen. Auf Dads Gesicht spiegelte sich nackte Panik. Er wurde schnell schwächer. Wir mussten etwas unternehmen. Der Tod kam immer näher.

Also machten wir uns auf den langen Weg zum Saalausgang. Wir wendeten in acht Zügen und fingen an, panisch zu werden und zu fluchen, sehr zum Leidwesen des mormonischen Publikums, das die blöde erbauliche Aufführung genießen wollte.

»Warum zum Teufel mussten wir so weit weg von diesem beschissenen Ausgang sitzen?«, rief ich, während ich versuchte, meinen Dad durch den dunklen Gang zu schieben, er gegen die Sitze knallte und die dramatische Weltraummusik durch den Saal schallte. »Mann, wenn er bei diesem Mist stirbt …«

Endlich erreichten wir das obere Ende des Theaters. Der alte Mann öffnete uns lächelnd die Tür, als würde er uns den größten Gefallen aller Zeiten tun.

»Wenn er stirbt, ist es Ihre Schuld, Sie alter Wichser«, lag mir auf der Zunge.

»Danke fürs Aufmachen«, sagte ich tatsächlich.

Greg und ich brachten unseren Dad in den Eingangsbereich und beatmeten ihn manuell weiter. Er lief schon blau an und dachte wahrscheinlich, seine Tochter zu Weltraummusik tanzen zu sehen würde seine letzte Erinnerung werden. Greg bediente den Beatmungsbeutel, ich saugte den Schleim ab. Nach fünf Minuten hatten wir den Pfropf beseitigt, und alles war wieder normal.

Bis zum Ende der Aufführung blieben wir in der Lobby. Ich schlürfte Tee, und Greg rieb meinem Dad die Schultern. Auf Dads

Schoß lagen immer noch die Blumen. Wenig später strömten die Leute scharenweise aus dem Saal. Meine Mom kam zu uns.

»Wie fandet ihr es? War sie nicht großartig?«, fragte sie, als hätten Greg, mein Dad und ich nicht gerade eine krasse Weltraum-Nahtod-Erfahrung hinter uns.

»Noch mal machen wir so was nicht«, sagte Greg.

»Es ist einfach zu gefährlich für Dad. Er wäre fast gestorben«, fügte ich hinzu.

»Wo zum Teufel steckt Chelsea? Wir müssen diesen todkranken Mann auf Rädern wieder nach Hause in sein Krankenbett schaffen«, meinte Greg.

In diesem Moment tauchte Chelsea auf – komplett aufgebrezelt und noch mit Ballettstrumpfhose. Ohne ein Fünkchen Enttäuschung strahlte sie uns an. Mein Dad konnte nicht sprechen, weil sein Cuff aufgeblasen war. Stattdessen schnalzte er zweimal mit der Zunge, um Chelsea auf sich aufmerksam zu machen. Sie lief zu ihm und nahm seine rechte Hand. Er schnalzte noch zweimal und deutete mit dem Blick auf die Blumen auf seinem Schoß. Sie hob die Blumen hoch und roch an ihnen. Und er lächelte sie an, ohne daran zu denken, dass er gerade fast gestorben wäre, dass er bald sterben würde, dass ihm nichts mehr geblieben war außer seiner Familie und seiner kleinen Ballettprinzessin.

»Gut gemacht«, lobte er Chelsea lautlos.

Sie lächelte und brachte ein leises »Danke« heraus.

Als ich sah, wie stolz mein Dad und wie glücklich Chelsea war, wusste ich, dass wir ihren Traum vom Tanzen bewahren mussten. Meine Mom hatte recht. Sie durfte nicht im gleichen Jahr das Tanzen und ihren Dad verlieren. Das Leben war für unsere Baby Moe Ham schon schwer genug. Sie brauchte alle Unterstützung, die sie kriegen konnte.

»Irgendwann tanzt du beim New York City Ballet«, sagte ich und strahlte sie aufmunternd an.

»Du warst mit Abstand die Beste da oben«, spielte Greg mit.

»Ja, ich weiß«, meinte Chelsea lächelnd; ihr Traum war noch heil.

Einen Moment lang blieben wir noch, wo wir waren, und ließen das Ganze auf uns wirken. Dann unterbrach ich endlich.

»Okay, prima. Wir waren hier. Hauen wir jetzt endlich ab.«

# VERSTECKTE BROWNIES

Endlich kam Abby zu Besuch. Sie hatte meinen Dad seit dem Sommer, als er noch nicht am Beatmungsgerät hing, nicht mehr gesehen und war total entsetzt darüber, wie sehr sich sein Zustand verschlechtert hatte.

»Mein Gott«, sagte sie. »Er sieht aus wie ein anderer Mensch.«

»Na ja, er hat diese beschissene ALS. Was hast du verdammt noch mal erwartet, Schwachkopf?«, hätte ich sie gerne gefragt.

»Ich weiß. Es ist verrückt. Ich liebe dich, Schatz«, sagte ich tatsächlich.

Ich wollte unbedingt raus aus dem Haus, deshalb fuhren wir für ein paar Nächte in die Ferienwohnung meiner Familie in Park City; wir sahen uns Filme an, lümmelten in unseren Bademänteln herum, tranken Wein, saßen im Whirlpool und vögelten. Es kam mir vor wie früher. Als wären wir wieder in Palm Desert, als alles noch perfekt war – zwei verliebte junge Arschlöcher, die sich vorkamen, als würden sie ewig leben.

»Eure Ferienwohnung ist echt nett«, sagte Abby im Whirlpool und trank ihren Wein aus; unsere Bademäntel hingen griffbereit daneben, damit wir jederzeit ins Wohnzimmer gehen und vor dem Kamin Wein trinken konnten.

»Ich weiß. Ich wünschte, ich könnte hier wohnen statt bei meinen Eltern. Vielleicht laufe ich von zu Hause weg und ziehe hierher«, sagte ich.

»Mach das, auf jeden Fall.«

»Nur würden sie mich leider finden«, sagte ich.

Sie fanden mich tatsächlich. Ohne mich blieben im Haus nicht viele fähige Hände, um meinen Dad zu versorgen. Meiner Mom war mit dem Beatmungsgerät nicht zu trauen. Durch die Schmerzmittel, die sie einwarf, wirkte sie manchmal noch mehr neben der Spur als mit dem Chemohirn während ihrer Behandlung wegen Krebs im Endstadium. Greg war so ausgebrannt, dass er die Situation nicht mehr ertrug. Er musste sich wieder um sein eigenes Leben kümmern. Er war losgezogen und hatte sich eine Vollzeitstelle als Journalist im Bereich Unterhaltung bei *Park Record* besorgt, einer Lokalzeitung in Park City. Nachts konnte er noch mit anpacken, aber tagsüber war er nicht mehr greifbar. Meine Mom verließ sich noch mehr auf mich als sonst. Sie rief an.

»Dan, wir brauchen dich hier. Ich komme mit diesem beschissenen Beatmungsgerät nicht klar, und ich habe einen Termin bei Dr. Buys im Huntsman«, erzählte meine Mom. Ich konnte hören, wie das Beatmungsgerät im Hintergrund durchdrehte.

»PIEP. PIEP. PIEP. Dein Dad wird sterben, weil deine tablettensüchtige krebskranke Mom keine Ahnung hat, was sie hier macht«, kreischte das Gerät.

»Ich bin doch mit Abby hier. Wir haben gerade eine neue Flasche Wein aufgemacht«, sagte ich.

»Beweg deinen Arsch und komm hierher. Dein Dad liegt im Sterben. Du kannst irgendwann anders Abby vögeln und dich betrinken.« Sie legte auf.

Also hängten Abby und ich die Bademäntel weg und fuhren durch den Parley's Canyon zurück, um auf meinen Dad aufzupassen. Abby schwieg. Ich merkte, dass sie den alten Zeiten nachhing, dass sie weiter mit mir im Bademantel faulenzen und sich die Kante geben wollte. Sie wollte, dass ich mich aus dieser Situation befreite. Ich wollte das auch. Aber ich konnte es nicht. Ich musste hier sein. Das war mein Leben.

Wir erreichten das Haus. Ich lief nach oben und sah sofort nach meinem Dad. Ich brachte das Beatmungsgerät wieder unter Kontrolle. Von einem Stuhl neben dem Bett aus sah Abby zu, wie ich ihn versorgte. Ich saugte meinen Dad ab, bettete ihn um und wechselte seine verschwitzte Bettwäsche. Dann nahm ich seinen Schwanz und steckte ihn in das Urinal, damit er pinkeln konnte. Ein bisschen kam es mir vor, als würde ich vor Abby damit angeben, wie gut ich meinen Dad mittlerweile pflegte. Da musste sie doch beeindruckt sein, oder? Ich dachte, wenn sie sah, was ich alles tun musste, hätte sie vielleicht mehr Verständnis für mich und würde mich für eine Art Held halten. Oder sie würde erkennen, wie gut ich mich um andere kümmern konnte, und mich als zuverlässigen Versorger sehen, mit dem sie den Rest ihres Lebens verbringen wollte.

Tat sie aber nicht.

Stattdessen war sie entsetzt und fühlte sich unglaublich unwohl. Sie war es nicht gewohnt, meinen Dad so zu sehen. Bisher hatte sie mit ihm an Weihnachten Eggnog getrunken oder war mit ihm über die Golden Gate Bridge gelaufen. Zu sehen, wie er einen Plastikbehälter mit Pisse füllte, während eine Maschine für ihn atmete, war neu für sie. Ich war all dem gegenüber schon so abgestumpft, dass ich vergessen hatte, wie unangenehm es anderen war.

Als mein Dad kacken musste, ließ ich mir von Abby dabei helfen, ihn auf den Toilettenstuhl zu setzen. Es wurde immer schwerer, ihn umzusetzen, weil seine Beine immer schwächer wurden – zu zweit war es deutlich leichter. Mein Dad trug nur seine Windel, die ihm vom knochigen Hintern rutschte, als wir ihn hochzogen.

Nach diesem Erlebnis fand ich Abby weinend im Keller.

»Ich kann das nicht, Dan. Ich habe die Uni und mein Leben. Ich kann das einfach nicht.«

»Ich weiß«, sagte ich.

»Du brauchst Hilfe. Allein schaffst du das nicht«, sagte sie.

»Ich weiß.«

»Es ist schrecklich, dich so zu sehen. Du bist depressiv und achtest nicht auf dich.« Mit ziemlicher Sicherheit spielte sie darauf an, dass ich zugenommen hatte.

»Ich weiß«, wiederholte ich. »Aber was zum Teufel soll ich denn machen? Ach Scheiße, soll ich meinen Dad einfach sterben lassen? Das kann ich nicht machen, Abby. Das geht doch nicht. Er ist mein Dad.«

»Ich weiß, aber … es ist so schwer.« Weinend umarmte sie mich.

Am nächsten Tag fuhr ich sie zum Flughafen. Wir verabredeten, dass ich nach Berkeley kommen würde, wenn ich sie sehen wollte. Mir war das ganz recht. Wahrscheinlich war es besser, wenn sie nicht hier war. Sie musste sich um ihr Leben und ihre Karriere kümmern. Die ALS sollte nicht jedem komplett die Welt versauen. Ich gab ihr am Straßenrand einen Kuss.

»Ich liebe dich, Dan. Du brauchst zu Hause Hilfe. Besorg dir Hilfe«, sagte sie.

»Mache ich«, versprach ich. Ich küsste sie noch einmal. Sie flog zurück nach Berkeley, und ich fuhr zurück zu meinem Dad.

Ich nahm mir Abbys Worte zu Herzen. Wir brauchten im Haus wirklich Hilfe. Anfangs hatte meine Mom sich geweigert, eine Pflegerin einzustellen, weil sie dachte, wir könnten alles allein machen. Aber die Situation dauerte an, und es wurde immer deutlicher, dass wir es allein nicht schaffen konnten. Wir waren alle müde und gereizt, und es fing an, sich auf Dads Pflege auszuwirken. Er war nicht rasiert, seine Haut glänzte, und er sah ungewaschen aus – wie ein Obdachloser. Er kam nicht oft genug nach draußen. Gefangen in seinem Körper und in diesem Haus steckte er in Tiffanys altem Zimmer fest. Ich war sauer auf Tiffany und Greg, weil sie ihr eigenes Leben führten. Und von Chelseas und Jessicas

Schwachsinn hatte ich entschieden die Schnauze voll. Auch wenn sie jung waren, hätten sie wenigstens ein bisschen mit anpacken können. Scheiß drauf und scheiß auf sie.

»Chelsea, du musst mehr mithelfen, du kleines Arschloch«, erklärte ich ihr eines Abends.

»Kann ich nicht. Ich habe Schule und Ballett«, antwortete sie kichernd und drehte eine Pirouette.

»Ich kacke dir in dein Kopfkissen«, warnte ich sie.

»Ich kacke dir in dein Kopfkissen«, wiederholte sie. Wir lachten.

»Und was ist mit dir, Jessica? Kannst du hier nicht mal den Arsch hochkriegen? Du gehst doch eh kaum noch zur Schule«, sagte ich. Sie ging einfach an mir vorbei und knallte ihre Zimmertür zu.

Ich stand kurz vor einem körperlichen Zusammenbruch. Ich konnte einfach nicht mehr geben. Ich fühlte mich wie ein Sportler, dem kurz vor Spielende die Energie ausging. Ich musste mich ausruhen, und ich wollte mein Leben zurückhaben. Eine Depression schlich sich an. Langsam vergaß ich, dass es außerhalb von Dads heimischem Krankenzimmer noch eine Welt gab. Gut, ich ging manchmal mit ein paar Kumpeln was trinken, aber wenn ich nach Hause kam, warteten all meine Probleme auf mich. Die ALS würde nicht verschwinden. Die wurden wir nicht mehr los. Und zum ersten Mal in meinem Leben verspürte ich meinem Dad gegenüber Abneigung. Ich war ja absolut dafür, dass er so lange wie möglich lebte, aber das hier wurde lächerlich. Warum musste er diese blöde Krankheit bekommen? Warum musste er sich an dieses beschissene Beatmungsgerät anschließen lassen? Nur, um uns zu quälen?

Endlich, endlich konnte ich meiner Mom klarmachen, dass ich ein »Pflegeburnout« hatte und zu erschöpft war, um weiter den Hauptteil der Pflege zu übernehmen. Ich brauchte mehr Pausen und mehr Hilfe.

»Wir müssen jemanden einstellen, der uns hilft. Ich will mein Leben zurück«, rief ich.

»Ja, gut. Aber ich bin sicher, wir schaffen das allein«, sagte sie schon im Halbschlaf, während das Beatmungsgerät anfing zu piepen.

»Wir stellen jemanden ein, Mom. Ende der Diskussion.«

Einer der Sozialarbeiter an der University of Utah hatte uns die Nummer eines häuslichen Pflegedienstes gegeben. Ich rief an, um zu hören, ob sie uns dienstags und donnerstags jemanden vorbeischicken konnten, damit ich aus dem Haus flüchten und wenigstens ein bisschen normal leben konnte. Sie sagten, es würde gleich jemand vorbeikommen. Wie geil war das denn!

Ich rief Abby an. »Wir bekommen endlich Hilfe«, erzählte ich.

»Oh, das ist ja klasse. Juhu!«, sagte sie.

»Ich liebe dich.«

»Ich liebe dich auch.« Vielleicht würden sich ja doch noch alle Probleme lösen, und wir könnten für immer und ewig zusammen Wein trinken und in Whirlpools sitzen.

Zuerst schickten sie uns eine große, kräftige Tongaerin namens Meredith. Die Mormonen missionieren viel in Dritte-Welt-Ländern wie Tonga. Dann holen sie einen ganzen Schwung Leute nach Utah, um eigene Tonga-Gemeinden zu gründen. Deshalb leben in Utah überdurchschnittlich viele Tongaer. Meredith war vor Kurzem nach Amerika gekommen, um beim Rest ihrer Familie zu sein. Sie brauchte einen Job, konnte aber kaum Englisch, deshalb arbeitete sie mit Behinderten. Ausgebildete Krankenschwester war sie nicht, sondern nur Pflegerin. Im Unterschied zu Krankenschwestern durften Pflegerinnen keine medizinische Betreuung leisten. Sie halfen bei grundlegenden Dingen, setzten sich zu den Patienten, fütterten und duschten sie, brachten sie ins Bad oder gingen mit ihnen spazieren. Um das Beatmungsgerät und das Absaugen mussten wir uns immer noch selbst kümmern. Mir war nicht nur wichtig, dass mein Dad die beste Pflege bekam, ich wollte auch jemanden finden, der mit dem kranken Humor meiner Familie zurechtkam.

Merediths größter Vorteil war ihre Statur. Sie konnte meinen Dad hochheben, als wäre er eine Stoffpuppe, und ihn in seinen Rollstuhl oder ins Bett umsetzen. Bei Meredith war kein Zweiter nötig, sie schaffte das allein.

»Wow, Sie sind ja gigantisch«, sagte ich bei unserer ersten Begegnung zu Meredith, als sie meinen Dad gerade vom Bett in den Rollstuhl umsetzte.

»Sie aber auch«, antwortete sie lächelnd mit einem Blick auf meine wachsende Wampe. Ihr Englisch war also gar nicht schlecht, und sie konnte Witze machen. Das war doch schon mal ein guter Anfang.

Ich testete ihren Sinn für Humor noch etwas weiter aus. Weil mein Dad ja Bob hieß, hatte ein Freund ihm eine Ladung T-Shirts geschickt, auf denen irgendwas mit Bob stand. Es gab ein Shirt mit BOBS SOHN, eines mit BOBS SÜSSE, auf einem Shirt stand BOB ALLMÄCHTIG, auf einem anderen MIT BOB AUF TOUR, darunter war ein ausgestreckter Finger, der nach links zeigte. Auf dem T-Shirt für Dad selber stand WILL ICH NICHT. MUSS ICH NICHT. ICH BIN BOB. Ich trug das T-Shirt mit dem SOHN, meine Mom das mit der Aufschrift SÜSSE, mein Dad nahm sich ICH BIN BOB, Jessica BOB ALLMÄCHTIG, und Meredith drückten wir MIT BOB AUF TOUR aufs Auge.

»Das müssen Sie immer anziehen, wenn Sie hier sind, in Ordnung, Meredith? Das ist Ihre Uniform«, erzählte ich ihr als Witz. Aber sie verstand den Witz nicht und dachte, sie müsste das Shirt tatsächlich tragen. Jeden Dienstag und Donnerstag stand sie in diesem T-Shirt auf der Matte. Ich brachte es nicht übers Herz, ihr zu sagen, dass sie das Shirt natürlich nicht ständig tragen musste, also kam sie tatsächlich jedes Mal damit an.

Sie war eine große Hilfe und löste sogar einige Probleme, mit denen wir uns schon länger herumschlugen. Zum Beispiel war es bei uns immer ein totaler Akt, Dad ein Shirt anzuziehen. Dafür setzten wir ihn auf die Bettkante, entfernten kurz seine Atemschläuche und zogen das T-Shirt vorsichtig über dieses verdammte Loch von der Tracheotomie. Es war echt unpraktisch und durch den Sauerstoffmangel war mein Dad immer halb tot, bis er das Shirt auf dem dürren Leib hatte.

Meredith kam darauf, die T-Shirts hinten aufzuschneiden, damit wir sie ihm einfach überstreifen und wieder ausziehen konnten. Sie konnte nähen und befestigte an der Rückseite der Shirts sogar kleine Bändchen, um sie zusammenzuhalten. Es funktionierte wunderbar. Wir mussten meinen Dad nicht mal aufsetzen, und wir mussten die Schläuche nicht mehr entfernen.

»Meredith, Sie sind ein verdammtes Genie«, lobte ich sie.

»Was ist ein Genie?«, fragte sie mit starkem Akzent.

Mit Meredith lief alles wie geschmiert, bis wir einen Anruf vom häuslichen Pflegedienst bekamen. Sie erzählten uns, dass Meredith gekündigt habe, die Situation sei zu schwierig und zu traurig für sie gewesen. Sie wollte eine Arbeit suchen, die körperlich und seelisch nicht so aufreibend war. Wir sahen sie nicht wieder. Sie hatte uns verlassen. Und als wollte sie noch Salz in die Wunde streuen, behielt sie auch noch das MIT BOB AUF TOUR-T-Shirt.

Die nächste Pflegerin war eine junge, energische Frau namens Marianella. Sie kam aus Argentinien, hatte aber die letzten Jahre in Miami gelebt und war Fan der Miami Heat, was mich als riesiger Fan der Utah Jazz auf Anhieb ankotzte. Sie war deutlich besser ausgebildet als diese große, kündigende Arschkuh Meredith und entsprechend viel qualifizierter. Sie hielt nichts davon, herumzualbern, und die Chancen, dass wir sie in ein albernes T-Shirt kriegen würden, standen sehr schlecht. Sie war durch und durch Profi und nannte meinen Dad »Mr Bob« und meine Mom »Ms Debi«.

Sie war sogar so professionell, dass sie Kacken als SG bezeichnete, die Kurzform für Stuhlgang.

»Sie meinen doch ›kacken‹, oder?«, fragte ich, als ich sie zum ersten Mal »SG« sagen hörte.

»Bei uns nennt man das SG«, erklärte Marianella humorlos.

»Ja cool, aber bei uns nennt man das kacken, okay?«, antwortete ich.

Sie war zwar professionell, aber passte nicht gut zu unserer Familie. Wir waren für ihren Geschmack zu krass und ungehobelt. Außerdem war ALS eine ernste Krankheit, mit der man ernsthaft umgehen musste, und in ihren Augen waren wir nicht ernsthaft genug. Und dazu hatte Mr Bob einmal in der Dusche mächtigen SG, den sie wegmachen musste. Das gefiel ihr nicht. Genau wie Meredith kündigte sie über die Agentur.

In den nächsten Wochen probierten wir es noch mit mehreren anderen Pflegerinnen. Eine wusch meinen Dad mit dem Schwamm, während er im Bett lag, und er bekam einen Steifen. Ich hatte nicht gewusst, dass Männer mit ALS überhaupt noch einen hochkriegten. Ein Pluspunkt für ihn, würde ich mal sagen. Ich war beim Abheben nicht dabei, aber ich erfuhr davon, als meine Mom sagte: »Dad hat heute bei der Pflegerin einen Steifen bekommen.«

Ich sah zu meinem Dad und fragte: »Ehrlich?« Er nickte und lächelte und zog eine Augenbraue hoch; du weißt schon – was Männer so machen, um eine Geschichte über einen Ständer zu bestätigen.

»Ich bin stolz auf dich, Dad. Das sind ja tolle Neuigkeiten«, sagte ich.

Meine Mom war allerdings nicht stolz auf ihn. Sie unterstellte ihm, seine Latte sei kein seltsamer Zufall gewesen, sondern habe an der Anwesenheit der Pflegerin gelegen. Sie wurde ein bisschen eifersüchtig, und deshalb durfte diese Pflegerin nie wieder kommen.

Weil wir keine Hilfe fanden, die zu uns passte und bleiben wollte, übernahmen wir den Großteil der Pflege immer noch selbst, was uns noch weiter zermürbte. Es musste immer noch jede Nacht jemand bei meinem Dad schlafen. Ich brachte meine Mom endlich dazu, sich lange genug zu konzentrieren, damit ich ihr das Beatmungsgerät einigermaßen erklären konnte, und danach blieb sie beinahe jede Nacht bei ihm, manchmal schlief sie sogar in seinem Krankenbett. Aber nach den Nachtschichten war sie so erschöpft, dass ich ihn fast den ganzen Tag über allein versorgen musste.

Irgendwann setzte ich mich mit meiner Mom hin und versuchte sie davon zu überzeugen, dass es mit den Pflegerinnen von der Agentur nie funktionieren würde, dass wir jemanden von außerhalb einstellen mussten. Außerdem kamen die Leute vom Pflegedienst nur zwei Mal die Woche. Wir brauchten durchgehend Hilfe, mindestens an fünf Tagen die Woche. Durch die Umbaumaßnahmen, die Arzt- und Krankenhausrechnungen und den Pflegebedarf kostete die ALS uns einen Haufen Geld, deshalb war meine Mom bei den Ausgaben etwas vorsichtiger als früher, aber ich konnte ihr trotzdem klarmachen, dass sich die Kosten für eine Vollzeitpflegerin lohnen würden.

»Mom, ich habe dich und Dad lieb, und ich helfe gerne, so gut ich kann, trotzdem brauchen wir dauerhaft Hilfe«, sagte ich.

»Aber ich schlafe doch schon bei ihm«, sagte sie.

»Ich weiß, und dafür bin ich dir auch dankbar. Können wir nicht trotzdem jemanden einstellen, der tagsüber bei ihm bleibt? Unser Leben ist doch immer noch beschissen, und wir sind erschöpft«, sagte ich.

»So müde bin ich gar nicht«, meinte sie, während sie fast mit dem Joghurtlöffel in der Hand wegsackte.

»Du schläfst doch gleich im Sitzen ein, du Dumpfbacke«, sagte ich.

»Es ist zu teuer«, widersprach sie.

»Wenn wir unser Leben zurückbekommen, ist das unbezahlbar, und Dad braucht bessere Pflege. Komm schon, Mom. Bitte«, bettelte ich wie ein Sechzehnjähriger, der ein neues Auto haben will.

»Na gut, aber du suchst eine Pflegerin, bei der er keinen Ständer bekommt.« Gewonnen!

Also sah ich mich nach einer Pflegerin um, die mit unserem Sinn für Humor und der heftigen Situation umgehen konnte und dabei so unattraktiv war, dass mein Dad nicht so einach einen Ständer bekam. Sie sollte von Montag bis Freitag morgens um neun kommen und bis fünf Uhr bleiben.

Es dauerte nicht lange, bis wir die Richtige für uns fanden. Sie hieß Regina und war eine Brasilianerin Anfang dreißig, die gerne Pickel ausdrückte und eingewachsene Haare auszupfte. Sie war ihrem Mann nach Utah gefolgt, nachdem sie ihn vor ein paar Jahren bei seiner Mission in Brasilien kennengelernt hatte und konvertiert war, jetzt waren sie allerdings geschieden. Trotz ihres gebrochenen Herzens lachte sie mehr als Ricky Gervais auf einer Kitzelparty, meistens übers Pickelausdrücken und Haarezupfen. Sie war genau, was wir brauchten.

Ich freute mich wahnsinnig darüber, dass wir Hilfe bekamen. Ich weiß noch, wie ich unter der Dusche sang: »Ich bekomme mein Leben zurück, und alles wird gut, und ich werde wieder normal.«

Seit wir Regina hatten, ging es tatsächlich aufwärts. Mein Dad war ordentlich rasiert, seine Haare zurückgekämmt. Seine Kleidung und seine Laken waren gewaschen. Er sah nicht mehr aus wie ein Obdachloser. Er wirkte gesünder und glücklicher – als hätte er tatsächlich ein ganz angenehmes Leben in seinem Krankenbett. Wir alle waren ausgeruhter. Ich fühlte mich auch gesünder und glücklicher. Ein paarmal schleppte ich meine Wampe sogar zum Joggen. Und musste mich fast übergeben, so sehr war ich aus der Form geraten.

Aber als Regina ein paar Wochen bei uns war, rückte meine

Mom damit heraus, dass sie die neue Pflegerin nicht ausstehen konnte. Eines Morgens fragte ich meine Mom, wie es ihr ginge, und sie antwortete: »Ich habe es so satt, dass diese fette Brasilianerin hier rumsitzt, sich mein Essen reinstopft und mich herumkommandiert.«

»Hilft sie dir nicht und verschafft dir mehr freie Zeit und überhaupt?«, fragte ich.

»Nein, Regina ist ein blödes Miststück, das den ganzen Tag nur isst«, antwortete sie wie eine fiese Highschool-Zicke, die Gerüchte über die Neue verbreitete, damit sie ihr nicht in die Quere kam.

Wow. Jetzt lagen die Karten aber auf dem Tisch.

Meine Geschwister und ich hatten ein Alter erreicht, in dem wir endlich den Mumm aufbrachten, Moms Ansichten zu widersprechen, und dieser widersprachen wir. Wir fanden Regina großartig. Sie war sehr liebevoll, hatte ein riesiges Herz, man konnte gut mit ihr reden, sie lachte über all meine Furzwitze, und vor allem hatte sie den Großteil des Toilettendienstes übernommen. Uns half es sehr, unsere Beziehung zu unserem Dad neu zu ordnen. Statt ihm den Hintern abzuwischen und seinen Schwanz in ein Urinal zu stecken, konnten wir uns tatsächlich zu ihm setzen und uns mit ihm unterhalten. Dank Regina war er wieder unser Dad und nicht unser Patient in einem perversen geheimen Krankenhaus. Auch meine Abneigung war verschwunden.

Gut, Regina aß was von unseren Sachen und fragte oft: »Woher haben Sie das?«, und: »Warum haben Sie mir keinen mitgebracht?«, wenn ich mir nach dem Joggen zur Belohnung in irgendeinem Fast-Food-Laden einen Hamburger geholt hatte, aber das war doch scheißegal. Sie war großartig.

Tja, meiner Mom war es offenbar nicht egal. Sie war eifersüchtig auf Regina. Es gefiel ihr nicht, dass plötzlich eine andere Frau aufgetaucht war und mehr Zeit mit meinem Dad verbrachte als sie. Sie wollte meinen Dad selbst pflegen. Greg, Tiff und ich schoben es einfach darauf, dass meine Mom verrückt war. Sie hatte zwar gelernt, besser mit dem Beatmungsgerät umzugehen und Dad zu versorgen, aber sie bekam seit einiger Zeit Fentanylpflaster gegen ihre Krebsschmerzen. Wir waren nicht ganz sicher, wer sie ihr verschrieben hatte, weil Dr. Buys immer sehr genau darauf achtete, es mit ihrer Medikation nicht zu übertreiben. Das Rezept musste ein anderer Arzt ausgestellt haben, der vielleicht Mitleid hatte oder so. Fentanyl soll stärker als Morphium sein, vergleichbar mit Heroin. Es ist also echt starkes Zeug. Wir kamen zwar besser mit ihr klar, wenn ihr ein Pflaster auf dem Bizeps oder dem Schulterblatt klebte, weil sie dann abdriftete, aber für die Pflege war sie wieder kaum zu gebrauchen. Sie war nur noch in der Lage, Joghurt zu essen und uns mit unangebrachten Fragen über unsere Beziehungen zu löchern.

»Schwängerst du Abby auch irgendwann mal? Ich will ein Enkelkind«, sagte sie. Die Idee mit dem Heiratsantrag per PEZ-Spender hatte sie aufgegeben und war direkt zu Kindern übergegangen.

»Ich fände es grausam, ein Kind in diese Welt zu setzen, vor allem jetzt«, sagte ich.

»Ich pikse demnächst Löcher in deine Kondome.«

»Halt die Klappe, Mom. Du bist verrückt«, meinte ich.

Ihren Hass auf Regina zeigte sie auf subtile Art. Sie rannte nicht mit einem Messer in der Hand in Dads Zimmer und schrie: »Stirb, du brasilianische Schlampe!« oder so was. Aber sie brachte kleine Fiesheiten. Wenn zum Beispiel jemand Dad besuchen wollte und fragte, wie es mit Regina lief, schaltete meine Mom meistens auf passiv-aggressiv und sagte Sachen wie: »Oh, sie ist eine große Hilfe … wenn sie nicht gerade isst«, oder: »Sie ist so dick, dass sie manche Aufgaben nicht so gut erledigen kann wie ich«, oder: »Sie ist nicht schlecht, aber sie verdient eine Menge Geld und hat nicht mal einen Collegeabschluss. Ich habe einen Master von der Northwestern, und da will sie mir sagen, was ich machen soll?«, oder: »Na ja, sie ist frisch geschieden, also …«

Meine Mom ging sogar so weit, Stana in die Lästerei hineinzuziehen. Stana und meine Mom benahmen sich wie zwei Katzen, die sich gegen die arme Regina verbündeten. Einmal nahm Stana mich beiseite.

»Danny, ich mag nicht diese dicke Frau. Ganzen Tag sie isst und isst und hört nicht auf. Sie ist, wie heißt, Schwein.« Um ihre Worte zu unterstreichen, drückte Stana sich mit einem Finger die Nase zu einem Schweinerüssel.

»Ach, komm, Stana. Regina ist ziemlich klasse. Wir mögen sie alle total gern. Na ja, meine Mom nicht, aber alle anderen«, antwortete ich.

Stana hatte auch mitbekommen, dass Regina Mormonin war. Obwohl sie nicht lesen konnte, unterhielt Stana sich manchmal gerne über politische oder religiöse Themen. Einmal redete sie mit mir über Schwulenrechte oder was Ähnliches, wobei ihr Hauptargument »blöde Mormonen« war, als Regina vorbeikam.

»Mormonen sind so dumm. Sie sind, wie heißt, gehirngewaschen«, sagte Stana so laut, dass Regina es hörte.

»Entschuldigung, aber ich bin Mormonin. Und ich finde es nicht nett, wenn Sie uns dumm nennen«, erklärte Regina mit ihrem brasilianischen Akzent. Dafür, dass sie konvertiert war und ihr mormonischer Ehemann sie verlassen hatte, war sie seltsam stolz darauf, Mormonin zu sein.

»Alle Mormonen sind dumm«, sagte Stana und zeigte mit einem dreckigen Lappen in der Hand auf Regina. »Sie sind Mormone. Sie sind dumm.«

»Ich finde das sehr beleidigend. Reden Sie bitte nicht mehr mit mir. Sie sind gemein zu mir«, sagte die unschuldige Regina.

»Sie sind Arschloch«, schimpfte Stana und rauschte davon.

Regina ignorierte Stana und meine Mom, so gut es ging, aber manchmal holte das Verhalten der beiden sie doch ein, und dann musste ich sie trösten, während sie meinem Dad Pickel auf der

Schulter ausdrückte und er auf dem Toilettenstuhl ein fettes Ei legte.

»Wissen Sie, was, Regina, Stana ist eifersüchtig auf Sie, weil Sie für diese Familie mehr machen als sie. Hören Sie gar nicht auf sie. Wir haben Sie alle total gern.«

Einmal hatte ich meinen Dad schon in den Van verfrachtet. Wir hatten einen neuen beschafft und das Monster endlich ersetzt. Ralph hatte mir geholfen, ihn auszusuchen, deshalb konnte ich sicher sein, dass er was taugte. Der Wagen war ein grauer Dodge Sprinter mit einem nagelneuen Lift im hinteren Bereich. Er war perfekt. Wir wollten gerade ins Kino fahren und uns *Nie wieder Sex mit der Ex* ansehen. Ich hatte vergessen, das Absauggerät einzupacken, also schickte ich armseliger fauler Sack Regina ins Haus, um es zu holen. Mit dem Absauggerät über der Schulter und einem Kleenex in der Hand kam sie langsam zurück. Ich fragte sie, was los war, und sie antwortete: »Stana hat ›Arschloch‹ zu mir gesagt.«

»Mein Gott, sie muss damit aufhören und respektvoller sein«, sagte ich.

»Ich benutze wegen meiner Religion keine Schimpfwörter, aber Stana ist das Arschloch, nicht ich«, sagte Regina weinend.

Nachdem sie schon Stana auf Regina losgelassen hatte, trug meine Mom ihr auch noch erniedrigende Aufgaben auf. Irgendwann schrieb sie eine Liste, was Regina alles machen könnte, wenn sie nicht gerade meinen Dad betreute. Regina zeigte mir die Liste. Ganz oben stand: »Im Garten Hundescheiße einsammeln.« Regina fragte mich, ob sie wirklich die Hundehaufen im Garten einsammeln müsste, und ich erinnerte sie daran, dass sie bei uns war, um meinen Dad zu pflegen, und nicht, um entwürdigende Arbeiten zu erledigen.

»Die Hundescheiße im Garten müssen Sie nicht wegmachen. Aber wenn mein Dad in den Garten kackt, können Sie zuschlagen«, antwortete ich.

Außerdem fing meine Mom an, vor Regina Essen zu verstecken. Jeden Mittwoch brachte uns unsere großartige Nachbarin Nancy Abendessen und einen Teller mit Süßkram, meistens Brownies. Einmal kam ich in das Büro im hinteren Teil unseres Haus und erwischte meine Mom dabei, wie sie im Dunkeln von einem Teller Brownies naschte. Ich schaltete das Licht ein.

»Was machst du denn hier hinten?« Ich war total baff darüber, dass sie allein in einem dunklen Zimmer abhing und Kuchen aß.

»Ich esse einen Brownie«, antwortete sie lässig, als wäre das völlig normal.

»Das sehe ich, aber warum hier?«, fragte ich.

Sie beugte sich vor und flüsterte: »Damit Regina keinen isst.«

»Mom, das ist doch völlig verrückt. Regina ist oben und versorgt Dad. Du musst dich nicht verstecken.«

»Stana hat mir erzählt, dass sie gesehen hat, wie Regina einen ganzen Teller Schokokekse gegessen hat. Was mache ich denn, wenn sie runterkommt und sieht, wie ich einen Brownie esse? Dann futtert sie doch alle weg«, sagte meine Mom.

»Herrje, Mom. Du bist irre. Brauchst du ein Fentanylpflaster?«, fragte ich.

»Ich habe schon eines«, antwortete sie grinsend und schob den Teller mit den restlichen Brownies in ihr Versteck.

Jetzt versteckte sie schon Essen, als wäre Regina ein brasilianisches Krümelmonster, das sich auf Brownies spezialisiert hatte? Herr im Himmel.

Dieser Krieg musste aufhören, aber es sah nicht danach aus, als würde das je passieren. Regina war jetzt ein wichtiger Teil des Ganzen, und ohne sie würde es für uns alle übler aussehen und mehr Arschabputzen bedeuten. Am Ende brachten wir meinen Dad dazu, meiner Mom zu sagen, sie solle Regina in Ruhe lassen. Aber sie war ein Dickkopf und wollte nicht lockerlassen.

»Deb, gib Ruhe mit Regina. Wir brauchen sie«, sagte mein Dad mühsam.

»Ja, Mom, mach dich mal locker. Sei einfach nett zu ihr«, sagte Tiffany.

»Also, ich liebe Regina ja. Sie ist vielleicht das Beste, was dieser Familie je passiert ist«, sagte Greg.

»Nein, Regina ist eine fette Kuh. Ich kann Dad viel besser versorgen als sie«, sagte meine Mom und riss ihm fast die Trachealkanüle raus, während sie ihn zurechtbettete.

Also versuchten wir es mit einer anderen Methode. Nachdem uns klar geworden war, dass meine Mom ihre Meinung nicht ändern würde, redeten wir Regina ein, dass meine Mom verrückt war, dass ihr das Fentanyl durch den Kopf schwirrte, dass Regina alle verrückten Kommentare von meiner Mom oder Stana ignorieren sollte. Sie sollte sich einfach darauf konzentrieren, sich so gut wie möglich um Dad zu kümmern, sonst nichts.

Ein paar Abende später wollte ich sehen, ob die Strategie funktionierte, und fragte meine Mom, wie es mit Regina lief. Sie antwortete: »Na ja, ich habe das Gefühl, sie hört gar nicht zu, wenn ich etwas sage, also ignoriere ich sie einfach zurück.«

»Das heißt, du hast kein Problem mit ihr?«, fragte ich.

»Nö. Sie ist in Ordnung. Glaube ich. Aber sie isst viel, die blöde Kuh«, meinte sie.

Sieg! Regina gehörte jetzt dazu. Endlich hatten wir Hilfe. Sie war in unserem Team. Sie steckte mit uns in diesem Abenteuer.

»Fühlst du dich jetzt insgesamt wohler?«, fragte ich meinen Dad einmal abends, als ich das gelbe Promote in seine Magensonde kippte. Er sah viel glücklicher und viel gesünder aus.

»Regina ist toll«, antwortete er. »Geht es dir besser?«

»Ja, ich kann endlich schlafen, und ich habe deinen Schwanz schon seit Wochen nicht mehr angerührt«, sagte ich.

»Das ist ein Gewinn für uns beide«, witzelte er.

# Jessica sieht kein Leuchten in Zukunft

Ende Februar wirkte die Lage zu Hause etwas rosiger. Regina kam öfter, manchmal sogar an den Wochenenden, und Dads Zustand schien sich zu stabilisieren. Seine psychische Verfassung besserte sich. Er konnte noch ein paar Schritte gehen und strengte sich bei der Sprach- und Physiotherapie richtig an. Wir waren zuversichtlich, dass er mit dieser Krankheit noch lange leben würde. Es könnte werden wie bei seinem Helden Vince senior aus seiner Selbsthilfegruppe.

Mit meiner Mom ging es gesundheitlich bergauf. Sogar ihre Haare wuchsen wieder. Aber sie benutzte immer noch zu oft die Fentanylpflaster und war jeden Tag phasenweise weggetreten. Eins nach dem anderen, dachte ich. Greg war von seiner neuen Arbeit als Journalist begeistert. Das Herumvögeln aus der Collegezeit hatte er auf Eis gelegt, solange es zu Hause so chaotisch zugegangen war, inzwischen gab er seinem Schwanz aber wieder richtig Zucker. Tiffany versuchte immer noch, gleichzeitig der Uni, ihrer Arbeit und RSBs Riesenschwanz gerecht zu werden, und ich sah mich sogar nach einer Stelle in der Bay Area um, weil ich dachte, ich könnte vielleicht noch rechtzeitig nach Kalifornien ziehen, um meine Beziehung zu Abby zu retten. So langsam gewöhnten wir uns an die Situation und ließen uns von der Krankheit nicht mehr unser Leben ruinieren.

Dann fing die Kacke wieder an zu dampfen.

Anfang März flog ich zu Abby nach Berkeley. Unsere Beziehung hatte ein schwieriges Jahr hinter sich, jetzt lief es wieder besser. Am Ende des Tunnels war ein kleines Licht aufgetaucht, und wir sprachen sogar darüber, uns zusammen eine Wohnung in Berkeley zu suchen. Wenigstens waren wir zusammen und machten uns eine schöne Zeit.

Aber als wir morgens einmal im Bett lagen und mit dem Gedanken an eine zweite Runde Sex vor dem Aufstehen spielten, rief meine Mom an. Sie weinte. Nichts torpediert Morgensex so wirksam wie ein Anruf von der eigenen weinenden Mutter. Ich dachte, sie würde etwas wegen Dads Beatmungsgerät fragen, weil ich mich zum halben Atemtherapeuten entwickelt hatte. Jeff war sehr stolz auf mich. Stattdessen sagte meine Mom: »Also, Jessica hat gerade eine Bombe platzen lassen.«

»Scheiße«, sagte ich. Ich dachte, Jessica habe vielleicht beschlossen, die Schule zu schmeißen. Im Januar war sie achtzehn geworden, jetzt konnte sie selbst entscheiden. Sie war sowieso nicht mehr richtig zur Schule gegangen, obwohl Greg und ich uns alle Mühe gegeben hatten, sie morgens zu wecken und loszuschicken. Und wir fanden sie immer öfter betrunken an immer seltsameren Orten: in der Dusche, ihrem Auto, auf unserem Trampolin, neben einem halb vollen Teller Lasagne, unter einem Flipper. Neulich hatten wir sie in unserem Keller dabei erwischt, wie sie mit irgendeinem Typen von unserer rivalisierenden Highschool rummachte. Deshalb war mein zweiter Gedanke, wenn sie trank und mit Jungs rummachte, sei sie vielleicht aus Versehen schwanger geworden.

»Jessica verlässt die Schule, damit sie Rob heiraten kann. Sie haben es uns gerade gesagt«, erzählte meine Mom.

»Rob, den Lacrosse-Trainer? Oder einen anderen Rob?«, fragte ich.

»Den Lacrosse-Trainer. Den perversen Rob. Gott, ich brauche noch ein Fentanylpflaster.«

Was zum Teufel? Wir hatten gedacht, der perverse Rob sei aus dem Spiel. Dass ich zu Hause war und den überfürsorglichen Vater spielte, hätte ihn doch verscheuchen sollen, aber offenbar hatten sie ihre Beziehung nur besser verheimlicht. Hinter unserem Rücken hatten sie sich immer noch getroffen. Und jetzt war Jessica achtzehn. Rechtlich gesehen war sie erwachsen. Sie konnte jeden Scheiß machen, den sie wollte, und wenn sie den perversen Rob heiraten wollte, war das ihre Entscheidung.

Ich ließ das Handy fallen und fing an zu weinen. Und nicht nur ein bisschen. Ich heulte wie ein Schlosshund – so wie nur ganz selten zuvor. Für mich bedeutete diese Neuigkeit, dass wir verloren hatten. Die ALS holte sich meinen Dad und verwandelte unsere Familie in einen verlorenen Haufen blöder Prolls. Wie konnte das passieren? Und warum passierte es? Konnten wir wirklich noch so eine Nachricht ertragen?

Ich bekam manchmal Anwandlungen, die ich »Wenn doch nur«-Momente nannte, dann dachte ich darüber nach, wie alles wäre, wenn mein Dad doch nur nicht ALS hätte. Wenn mein Dad doch nur nicht ALS hätte, würde ich noch in Kalifornien auf ein normales Leben hinarbeiten und eine funktionierende Beziehung mit der Frau führen, die ich liebte. Wenn mein Dad doch nur nicht ALS hätte, würde sich unser Haus nicht in einen heruntergekommenen Scheißhaufen verwandeln, der mehr nach Krankenhaus als nach dem Zuhause einer Familie aussah. Wenn mein Dad doch nur nicht ALS hätte, würde meine Mom nicht so viele Fentanylpflaster nehmen, um die Schmerzen durch den Krebs und das Leben zu betäuben. Das hier fühlte sich wieder wie ein »Wenn doch nur«-Moment an. Wenn mein Dad doch nur nicht ALS hätte, würde Jessica nicht den perversen Rob heiraten. Das hätte mein Dad nicht zugelassen, wenn er gesund wäre.

Aber das war er nicht, und er konnte es nicht verhindern.

Das Schlimmste an dieser Ankündigung war, dass ich meinen Dad im Hintergrund weinen hörte – ein leises und zittriges Summen, das klang wie von einem sterbenden Tier. Seit seiner Diagnose hatte ich so gut wie nie gehört, dass mein Dad geweint oder sich beklagt hätte. Jammern war nicht seine Art. Für ihn hieß diese Neuigkeit, dass er die Kontrolle über seine Familie verloren hatte. Er war hilflos und ohne Hoffnung. Er konnte nicht mehr der fürsorgliche Vater sein, der er sein wollte. Er musste gelähmt in seinem Krankenbett liegen, während um ihn herum diese ganze Scheiße passierte. Also weinte er und hörte nicht wieder auf. Der Arme.

Abby konnte es nicht fassen. Sie weinte auch ein bisschen und nahm mich fest in den Arm. Am Abend aßen wir zusammen mit ihren Eltern, und ich besoff mich nach Strich und Faden, weil ich es irgendwie angebracht fand.

Nachdem ich das restliche Wochenende heulend in Abbys Armen verbracht hatte, flog ich nach Hause. Als ich ging, spürte ich, dass ihr dieser Mist inzwischen ganz offiziell zu heftig wurde. Sie hatte schließlich kein Abonnement für heftige Familiendramen gebucht. Mit Mitte zwanzig sollte das Leben einfach sein und Spaß machen, ganz ohne sterbende Eltern und schwachsinnige Neuigkeiten von der Familie. Wir hätten eigentlich in Napa Weinverkostungen besuchen, in Palm Desert in der Sonne liegen und alle Brunchcafés am Hafen von San Francisco ausprobieren sollen.

Als ich zu Hause ankam, war die Stimmung merklich angespannt. Ich hörte meinen Dad weinen, sobald ich die Tür geöffnet hatte. Ich lief hinauf. Jessica saß neben ihm und hielt seine Hand. »Sag nichts, Danny. Ich weiß, dass du sauer bist«, sagte sie.

»Wieso sollte ich denn sauer sein? Du triffst doch nur eine katastrophale Entscheidung, die uns noch eine Menge mehr Trauer und Tragik und Peinlichkeit beschert«, antwortete ich.

Mein Dad weinte noch heftiger.

Als ich ihn später fütterte, bekam ich endlich die Gelegenheit, allein mit ihm zu reden.

»Das ist echt für'n Arsch, oder?«, sagte ich, während ich zusah, wie das gelbe Promote langsam in ihn hineinsickerte. Von dem Geruch wurde mir allmählich übel. Ich hasste ihn. Ich hasste alles. ALS ist scheiße.

»Wie konnte das passieren?«, brachte er mit seiner kehligen Stimme heraus.

»Keine Ahnung. Jessica tickt im Moment nicht ganz sauber. In ihrem Kopf stimmt was nicht«, sagte ich.

»DJ, ich habe das Gefühl, dass ich als Vater versagt habe.« Er fing wieder zittrig summend zu weinen an, starrte an die Decke und versuchte, seine Tränen zu verbergen.

Ich streichelte seine knochige Hand. »Ach was, du hast getan, was du konntest. Du bist ein toller Vater.« Ich bekam selbst feuchte Augen.

»Nicht mehr«, sagte er und konnte sich nicht mehr halten. Ich hätte diesen perversen Scheißkerl am liebsten dafür verprügelt, dass er in dieser Situation so viel zusätzlichen Kummer verursachte und mein Dad seinetwegen sogar daran zweifelte, dass er ein guter Vater war.

In diesem ganzen Schlamassel kam Stana irgendwann zu mir. Sie mischte sich zu gerne in unsere Familienprobleme ein. Diese Neuigkeiten über Jessica waren eine Goldgrube, viel pikanter konnte es nicht werden. Sie sagte: »Danny, ist zu glauben, das Arschloch heiratet Jessica?«

»Ehrlich gesagt nicht. Dass so ein Schwachsinn sein muss.«

»Jessica versucht mit altem Mann, Daddy zu ersetzen, aber Stana schneidet ab Penis«, sagte sie und ahmte mit den Fingern eine Schere nach.

»Das würde ich zu gerne sehen«, sagte ich. »So ein Riesenmist. Es kommt mir vor, als hätte Jessica ihr Leben einfach aufgegeben«, sagte ich.

Stana schüttelte den Kopf. »Danny, Jessica sieht kein Leuchten in Zukunft.«

Stana drückte es immer am besten aus mit ihrem gebrochenen Englisch, das irgendwie mehr Sinn ergab als geschliffene Formulierungen. Jessica litt. Sie kam in der Schule nicht klar und fühlte sich deswegen beschissen. Und um dem Ganzen die Krone aufzusetzen, würde sie bald ihren Vater verlieren – den Mann, der sich immer für sie eingesetzt hatte. Da war es schwer, eine leuchtende Zukunft zu sehen statt einer finsteren. Sie suchte nach einer schnellen Lösung für ihre Probleme. Und die lautete, ein neues Leben mit einem neuen Menschen zu beginnen.

Jetzt kann man das alles nachvollziehen, aber damals waren wir stinksauer. Wir waren so sauer, dass wir versuchten, es Jessica auszureden. Sie hatte eine weitreichende Entscheidung getroffen, weil sie beschlossen hatte, auch noch zu konvertieren, nachdem sie die Schule verlassen hatte. Nur ist es in unserer Familie besser, ein Mörder zu sein als ein Mormone. Unser Leben lang hatten wir die Meinung von voreingenommenen Mormonen über uns ertragen müssen. Sie hatten uns immer unterstellt, wir seien keine guten Menschen, weil wir tranken und manchmal – na gut, oft – »Scheiße« sagten. Außerdem waren einige ihrer Glaubenssätze einfach verrückt, etwa, dass es drei Himmel gab. Wir glaubten nicht mal an einen. Auf keinen Fall sollte einer von uns überlaufen. Wir erklärten Jessica, warum sie auf keinen Fall heiraten konnte.

Aber Jessica hörte nicht zu. Sie hatte sich entschieden. »Ich werde es machen, und ihr könnt mich nicht davon abhalten«, sagte sie. Sie liebte Rob, und Rob liebte sie. Also würden sie heiraten. Was für ein beknacktes Märchen.

Sie wollten nach Vegas durchbrennen (weil da ja alle erfolgreichen Ehen geschlossen wurden). Allerdings überredete meine Mom sie, die Trauung in unserem Wohnzimmer abzuhalten, damit mein Dad dabei sein konnte. Anfangs war Mom von der Vorstellung entsetzt gewesen, aber nach einer Weile gab sie Jessica erstaunlich viel Rückendeckung wegen ihrer Entscheidung, Rob zu heiraten, obwohl wir sie anflehten, das zu lassen. Ich weiß nicht, was genau zu diesem Sinneswandel geführt hatte. Vielleicht das Fentanyl. Wir gingen ihr ständig auf die Nerven, damit sie doch noch ihre Meinung änderte und die Hochzeit aufhielt.

»Ich werde das nicht absagen. Jessica ist glücklich. Wir müssen uns für sie freuen«, erklärte sie Greg und mir, während sie einen Joghurt löffelte.

»Aber Mom, das ist doch total bescheuert. Wir können das nicht zulassen. Du bist ihre Mutter. Mach was, verdammt noch mal«, sagte Greg.

»Es ist auch nicht bescheuerter als dein Coming-out.«

»Wow. So was Mieses hat mir noch keiner reingedrückt. Ich versuche mal so zu tun, als hättest du das nicht gesagt. So bist du doch gar nicht«, meinte Greg.

»Ich kann doch sowieso machen, was ich will, heiraten werden sie trotzdem. Wenn wir sie unterstützen, dürfen wir wenigstens bei der Hochzeit dabei sein«, sagte meine Mom.

»Klar, ich will auch unbedingt zu einer Mormonenhochzeit«, sagte Greg.

Meine Mom hatte beschlossen, die Sache als etwas Gutes zu sehen. Sie freute sich, dass eines ihrer Kinder heiraten wollte, und fand es eigentlich ganz klasse, dass Jessica es jetzt schon tun wollte, solange ihr Dad es noch miterleben konnte. Und sie dachte, wenn Jessica Rob heiratete, würde sie vielleicht aufhören zu trinken und mit härteren Drogen gar nicht erst anfangen.

»Mit so was wie Fentanyl?«, antwortete ich mit einem arschigen Spruch.

»Ach, sei doch still. Das ist gegen die Schmerzen durch den Krebs. Ich brauche es«, sagte meine Mom.

Damit hatte sie nicht ganz unrecht. Vielleicht würde diese Hochzeit wenigstens Jessicas Komasauferei ein Ende bereiten. Greg und ich waren es echt leid, sie abends ins Bett zu tragen.

»Na ja, jetzt muss Rob sich um sie kümmern. Eigentlich ist es eine Erleichterung«, sagte Greg.

Tiffany reagierte besonders übel auf die Nachricht über die Hochzeit. Sie und Jessica standen sich ziemlich nahe, und es war schwer, so etwas mit anzusehen. Sie sagte immer wieder, sie wolle dem perversen Rob den Schwanz abschneiden. Irgendwie waren alle hinter Robs Schwanz her. In Anbetracht der Lage schlossen Tiff und ich endlich Frieden. Wir gingen uns nicht mehr gegenseitig an die Kehle. Uns wurde klar, dass wir in einem Boot saßen, wir gegen den Rest der Welt. Sie kam sogar vorbei und trank ein Glas Wein mit mir.

»Ich fasse es nicht, dass unsere Familie so lächerlich geworden ist«, sagte sie. »Wir waren mal richtig klasse, und jetzt sind wir nur noch scheiße.«

Ich stimmte ihr zu und sagte, im letzten Jahr sei alles echt außer Kontrolle geraten, und bemerkte, dass keiner unserer Freunde eine solche Familientragödie schon so früh im Leben durchmachen musste. »Diese ganzen Scheißer holen sich gerade ihre Uniabschlüsse. Irgendwie nicht fair, aber scheiß drauf. Na ja«, sagte ich. »Wenigstens sind wir immer noch so reich, dass wir uns Wein leisten können.«

»Mein Gott, ich würde Rob nur zu gerne den Schwanz abschneiden«, sagte sie.

Zu diesem Zeitpunkt war ich immer noch der Einzige, der wusste, wie man Dads Beatmungsgerät mobil machte. Deshalb flehte meine Mom mich an, das auch bei der Hochzeit zu übernehmen. Ich sagte ihr, sie solle abhauen, das würde ich nicht tun, sie solle es selbst lernen, wenn sie diese Ehe unterstützen wollte. Sie versuchte es, schaffte aber immer nur die Hälfte, brach dann zusammen und fing an zu weinen, während ich mit einem teuflischen Grinsen dabei zusah, wie sie mit den Schläuchen hantierte. »Ich kann das nicht, Dan. Es ist zu kompliziert. Jetzt sei kein Arschloch und hilf mir.«

»Du kannst mich mal«, antwortete ich, während mir Teufelshörner aus dem Kopf wuchsen.

Mittlerweile war ich richtig sauer auf sie. Sie hatte doch den Verstand verloren. Sie ließ es zu, dass ihre achtzehnjährige Tochter einen fünfunddreißig Jahre alten Mann heiratete. Damit machte sie eine schwierige Situation noch schwieriger. Reichte es nicht, dass wir eine Familie mit todkranken Eltern waren? Muss denn jetzt auch noch dieser unheimliche Mist passieren?

Am Nachmittag vor der Hochzeit kam Regina in den Keller, wo ich traurig vor einem Flipperautomaten stand. In letzter Zeit flipperte ich viel. Es war ein schönes Gefühl, wenigstens etwas kontrollieren zu können. Sie sagte, mein Dad wolle mich sehen. Ich ging in sein Zimmer und setzte mich an sein Bett. Seine Kanüle war geöffnet. Er wollte reden.

»DJ, ich weiß, dass du die Situation schrecklich findest und damit nichts zu tun haben willst. Ich auch nicht. Aber es passiert so oder so, und dann können wir auch für Jessica da sein. Wir müssen uns gegenseitig unterstützen, es geht nicht anders. Wir sind immer noch eine Familie, auch wenn wir ziemlich kaputt sind.« Er rang mit den Tränen. »Also machst du mich bitte für die Hochzeit mobil?«

Ich holte tief Luft und sagte: »Nette Ansprache, Dad, aber das mache ich nicht.«

Als ich gehen wollte, fing er an zu weinen, er klang wie eine Kuh, die totgetreten wird.

Ich drehte mich um. »Meine Fresse. Wenn du diese Ehe unterstützen willst, unterstütze ich dich. Ich mache dich mobil. Aber ich tue das nur für dich. Nicht für Jessica. Nicht für Mom. Nicht für den perversen Rob.«

Er bedankte sich lächelnd und ließ durchblicken, dass ich so was wie ein Held und der beste Sohn aller Zeiten sei. »Danke, Dan. Ohne dich würden wir es nicht schaffen.«

»Ganz toll, Dad. Diese ätzende Scheiße ruiniert unser Leben.«

Am Tag darauf sollte die Trauung stattfinden, im Wohnzimmer meiner Familie mit Blick auf den vertrauten, schneebedeckten Mount Olympus und mit Freunden und Familie von beiden Seiten.

Als Vorbereitung verbrachten mein Freund Dom und ich mehrere Stunden damit, uns zu betrinken. Ich hatte Dom gebeten, die Feier zu filmen, weil ich die Sache so bescheuert fand. Weil Dom seinen Vater schon verloren hatte, war er Tragödien gewohnt, und es machte ihm nichts aus, bei uns zu sein. Ich war überrascht, dass neben meinem Dad auch der Rest der Familie nicht trank. Als Tiffany auftauchte und ich fragte: »Warum trinkst du nichts?«, antwortete sie mit einem gerissenen Grinsen: »Oh, ich habe schon sechs Bier gekippt, bevor ich hergekommen bin.« Tiffany trank sonst nicht viel, deshalb war es ungewohnt, sie betrunken zu erleben.

Noch kurz vor der Trauung schleppte Tiffany Jessica in den Keller und versuchte, ihr die Heirat auszureden. Da trug Jessica schon ihr Hochzeitskleid.

»Jess, lauf, so schnell du kannst«, sagte Tiffany.

»Ha. Ja, schon klar«, sagte Jess.

»Ich meine es ernst. Lauf weg. Du musst das hier nicht durchziehen. Mach es nicht. Mach es nicht. Mach es nicht«, flehte Tiffany.

Jess lief nicht weg. Sie ging nach oben, um zu heiraten.

»Verdammte Scheiße«, sagte Tiff. »Ich brauche noch ein Bier.« Also machten wir alle ein frisches Bier auf und kippten es in unsere müden, traurigen Körper.

Die ersten Gäste trudelten ein.

Zusammen mit Regina zog ich Dad seinen Anzug an, dann machte ich sein Beatmungsgerät mobil. Wir setzten ihn in seinen Stuhl und fuhren mit dem Aufzug ins Erdgeschoss, wo die Trauung stattfinden sollte. Als ich ihn in die Küche schob, entdeckte ich eine ganze Flut von Robs Mormonenverwandten, die sich über den Imbiss hermachten und koffeinfreie Limonade tranken. So hatte ich mir die Hölle schon immer vorgestellt. In der Küche angekommen rief ich laut: »Meine Damen und Herren! Darf ich vorstellen: der Vater der Braut!«

Alle Blicke ruhten auf meinem armen gelähmten Vater, der sich um ein Lächeln bemühte und so schick aussah, wie ein an den Rollstuhl gefesselter Mann mit ALS nur aussehen konnte. Sie waren verdutzt und stumm vor Schreck. Irgendwann fing Greg an zu klatschen. »Oh, Daddy, du siehst ja großartig aus!«, rief er ironisch.

Alle stimmten in Gregs Applaus ein. Einige johlten sogar. Mein Dad lächelte. Wenigstens konnte er noch miterleben, wie eines seiner Kinder heiratete.

Ich brachte meinen Dad ins Wohnzimmer. Vorne waren Stühle aufgestellt. Ich suchte uns hinten einen Platz. Ein paar Freunde der Familie waren auch gekommen, darunter Sam und Sue, aber vor allem war Robs riesige Mormonenfamilie hier. Seine Verwandten wussten auch nicht, was sie von der Hochzeit halten sollten. Einer seiner Schwäger sagte: »Das ist wirklich mal ein ungewöhnliches Ereignis.«

»Stimmt, ist wie ein durchgeknallter Film von Woody Allen, allerdings mit Schwachköpfen statt mit Intellektuellen«, antwortete ich und dachte im gleichen Moment, dass der Typ wahrscheinlich zu sehr Mormone war, um je einen Film von Woody Allen gesehen zu haben.

Janet, eine Freundin meiner Mom, sang Lieder von den Beatles und schrammelte dazu auf ihrer Gitarre. Rob und Jessica hatten einen mormonischen Bischof mitgebracht, der sie trauen sollte. Es würde eine richtige mormonische Hochzeit geben, und das im Haus meiner Familie. Das durfte doch verdammt noch mal nicht wahr sein.

Als Jessica sich gerade auf den Weg zu unserem Pseudoaltar und in die Arme des perversen Rob begeben wollte, sah mein Dad mich an und zeigte mir, dass ich seine Kanüle öffnen sollte, damit er sprechen konnte. Das machte ich.

»Ich will sie zum Altar führen«, sagte er.

»Dad, du kannst doch gar nicht richtig laufen, schon vergessen?«

»Ein paar Schritte schon. Das weiß ich. Wenn du mich stützt.«

»Na gut. Ich versuche es«, sagte ich.

Jessica kam in ihrem wunderschönen Kleid herein. Sie sah großartig aus. Sie sah glücklich aus. Sie sah aus, als würde sie sich darauf freuen, ein neues Leben zu beginnen. Es war nicht nur ihre Hochzeit, es war ihre Wiedergeburt.

Janet spielte die ersten Takte von »Here Comes the Sun«, dem gleichen Lied, zu dem meine Eltern vor dreißig Jahren zum Altar gegangen waren. Ich schlang meinem Dad den Haltegürtel um den dürren Brustkorb, hängte mir das Beatmungsgerät über die Schulter und achtete darauf, dass ich nicht auf die Schläuche trat, die von der Trachealkanüle herunterbaumelten. Ich zog ihn aus seinem Rollstuhl und auf die Füße. Dann stellte ich mich hinter ihn. Er sah Jessica an und lächelte. Sie erwiderte sein Lächeln und schob ihre Hand in seine. Alle standen auf, und er begleitete sein kleines Mädchen zum Altar, während sein fetter Sohn ihn von hinten festhielt, als wäre er Bernie aus *Immer Ärger mit Bernie.*

»Ich liebe dich, Jess«, sagte er, als er sie Rob übergab. »Viel Glück.«

Nach der Feier schubste die total betrunkene Tiffany den perversen Rob gegen unsere Garage und drohte, ihm den Schwanz abzuschneiden. Ich saß derweil betrunken und nackt im Whirlpool, zusammen mit irgendwelchen zufällig zusammengekommenen Hochzeitsgästen, die keine Mormonen waren, weil ich fand, das sei jetzt genau das Richtige.

# WELLNESSTAG

Je schlimmer diese ganze ALS-Geschichte wurde, desto mehr Unterstützung und Mitgefühl erwartete ich von meiner Familie und meinen Freunden. Und niemand bekam meine unerbittlichen Ansprüche heftiger zu spüren als Abby.

Aus meiner Sicht hätte Abby mir das Leben leichter machen müssen, indem sie aufmerksamer und liebevoller war. Immerhin waren wir mittlerweile seit fünf Jahren zusammen. Anfangs hatte ich für ihr fehlendes Mitgefühl noch Verständnis, aber dann fing es an, mich zu ärgern.

Sie tat so, als würde ich das alles durchmachen wollen, als hätte ich eine Wahl. Dabei hatte ich das nicht. Ich konnte meine Familie nicht mit der Krankheit meines Dads alleinlassen. Ich nervte Abby damit, sie sollte wenigstens so tun, als würde sie mehr Anteil nehmen. Dabei war es nicht so, als wäre es ihr egal. Das war es gar nicht. Sie liebte meinen Dad und mich. Sie wusste nur nicht, wie sie mit alldem umgehen sollte. Es war nicht ihre Tragödie, und es war ein bisschen zu heftig, als dass eine süße Blondine Mitte zwanzig sich das angetan hätte, wenn es nicht unbedingt sein musste. Deshalb war es für sie am einfachsten, die Situation zu ignorieren, so zu tun, als wäre nichts, und zu hoffen, dass ihr Freund einigermaßen normal und ausgeglichen aus der Sache rauskam, damit wir glücklich und zufrieden mit Sonnenschein und Jägermeister weiterleben konnten.

Ein paar Wochen nach Jessicas Hochzeit ging Abby noch mehr

auf Abstand als in den Monaten davor. Aber ich blieb bei der Stange. Sie war in vielerlei Hinsicht das einzig Gute in meinem Leben. Wenn ich meinen Dad durch seine Magensonde fütterte oder die Scheiße aus seinem Toilettenstuhl putzte, dachte ich oft: Wenigstens habe ich noch Abby.

Ich liebte es, sie in Berkeley zu besuchen. Wenn ich da war, war ich immer noch gestresst und alles kreiste um den Familienkram, aber wenigstens waren wir zusammen und unterhielten uns nicht nur am Telefon. Jetzt kann ich zurückblicken und sagen, wenn ich noch mal die Chance bekäme, würde ich mich bemühen, bei diesen Besuchen mehr Spaß zu haben und meine Familie nicht zu erwähnen. Damals hatte ich das Gefühl, einfach darüber reden zu müssen, was zu Hause los war. Es war das Einzige, was in meinem Leben zurzeit passierte, und das Extremste, was mir verwöhntem, fettem Arsch je passiert war.

Im April rief ich Abby an einem Samstagabend an, als sie mit Freunden unterwegs war, und sie meldete sich nicht. Ich versuchte es noch ein paar Mal. Keine Antwort. Sie rief auch mehrere Tage lang nicht zurück. Ich vermutete schon, dass sie an unserer Beziehung zweifelte und dass ihre Freundinnen – die mich genauso wenig leiden konnten wie ich sie – sie anstachelten, mit mir Schluss zu machen.

Irgendwann rief sie dann an.

Sie weinte. Es fiel ihr schwer. Sie wusste, dass es genau der falsche Zeitpunkt war, aber sie wusste auch, dass sie es nicht in einer Beziehung aushielt, die nicht von Spaß, sondern von Tragik bestimmt war. Unter Tränen sagte sie, dass sie mehr Freiraum brauche – und ich zu deprimierend sei, um mich in der Nähe zu haben. Ich sagte ihr, ich sei ja schon in Utah, und fragte sie, wie viel beschissenen Freiraum sie denn noch brauchte. Sie brauchte mehr, sagte sie. Und keine Besuche oder Anrufe, bis sie in Ruhe nachgedacht hätte und sich klar darüber sei, was sie wollte.

So begann unsere langsame und schmerzhafte Trennung.

Die Vereinbarung lautete, dass wir eine »Auszeit« nehmen würden. Mir war nicht ganz klar, was das bedeuten sollte, also bestand meine spontane Reaktion darin, ein paar Frauen zu vögeln, die ich über gemeinsame Freunde kennengelernt hatte. Ich glaube, das ist das Erste, was die meisten Leute in solchen Situationen machen: Sie vögeln, was sie am einfachsten rumkriegen. Das hat sie bestimmt auch so gemacht.

Doch andere Frauen zu vögeln half mir nicht, ich fühlte mich danach nur noch einsamer. Es tröstete mich nicht und half mir auch nicht, einen Schlussstrich zu ziehen. Ich schämte mich nur – und bekam Angst, ich könnte mir Chlamydien eingefangen haben (drei Mal negativ getestet – halb so wild). Ich vermisste Abby und wollte sie noch mehr zurückhaben. Man kann seine Gefühle für einen anderen Menschen nicht wegvögeln.

Nach ein paar Wochen sprachen Abby und ich wieder miteinander, und es gab noch einen Funken Hoffnung, dass wir wieder zusammenkommen würden, zumindest bei mir. Ich gab mir Mühe, bei unseren Telefonaten witzig und lebhaft zu klingen. Ich versuchte, nicht über den Tod und meine Eltern und meine kleine Schwester zu reden, die einen Mormonen geheiratet hatte. Wenn ich mich auf das Positive konzentrierte, dachte ich, würde sie sich daran erinnern, was für ein großartiger Mensch ich war.

Dann legte ich auf, sackte wieder zu dem deprimierten Dan zusammen und setzte mich zu meinem Dad. Ihm tat es leid, dass ich diese Trennung durchmachte. Er sah mich gequält an und wünschte sich, es würde mir besser gehen.

»Das tut mir alles leid, DJ«, sagte er. »Abby ist so ein tolles Mädchen.«

»Na ja, im Moment ist sie nicht so toll«, sagte ich.

»Es renkt sich schon wieder ein, wenn es sein soll.« Er schüttelte den Kopf und starrte an die Decke. »Diese beschissene Krankheit.«

Er wurde das Gefühl nicht los, er sei für diesen ganzen Mist verantwortlich. Wegen allem hatte er ein schlechtes Gewissen, wegen mir, meiner Mom und ihren Verrücktheiten, wegen Jessica, und ich hatte ein schlechtes Gewissen, weil er eines hatte. Diese Zeit wirkte wie ein Wendepunkt, er schien seine Krankheit plötzlich anders zu sehen. Jetzt war klar geworden, wie sehr die ALS das Leben von uns allen beeinflusste.

Meine Mom reagierte etwas direkter. Sie mochte Abby und hoffte, ich würde sie heiraten, aber sobald sich die Trennung abzeichnete, wurde sie giftig. »Sag der kleinen Schlampe, sie soll sich nicht wie ein Stück Scheiße benehmen«, sagte sie. »Soll ich sie mal anrufen?« Und wenn Mom wegen des Fentanyls austickte, schrieb sie Abby manchmal tatsächlich eine SMS oder rief sie an.

»Nein, Mom, halt dich da raus. Das geht dich nichts an«, flehte ich.

»Du bist mein Danny Boy. Das geht mich wohl was an«, sagte sie. »Ich fahre nach Berkeley und steck ihr diesen Scheißlaser oder womit sie da arbeitet in den dürren kleinen Arsch.«

Sogar Stana musste ihren Senf dazugeben. »Danny, dieses Mädchen, sie ist nicht gut für dich.«

»Ich weiß nicht, Stana. Ich glaube schon, dass sie mir ziemlich guttut«, sagte ich.

»Nein, Danny. Du hast großes Herz, sie hat kleines Herz. Kein großes Herz mit kleines Herz. Nicht gut passt.«

Mein Dad und ich konzentrierten uns ganz bewusst aufeinander und versuchten nach Kräften, den anderen aufzuheitern. Regina war auch da, aber Dad brauchte alle Hilfe, die er kriegen konnte, deshalb gab ich ihm weiter alles, was ich geben konnte – in der Hoffnung, es würde mich von Abby ablenken –, und er gab mir, was er geben konnte. Der Schnee schmolz endlich, und wir machten lange Spaziergänge. Wir fanden eine Lieblingsstrecke durch unser Viertel. Mein Dad lernte sogar, das bisschen Kraft in seinem Arm zu nutzen und den Elektrorollstuhl selbst zu steuern. Wir redeten über die besten Spiele der Jazz, die wir gesehen hatten, und über unsere schönsten Familienurlaube. Für mich war es die Fahrt nach Orlando, bei der er mit Greg und mir 1992 das NBA All-Star Game besucht hatte – das Spiel, bei dem Magic Johnson nach seiner HIV-Diagnose sein Comeback feierte und als bester Spieler ausgezeichnet wurde. Als wir spätabends in unser Hotel im Disneystil zurückkehrten, war der Pool schon geschlossen. Aber mein Dad half Greg und mir, einzubrechen. Ich weiß noch, dass ich es saucool fand, einen Vater zu haben, der mit uns in Schwimmbäder einbrach. Dads schönste Erinnerung war der Urlaub, in dem wir mit dem Boot nach Camano gefahren waren, um bei seiner Mom zu sein und Krebse zu fangen. Er hatte es so geliebt, da oben zu sein.

Aber es war offensichtlich, wie unglücklich ich war. Als Tiffany, meine Mom und ich meinen Dad am Red Butte Garden für einen Spaziergang aus dem Van holen wollten, brach ich zusammen. Sein Rollstuhl hatte sich in einem Sicherheitsgurt verfangen. Ich versuchte, ihn zu befreien, schaffte es aber nicht und brüllte, so laut ich konnte: »Verfickte Scheiße!« Der »verfickten Scheiße« folgte ein solcher Schwall von Schimpfwörtern, dass sogar der Teufel zusammengezuckt wäre. Irgendwann zeigte ich dem Sicherheitsgurt den Stinkefinger und trommelte auf den Boden des Vans, bis ich weinend zusammensackte. Es ging gar nichts mehr.

Andere Besucher des Gartens – die zweifellos eine nette Abwechslung vom täglichen Schwachsinn erwartet hatten – waren entsetzt. Bestimmt dachten sie: Sollte dieser labile Fettsack wirklich einen todkranken Mann pflegen? Wahrscheinlich hätte ich das nicht tun sollen. Aber hatte ich verdammt noch mal eine Wahl? Ich hatte einen ausgewachsenen Anfall von Pflegeburnout, begleitet von akutem Liebeskummer.

Die Depression fraß mich auf. Ich spielte allein im Keller Flipper und trank dabei, etwa eine Flasche Wein am Abend. Immerhin wurde ich im Flippern langsam richtig gut.

Ich war düsterer und etwas morbider drauf als sonst. Einmal holte ich Chelsea nachmittags von der Schule ab.

»Wie war dein blöder Tag?«, fragte ich sie.

»Gut«, meinte sie. »Wie war dein blöder Tag?«

»Beschissen. Alles ist beschissen. Nichts bedeutet irgendwas, und alles wird zu Scheiße«, erklärte ich.

»Oh, okay.« Sie kicherte nervös. »Können wir bei 7-Eleven anhalten und uns Slurpees holen?«

»Ich finde das ja sinnlos, aber klar.« Also holten wir uns sinnlose Slurpees. Ich war zu deprimiert, um meinen zu trinken, und kippte ihn in den Ausguss.

Als ich mit der Faust auf das Beatmungsgerät hämmerte, weil es nicht aufhören wollte zu piepen, wurde mir klar, dass ich offiziell übergeschnappt war. Danach schlug mein Dad vor, ich solle doch mal mit Robin reden, der Psychologin meiner Eltern. Machte ich auch. Zuerst mochte ich sie nicht, weil ich mich für klüger hielt als sie. Aber mit der Zeit gab sie mir einige gute Ratschläge.

»Warum wollen Sie mit einer Frau zusammen sein, von der Sie keine Liebe und Unterstützung bekommen, wenn Sie sie am meisten brauchen?«, fragte sie.

»Weil sie zum Niederknien ist. Sie fehlt mir wahnsinnig«, lag mir noch auf der Zunge, aber ich sagte: »Ja, Sie haben recht. Zu dieser Einstellung muss ich auch kommen. Trotzdem fehlt sie mir.«

»Sie klingen depressiv.«

»Ach was, Klugscheißerin«, hätte ich gern gesagt.

»Ja, ich weiß. Mit der richtigen Menge Alkohol wird das schon wieder, oder?«, sagte ich tatsächlich.

»Alkohol verstärkt Depressionen sogar. Wie viel trinken Sie denn?«, fragte sie.

»Nicht so viel. Vielleicht eine Flasche Wein und ein paar Bier am Abend.«

»Das sind mehr als vierzig Einheiten pro Woche«, sagte sie.

»Ist das zu viel oder zu wenig?«, fragte ich.

»Zu viel. Viel zu viel.« Sie verschrieb mir Wellbutrin gegen die Depression und riet mir, keinen Alkohol mehr zu trinken.

Irgendwann kam ich zu dem Schluss, dass ich meine Beziehung zu Abby retten könnte, wenn ich mich nur wirklich darauf konzentrierte. Ich wollte wegen dieses ganzen Mists nicht jemanden verlieren, den ich über alles liebte. Ich bin nicht so gestrickt, dass ich meine Gefühle einfach abstellen kann. Eine richtige Trennung hätte ich jetzt nicht verkraftet. Ich fragte Abby, ob ich sie in Berkeley besuchen durfte, um ein paar Sachen gemeinsam zu klären. Unsere Beziehung hing jetzt schon zu lange in der Schwebe. Sie willigte ein.

Ich buchte einen Flug und machte Pläne für unser Wochenende. Mein Ziel war es, sie zurückzugewinnen, sie sollte sich neu in mich verlieben. Für Freitag meldete ich uns zur Wellness im Nob Hill Spa in San Francisco an. Auf der Website liest es sich so:

> Lassen Sie sich vom Verwöhnprogramm des Huntington-Hotels verführen – eines der besten Wellness-Hotels in San Francisco. Unser Nob Hill Spa bietet Ihnen die ganze Vielfalt eines luxuriösen Wellnessprogramms, individuellen Service und einen faszinierenden Blick auf die Skyline. Erfrischen Sie sich nach einem entspannenden Dampfbad oder einem Besuch in der Sauna beim Schwimmen in unserem wundervollen Infinity-Pool.
> Finden Sie Kontemplation und tiefe Entspannung in unserer Lounge mit offenem Kamin. Zu unseren zahlreichen herausragenden Serviceleistungen gehören Massagen, Gesichts- und Ganzkörperbehandlungen, Maniküren und Pediküren. Lassen Sie Ihren Stress und Ihre Sorgen einfach davongleiten – und

> entdecken Sie eine unvergleichliche Oase, die der *San Francisco Chronicle* als »einen der luxuriösesten Orte der Stadt« beschrieben hat.

Das hörte sich doch nach einem Ort an, an dem man eine Frau zurückgewinnen konnte, die nicht mehr mit einem zusammen sein wollte. Dachte ich wenigstens.

Als die Reise immer näher rückte, merkte ich, dass Abby mich eigentlich gar nicht sehen wollte, aber das war mir egal. Ich musste sie sehen. Ich weiß noch, dass ich allen erzählte, ich würde mir vorkommen, als würde ich zu meiner eigenen Hinrichtung fliegen – als würde ich mit offenen Augen auf etwas sehr Schmerzhaftes und Schlimmes zulaufen. Wäre das hier ein Slasher-Film, würdest du rufen: »Nein, nein. Mach das nicht. Geh da nicht hin.«

Ich ging trotzdem. Ich landete in Oakland.

Weil wir ausgemacht hatten, dass sie mich abholen würde, erwartete ich sie und ihren schrottigen Volvo an diesem scheußlichen Flughafen von Oakland, aber sie tauchte nicht auf. Sie ließ mich mit meinen schäbigen kleinen Taschen am Straßenrand stehen. Zu ihr zu fahren wäre wohl keine gute Idee gewesen, weil sie mich ja offenbar doch nicht sehen wollte, also rief ich ein paar Freunde an. Sie sagten, ich könnte bei ihnen in San Francisco übernachten. Ich fuhr mit der BART in die Stadt.

Ein paarmal versuchte ich, Abby anzurufen, aber sie ging nicht ans Handy. Ich betrank mich und ging gegen neun Uhr abends ins Bett. Und mit »ging ins Bett« meine ich, dass ich betrunken umkippte.

Am nächsten Morgen wachte ich verkatert auf, ich hatte das Gefühl, meine Seele und mein Geist seien komplett zerschmettert. Ich war buchstäblich am Boden zerstört und wünschte mir sogar, zu Hause bei meinem Dad zu sein. Er war todkrank, aber er konnte mir immer noch das Gefühl geben, alles würde gut. Stattdessen saß ich hier in der Bay Area und ließ mir gründlich das Herz brechen.

Abby ging immer noch nicht ans Handy. Offenbar wollte sie sich nicht mal vernünftig und menschlich benehmen, während sie mir das Herz brach. Sie versuchte, sich in Berkeley wegzuducken, und befürchtete wahrscheinlich, ich könnte plötzlich vor der Tür stehen. Was machte ich also? Ich beschloss, nach Berkeley zu fahren und plötzlich vor ihrer Tür zu stehen. Dann sollte es doch für beide eine schmerzhafte Angelegenheit werden. Es wäre unfair gewesen, sie so leicht davonkommen zu lassen.

Außerdem hatte ich diesen märchenhaften Wellnesstag geplant. Weißt du noch? Heute war der große Tag.

Ich suchte nach Rechtfertigungen für mein dämliches Verhalten. Vielleicht funktionierte ihr Handy nicht. Vielleicht war ihr Ladegerät verschwunden. Vielleicht hatte sie vergessen, wann mein Flug ankam. Vielleicht liebte sie mich so sehr, dass sie unter dem Motto »Ich liebe dich so sehr, Dan« in Berkeley eine Überraschungsparty mit Parade geplant hatte, dachte ich.

Ich warf eine Wellbutrin ein und fuhr nach Berkeley. Als ich dort aus der Bahn stieg, fand keine »Ich liebe dich so sehr, Dan«-Parade statt. Ich ging zu Abbys Haus. Mein Gott, ich kam mir wie ein Stalker vor, wie irgendein Krimineller. Dreckig und wertlos, wie ein Verlierer. Aber ich wusste nicht, was ich machen oder wie ich Abby zu Antworten oder einem Gespräch bewegen sollte, weil sie sich offenbar trennen wollte, indem sie mich einfach ignorierte.

Ich klopfte bei ihr an. Sie war nicht zu Hause. Ich versuchte es auf ihrem Handy, und endlich meldete sie sich.

Sie kam gerade aus dem Fitnessstudio. Ich sagte: Überraschung, ich sei gerade in der Nähe und wollte mit ihr reden. Sie willigte ein. Während wir noch telefonierten, liefen wir uns auf der Straße in die Arme. Sie trug ihre Sportklamotten. Wenigstens in diesem Punkt hatte sie nicht gelogen.

Ihr erster Satz lautete: »Du riechst nach Alkohol.«

»Danke«, sagte ich. »Ach, und danke, dass du mich vom Flughafen abgeholt hast.«

»Tut mir leid, ich musste was für die Uni machen ...«, sagte sie und wich meinem Blick aus.

Ich stellte mir ihre Version der Geschichte vor, nachdem sie den Alkoholgeruch wahrgenommen hatte. »Dan ist einfach aufgetaucht, wie aus dem Nichts. Er hatte eindeutig was getrunken. Ist der Arsch ein durchgeknallter Stalker oder was?«

Auf dem Weg zu ihrer Wohnung jammerte Abby die ganze Zeit darüber, dass sie in einem Kurs eine Zwei bekommen hatte, obwohl sie sich sooooo angestrengt hatte. Ich hätte ihr zu gerne gesagt, dass mir ihre Zwei echt am Arsch vorbeiging. Dass sie sich mal ein echtes Problem zulegen sollte, einen todkranken Vater oder so was. Ich versuchte ja, mitfühlend zu sein und mit ihr darüber zu reden, wie ein bösartiger Professor ihr so etwas Schreckliches antun konnte, aber ich war zu abgelenkt, um nicht sarkastisch und kaltschnäuzig zu klingen. Ich versuchte dahinterzukommen, was zum Teufel los war.

Wieder stellte ich mir ihre Version der Geschichte vor. »Ich habe Dan von meiner Zwei erzählt, die mich echt mitgenommen hat, und ihm war das offenbar völlig egal. Er ist so ein egoistischer Penner.«

Wir erreichten ihr Haus. Ehrlich gesagt wusste ich nicht, was mich erwartete. Sie faselte immer noch von ihrer Note. Sie wollte eindeutig nur Zeit schinden vor dem schweren und unangenehmen Trennungsgespräch.

Wir gingen in ihr Zimmer. Ich setzte mich auf ihr Bett und rechnete fast damit, dass sie mit mir schlafen würde. Schließlich unterbrach ich sie und fragte: »Was ist hier eigentlich los?«

»Mit meiner Zwei?«, fragte sie.

»Nein, mit uns. Ich meine, ich habe ja mitbekommen, dass du

dich über deine Note ärgerst, aber können wir mal kurz über uns reden? Ich bin extra hergeflogen, weil ich dachte, wir würden alles klären.«

»Ja, aber ich glaube, da gibt es nichts zu klären. Wir sind nicht zusammen. Wir sollten uns mit anderen Leuten verabreden.« Endlich rückte sie damit heraus.

Die Bombe war geplatzt. Bisher hatte ich mir noch Hoffnungen gemacht, unsere Beziehung kitten und zu unserem schönen gemeinsamen Leben zurückkehren zu können. Jetzt war es offiziell. Es war vorbei. Unsere »Auszeit« hatte sich zum richtigen Aus entwickelt.

Obwohl meine rationale Seite wusste, wie es kommen würde, traf mich das alles auf einmal wie ein Schlag. Das Leben war schrecklich. Das Leben war scheiße. Ich wusste nicht, was ich tun oder sagen sollte, also tat ich was ziemlich Übles. Ich verwandelte mich in einen durchgedrehten Irren. Ich packte sie an den Schultern, drückte sie auf ihr Bett und hielt sie einen Moment lang fest. Dann stand ich auf und überlegte, ob ich ihren Computer kaputt schlagen sollte. Ich ließ es sein und fing mich wieder. Zum Glück.

Sofort schämte ich mich. Ich hatte die Kontrolle verloren. Bis heute wünschte ich, ich könnte diesen Moment zurückholen. Ich hatte ihr nicht wehgetan. Es war nur einer dieser Momente, in denen sich jemand ungewohnt benimmt und man ihn packen und schütteln will, damit er hoffentlich wieder zu sich kommt und der Mensch wird, den man kennt. Aber man stellt sich das nur vor. Ich habe es tatsächlich getan.

Abby bekam sofort schreckliche Angst. Ich stellte mir wieder ihre Geschichte vor. »Dan ist hereingeplatzt und hat mich durch mein Zimmer geschleudert, nachdem ich mit ihm Schluss gemacht habe. Er ist ein cholerischer, gewalttätiger Drecksack.«

Ich hatte ihr ehrlich eine Scheißangst eingejagt. Ihre Reaktion fiel sehr heftig aus. Sie fing an zu weinen und redete davon, die Polizei zu rufen. Ich stellte mir vor, wie die Polizei kommen und ich erklären würde, was aus meiner Sicht passiert war. »Na ja, Officer, erst mal möchte ich sagen, dass mein Dad zu Hause in Utah todkrank ist. Abby und ich waren fünf Jahre lang zusammen. Und plötzlich wollte sie mehr Freiraum. Damit war ich einverstanden. Doch dann hat sie meine Fragen nicht mehr beantwortet und mir nie richtig gesagt, wie es mit unserem Beziehungsstatus aussieht, um es mit Facebook zu sagen. Deshalb bin ich hergeflogen, nachdem sie gesagt hat, sie würde mit mir reden, und dann hat sie mich nicht vom Flughafen abgeholt, und als ich endlich hier war, hat sie die ganze Zeit was von einer dämlichen Uninote erzählt, und da bin ich für eine halbe Sekunde ausgeflippt und habe sie sanft auf ihr Bett gedrückt.«

»Sie sind verhaftet, Sie irres Arschloch«, sagte der Polizist in meiner Vorstellung und zog seine Pistole.

Ich entschuldigte mich sofort dafür, dass ich ihr Angst gemacht hatte, und sagte, dass ich einfach sauer war, weil ich für etwas hergeflogen sei, das sie mir am Telefon hätte sagen können. Ich hatte es satt, dass sie nach fünf Jahren Beziehung solche Spielchen trieb. Das hatte ich nicht verdient, fand ich. Es tat mir leid. Dass ich so mit ihr umgegangen bin, ist immer noch ein echter Tiefpunkt in meinem Leben, für den ich mich schäme.

Ich setzte mich auf ihr Bett und rechnete immer noch ein bisschen damit, dass sie mit mir schlafen würde. Weinend sagte sie, ich solle gehen. Ich wich zurück, aber reden wollte ich immer noch. Sie schlug vor, einen Spaziergang zu machen, damit wir unter Menschen kämen und sie keine Angst zu haben brauchte.

Wir liefen durch Berkeley, unser altes Revier, den Ort, an dem wir uns verliebt hatten. Ich war völlig am Boden. Ich war geschockt. Zu einem richtigen Gespräch kam es gar nicht. Wenn wir redeten, versuchte ich nur, ihr ein schlechtes Gewissen und ein mieses Gefühl zu machen, was eine ganz tolle Methode ist, um eine Frau zurückzugewinnen.

Abbys Vater war ein großer Anhänger des Buddhismus und einer der besten Menschen, die ich je kennengelernt hatte – jemand, der anderen niemals absichtlich wehtun würde. Seine vollkommene Seele spielte ich oft gegen Abby aus.

»Und, was hält dein Dad davon, dass du mit mir Schluss machst, während mein Dad im Sterben liegt? Er ist bestimmt sehr enttäuscht, oder?«, fragte ich.

»Ja, seht enttäuscht«, ging Abby auf das Spiel ein.

»Mit Sicherheit. Er ist ein guter Mensch, da kann er ja nur enttäuscht sein, wenn seine eigene Tochter so was Herzloses und Mieses macht.« Ich grub mir mein Grab immer tiefer.

»Ja, ich bin ein schrecklicher Mensch. Ich habe keine Seele«, antwortete sie sarkastisch.

Meine Gefühle kamen hoch, ich war den Tränen nahe. »Können wir nicht einfach warten, bis mein Dad stirbt, und die Sache dann klären?«, bat ich. »Der Mistkerl hat vielleicht noch zwei Monate. Kannst du nicht noch zwei Monate mit mir unglücklichem Arschloch aushalten?«

»Ich will mich verabreden können«, sagte sie und wackelte mit ihrem perfekten Hintern – sofort stand mir vor Augen, wie sich eine Reihe notgeiler Yuppies aus San Francisco mit diesem Hintern vergnügte. Es war klar, dass Abby leicht einen anderen finden würde, während ich echte Probleme haben würde. Ich meine, welche Frau wollte sich denn schon die Verantwortung aufladen, etwas mit einem dicken, deprimierten angehenden Alkoholiker mit einem schrägen Sinn für Humor anzufangen? Wenigstens würde sie sich nicht mit Schwiegereltern herumschlagen müssen, so krank, wie meine Eltern waren.

Unterwegs fiel mir ein, dass ich für uns einen Wellnesstag geplant hatte. Ich erzählte ihr, dass ich als Überraschung Massagen im Nob Hill Spa gebucht hatte, die eigentlich als »Hurra, wir haben uns nicht getrennt«-Massagen gedacht waren. Um zwei Uhr sollten wir da sein, aber ich dachte, nachdem wir gerade Schluss gemacht hatten, würden wir nicht hingehen. Ich holte mein Handy aus der Tasche, um abzusagen. »Ich habe für uns Massagen gebucht und schon bezahlt, aber ich sage jetzt ab«, erklärte ich.

Sie hielt mich zurück, als ich wählen wollte; es war das erste Mal, dass sie mich berührte, seit ich meinen irren Marsch auf Berkeley begonnen hatte. »Na ja, wir können trotzdem hingehen, wenn du willst«, sagte sie.

Trotzdem hingehen? Willst du mich verarschen?

Ich wusste nicht recht, was ich machen sollte, aber ich wusste, dass ich ihr noch Fragen stellen und Zeit mit ihr verbringen wollte. Irgendwie wollte ich es noch nicht wahrhaben und klammerte mich an die Hoffnung, sie könnte es sich noch anders überlegen. Vielleicht klappt der Trick mit dem Wellnesstag doch, und sie erinnert sich daran, warum sie sich mal in mich verliebt hat, dachte ich. Und ich dachte: Mein Gott, bin ich ein verzweifelter, armseliger Wichser.

Also sagte ich zu ihr, wir sollten trotzdem hingehen, von einer albernen kleinen Trennung nach fünf Jahren Beziehung sollten wir uns doch nicht den Tag verderben lassen.

Wir setzten uns in ihr Auto und fuhren nach San Francisco, als wären wir ein glückliches Pärchen. Auf dem Weg dorthin sagte ich nichts. Ich starrte nur aus dem Fenster und stellte mir vor, von der Bay Bridge zu springen. Das wäre doch eine tolle Methode, um sie zurückzugewinnen, oder? Von einer Brücke zu springen? Wenn ich etwas so Dummes und Dramatisches machen würde, käme sie sich doch richtig beschissen vor, oder? Sie sagte unterwegs immer wieder, ich würde mich seltsam und traurig benehmen.

»Wie zum Teufel soll ich mich denn sonst benehmen?«, lag mir auf der Zunge. Aber ich sagte nichts.

In der Stadt angekommen, fanden wir einen Parkplatz in der Nähe der Grace Cathedral – einen dieser Plätze, die auf zwei Stunden beschränkt waren – und liefen von dort zum Nob Hill Spa.

Wir waren bereit, uns von ihrem luxuriösen Verwöhnprogramm verführen zu lassen. Ich nannte der Empfangsdame unsere Namen und erwähnte verlegen, dass wir uns gerade getrennt hatten und deshalb zu Masseurinnen wollten, die etwas behutsamer mit uns umgehen würden. Weil wir noch eine Weile warten mussten, schlug sie vor, wir sollten doch den faszinierenden Blick auf die Skyline genießen oder uns beim Schwimmen erfrischen. Das machten wir auch.

Trennungen sind was Komisches, weil derjenige, der verlassen wird, sich oft wie ein Wahnsinniger aufführt und dem anderen scheußliche Szenen voller Selbstmitleid und Eifersucht macht. Liebe ist beängstigend, weil sie einen so verrückt machen kann. Und es ist völlig absurd, weil der andere wohl kaum sagen wird: »Bei deinem wahnsinnigen Verhalten bekomme ich das Gefühl, dass wir wie füreinander gemacht sind! Ich will unbedingt wieder mit dir zusammen sein!« Es bewirkt genau das Gegenteil. Man treibt den anderen nur noch weiter von sich weg und gibt ihm immer mehr Gründe, keine Beziehung mehr zu wollen. »Hey, ich habe mir gerade überlegt, dass ich mir die Pulsadern aufschneide.« »Ach, echt? Finde ich geil. Ich will dich jetzt unbedingt vögeln und eine Familie mit dir gründen.«

Während wir im wundervollen Infinity-Pool des Nob Hill Spa schwammen, benahm ich mich also wie ein Wahnsinniger, um Abby zurückzugewinnen. Ich ließ mir Wasser in den Mund laufen und bespritzte sie damit. Auch wenn Abby über die Trennung bestimmt, bekommt sie wenigstens ein bisschen Poolwasser ins Gesicht, ging es mir durch meinen verwirrten Schädel. Ich erwartete, dass sie darauf sagte: »Ich liebe dich.«

»Lass das«, sagte sie.

Ein paar Wochen vor meiner Reise nach Berkeley war ich mit

Freunden ausgegangen und hatte eine hübsche Frau kennengelernt, die ganz klar was mit mir anfangen wollte. Aber ich hatte mich dagegen entschieden, weil mich bedeutungsloser Sex so deprimierte. Außerdem redeten Abby und ich da gerade wieder miteinander. Jetzt steckte ich diese Kugel in meine Irrsinnspistole und feuerte sie ab.

»Vor ein paar Wochen hätte ich ein Mädchen vögeln können, das viel heißer war als du, aber das habe ich nicht gemacht«, erzählte ich, schwamm dabei auf dem Rücken und prustete Wasser in die Luft; ich war einem Schizophrenen mit einer Vorliebe für Wasser und Rückenschwimmen zum Verwechseln ähnlich.

»Wen?«, fragte sie, obwohl es sie nicht wirklich interessierte.

»Das sage ich dir nicht, weil du ein Miststück bist«, antwortete ich superlässig – ein echter Don Juan.

Abby kletterte aus dem Pool, um sich bei einem entspannenden Dampfbad vor mir zu verstecken. Ich wollte mich in der Lounge vor dem offenen Kamin entspannen, weil er angeblich zu Kontemplation und tiefer Entspannung einlud und ich das Gefühl hatte, ein bisschen Entspannung könnte ich gut gebrauchen. Dort kam ich zu dem Schluss, dass ich gerade wahrscheinlich den schlimmsten Tag meines Lebens durchmachte. Ich stellte mir vor, mich wie ein Klippenspringer vom Balkon der Anlage zu stürzen und dann auf dem harten Gehweg zu zerplatzen. Wahrscheinlich hatte in der Geschichte dieser besinnlichen Lounge des Nob Hill Spa noch niemand in einem flauschigen Bademantel solchen Gedanken nachgehangen.

Es war Zeit für unsere Massagen. Eigentlich sollten wir eine Pärchenmassage bekommen, bei der wir im gleichen Raum lagen, Seite an Seite entspannten und vielleicht ein paar Tausend Mal »Ich liebe dich« sagten, während unsere Herzen im Gleichtakt schlugen. Aber wegen des ganzen Mists mit der Trennung wollten wir uns lieber einzeln durchkneten lassen.

Normalerweise schließe ich bei einer Massage die Augen und entspanne mich. Ich denke daran, dass mit Sicherheit alles gut wird, dass die Welt ein friedlicher, wunderbarer Ort ist voller Schmetterlinge und Regenbogen und Regenbogen aus Schmetterlingen. Aber dieses Mal blieben meine Augen geöffnet, und ich konnte nur daran denken, dass ich Abby nach diesem Wellnessschwachsinn wahrscheinlich nie wiedersehen würde. Ich dachte daran, wie sehr ich sie liebte und wie verzweifelt ich mir wünschte, dass sie mich einfach auch liebte.

Es ist komisch: Wenn man mit jemandem längere Zeit zusammen ist, zeichnet man ein Idealbild vom Glück, und zu diesem Bild gehört der Partner. Trennt man sich dann, ist das Bild komplett versaut, und es ist ein anstrengender und scheußlicher Gedanke, dass man ein neues Bild vom Glück mit einem anderen Menschen zeichnen muss. Und es tut weh, wenn man sich vorstellt, wie der Expartner mit einem anderen etwas Neues zeichnet, weil man Angst hat, sein Bild vom Glück könnte genauso schön oder noch schöner sein als das, was man sich selbst mal erhofft hat. Man fragt sich, ob das eigene Bild überhaupt irgendwo erhalten bleibt, und es kommt einem wie ein Wunder vor, dass man es überhaupt erschaffen konnte.

Außerdem machte ich mir langsam Sorgen, Abby könnte mich hier sitzen lassen. Mit der miesen Nummer vom Flughafen hatte sie mich tief verletzt, und ich dachte, sie würde sich nach ihrer Massage vielleicht wegschleichen und mich zurücklassen. Das wollte ich nicht, so viel Kummer und Einsamkeit auf einmal hätte ich nicht ertragen. Einsamkeit ist extrem schmerzhaft, wenn man nicht daran gewöhnt ist.

»Meine Güte, sind Sie verspannt«, sagte meine Masseurin.

»Ja, tut mir leid. Ich kann mich heute einfach nicht locker machen«, antwortete ich.

»Geht es Ihnen gut?«, fragte sie.

»Ja. Na ja. Ich weiß nicht. Meine Freundin hat vorhin Schluss … Mein Dad hat … Meine Mom ist … Meine kleine Schwester hat gerade … Doch, es geht mir gut«, sagte ich.

Mir stiegen Tränen in die Augen. Wenn jemand fragt, ob es einem gut geht, und es geht einem nicht gut, kann das die beschissenen Schleusen öffnen. Meine Augen flossen über, ein paar Tränen fielen herab. Das ist doch echt scheiße. Ich hätte gar nicht herkommen sollen, dachte ich. Und diesen Wellnessmist hätte ich auch nicht durchziehen sollen. Was zum Teufel habe ich mir dabei bloß gedacht? Nach Abbys Spruch »Wir sollten uns mit anderen Leuten verabreden« hätte ich sagen sollen, sie sei herzlos, ich hätte weggehen und nie wieder mit ihr reden sollen. Hätte ich sollen, konnte ich aber nicht mehr. Und jetzt lag ich hier und weinte, während ich massiert wurde, was ähnlich armselig sein dürfte, wie beim Sex zu weinen.

Ich stand auf und sagte der Masseurin, es täte mir leid, ich könnte das jetzt einfach nicht, es hätte nichts mit ihr zu tun, sondern nur mit mir, sie sei großartig und würde nachher bestimmt andere, ausgeglichenere Menschen ganz wunderbar massieren, nur ich wäre verkorkst. Ich zog meinen Bademantel an und ging in die Umkleide, um im Dampfbad weiterzuweinen.

Ich blieb lange, meine Tränen vermengten sich mit dem Dampf. Dabei weinte ich nicht nur um Abby. Stück für Stück verlor ich fast alles, was ich liebte. Mein Dad war einer der wichtigsten Menschen für mich und mein Fels in der Brandung. Und Abby war das Beste, was mir je passiert war. Sie machte mich glücklicher als irgendjemand sonst. Ich würde lernen müssen, mich ohne die beiden Menschen, die mir am wichtigsten waren, zurechtzufinden. Jetzt hätte nur noch gefehlt, dass ein Freund anrief und erzählte, die Utah Jazz würden nach Las Vegas umziehen oder so ein Scheiß.

Ich weinte und weinte. Ich wollte zurück nach Utah und bei meinem Dad sein.

Irgendwann kam jemand ins Dampfbad, und ich dachte, ich sollte mich jetzt zusammenreißen und mein Leben in die Hand nehmen. Ich duschte und zog mich an.

Als ich aus der Umkleide kam, war Abby nirgends zu sehen. Ich wurde richtig panisch. War sie gegangen? War sie schon losgezogen, um sich mit anderen Leuten zu verabreden? Hatte ich die Frau, die ich liebte, gerade zum letzten Mal gesehen? Sollte es wirklich das Allerletzte zwischen uns gewesen sein, dass ich mich im Pool treiben ließ und ihr wie ein Irrer Wasser ins Gesicht spuckte?

Ich fragte im Spa herum. Niemand hatte sie gesehen. Ich bat sogar eine der weiblichen Angestellten, in die Frauenumkleide zu gehen und ihren Namen zu rufen. Sie war nicht da. Sie war gegangen. Das war's. Sie hatte mich einfach zurückgelassen. Ich würde für immer allein sein. Fast hätte ich wieder angefangen zu weinen.

Dann kam sie ins Spa zurück, noch schöner als je zuvor. Es war wie ein Wunder. Ich freute mich so sehr, sie zu sehen, dass ich zum ersten Mal lächelte, obwohl es eigentlich gar kein Tag zum Lächeln war. Ich wusste, dass sie nicht mehr mit mir zusammen sein wollte und man Liebe nicht erzwingen kann. Wir mussten jetzt getrennte Wege gehen, aber sie noch einmal zu sehen, als ich schon dachte, ich würde sie nie mehr sehen, machte mir ein bisschen Hoffnung für das Leben, es gab mir das Gefühl, dass es vielleicht doch ein paar Höhen nach den ganzen Tiefen geben würde.

»Ich musste mein Auto umparken. Die zwei Stunden waren vorbei«, sagte sie und rang sich ein mattes Lächeln ab.

»Oh, prima. Stimmt, parken ist in San Francisco die Pest. Ich habe hier nur rumgehangen und es mir gut gehen lassen«, sagte ich, um zu überspielen, dass ich in den letzten zwei Stunden immer wieder geweint und Panikanfälle bekommen hatte.

»Wie war deine Massage?«, fragte sie.

»Oh, die war toll. Ja. Total entspannend. Intensiv. Bisschen schmerzhaft. Aber alles in allem ziemlich toll, weißt du«, log ich in der Hoffnung, die Masseurin würde nicht gleich herauskommen und sagen: »Da ist er. Das ist der armselige Wicht mit dem kleinen Schwanz, der bei der Massage geheult hat. Den schnappen wir uns.«

»Das ist ja schön«, meinte sie.

»Und, wollen wir uns aus dieser Oase der Ruhe und Entspannung verziehen? Unser Leben weiterleben?«, fragte ich.

»Ja, ich schätze, wir haben hier alles durch«, sagte sie.

Ich lächelte sie an. »Ja, ich glaube, das haben wir. Es ist Zeit zu gehen.«

Eigentlich hatte ich bis Montag bleiben wollen, aber ich nahm einen früheren Flug. Zu Hause wurde ich von Mazie und Berkeley begrüßt, die mich wild ansprangen und mir das Gefühl gaben, ich wäre wichtig. Es tat gut, wieder da zu sein, wo ich wusste, dass ich geliebt werde, egal, was passierte. Ich schmiss meine Tasche in die Ecke und lief nach oben, um nach meinem Dad zu sehen.

»Hey, DJ!«, sagte er mit dem ganzen Elan, den ihm seine Krankheit ließ. »Wie war die Reise?«

»Ganz schrecklich, Dad. Wir haben uns getrennt. Jetzt ist es amtlich«, erzählte ich. Seine Augen wurden feucht, und er schüttelte den Kopf. Er wusste, wie sehr ich Abby liebte und wie wichtig sie mir war.

»Wie schade, DJ. Aber du wirst wieder ein Mädchen finden. Andere Mütter haben auch schöne Töchter«, sagte er.

»Schon, aber ich mochte die Tochter, die ich gevögelt habe«, witzelte ich.

Dad lachte ein wenig. »Ich weiß, DJ. Ich weiß. Du wirst trotzdem eine finden, die noch besser ist als Abby, eine, die deine Liebe auch verdient.«

»Danke, Dad.«

Ich glaube, wenn man jemanden erst mal liebt, wird man ihn immer ein bisschen lieben, egal, wie die Umstände waren oder wie viel Zeit vergangen ist. Der Schmerz würde nachlassen. Ich würde irgendwann damit abschließen können. Ich würde eine andere Frau kennenlernen. Eine, die meine Liebe verdiente. Und trotzdem wusste ich, dass ich meine Liebe für Abby nie ganz verlieren würde.

»Schlechtes Timing, aber ich muss kacken«, sagte mein Dad.

Ich half ihm aus dem Bett und auf den Toilettenstuhl. Es war nicht anders als die vielen Male davor, wenn er kacken musste. Aber zum ersten Mal konnte ich mir nicht mehr sagen: »Wenigstens habe ich noch Abby.«

# Die Vibrator-Show

Ich war also wieder zu Hause und versuchte, ein gebrochenes Herz zusammenzuflicken. Die Abende wurden einsam, vor allem, weil ich immer noch nicht besonders gesellig war. Klar, ich ging manchmal aus, aber die meiste Zeit verbrachte ich bei meinem Dad. Es ist echt scheiße, wenn man einen besonderen Menschen hat, mit dem man reden kann, und er dann plötzlich nicht mehr da ist. Die ganzen Gefühle stauen sich auf, besonders, wenn man die Abende damit verbringt, seinen sterbenden Vater anzustarren.

Obwohl es die meisten von uns nicht zugeben, führen wir während unserer Beziehungen doch alle eine Liste mit Leuten, die wir gerne vögeln würden, wenn wir Single wären – eine kleine »Fickliste«, könnte man sagen. Ich hatte jedenfalls eine, als ich mit Abby zusammen war. Darauf standen größtenteils Mädchen aus dem College, mit denen ich gerne was angefangen hätte, und ein paar aus Highschoolzeiten. Als ich in die einsame Welt des alleinstehenden männlichen Losers Mitte zwanzig geraten war, ging ich in Gedanken kurz meine Fickliste durch und merkte, dass die meisten Frauen darauf entweder nicht in Utah lebten oder Beziehungen hatten.

Eine, auf die das nicht zutraf, war Becca, die Tochter von Dads bestem Freund. Becca verstand sich auch mit Greg sehr gut. Sie hatten sich in der ersten Klasse kennengelernt und waren seitdem eng befreundet. Die meisten von Gregs Freunden hatten Angst vor mir, weil ich sie schikanierte, aber Becca nicht. Ihre Eltern waren so darauf bedacht, sie zu einem braven Mädchen zu erziehen, dass sie ein böses Mädchen wurde. Sie war sexy und wild. Sie war tätowiert, sie trank und rauchte, und es ging das Gerücht, sie habe sich die Klitoris piercen lassen. Vor ein paar Jahren hatte sie mir an Thanksgiving Fick-mich-Blicke zugeworfen und versucht, mich total abzufüllen. Damals war wegen meiner Beziehung zu Abby nichts gelaufen.

Jetzt war ich solo, und ich dachte, Becca könnte vielleicht Lust auf eine kleine Affäre haben.

Aber wäre es nicht mies, mich an die Tochter von Dads Freund ranzumachen? Würde ich mir damit einen Platz in der Hölle sichern? Wäre ich dann ein dreckiger Wichser, der nie wieder ein guter Mensch werden könnte?

Scheiß drauf, dachte ich. Viel mehr kann ich nicht verlieren.

Ich überlegte, wie ich mich am besten bei ihr melden konnte. Greg reagierte immer seltsam, wenn ich eine seiner Freundinnen abschleppen wollte. Also benutzte ich das gute alte Facebook – die Website für fiese Typen vom erfolgreichsten fiesen Typen unserer Gesellschaft, Mark Zuckerberg. Ich schickte ihr eine Nachricht, wir sollten mal was trinken gehen, ein bisschen quatschen, abhängen. Sie antwortete, das klinge doch nett. Wir machten eine Zeit aus und organisierten noch ein paar andere Leute, damit es nicht nach einem Date aussah.

Ich holte sie ab, und wir fuhren zu einer Bar mitten in Salt Lake. Sie konnte einiges vertragen. Wahrscheinlich mehr als ich. Nicht viele Frauen können so viel kippen. Ich war beeindruckt. Wir flirteten. Ich hatte vergessen, was für ein netter Mensch sie war. Sie hatte ein großes Herz und eine gütige Seele. Offenbar hatten das jahrelange Trinken und Rebellieren dieser Seite von ihr nichts anhaben können. Je später es wurde, desto mehr stand ich auf sie, und ich dachte, es sähe ziemlich gut aus. Ich weiß noch, dass ich dachte:

Die ist verdammt klasse. Vielleicht sollte ich versuchen, mich in sie zu verlieben.

Allerdings fing sie nach ein paar Gläsern an, von ihrem Freund zu erzählen. Ich hatte nicht gewusst, dass sie eine Beziehung hatte. Sie hörte gar nicht mehr von ihm auf. Es gibt nichts Schlimmeres, als von jemandem, den man vögeln möchte, Geschichten über jemand anderen zu hören, der denjenigen tatsächlich vögelt. Wenn eine Frau anfängt, von einem anderen Typen zu erzählen, gehe ich davon aus, dass die Sache gelaufen ist – sie sagt mir damit durch die Blume: »Das wird nichts, du fetter Loser.« Also ließ ich mich einfach volllaufen und riss ein paar Witze. Alkohol ist nach echter Intimität doch immer eine nette Silbermedaille.

Nach ein paar Drinks und nachdem sie mir von den Problemen mit ihrem Freund erzählt hatte, fuhr ich sie nach Hause. Sie wohnte allein in einem Haus in der Nähe der University of Utah. Bevor sie ausstieg, drehte sie sich zu mir um und sagte: »Also, dieser Freund, von dem ich erzählt habe, ist für eine ganze Woche zu einem Junggesellenabschied nach New York gefahren.«

»Ach ja«, sagte ich und dachte, es gäbe vielleicht doch noch eine Chance.

»Willst du reinkommen und noch was trinken? Ich habe Wii Bowling. Das macht Spaß«, sagte sie.

»Klar, gerne. Wii Bowling finde ich super«, sagte ich, obwohl ich es noch nie gespielt hatte.

Im Haus mixte sie uns ein paar richtig starke Drinks und warf die Wii an. Wir spielten eine Runde Bowling. Sie war besser als ich. Trinken und Wii Bowling: zwei Sachen, in denen sie besser war als ich.

Nach dem Spiel legte sie den Controller weg und schockte mich ein bisschen. »Hey, hast du schon mal Ecstasy probiert?«

»Nein, noch nie.« Damals in der Highschool hatte die Schulleitung Wind davon bekommen, dass Ecstasy bei uns Schülern ziemlich beliebt war, und wir mussten uns ein paar Filme darüber ansehen, welche scheußlichen Dinge Ecstasy uns antun würde. Eigentlich wollten sie uns damit abschrecken, aber sie erreichten nur, dass die meisten von uns die Droge mal ausprobieren wollten. Ich weiß noch, wie mein Freund Henry sagte: »Ich wäre nie darauf gekommen, es zu nehmen, aber jetzt muss ich.« In einem der Filme wurde detailliert erklärt, dass einem das Zeug Löcher ins Gehirn frisst. Ich bin eh nicht besonders schlau, da muss ich tun, was ich kann, um meinem Gehirn nicht zu schaden. Für mich stand sofort fest, dass ich Ecstasy niemals und unter keinen Umständen ausprobieren würde.

»Willst du mal?«, fragte sie.

»Nein, ich habe mir vorgenommen, die Finger davon zu lassen. Und ich stehe nicht so auf Löcher im Gehirn. Ich bin sowieso schon nicht besonders schlau«, erklärte ich.

»Na gut, aber ich will. Mich stören die Löcher im Gehirn nicht. Ich glaube, es könnte Spaß machen«, sagte sie. »Bist du dir sicher, dass du nicht willst?«

»Ja, bin ich. Ich mache das lieber nicht. Aber bitte, lass dich nicht zurückhalten. Hast du welches hier?«

Hatte sie nicht, aber ihr Dealer war immer wach, weil er ein Dealer war. Sie rief ihn an. Obwohl es zwei Uhr morgens war, meldete er sich, als wäre es zwei Uhr nachmittags. Er meinte, wir könnten vorbeikommen und ein paar Pillen abholen. Becca legte auf und sagte: »Dann mal los. Ich habe ihm gesagt, wir brauchten zwei, falls du es dir doch noch überlegst …«

Ich fuhr mit ihr durch die Stadt, um diesen Dealer zu suchen. So betrunken, wie ich war, hätte ich gar nicht fahren sollen, aber ich fand, für die Aussicht auf eine Nummer lohnte sich das Risiko. Obwohl Becca sich vage erinnern konnte, wo der Typ wohnte, fuhren wir etwa eine Stunde lang planlos durch die Gegend. Endlich fanden wir sein Haus und kauften das Zeug. »Viel Spaß, Leute«, meinte dieser Loser; er ging davon aus, dass wir die Pillen zusammen einwerfen und dann wahrscheinlich vögeln würden.

»Oh, ich nehme keine«, sagte ich.

»Ja, schon klar«, meinte er und zwinkerte mir zu.

Als ich vor Beccas Haus hielt, kam ich ins Grübeln. Ich war derart abgestürzt, dass ich bald den Mittelpunkt der Erde erreichte. Meine Freundin hatte mich gerade verlassen, weil ich zu traurig war. Mein Dad würde bald sterben. Ich hatte keine Arbeit. Ich lebte im beschissenen Utah. Die Frage, ob ich eine Tablette schlucken sollte, die mich für ein paar Stunden künstlich glücklich machte, schien sich fast von allein zu beantworten. Gut, sie würde mir ein paar Löcher ins Gehirn fressen, sie würde mich auf lange Sicht vielleicht noch ein bisschen trauriger machen, und ich würde etwas tun, das ich nie tun wollte … aber manchmal muss man einfach im Hier und Jetzt leben, genau, wie es uns diese ganzen Motivationssprüche und die Filme übers Jungsein beibringen.

Ich sagte: »Weißt du, was? Ich glaube, ich will im Hier und Jetzt leben. Jung sein. Ich nehme die Pille doch. Wird bestimmt lustig«, sagte ich. Ich kam mir vor wie ein kauziger Buchhalter, der nach ewigen Jahren sagt »Scheiß drauf« und bei seiner Steuererklärung betrügt.

»Super. Alles klar. Erst mal ein paar Grundregeln. Durch das Zeug wird man sehr zutraulich. Wir werden uns anfassen wollen.«

»Das ist absolut okay«, sagte ich vor Geilheit und Liebeskummer, und es war mir ziemlich egal, dass sie einen Freund hatte. Ich hatte den Typen nie gesehen. Wir waren nicht befreundet. Scheiß auf ihn.

»Also, wir können alles machen. Wir können uns küssen. Du kannst mich anfassen und fummeln. Ich kann dich anfassen und fummeln. Ein bisschen oral ist auch in Ordnung, wenn du darauf stehst …«

»Ich stehe darauf«, unterbrach ich sie übereifrig.

»… aber Sex geht nicht, weil ich einen Freund habe.«

Der Logik konnte ich nicht ganz folgen. Fällt Küssen und Fummeln und aneinander Lecken nicht unter Fremdgehen? Für mich schon. Da hat wohl jeder seine eigene Definition.

»Ja, ist klar. Kein Sex. Ich will ja keine Beziehung kaputtmachen«, sagte ich.

Darauf gaben wir uns die Hand. »Abgemacht. Und jetzt nehmen wir Drogen«, sagte ich und dachte sofort, das sagt doch kein Mensch, der tatsächlich Drogen nimmt.

Wir gingen hinein, zerdrückten die Tabletten, hackten sie klein, zogen Lines und snieften. Bis dahin hatte ich nicht gewusst, dass man sich Ecstasy durch die Nase ziehen kann. Kann man wahrscheinlich auch nicht. Ich hatte ein paarmal Gras und Kokain probiert, nahm aber nicht oft Drogen, abgesehen von dem Alkohol, den ich ständig trank. Aber ich dachte mir, Becca würde schon wissen, was sie machte, weil sie es offenbar schon oft gemacht hatte.

»Und was jetzt? Tanzen wir eine Runde und nuckeln an Schnullern, bis die Traurigkeit zurückkommt?« Ich kam mir wie ein verrückter, zugedröhnter Loser vor.

»Leg dich da vorne auf den Teppich, dann massiere ich dir den Rücken«, sagte die verrückte, zugedröhnte Becca.

»Klingt perfekt«, meinte der verrückte, zugedröhnte Dan.

Ich zog mein Hemd aus und legte mich auf den Boden. Der Teppich fühlte sich schön und weich und gemütlich an – wie mein Zuhause vor dem ganzen Unsinn mit den todkranken Eltern. Ich liebte das Gefühl auf der Haut und hätte mich am liebsten in den Teppich eingewickelt und ein paar Jahre in ihm gelebt.

Becca setzte sich auf meinen Hintern und spritzte mir etwas Lotion auf den Rücken. Es fühlte sich an, als würde die Lotion meine Haut vollkommen machen. Becca fing an, sie einzumassieren. Und großer Gott. Ich sage normalerweise nicht: »He, probier Drogen aus«, aber probier diese Droge aus, wenn du es noch nie getan hast.

Der Hirnschaden dürfte sich absolut lohnen. Ich hatte mich jedenfalls niemals besser gefühlt. Es fühlte sich an wie eine Million Blowjobs in der schönsten Ecke des Himmels. Für einen Moment hatte ich das Gefühl, alles würde gut werden. Sicher, mein todkranker Dad war todkrank und mein Herz geschreddert, aber ich hatte Ecstasy im Körper, und Beccas weiche Hände rieben über meinen fetten, nackten Rücken. So schlimm konnte das Leben doch nicht sein, oder?

Ich griff nach hinten und strich über den Teil von Becca, den ich erreichen konnte. Ich glaube, es war ihr Bein. Ich streichelte es, dann drehte ich mich um, und wir fingen an rumzumachen, als würde unser Leben davon abhängen. Ich zog sie komplett aus. Sie zog mich komplett aus. Wir waren einfach zwei nackte Menschen auf Ecstasy, wir sagten kein Wort, erkundeten nur unsere Körper, als würden wir zum ersten Mal jemanden berühren.

Na gut, packt die Schwänze wieder ein. Wir wollen ja nicht zu pornografisch werden.

Kleiner Scherz. Wollen wir doch.

Ich war so hart, dass es sich anfühlte, als würde sich mein Schwanz gleich ganz von allein auf den Weg machen und die Wand durchschlagen und dann die Wand des Nachbarn und die Wand des nächsten Nachbarn und immer so weiter, bis er irgendwo in China einen kleinen Berg explodieren ließ. Ich drückte ihn gegen Beccas Körper. Sie drückte ihren Körper gegen meinen Schwanz. Es war, als wollten wir das Teil durch bloßen Druck in sie rammen, als wären wir zwei Vollidioten, denen niemand erklärt hatte, wie man richtig vögelt.

Wir rieben und stießen und leckten, bis Becca vorschlug, wir sollten ins Schlafzimmer gehen. Ich fand, das war eine ausgezeichnete Idee, also sagte ich: »Das ist eine ausgezeichnete Idee. Mein Gott, Ecstasy ist echt großartig.«

»Denk dran, kein Sex. Ich habe einen Freund.«

»Aber meine dreckige Zunge war gerade an deinem Kitzler«, hätte ich gerne gesagt.

Ich hatte Gerüchte gehört, ein Orgasmus auf Ecstasy würde sich so großartig anfühlen, dass man danach nie wieder einen Orgasmus bekäme. Das hörte sich ziemlich abschreckend an. Mein Dad würde bald sterben. Nach heute nie wieder einen Orgasmus zu haben wäre doch kein Leben. Ich sollte lieber nicht kommen, dachte ich. Und ich dachte: Scheiße, bin ich glücklich, irgendwie wird schon alles gut werden.

Wir krabbelten auf ihr Bett und warfen uns auf die Laken wie ein Pärchen, das ein Sexvideo drehen will, auch wenn es sich keiner ansehen würde, weil wir nur zwei durchschnittlich aussehende Luschen waren und mein Schwanz nicht besonders groß ist.

Während wir weiter rummachten, ohne wirklich Sex zu haben, wurde mir etwas schwindlig. Der ganze Alkohol machte sich zusammen mit dem Ecstasy bemerkbar. Ich bin jetzt hoffentlich keiner dieser Vollidioten, die aus Versehen eine Überdosis genommen haben, oder?, dachte ich. Kann man von Ecstasy überhaupt eine Überdosis nehmen?, war mein nächster Gedanke. Ich versuchte, mich an die abschreckenden Filmchen aus der Highschool zu erinnern.

»Ich brauche eine Pause. Ich fühle mich irgendwie komisch«, sagte ich zu Becca, als sie gerade eine Brustwarze über meine Schwanzspitze rieb.

Sie hörte auf. Der Augenblick war ruiniert.

Becca holte mir ein Glas Wasser, und ich stürzte es hinunter wie ein verwahrloster Sträfling. Sie holte mehr, und ich kippte auch das hinunter. Langsam ging es mir besser. Becca schmiegte sich an mich und wollte ein bisschen weiter rumfummeln. Ich sagte, dass ich vorerst nur daliegen und mich darauf konzentrieren müsste, nicht abzukratzen. Sie fragte: »Stört es dich, wenn ich weitermache?«

»Nein, das ist völlig okay.«

Erst wusste ich ja nicht, was sie mit »weitermachen« meinte, aber es wurde mir schnell klar, als sie aus ihrer Nachttischschublade einen großen pinkfarbenen Vibrator holte. Sie leckte ihn ab, wie ich es aus den vielen Pornos kannte, die ich im Laufe der Jahre studiert hatte, schaltete ihn ein und drückte ihn an ihren Körper.

Weil ich nicht sicher war, was ich machen sollte, sah ich nur zu und wichste ein bisschen. Wir küssten uns. Irgendwann übernahm ich die Kontrolle über den Vibrator und ließ ihn immer wieder in sie gleiten, bis sie kam. Wegen der Sache mit dem Orgasmus auf Ecstasy machte sie sich offenbar keine Sorgen.

Danach konnten wir nur noch kuscheln.

Wir tranken Wasser und erholten uns ein bisschen. Körperlich waren wir uns schon nahe gekommen, jetzt kamen wir uns auch emotional näher. Mir wurde klar, was für ein außergewöhnlich besonderer Mensch sie war. Wir hatten uns von klein auf immer wieder gesehen. Wir hatten die gleichen Schulen besucht. Wir hatten Thanksgiving und Weihnachten zusammen gefeiert. Und in dieser ganzen Zeit waren wir uns immer irgendwie fremd geblieben.

»Komisch, dass man mit jemandem aufwachsen kann, ohne ihn richtig zu kennen«, sagte ich.

»Ja, das stimmt. Ich glaube, wir sollten uns alle mehr bewusst machen, was um uns herum geschieht, und nicht nur auf alberne Nebensächlichkeiten achten.«

Wir klammerten uns aneinander und wurden schon traurig, wenn der andere aufstehen musste, um ins Bad zu gehen oder mehr Wasser zu holen. Für einen Moment waren wir miteinander verbunden. So etwas fühlt man nicht oft. Und es fühlt sich großartig an. Wie natürliches Ecstasy, was noch besser kommt, wenn man tatsächlich auf Ecstasy ist.

Wir küssten uns und redeten. Ich sagte, dass ich ein schlechtes Gewissen hätte, weil mir klar war, dass ihr Freund ihr schon wichtig sei. Das brauchte ich nicht, meinte sie, wahrscheinlich würde ihre Beziehung sowieso nicht halten. Ich nehme an, er war ein Arschloch und hat sie nicht anständig behandelt. Wenn er sie anständig behandelt hätte, hätte sie wohl nicht E gesnieft und ihrem Nicht-Freund erlaubt, seinen winzigen Schwanz an ihr zu reiben und einen rosa Vibrator in sie zu stecken.

Dann sprachen wir über unsere Väter. Ich erzählte ihr, wie viel ihr Dad meinem bedeutete und dass ich glaubte, dass mein Dad vor ihm noch nie einen echten »besten« Freund gehabt hatte. Sie waren Tausende Kilometer Seite an Seite gelaufen und hatten über alles gesprochen, was ihnen dabei in den Sinn kam. Scheiße, ich wette, sie fühlten sich einander ebenso verbunden wie Becca und ich auf dem Höhepunkt unserer Ecstasy-Orgie, auch wenn sie wahrscheinlich nie masturbierend nebeneinandergelegen hatten. Vielleicht waren wir uns doch näher.

Dieser ganze Mist mit meinem Dad sei so traurig, sagte Becca. Sie fragte sich, warum guten Menschen so böse Dinge passierten. Ich sagte, ich wüsste es nicht und dass man oft keinen Sinn erkennen könnte, wenn man über die großen Fragen nachdachte. Vielleicht achten wir deshalb so sehr auf die kleinen Dinge des Lebens. Auf sie kann man sich vielleicht eher einen Reim machen als auf die Beliebigkeit in unserem unendlich großen Universum.

Wir lagen die ganze Nacht da. Irgendwann zog ich meine Shorts an, weil ich es lieber vermeide, dass Menschen meinen scheußlichen Penis sehen, wenn es irgendwie geht. Und sie zog sich ein verführerisches schwarz-rotes Nachthemdchen über, das wahrscheinlich ihrem Freund am Valentinstag oder so eine Freude machen sollte. Wir schliefen nicht. Wir streichelten uns nur und redeten, atmeten, lebten. Es war wie eine spirituelle Erfahrung. Allerdings hatte ich so was noch nie, also kann ich mich auch täuschen. Aber es fühlte sich einfach nach mehr an als der Alltagstrott.

Die Sonne ging auf, und die ganzen Menschen, die nicht die

Nacht durchgemacht hatten mit Drogen und Sexspielzeug, das sie sich in Körperöffnungen schoben, starteten in ihren Tag voller Arbeit und Ablenkungen. Beccas Freund rief an und fragte, was so los sei.

»Nicht viel. Ich stehe gerade auf und gehe gleich arbeiten«, sagte sie. Und Mann, hatte sie die Verarsche gut drauf. Ich hätte mir zu gerne das Telefon geschnappt und gesagt: »Ich hätte fast deine Freundin gevögelt, habe ich aber nicht, aber ich hole es noch nach, wenn du nicht netter zu ihr bist.« Stattdessen blieb ich still liegen und ließ Becca mit ihren Lügen durchkommen.

Die Wirkung von Ecstasy und Alkohol war verflogen, und ich war wieder nur der müde, alte, traurige Dan. Ich musste nach Hause fahren und etwas schlafen, sonst würde ich wahrscheinlich draufgehen. Ich zog mich an und gab Becca einen Abschiedskuss. »Was für eine Nacht«, sagte ich.

»Ja, ich weiß. War anstrengend und hat Spaß gemacht.«

»Und ob«, sagte ich. »Das war echt was Besonderes. Danke.«

»Lass mal wieder von dir hören«, sagte sie.

»Unsere Väter sind die besten Freunde, und wir haben zusammen Ecstasy genommen, also auf jeden Fall.«

Ich fuhr nach Hause und sah nach meinem Dad. Er lebte noch. Regina war schon da und versorgte ihn. Ich legte mich im dunklen Keller hin und schlief mit dem Bild von tanzenden Vibratoren vor meinem inneren Auge ein; ich wusste nicht genau, was ich gemacht hatte, aber ich wusste, dass es genau das Richtige gewesen war.

# Vatertag

Wie soll man mit seinem Dad den Vatertag verbringen, wenn die Chancen gut stehen, dass es sein letzter ist? Ich wusste es nicht. So, wie es meinem Dad mittlerweile ging, war jeder Tag Vatertag. Er stand sowieso immer im Mittelpunkt. Was sollte ich machen? Ihm den Hintern besser abwischen? Das Lungensekret mit größerer Sorgfalt absaugen? Den Fernseher schwungvoller einschalten?

Dieser Vatertag sollte reibungslos ablaufen. Ich malte mir einen perfekten Tag aus. Mein Dad hatte keine ALS mehr. Er war so gesund und feist wie ein König. Seine Haare waren braun und zur Seite gekämmt – ein Stil, der zeigte, dass alles in Ordnung war. Die Jazz hatten gerade im Finale die Chicago Bulls unter Jordan geschlagen und damit Scottie Pippens Kopf zum Explodieren gebracht. Meine Mom begleitete uns, mit vollem Haar, das ihr weit über die Schultern floss. Sie sah wieder jung aus und verströmte das gleiche Charisma, das all ihre Kinder zu so interessanten, witzigen, bescheidenen Menschen gemacht hatte.

Wir fuhren in einem Suburban durch einen Canyon, der sich, obwohl es Juni war, mit Herbstfarben schmückte und die Temperatur auf zweiundzwanzig Grad drückte. Durch die offenen Fenster strich uns der Wind durch die Haare. Mein Dad saß am Steuer. Im Radio lief laut »Heaven« von den Talking Heads. Unsere beiden Golden Retriever saßen auf Moms Schoß, streckten die Köpfe aus dem Fenster der Beifahrerseite und ließen ihre Zungen im

Fahrtwind flattern. Sabber tropfte ihnen aus dem Maul und traf Greg – der auf dem Rücksitz den Kopf aus dem Fenster streckte – mitten ins Gesicht. Wir schütteten uns alle aus vor Lachen, und Greg wischte sich den Sabber einfach ab, weil er wusste, es kam nur darauf an, dass wir zusammen waren. Tiffany kriegte sich gar nicht mehr ein und erzählte, sie würde sich vor lauter Lachen fast in die Hose machen. Um sie noch weiter anzustacheln, sangen Greg und ich: »Don't go chasing waterfalls ... please stick to the rivers and the lakes that you're used to.« Durch unser Gesinge von Flüssen und Seen musste Tiffany tatsächlich lospullern. Chelsea und Jessica flochten sich auf dem Rücksitz gegenseitig die Haare und schworen sich, immer Freundinnen zu bleiben, egal, was passierte. Und Dad hatte ein breites Grinsen auf dem Gesicht, weil er wusste, dass er sein Ziel erreicht hatte, er hatte eine intakte Familie geschaffen, aus der weitere intakte Familien hervorgehen würden.

Szenenwechsel zur Realität. Es ist früh am Vatertag. Ich laufe in einem abgetragenen T-Shirt mit Karikaturen der zehn NBA-All-Star-Spieler der Startaufstellung von 1992 durch das heiße Utah. Das T-Shirt habe ich meinem Dad gemopst, und was soll er auch dagegen machen? Aufstehen und mir eine knallen? In meiner Jeans sind am linken Knie und an der rechten Gesäßtasche Löcher, die nicht so gedacht waren. Ich kann kaum laufen, weil ich weiße Latschen trage, die ich bei einem Familienurlaub aus dem Four Seasons geklaut habe, als alles noch gut war. Ich habe weder geduscht noch mir die Haare gekämmt. Die Nachwirkungen von Gin Tonic durchbohren meinen Schädel. Ich sehe aus wie ein Krimineller.

Angewidert von mir selbst schüttle ich den Kopf, weil ich weiß, dass mein Dad erwartet hat, ich würde den Tag mit ihm verbringen und einen langen Spaziergang durch den Mill Creek Canyon mit ihm machen – einen der wenigen Orte, die mit seinem zweihundert Kilo schweren Rollstuhl noch zugänglich sind.

Und als Krönung habe ich gerade mit Becca geschlafen. Nach unserem Ecstasy-Abenteuer vor ein paar Wochen hatte ich sie nicht mehr gesehen, doch gestern Abend ist sie vorbeigekommen, um Greg zu besuchen. Wir haben uns zusammen betrunken. Wir sind alle zusammen schwimmen gewesen. Es passierte einfach. Sie war immer noch mit ihrem Freund zusammen. Weswegen ich ein schlechtes Gewissen hatte.

Ich hatte Becca gerade mit dem Wagen meiner Mom nach Hause gebracht. Auf dem Rückweg war mir das Benzin ausgegangen. Ich war schon das ganze Wochenende auf Reserve gefahren, weil ich gedacht hatte, Luxuswagen würde der Sprit nie ausgehen – ihnen würde es als Treibstoff genügen, dass sie besser waren als alle anderen oder so. Ich hatte ein Handy dabei, aber ich war so damit beschäftigt gewesen, Becca zu vögeln, dass ich nicht daran gedacht hatte, es aufzuladen. Es war toter, als mein Dad bald sein würde. Weil ich nur etwa anderthalb Kilometer von Beccas Haus entfernt war, lief ich zurück.

Als ich ankam, hätte ich am liebsten gesagt: »Mir dummem Arsch ist der Sprit ausgegangen. Ich bin echt ein blöder, arbeitsloser Wichser mit einem Schwanz, den die meisten Nicht-Asiatinnen für klein halten würden. Na ja, also das weißt du ja schon. Letzte Nacht war er noch in dir.«

»Mir ist der Sprit ausgegangen, weil ich ein Vollidiot bin«, sagte ich tatsächlich.

Sie schleppte mich zu einer Tankstelle. Unter einem Strom von Schweiß und Entschuldigungen füllte ich den Tank meines durstigen Autos. Dabei bespritzte ich aus Versehen meine Hose und meine Hände mit Benzin. »Ich bin so ein Vollidiot«, sagte ich laut.

Der perfekte Start in den Vatertag.

Nach dem Tanken raste ich nach Hause und beschimpfte mich den ganzen Weg über. »Dan, du bist doch ein blödes Arschloch. Du vögelst die Tochter des besten Freundes deines Vaters? Was hast du dir dabei gedacht? Aber der Sex war richtig klasse, oder? Sie ist total lieb. Ich glaube, ich mag sie wirklich.«

Mit ordentlich zurechtgestutztem Selbstwertgefühl bog ich in unsere Auffahrt ein.

»Hallo, Dad. Schönen Vatertag«, sagte ich, als ich in sein Zimmer platzte und hoffte, meine Mom würde den vereinten Gestank von Sprit, Sex, Schweiß und Selbstgeißelung, den ich verströmte, nicht bemerken.

Meine müde Mom hatte die letzte Nacht bei unserem Dad verbracht, während Greg und ich uns mit unseren Freunden Gin hinter die Binde gekippt und Nikotin in die Lungen gezogen hatten. Sie sagte weder zu meinem Aufzug noch zu meiner Verspätung etwas und bat nur: »Kannst du ihn mal aus dem Bett holen, damit ich die Bettwäsche wechseln kann?«

»Am Vatertag mache ich doch alles für meinen Vater«, sagte ich.

Ich ging zu seinem Bett und zog seinen schlaffen Körper hoch, bis er saß.

»Wie geht es dir?«, fragte ich. Sein Cuff war aufgeblasen. Er konnte nicht sprechen. Er nickte nur und zuckte mit den Schultern.

»Na, das ist doch gut. Und was hast du so gemacht?«, fragte ich. Sein Blick sagte: Was glaubst du wohl, was ich gemacht habe, wenn man bedenkt, dass ich mich nicht bewegen kann?

Ich zupfte sein Shirt zurecht, das ihm locker von den dürren Schultern hing, und nahm seinen Haltegürtel von der nahen Kommode. Als ich ihn anhob, um ihn vom Bett auf den Liegesessel umzusetzen, zog meine Mom sofort das zerknitterte Laken von Dads verschwitztem Krankenbett. Sie wirkte so müde, als wollte sie nur noch das Bett abziehen, als wäre ihr alles andere scheißegal. Ich war ganz froh darüber. Dann kam ihr plötzlich ein Gedanke.

»Und, hast du letzte Nacht mit Becca geschlafen?«, fragte sie beiläufig.

Die Frage erwischte mich so eiskalt, dass ich die Kraft in den

Armen verlor und meinen Dad fallen ließ. Schönen Vatertag! Er lag auf dem Boden und schrie vor Schmerzen, aber weil seine Kanüle geblockt war, brachte er natürlich keinen Ton heraus. Ich sah es nur an seinem Gesichtsausdruck.

»Das geht dich einen Scheiß an, Mom«, sagte ich.

»Weiß ich, aber hast du sie gevögelt? Wir wissen, dass sie hier geschlafen hat«, sagte sie.

»Mom, hör auf. Du bist absolut zu neugierig.«

»Es war ja nur ein Scherz.«

»Hilf mir, Dad aufzuheben. Es ist Vatertag, und er liegt auf dem Boden und hat Schmerzen«, bat ich.

»Jetzt sag schon, hast du sie gevögelt?«, fragte sie wieder.

»Mom. Hör auf damit.« Ich wollte nicht darüber reden. Ich meine, wahrscheinlich hätte mein Dad kein Problem damit gehabt, aber ich wollte trotzdem nicht mit ihm darüber reden.

»Ich mache doch nur Spaß«, sagte sie. »Und, hast du?«

»Na, meinetwegen. Ja, ich habe mit ihr geschlafen«, gab ich schließlich doch nach. »Schuldig im Sinne der Anklage.«

Meine Mom strahlte mich an, drängte mir ein High Five auf und meinte: »Gut, vielleicht kommst du dann schneller über dieses Miststück Abby hinweg.«

Mein Dad lag immer noch auf dem Boden – ein sechzig Kilo schweres Knochengerüst. Für meine Mom und mich war er zu schwer, deshalb sagte ich ihr, sie solle Greg holen, der den Flur unseres früher mal normalen Hauses runter gerade seinen neuen Freund gevögelt hatte. Er war seit Kurzem mit einem Mormonen namens Kevin zusammen. Sie hatten sich auf einer dieser Sexseiten für Schwule kennengelernt, manhunt.com oder gay.com oder Craigslist. Kevin hatte sich sein Leben lang als hetero ausgegeben und war sogar eine Zeit lang mit einer Frau verheiratet gewesen. Irgendwann hatte er sich freigestrampelt, und jetzt schlief er mit dem Sohn eines todkranken Mannes. Abgesehen davon, dass Kevin ein schwuler Mormone war, war er auch Koch und versorgte uns. Ich war Lasagne und Stanas Kartoffelsalat mittlerweile so leid, dass ich mich über jedes andere Essen freute. Er machte diese gefüllten Croissants mit Schinken und Käse, die ich Fresssack liebte. Mit meinem Dad ging er erstaunlich unbefangen um, er half sogar ein bisschen bei der Pflege. Ich mochte Kevin.

»Greg, beweg deinen Arsch hierher. Das ist ein Notfall«, brüllte meine Mom durchdringend mit der ganzen Kraft ihres krebszerfressenen Körpers.

Nach fünf, sechs weiteren Rufen stolperte Greg im Bademantel aus seinem Zimmer. »Wehe, er ist nicht kurz davor, den Löffel abzugeben, wenn du schon so schreist«, sagte er.

Greg sah, dass Dad auf dem Boden lag, und reagierte endlich, wie es sich für einen Notfall gehörte. Unseren Dad fallen zu lassen war so ziemlich das Schlimmste und Schmerzhafteste, was wir ihm in diesem Zustand antun konnten. Er lag unglaublich unbequem da. Seine Augen waren feucht. Schönen Vatertag!

Während wir ihn hochhievten – wozu Greg, meine Mom und ich mit ganzer Kraft ziehen mussten –, überlegte ich hektisch, wie wir so etwas in Zukunft verhindern konnten. »Wir brauchen eindeutig mehr Leute. Dads Beine sind schwächer geworden. Er kann nicht mehr allein stehen«, sagte ich.

Mir war klar, dass der nächste Schritt ein Personenlifter sein würde. Ein Personenlifter ist eine Vorrichtung, die wie ein Galgen aussieht und mit der man Patienten mit einem Sitz oder einer Liege vom Bett auf einen Stuhl heben kann, vom Stuhl ins Bett, vom Bett in einen Sarg und so weiter. Aber mein Dad wollte keinen benutzen. Wenn man eine Krankheit hat, die einem nach und nach alles nimmt, was man früher machen konnte, klammert man sich an alles, was noch geht. Er hatte sich schon vom Essen, vom Laufen, vom Sprechen verabschiedet, davon, sich selbst die Nase zu kratzen, den Fernseher einzuschalten und dann zu sehen, was er wollte, vom Vögeln, vom Autofahren, davon, seine Kinder von der Schule abzuholen, Boxershorts statt Windeln zu tragen, wie ein Vater und nicht wie ein Patient im Krankenhaus behandelt zu werden. Der Personenlifter erschien ihm als Symbol dafür, dass es so schlimm war, wie es nur werden konnte, dass die Krankheit gewonnen hatte, sein sterbender Körper nicht mehr kämpfen konnte.

Ich sollte gar nicht davon anfangen, dachte ich. Es war Vatertag, und ich wusste, es wäre so ziemlich das Letzte, was er heute hören wollte, vor allem, weil seine beiden Söhne nach Sex stanken. Trotzdem fing ich davon an. »Wir sollten überlegen, ob wir einen Personenlifter besorgen.« Ich sah meinen Dad an. Sein Blick wirkte resigniert.

»Auf keinen Fall. Wenn ein Personenlifter nötig wird, dauert es nicht mehr lange«, sagte Greg. Je weiter sich die Situation entwickelte, desto direkter und kaltschnäuziger wurde er.

»Mein Gott, Greg. Heute ist Vatertag, verdammt noch mal. Können wir vielleicht wenigstens einen Tag lang nicht über den Tod reden?«, fragte ich.

»Ich weiß. Ich wollte eigentlich sagen: ›Ich habe dich lieb, Daddy, und ich will nicht, dass du stirbst. Wenigstens nicht heute‹«, sagte Greg und gab ihm einen Kuss auf die Stirn.

Nachdem wir meinen Dad in den Sessel gehievt hatten – in dem er nicht mehr das Gesicht verzerrte –, schaltete ich den Fernseher ein. Tiger Woods führte in den U. S. Open trotz einer Knieverletzung. In vielen Szenen aus der Zusammenfassung vom Samstag sackte Tiger vor Schmerzen zu Boden, nachdem er den Ball gute dreihundert Meter weit geschlagen hatte. Er hatte am achtzehnten Loch ein Eagle gespielt und ging mit drei unter Par in die letzten achtzehn auf dem Torrey Pines. Ich wandte mich um zu meinem Dad.

»Alter Schwede. Dieser Tiger ist ja großartig. Unglaublich, wie er kämpft. Ich meine, er gewinnt mit einem kaputten Knie eines der angesehensten Turniere auf einem der schwersten Plätze der Welt. Mein Gott. Er hat so viel durchgemacht und lässt sich nicht kleinkriegen«, sagte ich.

Mein Dad sah mich an, als wäre gerade ein Ausschnitt der Siegerehrung für den größten Wichser der Welt gelaufen.

Da saß Dad, der die größte Arschkarte überhaupt gezogen hatte, der vom Marathonläufer zum bettlägrigen Patienten geworden war, der nicht mal mehr allein atmen konnte, und sein Sohn bewunderte das verkackte Golfspiel eines bescheuerten Tiger Woods.

Und der Gewinner des größten Wichsers der Welt ist: Dan Marshall für seine Tiger-Woods-Lobeshymne am Vatertag!

Etwas später brachte Greg seinen Freund endlich nach Hause. Ich duschte mir den Geruch nach Sex und Benzin ab. Meine Mom rollte sich mit ihrer Katze Brighton auf ihrem Bett zusammen und schlief. Chelsea besuchte in Boise, Idaho, einen Tanzworkshop und war deshalb nicht zu Hause, aber Tiffany kam vorbei, und Jessica auch. Sie und der perverse Rob wohnten jetzt bei Robs Eltern im Keller. Bald wollte sie mit ihm nach Thailand gehen. Sie wollten »den Mädchen in Thailand Lacrosse beibringen, weil viele von ihnen keinen Sport machen können«, wie ihr neuer Mann sagte. Als wäre es nicht schon genug gewesen, dass er sie geheiratet hatte, wollte er sie jetzt auch noch nach Thailand verschleppen, um eine Lacrosse-Mädchenliga zu gründen. Und um dem Ganzen die Krone aufzusetzen, hatte Jessica gerade verkündet, sie würde ein Kind vom perversen Rob bekommen. Sie mauerte sich regelrecht in dieser beschissenen Situation ein. Und mein Dad konnte nichts anderes tun als zusehen.

Alles in allem war es eine ziemlich jämmerliche Vorstellung dafür, dass es wahrscheinlich der letzte Vatertag unseres Dads war.

Irgendwann beschlossen Greg, Tiff und ich, das Ruder herumzureißen und mit meinem Dad zum Mill Creek Canyon zu fahren für den Spaziergang, den wir ihm versprochen hatten. Jessica wollte nicht mitkommen. Sie musste sich ausruhen, weil in ihr jetzt ein Mormone heranwuchs. Sie ging zurück in den Keller des perversen Rob. Zusammen mit Greg und Tiff verfrachtete ich Dad in den Van. Greg sang Disneylieder, um zu betonen, wie ungezwungen wir den Vatertag in diesem Jahr angingen.

Tiffany saß auf dem Beifahrersitz, ich fuhr. Sofort legte sie los. »Also, ich habe gehört, du hast letzte Nacht mit Becca geschlafen«, sagte sie.

»Ja, na und?«

»Ist nur eine interessante Wahl, finde ich. Ich glaube, sie nimmt Drogen, und hat sie sich nicht auch die Klitoris piercen lassen oder so?«, fragte Tiffany.

»Das sind nur Gerüchte. Lass mich bitte in Ruhe damit. Und lass sie in Ruhe. Sie ist ein nettes Mädchen.« Für eine Sekunde fühlte ich mich in unsere wunderbare Ecstasy-Nacht zurückversetzt.

»War sie gut?« Tiffany ließ nicht locker.

»Sie vögelt wie ein Rennpferd«, sagte ich und verstellte den Rückspiegel, um zu sehen, ob auch mein Dad alles mitbekam. Tat er.

»Vögelt wie ein Rennpferd? Was soll das denn heißen?«, fragte Tiffany.

»Ich weiß nicht genau«, gab ich zu.

Greg war nicht ganz wohl dabei, dass Becca und ich was miteinander angefangen hatten. Er wusste, dass Becca einen Freund hatte, und wollte nicht, dass wir uns in eine heikle Lage brachten. Deshalb war er kein großer Fan der knospenden Beziehung zwischen Becca und mir. Sie hatte ihm wohl von der Ecstasy-Nacht erzählt, und ich wurde jedes Mal nervös, wenn wir auf das Thema Becca kamen, weil ich dachte, er könnte es erwähnen. Mein Dad sollte nicht wissen, dass ich sie nicht nur gevögelt, sondern mit ihr auch Drogen genommen hatte.

»Becca ist echt nicht dein Typ«, sagte Greg.

»Wie meinst du das?«, fragte ich.

»Sie ist nicht so eine blonde Schlampe wie Abby«, sagte er.

»Wisst ihr, was, ihr Arschlöcher, haltet euch doch einfach aus meinem Leben raus, ja?«

Wir erreichten den Parkplatz am Mill Creek Canyon. Es war sogar ein Behindertenparkplatz frei! Manchmal haben wir so ein Glück, Leute! Auch ein paar andere Familien gönnten ihren Vätern und Großvätern schöne frische Luft. Aber diese Familien konnten mich mal kreuzweise. Ganz genau, ihr Familien, leckt mich – mit euren voll funktionsfähigen Vätern und eurem Lächeln und eurem Lachen und euren Wanderstiefeln und Rucksäcken. Das Einzige, was an unserem Vater hing, war ein dreizehn Kilo schweres Beatmungsgerät. Dafür liebten wir ihn mehr, als sie ihre Väter liebten. Das hatten wir mit der ununterbrochenen Pflege für ihn bewiesen, mit den vielen Krankenhausbesuchen, dem Füttern, mit allem. Wir hatten unser ganzes Leben danach ausgerichtet, seines zu erhalten. Wir waren viel bessere Kinder als sie. Scheiß auf diese anderen Familien und scheiß auf ihre blöden, beschissenen Dads.

Im oberen Bereich des Mill Creek Canyon gibt es eine Straße, die für Autos gesperrt ist. Sie ist groß und breit. Das war unser Stammplatz. Im letzten Sommer waren meine Eltern jeden Abend mit den Hunden hinaufgelaufen. Als ich noch ein Kind war, waren wir zur Feier von besonderen Ereignissen oft mit der ganzen Familie im Canyon wandern gegangen und hatten die Berge genossen, während Berkeley und Mazie immer wieder in den schnell strömenden Fluss gelaufen waren. Die Hunde hatten sich danach immer direkt vor uns geschüttelt und uns breit angegrinst, damit wir nicht böse wurden. Arschlöcher.

Wir steuerten Dads Stuhl auf die Straße und machten uns auf

den Weg nach oben. Es war nicht ganz die Fahrt im Suburban den Canyon hinauf, die ich mir ausgemalt hatte, aber es war schön, frische Luft zu schnappen und mit Dad zu reden.

Ich stellte mir vor, wie unser Dad uns ergreifende kluge Worte zuteilwerden ließ. Wie er all unsere privaten Probleme mit einer einfachen logischen Bemerkung löste. Ich malte mir aus, wie wir vor einer dieser scheißselbstgefälligen Familien stehen blieben, unseren Dad umringten und die längste und lauteste Hymne von »Wir haben dich lieb, Dad« anstimmten, die je erklungen war. Und dazu jede Menge Umarmungen und Schulterklopfen. Scheiße, vielleicht würden wir den halben Berg raufmarschieren und merken, dass frische Luft und das Miteinander das perfekte Gemisch waren, um ALS zu heilen. Das war's. Er würde diesen Berg auf eigenen Füßen runterlaufen. Wir würden seinen Stuhl in den Fluss schieben, und sehr bald würde er mit Mom wieder herkommen und zusehen, wie die Hunde in den Fluss sprangen und um den Stuhl herumtollten, als wäre er ein Spielzeug und nicht das Hilfsmittel, das seinen schlaffen Körper durch die Gegend fuhr.

Mein Tagtraum wurde von Tiffanys Gekreische unterbrochen. »Kacke, du bist mir über den Zeh gefahren! Scheiße, tut das weh.« Wir blieben stehen. Mein Dad wollte seine Kanüle entblockt haben, damit er sprechen konnte. Das ist der Beginn der wundersamen Wende, dachte ich. Jetzt würde er seine triumphale Rede halten. Tiffany ließ die Luft aus seinem Cuff, trotz ihres verletzten Zehs.

»Der Akku ist fast leer. Wir sollten zurückgehen«, sagte Dad mühsam. Scheiße. Wir hatten den Rollstuhl nicht richtig aufgeladen, deshalb ging der Akku schon zur Neige. Wir mussten umkehren. Wir waren unglaubliche Vollidioten, und das am Vatertag. Ich hatte diesen Tag nutzen wollen, um ihm zu beweisen, wie sehr wir ihn liebten und schätzten. Ich wollte ihm zeigen, dass es uns nichts ausmachte, für unseren Kumpel zu sorgen, weil er in seinem Leben schon so lange für uns gesorgt hatte. Dieser Tag sollte demonstrieren, wie großartig wir sein konnten, und nicht, wie abgefuckt wir in dieser Situation geworden waren. So viel dazu.

Wir brachten meinen Dad nach Hause und luden den Rollstuhlakku auf. Dann gingen wir mit ihm zu unserem Pavillon. Der Pavillon war immer Dads Lieblingsfleckchen auf dem ganzen Grundstück gewesen. Er war von Pappeln und Blumen umringt, die tagsüber den zwitschernden Vögeln und nachts den Grillen ein wunderbares Zuhause boten. Hier hatte der Grill gestanden, hier hatte mein Dad Wein getrunken, den Hunden beim Spielen im Garten zugesehen und über den Tag nachgedacht, während er das Abendessen für seine egoistische Familie zubereitete. Im Sommer hatten wir fast jeden Abend draußen gegessen. Meinem Dad waren diese Abendessen wichtig gewesen, weil wir nur dann alle ohne Ablenkung zusammen waren. Er vermisste sie, nicht wegen des Essens – obwohl er bestimmt liebend gerne ein Steak verdrückt hätte –, sondern weil sie für ein geregeltes Leben und Zusammenhalt gesorgt hatten.

Meine Mom wachte von ihrem Schläfchen auf und kam zu uns in den Pavillon. Alle Feiertage, sogar so alberne wie der Vatertag, wurden bei ihr groß gefeiert. Normalerweise gab es Geschenke und Kuchen, aber in diesem Jahr hatte ihre Energie nur für eine Karte gereicht. Wir hatten alle unterschrieben. Auf der Karte waren ein Bär und der Aufdruck: »Hallo Daddy, weißt Du, wer mein Held ist? Ich gebe Dir einen Tipp – er ist stark und er ist mutig.« *[Karte aufklappen und einen anderen, größeren Bären mit einem Cape entdecken.]* »Es ist der beste Daddy von allen – Du. Alles Liebe zum Vatertag.« Ich fand das irre schräg. Mit Sicherheit hatte meine Mom sie gekauft, als sie von ihrem Fentanyl high war. Wir egoistischen Ärsche hätten selbst eine Karte aussuchen sollen, statt unsere arme Mom loszuschicken.

Trotzdem stimmte, was auf der Karte stand. Er war mutig. Er war stark. Und er war ein Held. Dieses Jahr war das schlimmste Jahr unseres Lebens gewesen (bis jetzt). Wir waren alle erschöpft und angespannt und hatten es satt, über den Tod nachzudenken. Wir wollten unser altes Leben zurück. Wir wollten, dass uns das Abendessen am Tisch des Pavillons zusammenbrachte, nicht eine unheilbare Krankheit. Aber wäre mein Dad nicht so mutig gewesen, sich künstlich beatmen zu lassen, wäre er tot. Mit seiner heldenhaften Tat hatte er uns gemeinsame Zeit geschenkt. Hätte er sich entschieden, sein Leben nicht zu verlängern, wäre ich jetzt in Los Angeles oder San Francisco gewesen. Greg wäre in Chicago gewesen, Tiffany wahrscheinlich in Maine bei RSB. Aber wir waren hier, umringten unseren Dad und verbrachten Zeit mit ihm und miteinander. Gut, die meiste Zeit ging für Sticheleien darüber drauf, wen wir vögelten oder was wir aus unserem Leben machten, aber Zeit ist Zeit, egal, wie man sie verbringt.

Nachdem er die Karte gelesen hatte, lächelte Dad uns alle an. Er bat uns, seine Kanüle zu entblocken, damit er sprechen konnte.

»Danke. Ihr seid alle die besten Kinder, die ich mir wünschen konnte. Dieses Jahr war nicht einfach, aber es war sehr schön, mit euch allen Zeit zu verbringen«, brachte mein Dad mit seiner Tracheotomiestimme heraus. Wir erwiderten sein Lächeln. Tiff nahm eine seiner Hände, Greg die andere. Ich stand hinter ihm und strich ihm über die Schultern. Meine Mom aß Joghurt.

Es war ein schöner Augenblick.

Weil ich nicht wusste, was ich sagen sollte, sagte ich: »Ganz schön schräg, dass Greg einen schwulen Mormonen vögelt, oder?«

»Wenigstens nehme ich kein Ecstasy und vögel ein Mädchen, das einen Freund hat«, sagte Greg.

Mein Dad lächelte und genoss es, bei seiner Familie zu sein. Es war ein perfekter unperfekter Vatertag.

# Das Ende des Feldzugs der Hoffnung

Anfang Juli hatten wir fast acht Monate mit dem Beatmungsgerät hinter uns. Wir zogen immer noch den Feldzug der Hoffnung durch, das komplette Niemals-aufgeben-Paket, das meine Mom beim weihnachtlichen Gipfeltreffen des Marshall-Clans umrissen hatte – gefühlt lag dieser Abend zwanzig Jahre zurück. Im Laufe des Sommers machte sich meine Mom richtig klasse. Klar, manchmal bekam sie noch Panik, klappte zusammen und weinte und sagte, sie könne das alles nicht mehr aushalten, es würde ihr so fehlen, wie es früher war, bevor mein Dad krank wurde. Und klar, manchmal blitzte bei ihr der Irrsinn durch, etwa als der Atemtherapeut Jeff einen Scherz darüber machte, wie fett er sei, und meine Mom sagte: »Wollen Sie mal sehen, was wirklich fett ist?«, sich die Hose runterzog und dem armen gutherzigen Mormonen den blanken Hintern zeigte. Und klar, sie war nach ihren Fentanylpflastern süchtig wie ein Junkie nach der Nadel. Aber sie hatte wieder Haare. Sie hatte gelernt, mit dem Beatmungsgerät zurechtzukommen. Sie war den ganzen Tag über aktiv. Jede Nacht schlief sie bei meinem Dad, was hieß, dass Greg und ich nachts nicht mehr Daddydienst schieben mussten. Ihre Stimmungslage hatte sich gebessert. Sie schlug sich wirklich gut.

Das war die ganze Zeit ihr Plan gewesen – so gesund zu werden, dass sie meinen Dad noch sehr lange pflegen konnte. Allerdings fragte ich mich genauso wie meine Geschwister, wie realistisch diese Vorstellung war. Meinem Dad ging es immer noch jeden Tag ein bisschen schlechter. Anders als bei Vince senior aus der Selbsthilfegruppe schien sich sein Zustand nicht zu stabilisieren. Und sollte das doch irgendwann passieren, wie lange wollten wir dann so weitermachen? Blühte mir das gleiche Schicksal wie Vince junior? Er war um die vierzig und pflegte immer noch seinen Vater. Würde es noch fünfzehn Jahre so weitergehen?

Greg und ich wussten nicht, ob wir eigene Pläne für die Zukunft schmieden sollten oder die Situation langfristig so bleiben würde. Wir hatten das Gefühl, wir hätten bei unserem Leben die Pausetaste gedrückt – wir könnten uns nicht wirklich auf uns selbst konzentrieren, bevor dieser Albtraum ganz ausgestanden war. Alles drehte sich um Dads Gesundheitszustand. Die ALS saß immer noch am Ruder.

Greg und ich sprachen oft im Keller darüber, Greg mit einem Becher O-Saft und ich mit einem Glas Wein. Im Sommer wimmelte es in unserem Keller von Feldwinkelspinnen, und ich brachte immer ein paar um die Ecke, während wir uns unterhielten. Greg hatte schreckliche Angst vor Spinnen, deshalb hockte er auf der Treppe und zeigte sie mir.

»Was glaubst du, wie lange es mit Dad so weitergeht?«, fragte ich und machte eine wehrlose Spinne mit einem Queue platt.

»Mein Gott, was für ein Monstrum«, sagte er.

»Sie hätte das auch von sich gesagt.«

»Das ist nicht witzig, und ich habe keine Ahnung, wie lange es so weitergeht. Vielleicht überlebt Dad uns noch alle … Mein Gott, guck dir mal die in der Ecke an.« Ich ging hinüber und zerquetschte eine weitere arme Spinne.

»Sieht auf jeden Fall so aus«, sagte ich.

»Mit vierzig pflegen wir ihn immer noch, genau wie Vince junior«, meinte er.

»Könnte gut sein. Bis dahin haben wir Kinder, die uns helfen, seine Windeln zu wechseln.«

»Ja … oh Mann … Ach du Scheiße, noch eine!«, kreischte Greg.

Meine Mom war zuversichtlich, dass sie und mein Dad noch sehr lange leben würden. »Ich mache das liebend gerne noch zwanzig Jahre lang«, sagte sie.

Nur mein Dad schien das nicht zu wollen. Er verlor langsam die Hoffnung. Er war sich im Klaren darüber, dass sein Zustand sich nicht verbessern, sondern nur noch verschlechtern würde. In jedem Kampf gibt es Gewinner und Verlierer, und bis jetzt ist die ALS ungeschlagen. Mein Dad wusste das, auch wenn meine Mom ihm etwas anderes einreden wollte. Sie versuchte, ihm Optimismus einzutrichtern wie Sondennahrung.

»Wenigstens kannst du noch reden«, sagte sie etwa. Aber das Sprechen fiel ihm immer schwerer, und er war immer schlechter zu verstehen.

»Wenigstens kannst du noch ein paar Sekunden stehen.« Aber seine treuen Beine waren zu schwach, um ihn aufrecht zu halten. Wir hatten einen Personenlifter besorgt, um ihn aus dem Bett und wieder hinein zu heben.

»Wenigstens hast du deine Kommunikationshilfe.« Aber seine Kommunikationshilfe war totaler Schrott. Die Technologie war einfach noch nicht weit genug entwickelt, und mein Dad hatte offenbar kein großes Interesse daran, zu lernen, wie sich das Ding mit einem silbernen Kreis auf der Stirn bedienen ließ, vor allem, weil er ja noch sprechen konnte. Im Grunde kam das Ding nur zum Einsatz, wenn ich mit Besuchern Witze über Blowjobs machte.

»Wenigstens können wir dein Beatmungsgerät mobil machen, damit du mal aus dem Haus kommst.« Tatsächlich war es wahnsinnig umständlich, und es fällt schwer, sich an ein so kompliziertes Leben zu gewöhnen, wenn man früher nur den Türknauf drehen musste, um hinauszugehen.

»Wenigstens hast du einen bequemen Rollstuhl, in dem du herumfahren kannst.« Gutes Argument. Dagegen konnte er nichts sagen. Dieser Rollstuhl war schon richtig klasse. Ein wahrer Traum!

Auch mental baute mein Dad ab. Früher hatte er so gut wie nie geweint. Er hatte immer eine positive Einstellung gehabt, nach dem Motto: »Das Leben ist so wunderbar. Kosten wir es richtig aus«, aber diese Situation hatte ihn geknackt. Jetzt weinte er ständig oder war kurz davor.

»Ach, komm schon, Dad. Jetzt fang nicht an, dich wie ein Baby zu benehmen«, versuchte ich, Witze zu machen, wenn er weinte. »Du kannst dich halt nicht bewegen. Kein Grund zum Heulen.«

Aber mein Dad konnte darüber nicht lachen. Es war nicht mehr lustig. Zum ersten Mal in meinem Leben erlebte ich ihn richtig deprimiert. Seine Psychologin Robin machte mittlerweile Hausbesuche. Ich war bei diesen Sitzungen nicht dabei, aber ich konnte durch die Tür zuhören. Ich Arschloch stellte mich davor und lauschte. Er weinte dann und sagte ihr, er wüsste nicht, wie lange er das noch durchhalten könnte. Sie tröstete ihn und sagte ihm, wie mutig er sei.

»Ich bin nicht mutig. Ich weiß nicht, wie lange ich noch leben will«, hörte ich ihn sagen. Der arme Kerl ertrug seine hoffnungslose Lage nicht mehr. Er wollte die Schmerzen nicht mehr aushalten.

Es war Sonntag. An diesem Wochenende war Regina nicht gekommen, wir mussten die Pflege selbst übernehmen. Meine Mom hatte mit Regina immer noch ein Problem. Sie war überzeugt davon, Regina – der ihre Scheidung das Herz gebrochen hatte – habe sich in meinen Dad verliebt. Wahrscheinlich stimmte das sogar. Mein Dad war sehr liebenswert. Sie saß oft neben meinem Dad, hielt seine Hand und erzählte ihm von ihren Beziehungsproblemen. Er war ein großartiger Zuhörer, vor allem, weil er nicht wegkonnte. Meine Mom war eifersüchtig und hasste Regina wie die Pest. Ich fand es irgendwie süß, dass sie für ihren Mann immer noch die

Krallen ausfuhr, obwohl er an ein Krankenbett gefesselt und dem Tode nahe war – für mich war das ein Zeichen wahrer Liebe.

»Dieses fette Miststück Regina ist nicht hier, also was willst du heute machen?«, fragte meine Mom meinen Dad. Er zuckte nur mit den Schultern. Es war ihm scheißegal. Er sah aus wie ein kläglicher Trauerkloß in einem Meer aus Kummer und Hoffnungslosigkeit.

Schließlich beschlossen Greg, Chelsea, meine Mom und ich, unseren Dad zu packen und in unsere Ferienwohnung in Park City zu fahren. Jessica war mit dem perversen Rob in Thailand, und Tiffany besuchte RSB.

Wir hatten vor, uns an den Pool zu legen und uns so weit abzulenken, dass wir mal einen Nachmittag lang nicht an den Tod dachten. Du weißt schon, uns wie reiche Leute ohne den Hauch einer Sorge zu benehmen, alles Tragische zu ignorieren und einfach nur zu entspannen. Unsere größte Sorge würde es sein, genug Sonnencreme aufzutragen, um unsere blasse Haut zu schonen. Als wäre uns noch nie etwas Schlimmes zugestoßen und würde es auch nie.

Wir fuhren die halbe Stunde durch den Parley's Canyon nach Park City und nahmen uns in der Wohnung ein paar Minuten, um richtig anzukommen und zu bewundern, wie schön es war. Ich zog einen Bademantel über und kam mir vor wie der König eines Schlosses, das ich nicht verdient hatte.

»Ich liebe es, ein reicher Arsch zu sein«, sagte ich reicher Arsch.

Irgendwann gingen wir nach draußen an den Pool der Anlage. Ich stopfte mir ein paar Bier in die Taschen des Bademantels, weil ich dachte, normale, reiche Leute ohne Sorgen machten das so. Greg nahm ein Buch mit und legte sich neben meinem Dad in die Sonne. Chelsea schleppte ein paar von diesen Schwimmnudeln an, die wie riesige Schwänze aussehen, und wir fochten mit den Dingern am Beckenrand miteinander.

Meinen Dad setzten wir schön in den Schatten. Nachdem ich ein Bier gekippt hatte, sprang ich in den Pool, um aktiv und lebensfroh zu sein. Meine Mom setzte sich zu meinem Dad und schlang Joghurt herunter. Die beiden sahen mir zu, als ich herumplanschte wie ein dekadenter Alkoholiker, dem das viele Geld das Hirn aufgeweicht hatte. Als Chelsea zu mir ins Wasser sprang, knallte ich ihr eine Schwimmnudel ins Gesicht. Sie kicherte und verzog sich in den Whirlpool, um etwas Abstand zu ihrem brutalen Bruder zu bekommen.

Ich kletterte aus dem Wasser, setzte mich zu meinem Dad und ließ mich von der Sonne und der leichten Brise aus den Bergen trocknen. Ich machte noch ein Bier auf. Ich fühlte mich großartig.

»Es ist echt traumhaft hier oben«, sagte ich und sah mich um. »Wie schön, dass ihr reichen Arschlöcher die Wohnung für eure reichen Arschlochkinder gekauft habt.«

Wie meistens, wenn ich jemanden zum Lachen bringen will, warf ich meinem Dad einen Blick zu, um seine Reaktion zu beobachten. Normalerweise rang er sich ein aufmunterndes Lächeln ab, aber dieses Mal sah er aus, als könnte er den Wettbewerb für den traurigsten Menschen der Welt gewinnen.

»Scheiße, Dad, du siehst aus, als würdest du gleich vor Traurigkeit platzen«, sagte ich, trank einen Schluck Bier und sah dabei aus, als würde ich gleich vor Alkohol platzen.

»Bob, was ist los?«, fragte meine Mom, die es auch bemerkte.

Mein Dad konnte nichts sagen, weil sein Cuff aufgeblasen war.

»Antworte mir, Bob«, rief meine Mom.

»Sein Cuff ist aufgeblasen. Er kann nicht«, sagte ich.

»Oh Scheiße. Tut mir leid.«

Er formte ein paar Worte mit den Lippen. Wir versuchten, sie abzulesen, aber das klappte nie so richtig, also entblockten wir seine Kanüle. Jetzt konnte wieder Luft über seine Stimmbänder streichen.

Als er sich räusperte, fragte meine Mom: »Was möchtest du, Bob? Kann ich dir irgendwas holen?«

»Ich … will … sterben«, sagte er.

Jetzt war es heraus.

All die Arbeit, all die Energie, all die Versuche, das Leben noch erträglich zu machen, hatten zu diesem Schluss geführt. Er wollte sterben.

Jedes Leben endet mit dem Tod. Es gibt keines, bei dem es nicht so ist. Wir wussten, was passieren würde, und trotzdem machten diese Worte es auf eine Art real, die vorher unvorstellbar war.

»Ich will sterben«, wiederholte er bestimmter. Das Beatmungsgerät summte, aus dem Whirlpool blubberten Blasen. Greg legte sein Buch weg. Chelsea stieg aus dem Whirlpool. Wir scharten uns um ihn. Dads Augen wurden feucht, und ein paar Tränen flossen.

»Das ist nicht dein Ernst«, rief meine Mom. Nachdem sie so viele Jahre lang das Prinzip Hoffnung verfochten hatte, hatte sie diese Worte wahrscheinlich noch nie gehört oder auch nur gedacht. In Moms Vorstellung hatte es so einfach nicht abzulaufen. Die Geschichte hatte nicht damit zu enden, dass mein Dad aufgab. Sie sah einen Kampf bis zum allerletzten Augenblick vor, bis zu dem Moment, in dem er absolut nichts mehr hatte, mit dem er kämpfen konnte.

»Das ist mein Ernst. Ich will sterben«, sagte er. »Ich kann nicht mehr.«

»Das wird aber auch Zeit«, versuchte Greg, die Situation ins Lächerliche zu ziehen.

»Ich pflege dich, solange ich lebe, Bob. Tu das nicht«, bat meine Mom panisch.

»Es ist Zeit. Ich will sterben.«

»Du spinnst wohl, Bob. Du kannst nicht aufgeben.« Meine Mom sah jetzt schon aus, als hätte jemand den Schalter auf verrückte

Witwe gestellt. Die Tränen flossen, ihr Make-up lief ihr über die Wangen. »Du musst weiterkämpfen. Wir haben uns alle die Beine ausgerissen, damit du weiterlebst. Du kneifst doch nicht etwa. Du wirst gefälligst die Hoffnung nicht aufgeben. Bob, du kannst mich nicht einfach verlassen.«

»Ich weiß, aber ich will trotzdem sterben. Es ist Zeit«, sagte mein Dad.

»Und wann? Wann willst du sterben? Jetzt?«, brachte meine Mom unter Tränen heraus.

»Am 22. September«, sagte mein Dad mit stoischer Ruhe.

»Wow, du hast dir schon das Datum ausgesucht? Scheeeiiiße«, sagte ich.

Mein Dad nickte. Es war ihm ernst. Er hatte offensichtlich darüber nachgedacht. Es war nicht nur ein spontaner Entschluss. Er war nicht aufgewacht und hatte sich locker gedacht: Hey, was könnte ich denn mal mit diesem Tag anstellen? Ach ja, ich weiß, ich beschließe zu sterben. Er konnte diesen aussichtslosen Kampf nicht länger weiterführen. Er wollte nicht mehr im Rollstuhl sitzen, gefangen in seinem eigenen Körper. Er wollte nicht mehr, dass andere Leute ihm den Hintern abwischten. Er wollte nicht mehr durch eine Kanüle in seinem Bauch ernährt werden. Er wollte nicht nur daliegen und zusehen, wie seine Familie langsam wahnsinnig und immer erschöpfter wurde, während sie ihn pflegte. Das konnte er nicht. Er hatte keine Hoffnung mehr. Es würde nicht besser werden. Es war an der Zeit, endlich aufzugeben.

Ich wusste nicht recht, was ich fühlen sollte. Nachdem ich seine Gespräche mit Robin belauscht hatte, war ich nicht besonders überrascht. Zum Teil war ich erleichtert. Der Tod meines Dads würde unglaublich traurig sein, aber für mich wäre er auch eine Befreiung. Ich könnte endlich die Pausetaste lösen. So etwas zu denken machte mir ein schlechtes Gewissen, aber ich war dieser ganzen Sache auch überdrüssig, genau wie er. Ich wollte nicht

Vince junior werden. Ich wollte in meiner eigenen Wohnung leben, in einer anderen Stadt, einen anderen Job, irgendwas anderes machen.

Es war irrsinnig schwer gewesen, mit anzusehen, wie mein Dad in diesen geschwächten Zustand abgeglitten war. Aus meinem scheinbar unbesiegbaren Dad war ein Krüppel geworden – er war nur noch ein Schatten seiner selbst. So wollte ich ihn nicht in Erinnerung behalten. Ich wollte mich an ihn erinnern als den Fels in unserem Leben, als sicheren Quell von Liebe und Geborgenheit, als den Mann, der mir bei Spielen der Jazz Popcorn und Bier gekauft hatte. Die ALS drohte mein Bild von meinem Dad für immer zu verändern, und ich wollte nicht, dass es noch weiter zerstört wurde.

Außerdem hatte er Schmerzen – unglaublich große Schmerzen. In meiner Collegezeit in Berkeley machte ich mal mit einem Freund eine Lernpause vor der Moffitt Library. Auf dem verdreckten, mit Zigarettenkippen übersäten Gehweg lag eine sterbende Taube und schlug wild mit den Flügeln. Eine ganze Reihe Hippiestudenten sahen sich das besorgt an und wollten irgendwie helfen. Einige überlegten sogar, jemanden vom Tierschutz anzurufen, um dem Vieh das Leben zu retten. Mein Freund war auf einer Farm aufgewachsen und beim Thema Tod extrem geerdet. Er sah mich an und sagte: »Ich würde das Ding zu gerne tottreten und von seinem Leiden erlösen.« Natürlich tat er es nicht, weil die versammelte Studentenschaft von Berkeley ihn dafür gelyncht hätte. Doch es wäre vernünftig gewesen. Mach den Schmerzen ein Ende. Mach dem Schauspiel des Sterbens ein Ende.

Mein Dad war keine Taube, und trotzdem hätte es humaner gewirkt, ihn von einem metaphorischen Fuß tottrampeln zu lassen, als ihn weiter leiden zu sehen.

»Bob, du wolltest doch niemals aufgeben. Du wirst dieses Mistding doch nicht einfach gewinnen lassen, oder?«, fragte meine

Mom weinend. Mein Dad zuckte nur mit den Schultern. Er war bereit zu gehen.

»Also, ich finde das wirklich mies, Bob. Wirklich mies. Du kannst uns doch nicht einfach allein lassen«, sagte meine Mom.

»Es ist Zeit«, wiederholte Dad. »Es ist Zeit. Versteh das doch bitte.«

»Ich glaube, es ist die mutigste Entscheidung, die je einer von uns getroffen hat«, meinte Greg.

»Halt die Klappe, Greg. Sei kein Arschloch«, sagte meine Mom.

Chelsea stand nur fassungslos daneben. Vermutlich verbrachte sonst niemand in ihrer Klasse den Sommer damit, zuzusehen, wie der eigene Vater immer weniger wurde und schließlich sein eigenes Todesdatum verkündete. Ich stellte mir vor, wie Chelsea ihren Freundinnen die Ferien beschreiben würde, wenn die Schule wieder anfing.

»Wie war dein Sommer, Chelsea?«, würde eine Mitschülerin fragen.

»Gut. Und deiner?«

»Klasse. Meine Eltern sind mit mir nach Kalifornien gefahren. Was hast du gemacht?«

»Ich habe getanzt und bin schwimmen gegangen, und mein Dad hat beschlossen, zu sterben.«

Ich betrachtete unsere Umgebung: das glitzernde, glasklare blaue Wasser im Pool, die Espen mit ihrem raschelnden, kräftig grünen Laub mitten im Sommer, die Ruhe einer friedlichen Stadt in den Bergen. Es war ein Ort zum Nachdenken. Vielleicht hatte mein Dad deshalb entschieden, es uns hier zu sagen.

»Wahrscheinlich bist du der Einzige, der je neben diesem wunderbaren Pool seinen Tod ankündigen wird«, sagte ich.

»Da könntest du recht haben«, sagte mein Dad mühsam.

Ich rechnete im Kopf nach. Bis zum 22. September waren es nur siebzig Tage. Ich schnappte mir noch ein Bier, öffnete es und streckte es meinem Dad entgegen. »Willst du ein Bier? Du kannst dich ruhig noch mal austoben, bevor du stirbst.«

Er lächelte und versuchte, eine Hand danach auszustrecken, aber er konnte es nicht.

»Also, wenn du es nicht trinkst, nehme ich es.« Ich goss es mir hinter die Binde in der Hoffnung, es würde mich sofort und für alle Zeiten betäuben.

Obwohl meine Mom immer noch weinte, wirkte mein Dad erleichtert und erstaunlich ruhig, als wäre ihm eine Last von den verkümmerten Schultern genommen worden. Wahrscheinlich war es schön zu wissen, dass das Ganze ein Ende haben würde. Er musste sich schon lange mit der Frage »Sein oder Nichtsein« herumgeschlagen haben.

Ich leerte mein Bier, sprang in den Pool und versteckte mich unter den Wellen, solange es meine Lungen erlaubten.

Uns blieben noch siebzig Tage mit meinem Dad.

# Der offizielle Brief und einige daraus resultierende Fragen

Eine Woche nachdem mein Dad am Pool seinen Tod angekündigt hatte, brachten wir ihn zu seinem Neurologen Dr. Bromberg in die University of Utah und besprachen mit ihm Dads Entscheidung, am 22. September 2008 das Beatmungsgerät abschalten zu lassen. Dr. Bromberg schrieb Dads Hausarzt diesen Brief:

Sehr geehrter Dr. Wood,
Bob Marshall ist am 16. Juli 2008 in der Klink für Erkrankungen der Motoneuronen vorstellig geworden, begleitet von seiner Frau und seiner Pflegerin Regina. Der Patient ist 55 Jahre alt, wird wegen einer ALS betreut und hat sich zuletzt am 4. Juli 2008 in der Klinik gezeigt.

Aktuelle Anamnese: Mr Marshall wird seit November 2007 durchgehend künstlich beatmet. Vor dem Einsatz des Beatmungsgeräts litt er phasenweise unter Atemnot. Wir hatten das Thema Atemhilfe vor dem Anschluss an das Beatmungsgerät besprochen, einschließlich der Tatsache, dass seine Schwäche fortschreiten und er vermutlich irgendwann beschließen wird, sich vom Beatmungsgerät nehmen zu lassen. Seit November ist Mr Marshall zunehmend schwächer geworden. Folgen sind unter anderem Schwierigkeiten beim Sprechen, sodass er sich nur mit großer Sorgfalt und durch Wiederholungen verständlich machen kann, außerdem kann der Patient weder die Arme bewegen noch gehen und sich mit den Beinen nur noch zurechtschieben. Er benötigt Vollzeitpflege. Er hat hervorragende Pflege erhalten, und es gab keine medizinischen Komplikationen.

Bei seinem heutigen Besuch wollte Mr Marshall darüber sprechen, wann er vom Beatmungsgerät genommen wird. Er erklärte ausdrücklich, er habe nahezu pausenlos darüber nachgedacht. Er ist stark resigniert und will nicht völlig von anderen Menschen abhängig sein, obwohl sie ihre Bereitschaft erklärt haben, ihn weiter zu pflegen. Dennoch hat er den Beschluss gefasst, im Herbst sein Beatmungsgerät abschalten zu lassen.

Ich erklärte ihm den Ablauf. Wir würden voraussichtlich den Hospizdienst hinzuziehen. Man würde ihm ein sedatives Medikament in hoher Dosierung verabreichen, etwa ein Benzodiazepin, und Morphin gegen möglicherweise auftretende Schmerzen. Er wäre folglich tief sediert und absolut schmerzfrei, erst dann würde man das Beatmungsgerät ausschalten. Meiner Prognose zufolge würde er innerhalb von Minuten, ohne zu leiden, versterben. Mr Marshall bestätigte, dass er den Ablauf in Gänze verstand.

Mr Marshalls Frau empfand verständlicherweise ein gewisses Widerstreben gegen das bevorstehende Ableben ihres Mannes. Ich betonte, dass es seine Entscheidung sein sollte und es eine sehr mutige Entscheidung sei. Seine Frau ist selbst schwer erkrankt, und ich erinnerte sie, dass er Verständnis gehabt hätte, wenn sie ihre Behandlung irgendwann hätte abbrechen wollen, und dass ich hoffte, sie würde auch Verständnis haben, falls er die künstliche Beatmung beenden wollte.

Mr Marshall erkundigte sich auch nach Organspenden. Ich hatte mich bereits mit diesem Thema befasst, und auf reine Organspenden bezogen könnte er vonseiten des Krankenhauses ethisch gesehen nur eine Niere spenden; falls er sich dazu entschließen sollte, würde er sich stationär aufnehmen lassen, eine Niere spenden, wieder heimkehren und später unabhängig davon versterben. Einfacher wäre eine Spende von Hornhaut, Haut, Knochen und Sehnen, nachdem er verstorben ist.

Am Ende unseres Gesprächs erklärte ich Mr Marshall und seiner Frau, ich würde mich mit dem Hospiz in Verbindung setzen und den Ablauf detailliert klären. Außerdem würde ich mich mit der Transplantationsabteilung in Verbindung setzen und klären, wie die erwähnten Gewebespenden vonstattengehen könnten. Und ich würde jederzeit gerne im Krankenhaus mit ihm sprechen oder einen Hausbesuch machen.

Ich versuchte, Mrs Marshall einige Vorschläge zu unterbreiten, die ihr und ihren Kindern dabei helfen könnten, mit ihren Gefühlen umzugehen.

Insgesamt verbrachten wir über 70 Minuten mit der Beratung und der Besprechung der Pflege.

Mark B. Bromberg, MD, Ph.D.
Professor der Neurologie

In der Nacht nach Dads Ankündigung konnte ich nicht schlafen. Ich war zu unruhig. Ich hatte zu viele Fragen. Normalerweise schalte ich den Fernseher ein, wenn ich nicht schlafen kann, und lasse meinen regen Verstand davon einlullen, oder ich masturbiere. Immerhin ist Masturbation die Urform aller Schlafmittel.

Aber nicht einmal diese Methoden funktionierten. Also stand ich auf und setzte mich an die Bar im Keller. Ich machte ein Bier auf und nahm einen Stift. Mir gingen so einige Fragen durch den Kopf. Ich trank einen großen Schluck Bier und schrieb los. Über diese Dinge wollte ich mir klar werden:

Wie soll man damit umgehen, wenn jemand seinen Tod ankündigt? Ist es nicht seltsam zu wissen, an welchem Tag ein geliebter Mensch sterben wird? Was soll ich sagen? Kann ich immer noch Witze über Schwänze erzählen? Sollte ich mich einfach in eine Ecke verkriechen und heulen? Kann ich in einen Stripschuppen in der Stadt gehen und mit dieser tragischen Geschichte einen kostenlosen Lapdance herausschlagen? Sollte ich durch die Straßen laufen und es herausbrüllen, damit es jeder erfährt? Sollte ich meinen Dad von jetzt an »Captain Countdown« nennen? Sollte ich wild zusammengeworfene Fragen aufschreiben?

Sollte ich seinen letzten Monat filmen? Wäre das zu aufdringlich? Wäre es cool? Was würde ich filmen? Nur meinen Dad, wie er dalag und die Tage runterzählte? Sollte ich ihm die großen Fragen stellen und versuchen, so viel Wissen wie möglich aus ihm herauszuholen, solange ich es noch konnte? Oder würde ich am Ende nur die Kamera halten und mich in den Mittelpunkt drängen, indem ich dämliche Witzchen riss und alles ruinierte?

Wie wird meine Mom damit umgehen? Wird sie etwa noch durchgeknallter? Ist sie irgendwann so sensibel, dass ich ihr nicht mehr sagen darf, dass sie durchgeknallt ist? Wird sie überhaupt noch sprechen können, oder wird sie zu viel weinen? Wird sie noch mal heiraten, wenn mein Dad tot ist? Wen wird sie heiraten? Finden andere Männer sie noch attraktiv, obwohl sie Krebs hat? Wird sie immer noch auf Joghurt stehen? Wird sie mich mitten in der Nacht anrufen und verlangen, dass ich nach Hause ziehe? Nimmt sie eine Überdosis Fentanyl? Bleibt sie in unserem Haus wohnen oder zieht sie aus? Wird sie reisen und sich die Welt ansehen? Müssen wir Kinder sie der Reihe nach bei uns aufnehmen? Reichen wir sie herum wie eine verlassene Waise? Führen wir dann einen Kalender? Wird einer von uns sie öfter aufnehmen müssen als die anderen? Werden wir uns streiten und uns anbrüllen: »Ich hatte sie den ganzen November, Arschloch«? Wird das alles so lange gehen, bis wir sie und uns untereinander nicht mehr leiden können? Oder wird meine Mom darüber hinwegkommen, ein Buch über ihr Leben schreiben und zu Oprah gehen, während sich alle Welt um sie schart und ihr zujubelt?

Und wie werden meine Geschwister damit umgehen? Kann Tiffany in einer Welt ohne ihren Skipartner die Ruhe bewahren? Oder bekommt sie den Nervenzusammenbruch, der sich schon immer abgezeichnet hat? Wird Greg jemanden finden, der ihm rät und ihn inspiriert, wie mein Dad es getan hat? Wird Jessica wieder anfangen zu trinken, obwohl sie schwanger ist? Wird all das endlich zu Chelsea durchdringen? Wird sie mitten im Tanztraining zusammenbrechen und sich die Augen aus dem hageren Kopf weinen? Liegt über uns allen für immer ein tragischer Schatten? Wird die ALS uns ewig verfolgen? Oder rappeln wir uns wieder auf und sehen nach vorn? Werden wir lernen, in einer Welt ohne Dad zurechtzukommen?

Wie viele Menschen werden die Beerdigung besuchen? Werden auch Freunde von außerhalb Utahs kommen? Werde ich wieder nicht sagen, sondern nur denken: Na ja, ist schon scheiße, aber ich freue mich total, Cousin Jonathan mal wieder zu sehen? Werde ich betrunken sein? Bist du im Moment nicht ständig betrunken? Solltest du dir deswegen nicht mal Hilfe suchen? Werden alle mitbekommen, dass ich betrunken bin? Was werde ich sagen, wenn die Leute mit diesem bescheuerten »Es tut mir leid« anfangen? Soll ich mich wie ein Arsch benehmen? Soll ich ihnen in die Augen sehen und sagen: »Sollte es auch, es ist nämlich Ihre Schuld«, oder:

»Das bringt mir meinen Vater auch nicht zurück, oder?«, oder: »Ja, es ist echt scheiße, aber dafür bekomme ich seinen Lexus«, und rumspringen, als hätte ich in einer Spielshow gewonnen? Oder sollte ich die Leute nur angucken, das Thema wechseln und Sachen sagen wie: »Wollen Sie mal fühlen, wie weich meine Haare sind?«?

Sollte ich einen neuen Anzug kaufen? Werden bei der Beerdigung alle weinen? Wenn jemand nicht weint, sollte ich ihn tränenüberströmt anbrüllen: »Warum weinst du nicht, du Arschloch?«? Sollte ich den Leuten den Finger ins Auge stechen, damit es so aussieht, als würden sie weinen? Sollte ich weinende Leute auslachen und sagen: »Beim Baseball wird nicht geweint«?

Wird man mich bitten, eine Rede zu halten? Und wenn ich eine Rede halte, was werde ich sagen? Sollte ich es darauf anlegen, die Leute zum Weinen zu bringen? Vielleicht mit einer Diashow, die zuerst Fotos von meinem Dad zeigt, als er noch keine ALS hatte, und mit Fotos endet, auf denen er hilflos in einem Krankenhausbett liegt, und dazu lasse ich »Do You Realize« von den Flaming Lips laufen? Das würde doch mit Sicherheit alle zum Weinen bringen, oder? Sollte ich eine Bibelstelle vorlesen, die völlig unsinnig und so unpassend ist, dass die Leute sich ansehen und fragen: »Was soll der Scheiß?«? Sollte ich die Rede so schreiben, als würde ich mich als Schulsprecher bewerben und nicht meinen Vater zu Grabe tragen?

Oder sollte ich eine richtige Rede halten, die ausdrückt, was für ein gütiger und fürsorglicher und liebevoller Mensch mein Dad war? Und statt über seine ALS-Erkrankung über sein Leben davor reden? Sollte ich erzählen, wie er meine Mom kennengelernt und ein erfolgreiches Unternehmen aufgebaut hat oder dass er einmal in eine abgelegene Gegend in Österreich gereist ist, nach Hallstatt, und fand, es sei das schönste Fleckchen auf der ganzen Welt? Sollte ich behaupten, er sei an einem besseren Ort, vielleicht sogar in Hallstatt? Oder erzählen, dass er mir das Basketballspielen beigebracht und mich ermutigt hat, das zu tun, was mich glücklich macht? Sollte ich dann verraten, dass mich mittlerweile nur noch das Masturbieren glücklich macht? Sollte ich erzählen, wie er morgens um fünf aufgestanden ist, um mich zu John Stocktons Basketballlager zu fahren? Oder dass er mich zu allen Spielen der Jazz mitgenommen hat und ich zuerst beim Popcorn zugreifen durfte?

Dürfte ich in einer Kirche fluchen? Ist *Arsch* in Ordnung? *Scheiße? Kacke? Furzen? Schlampe? Drecksack?* Könnte ich eine komplette verkackte Rede halten ohne ein einziges beschissenes Schimpfwort?

Wird Gott uns einen miesen Streich spielen und am Tag nach der Beerdigung ALS heilen, auf die Erde kommen und rufen: »Das ist dafür, dass ihr so viel Scheiße über mich redet«, und dann wieder in den Himmel aufsteigen, um die nächste Familie zu schikanieren? Glaubt mein Dad an Gott und den Himmel? Wäre nicht alles viel einfacher, wenn er, wenn wir alle gläubig wären? Machten die Mormonen es richtig? Hast du jemals einen deprimierten Mormonen gesehen, der in einem Coffeeshop sitzt, über den Tod schreibt und darüber, wie schrecklich die Welt ist? Vielleicht nur nicht, weil Mormonen keinen Kaffee trinken dürfen? Hätten wir konvertieren sollen, als wir die Gelegenheit hatten? Hätte ich, als ich mit einem mormonischen Freund über Religion diskutierte, fragen sollen: »Wie kann ich bei euch mitmachen?«, und nicht: »Wie kannst du nur diesen Schwachsinn glauben?«? Wird von meiner ganzen Familie allein Jessicas Seele gerettet, weil sie nach ihrer Heirat mit dem perversen Rob konvertiert ist?

Wann fängt die College-Footballsaison an?

Was geht meinem Dad jetzt gerade durch den Kopf? Ist er froh über seine Entscheidung? Will er wirklich sterben? Warum will er sterben? Was hat ihn an die Grenze getrieben? Ich, als ich mich einmal abmühte, ihn aus dem Van zu bekommen, und in einem Anfall von Müdigkeit und Wut und Frust brüllte: »Wie lange müssen wir diese Scheiße denn noch machen?«? Habe ich ihn umgebracht?

Hat er da seine Grenze erreicht? Oder kam das, als die Lakers die Jazz aus den Play-offs warfen, ich deswegen mein Handy quer durchs Zimmer schmiss und dabei kaputt machte? Oder als seine Beine nicht mehr wollten? War es das? War das der Moment, in dem er begriffen hat, dass es nicht besser werden würde, sondern nur noch schlechter? War es, als Jessica den perversen Rob geheiratet hat und sich von ihm schwängern ließ? Kann mein Dad es einfach nicht mehr ertragen, dass meine völlig durchgeknallte Mom neben ihm sitzt und weint? War für ihn die Grenze erreicht, als wir ihn nicht mehr selbst pflegten und Regina einstellten? Oder als ich diese Hähnchensticks von Wing Coop mitbrachte und vor seinen Augen aß? War es, als Außenstehende ihn nicht mehr verstehen konnten? Als wir dieses Klappergestell nicht mehr problemlos aus dem Bett bekamen und mehrmals fallen ließen? Oder hat sich das alles zu einem riesigen Smoothie aus Scheiße vermischt, der einfach so mies und traurig und schrecklich war, dass er ihn nicht mehr runterkriegte?

Was soll ich in der Zeit machen, die mir noch mit ihm bleibt? Sollte ich mich zu ihm setzen und seinen Arm streicheln und fragen: »Fühlt sich das nicht gut an?«, bis er stirbt? Sollte ich ihm die besten Filme zeigen und die beste Musik vorspielen? Welche Filme sind die besten? *Das Leben ist schön* war verdammt gut, oder? Was ist mit *Kevin allein zu Haus*? Ist *Forrest Gump* nicht sein Lieblingsfilm? Kann sich irgendjemand daran erinnern, dass mein Dad sich mal was mit ihm angesehen und gesagt hat: »Wow, das war ein toller Film. Den würde ich auf dem Sterbebett gerne noch mal sehen«? Sollte ich ihn massieren? Sollte ich ihm was von David Sedaris vorlesen? Sollte ich mir was überlegen, um ihn heimlich in den Whirlpool zu setzen? Mich an das Fußende seines Bettes stellen und immer wieder sagen: »Ich habe dich lieb. Ich habe dich lieb«? Sollte ich ihm helfen, eine Löffelliste zu schreiben, und hoffen, dass »wieder laufen und mich bewegen« nicht darauf steht, aber dafür *Das*

*Beste kommt zum Schluss* ansehen? Sollte ich mit ihm einen großen Einkaufsbummel machen? Mit ihm zur Pediküre gehen?

Sollte ich wütend auf ihn sein, weil wir uns so abgerackert haben und er am Ende einfach aufgibt? Sollte ich ihn daran erinnern, dass ich wegen dieses ganzen Mists meinen Job gekündigt und meine Freundin verloren habe? Wenn er mich bittet, etwas für ihn zu tun, sollte ich dann sagen: »Was soll das bringen? Du stirbst doch sowieso«? Sollte ich seinen Rollstuhl mit dem Baseballschläger bearbeiten? Sollte ich mich von ihm abwenden?

Oder sollte ich eine Trauerfeier zu Lebzeiten organisieren, an der er teilnehmen kann und bei der wir uns alle schick machen und ihn ehren und nette Dinge über ihn sagen und wunderbare Reden halten, die witzig sind, weil er noch nicht tot ist? Wen sollte ich einladen? Würde jeder etwas sagen? Würden alle weinen? Muss ich mich wirklich anständig anziehen? Sollte jeder ein Geschenk für die Familie mitbringen? Würden alle einfach Lasagne anschleppen? Sollte ich ein Feuerwerk und Tänzer und Zirkusartisten buchen? Kenne ich jemanden, der jonglieren kann? Welches Essen sollen wir servieren? Sollte ich vorschlagen, dass jeder ein Promote trinkt, das Einzige, was wir in seine Magensonde kippen konnten? Sollten wir ihm alle applaudieren? In welchem verkackten Hilton sollten wir den Mist abhalten?

Oder sollte ich gar keinen großen Aufstand machen und ihm einfach einen Kuss auf die Stirn geben und sagen: »Ich respektiere deine Entscheidung und werde dich immer lieb haben«? Sollte ich ihm für alles danken, was er für mich getan hat? Sollte ich ihm sagen, was für ein großartiger Vater er war?

Und was ist mit mir? Sollte ich herumsitzen und Trübsal blasen? Sollte ich Becca anrufen und noch mal mit ihr Ecstasy nehmen? Meine Messlatte senken und winselnd beschließen: »Ich vögel alles, ob mit oder ohne Puls«, während ich an meiner zweiten Literflasche Bier des Vormittags nuckelte? Sollte ich es so weit bringen, dass ich sagen kann: »Die kenne ich. Die ist Stripperin«? Mich mit allen möglichen Leuten prügeln, sogar mit meinen besten Freunden? Sollte ich alle ständig an meine Situation erinnern? Mich selbst dafür hassen, dass ich nicht genug gemacht habe? Sollte ich verschwinden, ohne jemandem zu sagen, wo ich bin?

Oder sollte ich einfach alles tun, was ich kann, und nicht infrage stellen, ob es genug war? Sollte ich mein eigenes Leben weiterleben und einen MBA oder so was machen? Nie vergessen, was alles passiert ist, davon aber nicht mein restliches Leben beeinflussen lassen? Sollte ich auf das nächste hübsche Mädchen, das ich sehe, zumarschieren und es auf den Mund küssen? Das beste Steak der Stadt bestellen? Bei einer Taco-Party so viele Tacos in mich hineinstopfen, dass die Leute mich ansehen und sagen: »Na, der hat aber Spaß in den Backen«? Sollte ich Achterbahn fahren und mir absichtlich in die Hose pinkeln? Sollte ich durch die Weltgeschichte bummeln? Mir ein nettes Auto und eine nette Uhr und nette Klamotten kaufen? Nach Vegas fliegen und die verkackte Suite aus *Rain Man* mieten? Sollte ich nach Paris ziehen und mich in etwas verlieben, das kein Baguette ist? Lernen, für mich selbst Gourmetmenüs zu kochen? Mir eine Wohnung mit Aussicht suchen? Sollte ich mich in mehr Whirlpools setzen und mehr Käse essen?

Wann fängt die College-Footballsaison noch mal an?

Ich legte den Stift weg und sah mir den Wust von Fragen an. Das dürfte eine ziemlich interessante Zeitspanne werden, dachte ich. Ich ging wieder in mein Zimmer und schaltete den Fernseher ein, weil ich das Gefühl hatte, jetzt könnte ich endlich etwas Ruhe finden.

# BLOWJOBS BIS ZUM LETZTEN TAG

Meinem Dad blieben nur noch eine Handvoll Tage. Daran wurde er jeden Morgen erinnert, wenn ich in sein Zimmer kam und so was sagte wie: »Noch fünfundfünfzig Tage, dann bist du tot, Paps.« Er zog dann die Augenbrauen hoch und versuchte zu lächeln, was seine Art war, zu sagen: »Klingt gut, du kranker Mistkerl.« Mittlerweile war er meine morbiden Witze gewohnt.

Ich fragte ihn, wie er seine letzten Wochen verbringen wollte. »Laufen, Ski fahren und ein schönes, großes Steak essen.« Ich lachte. Ein echter Spaßvogel.

»Ja, der war gut, alberner, verkrüppelter, sterbender Dad. Aber mal im Ernst, was willst du machen? Du bist doch bald tot«, witzelte ich zurück.

Er wurde ernst. »Ich würde gerne Spazierfahrten mit dem Rollstuhl machen und mich von allen verabschieden und mit euch Zeit verbringen«, sagte er mühsam. Ich schätze, wenn wir bald sterben, kümmern wir uns nicht mehr um die ganzen Nebensächlichkeiten und konzentrieren uns aufs Wesentliche: die Familie, ruhige Spaziergänge, gemeinsame Zeit mit den Menschen, die man liebt. Scheiß auf den Rest.

»Vielleicht könntest du noch eine nette Orgie mit Koks, Stripperinnen und Heroin veranstalten«, schlug ich vor, weil ich fand, er könnte sich zum Abgang noch einen Knaller gönnen. Er lachte, so gut er konnte.

»Und ich würde gerne ein letztes Mal nach Snowbird«, sagte er.

»War das jetzt ein Ja oder ein Nein zu der Koks-Stripperinnen-Orgie?«, fragte ich.

Mein Dad freute sich regelrecht auf den bevorstehenden Abschied und wartete erstaunlich erleichtert auf das Ende. Er hatte Schmerzen. Es war an der Zeit, dass er starb und seine Familie versuchen konnte, sich wieder im Leben einzurichten. Es war ein schwerer Entschluss, aber ein bewundernswerter, und einer, der aus Selbstlosigkeit gefasst wurde. Mein Dad fand, er habe schon ein sehr erfüllendes Leben hinter sich. Dreiundfünfzig Jahre lang hatte er immerhin keine ALS gehabt, und es waren gute, glückliche und gesunde Jahre gewesen voller Skifahren, Laufen und Wein mit seinen Freunden und seiner Familie in seinem Pavillon.

In gewisser Weise betraf uns seine Ankündigung mehr als ihn selbst. Aus seiner Perspektive betrachtet, war er bald aus der Sache raus, er würde auf einer Art fliegender Blowjob-Maschine in den himmlischen Sonnenuntergang reiten, während Alice Coopers »School's Out« aus einem Ghettoblaster dröhnte. Wir anderen würden in einer Welt ohne ihn weitermachen müssen, wir würden die Scherben auffegen und unser Leben neu aufbauen müssen und dabei versuchen, das riesige Loch, das sein Tod hinterlassen hat, so gut wie möglich zu füllen. Ich glaube, wenn es nur nach ihm gegangen wäre, hätte er den Stecker sofort nach seiner Ankündigung gezogen, aber er wusste, dass wir noch nicht bereit waren, ihn gehen zu lassen. Wir mussten es erst verarbeiten, und diese zusätzliche Zeit würde uns das hoffentlich erlauben.

Greg und ich reagierten ziemlich gelassen auf seine Ankündigung. Weil wir den größten Teil seiner Pflege übernommen hatten, waren wir auch am ausgebranntesten. Uns war klar, dass es schrecklich sein würde, unseren Dad zu verlieren, aber uns war auch klar, dass man auf Dauer so nicht leben konnte – weder psychisch noch physisch. Tiffany war allerdings völlig neben der Spur.

Weil jetzt die Uhr tickte, schob sie Uni, Arbeit und RSB zur Seite, damit sie mehr Zeit mit unserem Dad verbringen konnte. Jessica kehrte mit dem perversen Rob aus Thailand zurück und ließ sich auch öfter sehen. Es schien ihr tatsächlich viel besser zu gehen. Vielleicht war die Heirat ja doch die richtige Entscheidung für sie gewesen. Chelsea sprach nicht offen über die Situation, aber manchmal setzte sie sich neben meinen Dad und weinte hemmungslos, ohne ein Wort zu sagen.

Wie immer drückte Stana es am besten aus: »Ist trauriges Haus, wenn kein Daddy mehr da ist.«

Regina war von der Nachricht ziemlich mitgenommen. Mein Dad war ihr ans Herz gewachsen, und weil ihr dieser Job geholfen hatte, über ihre gescheiterte Ehe hinwegzukommen, verlor sie mit Dads Tod nicht nur ihre Arbeit, sondern auch ihre innere Ordnung und Harmonie.

Doch am schlechtesten reagierte meine Mom auf die Ankündigung. Statt zu akzeptieren, dass Dad sterben würde, flehte sie ihn ständig an, es nicht zu tun.

»Bitte tu es nicht«, sagte sie. »Wie kannst du mich so alleinlassen?« Ihr kam es vor, als würde sie wieder zu einer Waise werden. Sie hatte schreckliche Angst davor, allein zurechtkommen zu müssen, vor allem mit den vielen kleineren Dingen, um die mein Dad sich immer gekümmert hatte, wie die Finanzen der Familie.

Im Moment kümmerte ich mich um die Finanzen, weil ich so was wie ein Held bin und locker die Last der Welt auf den Schultern tragen kann. Hauptsächlich bezahlte ich die Rechnungen und schlug mich mit den Schwanzlutschern von der Versicherung herum. Ich setzte mich mit meiner Mom zusammen, um ihr ein paar Sachen beizubringen.

»Ich habe online diesen Rechnungskram eingerichtet, und wenn du jetzt eine Rechnung bekommst, loggst du dich einfach bei

WellsFargo.com ein, gehst auf ›Rechnung bezahlen‹, suchst den Empfänger und gibst den Betrag ein.«

»Das ist zu schwer, verdammt«, jammerte sie und brach sofort in Tränen aus, ohne auch nur auf den Bildschirm zu sehen. »Bob, tu das nicht. Stirb nicht. Du kannst mich mit dem ganzen Scheiß nicht alleinlassen. Alle glauben, du wärst so ein netter Kerl, in echt bist du ein Arschloch.«

Ich sah meinen besorgten Dad an und sagte: »Du hast Glück, dass du bald von hier verschwinden kannst.« Er zog die Augenbrauen hoch und versuchte zu lächeln, was heißen sollte: »Ja, ich weiß.«

Robin kam vorbei, um mit meinen Eltern zu reden. Sie wollten besprechen, was in der Zeit passieren sollte, die uns noch mit ihm blieb. Bei meiner Mom war das Ziel, dass sie sich verdammt noch mal einkriegte und sich über die restliche Zeit mit ihrem Mann freute, statt sich darüber Sorgen zu machen, wie ihr Leben nach seinem Tod aussehen würde.

»Das ist schwer. Jemanden zu verlieren ist schwer, überlegen wir trotzdem mal, wie du mehr in der Gegenwart leben und deine Zeit mit Bob genießen kannst«, schlug Robin vor.

»Wie wäre es, wenn du einfach nicht stirbst? Wie hört sich das an?«, fragte meine Mom. Sie wollte das Gefühl haben, dass sie immer noch versorgt war, sich immer noch jemand um sie kümmerte. Irgendwann kamen mein Dad und Robin auf eine Idee.

»Na gut, wie wäre es damit: Wenn Bob nicht mehr da ist und du einen Penny findest – egal, ob auf dem Gehweg, auf deinem Küchenschrank oder in deinem Auto –, dann ist das Bob, der auf dich aufpasst. Selbst wenn er tot ist, wird er immer noch für dich da sein«, sagte Robin. Meine Mom ging darauf ein und nickte.

»Das finde ich sehr schön«, sagte sie. Ich persönlich fand das ja völlig bescheuert, aber hey, wenn es meine Mom runterbrachte, war ich dafür.

Nachdem Mom ein bisschen ruhiger geworden war, schlug Robin noch vor, wir sollten uns alle etwas aussuchen, das wir regelmäßig mit meinem Dad machen könnten, während es auf den 22. September zuging. Diese Idee gefiel mir deutlich besser als der Blödsinn mit den Pennys.

»Dad hat noch einundfünfzig Tage, und jeder von uns muss sich jetzt etwas überlegen, das er mit ihm machen kann, bevor er geht«, erklärte ich meiner Familie. Alle waren einverstanden und überlegten sich etwas.

Greg beschloss, sich mit dem schicken Diktiergerät, das er für seine Arbeit als Journalist gekauft hatte, zu Dad zu setzen und ihn über sein Leben auszufragen. Er hatte schon immer davon geträumt, jemand wie Charlie Rose zu werden. Wenn er Fragen stellte, sprach er mit tiefer Intellektuellenstimme.

»Reden wir über deine Kindheit. Wie war es, in Pocatello aufzuwachsen?«, fragte Greg mit Schlaubergerstimme, als hätte er George Clooney vor sich und nicht einen Mann in einer Windel.

»Es war schön. Wir hatten ein schönes Haus und konnten eine Menge unternehmen«, erklärte mein Dad mühsam mit seiner ALS-Stimme. Weil ich ein bisschen eifersüchtig auf Gregs Idee war, Dad zu befragen, versuchte ich, diese Interviews zu sabotieren.

»Wer hat dir zum ersten Mal einen runtergeholt?«, unterbrach ich.

»Hör gar nicht auf ihn, Daddy. Dannys Fantasie ist genauso dreckig wie sein Penis.« Greg sammelte sich. »Also, deine Familie hatte eine Ranch. Wie hat ein typischer Tag auf der Ranch ausgesehen?«

»Ach, komm schon. Das interessiert doch kein Schwein. Er hat noch siebenundvierzig Tage. Stell ihm ein paar richtige Fragen. Wer hat dir zum ersten Mal einen runtergeholt?«

»Caroline Summers, nach einem Footballspiel«, antwortete Dad lächelnd.

»Siehst du, meine Fragen sind besser als deine«, sagte ich zu Greg.

Jessica sah immer schwangerer aus, ihr Indianerbauch wölbte sich unter dem Sweatshirt der UC Berkeley, das sie mir geklaut hatte; dass sie es trug, war wohl ironisch gemeint, immerhin hatte sie die Highschool abgebrochen.

»Wir überlegen uns alle, was wir mit Dad machen können, bevor er in vierundvierzig Tagen stirbt«, erklärte ich Jessica. »Du musst dir auch was überlegen. Und mach was Lustiges, du hast ihm ja schon das Herz gebrochen, als du den perversen Rob geheiratet hast.«

»*Friends*«, antwortete sie in ihrer typischen knappen Art.

»Wovon zum Teufel redest du da?«

»Von der Serie«, sagte sie. »Ich sehe mir mit ihm *Friends* an.«

»Das ist dumm. Dein Kind wird bestimmt strunzdumm«, sagte ich.

»Leck mich«, meinte sie und legte eine *Friends*-DVD in den Player.

Seit ihrer Heirat mit dem perversen Rob kamen Jessica und ich nicht mehr miteinander aus. Es fiel mir wirklich schwer, in ihrer Nähe nicht total auf Drecksack Dan umzuschalten. Ich hatte ihre dumme Entscheidung immer noch nicht akzeptiert, obwohl es ihr besser ging. Wenn ich ihren Babybauch sah, wurde ich einfach nur wütend und traurig. Wir hatten Jessica verloren. Die Mormonen hatten gewonnen.

»Lass sie in Ruhe, DJ«, sagte mein Dad.

»Alles, was du willst, Paps.« Ich verzog mich, damit sie zusammen sein konnten, ohne dass ich dabei das Arschloch gab. In der *Friends*-Serie brandete Lachen auf. Es war seltsam, aus Dads Zimmer Lachen zu hören. Es klang ein bisschen so, als würden wir alle in einer miesen Sitcom mitspielen. »Gleich auf ABC Family: *Die Tragödie der Familie Marshall*. In dieser Folge kündigt Bob an, dass er

sich umbringen will, und Debi wird süchtig nach Schmerzmitteln.«
[Lachen vom Band.]

Tiffany kam morgens vor der Arbeit mit einem Becher Kaffee vorbei und las meinem Dad die Zeitung vor, und abends drehte sie mit ihm eine Runde durch die Nachbarschaft. Mein Verhältnis zu Tiffany hatte sich völlig verändert. Ich hatte sie seit Monaten nicht mehr Miststück genannt, und sie nannte mich nicht mehr Arschloch. Wir hatten wortlos einen Waffenstillstand geschlossen – eine Übereinkunft, dass wir uns nicht mehr beschimpften. Es war klasse. Plötzlich hatte ich eine neue Schwester, eine neue Freundin. Wenn mein Dad schlief, setzten wir uns mit einem Glas Wein in den Pavillon und redeten.

»Was willst du machen, wenn das alles vorbei ist?«, fragte Tiffany. Bei ihr klang es, als würden wir aus dem Gefängnis oder dem Krieg oder der Hölle kommen.

»Weiß ich nicht genau. Ich suche mir endlich einen neuen Job und mache meinen Master, schätze ich«, sagte ich.

»In Wirtschaft oder was?«

»Weiß nicht. Vielleicht ja. Vielleicht versuche ich auch, in ein Programm für Drehbuchautoren zu kommen.« Ich hatte mir schon immer gewünscht, etwas ganz anderes auszuprobieren. Ich mochte Filme, und ich schrieb gern. Wieso sollte ich nicht beides kombinieren? Im Laufe dieser ganzen Sache hatte ich angefangen aufzuschreiben, was passierte, und unsere Geschichten und ungewöhnlichen Gespräche auf einem Blog veröffentlicht. Erstaunlicherweise lasen die Leute gerne etwas über unsere Tragödie, obwohl meine Texte grob und hingeschludert waren. Bisher hatte ich nicht den Mumm besessen, alles aufs Spiel zu setzen und zu versuchen, das Schreiben zum Beruf zu machen. Aber jetzt hatte ich sowieso nichts mehr und dachte, vielleicht probiere ich es. Warum nicht?

»Was ist mit dir?«, fragte ich.

»Ich mache meinen MBA, dann ziehe ich wahrscheinlich nach Maine zu Brian.« So oft, wie ich ihn RSB nannte, hatte ich glatt vergessen, dass er in Wirklichkeit Brian hieß. »Viel weiter weg als nach Maine kann ich kaum ziehen.«

»Ja, es ist bestimmt schön, hier wegzukommen. Scheiße, es ist doch kaum zu glauben, dass wir noch vor gut einem Jahr abends mit Dad hier draußen gegessen haben, oder?«, fragte ich.

»Stimmt. Wie zum Teufel konnte das so schnell gehen?«

»Keine Ahnung. Ich habe echt keine Ahnung.« Ich schenkte uns randvoll Wein nach.

Chelsea beschloss, in ihrer gemeinsamen Zeit mit Dad würde sie vor seinem Bett Tanzübungen machen.

»Ich dachte, du würdest einfach reinkommen und furzen«, sagte ich.

»Das kann ich auch machen«, sagte sie mitten im Plié und ließ genau im richtigen Moment einen Furz los.

»Jetzt aber raus. Dad hat nur noch neununddreißig Tage, und er hat schon genug Schmerzen, auch ohne deine Fürze.« Chelsea kicherte wie immer und tänzelte hinaus.

Ich hatte im letzten Jahr mehr Zeit mit meinem Dad verbracht als alle meine Geschwister, deshalb hatte ich irgendwie das Gefühl, wir hätten schon alles erledigt. Aber wir unternahmen jeden Tag einen Spaziergang, und abends ging ich mit einer Flasche Wein in sein Zimmer und schenkte uns beiden ein Glas ein. Seines stellte ich auf den Nachttisch neben seinem Bett.

»Willst du deinen Wein nicht trinken?«, fragte ich.

»Ich kann immer noch nicht trinken«, sagte er.

»Dann bleibt mehr für mich.« Ich schnappte mir sein Glas und kippte den Wein hinunter wie ein fetter Alkoholiker. Mein Dad und ich mussten nicht viel reden. Wir waren einfach gerne zusammen. Es kam mir vor, als hätten wir die ganze Zeit, die wir in den nächsten fünfundzwanzig Jahren miteinander verbringen sollten, in dieses eine Jahr gestopft. Bestimmt war er es mittlerweile leid, dass ich immer da war, dass ich ständig Sprüche machte. Vielleicht aber auch nicht. Wer weiß?

Als ich einmal nachmittags mit meinem Dad abhing, kam meine Mom hereingestolpert und setzte sich in den Sessel neben seinem Bett. Ihre Augen waren halb geschlossen, was hieß, dass sie im Fentanylland war. Sie sah aus, als könnte sie gleich ins Grab kippen.

»Mom, jeder macht irgendwas Besonderes mit Dad, bevor er in vierunddreißig Tagen stirbt, nur du nicht. Warum?«, fragte ich.

»Das mache ich doch«, sagte sie.

»Neben ihm Joghurt zu essen und fast abzukratzen ist jetzt nicht so besonders.«

»Nur damit du's weißt, er bekommt jeden Tag einen Blowjob von mir, bis er stirbt«, sagte sie so stolz, als würde sie für wohltätige Zwecke spenden oder Obdachlosen Essen geben.

»Jeden Tag ein Blowjob? Das sind eine Menge Blowjobs«, sagte ich. »Aber die hast du ja schon seit der Highschool drauf.«

»Ach, sei still, du kleiner Kackefresser. Eines Tages hast du keine Mutter mehr, die du so beschissen behandeln kannst«, sagte sie. »Und nur fürs Protokoll, ich kann das richtig gut. Er liebt es.«

Ich warf meinem Dad einen Blick zu, um zu sehen, wie er auf die Sache reagierte. »Stimmt das, Dad?«, fragte ich. »Bekommst du jeden Tag einen Blowjob?« Er zog die Augenbrauen hoch und lächelte, so gut es ging, was heißen sollte: »Das geht dich zwar nichts an, aber ja!«

Es war schon etwas schräg, dass meine Mom meinem Dad jeden Tag bis zu seinem Tod einen blies, aber auch echt liebevoll. Ob du es glaubst oder nicht, ich habe mir meine Eltern nie gerne beim Vögeln vorgestellt, aber ich nahm an, dass sie regelmäßig Sex hatten. Mein Dad machte gerne Witze über das Thema, mehr als meine Mom. Und in jedem Witz steckt ein Fünkchen Wunsch und ein Fünkchen Wahrheit. Als Dad krank wurde, dachte ich, ihr Sexleben habe zuerst nachgelassen und sei dann ganz eingeschlafen. Offenbar lag ich falsch.

»Das ist klasse. Ich hoffe nur, dass ich dabei nie ins Zimmer platze«, sagte ich. »Wäre ja grauenhaft, meine Mutter mit dem Schwanz und Sperma meines Vaters im Mund zu sehen.«

»DANNY«, röchelte mein Vater, so wütend er konnte. »Sei nicht immer so widerlich.«

»Also ich lasse mir hier nicht den Schwanz von einer Krebskranken lutschen«, sagte ich.

Meine Mom war unglaublich stolz auf ihr selbst gestecktes Ziel von einem Blowjob pro Tag. Ich weiß nicht, ob es daran lag, dass sie wegen des Fentanyls neben der Spur war oder was, aber sie schien es bei jeder Gelegenheit jedem zu erzählen, der es hören wollte.

»Ein Blowjob am Tag. Das ist doch mal was«, erklärte sie einem Besucher. Und einem anderen: »Man sollte es kaum glauben, aber in seinem Penis steckt noch Kraft.«

»Mein Gott, endlich kommt seine Schwester her, dieses reiche, aufgeblasene Miststück«, erzählte meine Mom Ende August. Dads Familie zögerte etwas, uns zu besuchen, weil sie und meine Mom sich gegenseitig so hassten. Sie konnten sich einfach nicht ausstehen. Von der ganzen Familie meines Dads verabscheute meine Mom am meisten Tante Sarah. Dabei waren sie mal befreundet. Tante Sarah hatte meine Eltern sogar miteinander bekannt gemacht. Im Laufe der Jahre hatten sich meine Mom und Tante Sarah voneinander entfremdet, und irgendwann hatten sie angefangen, sich richtig zu hassen. Die beiden im gleichen Zimmer waren wie zwei siamesische Kampffische im selben Goldfischglas.

»Das Beste an Dads Tod ist, dass ich diese ganzen Arschlöcher nie wiedersehen muss.«

»Dasselbe denken sie wahrscheinlich über dich. Und hier geht es um Dad, nicht um dich«, erklärte ich ihr. Ich verteidigte Dads

Familie immer. Ich mochte sie, auch wenn meine Mom es nicht tat, und ich wusste, dass mein Dad sie sehen wollte. Deshalb versuchte ich, Frieden zu stiften.

»Halt einfach die Füße still, wenn sie hier ist, und gönn Dad die Zeit mit ihr. Sie ist schon seine Schwester gewesen, bevor du seine Frau geworden bist«, sagte ich.

»Dad zuliebe sage ich kein Wort«, versprach sie. »Trotzdem kann sie mich mal.«

Meine Mom hielt sich an ihr Versprechen. Meistens verzog sie sich, aber an einem Nachmittag fanden sich die beiden Kampffische doch zusammen in Dads Zimmer wieder. Tante Sarah saß neben dem Bett, hielt die knochige Hand ihres Bruders und unterhielt sich mit ihm über ihre Kindheit, während Mom in der Ecke saß wie ein Kind auf der stillen Treppe und stumm Joghurt in sich hineinlöffelte.

»Übrigens hat sich jeder von uns was überlegt, was er mit meinem Dad macht, bevor er in neunundzwanzig Tagen stirbt«, erzählte ich meiner Tante. »Greg fragt ihn aus. Chelsea tanzt für ihn. Tiffany liest ihm morgens die Zeitung vor. Jessica sieht sich alte Folgen von *Friends* mit ihm an. Ich trinke abends ein Glas – oder eine Flasche – Wein mit ihm. Ich habe mir gedacht, du solltest dir auch was überlegen.«

»Oh, das ist eine tolle Idee«, meinte Tante Sarah. Sie dachte kurz nach. »Wie wäre es, wenn ich jeden Tag, an dem ich nicht hier bin, mit einer Erinnerung oder einer Geschichte anrufe?«

»Sehr gute Idee«, sagte ich. »Das würde ihm gefallen. Oder, Dad?«

»Ja, das wäre schön«, sagte er. Wir lächelten uns alle an. Was für ein trauter Augenblick mit der Familie.

Dann meldete sich meine Mom aus ihrer Ecke. »Ich blase ihm jeden Tag einen, bis er stirbt«, erzählte sie stolz.

Sarah sah meine Mom an und sagte: »Das hätte ich jetzt echt nicht wissen müssen.«

»Aber deine Idee mit der Geschichte ist auch gut«, sagte sie grinsend.

»Das ist hier doch kein Wettkampf«, sagte Tante Sarah.

»Nein. Ist es nicht. Aber wenn es einer wäre, hätte ich gewonnen.« Meine Mom aß den letzten Löffel Joghurt und warf den leeren Becher in den Müll, bevor sie ging.

Ich weiß nicht genau, ob die Sache mit dem täglichen Blowjob tatsächlich so stattgefunden hat. Wer weiß. Meine Mom behauptet es, und mein Dad wirkte in dieser Phase verdammt glücklich. Vielleicht, weil er endlich sterben würde. Oder weil er für den Rest seines Lebens jeden Tag einen Blowjob bekam. Wichtig war nur, dass er mit allen Menschen, die er liebte, noch Zeit verbringen konnte. Oh, und nach Snowbird fuhren wir mit ihm auch.

# Beerdigungsvorbereitungen mit Chelsea

Niemand fühlt sich bei Beerdigungen wohl – und das nicht nur, weil man auf einer harten Bank in einer kalten Kirche sitzen muss und Rotz und Wasser heult. Noch unwohler fühlt man sich, wenn man eine Beerdigung für jemanden plant, der noch lebt. Toten Menschen legen die Leute gerne Worte in den Mund, sie sagen etwa: »Also, Opa hätte gewollt, dass wir eine Cocktailparty geben«, oder ein ehemaliger Freund sagt: »Er hätte gewollt, dass ich seine Witwe gleich nach der Beerdigung flachlege.«

Das einzig halbwegs Gute an Dads Lage war, dass er bei der Planung dabei sein und manchmal ein bisschen Einfluss nehmen konnte – wobei meine Mom im Grunde alle Entscheidungen an sich riss. An einer dieser Planungsrunden vor dem 22. September nahm meine komplette Familie teil: Tiffany, Greg, Jessica, Chelsea, meine Mom, mein Dad, ich und unsere beiden hechelnden Golden Retriever, denen ich am liebsten eine Schaufel über den Kopf gezogen hätte, weil sie mitten in dieser griechischen Tragödie so fröhlich waren. Sogar ein paar unserer schrecklichen Katzen lümmelten im Zimmer herum.

Meine Mom leitete das Treffen, auf dem Schoß das vertraute rote Notizbuch, das von Anfang an dabei war. Sie hatte eine Liste erstellt mit allem, was sie planen wollte: Wer etwas sagen würde, welche Lieder gespielt werden sollten, wo wir die Trauerfeier abhalten würden.

Meine Mom schlug vor, jeder von uns sollte eine Rede halten.

Ich hatte bei Großmutter Rosies Beerdigung vor ein paar Jahren schon gesprochen und ein paar leise Lacher geerntet, deshalb dachte ich, das Gleiche könnte ich bei Dads Beerdigung auch machen. Es sollte keine Comedynummer werden – »Was soll das eigentlich, dass mein Dad fünfundzwanzig Jahre früher stirbt, als ich dachte?« –, aber ich hatte schon ein paar Witze und Anekdoten aufgeschrieben. Ich konnte mir schon denken, dass alle anderen Reden traurig und sentimental ausfallen würden, deshalb wollte ich in meiner darauf eingehen, was für ein tolles Leben mein Dad vor der ALS hatte. Ich wollte die Menschen daran erinnern, wie er ohne die Krankheit war. Sie sollten an den fröhlichen Kerl denken, der allein durch seine Anwesenheit jede Situation besser gemacht hatte – nicht an das verkrüppelte Häufchen Elend, das in Windeln gekackt hatte und an einem Beatmungsgerät hing.

»Muss ich echt eine Rede halten?«, fragte Jessica.

»Nur, wenn du Dad lieb hast. Wenn nicht, vergiss es ruhig«, sagte ich. Jessica brachte schon unter vier Augen kaum ein Wort heraus, deshalb freute ich mich irgendwie darauf, sie vor einer riesigen Menschenmenge sprechen zu sehen. Ich fragte mich, was zum Teufel sie überhaupt sagen würde.

»Ich will aber nicht«, sagte sie.

»Dann hast du Dad wohl nicht lieb«, meinte ich.

»Rob hält die Rede für mich.«

»Der perverse Rob wird bei Dads Beerdigung keine Rede halten«, warf Greg ein.

»Ja, Jess, das ist bescheuert. Nur die Familie«, sagte ich.

»Dieser Scheißkerl sollte zu der Beerdigung gar nicht kommen dürfen«, sagte Tiffany. »Hätte ich ihm doch nur den Schwanz abgeschnitten, bevor er dich geschwängert hat.«

»Bob, was meinst du?«, fragte meine Mom. Er zuckte nur mit den Schultern. Ihm war das egal. Er würde nicht mal dabei sein. Das heißt, er würde schon dabei sein, aber in der blauen Urne mit den Wolken, die wir vor ein paar Wochen für seine Asche gekauft hatten.

»Also gut, Rob übernimmt die Rede für Jessica«, sagte meine Mom und kritzelte etwas in ihr Buch. Wir anderen schüttelten ungläubig den Kopf. Dieser seltsame Spinner hatte nicht nur unsere Familie infiltriert und unsere wehrlose, emotional labile kleine Schwester geschwängert, jetzt sollte er auch noch bei der Beerdigung meines Dads eine Rede halten? Drauf geschissen. Aber so richtig.

Was die Musik anging, hatte meine Mom ihre Freunde Craig und Janet organisiert, um zu singen. Janet hatte auch bei Jessicas Hochzeit gesungen und Gitarre gespielt. Sie war so was wie unsere fest engagierte Musikerin für tragische Ereignisse. Ich wette, als sie anfing, Musik zu machen, hat sie sich bessere Auftritte erhofft. Meine Mom bestand darauf, sie müsse »Over the Rainbow« singen statt eines Songs, den mein Dad vielleicht auch gemocht hätte.

»Also gut, Janet singt dann ›Over the Rainbow‹«, sagte meine Mom.

»Warum? Dad mag das Lied nicht mal«, wandte Greg ein.

»Doch, tut er. Es gibt eine neue Version«, sagte meine Mom.

»Das ist doch scheiße, wir spielen nicht ›Over the Rainbow‹. Lass sie was von den Beatles oder James Taylor oder Paul Simon singen«, sagte Greg.

»Greg hat recht. Wir spielen nicht ›Over the Rainbow‹«, sagte ich. »Dad mag Regenbogen nicht mal, wahrscheinlich hasst er sie, weil aus seinem Leben das genaue Gegenteil geworden ist.«

»Es geht doch um Dad«, sagte Tiffany. »Was meinst du dazu, Dad?« Er zuckte wieder nur mit den Schultern.

»Na gut, ich denke darüber nach«, sagte meine Mom.

Sie erwähnte, eine Pastorin namens Erin würde die Beerdigung abhalten und ein paar einleitende Worte sprechen. Chelsea, die bisher stumm zugehört und unserem Kater Pierre lose Büschel aus dem Fell gezupft hatte, meldete sich zum ersten Mal.

»Nein, Mom. Das lassen wir nicht Erin machen«, sagte Chelsea.

»Warum denn nicht?«, fragte meine Mom.

»Weil Erin eine Schlampe ist«, sagte Chelsea.

»Sie ist Pastorin. Wieso soll sie eine Schlampe sein? Erklär das mal bitte«, bat ich grinsend. Über Chelseas seltsame Kommentare habe ich mich schon immer amüsiert. Zum Teil dachte ich, sie bringe sie nur zu meiner Unterhaltung.

»Sie glaubt, sie würde Gott persönlich kennen und mit ihm reden, dabei wissen wir nicht mal, ob es einen Gott gibt«, antwortete Chelsea.

»Und deswegen ist sie eine Schlampe?«, fragte ich und versuchte, die Logik dahinter zu verstehen.

»Ja, deswegen ist sie eine Schlampe«, erklärte sie. Dann schmiss sie sich weg vor Lachen, deshalb bin ich nicht ganz sicher, wie ernst sie das meinte, aber ich war stolz auf sie, weil sie Gott gegenüber skeptisch war und eine nahezu Fremde wahllos als *Schlampe* bezeichnete – das war so richtig Marshall-Art. Chelseas ganzes Verhalten während dieser ALS-Scheiße war sowieso echt bizarr. Manchmal brach sie ohne Vorwarnung in Tränen aus, und manchmal machte sie so seltsame Witzchen. Wenn es irgendwie um die ALS ging und um das, was unser Dad durchmachte, und ich sie fragte, was sie darüber dachte, kniff sie mir nur in den Arm, sagte: »Er wird schon wieder«, und wechselte das Thema. Ich glaube, sie wollte einfach alles verdrängen. Schon verständlich.

Dann ging es darum, was wir nach der Beerdigung machen würden. Ich schlug vor, wir sollten auf dem Parkplatz herumstehen, Zigaretten rauchen, im Kies scharren und dabei darüber reden, wie düster und schrecklich das Leben geworden war. Jetzt endlich meldete sich mein Dad mit einem Vorschlag.

»Es sollte nicht traurig sein, sondern eine Feier«, sagte er.

»Ich denke mal, es wird verdammt traurig, Bob«, sagte meine Mom.

»Nein, alle sollten sich betrinken und fröhlich sein.« Mein Dad war es leid, dass seine Krankheit alle runterzog. Sein Tod und sein Begräbnis sollten einen Wendepunkt markieren, zurück zu einem guten Leben. Er wollte uns nicht noch mehr Scheiße durchmachen lassen.

Ich war ganz begeistert von der Idee, nach der Beerdigung zu feiern. Das Jahr war hart gewesen. Mich volllaufen zu lassen, während meine Freunde und meine Familie mich trösteten und mir sagten, wie toll mein Dad war, klang traumhaft. Wenn man trauert, darf einen keiner schief angucken. Man hat den perfekten Trumpf in der Hand. Also konnte ich mich betrinken, wie ich wollte.

»Du solltest jetzt lieber aufhören«, würde mir ein Gast vielleicht nach meinem zehnten Glas sagen.

»Du kannst mich mal, mein Dad ist gerade gestorben«, würde ich antworten und direkt aus einer Karaffe Wein trinken, als wäre ich ein besoffener Pirat.

Chelsea kam mit ihrem eigenen Vorschlag, was wir nach der Beerdigung machen sollten. »Wie wäre es, wenn wir zelten gehen?«, fragte sie.

Lange war es still im Zimmer, das einzige Geräusch war das Ein und Aus des Beatmungsgeräts. »Ach du Scheiße, du willst zelten gehen, Chelsea?«, fragte ich.

»Ja, oben im Mill Creek Canyon«, sagte sie.

»Das ist in etwa so beknackt, wie eine Pastorin, die du noch nie gesehen hast, als Schlampe zu bezeichnen«, sagte ich.

»Erin ist eine Schlampe. Sie glaubt, sie könnte mit Gott reden.«

»Chelsea, jetzt ist nicht der richtige Moment, um rumzuspinnen«, sagte Tiffany.

»Genau, Chelsea, halt die Klappe«, meinte Jessica.

»Wenigstens bin ich nicht so bescheuert, mich schwängern zu lassen«, sagte Chelsea.

»Also, wir spielen dann ›Over the Rainbow‹, richtig?«, fragte meine Mom.

»Mom, wir spielen nicht dieses beschissene ›Over the Rainbow‹, also hör auf damit«, sagte Greg.

»Aber es gibt eine neue Version. Habt ihr die überhaupt mal gehört?«, fragte sie.

»Glaubt ihr nicht, ein Campingausflug würde Spaß machen?«, meinte Chelsea.

Einen Moment lang stellte ich mir uns beim Zelten vor, wie wir oben im Canyon Hotdogs grillten, nachdem wir das Leben meines Vaters gefeiert hatten. Es könnte wirklich Spaß machen. Janet könnte Gitarre spielen und singen, und alle könnten billiges Bier trinken, in den Fluss pinkeln und S'mores machen. Vielleicht würde es sich schon lohnen, um die Gesichter der Leute zu sehen. Ich stellte mir vor, wie ein Mann einen Moskito auf seinem Arm erschlug und sagte: »Das ist völlig durchgeknallt. Ein Campingausflug nach einer Beerdigung?«

»Ja, echt schräg. Aber sie haben eine Menge durchgemacht, vielleicht konnten sie nicht mehr klar denken«, würde seine Frau sagen.

Dann würde ich zu ihnen gehen und sagen: »Hallo, danke, dass Sie gekommen sind. Haben Sie genug S'mores abbekommen?« Ich würde mich umsehen und tief die Bergluft einatmen. »Wunderschön, oder? Wirklich traumhaft. Meinem Dad würde es hier oben sehr gefallen. Wäre er doch nur nicht tot.«

Bei Einbruch der Nacht, kurz bevor jeder in sein eigenes Zelt verschwindet, würden wir uns Geistergeschichten erzählen und ein Mädchen damit so erschrecken, dass seine Eltern lieber doch nicht über Nacht bleiben würden und die kleine Katie nach Hause in ihr Bett brachten.

»Scheiß auf die kleine Katie. Die brauchen wir sowieso nicht«, würde vielleicht jemand sagen. »Wir müssen uns hier bei unserem Beerdigungszelten amüsieren.«

Wir würden mit der Sonne aufstehen und im Fluss angeln. Hoffentlich gab es da oben keine Bären, aber falls ein Bär einen von uns fressen sollte, würde die Morgenzeitung eine Schlagzeile bringen, die das Zeug zum Klassiker hatte: »Bär frisst Besucher von Beerdigung«. Ein großes »Haha« würde um die Welt gehen.

Wir brauchten Insektenspray.

Ich fand die Idee großartig. Die ganze Sache könnte zum Totlachen werden. »Ich glaube, wir sollten das mit dem Zelten machen«, sagte ich.

»Also gut, Rob übernimmt Jessicas Rede, wir spielen ›Over the Rainbow‹ und denken über die Sache mit dem Zelten nach«, fasste meine Mom zusammen, während sie etwas in ihr Notizbuch kritzelte, vermutlich über das Zelten. Mein Dad verdrehte die Augen, wahrscheinlich wünschte er sich, er wäre schon in der wolkenbedeckten Urne.

# Die Abschiedsparade

Der Tod meines Dads war sehr ungewöhnlich, weil er einen Termin dafür festgesetzt hatte. Er hatte keinen tödlichen Autounfall. Alle wussten genau, wann er gehen würde, bis auf die Stunde genau (vier Uhr nachmittags am 22. September). Deshalb wollten seine Verwandten, seine Freunde, Nachbarn und sogar völlig Fremde ihn besuchen, bevor er das Beatmungsgerät abschalten ließ – ich nannte das Ereignis jetzt immer das Große Steckerziehen. Tatsächlich wollten sich so viele Menschen von meinem Dad verabschieden, dass sich vor unserem Haus eine richtige Schlange bildete. Er war so was wie eine Berühmtheit geworden.

»Wow, Dad, du bist ja total beliebt«, sagte Tiffany, als sie durchs Fenster die vielen Leute sah, die sich verabschieden wollten.

»Mein Gott, ich wünschte, die Arschlöcher würden uns in Ruhe lassen«, meinte Greg.

»Jeder liebt Daddy«, sagte Stana.

Chelsea fragte mich, was die ganzen Menschen in ihrem Haus zu suchen hatten. »Sie wollen sich von Dad verabschieden«, erklärte ich.

»Ich weiß, aber können sie ihm nicht einfach eine Mail schreiben oder so?«, witzelte sie. »Immerhin versuche ich hier zu lernen.« Chelsea hatte gerade ihr drittes Highschooljahr angefangen und es in mehrere AP-Kurse geschafft, in denen auf College-Niveau unterrichtet wurde. Sie hatte einen Notendurchschnitt von 1,0, den sie sich nicht versauen wollte. Und obwohl sie mit trockener

Materie bestens klarkam, fiel es ihr schwer, mit Menschen umzugehen. Sie fühlte sich sehr unwohl, weil das Haus plötzlich so voll war.

»Geh in sein Zimmer und lass einen Furz los. Ich wette, das verscheucht sie alle«, witzelte ich. Sie kicherte und lief los zu seinem Zimmer. Arme Chelsea. Ich hatte mein drittes Highschooljahr damit verbracht, gegen Pickel anzukämpfen, zu masturbieren und mich so weit mit meinem Körper anzufreunden, dass ich mich traute, mit Mädchen zu sprechen. Kaum vorstellbar, was es bedeutet hätte, bei alldem auch noch meinen Dad zu verlieren.

Wir legten Samstag, den 20. September, als letzten Tag für Besucher fest, damit uns selbst ein bisschen Zeit blieb, uns von dem sterbenden Arsch zu verabschieden, aber die Tage bis zum 20. waren eine einzige endlose Abschiedsparade.

Das Spektrum der Besucher reichte von sehr engen Freunden und nahen Verwandten bis zu völlig Fremden. Auch ein paar mormonische Nachbarn und religiöse Spinner trudelten ein, um bei meinem Dad zu predigen. Diese religiösen Typen sagten Schwachsinn wie: »Sie gehen an einen besseren Ort«, oder: »Nichts geschieht ohne Grund.« Wenn sie gegangen waren, sah mein Dad mich an und fragte: »Wer war das denn?«, und ich sagte, ich wüsste es nicht. »Wahrscheinlich nur irgendein Idiot, der sich bei dir das Gefühl abholen wollte, er hätte seine tägliche gute Tat vollbracht.«

Mein Dad war nicht gläubig, deshalb mochte er fromme Besucher nicht. Als Kind war er in die Kirche gegangen, aber von Religion blieb nichts bei ihm hängen, und sie nahm nie einen wichtigen Platz in seinem Leben ein. Er glaubte, wenn jemand starb, würde sein Geist mit dem Geist all der Menschen verschmelzen, die er gekannt und geliebt hatte. Er glaubte, unser Geist bestünde aus unseren Erfahrungen, unserer Persönlichkeit, allem, was wir gelernt hatten, unseren Wesenszügen und Gedanken. Wenn jemand gestorben ist, gibt er bestimmte Züge seines Geistes an andere weiter, und sie verbinden sich mit dem Geist dieser Menschen. Dabei bekommt nicht jeder genau das gleiche Fragment. Sie sind alle maßgeschneidert. Er glaubte weder an den Himmel noch an die Hölle. In seiner Vorstellung saß ein Verstorbener nicht mit Gott und acht Supermodeljungfrauen zusammen und überlegte, welche er abends vögeln würde, sondern er lebte in den Menschen weiter, die ihm wichtig waren, und begleitete sie durch schwere Zeiten.

Aber die Leute machten sich nicht die Mühe, meinen Dad zu fragen, was er glaubte. Sie gingen einfach davon aus, er würde ihren Glauben teilen. Also pfropften sie ihm ihre eigene Religion auf. Waren sie Mormonen, war mein Dad Mormone. Waren sie Katholiken, war mein Dad Katholik. Waren sie Juden, war mein Dad Jude. Weil die Mormonen glauben, man würde nach dem Tod ein Gott in seinem eigenen Reich werden, betrachteten sie die ganze Sache mit dem Sterben als etwas Positives, nicht als etwas Negatives. Deshalb kamen mormonische Besucher besonders fröhlich und mit einem gruseligen Lächeln an. Während sie etwas über Gott und den Himmel und Königreiche faselten, über tote Verwandte, mit denen man wiedervereint würde, und einen besseren Ort, an den man käme, konnte mein Dad einfach nur dasitzen. Er konnte ja nicht aufstehen und rausgehen.

Er glaubte auch nicht, dass Beten irgendwie half, abgesehen davon, dass der Betende sich ein bisschen besser fühlt. Eine fromme Frau, die wir nicht kannten, schenkte meiner Familie bei ihrem Besuch ein Messingschildchen als Deko, auf dem stand: WENN DIR DAS LEBEN MEHR AUFBÜRDET, ALS DU TRAGEN KANNST: BETE.

Als die Frau gegangen war, sah ich meinen Dad an. »Da haben wir aber Scheiße gebaut, Dad. Wir hätten uns das Beatmungsgerät, die Magensonde, das Absauggerät, das ganze Promote und den Rollstuhl sparen können, wir hätten nur auf die Knie fallen und beten müssen.«

Er lächelte und fragte: »Wer sind diese Verrückten?«

»Keine Ahnung, aber ich kann es kaum erwarten, dass sie uns in Ruhe lassen.«

Die Besuche von echten Freunden und Verwandten waren immer sehr herzlich. Es wurde viel geweint. Man hielt sich an den Händen. Umarmte sich. Erzählte besonders liebe Erinnerungen. Wünschte sich, dass das nicht passieren würde. All das war schwer auszuhalten. Es kam mir so vor, als würde jeder, der meinen Dad je gekannt hatte, vorbeikommen. Sogar Ralph von gegenüber kam vorbei und vergoss ein paar Tränen. Ich glaube, ich hatte ihn noch nie weinen sehen, er hatte sich immer als harten Kerl gegeben. Ich zeigte Ralph – der Religion auch für Schwachsinn hielt – das Schildchen mit dem WENN DIR DAS LEBEN MEHR AUFBÜRDET, ALS DU TRAGEN KANNST: BETE. Er schüttelte den Kopf und fragte: »Kannst du dir vorstellen, wie es wäre, wenn du diesen Scheiß tatsächlich glauben würdest?«

Jeder von Dads engsten Freunden machte etwas Besonderes, wenn er sich verabschiedete. Sam würde zum Großen Steckerziehen kommen, deshalb wollte er bis dahin warten. Aber als seine beiden Laufpartnerinnen Donna und Paula ihn besuchten, wollten sie einen Moment mit meinem Dad allein sein. »Na gut, aber er bekommt schon jeden Tag von meiner Mom einen Blowjob«, erzählte ich, als ich die Tür schloss, um ihnen etwas Privatsphäre zu gönnen. Nach ein paar Minuten kamen sie lächelnd heraus. Ich ging wieder hinein und fragte meinen Dad, was das denn gerade war. Er antwortete lächelnd: »Sie haben blankgezogen.«

»Wie geil ist das denn, Dad. Siehst du, ALS hat auch Vorteile«, sagte ich und klatschte bei ihm ab.

Die Kumpels, mit denen er immer zum Trinken und Skifahren unterwegs gewesen war, kamen eines Abends mit Bier und Wein vorbei und schmissen für meinen Dad im Erdgeschoss eine Party.

Alle ließen sich volllaufen. Ich fragte sogar Dr. Bromberg, ob ich meinem Dad ein bisschen Alkohol in die Magensonde kippen durfte, und er segnete es ab. Aber Dad wollte nicht. Dann blieb mehr für uns.

Wir bekamen sogar Besuch von außerhalb. Chris, der ehemalige Geschäftspartner meines Dads, kam vorbei, um sich zu verabschieden. Chris lebte im Pazifischen Nordwesten, in der Gegend, in der einige ihrer Zeitungen erschienen waren. Nachdem sie den Verlag verkauft hatten, hatte Chris sich zur Ruhe gesetzt, und jetzt lief er die Grenzen von allen Staaten ab, angefangen bei Colorado, was am einfachsten war, weil der Staat ja rechteckig war und so. Ich glaube, jeder braucht ein Hobby, wenn er in Rente geht, sonst sitzt man nur noch herum und denkt an den Tod.

»Es ist ein bisschen seltsam, ich weiß«, sagte Chris. »Aber so habe ich was zu tun. Und ich will einen Blog darüber schreiben.« Mein Dad nickte; er war wie immer zu höflich, um jemandem auf den Kopf zuzusagen, dass er ein totaler Spinner war.

Robin schaute vorbei, um ein letztes Mal mit meinem Dad alles zu besprechen und sicherzugehen, dass das Große Steckerziehen immer noch seinem Wunsch entsprach. Bei diesem Gespräch saß ich mit im Zimmer, statt davor zu lauschen. Unterm Strich sagte mein Dad, er sei bereit zu gehen, er wüsste, dass es an der Zeit war, und es sei schön, dass er sich noch von allen verabschieden konnte. Ich war mittlerweile emotional so ausgelaugt, dass ich nur danebenhockte, nicht richtig zuhörte und nur daran dachte, wie viel freie Zeit ich haben würde, wenn dieser Mistkerl endlich den Löffel abgab. Vielleicht würde ich mir einen Job suchen und etwas Geld verdienen. Vielleicht würde ich ein Haus kaufen und einen Garten anlegen. Oder ich würde eine süße Frau kennenlernen und mich wieder verlieben. Es gab unendlich viele Möglichkeiten.

Nach Robins letzter Sitzung mit meinem Dad brachte ich sie zu ihrem Auto. Wir sprachen wie Kumpel miteinander. Sie war längst zu einer Freundin geworden. Sie fragte, ob es mir gut ginge. Ich zuckte lächelnd mit den Schultern und antwortete: »Ja, sehr gut sogar. Ich habe überlegt, mir ein Haus mit Garten zuzulegen, oder irgend so einen Schwachsinn.« Da fing sie an zu weinen. Sie umarmte mich und sagte: »Ich weiß nicht, wie du es schaffst, so ruhig und gefasst zu bleiben. Ich komme nicht damit klar.«

»Na, na, ist ja schon gut.« Ich tätschelte ihr den Rücken und überlegte dabei, wie skurril es war, dass ich sie tröstete und nicht sie mich. »Alles wird gut. Das Leben geht weiter. Vielleicht solltest du dir einen Garten zulegen.«

»Ich wünschte, ich wäre so stark wie du«, sagte sie.

»Nee, im Grunde bin ich eine schwache kleine Lusche. Ich bin nur müde und wie betäubt«, sagte ich. Sie umarmte mich ein letztes Mal und stieg weinend in ihr Auto.

Auch Regina wollte sich verabschieden. Meine Mom wurde immer gemeiner zu ihr, weil sie immer fester davon überzeugt war, Regina sei in meinen Dad verliebt. Bei jeder Gelegenheit putzte Mom sie herunter.

»Ich möchte mich auch verabschieden«, sagte Regina.

»Eigentlich ist das nur für Familie und Freunde gedacht«, sagte meine Mom.

»Ich bin doch eine Freundin.«

»Nein, Sie sind nur Krankenpflegerin – eine Angestellte«, widersprach meine Mom.

Ich ging dazwischen und sagte Regina, dass sie mehr als eine Angestellte sei, dass sie eine Freundin der Familie sei und sich natürlich von meinem Dad verabschieden könne. Durch ihre Anwesenheit waren wir nicht völlig ausgebrannt, und wahrscheinlich hatte sie sogar verhindert, dass wir uns gegenseitig umbrachten, deshalb schätzte ich sie sehr, und mein Dad genauso. Außerdem tat sie mir leid, weil ihre Scheidung ihr sehr zusetzte. Als ich einmal abends bei Albertsons Lebensmittel einkaufte, fiel mir ihr grüner Ford Explorer auf. Ich ging zu dem Wagen und sah Regina, die sich weinend an das Lenkrad klammerte. Ich klopfte an die Scheibe.

»Regina, was zum Teufel machen Sie hier?«, fragte ich.

»Nichts. Nur einkaufen.«

»Echt? Die meisten Leute weinen beim Einkaufen aber nicht«, sagte ich. Sie weinte noch heftiger. Sie erzählte mir, wie gemein ihr Ex sie behandelte. Da war sie den ganzen Weg aus Brasilien hergekommen, um den Mistkerl zu heiraten, und war jetzt ganz allein.

Ich brachte meine Mom so weit, dass Regina in den letzten Tagen kommen durfte. »Na gut, aber wehe, dieses fette Miststück macht sich irgendwie an Dad ran«, sagte sie. Bis zuletzt warf sie sich vor ihren sterbenden Mann.

Dads Familie schob den Hass auf meine Mom beiseite und kam öfter zu Besuch. Tante Sarah hatte sogar fast jedes Wochenende bei uns verbracht und geholfen, und sie und Dad hatten sich Geschichten erzählt. Sie kam sogar so gut mit der Situation zurecht, dass sie in einer Nacht den Daddydienst übernahm, was wir alle sehr zu schätzen wussten. Ich ging an diesem Abend mit meinen Freunden Aria und Henry aus. Weil ich zu Hause schon so heftig vorgeglüht hatte, dass ich zu betrunken war, um selbst zu fahren, fuhr Jessica mich ins Kneipenviertel. Seit sie schwanger war, spielte sie für mich die Chauffeurin. Ich ließ mich so volllaufen, dass ich am nächsten Morgen mit einer fremden Frau in meinem Bett aufwachte – deshalb war ich Tante Sarah besonders dankbar dafür, den Daddydienst übernommen zu haben. In meinem Bett war es seit einer ganzen Weile ziemlich einsam gewesen. Tante Sarah und Tante Ellen mieteten sogar für ein paar Wochen ein Haus in Salt Lake, damit sie bei Dads Tod und seiner Beerdigung in der Stadt sein konnten.

Bei Dads Bruder Jack sah die Sache anders aus. Er weigerte sich, herzukommen. Er hatte sich am Telefon verabschiedet und fand, das würde reichen. Nicht, dass er meinen Dad nicht lieb gehabt hätte, er konnte so viel Traurigkeit und Emotionen nur nicht ertragen. Neben einem Sterbenden zu sitzen war doch etwas ganz anderes, als auf dem Golfplatz Gin Tonics zu trinken. Tiffany rief ihn eines Nachmittags an und sprach ihm eine echt gemeine Nachricht auf die Mailbox.

»Jetzt hör mal zu, es geht um deinen Bruder, verdammt noch mal. Du wirst ihn nie wieder sehen. Mir ist egal, mit welcher Scheiße du dich gerade herumschlägst oder wie traurig du das alles findest, du steigst in ein verkacktes Flugzeug und kommst her, um dich zu verabschieden. Du bist in Rente. Du hast Geld. Benimm dich nicht wie ein Arschloch. Und damit du's weißt, du bist der mieseste Onkel, den ich je gesehen habe«, brüllte sie unter Tränen ins Telefon. Tiffany hat ein bisschen was von unserer Mom mitbekommen.

Ich weiß nicht, ob er die Nachricht abgehört hat, aber ein paar Tage später stand er vor der Tür. Dads Familie bat darum, dass keiner von uns dabei war, wenn sie sich verabschiedeten, vor allem Mom sollte nicht dabei sein. Sie wollten endlich einem Moment lang mit ihm allein sein. Deshalb weiß ich nicht genau, was sie zu ihm sagten. Bestimmt bezeichneten sie meine Mom noch ein paar Mal als Miststück. Sie hassten sie noch mehr als je zuvor. Moms Wunsch, sie alle nie wiederzusehen, würde sich garantiert erfüllen. Aber ich bin sicher, dass sie auch noch mal Dads wunderbares Leben Revue passieren ließen und ihm versprachen, er würde in ihrer Erinnerung weiterleben. Er würde jetzt ein Teil ihres Geistes sein.

»Ich freue mich jedenfalls, dass sie hier waren«, sagte ich zu meinem Dad, als alle wieder gegangen waren. Sie hatten sich Tränen aus den Augen gerieben und sicher die Minuten bis zu ihrem nächsten Gin Tonic gezählt. Mein Dad weinte mehr als bei jedem anderen Abschied.

»Ja, ich auch«, sagte er. »Ich habe sie so lieb.«

»Und, wie oft haben sie Mom ein Miststück genannt?«, fragte ich. Mein Dad lächelte nur.

Meine zugedröhnte Mom saß bei diesen Abschieden meist in Dads Zimmer. Nach jedem Lebewohl bestand sie darauf, dass die Besucher und mein Dad sich »I'll Follow the Sun« von den Beatles anhörten, damit sie noch einen Moment Zeit hatten, um über die Bedeutung des Ganzen nachzudenken. Obwohl ich das Lied sehr mochte, gefiel mir die Idee gar nicht.

»Das ist total blöd, Mom. Müssen wir uns diesen albernen, auf sentimental getrimmten Schwachsinn echt anhören?«, fragte ich.

»Wir brauchen dieses Lied. Dad liebt es. Oder nicht, Bob?« Mein Dad zuckte wie üblich nur mit den Schultern.

»Siehst du. Er liebt es. Also hören wir uns das Scheißlied an.«

Bei jedem Besuch stellten wir uns nach der Verabschiedung im Kreis auf, reichten uns die Hände und hörten uns dieses verkackte Lied an. Ich bekam es bestimmt hundert Mal zu hören.

Der Abschied fiel den Besuchern immer schwerer als meinem Dad. War ja auch nachzuvollziehen. Die Menschen, die zu ihm kamen, hatten nicht mit angesehen, wie die Krankheit ihm nach und nach alles genommen hatte. Die meisten hatten ihn zum letzten Mal in seiner Zeit als aktiver Läufer mit einem Glas Wein in der Hand erlebt. Da war die Verwandlung zu einem Gerippe am Rande des Todes extrem erschütternd. Mein Dad war auch deutlich heiterer als seine Besucher. In den Wochen vor seinem Tod hatte er bereitwillig akzeptiert, dass es unausweichlich war, was kommen würde. Er sah das absolut tiefenentspannt. Und er wirkte überraschend glücklich. Er hatte viel durchgemacht und war bereit, zu gehen. Es gab nichts, was er noch tun konnte, das wusste er. Er befreite sich von seiner verfickten tödlichen Krankheit und befreite uns damit von der Last, ihn pflegen zu müssen. Würdevolles Sterben in reinster Güte.

Je mehr Besucher kamen, desto mehr schien mein Dad abzustumpfen. Er konnte emotional nicht mehr mitgehen. Scheiße, da kommt schon wieder jemand und erzählt mir, was für ein besonderer Mensch ich bin und wie traurig er über meine Krankheit und meinen frühen Tod ist. Bla, bla, bla, dachte er wahrscheinlich, während seine Besucher aus dem Weinen gar nicht herauskamen. Am Ende tröstete oft er die Besucher, nicht umgekehrt, genau wie bei mir und Robin.

Von den meisten Abschieden blieb nicht viel hängen, zumindest bei mir nicht. Die typischen Besucher kamen schon mit Tränen in den Augen herein, etwas zögerlich und verlegen. Dann lächelten sie und versuchten, fröhlich zu sein. Sie setzten sich an Dads Krankenbett. Einige nahmen seine Hand oder legten ihm eine Hand auf die Schulter. Andere saßen einfach nur da.

Meistens fingen sie mit Belanglosigkeiten an. »Wie geht's dir heute?«, oder: »Wie fühlst du dich?«, oder: »Was sagst du denn zu diesem Wetter? Der Herbst ist hier so schön.« Mein Dad antwortete etwas, aber weil man ihn mittlerweile kaum noch verstehen konnte, dolmetschten wir für ihn. Und ich liebte es, die Leute dabei zu verarschen.

»Danke fürs Kommen. Es ist schön, dich zu sehen«, sagte mein Dad etwa, nachdem er sich geräuspert hatte. Dann starrten die Besucher mich ratlos an und warteten auf die Übersetzung.

»Er sagt, dass es schön ist, Sie zu sehen«, erklärte ich.

»Oh, danke, Bob. Es ist auch schön, dich zu sehen«, sagten sie laut, als wäre mein Dad taub und nicht todkrank.

»Was gibt es Neues?«, fragte mein Dad. Wieder ratlose Blicke der Besucher.

»Er hat gesagt, Sie sollen ihm einen scharfen Hähnchenburrito von Del Taco holen«, sagte ich.

»Oh. Gibt es hier in der Nähe einen?«

»War nur ein Scherz. Er hat gefragt, was es bei Ihnen Neues gibt«, sagte ich.

»Oh. Haha. Nichts. Es läuft alles wirklich gut … Aber Moment mal, soll ich den Burrito echt holen?«, kam dann.

Irgendwann wurde das Gespräch dann ernster. Sie entschuldigten sich für Dads Unglück, als wäre es ihre Schuld. Sie sagten ihm, er sei ein guter Freund, ein guter Ehemann, ein guter Vater, ein guter Mensch und sie würden ihn vermissen. Dad machte ihnen dann auch ein Kompliment und gab ihnen vielleicht noch einen Rat, meist zu irgendwas Bestimmtem in ihrem Leben: zu einem Kind, das heiratete, einem neuen Enkel, einem neuen Job, einem neuen Haus.

»Danke, dass du ein so guter Freund bist. Du bist ein toller Mensch. Und alles Gute für die neue Enkelin. Verbring so viel Zeit mit ihr, wie du kannst«, sagte mein Dad etwa. Wieder sahen sie mich an, damit ich dolmetschte.

»Er hat gesagt, dass er mit Ihnen nie besonders gut befreundet war und dass Sie jetzt gehen sollen, damit er seine Ruhe hat und sich vielleicht *Forrest Gump* ansehen kann, bevor er stirbt«, hätte ich zu gerne übersetzt.

»Er hat sich dafür bedankt, dass Sie ein so guter Freund sind, und Ihnen alles Gute für die neue Enkelin gewünscht. Er rät Ihnen, so viel Zeit wie möglich mit ihr zu verbringen. Ich glaube, er sagt das, weil er stirbt und seine Enkel nie sehen wird, während Sie noch leben und sie sehen können. Anders gesagt, machen Sie das Beste aus Ihrer Zeit und genießen Sie jeden Moment«, sagte ich tatsächlich und hängte meine eigene Interpretation an.

»Oh, danke, Bob. Du bist für uns wirklich etwas Besonderes. Danke, dass du ein so wunderbarer Mensch bist. Ich weiß, dass du jetzt an einen besseren Ort gehst«, kam schließlich.

»Ja, also gut, danke fürs Kommen. Habe dich lieb«, meinte mein Dad. Und wieder wurde auf die Überstzung gewartet.

»Er will, dass Sie gehen«, hätte ich gerne gesagt.

»Er dankt Ihnen dafür, dass Sie hier waren, und sagt, dass er Sie lieb hat«, übersetzte ich tatsächlich.

»Wir haben dich auch lieb, Bob. Wir werden für dich beten«, sagten sie.

»Sparen Sie sich die Mühe. Wir halten Beten für Schwachsinn«, lag mir auf der Zunge.

»Wunderbar! Vielen, vielen Dank!«, sagte ich stattdessen.

Meistens weinten die Besucher dann ein bisschen. Je nachdem, wie nahe mein Dad demjenigen stand, weinte er manchmal auch. Aber Dad hatte nicht mehr viele Tränen. Die Besucher drückten sich dann noch ein bisschen herum, weil sie nicht genau wussten, wie sie gehen sollten, und wahrscheinlich dachten sie: Bei einem Autounfall wäre es einfacher gewesen. Irgendwann umarmten sie meinen Dad ein letztes Mal und sagten: »Tja, dann gehe ich mal. Es war toll, dich gekannt zu haben«, und blieben doch noch ein paar Minuten, weil sie das Gefühl hatten, sie sollten noch etwas tun oder sagen. Und allen war unangenehm und unbehaglich zumute. Ich hätte den Leuten gerne gesagt, dass sie getan hatten, was sie konnten, und gute Menschen waren, weil sie so viel Anteil nahmen, aber jetzt verdammt noch mal gehen sollten, damit den Menschen, die in seinem Leben wichtiger waren, mehr Zeit mit ihm blieb.

Wenn die Besucher gerade gehen wollten, erinnerte sich meine Mom an die Beatles. Sie sagte: »Oh, wir müssen noch das Lied spielen«, und dann fummelte sie mit der Fernbedienung des CD-Players herum, bis sie heraushatte, wie sie funktionierte.

»Seid ihr alle so weit?«, fragte meine Mom dann. »Haltet euch an den Händen. Dann funktioniert es besser.« Alle im Zimmer reichten sich die verschwitzten Hände. Die meisten kannten sich untereinander nicht, aber sie wussten, dass sie meinen Dad lieb hatten, und spielten mit.

»Also gut, dann los«, meinte meine Mom, wenn sie endlich den richtigen Knopf gefunden hatte.

Alle neigten den Kopf, als wären sie in Gedanken versunken, obwohl sie wahrscheinlich nur dachten: »Das ist verdammt seltsam. Und ich glaube, ich halte gerade mit Jessicas perversem Ehemann Händchen.«

KLICK. Das Lied fing an. Meine Mom schloss die Augen. Mein Dad ließ seine geöffnet, um all die Liebe zu sehen, die ihm entgegengebracht wurde.

Wenn das Lied vorbei war, blickten alle auf, nickten sich zu und zeigten damit, dass es ihnen gefallen hatte. Vielleicht war das Lied doch keine so miese Idee. Meine Mom ließ die Augen noch eine Weile geschlossen. Die Leute dachten wahrscheinlich, sie würde beten oder meditieren oder weinen, ich glaube, sie war einfach nur wegen des Fentanyls abgedriftet. Außerdem hatte sie Klonopin in ihre Krebshände bekommen und war deshalb noch verpeilter als sonst.

Irgendwann umarmten die Besucher uns alle und gingen. »Wir wünschen euch Kraft«, sagten sie, und: »Wir lieben dich, Bob.«

Unsere Freunde und Verwandten waren während dieser Zeit echt grandios. Die vielen Besuche veranschaulichten wunderbar, was für ein großartiger Mensch mein Dad war und wie viel Liebe er gegeben hatte. Er hatte wirklich viele Leben positiv beeinflusst, was im Grunde das Beste ist, worauf man hoffen kann, wenn man stirbt – von den Menschen in guter Erinnerung behalten zu werden. Gut, für mich waren diese Besuche schwer und ermüdend und monoton. Aber sie halfen allen, vor allem meinem Dad, den Abschied zu verarbeiten. Die Menschen konnten ihm noch sagen, was sie ihm sagen wollten, und er konnte ihnen sagen, was er wollte. Reue dürfte das schlimmste Gefühl auf dem Sterbebett sein, und es war schön zu wissen, dass mein Dad keine verspüren musste. Stattdessen würde er erfüllt von Liebe sterben, mit dem Gedanken, ein besonderer, ein großartiger Mensch gewesen zu sein, der seine Freunde und seine Familie positiv beeinflusst hatte. So sollte jeder gehen können. Oder wenigstens jeder, der ein gutes Leben geführt hatte, wie mein Dad.

Samstag, der 20. September kam schnell. Das Haus leerte sich. Die Schlange vor der Tür verschwand. Niemand klingelte mehr. Mein Dad hatte sich von allen verabschiedet. Es durften keine Besucher mehr herein. Jetzt waren wir an der Reihe, von dem alten Mann Abschied zu nehmen.

# Der Tag davor

In den Nächten vor Dads Tod konnte ich kaum schlafen. Wenn ich im Bett lag, hatte ich das Gefühl, ich würde Zeit vergeuden, die ich mit ihm verbringen sollte. Ich konnte mich in den Keller knallen und HBO sehen, wann ich wollte, aber mit meinem Dad blieben mir nur noch ein paar Stunden. Also wachte ich mitten in der Nacht auf und setzte mich in sein Zimmer. Meine Mom war immer schon da, lag zusammengerollt neben ihm im Bett und klammerte sich an ihn wie an ihr liebstes Kuscheltier aus Kindertagen. Tiffany übernachtete mittlerweile auch im Haus. Es muss komisch für sie gewesen sein, weil das Krankenzimmer meines Dads früher ihr Zimmer war. An Weihnachten hatten meine Geschwister und ich immer zusammen in ihrem Zimmer geschlafen. Aber all die glücklichen Erinnerungen, die wir damit verbanden, würden bald unter der Erinnerung an den Tod unseres Vaters begraben sein.

Nachts saß ich einfach nur da, lauschte den Geräuschen von Dads Beatmungsgerät und beobachtete ihn, während er so friedlich schlief, wie ein Mann nur schlafen konnte, der bald sterben würde. Damit tröstete ich mich. Er war nicht mehr der Mann von früher, doch er war immer noch mein Dad. Immer noch mein Kompass. Er lebte immer noch.

Irgendwann kroch ich zurück in den Keller zu den anderen Spinnen.

Die Katzen hatten mittlerweile den Kampf um mein Zimmer

offiziell gewonnen. Es war ihr liebstes Katzenklo im ganzen Haus. Ich schätze, sie wollten sich dafür rächen, dass ich versucht hatte, sie loszuwerden. Vielleicht rotteten sie sich jetzt zusammen, um mich endgültig zu vertreiben. Angesichts der gelben Bettwäsche und der Tapeten hätte ein optimistischer Inneneinrichter sagen können: »Na ja, die Pisse passt zum Farbschema des Zimmers, das ist doch schon mal was.«

Ich hätte allerdings gesagt: »Mein Gott, was mache ich hier? Ich bin gerade sechsundzwanzig geworden. Ich bin arbeitslos. Ich gehe nicht zur Uni. Und das verkackte Sahnehäubchen obendrauf ist, dass ich in einem Bett schlafe, das nach Katzenpisse stinkt. Für den alten, dicken Dan war es ein langer, schmerzhafter Absturz bis zu seinem absoluten Tiefpunkt. Nur gut, dass wir HBO haben.«

Wenn ich doch schlief, träumte ich davon, dass wir nicht den Stecker zogen und mein Dad wieder laufen konnte. Ich träumte davon, wir würden uns zusammen ein Jazz-Spiel ansehen. Wir konnten einfach so abklatschen. Wir mussten es nicht mit den Füßen machen. LG stand für »Das Leben ist gut« und nicht für »Lou Gehrig«. Ich war behütet und sicher vor allen Spinnen und allem Müll dieser Welt. Kennst du das, wenn du träumst, du würdest jemanden vögeln, den du tatsächlich gerne vögeln würdest, und dann wachst du auf und merkst, dass unter dir gar nicht dieser Jemand liegt, sondern du dein Gemächt nur an der harten Matratze geschubbert hast? Meine Träume über Dad in diesen Nächten waren so ähnlich, sie machten das Aufwachen zur Qual, besonders in Kombination mit dem durchdringenden Gestank der Katzenpisse.

Einmal träumte ich, mir würden die Haare ausfallen, vielleicht ein Zeichen dafür, dass ich mir über das Altern oder den Tod bewusst war – oder dafür, dass ich möglicherweise wirklich kahl wurde. Als ich aufwachte, fühlte ich erleichtert mein volles, fabelhaftes Haar. In ein paar Tagen habe ich vielleicht keinen Vater mehr, aber garantiert habe ich noch diese wunderschönen Haare, dachte ich und hoffte, sie würden mir nicht büschelweise ausfallen, nur damit ich tatsächlich den Tiefpunkt erreicht hatte.

Am Morgen vor dem großen Tag wurde ich um sieben wach. Länger konnte ich nicht schlafen. Ich dachte, diesen Tag sollte ich am besten mit einem richtig herzhaften Frühstück beginnen: Eier mit Schinken vielleicht, dazu eine Banane und ein Glas Orangensaft zum Runterspülen. Das würde mir Energie geben und vielleicht eine Wende einleiten, damit ich ab jetzt grundsätzlich besser auf mich achtgab und Dinge tat, wie ein herzhaftes Frühstück zu essen. Scheiße, vielleicht sollte ich sogar eine Runde durch unser Viertel laufen, dachte ich.

Mal nicht zu vorschnell, dicker Dan, hielt ich dagegen.

Ich duschte. Ich putzte mir die Zähne. Ich setzte meine Kontaktlinsen ein. Ich zog mich an.

Als ich mein Zimmer verließ, traf ich auf Stana. Sie hatte weder einen Besen, einen Staubsauger, ein Staubtuch noch irgendwelche Sprays, Mopps oder Müllbeutel dabei. Es war einfach nur Stana. Zu dieser Zeit bekam ich manchmal mit, wie sie ziellos durch unser Haus lief, ohne irgendwas zu machen. So war es auch an diesem Morgen um halb acht – sie lief nur herum, sah sich vielleicht Fotos an, dachte über allen möglichen Scheiß nach. Wer weiß.

»Danny, du drückst mich. Ich bin traurig heute. Morgen ist Daddys, wie heißt man, Lebewohl«, erinnerte Stana mich, als ich sie liebevoller als sonst in den Arm nahm. »Danny, du bist Mann im Haus jetzt. Daddy ist nicht mehr. Du musst so nett und sorgend und liebend sein wie Daddy.«

»Ich glaube, das wird nichts, Stana. Aus mir wird nie so ein richtiger Mann oder so ein guter Mensch wie er … Ist dir übrigens aufgefallen, dass mein Bett nach Katzenpisse stinkt?«, fragte ich.

»Ja, Danny. Ich rieche. Wenn Daddy nicht mehr ist und Mommy

nicht mehr, du nimmst Katze und …« Stana hob die Hand und fuhr sich mit einer schnellen Bewegung über den Hals, um anzudeuten, dass ich nach dem Tod meiner Eltern meine »nette« und »sorgende« und »liebende« postelterliche Phase damit einläuten sollte, einer Katze die Kehle durchzuschneiden.

»Darüber können wir uns später noch Sorgen machen, aber könntest du meine Bettwäsche waschen?«

»Danny, ich wasche, und wenn ich sehe Katze, ich trete Kopf«, sagte Stana und schwang dabei das linke Bein. »Ich bin traurig über Daddy. Er ist so, wie heißt, netter Mann, aber ich hasse Katze.«

Ich marschierte aus dem Keller nach oben und direkt zum Kühlschrank, um mir mein herzhaftes Frühstück mit Eiern und Schinken zu machen. Als ich weit in den Kühlschrank griff und im Eierkorb herumtastete, merkte ich, dass wir keine Eier mehr hatten. Ich zog die Fleischlade heraus. Kein Schinken. Das Gemüsefach. Keine Bananen. Ich öffnete den Orangensaft und musste feststellen, dass sich jemand den Scherz erlaubt hatte, alles auszutrinken und den leeren Karton in den Kühlschrank zu stellen. Das Einzige, was ich fand, war eine riesige Portion Kartoffelsalat von Stana und etwas übrig gebliebene Lasagne.

Stana kam mit der ganzen Bettwäsche in ihren winzigen, holocaustüberlebenden Armen die Treppe hoch. Sie sah aus, als würde sie unter den Laken voller Katzenpisse einen riesigen Bären tragen. Ich hätte ihr helfen sollen. Mein Dad hätte ihr die Bettwäsche abgenommen und gewaschen, während Stana die alten Füße hochgelegt und einen Arnold-Palmer-Cocktail getrunken hätte. Stattdessen fragte ich: »Stana, haben wir keine Eier mehr?«

»Stana nimmt Eier zu Kartoffelsalat und stellt in Kühlschrank. Du isst das.«

Also schaufelte ich mir widerstrebend Kartoffelsalat und als Beilage Lasagne auf einen Teller und begann meinen Tag damit. So viel zu einem herzhaften Frühstück.

Ich lief durchs Haus, um zu sehen, was die anderen gerade trieben. Greg schlief noch. In dieser Phase schlief er viel. Er war von unserem langen Jahr erschöpft und äußerst launisch. Noch mehr als wir anderen wünschte er sich, dass es einfach vorbei war und wir einen Schlussstrich ziehen konnten. Seine scharfe Zunge war noch schärfer geworden, und er war mittlerweile erschreckend direkt. Von seiner Zeitung hatte er eine Woche Urlaub bekommen. Der arme schwule Tropf musste seine wenige freie Zeit damit verbringen, seinem Dad beim Sterben zuzusehen und seine Beerdigung zu besuchen. Wahrscheinlich wäre er lieber nach Costa Rica geflogen wie diese ganzen verwöhnten Yuppies ohne echte Probleme.

Tiffany hatte Kaffee geholt und kam gerade zurück. Damit ich auch ja den ganzen Tag lang Durchfall hatte, vor allem in Kombination mit dem Kartoffelsalat, hatte sie mir einen Kaffee mitgebracht. Auch sie hatte sich diese Woche freigenommen. Und sie hatte sich echt im Griff, mehr als wir anderen. Sie war eine richtige Erwachsene. Sie hatte einen Job, machte ihren MBA und hatte einen Freund mit einem großen Schwanz, der bald Anwalt sein würde. Bei ihr lief alles in klaren Bahnen. Irgendwie hatte die ALS ihr Leben nicht zerstört, sie hatte es noch stärker gemacht. Ich war dagegen ein unruhiger Geist – das Spiegelbild einer ziellosen und verwöhnten Generation, die Amerika in eine Abwärtsspirale zog.

Chelsea stand auf. Wir erklärten ihr, dass sie die ganze nächste Woche über nicht zur Schule gehen konnte, weil ihr Dad sterben würde. Sie war ziemlich mitgenommen – nicht, weil ihr Dad starb, sondern weil sie in ihren AP-Kursen nicht hinterherhinken wollte. Deshalb rannte sie durchs Haus und versuchte, ihre ganzen Hausaufgaben zu erledigen.

»Locker bleiben, Chelsea. Reg dich nicht auf. Dein Dad stirbt morgen. Das ist wichtiger als die Schule«, sagte ich.

»Nichts ist wichtiger als die Schule«, widersprach sie.

»Und wenn der Tod deines Dads ein Schulfach wäre? Würde er dich dann interessieren?«, fragte ich.

»Falls es ein AP-Kurs wäre, ja«, antwortete sie.

Jessica kam. Sie war fast im sechsten Monat. Sie ließ sich auf das Bett neben Dad plumpsen. Sie wirkte traurig und müde.

»Du siehst aus, als könntest du was zu trinken gebrauchen«, sagte ich.

»Ja, aber ich kann nicht wegen des Babys«, meinte sie und rieb sich den Bauch.

»Ein Grund mehr, sich nicht von einem Lacrosse-Trainer vögeln und schwängern zu lassen, würde ich sagen.« Mein Gott, was war nur mit mir los?

Dann wachte meine Mom auf, schälte ihren verschwitzten Körper von Dads ab und läutete den Tag mit ein paar Klonopin ein. »Mein Arzt hat gesagt, dass ich die nehmen soll«, beteuerte sie. »Ich brauche sie.«

Mein Dad lag wach im Bett. Irgendwie war er morgens immer wach. Ich wüsste nicht, dass ich ihn einmal nach acht Uhr habe schlafen sehen. Sein wunderbares und beruhigendes Lächeln begrüßte mich. Es würde sehr schwer sein, dieses Lächeln zu verlieren. Das Leben würde für immer ein bisschen trauriger sein. Aber heute sollte kein trauriger Tag werden, das wollte er genauso wenig wie ich, deshalb sagte ich: »Der letzte ganze Tag. Bist du bereit?«

Er nickte, so gut er konnte.

»Gut. Du siehst übrigens echt beschissen aus«, sagte ich als Scherz. Er lächelte.

Endlich wurde Greg wach und kam herüber. Jetzt waren wir alle hier, bereit für den letzten ganzen Tag mit unserem Dad. Er musterte seine müde Familie. In diesem Kampf hatte er alles verloren, aber er hatte immer noch uns. Wir nahmen uns vor, dass es ein großartiger Tag werden würde.

»Sollen wir uns erst mal das Lied anhören?«, fragte meine Mom und meinte damit den Song von den Beatles, den sie in den letzten Tagen in der Dauerschleife durchgenudelt hatte.

»Mein Gott. Bitte nicht. Ich glaube, dann explodiert mein Kopf«, sagte ich.

»Wenn du das Lied anstellst, schalte ich Dads Beatmungsgerät jetzt schon aus«, sagte Greg.

»Ja, ich kann es auch nicht mehr hören«, brachte mein Dad heraus.

»Na gut, aber irgendwann müssen wir es uns anhören«, meinte meine Mom. Alle verdrehten die Augen.

Die letzten Wochen im Leben meines Dads hatte ich gefilmt. Mein Kumpel Dom interessierte sich fürs Filmen und hatte vorgeschlagen, ich solle mir eine Kamera besorgen, weil wir eine so außergewöhnliche Situation erlebten, und das hatte ich getan. Seit ich damit angefangen hatte, hatte ich bei einem Teil des ganzen Dramas den Regisseur gespielt. Wenn zum Beispiel jemand etwas Dramatisches und Ergreifendes sagte und ich gerade nicht mitdrehte, musste er es wiederholen und so tun, als sei es das erste Mal. Heute beschloss ich, die Kamera in Dads Zimmer auf ein Stativ zu stellen und den ganzen Tag über einfach laufen zu lassen.

Um das Wichtigste schon mal abzuhaken, wollte meine Mom besprechen, wie der große Tag morgen ablaufen solle. Sie hatte in ihrem roten Notizbuch eine Liste mit allen Leuten zusammengestellt, die im Zimmer sein würden, wenn Dads Beatmungsgerät ausgeschaltet wurde. Ich wollte wirklich nicht dabei sein. Ich fand, wir hätten genug gesehen, wir hatten das ganze letzte Jahr beobachtet, wie er dem Tod immer näher kam, und wir mussten nicht auch noch zusehen, wenn er tatsächlich starb. Mir war einfach klar, dass es nicht meine letzte Erinnerung an ihn werden sollte, wie das Leben aus seinem Körper wich. Ich sprach das an.

»Ich weiß nicht, ob wir wirklich im Zimmer sein sollten, wenn Dad stirbt«, gab ich zu bedenken.

»Wir werden im Zimmer sein. Du musst es nicht, wenn du es nicht willst, aber wir anderen werden hier sein«, sagte meine Mom.

»Ja, Dan, das ist Dad wichtig«, sagte Tiffany.

»Scheiße, na ja, ich will nicht das einzige Arschloch sein, das nicht hier ist. Dad, sollen wir alle bei dir sein? Die Entscheidung liegt ganz bei dir.«

»Ich hätte euch gerne alle da«, sagte er.

Scheiße. Also würde ich im Zimmer sein.

Meine Mom stellte die exklusive Liste zusammen, als wäre sie die Türsteherin in einem miesen Nachtclub. Außer uns würde Moms beste Freundin Kelly im Zimmer sein, Dr. Buys, Sam, Gary Neuenschwander, ein Freund der Familie, Stana, der perverse Rob, Dr. Bromberg, eine Schwester namens Sunny vom Hospiz und Regina. Niemand sonst durfte herein.

»Ich fasse es nicht, dass der perverse Rob dabei ist«, sagte Greg. »Er ist praktisch schuld daran, dass Dad stirbt.«

»Leck mich, Greg«, antwortete Jessica. »Gewöhn dich an ihn.«

»Oh nein, hat jemand meinen Taschenrechner gesehen?«, fragte Chelsea. Sie hatte ihr Mathebuch aufgeschlagen und lernte ein bisschen, während wir diesen ganzen Mist klärten. Wir ignorierten sie.

Die große Frage war, ob Dads Geschwister dabei sein sollten oder nicht.

»Diese Penner können nicht einfach im letzten Moment auftauchen und erwarten, dass sie so kurz vor dem Ende so viel Zeit mit ihm verbringen können«, sagte meine Mom. »Außerdem haben sie wahrscheinlich schon eine bekackte Partie Golf geplant, bevor sie losziehen und sich zudröhnen und besaufen«, fügte sie hinzu, wobei sie selbst von dem ganzen Klonopin ziemlich zugedröhnt aussah.

Ich fand, mein Dad sollte seine Geschwister bei sich haben, wenn er starb. Ich werde meine Geschwister auf jeden Fall bei mir haben wollen, wenn ich in ein paar Jahren wegen eines Leberschadens draufgehe. Deshalb setzte ich mich für sie ein. Aber meine Mom bestand darauf, sie nicht hereinzulassen. Wenigstens hatten sie kurz mit ihm allein sein können, um sich zu verabschieden.

Abgesehen von der Liste hatte meine Mom – mithilfe des perversen Rob – eine unglaublich kitschige Verabschiedung vorbereitet, für die alle Kinder in der Nachbarschaft einen Ballon bekamen. Am Tag des Großen Steckerziehens sollten wir meinen Dad zu dem Fenster in der obersten Etage schieben, von dem man die Auffahrt sehen konnte, und er sollte zu den Kindern hinunterblicken. Irgendwie sollte er winken, sich dann in sein Zimmer zurückschieben und das Beatmungsgerät ausschalten lassen, nachdem er seine letzten Augenblicke damit verbracht hatte, fremde Mormonen zu grüßen. Er würde sterben. Dann sollten wir wieder zum Fenster laufen, um diesen unglaublich wichtigen Nachbarskindern – von denen die meisten meinen Dad nie gesehen hatten – das Signal zu geben, dass er tot wäre. Als symbolische Geste sollten die Vorhänge geschlossen werden, daraufhin würden die Kinder die Ballons loslassen, mit denen der Geist meines Dads in einen Himmel schweben konnte, an den er gar nicht glaubte.

»Na gut, wer holt die Ballons ab?«, fragte sie.

»Können wir das mit den Ballons nicht einfach lassen und uns auf Dad konzentrieren?«, rief ich. »Wir haben uns noch überhaupt nicht mit ihm befasst, und heute ist sein letzter ganzer Tag. Du musst aufhören, dich in so einen völlig belanglosen Scheiß reinzusteigern«, sagte ich.

»Genau, Mom, du solltest mit deinem Wahnsinn heute ein paar Gänge runterschalten«, sagte Greg.

»Entschuldigt bitte, dass ich meinen Mann verliere und deshalb etwas durcheinander bin«, brüllte sie zurück und warf noch ein Klonopin ein.

»Wir verlieren unseren Vater, für uns ist es auch schwer, aber wir wollen die Zeit, die wir noch haben, mit ihm verbringen, und uns keine Gedanken über Listen und bekackte Ballons machen«, erklärte ich.

»Ja, Mom, halt mal für zwei Sekunden die Klappe.« Chelsea blickte von ihrem Mathebuch auf, um mit auf Mom einzuprügeln.

»Warum seid ihr nur alle so gemein zu mir?«, fragte sie.

»Weil du verrückt bist. Nimm noch ein paar Klonopin und beruhige dich«, sagte ich. Ich ging zum Fernseher und schaltete bei HBO On Demand durch. »So, ich suche uns jetzt einen schönen Softcorefilm raus, bei dem wir uns alle entspannen können.«

Schließlich fand ich *Y tu mamá también*, der mit einer netten Sexszene anfängt, bei der ich hoffte, dass niemand, den ich mal geliebt hatte, gerade in Mexiko wilden Sex hatte. Nach drei-, viermal Stoßen und Stöhnen herrschte im Zimmer Einigkeit, das sei jetzt unangemessen, und ich musste ausschalten.

»Ich hoffe, Abby treibt es nicht gerade mit jemandem in Mexiko«, murmelte ich, als ich den Fernseher ausmachte.

Am Ende beschloss meine Mom, dass sich der perverse Rob um das große Ballonspektakel kümmern sollte. Er sollte morgens auch die Ballons holen. Wir konnten endlich ungestört mit unserem Dad abhängen.

»Und was machen wir jetzt?«, fragte ich.

»Ich könnte noch 'ne Runde schlafen«, sagte Greg.

»Komm schon, Greg. Wir können ausschlafen, wenn es vorbei ist«, sagte Tiffany.

»Irgendwer hat mir den Taschenrechner weggenommen. Ständig legt einer meine Sachen woandershin, und ich bin es echt leid. Ich brauche meinen beschissenen Taschenrechner«, sagte Chelsea.

»Ich weiß genau, wo er ist, Chelsea. Ich habe ihn letzte Nacht zehn Meter unter dem Mittelpunkt der Erde vergraben«, sagte ich.

»Echt?«

»Nein, Chelsea, ich habe verdammt noch mal keine Ahnung, wo

dein Taschenrechner ist. Du musst auf deinen Scheiß selber aufpassen. Du bist doch schon siebzehn«, sagte ich.

»Du bist doch schon siebzehn«, wiederholte sie kichernd.

»Machen wir einen Spaziergang«, unterbrach uns mein Dad schließlich.

»Das hört sich doch gut an«, meinte ich.

»Nein, noch nicht. Ich möchte noch ein bisschen mit eurem Dad allein sein«, sagte meine Mom.

»Können wir nicht alle bei ihm sein?«, fragte ich.

»Doch, aber erst bekommt er von mir seinen täglichen Blowjob«, antwortete sie, während sie ein Klonopin mit einem Löffel Joghurt herunterschluckte.

»Herrgott, Mom. Das ist echt widerlich«, sagte ich.

»Rob holt morgen früh die Ballons ab. Habe ich das schon erwähnt? Eine Sorge weniger«, kam sie noch mal kurz von dem Blowjob ab.

»Oh, toll. Da bin ich jetzt wirklich erleichtert. Ich war schon total angespannt wegen der Ballons«, sagte ich.

»Ja, ich auch«, meinte meine Mom, ohne den Sarkasmus zu bemerken. »Also gut, alle raus jetzt. Ich muss kurz mit Dad allein sein. Es sollte nicht allzu lange dauern«, fügte sie selbstsicher hinzu.

Wir schüttelten alle ungläubig den Kopf und gingen, weil wir unseren todkranken Eltern nicht beim Oralsex zusehen wollten.

Meine Mom und mein Dad waren dreißig Jahre lang verheiratet gewesen. Sie führten eine sehr liebevolle Beziehung. Im Leben kommt es nur darauf an, Menschen um sich zu versammeln, die einen ohne Wenn und Aber lieben, und diese beiden liebten sich ohne Wenn und Aber. Er hatte während ihrer ganzen Krebserkrankung zu ihr gestanden. Bei all den Kämpfen, die sie mit seiner Familie ausgefochten hatte. Beim Tod ihrer Eltern. Beim Tod ihrer vielen Krebsfreunde. Und jetzt hatte sie bei alldem zu ihm gestanden. Ihre Liebe zueinander hatte sich in Dads letztem Jahr wirklich bewiesen, obwohl mein Dad verkrüppelt und meine Mom die meiste Zeit zugedröhnt war. Sie hätten alles füreinander gemacht. Scheiße, meine Mom gab ihm sogar bis zum letzten Moment Blowjobs …

»Ach du Scheiße!«, rief ich Greg zu. »Meine Kamera ist da drin. Scheiße. Scheiße. Scheiße.«

Ich musste sie da rausholen. Ich wollte echt keinen Amateurporno besitzen, auf dem eine weinende Krebskranke einem weinenden todgeweihten ALS-Kranken einen blies. »Ich muss das Ding da rausholen«, sagte ich.

Ich klopfte an. Nichts. Man kann schlecht sprechen, wenn man ALS oder einen Schwanz im Mund hat. Ich klopfte noch mal. Nichts. Was sollte ich machen? Ich rechnete ja schon damit, dass mich der Anblick meines sterbenden Dads verfolgen würde, aber stell dir mal vor, das Bild, wie meine Mom meinem Dad einen blies, würde sich für immer in mein Gehirn brennen. Das wäre zu viel. Ich würde mich direkt in eine Irrenanstalt einweisen lassen müssen. Sollte ich das Risiko eingehen? Sollte ich die Tür aufreißen? Sollte ich Stana hineinschicken? Sollte ich einfach reingehen und mir Augen und Ohren zuhalten?

»Scheiß drauf, ich gehe jetzt da rein«, sagte ich.

Ich hielt mir die Augen zu, öffnete die Tür und wollte mir nur die Kamera schnappen. Aber als ich ins Zimmer kam, hörte ich keine Sexgeräusche, sondern ein verliebtes Paar, das leise weinte und immer wieder »Ich liebe dich« flüsterte. Ich nahm die Hände herunter. Meine Mom hatte sich neben meinen Dad gelegt und klammerte sich an ihn. Mein Dad weinte.

»Geh nicht, Bob. Ich kann dich nicht verlieren. Du bist meine einzige große Liebe. In einer Welt ohne dich kann ich nicht leben«, schluchzte meine Mom.

»Alles wird gut, Deb. Du bist stärker als ich. Du schaffst das«, sagte mein Dad.

»Tut mir leid, dass ich unterbreche. Ich wollte nur nicht, dass, ihr wisst schon, die Kamera bei dem Blowjob oder was auch immer läuft.« Ich nahm die Kamera und schaltete sie aus.

»Sag ihm, er soll nicht gehen. Sag ihm, wir kümmern uns weiter um ihn. Sag ihm, alles wird besser«, bat meine Mom weinend.

Ich holte tief Luft. »Na ja, es ist seine Entscheidung, und er hat sie schon getroffen. Ich glaube, wir müssen sie akzeptieren. Wir haben lange genug gegen diese Krankheit angekämpft.« Mir kamen selbst fast die Tränen. »Verdammt, es war ein großartiger Moment. Den hätten wir wirklich filmen sollen. Können wir das noch aufnehmen?«, fragte ich.

»Ich habe dann niemanden mehr«, sagte meine Mom.

»Du hast uns Kinder. Wir sind nicht Dad, aber wir helfen dir.« Ich nickte meinem Dad zu und fühlte mich endlich mal wie der Mann im Haus. Ich ging zu ihnen und schloss sie beide für einen Moment in die Arme. »Ich lasse euch wieder allein. Ich wollte nur die Kamera holen.«

Nachdem meine Eltern getan hatten, was auch immer sie in ihrer gemeinsamen Zeit taten, machten wir mit der ganzen Familie einen Spaziergang durch unser Viertel. Als wir nach Hause kamen, lasen wir meinem Dad ein paar Briefe von Freunden und anderen Menschen vor, die ihm nahestanden. Das gefiel ihm immer sehr. Durch die Briefe und die vielen Abschiede hatte er das Gefühl, niemand würde so sehr geliebt wie er.

Als es Abend wurde, waren wir alle in Dads Zimmer, wir sprachen nicht viel und genossen einfach das tröstliche Gefühl, einen letzten Abend lang eine vollständige Familie zu sein. Ich las meinem Dad ein paar Sachen vor, die ich geschrieben hatte. Ich hatte gedacht, er würde lachen und weinen und begeistert sein, aber er meinte nur, er habe nicht gewusst, dass ich so viel masturbiere. »Doch, tue ich«, versicherte ich.

Schließlich wurde es Zeit, schlafen zu gehen. Jessica, meine Mom, Tiffany und Chelsea verbrachten die Nacht in Dads Zimmer, für Greg und mich blieb kein Platz. Na ja. Wir hatten im letzten Jahr viel Zeit mit ihm verbringen können, mehr als die anderen. Damit war ich zufrieden.

Ich sagte meinem Dad zum letzten Mal Gute Nacht. Als ich fast aus dem Zimmer war, rief meine Mom mir nach. »Warte!« Ich rechnete beinahe damit, wenn ich mich umdrehte, würde mein Dad lächelnd dastehen, ohne ALS, und meine lachende Mom im Arm halten. »Wir haben dir nur den größten Streich aller Zeiten gespielt. Uns geht es gut. Wir wollten nur sehen, ob wir dir wirklich wichtig sind. Es war ein Test, damit du erwachsen wirst und mal weißt, wie es im richtigen Leben abläuft. Du hast bestanden. Du hast deine Liebe bewiesen. Von jetzt an ist alles wieder normal«, würden sie sagen, während sich alles in seinen üblichen Zustand verwandelte. Von der Decke würde ein Schild baumeln, auf dem WILLKOMMEN ZU HAUSE DAN THE MAN stand. Mein Dad würde mir ein Glas Wein reichen. Meiner Mom würden die Haare aus dem Kopf sprießen und zu der wunderschönen, lockigen Pracht wachsen, die sie vor dem Krebs waren. Wir würden durchs Zimmer tanzen und lachen und singen und uns versprechen, für immer glücklich zu sein.

Stattdessen sprang meine Mom aus dem Bett, tastete nach der Fernbedienung des CD-Players und sagte: »Wir müssen uns noch einmal das Lied anhören.« Mein Dad verdrehte die Augen, als »I'll Follow the Sun« anfing.

Endlich konnte ich ins Bett gehen. Die Laken rochen immer noch nach Katzenpisse.

# Der letzte Tag

Mein Dad hatte sich den 22. September als den letzten Tag seines Lebens ausgesucht, weil an diesem Tag offiziell der Herbst begann, seine liebste Jahreszeit. Wenn es in Utah Herbst wird, verwandelt sich das Laub und überzieht die Berge mit Farben so bunt wie ein Kasten Malstifte. Die Temperatur pendelt sich bei zwanzig, fünfundzwanzig Grad ein – es ist nicht zu heiß, nicht zu kalt. Der letzte warme Windhauch fegt durch das Land, bevor Schneepflüge ausrücken und Salz die vereisten Straßen überzieht.

Mit dem Wechsel der Jahreszeit würde sich auch unser Leben verändern. Wir würden unseren Anführer, unseren Lehrer, unseren Vater, unseren Freund verlieren. Das Leiden wäre vorbei, die Trauer würde beginnen. Ich wusste nicht, ob das gut oder schlecht war. Sicher, mein Dad würde keine Schmerzen mehr haben, und ich bekäme mein Leben zurück. Aber mein Dad, mein Kumpel, würde nicht mehr hier sein.

An seinem letzten Tag wurde ich gegen sieben wach und dachte im Bett darüber nach, wie sehr ich mir wünschte, dieser Tag würde ein perfekter Abschied für meinen Dad sein. Ich wollte, dass es ein zauberhafter Tag voller Liebe, inniger Abschiede und Erinnerungen daran würde, was für ein großartiger Kerl er war. Ich wollte, dass mein Dad ein gutes Gefühl hatte, was seine Entscheidung betraf. Er sollte in dem Bewusstsein sterben, sein Leben sei bedeutsam gewesen und vollendet, auch wenn eine beschissene Krankheit es verkürzt hatte. Ich wollte, dass er wusste, wie viel er mir bedeutete, wie viel er uns allen bedeutete.

Ich stand auf und spulte das übliche Programm ab mit Duschen, Anziehen, Zähneputzen, mich kritisch im Spiegel mustern, weil ich so fett geworden war. Dann begann ich den letzten Tag im Leben meines Dads.

Als ich die Treppe zu seinem Zimmer hinaufging, passte ich den Rhythmus meiner Schritte dem hörbaren Ein und Aus des Beatmungsgeräts an. Mittlerweile liebte ich dieses Geräusch, obwohl ich es anfangs gehasst hatte. Klar, das Gerät piepste und war schwer, und gelegentlich schlug ich mit der Faust darauf ein und beschimpfte es. Aber seine Laute waren zum Herzschlag des ganzen Hauses geworden. In wenigen Stunden würden wir diese Laute nicht mehr hören, und das jagte mir eine Scheißangst ein. Stille würde sich über dieses Haus senken, als wäre es Pompeji nach seinem Untergang. Würden wir alle von Vulkanasche überzogen und verkohlt darauf warten, dass uns jemand ausgrub? Würden wir in diesem Augenblick erstarren und zu einem tragischen Urlaubsziel werden?

»Dad, wach auf. Wach auf«, sagte ich und wackelte an seinem großen Zeh, der vom Ende seines Krankenbettes baumelte. Es war erstaunlich, aber er schlief noch. So friedvoll hatte ich ihn noch nie gesehen. Auf seinem Gesicht lag sogar ein leichtes Grinsen. Er war zufrieden.

Meine Mom schlief zusammengerollt neben ihm, sie hatte die Stirn gerunzelt. Sie war nicht zufrieden. Sie wollte nicht, dass er ging. Sie klammerte sich so fest an ihn, als wolle sie ihm ins Grab folgen. Vielleicht wäre es am besten, wenn die beiden zusammen gingen. Vielleicht könnten wir für die Beerdigungen einen Rabatt rausschlagen, ein krankes Zwei-für-einen-Angebot.

»Wach auf, Dad«, wiederholte ich. »Ich habe dir ein großes Frühstück gemacht.«

Träge blinzelnd wurde mein Dad wach. Sein letzter Tag auf Erden, und er musste beim Aufwachen gleich seinen fetten Sohn vor sich sehen, der ihm schön unter die Nase rieb, dass er kein richtiges Essen zu sich nehmen konnte. »Ich habe Rühreier mit extra fettem Speck und ein großes Glas frischen O-Saft für dich«, witzelte ich, bevor ich ein paar Dosen Promote als seine letzte Mahlzeit auf den Nachttisch stellte.

Tiffany kam mit ihrem Starbuckskaffee herein. Jessica und Chelsea hatten in dem Bett neben Dads geschlafen. Greg trudelte in seinem Bademantel ein. Wir waren vollzählig.

Meine Mom wurde auch langsam wach. Das Klonopin hatte sie komplett umgehauen. Die kurzen Haare, die ihr nach der Chemo wieder gewachsen waren, standen zu Berge. Ihr Gesicht glänzte, weil ihr Körper versuchte, die ganzen Giftstoffe auszuschwitzen. Sie sah aus wie der Grinch.

»Du siehst aus wie der Grinch«, sagte ich zu ihr. »Der Chemo-Grinch.«

»Hast du wirklich Frühstück für ihn gemacht?«, fragte der Chemo-Grinch.

»Nein, das war nur ein blöder Witz, weil er nicht essen kann«, erklärte ich.

»Also, ich esse zum Frühstück nur Joghurt«, sagte sie.

»Mal eine kleine Abwechslung. Gefällt mir«, sagte ich.

Zum ersten Mal warf ich einen Blick nach draußen. Es war grau und regnerisch. »Na toll«, grummelte ich. Wir wollten mit meinem Dad in den Mill Creek Canyon fahren und ein letztes Mal alle zusammen am Fluss spazieren gehen. Bei dem Regen konnten wir den Plan vergessen.

»Scheiße, ich habe meinen Rosenkranz verloren«, sagte der Chemo-Grinch. »Scheiße, Scheiße, Scheiße, Scheiße. Wenn ich das hier durchstehen will, brauche ich das verdammte Ding.« Der Rosenkranz hatte meinem Großvater Joe gehört, er war eine seiner wenigen Habseligkeiten gewesen, als er im Zweiten Weltkrieg mehrere Jahre lang in einem japanischen Kriegsgefangenenlager gesessen hatte. Sie dachte, wenn der Rosenkranz ihm geholfen hatte, das durchzustehen, müsste er in ihrer Situation auch eine Hilfe sein. Sie sprang aus dem Bett. »Schnell, sucht bitte alle nach meinem Rosenkranz. Ich brauche ihn. Wie soll ich das alles ohne ihn durchhalten? Das geht gar nicht.«

»Na ja, es gibt keinen Gott, vielleicht hilft das schon mal«, sagte ich herzlos.

»Danny, ich brauche diesen verfluchten Rosenkranz«, sagte der Chemo-Grinch und warf sich auf den Boden, um ihn zu suchen.

Wie üblich war ich ein echtes Arschloch. Und mein armer Dad musste mein scheußliches Benehmen mit ansehen. Aber ich war sauer auf meine Mom. Klar, sie tat mir leid, aber ich war wütend auf sie, weil sie sich in den letzten Wochen total mit Medikamenten benebelt hatte. Ich verstand, wie schwer es war, trotzdem wünschte ich, sie könnte wenigstens heute ihre eigenen Bedürfnisse zurückstellen, damit wir uns alle auf meinen Dad konzentrieren konnten.

»Wir finden ihn schon. Irgendwo muss er ja sein«, sagte Tiffany. Sie war nicht in der Stimmung für Witze. Sie ging auf alle viere und suchte mit meiner Mom nach dem Rosenkranz. Tiff war schon immer die Anführerin gewesen – diejenige, die etwas ernst nahm, während Greg und ich Blödsinn machten und dumme Witze rissen.

»Oh, hier ist er ja«, sagte ich.

»Wo?«, fragte meine Mom hektisch.

»War nur ein Scherz«, sagte ich. »Oh, warte, hier ist er.«

»Hast du ihn gefunden?«, fragte meine Mom.

»War nur ein Scherz.« Ich sammelte schon mal ordentlich Arschlochpunkte für heute. Was war nur mit mir los? An Dads letztem Tag verarschte ich meine Mom. Wir wollten den Tag doch ganz friedlich verbringen, damit mein Dad dachte, wir würden zurechtkommen, wenn er nicht mehr bei uns war.

»Bitte. Hör auf damit. Das ist sehr ernst. Ohne ein bisschen Trost ertrage ich diesen Tag nicht«, erklärte sie.

»Na gut, ich verarsche dich nicht mehr«, sagte ich. »Oh, hier ist er. Dieses Mal ist es kein Witz.«

»Wirklich?«

»War nur ein Witz«, sagte ich.

Tiffany fand Moms Rosenkranz schließlich unter Dads Bett. Schlagartig wurde meine Mom ruhiger. Religion mag ja im Grunde nutzlos sein, aber etwas Trost spenden kann sie schon. Ich sagte ihr, sie solle duschen gehen und ein Klonopin mit etwas Joghurt schlucken, damit wir mit Dads letztem Tag weitermachen konnten. Mom war einverstanden.

Wir konnten heute aber nicht nur herumalbern. Gegen ein Uhr sollte Sunny vom Hospiz hier sein. Sie würde bei meinem Dad eine Infusion mit niedrig dosiertem Morphin anlegen, die dafür sorgte, dass er langsam das Bewusstsein verlor und keine Schmerzen mehr spürte und auch sonst nichts. Dr. Bromberg würde gegen halb drei eintreffen. Wenn mein Dad wegen des Morphins offiziell als bewusstlos galt, würde Dr. Bromberg langsam das Beatmungsgerät herunterregeln. Mein Dad würde durch zunehmenden Sauerstoffmangel im Körper gegen vier Uhr sterben. Dann würden wir zum Fenster laufen und den Nachbarskindern ein Zeichen geben, damit sie die Ballons losließen. Der perverse Rob hatte alles organisiert. Das war seine Aufgabe.

Alle anderen, die mit im Zimmer sein würden, sollten gegen Mittag ankommen. Allerdings gab es bei Sam schlimme Neuigkeiten. Er hätte den Tag mit uns zusammen verbringen sollen, aber als besonders deftige Ohrfeige von Gottes schwieliger Hand war Sams Vater am letzten Mittwoch gestorben. Deshalb war er in Florida und trug seinen Vater zu Grabe, während wir uns darauf vorbereiteten, zu Hause das Gleiche zu tun. Er hatte mir eine nette

Nachricht auf die Mailbox gesprochen, die ich meinem Dad vorspielte:

> Hallo, Dan. Hier ist Sam, ich rufe aus Florida an. Ich weiß, dass die nächsten Tage für euch alle sehr schwer werden. Sag deinem Dad, wie gerne ich bei euch wäre. Es tut mir so leid, dass es nicht geht. Richte ihm aus, dass ich an ihn denke. Ich liebe ihn von ganzem Herzen. Ich habe auf der Welt nur zwei wirklich enge Freunde, einen von ihnen werde ich heute verlieren. Ich werde ihn sehr vermissen. Er wird mich immer begleiten. Gestern war ich in Clearwater Beach laufen, es war wunderbar. Ich habe an ihn gedacht. Ich glaube, ich werde nie wieder laufen, ohne an ihn zu denken.

Es wäre großartig gewesen, hätte Sam hier sein können. Das hätte meinem Dad alles, was er durchstehen musste, wenigstens ein bisschen leichter gemacht. Sam war ein Freund gewesen, wie man ihn sich nur wünschen konnte. Die beiden hatten zusammen an sechs Marathonläufen teilgenommen, und als mein Dad an ALS erkrankte, war Sam nicht abgehauen, sondern an Dads Seite geblieben. Sie hatten nicht alle Rennen gemeinsam beendet – gelegentlich hatte ein Krampf oder ein gezerrter Muskel oder eine Toilettenpause die beiden getrennt –, aber ich wünschte, diese Ziellinie hätte mein Dad mit Sam an seiner Seite überqueren können.

»Du weißt, dass ich mit Sams Tochter Becca geschlafen habe, oder?«, fragte ich.

Lächelnd nickte mein Dad. »Das hast du mir nicht nur einmal erzählt.«

Meine Mom kam mit einem Lächeln auf ihrem Grinchgesicht zurück.

»Hast du dein Klonopin genommen?«, fragte ich.

»Habe ich«, sagte sie und drängte mir ein Abklatschen auf. Sie sah so richtig weggetreten aus. Mit Sicherheit würde sie sich nicht an irgendwelche Einzelheiten von heute erinnern. Ihre Stimme war so leise, dass man sie kaum hören konnte, und sie sprach undeutlich wegen der Medikamente. Sie konnte kaum die Augen offen halten. »Liest du mir bitte das Testament vor? Ich traue ihm nicht so ganz«, bat sie.

»Ist das dein Ernst?«, fragte ich.

»Ja, bitte. Ich will nicht, dass Dads Familie mich um Geld bescheißt. Ich würde mich wohler fühlen«, sagte sie und gab mir das Testament.

Sie dachte, Dads Testament würde irgendwelche Fallen enthalten, durch die sein ganzes Geld an Leute fließen würde, die sie nicht leiden konnte. Ich schlug es auf und las laut vor, um sie zu beruhigen. Sie war zu benebelt, um auch nur ein einziges Wort zu verstehen, aber ich las trotzdem weiter, während sie sich mit geschlossenen Augen Joghurt in den Mund löffelte. Sie sah aus wie ein Kind, das von einer Gutenachtgeschichte in den Schlaf gewiegt wird.

Es hörte auf zu regnen, die Wolken verzogen sich, und die Sonne schien alle Niederschläge wie mit einem gigantischen unsichtbaren Strohhalm aufzusaugen. Ein strahlendes Blau, das zu den Augen meines Dads passte, überzog den Himmel. So wirkte alles schon ein bisschen freundlicher.

Regina kam und half, meinen Dad herzurichten, während meine Mom im Sessel neben seinem Bett eindöste. Er sah toll aus: sauber rasiert, die grau melierten Haare ordentlich von links nach rechts gekämmt, wie er sie immer getragen hatte. Seinen letzten Tag wollte er in seinen Marathonsachen verbringen. Also zogen wir ihm sein blaues Shirt über die knochigen Schultern und setzten ihm seine orangefarbene Schildmütze auf. Die Sonne sollte ein letztes Mal auf Dads lebendiges Gesicht scheinen, deshalb beschlossen wir, einen Spaziergang durch unser Viertel zu machen.

»Kein Mann sollte ohne Sonnenbrand sterben«, sagte ich, nahm ihm die Mütze ab und zerzauste ihm die gekämmten Haare. »Na los, setzen wir den Scheißer in seinen Rollstuhl«, forderte ich Regina und Greg auf.

Dabei schreckte meine Mom mit einem plötzlichen Energieschub auf und war sofort hellwach. Sie sah Regina, Greg und mir zu, wie wir meinen Dad in seinen Stuhl umsetzten.

»Was zum Teufel macht ihr da?«, fragte sie.

»Wir gehen raus«, antwortete Greg.

»Erst mal muss ich euren Dad ein paar Sachen fragen«, sagte sie.

Sie schlug ihr rotes Notizbuch auf. Sie wollte alles lernen, was sie erledigen musste, wenn mein Dad tot war. In ihrer Verfassung konnte sie gar nichts richtig aufnehmen, trotzdem rasselte sie eine Latte von Fragen herunter:

»Wie tausche ich die Filter im Ofen aus?«

»Wie führe ich ein Scheckbuch?«

»Sollen wir den Van verkaufen?«

»Wie repariere ich die Poolabdeckung, wenn sie kaputtgeht?«

»Was mache ich, wenn im Garten Bäume gefällt werden müssen?«

»Werden deine Geschwister uns um Geld bescheißen?«

»Können wir noch mal zusammen das Testament lesen?«

Ich unterbrach und ignorierte meine panische Mom. »Wir gehen jetzt raus.«

Wir umschwärmten Dad, als wäre er ein Prominenter, und stritten uns darum, wer ihn zum nahen Fahrstuhl bringen durfte. Während die anderen noch ihre Ansprüche anmeldeten, schnappte ich mir die Steuerung und fuhr los.

»Ihr könnt mich alle mal. Ich fahre ihn«, sagte ich und hob den Mittelfinger. Ich hatte als Erster in der Familie gelernt, mit seinem blöden Beatmungsgerät umzugehen. Ich hatte seine blöde Kommunikationshilfe programmiert und ihm geholfen, mit seinem blöden Rollstuhl zurechtzukommen. Ich hatte als Erster seine blöden Windeln gewechselt, während er in seinem blöden Krankenbett lag. Ich war der Letzte, der ihm eine blöde Treppe hochgeholfen hatte, und der Erste, der seinem blöden Absauggerät Schimpfnamen gegeben hatte. Ich kannte die blöde Telefonnummer von seinem Neurologen auswendig und wusste mehr über das blöde Lou-Gehrig-Syndrom als der blöde Lou Gehrig selbst. Ich hatte es verdient, ihn zu dem blöden Fahrstuhl zu bringen.

Ich fuhr meinen Dad in den Fahrstuhl. In letzter Zeit hatten wir kaum mal einen Moment allein gehabt. Ständig war jemand in der Nähe. Weil in den Fahrstuhl außer ihm nur eine weitere Person passte, nutzten wir diese kurzen Fahrten oft für unsere vertrauten Gespräche. Der letzte Tag im Leben meines Dads bildete da keine Ausnahme.

»Unglaublich, dass es heute so weit ist, oder?«, fragte ich.

»Ja, unglaublich«, sagte er mühsam.

»Es kommt mir vor, als wäre ich erst gestern aus Kalifornien hergekommen.« Dabei war ich seit genau 366 Tagen zu Hause.

»Ich weiß. Damals konnte ich noch laufen«, sagte er.

»Was für ein irres und beschissenes Jahr.«

»Danke, dass du in dieser Zeit hier warst«, sagte er.

»Ich würde sie nicht missen wollen. Ich habe dich lieb, Dad.«

»Ich dich auch, DJ.«

Die Falttür des Fahrstuhls öffnete sich, bevor wir zu pathetisch und rührselig werden konnten. In der Garage stand Greg mit einer Flasche Wasser in der Hand. Er war allein, alle anderen waren verschwunden.

»Wo ist Mom?«, fragte ich.

»Weiß ich nicht. Sie macht sich wegen irgendwelchem unwichtigen Kram Sorgen«, antwortete Greg.

»Das heißt, sie kommt nicht mit?«, fragte ich. »Mein Gott, wir brauchen sie jetzt. Heute ist wirklich der allermieseste Tag, um so rumzuspinnen.«

Greg nahm einen langen Zug aus der Flasche. »Ich weiß, dass es ziemlich krank ist, das zu sagen, aber ich habe das Gefühl, wir verlieren den falschen Elternteil. Ich meine, wie stehen wir mit ihr allein da? Alles wäre viel besser, wenn sie sterben würde und du würdest leben«, sagte Greg und strich meinem Dad sanft die Haare zur Seite.

Endlich kamen Tiffany, Regina, Jessica, Chelsea und der perverse Rob heraus. Wir standen zusammen auf der rissigen Auffahrt vor unserem ausgelaugten Haus. Meine Mom war noch drinnen. Wir warteten eine Weile, alle Blicke auf die Haustür gerichtet, und hofften, sie würde auftauchen.

Irgendwann sagte ich: »Gehen wir. Sie kann ja nachkommen, wenn sie will.« Wir kehrten der Tür den Rücken und zogen los, wie enttäuschte Kinder, denen klar wurde, dass ihre Eltern sie nicht mehr lieb hatten, ihnen niemand mehr half, ihre Kämpfe auszufechten, sie ganz allein waren.

Unsere Runde begann auf dem Briarcreek Drive, der Straße, in der wir seit fast achtzehn Jahren lebten. Nach ein paar Schritten hörten wir Moms vertraute Stimme. »Tut mir leid.« Erfreut drehten wir uns zu ihr um. Sie kam aus dem Haus gerannt und holte uns schnell ein. »Ich dachte, ich kacke mir in die Hose«, erklärte sie.

»Schön, dass du doch noch mitkommst«, sagte ich und schlug ihr auf den Rücken.

»Nicht so fest. Ich habe gerade ein neues Fentanylpflaster aufgeklebt.« Sie lächelte neckisch und versuchte, mir zuzuzwinkern.

Als wir losgingen, meine Mom mit einer frischen Dosis Schmerzmittel auf dem Rücken, wurde es mir so richtig bewusst. Das war's. Das war wirklich der letzte Spaziergang mit meinem Vater. Es war wirklich das letzte Mal, dass die Nachbarn aus dem Fenster sehen und sagen konnten: »Dieser arme, arme Mann. Mit einer so schrecklichen Krankheit und einer so schrecklichen Familie geschlagen zu sein. Meine Güte.« Dieser stille, körperlich behinderte Mann war die Rettungsweste, die unsere Familie über Wasser hielt, selbst noch dann, als die ALS schon den Menschen, der er mal war, fortgespült hatte. Er blieb uns nur noch für eine Stunde. Die mussten wir ausnutzen, wir mussten ihm alle bedeutenden Fragen des Lebens stellen.

»Stellen wir Dad doch alle noch eine letzte Frage«, schlug ich vor.

»Was ist deine Lieblingsfarbe?«, fragte meine zugedröhnte Mom.

»Wenn du ein Tier im Zoo wärst, welches wärst du dann?«, fragte Chelsea kichernd.

»Daddy, auf wen bist du am meisten stolz? Und denk daran, dass Danny arbeitslos ist«, witzelte Greg.

»Auf welchem Berg bist du am liebsten Ski gelaufen?«, wollte Tiffany wissen.

»Welche Folge von *Friends* hat dir am besten gefallen?«, fragte Jessica.

»Ich meinte wichtige Sachen, so was wie: ›Was ist der Sinn des Lebens?‹, oder: ›Was ist der Schlüssel zum Glück in höchstens zehn Wörtern?‹«, erklärte ich genervt.

»Diesen Scheiß weiß kein Mensch, Danny. Und die Leute, die es von sich behaupten, sind die größten Idioten von allen, weil jeder von uns anders ist und wir alle nur versuchen, irgendwie durchzukommen.« Einen Moment lang bewies meine benebelte Mom erstaunlich zusammenhängende Gedankengänge.

Wir liefen weiter. Regina versuchte immer wieder, Dads Hand zu nehmen, aber meine Mom scheuchte sie jedes Mal weg. »Jetzt ist die Familie dran«, sagte sie. Arme Regina – wieder suchte sie genau am falschen Ort nach Liebe. Ich holte die Videokamera hervor und versuchte, die gewaltigen Wasatch Mountains im Hintergrund aufs Bild zu bekommen, um uns daran zu erinnern, dass das Universum riesig ist und wir nur Parasiten sind, die der Zufall hier ausgeschissen hat. Ich dachte, ein Blick auf die Berge würde helfen, unsere Probleme klein erscheinen zu lassen, aber das tat er nicht. Mein Dad würde immer noch sterben. Unsere Probleme waren genauso groß wie vorher.

Wir näherten uns der Keddington. Als wir vor etwa zwanzig Jahren nach Utah zogen, wohnten wir zuerst in dieser Straße. Es war ein bescheidenes Eckchen voller Bäume und glücklicher Familien und alter Paare, von denen ich immer gedacht hatte, sie würden vor meinem Dad sterben.

Wir schwiegen. Es gab nicht mehr viel zu sagen. Wichtig war nur, dass wir zusammen waren. Dafür war es auf eine perverse Art gut, dass mein Dad krank geworden war. Tiffany und ich hatten uns nie vertragen, jetzt bekriegten wir uns nicht mehr, weil uns eine echt beschissene Situation als Kampfgefährten zusammengeschweißt hatte. Greg und ich hatten unsere Rollen als beste Freunde wieder aufleben lassen, und wir hatten viele Abende mit Gesprächen über Gott und die Welt verbracht. Ich wusste, dass wir ewig füreinander da sein würden. Chelsea und ich hatten die Gelegenheit bekommen, uns gegenseitig zum Lachen zu bringen. Und auch, wenn ich Jessica kritisierte, machte ich deutlich, dass ich das tat, weil ich sie lieb hatte und beschützen wollte. Wir wussten, dass wir uns an den anderen wenden konnten, wenn wir wirklich etwas brauchten. Vor ihrer Heirat mit dem perversen Rob hatte sie mich gebeten, mit ihr einen Ehevertrag zu entwerfen, und ich war zu ihr gegangen, wenn ich zu betrunken war, um Auto zu fahren, und trotzdem unbedingt durch die Bars ziehen wollte, um unbeholfen Frauen anzubaggern. Und meine Mom und ich – na ja, wir würden uns nach diesem ganzen Mist zusammenraufen. Ich vertraute darauf, dass sie das Ruder herumreißen und weiter kämpfen, wieder unsere zähe, beherzte Mom werden würde, die uns anfeuerte, komme, was wolle. Wir waren eine Familie. Eine nette, große, durchgeknallte Familie und garantiert mit einem Fluch belegt, aber immer noch eine Familie. Wir passten aufeinander auf. Das mussten wir auch. Sonst würde es niemand tun.

Unser Spaziergang endete. Wir bogen in unsere Einfahrt ein. Mit unserem Dad gingen wir in den Garten zum Pavillon mit Blick auf die Berge. Rob fuhr los, um die Ballons für das Ballonspektakel abzuholen.

Wir alle umringten meinen Dad, als wäre er ein Feuer, das uns wärmte. Ich konnte nicht glauben, dass es tatsächlich so weit war. Ich sah meinen müden Dad an, und er sah mich und seine ganze Familie an. Er wirkte, als wollte er noch vieles sagen, vieles tun. Aber er konnte es nicht. Diese beschissene Krankheit.

Genau in diesem Moment ließ die Sonne sein Gesicht erstrahlen, als wäre er der einzige Mensch auf Erden, auf den sie fiel. Die zwitschernden Vögel in unserem Garten hielten die Klappe. Genauer gesagt warfen sie sich in die Brust und salutierten meinem Vater mit ihren kleinen Flügeln. Das Beatmungsgerät, das an der Lehne seines Rollstuhls hing, schaltete sich von selbst aus und war endlich verdammt noch mal still. Mein Dad hob die Arme und löste die Schläuche. Das Loch in seiner Luftröhre schloss sich von selbst. Ohne Hilfe atmete er die frische Bergluft tief ein. Er räusperte sich, und einfach so war seine Stimme wieder normal, so, wie sie geklungen hatte, bevor die Krankheit zu ihrem spielentscheidenden Angriff angesetzt hatte.

»So, schon besser, und gerade rechtzeitig für den Abschied«, sagte er ganz deutlich.

Wir sahen zum Tisch des Pavillons hinüber, der plötzlich für ein Abendessen mit der Familie gedeckt war, genau wie früher. Steaks, Kartoffeln, Spargel, Salat und dazu Wein, um alles herunterzuspülen. Mein Dad deutete Richtung Tisch, und wir setzten uns vor das große Festmahl, natürlich mit ihm am Kopf der Tafel.

Er betrachtete seine jüngste Tochter Chelsea. Endlich kamen ihre verborgenen Gefühle durch, als sie seine spröden, dünnen Finger aufbog und seine Hand mit ihren eigenen spröden, dünnen Fingern drückte. Sie vergaß die Schule und begriff, dass sie hier etwas Wichtigeres fürs Leben lernen konnte. Mein Dad sah ihr tief in die Augen und sagte: »Chelsea, du bist ein tolles Mädchen. Du bist sehr klug und hübsch. Du wirst der Welt deinen Stempel aufdrücken. Leiste deiner Mom Gesellschaft und vergiss nie, dass ich immer noch für dich da bin, auch wenn ich es nicht bin. Hör nicht auf zu tanzen. Sei weiter so fleißig in der Schule. Viel Glück dabei, Autofahren zu lernen, und viel Glück dabei, eine Frau zu werden; beides hätte ich so gerne miterlebt. Bleib so einzigartig, wie du es bist.« Chelsea weinte und sagte in ihrer typischen Mischung aus Optimismus und Verdrängung: »Du ziehst das nicht wirklich durch, oder?« Mein Dad nickte und sagte, doch, das würde er tun. Chelsea verstand und ließ seine Hand los.

Mein Dad sah Jessica an. Sie weinte bereits. Und es waren keine stillen Tränen, sondern ein herber und schmerzlicher Ausdruck des Elends, der für uns alle schwer mit anzusehen war. Heftiges Schluchzen ließ ihren ganzen Körper zittern, ihre Gefühle trommelten gegen ihre Rippen. Sie stand auf, umarmte meinen Dad fest und ihre Tränen flossen über seine Schulter. Mein Dad sagte: »Jessica, ich wünsche dir alles Glück der Welt. Viel Glück für deine Ehe. Viel Glück für deine Schwangerschaft. Viel Glück für alles. Gib deinen Kindern Küsse von mir. Geh wieder zur Schule, wenn du so weit bist. Du bist klüger, als du denkst. Du bist so ein sanfter und liebevoller Mensch, du hast ein größeres Herz als wir alle. Ich habe dich sehr lieb. Viel Glück.«

Als mein Dad Greg ansah, schimmerten innere Haltung und Gelassenheit in seinem Blick. Greg war der Stärkste von uns allen.

Er fing an zu weinen und dankte meinem Dad dafür, dass er sich für das Beatmungsgerät entschieden hatte und Greg so zehn weitere Monate mit seinem liebsten Gesprächspartner verbringen konnte. Mein Dad sagte: »Greg, du bist der neue Fels in der Brandung. Du reagierst gleichzeitig emotional und logisch, und das ist eine seltene Gabe. Man kann sich unglaublich gut mit dir unterhalten, und du bist ein großartiger Zuhörer. Mit diesen Fähigkeiten wirst du mehr erreichen als wir anderen. Ich hoffe, du behältst die Zeit, die wir miteinander verbracht haben, immer in guter Erinnerung: die U. S. Open in New York, die Reise nach Frankreich, die unzähligen Male, die wir auf dem Tennisplatz gegeneinander angetreten sind. Du hast in deinem Leben Mut und Ehrlichkeit bewiesen, und ich bin stolz auf dich, weil du bist, wer du bist. Ich liebe dich.« Greg weinte noch heftiger. Er wollte seinen Dad nicht verlieren. Er wollte nicht, was hier passierte. Aber er verstand und versuchte nicht, seinem Dad die Entscheidung auszureden.

Dann wandte mein Dad sich mir zu, seinem ältesten Sohn. Ich dankte ihm für alles, was er mir gegeben und mir beigebracht hatte. Ich erinnerte ihn daran, dass ein so alberner Sport wie Basketball uns einander nähergebracht hatte, und dankte ihm dafür, dass er mich immer hatte gewinnen lassen, um mein Selbstvertrauen aufzubauen. Er sagte: »Besorg dir verdammt noch mal einen Job und nimmt zehn Kilo ab, du fauler Sack, und dann kümmerst du dich um deine Mom und hilfst ihr, so viel sie es braucht. Ich weiß, du hältst sie für verrückt, aber mach dir auch klar, dass sie deine Mutter ist und du die Hälfte dessen, was du bist, von ihr mitbekommen hast. Du hast mir im letzten Jahr viel gegeben und in dieser Zeit auch viel aufgegeben, ich wünsche mir, dass du jetzt nach vorne blickst, ohne Groll auf mich, weil wir alle meinetwegen so viel durchmachen mussten, oder auf Abby, weil sie ihr Leben neu geordnet hat, oder auf deine Mutter, weil sie dir so viel aufgebürdet hat. Ich glaube, letzten Endes wirst du zurückblicken und denken, dass es das wert war, weil ich verdammt noch mal dein Vater bin und es deine Pflicht war, mich zu pflegen, als ich dich am meisten brauchte. Es tut mir leid, dass es passiert ist, als du gerade mal fünfundzwanzig warst. Und jetzt pack dein Leben wieder an und lebe weiter als Erwachsener, ohne irgendwelche Ausreden.« Ich streckte die Hände aus, kniff ihm in die Brust und zerzauste ihm die Haare. Mit einem liebevollen Lächeln sah ich ihn an und sagte: »Sieh mir vom Himmel aus nicht beim Masturbieren zu.«

Mein Dad sah Tiffany an. Sie bemühte sich nach Kräften, nicht zu weinen. Vor Anstrengung rötete sich ihr Gesicht, das sie hinter einer Hand verbarg. Schließlich klappte sie zusammen und brach in Wehklagen aus. Ihr ungewohnter heftiger Gefühlsausbruch brachte uns alle zum Weinen, selbst die salutierenden Vögel in den Bäumen. Mein Dad sagte zu ihr: »Tiffany, einige der schönsten Tage meines Lebens habe ich in den Bergen mit dir verbracht, wenn ich sehen durfte, mit welcher Anmut und Leichtigkeit du durch den Schnee gecarvt bist. Ich habe die Berge immer geliebt, und von all meinen Kindern bist du das einzige, das sie ebenso sehr liebt wie ich. Du wirst in deinem Leben Großes erreichen und genau dort ankommen, wo du sein willst, auch wenn du jetzt an dir zweifelst. Ich werde immer auf dich aufpassen. Du bist wunderschön, und ich liebe dich.« Tiffany weinte und versprach, sie würde jedes Mal an ihn denken, wenn sie sich vor den ganzen Touristen und Möchtegerns in frischen Pulverschnee stürzte.

Schließlich blickte mein Dad zu meiner Mom, seiner Frau. Ihr Mund bildete ein perfektes umgedrehtes U, und ihre Augen waren dunkel vor Traurigkeit. Meine Mom flehte: »Tu das nicht, Bob. Bitte. Bitte. Verlass mich nicht.« Mein Dad sagte: »Deb, ich liebe dich unendlich. Vom ersten Moment an. Du inspirierst uns alle. Gib den Kampf nicht auf, auch wenn du jetzt für uns beide kämpfen musst. Ich weiß, dass du von uns beiden die Kranke warst, diejenige, die Krebs hatte und vor mir gehen sollte, aber es ist anders gekommen. Es tut mir leid, dass ich dich verlasse, trotzdem hoffe ich, dass du meine Entscheidung verstehst und akzeptierst, ohne wütend zu sein. Jetzt erbst du die Familie, die wir zusammen gegründet haben, und diese Familie wird für dich da sein und dir helfen, es durchzustehen. Halte unsere Enkelkinder für mich mit auf dem Arm und verwöhn sie nach Strich und Faden. Heirate wieder, wenn es sein muss. Ich verstehe das. Denk nicht nur an mich. Iss wieder etwas anderes als Joghurt, du wirst Kraft brauchen, um weiterzukämpfen. Kauf dir alles, was du willst. Fühl dich nicht allein. Deine Kinder, unsere Kinder, werden für dich da sein, weil sie von uns beiden Güte geerbt haben. Fluch nicht so viel, damit du andere nicht mit deiner schlechten Angewohnheit ansteckst, so wie diesen versauten Tittenficker Danny. Du bist die mutigste, stärkste, resoluteste Frau, die ich je gekannt habe, aber vor allem bist du eine Überlebende, die nie aufgegeben hat. Gib auch jetzt nicht auf. Ich liebe dich von ganzem Herzen.« Meine Mom brach in Tränen aus und drückte Dads Schulter. Sie sahen sich in die Augen, nachdem sie den Tränenschleier weggewischt hatten, und dankten dem anderen dafür, dass sie es sich gegenseitig so leicht gemacht hatten, dreißig Jahre miteinander verheiratet zu sein.

Einen Moment lang schwiegen wir, um alles sacken zu lassen, die Traurigkeit zu spüren, aber auch die Freude, ein letztes Mal zusammen zu sein.

Als wir gerade unser letztes Familienessen beendeten, tauchte plötzlich wie aus dem Nichts Sam auf, auch er in seinen Laufklamotten. Ungläubig schüttelte er den Kopf. »Mann, Bob, das ist alles so unwirklich.« Mein Dad stimmte ihm zu. Dann stand mein Dad auf, seine Knochen knackten und füllten sich wieder mit Leben. Er streckte die Arme und Beine, und einfach so stand er wieder auf seinen treuen alten Füßen.

Er sah Sam an und fragte: »Wie wäre es mit einer letzten Runde, mein alter Freund?«

»Geht klar, Kumpel«, sagte Sam.

Sie liefen aus dem Garten und durch Salt Lake City, am Fluss entlang den Mill Creek Canyon hinauf, vorbei am Delta Center, in dem wir uns früher Spiele der Jazz angesehen und über Gott und die Welt geredet hatten, und dann zurück zum Fuß des Mount Olympus. Sam lachte die ganze Strecke über.

Plötzlich veränderte sich die Umgebung, und mein Dad und Sam liefen nicht mehr durch Salt Lake, sondern durch Dads ganzes Leben. Zuerst durch seine Kindheit in Pocatello. Sie liefen unter Ulmen die Straßen entlang, auf denen es von Kindern voller Tatendrang und Lebendigkeit wimmelte. Vorbei an Dads Familie an ihrem Esstisch, an seinen Geschwistern, die Teller herumreichten und erzählten, was am Tag passiert war. Sie liefen an Dads verlässlichem Vater vorbei, der immer gegen fünf Uhr nach Hause kam, um zu betonen, wie wichtig ein Ausgleich zwischen Arbeit und Familie war.

Immer weiter liefen mein Dad und Sam, jetzt durch Dads Jugendzeit. Vorbei an meinem Dad, der sich auf der Veranda hinter dem Haus in Camano mit seinem Bruder Jack unterhielt. An meinem Dad, der anfing, sich für Frauen zu interessieren und sich zum ersten Mal von Caroline Summers einen runterholen ließ. Sie liefen vorbei an meinem Dad und Jack, die lange auf der nahe gelegenen Familienranch arbeiteten, wo sie lernten: »Deine Arbeit ist erst getan, wenn der letzte Ballen Heu im Stall ist.« Dann liefen sie vorbei an Dads Familie, die ihm nachwinkte, als er an die Drake University ging.

Weiter ging es für meinen Dad und Sam durch sein Leben als Erwachsener. Eine verschwommene Folge zufälliger und prägender Momente wischte vorüber: das College. Die unscharfen Bilder verschwanden, und die beiden liefen vorbei an meinem Dad, der auf der Veranda seiner Eltern um die Hand meiner Mom anhielt. Sie sagte »Ja«, während ihr eine Freudenträne über die Wange bis zur Lippe rann, die er prompt küsste. Sie liefen vorbei an seinen Kindern, die geboren wurden und immer mehr lernten. An meinem Dad, der seinen Kindern half, wenn sie es am meisten brauchten, aber ihnen auch erlaubte, sich selbst durch ihre Sorgen und Probleme zu kämpfen. Und schließlich vorbei an meinem Dad und meiner Mom, die zusahen, wie ihre Kinder das Haus verließen und sich ein eigenes Leben aufbauten.

Dann endlich kamen mein Dad und Sam zum Ende ihrer langen, abenteuerlichen Runde und kehrten zurück in unser Viertel und zu unserem Pavillon. Mein Dad blickte auf all das zurück, was er im Laufe der Jahre getan hatte, und erkannte, was für ein wunderbares Leben er geführt hatte.

»Das war eine großartige Runde, Sam«, sagte mein Dad.

»Und ob sie das war, Bob. Die beste bisher.«

Als sie gerade zu Atem kamen, tauchten plötzlich wie aus dem Nichts alle Menschen auf, die mein Dad je geliebt hatte und von denen er je geliebt wurde, sie füllten den leeren Raum um uns herum. Einige kletterten sogar auf das Dach unseres Hauses, weil man nur von dort einen Überblick hatte. Mein Dad rief: »Ich bin noch nicht fertig!« Alle applaudierten und schrien. »Wir lieben dich, Bob!«, brüllten die Leute aus vollem Hals. Er riss beide Arme hoch und drehte sich im Kreis, bis ihm schwindlig wurde, während Konfetti aus den Wolken strömte und ein Feuerwerk den Himmel erhellte. Er lief auf unseren Tennisplatz, der auch von Menschen gesäumt war, die mein Dad im Laufe seines Lebens geliebt und beeinflusst hatte, und sprang mit einem Rückwärtssalto auf das Netz, nachdem er ein Ass gespielt hatte, das nicht einmal ein Kind von Roger Federer und Rafael Nadal mit einem Tennisschläger so groß wie ein Fischerboot auch nur hätte berühren können. Mein Dad balancierte auf dem Netz hin und her und jonglierte dabei mit allerlei giftigen Tieren. Dann fing er an, auf dem Netz einarmige Liegestütze zu machen. Ein Zuschauer sagte: »Bob ist erstaunlich.

Er kann wirklich alles.« Ein anderer rief: »Ich hoffe, das geht für immer so weiter.« Mein Dad sprang mit einem Rückwärtssalto vom Netz und landete so hervorragend, dass die Punktrichter im Publikum nicht die richtigen Tafeln hatten, um seine mehr als perfekte Vorstellung zu bewerten.

Dann lief er zu der riesigen Ansammlung von Freunden und Verwandten, tausend Fans waren es mittlerweile. Er schob sich durch die Menge und gab allen einen Kuss auf die Stirn und erinnerte sie daran, dass sie etwas bewegen konnten. Auf eine unvergessliche Art erzählte er Witze und schüttelte Hände. Er zog die Traurigkeit aus allen Herzen und knüllte sie zu etwas wie einem Fußball zusammen, den er mit seinem kräftigen Bein ins Weltall schoss.

Irgendwann musste sein triumphaler Auftritt sein Ende erreichen. Er sagte allen, sie hätten sein Leben zum Besseren verändert und er würde hoffen, das hätte er auch mit ihrem Leben getan. Alle riefen: »Das hast du!«, und: »Wir werden dich vermissen, Bob!« Er erinnerte sie daran, dass sein Geist in ihrem weiterleben werde und es im Leben um die Beziehungen ging, die man zu anderen Menschen aufbaute, nicht darum, mit materiellen Dingen die Leere zu füllen. Jeden Einzelnen forderte er auf, sich seinem Nachbarn zuzuwenden und ihn zu umarmen. Alle folgten seiner Bitte und waren sich einig, dass es schön war.

Er bedankte sich bei allen für die Liebe und die Unterstützung, die sie ihm entgegengebracht hatten, und warf ihnen Küsse zu. Dann sah er auf seine Uhr und sagte: »Scheiße, jetzt muss ich aber los.« Verständnisvoll beobachteten alle, wie er zurück zu seinem Rollstuhl ging, tief Luft holte und sich mit einem Rückwärtssalto hineinsetzte. Das Loch in seiner Luftröhre öffnete sich wieder. Er schloss sich selbst an sein Beatmungsgerät an. Sein Körper erschlaffte. Alle Leute, sogar Sam, verblassten langsam. Und die Vögel fingen wieder an zu zwitschern.

»PIEP, PIEP, PIEP«, sagte das Beatmungsgerät. »Zeit, den Tatsachen ins Auge zu sehen. Zeit, dass dein Dad, dein Kumpel, endlich stirbt.«

Sunny vom Hospiz traf ein und brachte kühle Wolken mit. In einem kleinen schwarzen Rucksack trug sie all die Chemikalien bei sich, die meinen Dad betäuben würden, damit wir das Beatmungsgerät ausschalten konnten.

Es war Zeit, ins Haus zu gehen.

Wir brachten meinen Dad vor das Haus, vorbei an den vielen Kindern, die sich für die Ballonnummer versammelten, zurück in die Garage und schließlich in den Aufzug. Ich stieg mit ihm ein. Die Türen schlossen sich. Wieder waren nur mein Dad und ich im Aufzug, der letzte Moment, den wir beide allein verbringen würden. Er blickte zu mir auf und sagte »Danke«, wie er es jedes Mal tat, wenn wir von einem Ausflug zurückkehrten.

Normalerweise war ich ein arrogantes Arschloch und sagte: »Ach, gern geschehen. Ich weiß, dass ich fabelhaft bin, so was wie ein Held«, dieses Mal antwortete ich einfach: »Nein, ich danke dir.«

Mir wurde ein bisschen rührselig zumute, deshalb beschloss ich, ihm den letzten Satz zu klauen, den er zu seiner Mom auf ihrem Sterbebett gesagt hatte. »Ich bin froh, dass du mein Dad warst«, sagte ich.

»Ich bin froh, dass du mein Sohn warst«, antwortete er.

Ich fuhr ihn durch sein Schlafzimmer. Er warf einen letzten Blick durch das Fenster auf den farbenprächtigen Mount Olympus, der vor unserem Haus aufragte; das bunte Laub erinnerte ihn daran, dass der Herbst anbrach, seine liebste Jahreszeit.

Wir hoben ihn ein letztes Mal aus seinem Rollstuhl ins Bett. Die ganze Familie hatte sich versammelt, und dazu Gary, Moms Freundin Kelly, Dr. Buys, Stana, Regina, Sunny vom Hospiz und Dr. Bromberg.

»Okay, also, Bob, wir fangen jetzt mit der Morphininfusion an.

Sie werden zuerst eine Taubheit spüren, dann gleiten Sie langsam in die Bewusstlosigkeit ab. Dr. Bromberg wird das Beatmungsgerät dann ausschalten, und Sie, nun, Sie werden sterben«, erklärte Sunny.

Einer nach dem anderen umarmten wir meinen Dad und verabschiedeten uns von ihm. Es war schwer. Es war sehr schwer. Ich wünschte, er hätte sprechen können, um jedem von uns ein paar letzte weise Worte mit auf den Weg zu geben. Aber wir sagten fast nur noch: »Ich liebe dich«, und er sah uns mit seinen warmen, wohlwollenden, großen feuchten Augen an. Alles, was wir ihm sagen wollten, hatten wir ihm bereits gesagt, wir mussten nicht alles in diesen Augenblick quetschen. Er wusste, wie sehr wir ihn liebten.

Meine Mom akzeptierte endlich, was geschah. Sie schmiegte sich so eng an meinen Dad, wie es nur irgend ging, und sagte: »Ich liebe dich, Bob. Du bist so stark, und wir alle verstehen deine Entscheidung. Danke, dass du uns so viel gegeben hast. Du kannst gehen. Du kannst jetzt gehen.« Sie fing an zu weinen. Wir weinten alle. »Du kannst jetzt gehen.«

Jessica und Chelsea kletterten weinend zu meinem Dad ins Bett. Jeder von uns berührte ihn dort, wo er ihn zu fassen bekam. Tiffany ergriff einen Finger. Greg berührte seinen Kopf. Regina hielt eine haarige Wade. Ich packte einen großen Zeh, Stana den anderen. Dr. Buys, Kelly und Gary hielten sich im Hintergrund und sahen zu.

Sunny schloss den Infusionsbeutel an, und das Morphin begann zu tropfen.

Mein Dad betrachtete seine kampferprobte Familie ein letztes Mal. Es hatten schon bessere Menschen Schlimmeres durchgemacht, aber wir hatten es endlich überstanden. Es war ein steiniger Weg gewesen, aber der Kampf hatte uns stärker gemacht. Unser Dad bedeutete uns mehr als alles andere. Er hatte uns so viel Liebe,

Lachen und Leben geschenkt. Wir würden nie vergessen, was er für uns getan, was er uns gelehrt, wie viel Freude er uns gebracht hatte. Jetzt war es Zeit, ihn endlich gehen zu lassen.

Wenig später war mein Dad bewusstlos. Dr. Bromberg musterte uns alle mit traurigen Augen. Das war der schlimmste Teil seines Berufs, doch er musste getan werden. Er fuhr das Beatmungsgerät herunter. Die rhythmischen Töne wurden langsamer – die Abstände zwischen den künstlichen Atemzügen wurden länger und länger.

»Du kannst gehen«, sagte meine Mom ein letztes Mal.

Das Beatmungsgerät drückte einen letzten Atemzug in meinen wunderbaren Dad, dann war es still. Die Kinder ließen die Ballons in den blauen Himmel steigen.

# EPILOG

»Verdammt noch mal, Mom. Das ist total peinlich«, schimpfte ich, als wir versuchten, mit dem Rudel angehender Autoren auf dem protzigen Campus der University of Southern California Schritt zu halten, während die ewig knallige Sonne von Los Angeles auf unsere müden Seelen herunterbrannte. Ich hatte mich hier für das Studienfach Drehbuch beworben und war angenommen worden. Heute besuchten wir den Orientierungstag der Uni, um zu sehen, ob sie zu mir passte.

»Ich mache, so schnell ich kann«, antwortete sie. Sie war völlig zerzaust, trug einen Schuh in der Hand und humpelte. »Ich habe mir gerade erst einen Tumor aus dem Bein operieren lassen, du kleiner Scheißer«, merkte sie an.

»Ich habe dir doch gesagt, du sollst nicht mitkommen. Aber du wolltest ja unbedingt«, meinte ich und marschierte ein ganzes Stück vor, um meine potenziellen Kommilitonen einzuholen.

»Es tut mir leid«, rief sie.

Ich drehte mich um und sah sie an – eine zerbrechliche, verwitwete Frau, die nur versuchte, sich an ein Krümelchen Glück zu klammern und ihren Sohn bei seinem kleinen Erfolg zu unterstützen. Ich ging zurück und half ihr beim Laufen. »Na komm. Ich will die Rede von Dean Daley nicht verpassen«, sagte ich, als sie sich mit einer Hand auf meiner Schulter abstützte und auf die Gruppe zuhumpelte.

Wir hatten ein paar harte Jahre hinter uns, in denen wir alles in die Pflege meines Dads gesteckt hatten. Nachdem er friedlich gestorben war, legte sich eine seltsame Stille über unser Haus. Wir hatten uns an das Summen der medizinischen Geräte gewöhnt, die ihn am Leben erhielten, jetzt war es still. Auch der Besucherstrom durch unser Haus war versiegt. Die Nachbarn brachten keine Lasagne mehr. Reginas fröhliches Lachen war verklungen. Nur wir waren noch übrig. Allein geblieben. Mit dem Schaden, den die ALS in unserem Heim, unserem Leben, unserer Welt angerichtet hatte. Stana drückte es am besten aus: »Haus ist so, so still, seit Daddy nicht mehr ist.«

Wir waren müde. Hatten dunkle Ringe unter den Augen. Ließen die Schultern hängen. Unser restliches Leben lang wollten wir nur noch schlafen. Wir liefen durch unser Haus, als wäre es bis auf die Grundmauern abgebrannt, und begutachteten den Schaden. Unsere Teppiche starrten vor Katzenpisse. Der Garten war mit Laub und Hundehaufen übersät. Wir hatten ein Problem mit Waschbären. Büschel von Tierhaaren, die niemand weggefegt hatte, wehten über unsere Füße wie Steppenläufer in einer endlosen Wüste. Kartons mit ungenutztem medizinischem Bedarf standen unordentlich in Zimmern herum, die schon voll von Toilettenstühlen, Dosen Promote und Rollstühlen waren. Unsere traurigen, verwirrten Hunde liefen durchs Haus, wussten nicht, was passiert war, und wunderten sich, warum niemand sie streichelte. Es war, als wären alle und alles um zehn Jahre gealtert. Das Haus war zu einem maroden Museum unseres einmal erfolgreichen Lebens verkommen.

Wir mussten alles mit unseren müden Händen wieder aufbauen. Es würde nicht einfach sein, aber wir mussten weitermachen. Wir mussten aus diesem Albtraum aufwachen und ein neues Leben anfangen.

Meine Mom war absolut panisch und depressiv. Sie musste

lernen, alles allein zu machen, ohne die Hilfe meines Dads. Aber sosehr sie sich auch bemühte, mit den Finanzen der Familie kam sie nicht zurecht, weil ihr Kopf durch die Schmerzmittel zu durcheinander war. Ich versuchte, ihr zu helfen, so gut ich konnte, aber ich war selbst so erschöpft und auch wütend. Ich konnte der Familie nicht mehr helfen. Ich hatte nichts mehr, was ich geben konnte. Jetzt musste ich mich um das dumme, alberne Leben des dicken Dan kümmern. Meine Mom benutzte immer noch zu häufig Fentanylpflaster. Wenn wir abends essen gingen, schlief sie am Tisch ein, ohne ihren Teller anzurühren. Zu Hause schnappte sie sich ein paar Becher Joghurt und kuschelte sich mit Brighton, ihrer Chemokatze, ins Bett. Sie war beinahe so tot wie mein Dad.

In den ersten Wochen nach Dads Tod war ich völlig durch den Wind. Ich hatte das Gefühl, ich würde aus einem Koma erwachen oder in ein Viertel zurückkehren, das von einem Tornado weggefegt worden war. Nichts war mir mehr geblieben. Ich wohnte bei meiner Mom im Keller, wo ich mich betrank, alleine Flipper spielte – und irgendeinem Gefühl von Freude nachjagte. Ich war der Inbegriff eines Losers. Vor Jahren war das Haus meiner Großeltern abgebrannt, nachdem mein Großvater Joe seine Heizdecke nachts angelassen hatte. Das Feuer hatte beinahe alles zerstört bis auf ihr Wohnzimmer und den Fernseher. Als wir sie in Twin Falls besuchten, hockten sie in ihrem verqualmten Wohnzimmer – die Wände schwarz, überall ein heilloses Durcheinander –, aßen Suppe und sahen fern. So fühlte ich mich – als wäre mein Haus völlig zerstört und ich würde immer noch dort herumlungern.

Ich wollte nicht mehr im Haus meiner Eltern bleiben. Und hing doch dort fest. Es gab keinen Ausweg, ich konnte nirgendwohin. Abby war in San Francisco schon mit einem anderen Kerl zusammen, was bewies, dass süße, fröhliche Mädchen nach einer Trennung deutlich schneller etwas Neues anfangen können als dickliche, depressive Typen. Sie hatte auf Facebook ein Foto gepostet, auf dem sie an einem Strand im Badeanzug neben ihrem neuen Freund mit nacktem Oberkörper stand, beide mit Drinks in den Händen. Sie genossen das schöne Leben, das ich mir mit Abby machen wollte. Ich war offiziell ersetzt worden. Als ich das Foto sah, heulte ich wie noch nie. Scheiß-Facebook.

Außerdem machte ich mir Sorgen wegen dieser seltsamen Lücke in meinem Lebenslauf.

Ich stellte mir vor, wie potenzielle Arbeitgeber sagen würden: »Sehe ich das richtig, dass Sie letztes Jahr keine Anstellung hatten?«

»Oh ja, tut mir leid. Ich habe nur meinen todkranken Vater gepflegt. ALS. Ich bin deswegen ziemlich traurig und einsam und mitgenommen. Möglicherweise bin ich innerlich für immer tot. Na ja, wie Sie sehen können, habe ich Abschlüsse in Wirtschaft und Psychologie aus Berkeley ...«, würde ich antworten und mir wünschen, ich wäre an diesem Morgen im Bett geblieben.

Nachdem ich ein paar Monate Trübsal geblasen hatte, fing ich an, Texte für die Website eines Freundes zu schreiben. Er stellte Motivationsprogramme zusammen, die Menschen ermutigen sollten, härter zu arbeiten und sich das Leben aufzubauen, von dem sie träumten. Der Job war gut, und mein Chef war unglaublich großzügig, aber ich hätte das Programm selbst absolvieren sollen, statt dafür zu schreiben. Ich war völlig deprimiert und hatte weder irgendwas Positives über die Welt zu sagen noch hatte ich irgendwelche Ziele oder Träume. Ich war ein zynisches Arschloch mit der Einstellung: »Was soll das bringen? Wir sterben doch sowieso alle.« »Wenn ich durch den Tod meines Dads eines gelernt habe, dann, dass wir alle sterben«, erzählte ich jedem, der es hören wollte.

Meine Gedanken drehten sich vor allem darum, dass ich versuchen musste, loszulassen und eine neue Frau kennenzulernen. Becca war mit ihrem Freund immer mal wieder zusammen und nicht zusammen, deshalb wollte ich mich da lieber raushalten. Es war mir zu verworren. Ich gewöhnte mir an, oft mit meinen Freunden loszuziehen und zu trinken. Seit ich ein offizielles Mitglied des Clubs der toten Väter war, standen Dom und ich uns näher. Ich mietete ein Loft mitten in Salt Lake. Es war schön, der stinkenden Katzenpisse zu entkommen und wieder auf eigenen Füßen zu stehen. In unserem heruntergekommenen Haus zu wohnen war mir einfach zu viel geworden. Ich wurde zu einem richtigen Partylöwen und holte alles nach, was ich verpasst hatte, während mein Dad starb. Und weil ich flexible Arbeitszeiten hatte, musste ich mir wegen des morgendlichen Katers keine großen Sorgen machen. Für mich fing gerade ein Jahr an, in dem ich mich ein bisschen austobte. Partys im Loft. Nächtliche Sauftouren. Jede Menge blöder Späße und Witze über tote Dads. Solche Sachen.

Als etwa die Hälfte dieses verschlampten Jahres vergangen war, riss ich mich genug zusammen, um mich bei mehreren Unis für einen Master of Fine Arts im Bereich Drehbuch zu bewerben. Durch diese ganze Situation konnte ich mit sechsundzwanzig noch mal neu anfangen. Mein alter Job in Los Angeles hatte mir gefallen, jetzt kam mir die Geschäftswelt total künstlich vor – lauter Sklaven, die ihr Leben für einen Gehaltsscheck und den Versuch aufgaben, sich Glück zu erkaufen. Um in etwas großartig zu werden, muss man es schon wirklich lieben. In der Zeit, in der ich meinen Dad gepflegt und seinen Tod verarbeitet hatte, waren mir das Schreiben und Filme ans Herz gewachsen. Sie boten Zuflucht. Deshalb dachte ich, ich versuche es ernsthaft mit dem Drehbuchschreiben. Ich war es mir schuldig, wenigstens für eine Weile meinen unrealistischen Träumen nachzujagen. Ich bewarb mich bei der USC, der NYU, der Columbia, Austin, Miami, bei der UCLA und wartete ab.

Meine Geschwister führten derweil ihre eigenen Leben weiter. Tiffany war immer noch mit Riesen-Schwanz-Brian zusammen, der immer noch in Maine Jura studierte. Im folgenden Frühjahr machte sie am Westminster College ihren MBA. Bei ihrer Abschlussfeier schlug ich betrunken auf und jubelte lauter als alle anderen, als ihr Name aufgerufen wurde. Danach zog sie nach Maine und arbeitete als Eventmanagerin, später kamen sie und RSB nach Park City zurück, wo sie heute mit ihrer zuckersüßen Golden-Retriever-Hündin Lilly leben. Mittlerweile wussten wir, dass wir füreinander da sein mussten. Wir hatten viel verloren, aber dafür hatten wir endlich eine gefestigte Beziehung zueinander gewonnen.

Greg arbeitete weiter für *The Park Record* in Park City. Im Winter nach Dads Tod bekam er die Gelegenheit, über das Sundance Film Festival zu berichten. Irgendwann fand Dads Lexus seinen Weg zu ihm. Ich amüsierte mich immer darüber, dass er doch ein armer Journalist sein sollte, der sich in einer kleinen Stadt in den Bergen abstrampelte, dabei aber einen sechzigtausend Dollar teuren Lexus fuhr. Mit der gleichen Gelassenheit und Lebenszugewandtheit wie mein Dad schien er den Tod ziemlich schnell zu verarbeiten und sich nicht darin zu verbeißen. Er studierte dann am Michener Center in Austin Literarisches Schreiben mit einem Vollstipendium. Inzwischen hat er einen autobiografischen Text über seine Kindheit mit dem Titel *Long-Term Side Effects of Accutane* beendet. Ich bin unendlich stolz auf ihn.

Jessica arbeitete daran, sich mit Rob ein neues Leben aufzubauen. Ich lernte Rob viel besser kennen und hörte auf, ihn den perversen Rob zu nennen, als ich merkte, dass er ziemlich in Ordnung war. Das Timing für die Ehe fand ich immer noch schrecklich. Die Hochzeit schien genau den Punkt zu markieren, ab dem es mit Dad bergab ging. Aber Jessica war glücklich, und Rob kümmerte sich großartig um sie. Sie entschied, die Schule sei nichts für sie. Das Lernen liegt einfach nicht jedem. Also widmete Jess sich der Aufgabe, eine Familie zu gründen. Am 2. Februar 2009 bekam sie ihr erstes Kind, Robert Luke Marshall, benannt nach meinem Dad. Jess ist eine fantastische Mutter.

Chelsea tanzte weiter bis zum Umfallen. Mein Gott, wie sehr

sie das Tanzen liebt. Irgendwann brachten wir ihr doch noch das Autofahren bei, und sie bestand ihre Führerscheinprüfung beim ersten Versuch. Ich hatte drei gebraucht. Als sie ein Auto bekam, klebte sie stolz einen Aufkleber mit der Aufschrift ICH LIEBE TANZEN auf die Heckscheibe. Immer, wenn ich mir ihr Auto ausleihe, muss ich so tun, als würde ich das Tanzen echt lieben. Dads Tod war Chelsea mit Sicherheit nahegegangen, auch wenn sie es nicht zeigte. Bei der Beerdigung schüttelte sie die meiste Zeit den Kopf und grummelte: »Ich fasse es nicht, dass wir diese Schlampe Erin als Pastorin genommen haben.« Ihre albernen Witze bewahrten mich davor, verrückt zu werden, während alles immer schlimmer wurde. Ich versuchte mich immer noch als ihr grauenhafter Ersatzvater. Manchmal fragte ich: »Also, Chelsea, wen betrachtest du als Vater, jetzt wo Dad offiziell tot ist?« Meistens antwortete sie: »Wahrscheinlich Greg, oder unseren Hund Berkeley«, dann kicherte sie. Sie machte an der University of Utah einen Abschluss in Psychologie mit Auszeichnung und zog anschließend nach New York, um die Joffrey Ballet School zu besuchen.

Während das Jahr nach dem Tod meines Dads ins Land zog, arbeitete ich weiter daran, Menschen zu motivieren, und betrank mich viel zu oft. Langsam entwickelte sich das Trinken zu einem Problem. Wenn die Nacht zu Ende ging, konnte ich mich immer als Letzter noch auf den Füßen halten, was bei Partys ganz schön deprimierend ist. Es ist einsam, wenn alle anderen gegangen sind und man selbst sich immer noch an einer Flasche festhält. Die meisten meiner Freunde aus dem College arbeiteten seit ein paar Jahren irgendwo als Angestellte oder schlossen bald ihr Jura- oder Medizinstudium ab. Und ich saß hier in Utah fest, blies Trübsal und versuchte, mein Leben neu aufzubauen, indem ich mich allein in meinem Loft betrank und Schwachsinn wie »Du schaffst das« für dicke Hausfrauen schrieb.

Wenn ich zurückblicke, wird mir klar, dass ich ein bisschen wütend war. Ich war wütend, weil ich so viel von mir selbst in diese Tragödie gesteckt hatte. Ich war wütend, weil ich zugelassen hatte, dass es mir derart an die Nieren ging. Weil meine Geschwister nicht so viel aufgegeben hatten wie ich. Weil mein Dad sich für das Beatmungsgerät entschieden und damit sein Leben verlängert und uns das alles aufgebürdet hatte. Ich war wütend, weil Abby so schnell etwas Neues angefangen hatte. Ich war wütend, weil meine Mom mir so viele Schuldgefühle aufgeladen hatte.

Aber irgendwann hellte sich der Himmel auf.

Meine Mom hatte ihren Krebs größtenteils wieder unter Kontrolle gebracht. Sie brauchte noch IVIG und manchmal eine Chemo oder eine OP, aber sie war nicht mehr so sehr unter Beschuss. Ihre Haare waren sogar nachgewachsen und reichten ihr bis zu den Schultern. Allerdings hatte sie immer noch mit ihrer Fentanylsucht zu kämpfen. Eines Nachts fand sie meinen Blog und las die ganzen schrecklichen und doch wahren Dinge, die ich über sie geschrieben hatte. Sie war stinksauer. Um fünf Uhr morgens rief sie bei mir an und drohte, mich wegen übler Nachrede zu verklagen.

»Wie konntest du so schreckliche Sachen über mich schreiben? Ich bin schließlich deine Mutter.«

»Weil sie stimmen, Mom. Du warst irre«, erklärte ich.

»Nein, das war ich nicht«, schniefte sie. »Oder doch?«

»Ja, das warst du. Alles, was ich geschrieben habe, ist passiert.«

»Oh. Na ja, trotzdem, du bist ein Arschloch«, sagte sie. »Hör auf, über mich zu schreiben, du kleiner Kackefresser.«

Aber es rüttelte sie wach. Sie schien zu begreifen, dass sie uns nicht noch mehr antun durfte. Sie begriff, dass es besser für uns war, einen Elternteil zu haben als gar keinen. Eine Weile war sie überzeugt davon, es wäre besser für uns gewesen, wenn sie gestorben wäre statt meines Dads. »Das ist doch kein beschissener Tauschhandel, Mom«, erklärte ich. »Wir wollen, dass ihr beide lebt.« Also beschloss sie – genau wie 1992 nach ihrer ersten Krebsdiagnose –, dass sie weiter überleben musste, damit wir weiter eine Mom haben konnten.

Es war nicht einfach, sie machte mit allen Schmerzmitteln einen kalten Entzug, ganz allein. Ohne Hilfe. Wie geil! Auf dich geschissen, ALS! Unsere Mom hast du nicht auch noch gekriegt!

Allmählich begann sie, loszulassen. Sie musste alle Fotos von meinem Dad aus dem Haus räumen, weil der Anblick sie zu traurig machte. Sie nannte sich auch wieder Frankie, so, wie die Nonnen sie als Waise genannt hatten. Ich fragte sie, wie sie es geschafft hatte, das Ruder herumzureißen, was ihr half, Dads Tod so gut zu verkraften. »Weißt du noch, wie Robin gesagt hat, jeder Penny, den ich finde, wäre Dad, der auf mich aufpasst?« Sie hob ein Glas hoch, das bis zum Rand mit Pennys gefüllt war. »Er passt wohl wirklich auf mich auf.«

Für alle ging es mit allem aufwärts, nur ich hatte noch zu kämpfen.

Als ich im Frühjahr 2009 in der Salt Lake Roasting Company saß, einem Coffeeshop mitten in Salt Lake City, und versuchte, zwischen den anderen Gästen nicht aufzufallen, die sich nach außen betont viel beschäftigt und interessant gaben, rief meine Mom an.

»Du hast einen Brief von der USC bekommen«, erzählte sie aufgeregt.

»Oh Mann. Na gut. Jetzt kommt's drauf an.« Plötzlich wurde ich nervös. »Ist der Umschlag groß oder klein?«

»Er ist klein, ein normaler Umschlag«, sagte sie.

»Ach, Scheiße«, sagte ich. Kleine Umschläge von Unis, egal, welcher Art, bedeuten meistens eine Absage.

»Soll ich ihn öffnen?«, fragte sie.

Ich überlegte kurz, dann sagte ich: »Ja. Scheiß drauf. Warum nicht? Mach ihn auf.« Ich nippte an meinem widerlichen Americano. Jetzt würde ein weiterer Schlag in die Magengrube kommen.

Meine Mom kreischte auf.

»Was? Was steht denn drin?«, rief ich.

Sie fing an zu weinen. »Verdammt, hör auf zu weinen, Mom. Was steht in dem Brief?«, wollte ich wissen.

Sie riss sich zusammen. »Hier steht: ›Herzlichen Glückwunsch! Sie wurden zum Herbst 2009 für den Studiengang Drehbuch mit dem Abschluss Master of Fine Arts an der USC School of Cinematic Arts angenommen.‹«

»Wow«, sagte ich. »Damit hätte ich jetzt nicht gerechnet.«

Der Sturm war vorüber.

»Mein Gott, ich bin so stolz auf dich. Wow. Was für eine Ehre. Was für eine verdammte Ehre.« Sie konnte sich kaum noch beherrschen.

Mir stiegen Tränen in die Augen, und ich fing an zu weinen. Ich machte mich vor den ganzen Hipstern zum Affen, doch das war mir egal. Dass sie mich angenommen hatten, war nicht wild. Es sollte gar keine so große Sache sein. Millionen Menschen besuchen jedes Jahr Millionen Unis. Für mich bedeutete es, dass ich ganz offiziell anfangen konnte, mein Leben neu aufzubauen. Es bedeutete, dass ich einen Ausweg aus meiner Situation gefunden hatte. Dass ich endlich etwas Neues anfangen konnte. Klar, es würde immer noch ein scheußlicher Kampf werden, in dieser völlig durchgeknallten Branche aus dieser Ausbildung einen Beruf zu machen, aber wenigstens konnte ich es versuchen.

Auf eine abstrakte Art hatte mich diese ganze Sache – dieser ganze ALS-Mist – zu meinem Traum geführt. Meine Arbeit zu kündigen, nach Hause zu ziehen, meinen Dad zu pflegen, ihn zu füttern, ihn am Beatmungsgerät am Leben zu erhalten, das Ende seines Lebens so gut wie möglich zu gestalten, mich mit meiner verrückten Mom herumzuschlagen, Chelsea durch die Stadt zu chauffieren – das alles schien sich gelohnt zu haben. Jetzt bekam ich die Gelegenheit, mein Leben neu zu beginnen. Und ein paar gute Nachrichten waren verdammt noch mal fällig.

Da war ich nun und stolperte mit meiner Krebsmom über den Campus der USC. Ich wusste, dass ich diese Uni besuchen würde. Ich musste sie mir nicht erst groß ansehen. Die Kurse hätten auch in einer Baracke mitten in einer Schlammlawine stattfinden können, und ich wäre trotzdem hingegangen.

»Na los, sie sind stehen geblieben. Wir können sie einholen«, sagte ich nach einem Blick auf die Gruppe.

Meine Mom verzog vor Schmerzen das Gesicht. Ihr Bein machte wieder Probleme. »Scheiße, geht es dir gut, Mom?«

»Ja, mir fehlt nichts«, sagte sie und setzte sich auf eine Bank im Schatten. Ich blickte zu der Gruppe von Studenten, deren größte Sorge es war, welche Kurse sie belegen sollten, und wieder zu meiner Mom. Ich war hin und her gerissen. Sollte ich bleiben und ihr helfen? Oder sollte ich weitergehen? Konnte ich sie hier zurücklassen? Würde eine kleine, schwache Frau auf diesem Campus mitten in South Central Los Angeles klarkommen?

»Geh ruhig, Dan. Mir geht's gut. Ich muss mich nur etwas ausruhen«, sagte sie.

»Ich glaube, in dieser Gegend sollte ich meine verkrüppelte Mom lieber nicht allein lassen. Wahrscheinlich vergewaltigt dich irgendwer«, sagte ich.

»Wer würde denn eine kleine alte Dame mit Krebs vergewaltigen?«, erwiderte sie lächelnd.

»Stimmt auch wieder.« Ich sah mich um. Auf dem Campus wimmelte es von Studenten, die eilig unterwegs waren, quatschten, die nächste Party planten, auf eine Karriere hinarbeiteten, versuchten, jemanden aufzureißen. Ein paar Campuspolizisten fuhren vorbei. Mom war hier sicher. Es war Zeit zu gehen.

»Na gut, dann ruf mich an, wenn du vergewaltigt wirst oder so«, sagte ich.

»Mache ich«, versprach meine liebevolle Mutter. Ich war dankbar, dass sie mich begleitet hatte. Sie brauchte das hier so sehr wie ich. Sie musste sehen, dass es ihren Kindern gut gehen würde. Sie musste sehen, dass es für uns alle noch Hoffnung gab. Sie musste mich gehen sehen.

Ich machte mich auf den Weg. »Warte«, rief sie. Als ich mich umdrehte, rechnete ich fast damit, es sei schon irgendwas total Schreckliches passiert. »Danke, dass ich mitkommen durfte. Dad und ich sind sehr stolz auf dich.« Sie streckte mir einen glänzenden Penny entgegen. »Den habe ich gefunden. Nimm du ihn.« Lächelnd schnappte ich mir den Penny und ließ ihn in meine Tasche fallen.

»Danke, Mom«, sagte ich, dann lief ich los, um meine Gruppe einzuholen, bereit, mein neues Leben zu beginnen.

# DANKSAGUNGEN

Dieses Buch wäre ohne meine Familie nie entstanden (was irgendwie auf der Hand liegt). Es ist nicht einfach, wenn so ein gemeiner Arsch über einen schreibt, doch meine Familie hat es aus irgendeinem Grund toleriert und mich sogar dazu ermutigt.

Mein größter Dank gilt meiner wunderbaren Mom, die mich mein Leben lang mit Liebe und Unterstützung überschüttet hat. Sie glaubte an mich, als es sonst noch niemand tat. Ihr Kampf gegen den Krebs ist unglaublich beeindruckend. Bevor sie im Herbst 2014 ihre jüngste Chemo anfing, sagte sie: »Ich muss weiterleben, damit ihr kleinen Scheißer was zu schreiben habt.«

Tiffany danke ich dafür, dass sie eine so tolle große Schwester ist, voller Ratschläge, die glatt von Dad kommen könnten. Greg danke ich, weil er mein bester Freund ist und so viele Entwürfe von meinem Buch gelesen hat. Ich danke Jessica, die meinen ganzen Schwachsinn ertragen hat und mich trotzdem liebt. Chelsea danke ich dafür, dass sie so witzig ist und dass sie mich nicht verklagt, obwohl sie zig Mal damit gedroht hat.

Ich danke den vielen großartigen Menschen bei Flatiron. Danke an Colin Dickerman, der mit einer ungeschliffenen, unbekannten Stimme ein Risiko einging und ein verdammt guter Lektor ist. Ich danke Whitney Frick, die das Buch unzählige Male gelesen und das Rohmaterial aufpoliert hat. Und Marlena Bittner, die als Medienagentin einsame Klasse ist. Danke an Bob Miller, Liz Keenan, James Melia, David Lott, Emily Walters und Greg Villepique.

Ich danke meiner Agentin Elisabeth Weed, die mein Leben verändert hat. Dieses Buch verstaubte jahrelang als Datei in einer Ecke meines Computerbildschirms, bevor sie es in ihre wundertätigen Hände bekam. Ein besonderes Danke geht an Jenny Meyer für ihre ganze harte Arbeit. Und an Dana Murphy.

Ich danke allen, die echt frühe und echt beschissene Entwürfe gelesen haben. (Kannst du dir vorstellen, dass es noch beschissenere Versionen gab als diese?) Danke an Charles Finch, der als Erster eine Lanze für mein Buch brach. Danke an Matteo Borghese, John O'Connor, Chuck MacLean, Dave Cowen, Giles Andrew, Katie O'Reilly, Gabriel Reilich, Bob Leavitt, Sarah Streicher, Mike Steffen, Ivy Pruss, Gary Neuenschwander und Matt Olson für ihre großartigen Anmerkungen, mit denen sie halfen, das Buch in Form zu bringen und zu verbessern. Ein großes Danke an Rob Turbovsky und Sonia Kharkar.

*Meine scheißkranke Familie* begann als Reihe von kurzen Texten, die ich bei Facebook postete. Autoren ziehen ihren Antrieb aus Ermutigungen und dem Glauben, sie hätten etwas zu sagen, das die Leute tatsächlich hören wollen. Deshalb danke ich den vielen Menschen, die unter den Geschichten und Texten »Gefällt mir« angeklickt haben, obwohl sie nicht mehr waren als schlecht geschriebene, echt vulgäre Facebookeinträge voller Tippfehler.

Ich danke all meinen Freunden, die mir zuhörten, wenn ich mich über das Leben auskotzte, und die über meine dummen Witze lachten. Namen will ich hier gar nicht nennen, denn wenn ich auf der Liste jemanden wie Tigg Casper vergesse, wird er nur stinkig, und dann sind wir keine Freunde mehr. Aber ihr wisst, wer gemeint ist, Freunde. Danke!

Danke an alle anderen Verwandten und Freunde, die uns in dieser schweren Zeit unterstützten. Die vielen Lasagnen, Briefe, Besuche und ihre Liebe halfen uns, durchzuhalten. Danke an unsere

Nachbarn. Ich zerreiße mir ja gerne das Maul über Mormonen, aber es gibt echt kaum nettere Menschen.

Und schließlich danke ich meinem Dad dafür, dass er so tapfer gegen die ALS gekämpft hat. Sein Mut hat mich sehr viel über das Leben gelehrt. Trotz seines Kampfes hat er mich immer dabei unterstützt, meine Träume zu verwirklichen. Noch kurz vor dem Ende sagte er, ich solle aus meinem Schreiben etwas machen, weil er das Gefühl hatte, damit würde ich glücklicher als mit allem anderen. Und er hatte recht. Auch wenn ich immer noch ständig ganz schön deprimiert bin.

# SPENDEN AN DIE ALS ASSOCIATION

Flls es nach den Hunderten Seiten, die du gerade gelesen hast, noch nicht klar geworden sein sollte: ALS ist eine grauenhafte Krankheit. Wissenschaftler, Ärzte und Forscher reißen sich den Arsch auf, um herauszufinden, wie sie die Krankheit verhindern, behandeln und heilen können. Aber sie brauchen Hilfe. Und weil ich so was wie ein Held bin, in einer Gruppe mit, sagen wir mal, Mutter Teresa, werde ich einen Teil der Erlöse aus den Buchverkäufen der ALS Association spenden. Wenn du mehr über ALS wissen möchtest, als du schon durch meine poetischen Worte erfahren hast, oder wenn du selbst etwas spenden möchtest, besuche www.alsa.org oder die Website der Deutschen Gesellschaft für Muskelkranke e. V.: www.dgm.org.

Danke, und: ALS ist scheiße!